E. ANNIE PROULX
Postkarten

E. ANNIE PROULX

Postkarten

Roman

Aus dem Englischen
von Michael Hofmann

List Verlag
München · Leipzig

Die Originalausgabe erschien unter dem Titel
Postcards 1992 im Verlag Charles Scribner's Sons
in der Macmillan Publishing Company in New York.

2. Auflage 1996

ISBN 3-471-78429-2

© 1992 E. Annie Proulx
© der deutschen Ausgabe 1995 Paul List Verlag
in der Südwest Verlag GmbH & CoKG München
Alle Rechte vorbehalten. Printed in Germany
Satz: Franzis-Druck GmbH, München
Druck und Bindung: Mohndruck, Gütersloh

Für Roberta

»Aber das hat mir an der ganzen Sache immer besonders gut gefallen. Erst stellte er sich auf herabstürzende Balken ein, dann stürzten keine mehr herab, und prompt stellte er sich wieder darauf ein.«
DASHIELL HAMMETT: Der Malteser Falke

I

1
Blood

Oktober 1944

Sehr geehrter Mr. Blood!
Unsere nationale Landwirt-
schaftsreform ist eine große
Aufgabe - da gibt es kein "Wenn
und Aber": Jeder muß sein Bestes
geben. Selbstverständlich bauen
wir für Sie die besten elektri-
schen Viehzäune, die es gibt.
Wenden Sie sich an uns, denn
Sie wissen: AUF ELEKTROLINE IST
VERLASS. Unser Vertreter besucht
Sie gern jederzeit.

Mr. Loyal Blood
Freie Landpost-
zustellung
Cream Hill, Vermont

Noch bevor er aufstand, wußte er, daß er unterwegs war. Sogar mitten in den unwillkürlichen Zuckungen des Orgasmus wußte er es. Wußte, daß sie tot war, wußte, daß er unterwegs war. Auch als er mit zitternden Beinen dastand und die Kupferknöpfe in die steifen Knopflöcher zu stecken versuchte, wußte er, daß er alles, was er jemals getan oder gedacht hatte, von vorn anfangen mußte. Selbst wenn er davonkommen sollte.

Er rang nach Luft, stand hechelnd und keuchend auf seinen wackligen Beinen. Als wäre er schwer gestürzt. Benommen. Er spürte, wie das Blut in seiner Kehle hämmerte. Sonst nichts, nur das Ringen nach Luft und eine ungewohnte Sehschärfe. Wie verschüttetes Wasser ergoß sich Wacholdergestrüpp über die Wiese; Eschenahorn bedeckte die Steinmauer, die hie und da zwischen den Bäumen hervorlugte.

Er hatte an die Mauer gedacht, als er hinter Billy den Hügel hinaufgegangen war, ganz normal daran gedacht, daran, sie bei Gelegenheit zu reparieren, die Steine wieder einzusetzen, die der Frost und wuchernde Wurzeln herausgebrochen hatten. Jetzt sah er sie wie eine mit kräftigen Tintenstrichen gezeichnete Skizze – das von zittrigen Quarzfäden durchschossene Gestein, die wie Schultern aus dem Humus ragenden Mooshöcker, das schwarze Pockholz unter verfaulter Rinde, den silbrigen Schimmer toten Holzes.

Aus der Mauer ragte ein Steinblock von Größe und Form eines Autorücksitzes; darunter befand sich eine Erdnarbe, die den Eingang zu einem leeren Fuchsbau bezeichnete. Herrgott, es war nicht seine Schuld, aber das würde man denken. Er packte Billy an den Fußknöcheln und schleifte sie zur Mauer. Er rollte sie unter dem Felsbrocken zusammen, konnte ihr nicht ins Gesicht sehen. Ihr Körper hatte bereits etwas Wächsernes. Das Material ihrer zusammengeschobenen Strümpfe und ihre Nägel hatten den kalten, harten Glanz, den frisch Verstorbene haben, bevor die Flammen sie verzehren oder das Wasser sie unaufhaltsam in die Tiefe zieht. Unter dem Stein befand sich ein Hohlraum. Ihr Arm fiel nach außen, mit schlaffer Hand, die Finger nach innen gekrümmt, als hielte sie einen Spiegel oder ein Fähnchen zum Nationalfeiertag.

Instinktiv setzte er den verebbenden Schock in Handeln um, seine Reaktion auf alles, was er nicht verstehen wollte: hartnäckiges Zahnweh, rauhes Wetter, das Gefühl von Einsamkeit. Er schichtete die Mauer über ihr wieder auf, paßte die Steine ein, ahmte das unordentliche Verrutschen und Abbröckeln des Gesteins nach. Ein unbewußter Reflex leitete ihn. Als sie unter der Mauer verborgen war, warf er welkes Laub, Zweige und Gestrüpp obendrauf, verwischte mit einem Ast die Schleifspuren und den zertrampelten Boden.

Die Felder hinunter, am Zaun entlang, aber manchmal auf offenes Feld stolpernd. Kein Gefühl in den Beinen. Die Sonne ging unter, der Oktobernachmittag stürzte in den Abend. Die Zaunpfähle an den Feldrainen gleißten wie Nadeln, das dichte Licht überzog sein Gesicht mit einer kupfernen Maske.

Um seine Knie brandete Gras; die roten Grannen waren aufgeplatzt, hagelten Samen. Weit unten sah er das Haus, von orangerotem Licht gefirnißt, das sich vom Pappelhain wie ein in Metall gestochenes Bild abhob. Das durchhängende Dach verlor sich in Schatten, so zart wie Mehltau auf Bäumen.

Im Obstgarten kniete er nieder und wischte sich am rauhen Gras immer wieder die Hände ab. Die Bäume waren halb verwildert vor wuchernden Trieben und totem Holz. Der schwermütige Geruch fauligen Obstes drang ihm in die Nase. »Wenn ich davonkomme«, sagte er, sog Luft durch seine zugeschnürte Kehle und sah einen Moment lang nicht etwa, was oben an der Mauer passiert war, sondern wie sein Großvater den Baum mit Bordelaiser Brühe besprühte, wie der lange Stab im Laub zischte, die vergifteten Apfelwickler wie Flammen aufplatzten, wie die Frauen und Kinder und er selbst auf der Leiter Äpfel pflückten, während der Riemen des Korbs ihm in die Schulter schnitt, die leeren Eichenspankörbe unter den Bäumen und die Männer, die die vollen Körbe auf einen Wagen luden, den kalten Packraum, den alten Roseboy mit seinem krummen, nackten Hals und seinem schmutzigen Hut, spitz wie ein Kegel, nichts anderes als ein zurechtgeflickter ausgemusterter Sirupfilter, den alten Roseboy, der voller Ernst auf die Faßdeckel klopfte und immer wieder sagte: »Immer sachte jetzt, ein fauler Apfel verdirbt das ganze Faß.«

Von den Baumhängen stieg Abenddunst auf und verschleierte den Himmel, der fleckig war wie ein verschossener Seidenrock. Er sah und hörte alles mit erbarmungsloser Klarheit; und doch war das, was oben an der Mauer passiert war, verworren. Einsam am Rand des Entensumpfs entlangschleichende Kojoten heulten in schrill aufsteigenden Tönen. Mit der nassen Hand klopfte er an die Gerippe der Bohnenstangen, während er durch den verdorrten Garten ging. Wie blasse Staubfussel schwirrten Motten hinter ihm.

An der Hausecke blieb er stehen und urinierte auf die verblühten Stengel von Jewells Glockenblumen. Die Samenhülsen rasselten, und im zitternden Schatten seiner Beine stieg schwacher Dampf auf. Seine Kleidung war nicht warm. Die graue Arbeitshose mit Erdflecken an den Knien war voller Grassamen und Dornen, seine Jacke war mit Rindenstückchen übersät. Auf seinem Hals brannten ihre tiefen Kratzer. Ein gleißendes Bild ihrer Fingernägel schoß ihm in den Kopf: Er klemmte es ab. Die Seidenschwänze raschelten im steifen Laub, das wie Kreppapier rauschte. Aus der Küche hörte er Minks Stimme, Lautklumpen wie frischgepflügte Erde, und das dumpfe Gebrummel seiner Mutter Jewell, die Antwort gab. Alles schien unverändert. Billy lag irgendwo da oben unter der Mauer, doch sonst schien alles unverändert bis auf seine beunruhigende Sehschärfe und die Beklemmung hinter seinem Brustbein.

Zwischen den zwei Verandapfeilern hing schlaff eine Schnur mit Bohnenpflanzen; er konnte jede einzelne Hanffaser erkennen, die Schatten in den Runzeln jedes einzelnen vertrockneten Blatts, die prallen Samen in den Hülsen. Ein unten erdverkrusteter aufgeplatzter Kürbis mit einem wissenden Spalt wie ein aufgerissener Mund. Als er die Fliegentür öffnete, zertrat er ein welkes Blatt.

In der Ecke des Windfangs waren Eierkörbe aus Draht gestapelt. Aus einem mit blassen Eiern halb gefüllten Korb war Wasser getropft, das sich unter Minks Arbeitsstiefeln gesammelt hatte. An Nägeln baumelte die stinkende Stallkleidung: Dubs Jacke, seine eigene schwere Jacke, deren Tasche wie eine Wunde klaffte. Er trat seine Schuhe an dem Stück Sackleinen ab und ging hinein.

»Wird aber auch Zeit. Du und Dub, Loyal, ihr kommt nie rechtzeitig zum Essen, nie. Das sag' ich euch jetzt schon, seit ihr vier wart.« Jewell schob ihm die Schüssel Zwiebeln hin. Ihre haselnußbraunen Augen verloren sich hinter den funkelnden Brillengläsern. Der Muskel unterhalb ihrer Unterlippe war so fest wie Holz.

Die weißen Teller bildeten auf dem Küchentisch einen Kreis, der sich in der Fettkurve um Minks Mund wiederholte. Sein Gesicht war stoppelbärtig, der schmalgeschnittene Mund durch Zahnlücken entstellt. Auf dem dottergelben Wachstuch lag das matte Besteck. Mink packte das Tranchiermesser und sägte am Schinken. Der Schinken roch wie Blut. Kalte Luft kroch über den Boden, hinter der Wand hörte man das Frettchen. Auf einem Meilen entfernten Hügel blinkte ein Dachfenster im letzten Lichtstrahl, loderte ein paar Minuten, verlosch.

»Gebt die Teller rum.« Minks Stimme, von der seit seinem Traktorunfall vor ein paar Jahren nicht mehr viel übrig war, klang wie in einer anatomischen Falle der Stimmritze gefangen. Er spannte den Hals an, der im Nacken mit weißen Falten überzogen war, und schnitt den Schinken auf. Auf dem Schild an seinem Overallatz stand: HARTER BROCKEN. Die roten Scheiben fielen vom Messer auf die Platte, deren Glasur durch Hitze zu wirren Haarrissen zersprungen war. Das Messer hatte eine dünne abgewetzte Klinge. Mink spürte, wie schwach es gegen den Schinkenknochen war. Eine so abgenutzte Klinge konnte leicht brechen. Sein leerer Blick, blaßblau wie Wintermilch, schweifte über den Tisch.

»Wo ist Dub? Der verdammte Rumtreiber.«

»Weiß nicht«, sagte Jewell, die mit Händen wie Karottenbündel Pfeffer aus dem Glashund schüttelte, kerzengerade auf dem Stuhl saß, kräftiges, gesundes Fleisch an den Armen. »Aber eins kann ich euch sagen. Wer zu spät zum Essen kommt, der geht ohne aus. Ich koch' das Essen, damit es heiß gegessen wird. Aber das ist den Herrschaften egal. Mir ist schnurz, wer: Wer nicht da ist, der kriegt eben nichts. Und wenn's der heilige Petrus ist. Mir ist schnurz, ob Dub wieder abgehauen ist. Der denkt, er kann kommen und gehen, wie's ihm paßt. Der schert sich nicht um anderer Leute Arbeit. Aber selbst wenn Winston Churchill persönlich mit seiner dicken, fetten Zigarre zum Essen kommen würde: Wir warten auf niemanden. Wenn was übrigbleibt, kann er's haben, aber rechnet nicht damit, daß extra was aufgehoben wird.«

»Das tu' ich nicht«, erwiderte Mernelle und zwinkerte nervös. Ihre Zöpfe waren mit Gummis zu Affenschaukeln gebunden, und es tat weh, wenn sie sie abends aufdröselte; die Zähne waren zu groß für ihr Gesicht. Sie hatte die Hände ihrer Familie mit den krummen Fingern und den flachen Nägeln. Sie hatte Minks geduckte Haltung.

»Dich hat keiner gefragt, junges Fräulein. Verdienst kaum ein paar Groschen mit deinen Seidenpflanzensamen und mußt gleich überall deinen Senf dazugeben. Wie Geld einen Menschen verändern kann. Bin bloß froh, daß ich keins hab', das mich verdirbt.«

»Es geht doch nicht nur um die Seidenpflanzensamen«, sagte Mernelle großspurig. »Die Woche gibt's drei große Dinger. Für die Seidenpflanzen hab' ich sechs Dollar bekommen, ich hab' einen Brief von Sergeant Frederick Hale Bottum aus Neuguinea gekriegt, weil er meinen Zettel zu den Zigaretten von der Sonntagsschule gelesen hat, und unsere Klasse sieht sich die Gummiausstellung in Barton an. Am Freitag.«

»Wie viele Samen hast du für die sechs Dollar gesammelt?« Mink zog seine Stallkappe ab und hängte sie an die Ecke der Stuhllehne. Eine Haarsträhne hing ihm ins Gesicht, und er warf den Kopf immer wieder nach links, um sie loszuwerden.

»Hunderte. Tausende. Dreißig Säcke voll. Und stell dir vor, Dad, ein paar von den Kindern haben Seidenpflanzen abgeliefert, die noch grün waren, und denen haben sie pro Sack bloß zehn Cent gegeben. Ich lass' meine erst oben auf dem Heuboden richtig trocknen. Der einzige, der mehr gepflückt hat wie ich, war ein alter Mann aus Topunder. Zweiundsiebzig Säcke voll, aber der hat auch nicht in die Schule müssen. Der konnte den ganzen lieben Tag lang nichts anderes tun wie Seidenpflanzen sammeln.«

»Ich hab' mich schon gewundert, was die ganzen Seidenpflanzensamen da oben sollten. Erst hab' ich gedacht, Loyal hat 'ne Idee für billiges Viehfutter. Dann hab' ich gedacht, es wird 'ne Art Dekoration.«

»Aber Dad, aus Seidenpflanzen macht man doch keine Dekoration!«

»Von wegen. Seidenpflanzensamen, Kiefernzapfen, Spulen, Puffmais, Äpfel, 'n bißchen Farbe drauf, und fertig. Ich hab' schon Frauen und Mädchen erlebt, die haben mit Kreppapier und Giftsumach aus 'nem verdammten Heurechen 'ne Dekoration gemacht.«

Die Tür ging ein paar Zentimeter auf, und Dubs rotes, breitwangiges Gesicht tauchte auf. Im Dickicht seines Lockenschopfs machte sich eine kahle Stelle bemerkbar wie eine Lichtung im Wald. Er tat, als würde er schuldbewußt in die Runde schauen. Als seine Augen denen Jewells begegneten, verzog er in gespielter Furcht den Mund und schob sich mit über das Gesicht gehaltenem Arm ins Zimmer, als wollte er Schläge abwehren. Seine Schenkel waren plump; er hatte den scherenartigen Gang des Kleingewachsenen. Er wußte, daß er der Familienkasper war.

»Hau mich nicht, Ma, ich komm' nie wieder zu spät. Diesmal kann ich nichts dafür. Mensch, ich hab' mit 'nem Kerl geredet, der hat gesagt, sein Onkel war einer von denen, die oben am Kamelhöcker waren, als der Bomber runterkam; er hat nach Überlebenden gesucht.«

»Um Himmels willen«, sagte Jewell.

Dub drehte seinen Stuhl um und setzte sich rittlings darauf, den gesunden Arm über der Rückenlehne, während der leere linke Ärmel, der sonst in der Jackentasche steckte, herunterbaumelte. Hinter seinem rechten Ohr lugte eine Camel hervor. Einen Augenblick lang erinnerte Jewell sich daran, wie stattlich seine Unterarme gewesen waren; die schwellenden Muskeln und die Männeradern wie schönes, festes Astholz. Mink schnitt eine Scheibe Schinken in Stücke, die er auf Dubs Teller schrappte.

Loyal kam es vor, als kippte die Küche nach außen wie ein perspektivisches Bild; die Maserung des Schinkens, die zwei Grüntöne der Efeutapete, die mit Draht zusammengebundenen, über dem Herd zum Trocknen aufgehängten Puffmaiskolben, das Wort COMFORT auf der Herdklappe, Jewells an die Wand genagelte alte Handtasche, in der Rechnungen und Briefe aufbewahrt wurden, die Bleistiftstummel in der Gewürzdose, die an einer Schlaufe von einem Nagel hing, Mernelles an die Speisekammer geheftete Zeichnung einer Flagge, der gläserne Türknauf, der Haken und die Öse aus Messing, die durchhängende Schnur mit dem verfleckten Kretonnestoff vor dem Hohlraum unter dem Spülstein, die feuchten Fußspuren auf dem Linoleum – alles war zweidimensional und deutlich und entschwand zugleich wie abgerissenes Laub in einem reißenden Strom. Ihm war, als hätte er nie zuvor die Schürze seiner Mutter mit dem Blumenmuster gesehen, Jewells kraftvolle Art, sich vorzubeugen, ihre gebogene Nase, ihre runden Ohren. Die Ohren hatten sie alle, dachte er und zwang sich, nicht an das zu denken, was oben unter der Mauer lag, und sie hatten Minks schwarzes irisches Haar, so fein, daß man die einzelnen Haare nicht unterscheiden konnte.

Dub lud sich Kartoffelbrei auf den Teller, goß die gelbe Bratensoße darüber und rührte sie mit seiner Gabel unter. Er klebte einen Kaugummiklumpen an den Tellerrand.

»Das Flugzeug war über den ganzen Berg verstreut. Ein Flügel hat 'n Stück vom Löwen abrasiert, und dann ist das Ding kopfüber runter, hier die Flügel, weiter unten der Schwanz, das Cockpit mit aufgerissenem Bauch fast 'ne Meile weiter. Kaum zu glauben, daß der eine die Sache überlebt hat, einer aus Florida; lag einfach auf dem Schnee, um ihn rum die Eingeweide, Arme und Beine von neun Toten, und er hat bloß 'n paar Schnittwunden und Kratzer abgekriegt, nicht mal was gebrochen. Der Typ hatte noch nie Schnee gesehen.«

»Was für 'n Löwe?« fragte Mernelle, die sich einen Löwen hinter verschneiten Felsen vorstellte.

»Ach, die Bergspitze sieht aus wie 'n Löwe kurz vor dem Sprung, obwohl andere finden, sie sieht aus wie ein Teil von 'nem Kamel. Die mit dem Löwen wollten sie Kauernder Löwe nennen, aber die Kamelfreunde haben sich durchgesetzt. Kamelhöcker. Nichts als Steine da oben, erstklassiger Granit. Sieht wie ein Haufen Felsbrocken aus. Mensch, glotz nicht wie 'n Kamel oder 'n Löwe oder 'n Stachelschwein. Bringen sie euch in der Schule kein Benehmen bei?«

»Das ganze letzte Jahr war 'ne schreckliche Zeit mit schrecklichen Sachen. Der Krieg. Das Chowder-Mädchen, das sich mit der Nadel ins Auge sticht. Das war schrecklich. Die arme Frau in der Badewanne im Hotel.« Jewell stieß einen ihrer stürmischen Seufzer aus und starrte verträumt auf die traurigen Unglücksfälle, an denen sie sich mit schlechtem Gewissen weidete. Ihre Augen waren halb geschlossen, die breiten

Handgelenke ruhten auf der Tischkante, die Gabel lag auf ihrem Teller.

»Und was ist mit den *dämlichen* Sachen?« sagte Mink, der die Wörter im Mund mit Kartoffelbrei und Schinken vermischte und dessen stoppelige Backen sich beim Kauen ausbeulten. »Was ist mit dem Dämlack, der eine Büchse Sprengpulver in die Küche gebracht hat und ein Streichholz drangehalten hat, um zu sehen, ob's brennt? So was Dämliches, die halbe Stadt in Flammen, und er und die ganze Familie von seinem Bruder tot oder zerfetzt.«

»Verdammt noch mal, was ist das?« rief Dub und holte etwas aus dem Kartoffelbrei auf seinem Teller. »*Was ist das?*« Er hielt ein blutiges Heftpflaster hoch.

»Ach, Gott«, sagte Jewell. »Schmeiß es weg. Nimm dir neue Kartoffeln. Ich hab' mich beim Kartoffelnschälen in den Finger geschnitten, und beim Tischdecken hab' ich gemerkt, daß ich das Pflaster verloren hatte. Muß in die Kartoffeln gefallen sein, als ich sie zerdrückt hab'. Gib her«, sagte sie, stand auf und schob die Kartoffeln in den Kübel mit Resten. Sie bewegte sich rasch; ihre Schnürhalbschuhe mit den festen Absätzen betonten ihre kleinen Füße.

»Jetzt hätt' ich fast gedacht«, sagte Dub, »die Kartoffeln hätten ihre Tage.«

»Dub!« sagte Jewell.

»Ich kapier's nicht«, sagte Mernelle. »Ich kapier' nicht, was ein Bomber am Kamelhöcker wollte. Sind da oben etwa Deutsche?«

Dub röhrte albern los. Mernelle konnte das Ding hinten in seinem Hals hängen sehen, die schwarzen Stellen in seinem Gebiß und die Lücke auf der linken Seite, wo ihm die Männer vom Zug die Zähne ausgeschlagen hatten.

»Mach dir keine Sorgen wegen den Deutschen. Selbst wenn sie's über den Ozean schaffen würden, was zum Teufel sollten sie am Kamelhöcker? ›Ach, Heinz, ich ssehe tie Farm von ten Ploods und tie kefährliche Mernelle, tie Sseidenpflanzen ssammelt.‹« Dubs Grinsen klebte ihm im Gesicht wie ein nasses Tauende.

Auf Loyals Teller lag das Essen so, wie Mink es ihm hingeschoben hatte; der Schinken hing ein wenig über den Rand, der Kartoffelbreikegel erhob sich wie ein einsamer Eisberg auf einem zugefrorenen Meer.

Loyal stand auf; das gelbe Kerosinlicht reichte ihm bis zur Brust, sein Gesicht lag im Schatten. Die vom Laub fleckigen Finger waren zu Fäusten geballt und auf den Tisch gestemmt. »Ich hab' euch was zu sagen. Billy und ich, wir haben's satt hier. Wir hauen heute abend ab. Sie wartet draußen. Wir hauen ab und gehen nach Westen, kaufen uns 'ne Farm, fangen von vorn an. Sie sieht die Sache richtig. Sie hat gesagt: ›Ich hab' nicht vor, mit meinen Leuten zu reden. Ist mir gerade recht, wenn ich keinen von denen je wiederseh'.‹ Sie will nur weg. Ich wollt's euch nur klipp und klar sagen, damit ihr Bescheid wißt. Ich bin nicht wegen dem blöden Abendessen zurückgekommen oder um mir 'nen Scheißmist über Deutsche und Kartoffelbrei anzuhören. Ich bin gekommen, um mir mein Geld und meinen Wagen zu holen. Ich möchte, daß ihr ihren Leuten Bescheid sagt. Sie ist nicht scharf drauf, sie zu sehen.« Als er das sagte, begriff er, daß sie genau das hätten tun sollen. Es wirkte jetzt so einfach, daß er nicht verstehen konnte, warum er sich dagegen gewehrt hatte.

Schweigen trat ein. Am Tisch breitete sich Verstimmung aus, als hätte er mit einem Rohr blindlings Klaviertasten angeschlagen.

Mink richtete sich auf; die Haare hingen ihm in die Augen. »Was zum Teufel redest du da? Soll das ein Witz sein? Seit zehn Jahren hör' ich von dir nichts anderes wie, was du denkst, wie die Farm hier laufen soll, und jetzt sagst du so nebenbei, als wär' da nix Besonderes dran, daß du abhauen willst? Zehn Jahre lang hab' ich mir angehört, was du mit der Farm hier machen willst, wie du die Jerseys gegen Holsteiner austauschen willst: ›Nach dem Krieg 'ne Melkmaschine anschaffen, sobald wir Strom kriegen, uns auf Milchwirtschaft verlegen.‹ Die Weiden und Heuwiesen auf Vordermann bringen, Luzerne anbauen, 'n Silo hinstellen, mehr Mais anbauen, auf kommerzielle Milchwirtschaft umstellen. Profit machen.

Alles in die Milchwirtschaft stecken, nicht mit 'nem großen Garten rumtun oder mit Schweinen oder Truthühnern, weil es schneller geht und billiger ist, das Essen zu kaufen. Ich kann's dich jetzt noch sagen hören. Du bist mir damit in den Ohren gelegen bis zum Gehtnichtmehr. Und jetzt das. Und dazu soll ich einfach ja und amen sagen?

Junger Mann, ich will dir mal sagen, was du noch gesagt hast. Du hast Zeter und Mordio geschrien, daß der Wacholder die Äcker überwuchert, 'ne halbe Stunde über den Obstgarten gequasselt, über Quecken, totes Holz, daß Kiefern die Quelle hinten bei den Nadelbäumen austrocknen, daß die Heuwiesen im Westen seit drei Jahren nicht gemäht worden sind und voll mit Kirschschößlingen. Das hast du gesagt. Hast gesagt, dir wär's am liebsten, wenn der Tag vierzig Stunden hätte, damit du wirklich was getan kriegst.«

Loyal hörte kaum zu, sondern betrachtete die ledrigen Falten, die von den Nasenflügeln zu Minks Mundwinkeln führten, betrachtete die Sehnen an Minks Hals, dachte an die naßglänzenden Stränge unter der Haut, dachte an fingerdick mit Blut angeschwollene Arterien, dachte an das Knirschen der Rippenknochen, wenn er einem Fuchs den Brustkorb eintrat.

»Du kannst uns mit der Farm nicht allein lassen«, sagte Mink mit brummender Stimme, in der sich Selbstmitleid unter die Wut mischte. »Herrgott, dein Bruder hat bloß einen Arm, und mit meiner Gesundheit geht's den Bach runter, seitdem ich unter den verdammten Traktor gekommen bin. Wenn ich gesund wär', würd' ich dir den Blödsinn aus dem Leib prügeln. Du taugst soviel wie 'ne taube Nuß. Kannst du mir sagen, wie zum Teufel Dub und ich allein neunzehn Kühe mit der Hand melken sollen, zwei davon verfluchte Holsteiner, und die eine gibt keine Milch und schlägt aus. Herrgott, wie mir die Augen von dieser Kuh verhaßt sind. Du Saukerl, wie sollen wir das schaffen?«

»Verdammt noch mal, die Holsteiner sind gutartig, besser als deine kleinen Jerseys. Die geben fast zweimal soviel Milch wie jede Jersey.« Er überließ sich der Erleichterung über den gewohnten Hickhack.

»Ja, und schau dir an, wieviel sie fressen. Und geben bloß halb soviel Butterfett wie die Jerseys. Die Jerseys sind für dieses Land gemacht. Die kommen mit wenig aus und ernähren 'ne Farm. Die sind zäh. Ich will dir noch was sagen. Versuch abzuhauen, und sie stecken deinen Arsch so schnell in 'ne Uniform, daß dir die Spucke wegbleibt. Es ist Krieg, falls du das vergessen hast. Farmarbeit ist kriegswichtig. Den Westen kannst du vergessen. Liest du nie Zeitung? Hörst du nicht Radio? Die Farmen im Westen sind alle in Sandstürmen draufgegangen. Du bleibst hier.«

Dub entzündete ein Streichholz am Daumennagel und steckte sich eine Zigarette an.

»Ich muß fort«, erwiderte Loyal, »ich muß. Nach Oregon oder Montana – irgendwohin.«

»Charlie, leg die Platte noch mal auf«, sagte Dub, »zu der tanzen alle so gern.« Der Rauch strömte ihm aus der Nase.

Jewell legte die Hände an die Wangen und zog sie nach unten, so daß ihr Gesicht gespannt wurde und das gerötete Innere ihrer Lider hinter der Brille zum Vorschein kam. »Ich weiß nicht«, sagte sie. »Was ist mit dem Essen am Samstag abend, mit der großen Gulaschkanone wie bei der Armee? Ich hab' fest damit gerechnet, daß du mich am Samstag morgen zur Kirche fährst. Solange könnt ihr doch noch bleiben. Billy war doch immer dabei, hat 'ne Kochmütze aufgesetzt und Essen ausgegeben. Das läßt sie sich doch nicht entgehen.«

»Billy will, daß wir heute noch fahren. Sie hat ihre Gründe. Hat keinen Zweck, drüber zu reden. Ich geh' jetzt.« Erregt beugte er sich zu ihnen vor; die schwarze Behaarung im Hemdausschnitt, wo bläulichweiße Haut zu sehen war, kräuselte sich.

»Herrgott, jetzt wird mir alles klar. Du hast ihr einen dicken Bauch gemacht. Sie will verduften, damit keiner was merkt. Für Kerle wie dich, die sich durch die eigene Geilheit die Schlinge um den Hals legen, gibt's ein Wort«, nölte die Stimme weiter. »Aber das will ich vor deiner Mutter und deiner Schwester nicht aussprechen.«

»Mensch, Loyal, wenn du gehst«, sagte Dub, »dann gibst du der Farm den Rest.«

»Ich hab' zwar geahnt, daß ich die Kacke zum Dampfen bringe, aber so schlimm hab' ich's mir nicht vorgestellt. Kapiert ihr's immer noch nicht? Ich hau' ab.«

Er lief in das Dachzimmer hinauf, das er mit Dub teilte, weg vom Schinken auf seinem Teller, weg von seinem Stuhl, der vom Tisch abgerückt stand, weg vom Spiegel voller Fliegendreck, der Mernelles Gesicht reflektierte. Er zerrte den alten Koffer hervor, öffnete ihn und warf ihn aufs Bett. Und stand einen langen Augenblick da mit den zusammengerafften Hemden in den Händen, während der Koffer ihm wie ein Schrei entgegenklaffte. Unten kam Mink in Fahrt und brüllte jetzt, etwas knallte und klapperte – die Tür zur Speisekammer. Loyal ließ die Hemden in den Koffer fallen, und später schien ihm, daß dies der Augenblick war, in dem sich alles veränderte, in dem sein Lebensweg von der Hauptstrecke abzweigte: nicht als Billy unter seiner blindwütigen Brunft zusammenbrach, sondern als die Hemden in ihrer baumwollenen Schlaffheit zusammenfielen.

In einem Stiefel im Schrank fand er Dubs Flasche, drehte den Verschluß fest zu und warf sie in den Koffer, durch dessen Schnalle er den steifen Riemen zog, während er mit großen Schritten die Treppe hinunterstieg, Mink hämmern hörte, den Drecksskerl die Küchentür zunageln sah. Damit er nicht hinauskonnte.

In Sekundenschnelle hatte er den Raum durchquert. Er trat das Fenster ein und stieg über das knirschende Glas auf die Veranda, weg von allem, der Fallenstellerei, den zottigen kleinen Jerseys, den zwei Holsteinern mit ihren schweren, fleischfarbenen Eutern, Dubs öligen Lumpen, dem Geruch nach Alteisen hinten in der Scheune, der Mauer oben am Wald. Dieser Teil des Ganzen war vorbei. Im Nu vorbei.

Auf der Straße zur Stadt dachte er, was für ein schlechter Witz alles war. Billy, die dauernd genörgelt hatte, weil sie wegwollte, rauswollte, neu anfangen wollte, blieb auf der Farm. Er, der nie über die Farm hinausgedacht hatte, nie etwas anderes als die Farm gewollt hatte, war unterwegs. Hielt das Lenkrad umklammert.

Etwas piekste in seinem Rücken; er tastete nach hinten und bekam Mernelles Okarina zu fassen; das Bakelit mit dem modischen Muster war durch das Herumstoßen auf dem Boden zerschrammt. An den Seiten waren Abziehbilder von Eseln, die Körbe mit Kakteen trugen. Er wollte das Fenster herunterkurbeln, um das Instrument hinauszuwerfen, aber es schloß sich von allein, als es einen Spaltbreit offen war, und er warf die Okarina auf den Rücksitz.

Es herrschte Dämmerung, doch in der Senke, wo die Wiesen die Bäume wegdrängten, hielt er an, um sich ein letztes Mal umzusehen. Unterdrückte dabei die flüchtigen Blitzer dessen, was geschehen war. Geschehen und vollbracht.

Die Stelle war so unbewegt wie eine Fotopostkarte; Haus und Stall wie dunkle Schiffe auf einem Ozean aus Wiesen, der Himmel eine Membran, die das letzte Licht hielt, die dunstigen Küchenfenster und oben hinter den Gebäuden die fette, fast einen Hektar große Weide, nach Süden offen wie eine aufgeschlagene Bibel, der Einschnitt der Wasserader fast genau in der Mitte zwischen den einen halben Hektar großen Seiten. Er angelte im Koffer nach Dubs Flasche, trank den kalten Whiskey. Gutes Weideland, vier oder fünf Jahre eigener Arbeit, bis die Weiden was taugten, nicht Minks Arbeit, sondern seine: das sumpfige Gelände entwässern, kalken und Klee ansäen, drei Jahre hintereinander den Klee unterpflügen, um den Boden zu verändern, die Säure rauszukriegen, dann Luzerne pflanzen und pflegen, gutes fettes Futter voller Nährstoffe. Das gab den Kühen Butterfett, nicht das, was Mink tat, sondern er, Loyal, der das beste Weideland der Gegend hatte. Deshalb hatte er da oben hingewollt, über den Wacholderbüschen, obwohl Billy sich für so etwas nicht interessierte und gute Weiden nicht von schlechten unterscheiden konnte; deshalb, nicht um das zu tun, was sie vermutete, sondern um seine Wiese von oben zu betrachten.

»Ich hab's oft genug gehört«, sagte sie. »Sieht für mich wie jede andere blöde Wiese aus.« Sie schüttelte den Kopf. »Ich weiß nicht, was ich mit dir anfangen soll, Loyal.«

Im matten Licht sah die Wiese wie schwarzgrüner Pelz aus.

»Das ist dein letzter Blick«, sagte er, steckte Dubs Flasche ins Handschuhfach und legte den ersten Gang ein. Aus dem Augenwinkel sah er flüchtig einen weißen Fleck auf dem Feld. Für einen Fuchs zu groß, der Form nach kein Reh. Keine Baumstümpfe auf dem Feld.

Erst als er vierzehn Meilen von zu Hause weg und mitten auf der Brücke war, wo er vorsichtig bremste, um einem verfilzten, streunenden Köter auszuweichen, kam es ihm. Der Hund. Der Hund war oben auf dem Feld, wo er ihn hingeschickt hatte. Wartete immer noch. Großer Gott.

2
Minks Rache

> Bleibt mir mit eurem verdammten Besahmungsschwindel vom Hof! Die Holsteiner sind wir los! Mit gute einheimische Jerseys machen wir wieder wie früher mittem Bullen.
> Minkton M. Blood
>
> F. Fuller
> Landwirtschafts-
> beratung
>
> Cream Hill

Vor ungestillter Wut keuchend, humpelte Mink durchs Haus und warf Loyals Sachen auf den Boden: ein Modellflugzeug, das an einem Nagel in der Diele hing, Schulfotos in verzogenen, goldgeränderten Papprahmen – Loyal als einziger seiner Klasse mit lockigem Haar, ein hübscher Bursch –, die zwischen unzähligen Rahmen und Knopfschachteln auf dem Chippendale-Kirschholztisch im Wohnzimmer standen. Die Bänder des Landjugendvereins für Kälber in Rot, Weiß und Blau, die auf ein Stück aufgestellte Pappe geklebt waren, das Zeugnis mit den schwarzen, ordentlichen Buchstaben, das bestätigte, daß Loyal die Fächer Landwirtschaft, Ackerbau und Handwerken abgeschlossen hatte, das dunkelblaue, dicke Buch über Milchwirtschaft aus seinem Jahr auf der Landwirtschaftsschule, das Zertifikat über Weidelandverbesserung, den Zeitungsausschnitt mit einem Foto, wo Mr. Fuller, der

Landwirtschaftsberater, Loyal das Zertifikat aushändigte – das alles warf er auf den Boden.

Er stopfte Loyals Arbeitskittel in den Küchenherd, schrappte das unangerührte Essen von seinem Teller hinterher. Aus hundert Herdritzen wallte Rauch und kroch die Decke entlang, ehe er sich in den warmen Luftstrom schlängelte, der durch das zerbrochene Fenster ins Freie zog. Dub suchte hinter der Speisekammertür nach Pappe, um das Fenster abzudecken, und Jewell hantierte mit rotem Gesicht und zugekniffenen Augen mit der Ofenklappe. Aus dem Ofenrohr dröhnte es, als das Kreosot in der Rohrbeuge Feuer fing und das stinkende Metall zu dumpfem Rot erhitzte.

»Mensch, Ma, du löst noch einen Kaminbrand aus, drossele das verfluchte Ding runter«, rief Dub.

Da kam Mink, jetzt ruhiger, aber mit bösem Blick, mit Loyals Gewehr herunter, humpelte durch die Küche, ließ die Tür offen. Dub nahm an, daß er es in den Teich werfen wollte. Später konnte er mit einer Mistgabel im Schlamm suchen – vielleicht mit Erfolg. Würde wahrscheinlich einen Tag dauern, die Flinte zu reinigen und einzuölen, um sie wieder hinzukriegen, aber sie war eine gute Flinte und die Mühe wert. Wenn er sie auf das Fensterbrett des Heubodens legte, konnte er mit ihr schießen und so gut jagen wie die anderen. Er zerteilte zerknitterte und löchrige Pappschachteln, die er an den Fensterrahmen nagelte, indem er die Pappe beim Hämmern mit dem linken Knie festhielt.

»Ich schneide eine Scheibe zurecht und setze sie morgen ein, wenn mir jemand beim Festmachen hilft.« Aber er war blaß.

Jewell kehrte Scherben, Kittbrocken und Staub zusammen und bückte sich dabei, so daß ihr Baumwollkleid hochrutschte und die gerippten Baumwollstrümpfe und den fleischrosa Schlüpfer vom Versandhaus Montgomery Ward enthüllte.

»Ma, im Essen ist Glas, auf dem ganzen Tisch ist Glas«, sagte Mernelle. »Und auf der Veranda auch, riesige Splitter.«

»Du kannst schon mal die Teller saubermachen, aber nicht in den Kübel für die Schweine. Wirf es draußen weg. Ob die

Hühner das Glas aufpicken, weiß ich nicht, aber wahrscheinlich ja. Wirf es hinten im Garten weg.«

Vom Stall her war der Knall eines Schusses zu hören, dann noch einer und nach einer langen Pause ein dritter. Die Kühe brüllten wie Alligatoren, ein dumpfes Röhren, stampften, ihre Freßgitter klirrten. Vater Abrahams Gebrüll konnten sie heraushören.

»So was Hundsgemeines zu machen«, sagte Dub. »So was Hundsgemeines zu machen.« Jewell schauderte, die Finger über dem Mund, sah zu, wie Dub zum Eingang ging, seine Jacke vom Nagel riß, dann durch die Küche zurück zur Tür des Holzschuppens.

»Paß auf«, sagte sie in der Hoffnung, daß er wissen würde, worauf er aufpassen sollte. Mernelle fing zu schniefen an, nicht wegen der Kühe, sondern wegen Minks Wut, die aus ihm herausschoß wie Wasser aus einem geknickten Schlauch. Er war imstande, sie alle mit der Axt in Stücke zu hacken.

»Reiß dich zusammen und geh ins Bett«, sagte Jewell, während sie die Teller vom Tisch einsammelte. »Na, mach schon, ich hab' genug Ärger, ohne daß du hier rumflennst.«

Sie saß am Tisch, als Mink hereinkam. Sie sah, daß seit dem Morgen auf seiner Wange graue Stoppeln gewachsen waren. Er warf die Flinte auf den Schrank, ohne sie zu reinigen, und setzte sich ihr gegenüber. Seine Hände waren ruhig. Das graumelierte Haar schaute unter seiner Mütze hervor, der Schirm ragte über seine Augen wie ein bedrohliches Horn.

»Weiß Gott, jetzt haben wir zwei weniger zu melken.« Feine Blutstropfen waren auf seinem Overall verteilt.

Wie ein Bühnenvorhang hob sich Dunst vom Bach. Noch am Vormittag neigten sich die Bäume naß und schweigend. Jede Oberfläche war mit perlenden Tropfen bedeckt, die Rinde, Holz, Farbe und Boden blasser machten. Dubs und Minks Kommen und Gehen hinterließ dunkle Spuren auf der Veranda und im Gras, das wie steife Haare mit Samenkörnern an den Spitzen stand. Das Stalldach verschwamm im Nebel; die

Schweine wühlten im Misthaufen, so daß Blasen zur schwarzen Oberfläche des Morasts aufstiegen.

Schon vor Tagesanbruch war Mink draußen. Beim Geräusch des Traktors, der die Holsteiner zum Sumpf hinunterzog, wo Hunde, Füchse und Krähen sie finden würden, kämpfte sich Jewell aus dem Schlaf. Tuckernd hallte das Motorengeräusch durch den Nebel.

»Wenigstens hätten wir das Fleisch behalten können«, dachte sie, und Minks Zorn kam ihr so verschwenderisch vor, daß er dafür in einer Hölle würde schmoren müssen, die so karmesinrot war wie die Landschaft hinter den roten Zellophanstreifen der Zigarettenpackungen. Kein neuer Gedanke.

Er hatte so vieles getan, und nicht alles konnte sie vergessen. Die betäubenden Schläge, die Prügel, die er den Jungen verpaßte, genauso wie er sie selber bekommen hatte. Loyal, der mit vielleicht drei Jahren in seinen kleinen roten Stiefeln über den schlammigen Hof stolperte, wie ein verlorenes Kalb brüllte, aber immer noch seinen leeren Milcheimer festhielt, eigentlich eine Sahnekanne. Die Milch war verschüttet worden, als er auf nassem Mist ausgerutscht war. Mink hatte ihn durch den halben Stall geprügelt. »Ich werd' dir beibringen, aufzupassen, wo du hintrittst! Du schüttest mir keine Milch aus!« Bis Loyal mit seiner leeren Kanne die Stufen zur Veranda erreichte, war seine gebrochene Nase zur Größe eines Hühnereis angeschwollen, und zwei Wochen lang war das Kind, das mit den schwarzen Ringen um die Augen wie ein Waschbär aussah, herumgeschlichen und Mink ausgewichen. Als sie voller Zorn in den Stall hinübergerannt war, hatte Mink sich gewundert. »Hör mal zu. Wir müssen ihn von klein auf erziehen. Das müssen wir. Das ist zu seinem eigenen Besten. Bei mir war's genauso. Und ich garantier' dir, daß er keine Milch mehr verschüttet.« So war es auch gewesen.

Und dann Dub, der sich angewöhnt hatte, mit dem Hund unter dem Tisch zu essen, als er – wie alt? – fünf oder sechs war, bis Mink ihn an den Haaren hochgezerrt und kreischend in der Luft gehalten hatte: »Ißt du jetzt von deinem Teller? Ja oder nein?«

Aber sie konnte es ihm nicht wirklich zum Vorwurf machen, weil er sich so schnell wieder beruhigte, wie er sich aufregte. Das Temperament der Bloods. Loyal hatte das gleiche aufbrausende Temperament. Und hinterher friedfertig wie ein Lamm.

Mink und Dub kamen spät aus dem Stall herein. Auf der Küchenuhr war es neun, als Dub sich aus der gesprenkelten Kaffeekanne bediente, die hinten auf dem Herd stand, und genießerisch den heißen Zichorienduft schnupperte. Er goß etwas für Mink in eine angeschlagene Tasse. Sich verschiebende Blickgewichte und -gegengewichte bewegten sich zwischen ihnen wie Abakuskugeln auf Drähten. Feindseligkeit und Wachsamkeit ließen nach. Mink versuchte seinen Abscheu gegen Dubs Herumstreunen zu zügeln, gegen seine unausrottbare Vorliebe für Negermusik, für diese perfiden Schallplatten von Raw Boy Harry, die er von weit her mitbrachte. Außerdem besuchte er das Restaurant Kong Chow in Rutland, wo er auf einen Schlag Gemüse für drei Dollar in einer rattenbraunen Soße aß, und das Wirtshaus Comet, wo er sich samstags betrank und mit seiner schmutzigen Hand Frauen betatschte.

Im Gegenzug verbiß Dub sich seine Bemerkungen über Minks engstirniges Denken und seine beschränkten Vorstellungen von Arbeit und über seine bemitleidenswerte Ansicht, daß Viehversteigerungen das Höchste an Unterhaltung seien. Dub konnte sich sogar damit abfinden, daß der Alte die Holsteiner erschossen hatte.

Bei der Arbeit im düsteren Laternenlicht berührten ihre schwieligen Hände sich wie Holzstücke, wenn Dub nach dem Griff des vollen Milcheimers langte und Mink einen neuen reichte, wenn Dub vorausging und Weichen und Euter der nächsten Kuh abwischte, Myrna Loy beruhigte, die, noch immer nervös, den Kopf hin und her warf. Sie erlebten die Kameradschaft der Arbeit. Die Schwere der Arbeit ohne Loyal schuf Nähe. Dub schuftete; Mink molk ununterbrochen, vierzehn, siebzehn Kühe, seine Unterarme taten ihm weh, sein Rücken knackte, und Dub begriff, was für eine ungeheure Leistung es war. Zum ersten Mal tat es ihm Minks wegen leid, daß er seinen Arm verloren hatte.

Nun, da Loyal nicht mehr da war, rührte sich in Dub Hunger nach der Zuneigung seines Vaters, ein Wunsch, dessen er sich nicht bewußt gewesen war, der still und unauffällig unter seinen Witzeleien und Herumtreibereien geruht hatte und der sich zu diesem späten Zeitpunkt nicht mehr befriedigen ließ. Er verdrängte nicht den alten Haß und das, was er wie einen Zauber gegen das Schicksal murmelte: »Bloß nicht so werden wie er.«

Sie arbeiteten, ohne zu reden, hörten sich den Landfunk an, die Eierpreise und die Kriegsnachrichten aus dem rauschenden, mit Spreu übersäten Radio, das auf dem Regalbrett neben der Tür zum Milchraum stand und an den großen Generator angeschlossen war. In diesen Stunden des Melkens und Tragens der Milch waren sie kurzfristig nicht länger Vater und jüngster Sohn, sondern zwei Gleiche, die sich endlosen Mühen unterzogen. »Wir kriegen's schon hin«, sagte Mink, während beim Melken die Muskeln seiner Arme anschwollen, abschwollen.

»Dreieinhalb Stunden Melken. Ich hab' gemolken, Dub hat die verdammte Milch geschleppt, und das macht pro Tag allein sieben Stunden Melken, nimm das Korn- und Heufüttern dazu, den Stall ausmisten, müssen was von dem Mist ausbringen, bevor der Schnee kommt, morgen müssen wir die Sahne vor sieben zur Straße runtergebracht haben, dazu noch der alltägliche Kleinkram wie Kartoffeln ernten, und das Holz müssen wir auch noch holen. Schlachten müssen wir diese Woche, und wenn wir die ganze Nacht dafür aufbleiben. Wenn ich 'ne Liste von den Sachen machen wollte, die im Moment getan werden müssen, würde ich jedes Stück Papier im Haus brauchen. Ich weiß nicht, ob ich 'nen Bleistift halten könnte, ob ich meine Hände noch um was anderes als Kuhzitzen legen kann. Du und Mernelle, ihr müßt euch um die Hühner kümmern und an Äpfeln reinbringen, was ihr könnt, und die Kartoffeln ernten. Mernelle wird 'ne Woche von der Schule wegbleiben müssen, bis wir übern Berg sind. Wir

schaffen's nur, wenn wir das Schlafen seinlassen.« Was er sagte, stimmte. Aber die Art, wie er wütend den Mund verzog, erboste Jewell.
»Du wirst nix Vernünftiges zu essen kriegen, wenn wir draußen arbeiten sollen. Ich kann nicht die Hühner schlachten und rupfen und Kartoffeln und Äpfel schleppen und dann schnell ein großes Essen kochen. Kannst du nicht einen von den Jungen von deinem Bruder zum Aushelfen kriegen, Ernest oder Norman?« Sie wußte, daß er es nicht konnte.
»Wär' schön, wenn ich beim Melken kürzertreten könnte, weil ich Holz schleppen muß. Verflucht, ich brauch' ein gutes Essen, und ich verlange, daß du's mir hinstellst.« Jetzt brüllte er. »Und, nein, ich kann die Jungen von Ott nicht zum Aushelfen kriegen. Erstens ist Norman erst elf und so stark wie nasses Heu. Ernie hilft schon Ott, und Ott sagt, daß er sich etwa so ins Zeug legt, als müßte er Gift nehmen.«
Ihr hätte es gefallen, ihn Gift nehmen zu sehen, das wußte er.
Ein Auto kam den Weg heraufgeächzt. Jewell ging ans Fenster.
»Hätt' ich mir denken können, daß die kommt. Die alte Mrs. Nipple mit Ronnie.«
»Bin im Stall«, sagte Mink, der an seinem Overall zupfte. Der Streit hatte ihm Farbe ins Gesicht getrieben, und in Jewell blitzte kurz auf, wie er als junger Mann gewesen war, die milchige Haut unter dem Hemd, die blitzenden blauen Augen und das feine Haar. Seine Kraft, die großtuerische Art und Weise, wie er ging und an seinem Overall zupfte, damit seine empfindlichsten Körperteile sich nicht am groben Stoff rieben.
Er und Dub gingen zum Holzschuppen und bewegten sich wie ein Gespann. Die Verandatür quietschte. Um die Türkante krümmten sich Mrs. Nipples schwerfällige Finger.
»Stehen Sie doch nicht so da, Mrs. Nipple, kommen Sie rein, und Ronnie auch«, rief Jewell und setzte Teewasser auf. Die alte Dame hatte sich als Kleinkind mit heißem Kaffee den Mund verbrannt und nie wieder welchen angerührt; ihren Tee ließ sie stehen, bis er lauwarm war. »Hab' mir schon gedacht,

daß wir Sie bald zu Gesicht kriegen.« Mrs. Nipple hatte eine Witterung für Ärger, die so untrüglich war wie der Drang der Wildgans, fortzufliegen, sobald die Tage kürzer werden. Sie spürte die leisesten Mißklänge auf Meilen Entfernung.

»Nach allem, was sie durchgemacht hat«, hatte Jewell Mernelle einmal in düsterem Ton erzählt, »weiß sie wahrscheinlich Bescheid, wenn in Kuba was nicht stimmt.«

»Was hat sie denn durchgemacht?« fragte Mernelle.

»Nichts, was ich dir sagen kann, bevor du 'ne erwachsene Frau bist. Du würdest es nicht verstehen.«

»Ich versteh's ganz bestimmt«, jammerte Mernelle, »bitte sag's mir.«

»Das glaub' ich nicht«, erwiderte Jewell.

»Ronnie ist in den Stall raus, um mit Loyal und den anderen zu reden«, sagte Mrs. Nipple, als sie sich durch die Tür schob, das kaputte Fenster registrierte, die Kartoffelschalen im Spülstein, die halboffene Tür zum Holzschuppen, Jewells verzerrtes Lächeln. Sie roch die Wut, den Rauch, spürte den Abschied. Auf Minks Stuhl bemerkte sie die Wärme des Sitzes sogar durch ihren schweren braunen Rock. Ihr brauchte niemand zu sagen, daß etwas passiert war. Sie wußte, daß Mink in den Stall gegangen war, weil sie gekommen war.

Die alte Dame sah aus wie eine Henne, die tausend Eier gelegt hat, von ihrem gekräuselten weißen Haar, das sie sich in Corinne Claunchs Schönheitssalon zur Dauerwelle hatte legen lassen, bis zu ihren hellen, feuchten Augen, ihrem ungeschlachten Busen, ihrem ausladenden Hinterteil, das kein Korsett einzuzwängen vermochte, und den krummen Beinen, die so weit außen am Becken saßen, daß es aussah, als würde ein Schaukelstuhl schaukeln, wenn sie sich bewegte. Dub hatte Loyal einmal kichernd zugeflüstert, daß zwischen ihren Oberschenkeln sicher drei Handbreit Platz war und daß sie auf dem Rücken eines Clydesdale-Pferdes sitzen konnte wie eine Wäscheklammer auf der Leine.

Sie seufzte, berührte einen Glassplitter auf dem Wachstuch. »Anscheinend gibt's überall Ärger«, sagte sie, um den Neuigkeiten, die Jewell zweifellos zu erzählen hatte, ein Fundament zu bereiten.»Es ist doch lästig, daß man die Papiertüten in die Geschäfte mitbringen muß, und erst letzten Monat hat Ronnie einen Brief von dem Milchlaster gekriegt. Da stand drin, daß sie die Route neu einrichten. Können nicht mehr zur Farm raufkommen. Wenn wir ihnen Sahne verkaufen wollen, müssen wir sie zur Straße runterschleppen. Er hat's gemacht, aber es ist 'ne ziemlich mühselige Arbeit, kostet 'ne Menge Zeit. Ich nehm' an, daß er ganz schön Verlust dabei macht. Ich möchte mal wissen, was die sich denken, wie wir zurechtkommen sollen. Und dann die Schwägerin von meiner Nichte Ida, Sie erinnern sich doch an Ida, sie hat bei uns gewohnt, wie Toot noch am Leben war, hat den ganzen Sommer im Garten geholfen, hat Beeren gepflückt, Äpfel, ich weiß nicht was, hat Toot und Ronnie beim Heu geholfen. Sie war die, die von den Wespen gestochen wurde, die ein Nest unter einem Kürbis hatten. Na ja, jetzt lebt sie in Shoreham drüben, ich hör' von ihr, daß ihre Schwägerin, Mrs. Charles Renfrew, sie führt ein Wirtshaus in Barton, ihr Mann ist im Krieg, bei der Luftwaffe, verhaftet wurde. Ich hab' nie dort gegessen und werd's sicher nie tun. Sie hat diesen Kerl erschossen, Jim Irgendwas, hat da drüben fürs Stromwerk gearbeitet, mit seinem eigenen Gewehr. Hat anscheinend rumgeschnüffelt, durch die Fenster spioniert, um zu sehen, was sie so treibt, und da hat er einiges gesehen. Sie hat so 'nen Koch, der ihr hilft, 'nen Farbigen aus Südamerika, sie hat nicht gesagt, wie er heißt, aber der Mann vom Stromwerk hat gesehen, wie Mrs. Charles Renfrew den Koch geküßt hat, und da kommt er mit seiner Flinte rein. Sehen Sie, er war selber hinter ihr her. Sie sieht gut aus, wie es heißt. Sie nimmt ihm die Flinte ab und schießt auf ihn. Und er war tot. Als sie sie verhaftet haben, hat sie alles zugegeben, aber behauptet, daß es ein Unfall war. Hat sechs Kinder, das jüngste ist erst vier. Die armen kleinen Kinder. Hat alles in der Zeitung gestanden. Schrecklich, was?« Sie wartete darauf, daß Jewell anfing. Es gab nichts Schrecklicheres als Mrs. Charles Renfrews Sammlung von Verbrechen vor aller Ohren; und sie hatte die Geschichte erzählt, um Jewell Gelegenheit zu geben, die eigenen Sorgen zu relativieren. Sie beugte sich vor.

Jewell schob ihr die Tasse Tee hin; der Faden des Beutels hing über den Tassenrand. »Bei uns hat's gestern abend eine kleine Überraschung gegeben. Loyal kommt zum Essen rein, steht mittendrin auf und sagt, daß Billy und er nach Westen ziehen. Sie sind gestern abend fort. Hat uns mehr oder weniger überrascht, aber so sind die jungen Leute heutzutage.«
»Ja, so was«, sagte Mrs. Nipple. »Da bleibt mir die Spucke weg. Ronnie wird sich ganz schön wundern. Er und Loyal waren doch so dicke Freunde.« Da ist etwas faul, dachte sie, so geradeheraus erzählt, ohne Einzelheiten, wer was gesagt hatte. Sie wußte, daß mehr dahintersteckte. Mink hatte sicher völlig durchgedreht. So wie Jewell es jetzt erzählt hatte, sah es nicht wie die Art Geschichte aus, die mit der Zeit üppiger wurde, sondern eher danach, daß es weniger wurde, daß es sich verdichtete zu einer von den Sachen, über die niemand redete, so daß in einem Jahr alles vergessen wäre. Solche Geschichten gab es genügend. Sie kannte selbst eine oder zwei. Das waren ernste Angelegenheiten. Sie hatte nie verstanden, warum Ronnie Loyal mochte, der nichts Besonderes war, nicht einmal innerhalb der Bloods mit ihrer Begabung, das Falsche zu tun, bis auf seine Kraft und seinen kernigen Hunger nach Arbeit. Aber ein Mann allein konnte diese Farm nicht wieder hochbringen. Zuviel lag im argen. Man mußte sich nur ansehen, wie sie seit den Zeiten des Großvaters heruntergekommen war, als sie tadellos umzäunt war, damit Pferde und schmucke Merinoschafe weiden konnten – damals gab's nur drei Kühe für die eigene Butter und den eigenen Käse. Sie mochte Jewell ganz gern, aber die Frau war eine schlampige Haushälterin, ließ die Männer in der Arbeitskleidung ins Haus, überließ Staub und Spinnen das Regiment und war sich zu gut für die Arbeit im Milchraum.

»Na ja, Billy hat darauf gebrannt, fortzukommen, und ich kann's ihr nicht zum Vorwurf machen. Aber es überrascht mich, daß Loyal mit ist. Er ist ein Landjunge von Grund auf. Sie wird merken, daß sie den Jungen vom Land wegtreiben, aber dem Jungen nicht das Land austreiben kann. Wird nicht leicht sein, die ganzen Kühe zu melken, mit Mink und Dub al-

lein. Dub ist doch noch da, oder ist er wieder unterwegs?« Ihre Stimme klang jetzt so butterweich, daß sie einen wunden Hals geheilt hätte.
»Ist seit seinem Unfall eigentlich ständig hiergeblieben. Aber Sie kennen ihn ja. Die zwei können nicht alles machen. Nicht den Hof in Schuß halten, nur die beiden allein. Wir werden vermutlich jemand anheuern müssen.«
»Sie werden niemand kriegen. Ronnie hat's den ganzen vergangenen Winter, das Frühjahr und den Sommer über versucht, und er kennt im Umkreis von dreißig Kilometern jeden, der eine Heugabel halten kann, und ich sage Ihnen was: Das Beste, was er hat kriegen können, waren Schuljungen und hundertjährige Opas mit Holzbein und Gehstock. Auf manchen Höfen nehmen sie Mädchen. Wie steht's mit Mernelle? Kann sie nicht melken? Wie alt ist sie jetzt, zwölf, dreizehn? Hat sie schon ihre Regel? Ich hab' gemolken, wie ich acht war. Oder Sie melken, während sie den Haushalt übernimmt. Es gibt Leute, die behaupten, 'ne Kuh wird unruhig, wenn eine Frau die Regel hat und sie melkt. Ist mir persönlich nie aufgefallen.« Die alte Dame nippte an ihrem Tee.
»Nein, Ma'am. Ich arbeite nicht im Stall, und mein Mädel auch nicht. Der Stall ist Männerarbeit. Wenn sie nicht damit fertig werden, können sie jemand einstellen. Ich hab' dem Stall zwei Jungens geboren, das reicht. Mink hat mir und Mernelle schon die Hälfte von seiner Arbeit draußen aufgehalst.«
»Mir ist aufgefallen, daß jetzt, wo's so schwierig ist, Aushilfen zu kriegen, und die Jungens im Krieg fort sind, 'ne ganze Menge Höfe zum Verkauf stehen. Und wie der Sahnepreis schwankt. Jetzt steht er gut, weil Krieg ist, aber er kann auch wieder runtergehen. Die Darter-Farm ist verkauft worden. Drei Jungens sind beim Militär, der andere schafft auf der Werft, das Mädchen macht 'ne Schwesternausbildung, und Clyde meint: ›Ich weiß nicht, warum wir hier rumhängen, wenn wir gutes Geld verdienen könnten, anstatt uns zu Tod zu schuften.‹ Es heißt, daß er nach Bath in Maine rüber ist, wo der andere Junge ist, sie haben ihm Schweißen beigebracht, und er hat jetzt 'ne gutbezahlte Stelle. Es heißt, daß sie auch

eine hat und daß sie gut dastehen mit dem, was sie zusammen verdienen und was sie für ihre Farm bekommen haben; die haben sie an einen Lehrer aus Pennsylvania verkauft, der bloß im Sommer kommt. Komisch, daß Loyal und Billy so aus heiterem Himmel fort sind. Er hat Ronnie nichts davon gesagt. Ronnie und er wollten diese Woche auf Gänsejagd gehen. Das ist auch der Grund, warum wir reingeschaut haben, damit Ronnie und Loyal was ausmachen können. Ich hab' gesagt, sie sollen versuchen, ein paar Hühnerbussarde zu erwischen, die mir meine Hühner holen, und jetzt auch noch 'ne Truthenne. Ich weiß nicht, ob ein Hühnerbussard 'ne Truthenne fortschaffen kann, aber bestimmt können sie sie fressen, wo sie sie hingeschleppt haben. Vielleicht war's ja auch ein Fuchs. Ich weiß nicht, wie Ronnie ohne Loyal auskommen soll, sie waren so dick miteinander. Für Sie wird's ganz schön hart werden ohne Loyal. So ein Arbeitstier.«

»Es wird uns schon was einfallen. Ich weiß bloß nicht, was. Eins steht fest: Ich geh' in keinen Stall, und Mernelle auch nicht.«

3
Unterwegs

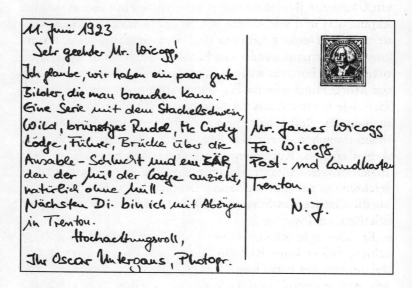

Er kam zügig voran, fuhr Richtung Norden auf das Ende des Sees zu. Er hatte sein kleines Geldbündel, Geld vom Land, Dollarscheine, die schmierig und schlaff waren, weil sie durch die Hände von Mechanikern, Landarbeitern und Holzfällern gegangen waren. Er hatte genug Benzinmarken, um ein Stück weit zu kommen. Es war schließlich niemand hinter ihm her. Er glaubte nicht, daß sie jemals hinter ihm hersein würden. Die Mauer war gut gebaut, dachte er. Solange die Füchse sich nicht darunter gruben. Solange niemand dort hinaufging. Wer zum Teufel sollte dort hinaufgehen? Kein Mensch würde dort hinaufgehen.

Die Straßen waren hart von der Herbstkälte, und es herrschte nicht viel Verkehr. Gutes Jagdwetter. Ein paar Autos, ein mit Holz beladener Lastwagen, der aus dem dunklen Wald kam und dort, wo er auf die befestigte Straße abbog, eine doppelte Dreckkurve hinterließ. Mußte an irgendeiner morastigen Stelle steckengeblieben sein. Er hatte siebenundvierzig Dollar, genug, um ein Stück weit zu kommen. Wenn das Auto durchhielt. Es war in ziemlich gutem Zustand, ein Chevrolet Baujahr 36, sah man von der Sitzlehne ab, die kaputt war und von hinten mit einer Holzlatte gestützt wurde. Aus der Heizung kam nur ein Lüftchen, kälter als der Atem einer Fledermaus, aber das Gebläse funktionierte einigermaßen. Die Batterie war alt, und der Wagen ließ sich an kalten Morgen nur widerwillig starten, das war ungefähr so einfach, wie Portwein aus der linken hinteren Zitze einer Kuh zu melken. Die Reifen hatten noch Profil. Er würde schonend mit ihnen umgehen. Wenn das Auto den Geist aufgab, konnte er Arbeit suchen. Auf irgendeine Farm marschieren und nach Arbeit fragen. Sorgen machten ihm die Benzinmarken. Sie reichten nur für fünfundsiebzig Liter. Damit kam er gerade bis an die Grenze des Staates New York. Er mußte Benzin beschaffen, egal wie.

Er überlegte nicht, wohin, fuhr einfach drauflos. Ihm schien, daß er keine Richtung brauchte, jede zufällige Route, die ihn von der Farm wegführte, war recht. Es ging nicht darum, daß er überall hinfahren konnte, sondern darum, daß er irgendwohin fahren mußte, wohin, spielte keine Rolle. Nichts hatte ihn je dazu verleitet, sich für Spinnen oder Steine, für die präzise Mechanik von Uhrwerken, das Geräusch von aus Druckerpressen strömendem Papier, das Vermessen der hohen Arktis oder den Tenorgesang zu interessieren. Die Farm hatte zwar Antworten auf alle Fragen, aber Fragen hatten sich nie gestellt.

Westen, das war die Richtung. Dort, hatte Billy geglaubt, war etwas. Keine neue Farm. Sie wollte an einen Ort mit Wirtshäusern, irgendeine Kriegsarbeit, in den Fabriken gab es gutes Geld, wenn sie eine Arbeit gefunden hätte, bei der ihre Nägel nicht abbrachen, etwas Geld für den Neubeginn sparen, samstags abends ausgehen, mit in der Mitte gescheiteltem, gelocktem Haar, das von zwei mit Pailletten besetzten roten Spangen nach hinten gesteckt war. Sie hatte singen wollen. Sie sang ziemlich gut, wenn sie Gelegenheit dazu hatte. In den Club 52 voller Kerle aus der Kaserne gehen. Wie Anita O'Day, kühl, klug, vor dem Mikrophon stehen, es mit der Hand halten, aus der ein roter Chiffonschal strömte, während ihre Stimme durch den Raum floß wie Wasser über Steine. Klar, aber ein wenig sarkastisch.

Er hätte eine Arbeit finden müssen. Gutes Geld, hatte sie gesagt, ein Dollar pro Stunde und mehr. Die Kerle kassierten fünfzig, sechzig Dollar pro Woche in den Flugzeugfabriken. Er würde nach Westen fahren, sich aber nahe der Grenze halten. Die Städte, die sie genannt hatte, South Bend, Detroit, Gary, Chicago, die brachten es. Dorthin hätte Billy gewollt, aber seine Gedanken zuckten immer wieder vor dem zurück, was geschehen war. Das Benzin würde zum Problem werden.

Die Straße verlief neben den Eisenbahnschienen am See. Das war noch eine Möglichkeit; er konnte auf Züge aufspringen. Das war er noch nie, aber viele hatten es getan. Dub zum Beispiel, sogar der dumme Dub war herumgezogen, war in Güterwaggons mitgefahren, wann immer er durchdrehte und sich aus dem Staub machte. Dann kam er übel zugerichtet zurück, stank, schleppte einen alten Futtersack voll Schund an, die Haare steif vor Dreck.

»Geschenke. Hab' ein Geschenk für dich, Ma«, sagte er und breitete den Plunder aus. Einmal waren es an die dreißig Kuchenformen gewesen, die Ränder mit festgebackenen Äpfeln und Kirschsaft verklebt. Einmal fünf kleine, etwa fünfzehn Zentimeter hohe Baumwollballen, auf den Schildern stand: »Ein Geschenk aus New Orleans, Welthauptstadt der Baumwolle.« Ein anderes Mal war es nichts weiter als ein halbes BURMA-RASUR-Schild. Nur BURMA war noch zu lesen. Er wollte ihnen weismachen, es käme tatsächlich aus Burma. Und einmal brachte er fünfzig Pfund rote Erde von irgendwo im Süden mit, woher, wußte er nicht mehr.

»Ist alles so dort unten, überall rote Erde. Rot wie Blut. Rote Straßen, der Wind weht dort, die Häuser sind unten rot, die Gärten, die Farmen. Aber die Kartoffeln und Rüben haben die gleiche Farbe wie unsere. Das kapier' ich nicht. Weil es doch rote Kartoffeln gibt. Aber nicht im Land der roten Erde.« Er kippte die Erde auf eines von Jewells Blumenbeeten, wo er sie ab und zu ansehen und sich an den Ort erinnern konnte, von dem sie kam.

In der Dunkelheit hinter ihm tauchte immer wieder ein Licht auf, das im Rückspiegel allmählich größer wurde. Loyal hörte das Pfeifen eines Zuges vor einem Bahnübergang, meinte, er läge bereits hinter ihm, aber als er um die langgestreckte Kurve vor einer Brücke bog, war der Zug vor ihm, sein Licht raste die Schienen entlang, das Eisen ratterte ein paar Meter vom ihm entfernt.

Am schlimmsten war das eine Mal, als Dub bis auf die Knochen abgemagert nach Hause zurückgekehrt war, der Schorf in seinem Gesicht wie schwarze Inseln und sein linker Arm amputiert bis auf einen Stummel, der aussah wie eine Seehundflosse. Mink und Jewell, ganz steif in ihren besten Kleidern, fuhren los, um ihn abzuholen; es war das erste Mal, daß Mink den Bundesstaat verließ. Dub nannte es so, »meine Flosse«, versuchte einen Witz zu machen, aber es hörte sich krank an. »Hätte schlimmer kommen können«, sagte er und zwinkerte Loyal mit irrem Blick zu. Danach war er nur noch einmal losgezogen, nicht weiter als Providence, Rhode Island, als Anhalter auf der Straße, nicht als Eisenbahntramp. In Rhode Island gebe es eine Art Schule, sagte er, einen Ort, wo man lernen könne, wie man Dinge fertigbringt, wenn einem die Hälfte der Glieder fehlt. Sie würden einen mit künstlichen Armen, Händen und Beinen aus Riemen und Aluminium zusammenflicken. Eine neue Sorte Plastikfinger, die so gut funktioniere, daß man damit als Ein-Mann-Band auftreten könne. Aber nach seiner Rückkehr war er genauso wie vorher. Wollte nicht darüber reden. Irgendeine Veteranenklinik für Soldaten, Farmer mußten allein zurechtkommen, so gut sie konnten. Es war ohnehin nur eine Frage der Zeit, bis man auf die eine oder andere Weise verkrüppelt wurde. Eine Menge Leute traf es schon in der Kindheit. Zum Beispiel Mink, Heugabelzacken durch den Oberschenkel, als er fünf war, zwei Autounfälle, einmal vom Traktor überrollt, von der Zuchtsau umgeworfen, die ihm das halbe Ohr abriß, aber er war immer noch da, humpelte herum, stark wie eine Eisenkette, schuftete. Ein zäher Brocken. Der alte Hund.

Schon kilometerweit im Staat New York lenkte er das Auto in ein Feld hinter einer Reihe wilder Kirschbäume. Die kaputte Lehne konnte sich als praktisch erweisen, dachte er, zog die Stütze heraus, so daß sie umkippte und ein schmales Bett bildete. Aber als er am Einschlafen war, wurde es ihm wieder eng um die Brust, ein stumpfer Stock bohrte sich ihm unterhalb des Kehlkopfs in den Hals und mit ihm eine würgende Atemlosigkeit. Er setzte sich auf, den Rest der Nacht verbrachte er mit Eindösen und Wiederaufschrecken.

Das Radio empfing keinen Sender deutlich, nicht einmal das französische Geplapper und die Akkordeons, während er die Koniferenwälder der Adirondacks entlangfuhr, Tannen und kilometerweit Lärchengerippe wie graues atmosphärisches Waldrauschen, manchmal ein Gewirr von Rehbeinen und phosphoreszierende Augen auf der Straße vor ihm, so weit vor ihm, daß er Zeit hatte, auf die Bremse zu treten, während er auf die Hupe drückte und sie verschwinden sah, sich wegen der Bremszüge, der abgenutzten Trommeln sorgte. Er fuhr an Häusern, nicht größer als Geräteschuppen, vorbei, aus deren steinernen Kaminen Rauch wehte, vorbei an Blockhütten, an Schildern, auf denen stand: »Krähennest«, »Langer Müßiggang«, »Die Klause«, »Mückenschlucht«, »Finstrer Wanderweg«. Brücken über reißendem Wasser, die Kiesstraße übersät mit Schlaglöchern, sämtliche Straßen nichts weiter als Kerben durch die dicht stehenden Bäume, Straßen, die die Kurven und Windungen des fünfzig Kilometer weiter nördlich fließenden St.-Lorenz-Stroms nachzeichneten. Die Fremdheit der Landschaft, ihre Leere beruhigten seinen Atem. Hier gab es nichts von ihm, kein Ereignis, keine Pflicht, keine Familie, die ihn belasteten. Eine düstere Landschaft, naß wie die Innenseite eines Eimers im Regen. Die Nadel der Benzinanzeige fiel ab, und er hielt Ausschau nach einer Tankstelle. Je weiter er kam, desto besser konnte er anscheinend atmen.

Am späten Vormittag hielt er an einer Touristenfalle an, die hinter einer langen Kurve zwischen Bäumen verborgen lag: BIG PINETREE, Zur Dicken Kiefer. Er war nahezu krank vor Hunger. Vier oder fünf alte Pkws und Lkws, die schon so lange dort standen, daß ihre Reifen platt waren. Eine Reihe Hütten, beschildert mit: »Kleine Indianermokassins«, »Erdnuskrokant«, »Baalsamkisen«, »Lederwaaren«, »Lepensmitel«, »Suvenirs«, »Raifenwecksel soffort«, »Speiselokal«, »Kaffe ohne Satz 5 Cent«, »Toilete«, »Mitbringsel & Neuheiten«, »Autoreperaturen«, »Würmer & Hacken«, »Turistenhütte«. Der Ort wirkte geschlossen, aber im runden Kopf der Zapfsäule brannte Licht und schimmerte durch den roten Schriftzug des Kraftstoffnamens: TYDOL FLYING A. Der Parkplatz holperig wie ein Maiskolben, übersät mit Schlammlöchern und Furchen. Eine Garageneinfahrt, das Tor mit kaputtem Scharnier, so daß es in den Kies einen Halbkreis gekratzt hatte. Neben das Hauptgebäude hatte irgend jemand eine Ladung Klafterholz gekippt.

Er ging hinein. Eine hölzerne Theke, davor ein paar mit rotem Wachstuch selbstgepolsterte Hocker, drei orangefarben lackierte Sitzecken. Er roch Zigarettenqualm. Irgendwo lief ein Radio. »Welcher Schmerz brach mir das Herz, als wir uns trennten.« Hinter der Theke befanden sich Haufen und Stapel von Mokassins, Nadelkissen, Staubwedeln aus bunten Federn mit in Gestalt einer Tanne geschnitzten Griffen, Wassersäcken aus Leinwand, die man um den Kotflügel schlingen konnte, Filzwimpeln, Holztafeln, in die Witze und Mottos eingebrannt waren, grünen Autoaufklebern mit dem Aufdruck »Dieser Wagen war in den Adirondacks« und an der Wand ausgestopfte Köpfe und aufgezogene Leiber von Barschen und Hechten, sieben Pfund schweren Forellen mit viereckigen Schwänzen, Bären, Elchen und Hirschen, ein Stachelschwein, das größer war als sämtliche Luchse, die sich auf ihren Birkenstammhälften zum Sprung duckten, eine Feldschlange, die schwerfällig über den Türsturz kroch, und überall Fotos voll Fliegendreck von Männern in kniehohen Stiefeln, die Kadaver und Leichen in Händen hielten.

»Kann ich Ihnen helfen«, sagte eine gereizte Frauenstimme.

Sie saß in einer der Sitzecken, die bequem Raum für drei Personen bot, eine dicke junge Frau mit blondem Haar, das an der Seite gescheitelt und mit einer schwarzen, grob gerippten Seidenschleife nach hinten gebunden war. Über einem mit Seepferdchen bedruckten Hauskleid trug sie einen grauen Männerpullover. Vor ihr befanden sich ein in der Mitte durchgeschnittenes Hühnchensandwich, an dessen Ende Schinkenstreifen heraushingen, und eine Kanne Kaffee neben einem Souvenirbecher, eine aufgeschlagene Zeitschrift. Die Buchstaben, die er sehen konnte, ergaben: »Das Telegramm traf ein, als ich Joe untreu war.«

»Hätte gern eine Tasse Kaffee und so ein Sandwich, wenn Sie noch eins haben.« Deutete mit dem Daumen.

»Läßt sich machen.« Sie hievte sich hoch, und er sah die verknitterten Beine der Arbeitshose unter dem Kleid, die öligen Arbeitsschuhe.

»Sind Sie die Dicke Kiefer?«

»Fast getroffen. Bin dick genug. Mrs. Big Pinetree. Piney ist im Pazifik, und ich bin hier, damit die Bären aus dem Speisesaal draußen bleiben und um Autos zu reparieren, so gut es geht – ohne Ersatzteile und ohne Reifen. Wollen Sie's getoastet?«

»Denke schon.«

Sie holte eine offene Schüssel mit Hühnersalat aus dem großen Servel-Kühlschrank, dessen Tür um den Griff herum von Werkstattschmiere verfärbt war, klatschte drei Scheiben Schinken auf den Rost und legte drei Scheiben Brot zum Toasten darauf. Sie drückte mit einem Pfannenwender auf den Schinken, und das Fett troff heraus. Dann öffnete sie erneut den Kühlschrank, packte einen Kopfsalat wie eine Bowlingkugel, riß zwei Zentimeter Blätter ab und warf sie auf das Schneidebrett. Sie wendete den Schinken, wendete die Brotscheiben, drückte mit dem Wender darauf. Sie holte die Kanne aus der Sitzecke und goß Kaffee in einen weißen Becher, auf dem stand: »Zur Erinnerung an die Dicke Kiefer in den Adirondacks«. Sie schob den Wender unter eine Scheibe Brot, die dunkel geröstet war und einen schwarzen Rand hatte, ließ sie auf einen Teller rutschen, bestrich sie mit Silvernip-Mayonnaise, legte die Hälfte des Salates darauf, klatschte eine Kelle voll Hühnersalat in die Mitte, nahm die zweite Scheibe Toast, legte sie darauf wie ein Maurer, der einen Ziegelstein einpaßt, klatschte Mayonnaise, den restlichen Salat und den heißen Schinken darüber. Als die letzte Scheibe Brot obenauf lag, blickte sie zu Loyal, das Messer in der Hand.

»Schräg oder gerade?«

»Gerade.«

Sie nickte einmal, setzte das Messer genau in der Mitte an, parallel zum Rand des Toasts, hob den Messergriff an und schnitt das Sandwich glatt durch. Sie holte ein kleines Kännchen mit Sahne aus dem Kühlschrank und stellte alles vor ihm auf die Theke.

»Da, bitte sehr. Ich traue Kerlen nicht, die's schräg geschnitten mögen. Stadtmode. Fünfundfünfzig.« Er kramte nach Kleingeld, setzte sich zum Essen, versuchte, nicht zu schlingen und zu stopfen. Sie ging zu ihrer Zeitschrift zurück, und er hörte sie ein Zündholz entfachen, hörte das zufriedene Ausstoßen ihres Atems, roch den Rauch. Sie war dick, aber nicht böse.

»Schmeckt verdammt gut, das Sandwich«, sagte er. »Könnte ich vielleicht noch 'ne Tasse Kaffee kriegen?«

»Bedienen Sie sich«, sagte sie und klapperte mit der Kanne auf dem Tisch vor sich. Er trug seinen Becher hinüber, und sie schenkte ihm Kaffee ein und hielt dabei seinen Becher mit der Hand ruhig. Ihre Finger berührten seine.

O Gott! Er hatte sich nicht gewaschen, seitdem er... Er wollte schon zurückzucken, da fiel ihm das Benzin ein. Er trank einen Schluck Kaffee und versuchte die nervöse Anspannung niederzuringen. Setzte sich ihr gegenüber auf die Bank und legte den Kopf ein wenig schräg.

»Verlasse nicht gern angenehme Gesellschaft«, sagte er, »aber ich muß weiter.«

»Wo geht's denn hin?«

»Nach Westen. Hab' mir gedacht, ich geh' mal von der Farm weg, geh' in einen von den Rüstungsbetrieben, verdien' mir was.«

»Wenn ich das bloß könnte. Die kriegen wirklich gute Löhne. Frauen, kriegen an den Fließbändern dasselbe wie die Männer. Bonny am Band. Ich stecke hier fest, bis Piney zurück ist, und hier kommen am Tag keine fünf Autos vorbei. Wenn ich mich bloß auf Ihren Rücksitz packen könnte.«

»Ich kann mir schon denken, was Piney tun würde. Mein Kopf würde vermutlich da oben an der Wand landen, neben dem ausgestopften Stinktier.« Ein kalter saurer Hauch ging von ihr aus, ähnlich dem kiesigen Boden unter Steinen.

Sie lachte und sah ihn an, aber er entzog sich ihrem Blick mit einem Zwinkern.

»He, süße Mrs. Pinetree.« Seine Stimme klang weich. »Könnten Sie mir vielleicht ein bißchen Extrabenzin verkaufen. Bin fürchterlich knapp mit Marken.«

»Tja, da haben Sie am richtigen Ort angehalten, aber es kostet Sie das Doppelte.« Ihre Stimme wurde hart, sie schien zu Gußeisen zu werden. Er ging mit ihr hinaus und lehnte sich ans Auto, während sie den Tank mit Benzin füllte. Draußen im Licht sah er, daß sie nichts Besonderes war, nur eine eingepferchte Frau, die nicht wußte, wie sie sich freischaufeln sollte, nichts als Schmiere und Schmutz, aber bereit, was sie hatte, jedem zu geben, der vorbeikam. Ihre Knöchel waren aufgeschunden, die Fingernägel schwarz geründert. Jetzt war sie mürrisch, weil sie spürte, daß er aufbrechen würde, kaum hätte er das Benzin.

»Das wird dir eine Lehre sein.« Mit ihrem Fuß schubste sie den gelben Kater weg, der um ihre Beine strich, hob ihn dabei ein paar Zentimeter in die Luft. »Wehr dich, Katerchen.« Natürlich meinte sie ihn.

Sie scheint nicht zu wissen, wie gut sie es hat, dachte er. Daß sie hier sein durfte, in aller Ruhe den Laden führen und große Sandwiches essen konnte, soviel Benzin bekam, wie sie wollte, aus dem Benzin Vorteil schlug, Schwarzmarktpreise dafür einstrich, Piney draußen auf dem Pazifik betrog, seine Hand berührte, sie wußte ja nicht einmal, wer in Gottes Namen er war, und Herrgott, die arme Billy, wo war sie? Die Frau wußte nicht, wie nah sie ihm kam.

»Wie wär's mit einer Art Bonus für diejenige, die Ihnen das Benzin verkauft.« Sie spitzte den Mund.

»Vielleicht sollten wir für die Art Bonus einfach wieder reingehen«, sagte er und lächelte, als hätte er Nägel zwischen den Zähnen, der ölige Metallgeschmack von Nägeln lief ihm direkt die Kehle hinunter, und er konnte es kaum erwarten, die Tür zuzuschlagen und zu verriegeln.

Auf der Suche nach einem Halt umklammerten seine Arme den Postkartenständer, und er rang nach frischer Luft. Er war sich nicht sicher, was los war, aber urplötzlich schien ihm, als würde er an einem ganz heißen Tag ein Loch graben, um seine eingefallene Lunge mit Luft zu füllen. Die Hose hing ihm um die Stiefelschäfte. Er sah die fleckige Unterwäsche und wollte die Hose hochziehen, bekam aber keine Luft.

»Sieht ja reizend aus«, sagte sie von der anderen Seite des Raums und sah zu, wie er nach Luft rang. Sie ging zu ihm. »Ich hab' gesagt, sieht ja reizend aus, du würgender, dreckiger Hund.« Sie warf einen Sandwichteller in seine Richtung. Er traf den Postkartenständer und fiel in seine Hose. Er sah ihn zwischen seinen Knöcheln, sah das geronnene Fett und ein Stückchen roten Schinken, den schmutzigen weißen Teller. Wie war er da nur hineingeraten? Er wollte sie nicht, er wollte nichts von ihr außer Benzin.

Er rang nach Luft, schüttelte den Teller auf den Boden, zog seine Hose hoch und keuchte. Da lief etwas ganz falsch. Ein Herzanfall oder dergleichen. Er stolperte gegen die Tür. Hatte die Hände voller Postkarten. Draußen wehte Wind, und die Luft war kalt, und wenn er sterben sollte, dann wollte er draußen sterben, nicht hier drin.

»Na los, raus«, sagte sie. »Du hast Glück. Du hast Glück, daß ich nicht Pineys Flinte runterhole. Wenn du schlau bist, bist du im Nu draußen, oder ich hol' Pineys Flinte runter.« Sie näherte sich ihm. Er schob den Riegel zurück und riß die Tür auf.

Der Parkplatz wurde von den schwarzen Tannen auf der anderen Straßenseite zusammengedrückt, kleiner und kleiner zusammengefaltet wie ein Stück Papier. Vor den Bäumen wartete sein Auto, sah bleich aus, der verchromte Griff an der Fahrertür ein silberner Stab, der ihn, als er ihn ergriff, mit den Möglichkeiten von Weiten verband. Keuchend und nach Luft schnappend, schwang er sich ins Auto, es sprang an wie geschmiert, sprang an, und er stieß rückwärts über den Kies auf die einsame Straße hinaus, vorbei an Wogen von Kiefern und Tannen, den ins Dunkle führenden, zerfurchten Zufahrten, den von Moskitos heimgesuchten Hütten im Wald.

Als er auf die Straße hinausfuhr, bewegte sich etwas neben dem Holzstapel. Er hielt es für ein herabfallendes Scheit, aber es war der gelbe Kater, von der gleichen Farbe wie frisches Holz. Sie hatten einmal einen Stallkater gehabt, mit einem ebensolchen karamelfarbenen Fell. Er erinnerte sich, wie der Kater seine Mutter umschmeichelt hatte, sich auf die Veranda gesetzt und zu ihr aufgeblickt hatte. Sie hatte ihn Spotty getauft und ihm Sahne gegeben. Er hatte den Fehler begangen, sich an Minks Bein zu reiben, als der gerade schlecht gelaunt war, Mist aus der Abflußrinne schaufelte. Mink hatte dem Kater mit einem Schaufelhieb das Rückgrat gebrochen.

Nach einer Stunde konnte er wieder leichter atmen. Der Vordersitz war mit Postkarten übersät, siebzig oder achtzig Postkarten, alle mit demselben feisten, rotschnäuzigen Bären, der zwischen schwarzen Bäumen hervorkam. »Die müssen um die acht Dollar wert sein«, sagte er laut und verspürte eine kalte Freude über den winzigen Gewinn.

4
Was ich sehe

Das Land wird eben, als die Wälder in kilometerlange Weinberge übergehen, die gewundenen Zweige an Drähten gekreuzigt. Das Holpern des Wagens auf einer Straße voll Teernarben, an den Rändern ausgefranst, wo sich der bröcklige Asphalt mit dem Kies, dem Unkraut vermischt, Reihen mit Kreosot gestrichener Pfosten mit Blinkstrahlern, abgewinkelten Spitzen. Doch das Land ist so eintönig wie ein Rasen, und er fährt weiter, vorbei an den Ferienhäuschen mit winzigen Veranden und Metallstühlen, vorbei an Benzinpumpen und Windrädern in Form von Enten, an Metallschildern mit der Aufschrift Nehi.

Der Himmel wird größer. Gelbe Lehmstraßen zweigen scharf ab nach Norden und Süden. Gipsenten auf verwelkten Rasen, knatternde Fahnen im Wind entlang der flachen Häuserreihen. Ein Hund läuft dem Wagen dreihundert Meter weit nach.

In der dampfigen Wärme des Café Olympia ißt er dicke Pfannkuchen, trinkt Karo. Der Kaffee schmeckt stark nach Zichorie. Er stützt sich mit den Ellbogen auf dem Tresen ab und sieht dem Koch zu. Ein Junge stellt seine Indian ab und kommt herein. Er zieht seine Schutzbrille hoch und legt weiße Hautringe bloß.

»Die Hunde«, sagt er zu dem Koch. »Die Hunde hauen mich noch mal um. Ich hab' grade so 'nen Köter überfahren, der rausgeschossen und auf mein Bein los ist.«

»Ja, so was.« Der Koch drückt mit seinem verkrusteten Wender auf die Kartoffeln. »Hoffentlich war es kein irischer Setter, Rusty, gleich die Straße rauf, wo ich wohne.«

»Kann schon sein«, erwidert der Junge. »Nein, nein, ich nehm' dich bloß hoch. Es war ein schwarzer, so zehn Kilometer zurück. Riesenköter. Fast so groß wie 'ne Kuh. War kein irischer Setter.«

In Pennsylvania stehen die Weinberge weniger dicht. Die Traubenranken verlieren sich, Maisfelder wogen auf. Die Ebenheit des Landes verstört ihn durch ihre Leichtigkeit. Die Straße ist eine Platte, mit Asphaltkanten übersät, die gegen seine abgenutzten Reifen schlagen, ihm Hände und Schultern durchrütteln, weiter, immer weiter. Vor ihm biegen Autos von der Hauptstraße auf Nebenwege ab, wirbeln Staub auf. Im Radio nur Rauschen und gebrochene Stimmen, die ein paar Worte herausschreien: »Jimmy Rodgers... betet zu Gott... Glückwünsche zum Geburtstag... in Europa... auf Wiederhören, Leute... Pillsbury... Orgelspiel... Duz macht... eine Geschichte über eine... oh... hallo, Leute... Jesus sprach... unsere Hörer schreiben an...«

Er überholt alte Lastwagen, die auf profillosen Reifen daherrasen. Seine eigenen Reifen machen ihm Sorgen. Er biegt auf einen Kiesweg ab, aber Steine wirbeln auf, Staub erstickt ihn. Splitt im Mund. Als er die Finger am Daumenballen reibt, spürt er harten Splitt. Und fährt auf den Asphalt zurück.

Kilometerlange Schneezäune. Auf einem vergessenen Heuballen balanciert ein Wanderfalke. Die flache Landschaft verändert sich, die Farbe des Bodens verändert sich, wird dunkler, dunkler. Aus dem staubigen Radio Gebete und langes Schweigen. Im Herbstregen werden die Häuser zu Wohnwagen zwischen den Bäumen. Eichen kommen auf ihn zu, blitzen auf, werden zu Dickicht, zu Wald. H&C Café, SPEISEN, AMOCO, BENZIN 5 KM. Nebel. Ein dünner Nachtnebel. Der Boden in Indiana ist tief braunschwarz. Das Vieh versinkt in seiner Schwärze. Aus den Sumpflöchern und Teichen flattern Zuggänse auf, bewegen zu Hunderten scherenartig die Flügel über ihm. Ihre angewinkelten Hälse zeichnen Streifen auf das Wasser, es wird von ihren eintauchenden Köpfen und Schnäbeln zerspellt.

Im Gasthaus über einer Tasse Kaffee kauernd, fragt er sich, wie weit er fahren wird.

5
Ein kurzer, heftiger Schock

> 13. Juni 1926
> Mister Sims, wir haben wieder das gleiche Problem mit Mast 18 an der Rückleitung 20. Race und ich haben noch einen toten Bär unten am Mast gefunden, irgendwas zieht sie zu dem Mast. Können Sie die Inschenióre schicken.
> D. Frye
>
>
>
> Mr. Albert Sims
> Stromgenossenschaft
> Wind Kink
> Wind Kink, N.Y.

Der Bär hatte wie viele Bären ein kurzes, bewegtes Leben geführt. Im Spätwinter des Jahres 1918 in einer Baumhöhle geboren, war er der ältere von zwei Jungen. Er war streitsüchtig und hatte kein Gespür für die tieferen Bedeutungen von Neuheiten. Er fraß die Überreste eines vergifteten Adlers und wäre beinahe verendet. In seinem zweiten Herbst sah er von einer Felsenhöhe aus, wie seine Mutter und seine Schwester von ausgemergelten Jagdhunden auf einem Felsvorsprung in die Enge getrieben wurden. Brüllend stürzten sie in die Tiefe, begleitet von Gewehrfeuer. Im gleichen Jahr wurde er selbst gejagt, entging Tod und Verwundung jedoch bis 1922, als die Ladung eines Sargmachers – vom Werkstattboden zusammengekehrte, kaputte Schrauben – ihm den linken oberen Eckzahn zerschmetterte, seinen Verstand aus dem Gleichgewicht brachte und ihm chronische Geschwüre bescherte.

Im nächsten Sommer eröffnete an der Ostseite seines Reviers Mc Curdy's Lodge, ein massiver Bau aus Tannenstämmen und geschnitzten Zedernpfählen. Der Geruchssinn des Bären war vom Hunger geschärft. Er kam zum Abfallhaufen des Hotels, exotische Pfirsichschalen, gebutterte Brotkrumen und Rindertalg schmolzen in seiner heißen Kehle. Er fing an, am späten Nachmittag ungeduldig zwischen den Bäumen nach dem Küchengehilfen Ausschau zu halten, der auf einem Schubkarren Orangenschalen und schimmelige Kartoffeln, Sellerieknollen und Hühnerknochen, Ölreste von Sardinenkonserven brachte.

Der Gehilfe war Koch in einem Holzfällerlager gewesen und lernte nun die Raffinessen der gehobenen Küche. Er sah in der Dämmerung den Bären und lief schreiend zum Lokal zurück, um eine Flinte zu holen. Der Hotelier McCurdy war gerade in der Küche und sprach mit dem Koch über *Tournedos forestier*. Er ging hinaus, um sich den Bären selbst anzuschauen. In den massigen Schultern und der hundeartigen Schnauze entdeckte er etwas, und er wies die Zimmerleute seines Etablissements an, am Hang über dem Abfallhaufen Bänke aufzustellen. Sie grenzten den Bereich mit einem Geländer aus entrindeten jungen Bäumen ab, um anzuzeigen, wie weit man herangehen durfte. Die mutigeren Gäste spazierten vor Aufregung bibbernd durch die Birken, um den Bären anzugaffen. Sie hielten einander an Schultern und Armen, legten schützend die Hände an die Kehle. Das Lachen blieb ihnen im Hals stecken. Der Bär schaute nicht einmal auf.

Den Sommer über beobachteten die Gäste, wie der Bär den weichen, fliegenübersäten Abfall mit seinen Klauen durchwühlte. Die Männer trugen bequeme Anzüge oder weite Flanellhosen und Pullover mit Karomuster, die Frauen zerknitterte enge Leinenkleider mit Matrosenkragen. Sie hoben ihre Fotoapparate hoch, bannten den Glanz seines Pelzes, seine funkelnden Krallen. Oscar Untergans, ein Holzschlaggutachter, der Hunderte von Naturaufnahmen an Postkartenhersteller verkaufte, fotografierte den Bären am sommerlichen Abfallhaufen. Untergans kam immer wieder, folgte dem Koch auf dem Pfad, hob übelriechende Rinden oder glanzlose Eierschalen auf, die vom schaukelnden Schubkarren gefallen waren. Manchmal wartete der Bär schon. Der Koch warf ihm den Abfall mit einem spitzen Spaten zu. Er traf den Bären mit verfaulten Tomaten, Grapefruithälften, die gelben Schädeln glichen.

Zwei oder drei Sommer nachdem Untergans Schnappschüsse von dem Bären gemacht hatte, wurde eine Stromleitung zum Hotel verlegt. Eines Abends tauchte der Bär nicht mehr beim Abfall auf und wurde auch in den folgenden Wochen und Jahren nicht mehr gesehen. Am Silvesterabend des Jahres 1934 brannte das Hotel ab. In einer verregneten Mainacht des Jahres 1938 stürzte Oscar Untergans im Badezimmer seiner von ihm getrennt lebenden Frau und erlag einer inneren Blutung. Die Postkarte überdauerte.

6
Der lila Schuh im Graben

Mernelle stapfte die steile Straße herunter; Schnee drang in ihre Stiefel. Der Hund warf sich in ihre Fußtritte, sprang wieder heraus, wie auf einer Achterbahn. »Du machst dich kaputt wegen nichts und wieder nichts«, sagte sie. »Dir schickt keiner Briefe oder Postkarten. Blöde Hunde haben keine Brieffreunde. Ich kann mir schon denken, was du schreiben würdest. So was wie ›Lieber Fido, schick mir eine Katze. Wauwau, Hund.‹«

Später würde Mink den Schneeräumer herausholen, den die Gemeinde ihm billig verkauft hatte, als sie auf den Schneepflug umstellte, und ihn an den Traktor hängen. Der Räumer war eine Art aus Latten gezimmertes Nudelholz, das den Schnee zu einem glatten Packen zusammenpreßte. Auch wenn der Räumer den Hügel hinauf- und hinuntergefahren war, schaffte es der Laster nicht, nicht einmal mit Ketten. Ehe im

November die großen Schneefälle einsetzten, stellte Mink den Laster unten an der Straße ab. Die Vierzig-Liter-Kannen mit Sahne fuhr er jeden Morgen mit dem Traktor hinunter. »Wenn wir den Laster hier oben lassen, sitzen wir den Winter über womöglich fest. So haben wir wenigstens eine Chance, wenn der Laden Feuer fängt oder jemand schwer verletzt wird. Bis runter zur Straße, und wir haben 'ne Fahrgelegenheit.« So redete Jewell aus Minks Mund. Jewell war diejenige, die Angst vor Unfällen und Feuer hatte. Sie hatte den Stall ihres Vaters samt Pferden und Kühen niederbrennen sehen. Hatte ihren ältesten Bruder sterben sehen, nachdem man ihn aus dem Brunnen gezogen hatte, dessen vermoderte Abdeckung jahrelang von Gras überwuchert worden war. Sie erzählte die Geschichte auf eine ganz bestimmte Weise. Räusperte sich. Begann mit Schweigen. Die Finger verschränkt, die Handgelenke an den Busen gelegt, bewegten sich ihre Hände beim Erzählen vor und zurück.

»Er war schrecklich zerschunden. Sämtliche Knochen waren gebrochen. Der Brunnen war über zehn Meter tief, und während er noch fiel, begruben ihn die Steine unter sich. Man brauchte bloß gegen einen Stein zu stoßen, und raus brach er. Sie mußten ihn unter achtzehn Steinbrocken ausgraben, von denen ein paar über fünfzig Pfund wogen, bevor sie ihn rausholen konnten. Die Steine wurden einzeln raufgezogen, ganz vorsichtig, damit sie nicht noch mehr losbrachen. Und von da unten war Marvin zu hören: ›Ähhh, ähhh‹, ununterbrochen. Steever Batwine ist runter, um ihn raufzuholen. War furchtbar gefährlich. Der übrige Brunnen hätte jeden Augenblick einstürzen können. Steever mochte Marvin. Marvin hatte in dem Sommer für ihn gearbeitet, ihm beim Heumachen geholfen, und Steever sagte, daß er 'n guter Gehilfe war. Ja, ein guter Gehilfe, erst zwölf, aber schon richtig stark. Die Steine, die sie raufzogen, hätten aus der Schlinge rutschen und Steever zermatschen können.« Dub lachte jedesmal, wenn sie »zermatschen« sagte.

»Nach Marvin bist du benannt«, sagte sie zu Dub, »Marvin Sevins, also lach nicht.«

»Dann schickten sie so 'nen kleinen Tisch ohne Beine runter, legten den Tisch in die Schlinge und ließen ihn runter. Der Tisch war halb unten, als er steckenblieb. Da mußten sie ihn wieder raufziehn und ein Stück absägen, bis er gepaßt hat. Steever war dort unten und hat nur darauf gewartet, daß noch mehr Steine runterfallen. Er hat Marvin hochgehoben und ihn auf den Tisch gelegt. Er schrie fürchterlich, als Steever ihn hochhob, um ihn auf den Tisch zu legen, dann fing er wieder an zu stöhnen. Steever hat gesagt, daß er nur noch von seiner Haut zusammengehalten wurde, daß er sich darunter angefühlt hat wie ein Armvoll Reisig. Als Marvin auf dem kleinen Tisch ganz grün und blau und blut- und dreckverschmiert aus dem Brunnen gekommen ist und seine Beine gezuckt haben wie Maisstengel, fiel meine Mutter in Ohnmacht. Fiel einfach um und lag da im Dreck. Die Hühner haben über sie weggepickt, und eine Henne, die mir danach immer verhaßt war, ist in ihr Haar getrippelt und hat ihr ins Gesicht geschaut, als würde sie überlegen, ob sie ihr ein Auge auspicken sollte. Ich war erst fünf, aber ich hab' gewußt, daß das eine böse Henne war. Ich hab' mir einen kleinen Stock genommen und bin ihr nach. Sie haben Marvin ins Zimmer von meinen Eltern gebracht, und der Taglöhner, ein junger Kerl von den Masons, fing an, das Blut abzuwaschen. Er hat's wirklich vorsichtig gemacht, aber er hat so ein Knistern wie von Papier gehört, als er Marvins Stirn abgewischt hat. Und da hat er begriffen, daß es keinen Zweck hat, hat leise den blutigen Waschlappen in die Schüssel gelegt und ist rausgegangen. Marvin hat zum Sterben die ganze Nacht gebraucht, aber die Augen hat er nicht mehr aufgeschlagen. Er war bewußtlos. Meine Mutter ist nicht ein einziges Mal in das Zimmer rein. Blieb draußen im Flur und ist abwechselnd ohnmächtig geworden und in Tränen ausgebrochen. Das hab' ich ihr jahrelang vorgehalten.« Und der brutal eigensüchtige Kummer der Mutter leuchtete wieder einmal auf wie eine Reklametafel, daß alle ihn sehen und erschaudern konnten. Großmutter Sevins.

Mernelle schwitzte in ihrem wollenen Schneeanzug, als sie unten am Hügel ankam. Die Gemeindestraße war gepflügt und leer, der Schnee von Reifen- und Kettenabdrücken durchfurcht. Das Postauto, ein alter Ford Sedan, hinten abgesägt und mit einer Ladefläche und Seiten aus Brettern versehen, hinterließ eine klar erkennbare Spur. Man konnte ihn schon von weitem kommen hören, weil die losen Kettenglieder klirrten und klapperten. Mernelle wußte im voraus, daß der Briefkasten leer war, das enttäuschende Knarren der Scharniere, wenn die Reifenspuren auf der Mitte der Straße verliefen, ohne abzuweichen.

Normalerweise ging sie den Weg ganz hinunter, stellte sich etwas vor, vielleicht einen geheimnisvollen, an ihren Vater adressierten gelbbraunen Umschlag, und wenn er ihn mit seinem alten schmutzigen Brieföffner aufschlitzte, würde ein grüner Scheck über eine Million Dollar auf den Tisch fallen.

Es war Post da. Loyals *Farm Journal*, das weiterhin kam, obwohl er fort war, ein Flugblatt zu einer Viehversteigerung, eine Postkarte für ihre Mutter, auf der der Mann von Watkins' seinen Besuch für die erste Februarwoche ankündigte. Unten hatte er hingekritzelt: »Bei entsprechendem Weter.« Noch eine Bärenpostkarte für Jewell mit Loyals Handschrift, die so klein war, daß man sich beim Lesen ärgerte. Auch für sie war eine Postkarte da, das dritte Mal in ihrem Leben, daß sie Post bekam. Sie zählte nach. Die Geburtstagskarte von Miss Sparks, als Loyal mit ihr ging. Der Brief von Sergeant Frederick Hale Bottum. Und diese Karte.

Sie hatte ihrer Mutter nicht erzählt, daß Sergeant Frederick Hale Bottum geschrieben hatte, sie solle ihm ein Bild schicken, einen Schnappschuß »in einem süßen zweiteiligen Badeanzug«, schrieb er, »wenn Sie einen haben, aber ein Einteiler ist auch recht. Ich weiß, daß Sie süß sind, weil Sie einen süßen Namen haben. Schreiben Sie mir.« Sie schickte ihm ein Badeanzugbild ihrer Cousine Thelma, das sie in der Speisekammer aus der Blechbüchse gekramt hatte, in der sich Briefe und Fotos wellten. Thelma war auf dem Schnappschuß vierzehn, ihre Arme und Beine wie Bohnenstangen. Sie kniff die Augen zusammen, sah mongolisch aus. Der Atlantik war flach. Es war ein dunkelbrauner Badeanzug, von Tante Rose selbstgenäht. Wenn er naß war, hing er schlaff herunter wie alte Haut. Auf dem Foto war er naß und sandig.

Auf dieser Postkarte war hinter giftgrün bemoosten Bäumen ein Gebäude mit weißen Säulen zu erkennen. »Ein altes Herrenhaus im Süden.«

> Liebe Mernelle,
> ich habe Deinen Namen und Deine Anschrift auf der Brief=
> freundeseite gesehen und schreibe Dir jetzt. Ich bin 13, habe rote Haare und blaue Augen, bin 1,60 m groß und wiege 95 Pfund. Meine Hobbys sind Postkarten von interessanten Orten und Gedichte schreiben. Wenn wir uns Postkarten schicken, kriegen wir eine gute Sammlung zusammen. Ich will hübsche aussuchen, keine mit Hotels oder mit kahlköpfigen Männern hihi –, die dicken Damen verzohlen.
> Deine Zukünftige Brieffreundin
> Juniata Calliota Toma, Alabama

> Mernelle Blood
> Freie Landpost=
> Zustellung
> Cream Hill,
> Vermont

Der Hund rannte auf der geräumten Straße hin und her, scharrte mit den Krallen, raste bis zur Kurve, machte auf der Stelle kehrt, wirbelte dabei Schnee auf und raste zu Mernelle zurück. Seine Ausgelassenheit paßte dazu, daß sie eine Postkarte bekommen hatte. Vor dem Schnee wirkte sein Fell gelb. Der Pflug hatte den Schnee weit zurückgeschoben und in zwei Stufen geschichtet, bereit für die Februar- und Märzstürme. Dabei hatte er Tausende von Zweigen und Blättern hochgeschleudert wie Stücke von Fledermausflügeln. Der Hund raste wieder davon, diesmal um die Kurve.

»Komm wieder her. Ich geh' heim. Der Milchlaster wird dich überfahren.«

Aber sie ging selbst bis zur Kurve, einfach weil es angenehm war, nach gut zwei Kilometern Stapfen die feste Straße unter den Füßen zu spüren. »Juniata Calliota Homa Alabama«, sang sie. Der Hund wälzte sich in dem frisch aufgewirbelten Laub, fegte mit dem kreisenden Schwanz darüber. Er sah sie an.

»Komm schon«, sagte sie und schlug sich mit der Hand auf den Schenkel. »Gehen wir.« Als er mutwillig von ihr fort Richtung Dorf lief, machte sie ohne ihn kehrt, die Post in der Manteltasche. Sie war schon fast am Durchlaß für den Bach, dessen Wasser gefroren war, als er sie einholte. Er hatte ihr etwas gebracht, wollte es aber nicht hergeben, wie ein Kind, das ein Geburtstagsgeschenk zu einer Party mitbringt. Sie entwand es seinen nassen Kiefern. Es war ein Damenschuh mit einem Riemen, blaßlila, fleckig und voll Laub, die Seide naß, wo der Hund sie im Maul gehabt hatte.

»Hund. Schau, Hund!« Mernelle holte aus, um den Schuh zu werfen, tat nur so. Die Augen des Hundes leuchteten im Jagdfieber. Er erstarrte, beobachtete ihre Hand mit allen seinen Sinnen. Sie warf den Schuh, und er achtete darauf, wohin er fiel, dann stürzte er sich auf der Suche nach dem Gewinn in den Schnee. So ging es den ganzen Nachhauseweg über, und beim letzten Mal warf sie ihn aufs Dach des Milchschuppens. Und trat singend ins Haus.

»Warum schreibt er nur keinen Absender auf die Dinger«, fragte Jewell, drehte die Karte um und sah den Bären stirnrunzelnd an. »Wie sollen wir ihm da antworten? Wie sollen wir ihm mitteilen, was so passiert ist?« fragte Jewell Mink. Diese Frage durfte nicht gestellt werden.

»Erwähn vor mir nicht den Namen von diesem Dreckskerl. Ich will nichts von ihm hören.« Mink zog sich wütend ein zweites Paar Socken an. Seine Schultern hingen unter dem steifen Arbeitshemd herab, auf den glatten Ärmeln die Spur des Bügeleisens. Seine haarigen Hände kamen aus den Manschetten und faßten zu.

»Du kannst postlagernd an den Ort schreiben, wo sie abgestempelt ist«, sagte Dub.

»Chicago? Sogar ich weiß, daß die Stadt zu groß dafür ist.«

»Wollt ihr den ganzen Tag quasseln, oder können wir mit dem Melken weitermachen?« fragte Mink. Seine Arme steckten in der Stalljacke, er schob die Knöpfe durch die ausgeleierten Knopflöcher. »Ich will mir die Kühe einzeln ansehen, festlegen, welche wir verkaufen, damit wir die Arbeit schaffen können. Wenn wir sie schaffen können. Im Moment kriegen wir für die verfluchten Milchbons gerade so viel Geld, daß wir uns Schuhe und Benzin für den Traktor kaufen können.« Die Stallmütze, der schmierige Schild in Richtung Tür weisend.

Dub lächelte dämlich und stieg in seine Stallstiefel. Die Bänder hingen herunter. Er folgte Mink dicht auf den Fersen wie ein Hund.

Im Stall der süße Atem von Kühen, spritzender Kot, Strohstaub, der vom Heuboden herunterregnete.

»Mit den Kühen müssen wir die Steuern und die Feuerversicherung bezahlen. Und deine Mutter weiß es zwar nicht, aber mit der Hypothek sind wir ziemlich im Verzug.«

»Ist ja ganz was Neues«, erwiderte Dub, verdrückte sich in eine dunkle Ecke und betätigte den Pumpenschwengel, bis das Wasser herausschoß. Fing an, die Eimer zu füllen. »Ach, das Farmersleben, das ist lustig.« Er sang die alte Hymne der Farmer mit der üblichen, gebrochenen Ironie. War sie jemals anders gesungen worden?

7
Wenn einem die Hand abgenommen wird

```
7. Februar 1945

Künstliche Gliedmaßen von Cosmi-
Pro: das Nonplusultra an
Qualität! Anatomisch paßgerecht
und auf dem neuesten Stand der
Technik.
- Maßanfertigung
- Naturfarbener Preßkunststoff
  oder Pockholz
- Bewegliche Fingerglieder oder
  rostfreier Haken
- Höchster Tragekomfort

Fordern Sie heute noch unsere
kostenlose Farbbroschüre an!
```

```
Miss Myrtle Higg
c/o Dr. med.
     Williams
4 Bridge St.

Diamond, Vermont
```

Dub besaß einen Zeitungsausschnitt; drei Jahre lang hatte er ihn in einer Schreibtischschublade, die sich kaum öffnen ließ, aufbewahrt.

Marvin E. Blood aus Vermont verletzte sich, als er von einem fahrenden Güterzug, der in Oakville, Connecticut, einfuhr, sprang und dabei unter einen Waggon rutschte. Er wurde ins St. Mary's Hospital eingeliefert, wo man ihm den linken Arm oberhalb des Ellbogens abnahm. Dazu meinte Percy Sledge, der Polizeichef von Oakville: »Die Leute fordern eine Verletzung heraus, wenn sie heimlich mit Güterzügen fahren. Dieser junge Mann hätte seine Kraft dem Kriegsdienst zur Verfügung stellen sollen. Jetzt ist er zu einer Last für seine Familie und die Gemeinschaft geworden.«

Mink und Jewell hatten ins Krankenhaus nach Connecticut fahren müssen, um ihn abzuholen. Mink starrte auf den leeren Ärmel der gespendeten Kordjacke und sagte: »Schau dich bloß mal an mit deinen vierundzwanzig Jahren. Herr Jesus, du siehst aus wie hundert Kilometer schlechte Straße. Hättest du dich daheim ausgetobt, würdest du nicht in dem Schlamassel stecken.«

Dub grinste. Er wird noch auf einer Beerdigung grinsen, dachte Mink. »Das muß mir jemand auf meinen Schlafanzug sticken«, meinte Dub. Es war kein Witz. Als Dub an der Straße in Hartford den Schnapsladen sah, sagte er zu Mink, er solle anhalten.

Es war schwierig, die Whiskeyflasche mit nur einer Hand zu öffnen. Der Verschluß schien zugeschweißt. Er klemmte die Flasche zwischen die Knie, spuckte in die Hand und drehte, bis er einen Krampf in den Fingern hatte. »Ma?« sagte er.

»Ich hab' in meinem Leben noch für niemand eine Flasche von dem Giftzeug aufgemacht, und ich fang' jetzt nicht damit an.«

»Ma, du mußt das für mich machen. Wenn du's nicht machst, beiße ich der verfluchten Flasche den Hals ab.«

Jewell starrte stur zum Horizont, die Hände fest gefaltet. Sie fuhren einen Kilometer. Dubs Schnaufen erfüllte das Auto.

»Verdammt noch mal!« schrie Mink und scherte auf den Grasstreifen aus. »Verdammt noch mal, gib mir das verfluchte Ding!« Er drehte an dem Verschluß, bis er knackte und sich löste. Dann gab er Dub die Flasche zurück. Whiskeygeruch entströmte ihr, ein schwerer Geruch wie von verbrannter Erde nach einem Buschfeuer. Jewell kurbelte ihr Fenster ein Stück auf, und die dreihundert Kilometer Richtung Norden sagte Dub nichts über die Luft, die ihn frösteln ließ, bis er schlotterte und noch mehr Whiskey trinken mußte, um geradeaus schauen zu können.

Daß er ein Narr war, hatten sie schon gewußt, als er noch ein Säugling war, aber jetzt hatten sie den Beweis aus erster Hand, daß er ein Krüppel war und obendrein ein Trunkenbold.

Es ging ein bißchen leichter, dachte Dub, seitdem sie vier Kühe verkauft hatten, aber trotzdem wurden sie abends erst um halb sieben oder später mit dem Melken fertig. Auch wenn er das Abendessen ausließ, so mußte er sich immer noch waschen und den Stallgeruch loswerden. Gleichgültig, was er tat, ob er ein Bad nahm und dabei in das graue Wasser eintauchte oder Arme und Hals mit Naphtha schrubbte, bis die Haut brannte, die kräftige Duftmischung aus Dung, Milch und Vieh strömte wie Hitze von ihm aus, wenn er mit Myrt tanzte. Aber am Samstag abend nach dem Melken wusch er sich und machte sich auf den Weg ins Wirtshaus Zum Kometen. Sollte einer versuchen, ihn aufzuhalten.

Es war kalt. Der Laster sprang erst an, nachdem er den heißen Teekessel für eine halbe Stunde auf die Batterie gestellt hatte. Vermutlich würde er sich um Mitternacht nicht wieder starten lassen, wenn der Komet zumachte, aber das war ihm jetzt egal, und mit ungeduldiger Freude schlitterte er um die kiesigen Kurven, überfuhr das Halteschild an der Kreuzung. Er hatte keine Scheinwerfer sich nähern gesehen. Er raste zur Wärme im Kometen.

Als er ankam, war der Parkstreifen belegt. Auf dem Wirtshausdach glühten der rote Neonkomet und der heiße Schriftzug in der eiskalten Nacht. Ronnie Nipples Lastwagen, wegen der besseren Bodenhaftung am Hügel mit Holz beladen, stand am anderen Ende der Auto- und Lastwagenschlange. Der Schnee knarzte, als Dub die Räder einschlug und neben ihm parkte. Wenn es sein mußte, würde Ronnie ihn vermutlich nach Hause bringen. Oder Trimmer, falls er da war. Er suchte die Kolonne nach Trimmers Holzlaster ab, sah ihn aber nicht. Sein Atem schoß heraus und bildete Reif auf der Windschutzscheibe, wo die Heizungsluft sie nicht angewärmt hatte. Er knallte die Tür zu, aber der ausgeleierte Riegel schnappte nicht ein, so daß sie wieder aufsprang. »Verdammt, hab' keine Zeit, damit rumzutun.« Er rannte zur Tür mit der Milchglasscheibe und der klingelnden Glocke, begierig, in den Lärm einzutauchen, den er herausdröhnen hörte.

Der dampfende, vom Qualm heiße Raum sog ihn in sich

hinein. Die Tische waren vollbesetzt, die Bar eine Reihe gebückter Rücken und Schultern. In der Musikbox leuchteten bunte Blasen, Saxophone heulten auf, gurgelten aus den Blasen hoch. Er drängte sich zu aufflammenden Streichhölzern, zum Funkeln von Bierflaschen, zum hinterhältigen schmalen Halbmondlächeln sich leerender Schnapsgläser. Er stellte sich an den Tresen und sah sich nach Myrtle um, nach Trimmer.

»Wie zum Teufel kriegst du's so heiß hier drin?« rief er Howard zu, der hinter dem Tresen hin und her flitzte. Der Barmann wandte sein langes, gelbes Gesicht Dub zu. Die schlaffe, vom Rauch verfärbte Haut schien von dem Paar metallisch schwarzer Augenbrauen an Ort und Stelle gehalten zu werden. Der Mund öffnete sich zu einer Grimasse, als er ihn erkannte. Ein feuchter Zahn blinkte auf.

»Körperhitze!«

Ein Mann am Tresen lachte. Es war Jack Didion. Sein Arm umfaßte die ältere Frau neben ihm. Sie trug ein langes weites Kleid, auf das marineblaue Zickzackleisten gedruckt waren. Sie arbeitete auf seiner Farm, molk Kühe, trug die ganze Woche über Männeroveralls. Didion flüsterte der Frau etwas ins Ohr, und sie warf den Kopf zurück und lachte schallend. »Körperhitze! Du sagst es!« Ihre abgebrochenen Fingernägel waren schwarz gerändert.

Die vielfarbigen Flaschen waren zu einer Pyramide aufgebaut. Nachdem Howards Frau gestorben war, hatte er den runden Spiegel mit den eingravierten Rotkehlchen und Apfelblüten von ihrer Frisierkommode genommen und hinter den Flaschen an die Wand gehängt, so daß nicht nur ihre Zahl, sondern auch ihre Vielfalt und ihre Verheißungen verdoppelt wurden. Auch Howard wurde verdoppelt, als er hin und her ging und sich sein Hinterkopf zwischen den Flaschen spiegelte.

Die kleine Bühne am Ende des Tresens lag im Dunklen, aber die Mikrophone waren aufgebaut, ein Schlagzeug stand da. Ein Pappschild auf der Staffelei: THE SUGAR TAPPERS, in Glitzerpulverbuchstaben. Dub schob sich durch die Tanzenden und sah Myrtle an einem Tisch an der Wand. Sie beugte sich ins zuckende Licht, um die Tür beobachten zu können. Er schlich sich hinter sie und legte ihr seine kalte Hand auf den Nacken.

»Mein Gott! Damit kannst du einen ja umbringen! Warum hast du so lang gebraucht – als ob ich's nicht wüßte.« Ihre braunen Haare waren zu einem Knoten gedreht, der aus seinen Halterungen gerutscht war und tief in ihren Nacken hing. Ihr Mund war mit Lippenstift zu einem harten karmesinroten Kuß nachgezogen. Sie trug ihr Sekretärinnenkostüm mit der dazugehörigen Rüschenbluse. Ihre kleinen Augen waren von einem klaren Krickentenblau mit Fransen aus sandfarbenen Wimpern. Ihr flaches Gesicht und ihr winziger Busen ließen sie schwach und verletzlich wirken, und dieses Trugbild gefiel Dub. Er wußte, daß sie zäh war wie eine Eiche, eine gepflegte, zähe kleine Eiche.

»Warum ich immer so lang brauche: Ich muß melken, mich waschen, den Lkw in Gang kriegen, hierherfahren. Wir sind erst spät mit dem Melken fertig geworden. Normalerweise ist mir das egal, aber heut abend wär' ich fast verrückt geworden, weil ich wegwollte. Er hat's einfach rausgezogen, glaub' ich. Was für eine verflucht hoffnungslose Scheiße.«

»Hast du's ihm gesagt?«

»Nein, hab' ich nicht. Er wird die Wände hochgehen. Ich will sicher sein, daß alle Schießeisen weggesperrt sind, bevor ich's ihm sage. Er ist 'n bißchen durchgedreht, als Loyal Leine zog, aber er wird bestimmt völlig plemplem, wenn ich verlauten lasse, daß wir uns zusammentun und fortziehen.«

»Es wird kein bißchen leichter, je länger du's rausschiebst.«

»Es geht nicht bloß darum, es ihm zu sagen. Ich kann mich nicht absetzen, bevor ich nicht weiß, daß er 'nen Weg findet, die Farm abzustoßen. Verkaufen sollte er sie meiner Meinung nach. Dann muß *ich* 'n bißchen Knete kriegen. Wirkliche Knete. Es ist ja okay, wenn wir davon reden, daß wir wegziehen und ich die Klavierstimmerausbildung mache und so, aber ohne Geld läuft nichts, und ich hab' keins.«

»Es läuft immer aufs Geld raus. Am Ende reden wir immer über Geld. Immer.«

»Geld ist das große Problem. Er redet nicht viel, aber ich weiß ganz genau, daß er mit der Hypothek und den Steuern weit im Verzug ist. Er sollte verkaufen, aber er ist so verflucht stur, daß er nicht will. Wenn ich davon anfange, sagt er: ›Ich-bin-auf-der-Farm-geboren-auf-der-Farm-sterbe-ich-die-Farm-ist-das-einzige-von-was-ich-Ahnung-hab'.‹ Verdammt, wenn ich's Klavierstimmen lernen kann, kann er was anderes lernen. Mit einer Bohrmaschine umgehen oder so. Willst du ein Bier? Was Spritziges? Einen Martini?« Seine Stimme atemlos, voll, komisch.

»Ach, ich trink' lieber einen Gin mit Ginger Ale.« Sie schob den Knoten hoch und befestigte das rutschende Knäuel mit einer weiteren Haarnadel.

»Leid tut mir bloß Mernelle. Sie rennt nach oben in ihr Zimmer und weint, weil sie nichts Anständiges zum Anziehen hat. Sie ist aus allem rausgewachsen. Neulich mußte sie eins von Mas Kleidern in die Schule anziehen. Kam heulend heim. Ich hab' ein schlechtes Gewissen, kann aber nichts machen. Ich weiß, wie sie sich vorkommt, wenn die Kinder auf ihr rumhacken. Gemeine, kleine Drecksbande.«

»Das arme Kind. Hör mal, ich hab' ein paar Kleider und einen Rock und 'nen Pullover, die sie kriegen kann. Einen schönen grünen Kaschmirpullover und einen braunen Kordrock.«

»Süße, sie ist fünfzehn Zentimeter größer als du und ungefähr zwanzig Pfund dünner. Da liegt der Hase im Pfeffer. In den letzten Monaten ist sie unglaublich in die Höhe geschossen. 'ne Bohnenstange. Wenn sie bloß die Bremse einlegen könnte.«

»Uns wird schon was einfallen. Sie kann nicht in Jewells Kleidern zur Schule, das arme Kind. Übrigens, ich hab' eine Überraschung für dich.«

»Hoffentlich 'ne gute.«

»Ich glaub' schon.« Ihre roten Lippen hinterließen Abdrücke auf dem Rand des Glases. »Doktor Willy hat heute vom Eisenbahn-Expreßdienst eine Postkarte bekommen. Das Ding ist da.«

»Was ist da?«

»Du weißt schon. Du weißt, was ich meine. Das, wofür du gemessen wurdest.« Ihr Gesicht lief rot an. Sie konnte es nicht aussprechen, nicht einmal nach zwei Jahren als Sekretärin und Sprechstundenhilfe des Arztes. Nicht einmal nach sieben Monaten, in denen sie mit Dub im Lkw gesessen hatte, in den Moskitos, Abgase, Spritzwasser und die Beine lähmende Kälte eindrangen, während sie sich küßten und hunderterlei Fluchten und Zukünfte planten – alle ohne Farm.

»Ach ja, du meinst wohl den tollen Arm. Die Prothese. Meinst du das?«

»Ja.« Sie schob das rotgefleckte Glas von sich weg. Sie konnte es nicht leiden, wenn er so zynisch war.

»Oder ist es ein Haken, ein großer, glänzender, rostfreier Stahlhaken? Ich hab's vergessen. Ich weiß nur, daß meine Freundin Myrt sagt, ich muß so ein Ding haben, aber nicht aussprechen kann, was ich haben muß.«

»Marvin. Red nicht so«, sagte sie leise.

»Red nicht wie? Darf ich nicht ›Haken‹ sagen? ›Prothese‹?« Seine Stimme dröhnte über den Tanzboden. Er sah Trimmer am Tresen, ihre Blicke trafen sich, und Trimmer fuhr sich mit der Hand über die Kehle. Mit einemmal fühlte er sich besser und fing zu lachen an. Er zog die Zigarettenschachtel aus seinem Hemd und schüttelte eine Zigarette heraus. »Du brauchst nicht verlegen zu sein, Süße, ich sag's auch nur ungern. Prothese. Hört sich an wie 'ne bösartige Giftschlange. ›Er wurde von einer Prothese gebissen.‹ Drum hab' ich immer noch keine und nichts dagegen unternommen. Hab's nicht aussprechen können. Auf, Mädel, ein breites, süßes Lächeln für den Schafskopf. Ich sag' dir was, kleines Mädel, ein paar Monate nachdem es passiert war, bin ich nach Rhode Island getrampt, wo du dir so was anpassen lassen kannst, den Haken, glaub' ich, aber ich konnt' nicht reingehen. Es war mir zu peinlich, reinzugehen. Ich sah das Mädel am Empfang sitzen und konnt' einfach nicht zu ihr hin und sagen –«

»Dub. Wie geht's?« Der wuchtige alte Trimmer, fleischig und breit, mit langen Unterhosen, die unter seinem schmutzigen rotkarierten Hemd hervorsahen. Er stank nach Benzin

und Öl, nach Pferd, Körpergeruch und selbstgedrehten Zigaretten. Mit seinem schweren Lidschlag zwinkerte er Myrt zu und schnalzte mit der Zunge, genauso wie er seinem Gespann Schlittenpferden zuschnalzte.
»Trimmer. Wie läuft's?«
»So verflucht gut, daß ich's nicht aushalte. Ich such' hier nach 'n bißchen Kummer, um meinen Frohsinn und Überschwang zu dämpfen, und da schau' ich durch den Raum und seh' euch beide sitzen und einander anstarren. Da haben wir sie, die wahre Liebe, denk' ich, ist nur 'ne Frage der Zeit, bis sie ihn zur Tür rausschmeißt. Dub, ich würd' später gern mit dir reden, wenn du kurz Zeit hast.«

An beiden Seiten der Bühne gingen Scheinwerfer an, deren Strahlen sich in der Mitte kreuzten und die schmutzigen Mikrophonkabel und das blaue Schlagzeug beleuchteten. Ein Mann mit zurückweichendem Haaransatz und spitzen Teufelszähnen kam heraus, gekleidet in ein taubenblaues Jackett. Er hielt ein verbeultes Saxophon in der Hand. Dann schoben sich zwei alte Männer in schmierigen taubenblauen Jacketts auf die Bühne, der mit dem Red-Pearl-Akkordeon humpelte, und der Dicke mit dem Banjo schlurfte. Angewidert blickten sie in den Vorraum neben der Bühne. Rauch wirbelte auf. Kurz darauf sprang ein minderjähriger Junge in brauner Hose und gelbem kunstseidenem Hemd ans Schlagzeug; in seinem Mundwinkel hing eine brennende Zigarette. Zur Begrüßung spielte er einen Wirbel, und aus dem Mikrophon ertönte die hohle Stimme des Saxophonisten. »Guten Abend, meine Damen und Herren, willkommen im Gasthaus Zum Kometen. Wir wollen uns heute abend ein bißchen amüsieren. Die Sugar Tappers spielen zu Ihrem Tanz- und Hörvergnügen. Wir fangen an mit ›The too Late Jump‹.«

»Bin gleich wieder da, mein Junge. Erst müssen Miss Myrt und ich den Dorftrotteln zeigen, wo's langgeht.«

Als sie auf die Tanzfläche gingen, rief Didion: »Paßt auf, jetzt fliegen die Fetzen!« Howard kam ans Ende des Tresens, um zuzusehen. Der Schlagzeuger setzte mit einem Sperrfeuer harter, scheppernder Trommelschläge ein, und einer nach dem anderen zockelten die Männer in den taubenblauen Jacketts hinter ihm her, das Saxophon klang zuerst dumpf, steigerte sich dann zu einer Reihe von Quietsch- und Kreischtönen.

Myrtle und Dub standen kerzengerade da wie Reiher, einander gegenüber, und nur Dubs hochgereckte Hand bewegte sich, wackelte, flatterte wie ein Stück Stoff im Wind. Mit einem Zulusprung ging er auf Myrtle los, wirbelte sie unter seinem Arm herum, bis ihr Rock abstand wie ein dunkler Kelch, dann fing er an, sie abwechselnd an sich zu ziehen und wieder wegzustoßen. Ihre Lackschuhe glänzten wie Eis. Die übrigen Tänzer gingen auf Abstand, machten ihnen Platz. Dub schlug so kraftvoll aus wie ein Pferd. Die Schweißtropfen flogen ihm vom Gesicht. Hinter Myrtle ein Regen aus Haarnadeln, die Kaskade aus gewelltem Haar löste sich, ihrer beider Füße stampften.

»Bringt euch in Sicherheit«, schrie Trimmer.

»Bärig! Bärig!« rief Didion, das höchste Lob, das er kannte.

Als Dub an den Tisch zurückkehrte, an dem Trimmer in einer Wolke Tabakqualm saß, hatte er einen Zwei-Liter-Bierkrug dabei. Seine Brust hob und senkte sich, neben seinen Ohren glitzerte der Schweiß in Strömen, hing in durchsichtigen Tropfen an seinem Kinn. Myrtle lehnte sich auf dem Stuhl zurück, schnaufend, die Beine weit gespreizt, damit kühle Luft unter ihren Rock zog, die feuchte Bluse so weit aufgeknöpft, wie der Anstand es zuließ. Dub goß zuerst ihr ein Glas von dem kühlen Bier ein und trank dann durstig aus dem Krug. Er stellte ihn mitten auf den Tisch und zündete Myrtle eine Zigarette an, dann sich selbst. Trimmer schob seinen Stuhl näher an den Tisch.

»Das nenn' ich tanzen. Das brächte ich in einer Million Jahre nicht fertig.« Er klopfte die Tabakreste aus seiner Pfeife in den Aschenbecher. »Wollte dich fragen, ob du daran gedacht hast, Loyals alte Fallen aufzustellen, oder ob du Hilfe brauchst. Die Pelzpreise sind gut. Vor allem für Marder. Füchse. Sieht aus, als könntest du sie schnappen, packen und abziehen, wenn sie noch zappeln. So wie du tanzt.«

»Das ist was anderes. Wenn du einen Arm verlierst, dann bist du froh, wenn du so was kannst. Loyals Fallen aufstellen? Du verstehst nicht viel davon, oder?«

»Ich weiß, daß er verdammt gutes Geld damit gemacht hat. Ich weiß, er hat 'n paar gute Pelze geholt und dafür nicht zum Nordpol fahren müssen. Füchse. Hübsche Füchse hat er letztes Frühjahr bei der Pelzauktion vorgelegt. Dick, flauschig. Hübsch eben. Hat sich vor alle Welt hingestellt, die roten Pelze hochgehalten und sich im Kreis gedreht, daß die Schwänze richtig gewirbelt sind. Scheint mir nur normal, daß du damit weitermachen willst.«

»Nein«, sagte Dub nölig, »Trimmer, du hast nicht die leiseste Ahnung von der Fallenstellerei vom guten alten Loyal. Was er mit den Fallen gemacht hat, bringe ich nicht in einer Million Jahre fertig. Ich weiß nicht mal, wo die Fallen sind.«

»Scheiße, es kann doch nicht so schwer sein, sie zu suchen, oder? Draußen auf dem Heuboden, auf dem Dachboden oder im Schuppen? Ich helfe dir, räuchere sie, stell' sie zusammen. Ich geh' dir beim Aufbauen zur Hand. Du mußt doch ungefähr wissen, wo er sie aufgestellt hat.«

»Was Loyal beim Fallenstellen gemacht hat, das schaffen du oder ich nicht. Er hat sie nicht im Schuppen aufgehängt und auf einen Tag Räuchern vertraut, daß sie den Menschengeruch verlieren, wie's die meisten hier tun. Erstens hat er als Kind bei dem alten Kerl gelernt, der früher unten im Sumpf in einer Hütte gewohnt hat, unterhalb von der Stelle, wo der Farn so hoch wächst.«

»Straußfarn.«

»Straußfarn, ja. Loyal hat da unten rumgegangen, sooft er konnte, am Samstag nach der Arbeit, an Sommerabenden nach dem Melken. Beim alten Iris Penryn, der war ein halber Wilder. Loyal hat alle Tricks von dem alten Iris gelernt, und er ist schlau gewesen, hat niemand was erzählt. Du weißt, wie Loyal war – ist rumgeschlichen, hat dafür gesorgt, daß ihn keiner sieht. Erstens hat er 'ne kleine Hütte am Bach, wo er sein ganzes Fallenzeug aufhebt, aber nicht die Fallen selbst. Hör nur zu. Du wirst schon merken, was ich meine.

Loyal war richtig schlau beim Fallenstellen. Er war ein verfluchtes Genie mit Lockstöcken, wußte, wie man ein Bündel Stroh hinlegt oder einen Goldrutenstengel umbiegt, daß der Fuchs darübersteigt und prompt in die Falle geht. Fallen im Schnee? Er stellte sie neben ein Büschel Gras, das am Flußufer aus dem frischen Eis ragte, verstehst du, die Füchse treiben sich dort herum und spielen auf dem frischen Eis, oder er legte eine Lockspur im Schnee, und keiner konnte sagen, daß da jemand gegangen war, oder er baute einen Buckel am Waldrand, wo der Boden Erhebungen hat, eine richtig gerissene Tarnung, wenn der Schnee hart war, vielleicht zwei Dutzend weitere Tricks. Du mußt deinen Fuchs kennen, und du mußt dein Gelände kennen. Du mußt einen Instinkt fürs Fallenstellen haben.«

»Na schön, ich merke schon, daß er ziemlich clever war, aber es ist ja nicht unmöglich, daß du oder ich ein paar von den Sachen auch hinkriegen und auch ein paar Pelze abkassieren.«

»Nee. Ich sag' dir, warum. Am Ende der Saison hat Loyal immer seine Fallen eingesammelt und in seine Hütte gebracht. Dann hat er, und ich erinnere mich nicht an alles, im Hof ein Feuer gemacht, Wasser gekocht, alle seine Fallen abgekratzt und gesäubert, sie dann im heißen Wasser mit einer Bürste abgeschrubbt, die er nie für was anderes hergenommen hat, und dabei hat er Wachshandschuhe getragen. Gummihandschuhe taugen nicht, selbst wenn du welche auftreibst. Dann nimmt er einen Drahthaken, um die Fallen einzusammeln, und wirft sie in einen großen Waschzuber, der nie für was anderes benützt worden ist, kippt Lauge und Wasser dazu und kocht sie 'ne Stunde lang. Nimmt die Fallen mit seinem Haken aus der Lauge und schmeißt sie in den Bach. Dort bleiben sie über Nacht.« Dub hob die Hand, als Trimmer etwas sagen wollte. Er trank aus dem Krug und sah dabei Myrtle zu, wie sie ihr aufgelöstes Haar zusammendrehte und feststeckte.

»Am nächsten Morgen ist der gute alte Loyal wieder zur Stelle, schaut sich um und vergewissert sich, daß ihm keiner nachspioniert. Natürlich hab' ich jede Gelegenheit dazu wahrgenommen. Wie ich klein war. Er geht in die Hütte, macht ein Feuer im Ofen. Holt den großen Eimer runter, den er nie für was anderes hernimmt, füllt ihn im Bach mit Wasser von oberhalb der Stelle, wo die Fallen liegen. Stellt den Eimer auf den Herd und schüttet ein Pfund Bienenwachs rein, das nie von einer Hand berührt worden ist, er holt sich den Honigkranz selber aus Ronnie Nipples Stöcken, steckt ihn in die Schleuder, läßt Ronnie das Wachs nicht anfassen, bewahrt das Wachs in einem Leinensack auf, der genau wie die Fallen im Bachwasser eingeweicht und ausgekocht worden ist. Wenn das Wachs geschmolzen ist und im Eimer aufschäumt, holt er mit dem Haken eine Falle aus dem Bach, trägt sie rein, und rein mit ihr in den Eimer voll Wachs und Wasser, ein paar Minuten lang, dann holt er sie mit dem Haken wieder raus, trägt sie raus zu einer Birke am Waldrand und hängt sie dort auf. Dasselbe macht er mit jeder verfluchten Falle. Wenn die Fallen trocken und gut ausgelüftet sind, legt er sie der Reihe nach aus, wie er sie in der nächsten Saison benutzen will. Für seine Feldfallen, und das sind die meisten Fuchsfallen, füttert er ein großes hohles Stück Baumstamm, das er irgendwoher hat, mit ausgerissenem Gras aus. Berührt das Gras und das Holz nie mit den Händen, er hat noch 'n paar Wachshandschuhe, die er in einer geruchlosen Leinwandrolle aufhebt, dann stopft er die Fallen auf das Gras in den Stamm, und dort bleiben sie, bis er sie in der nächsten Saison wieder aufbaut. Das gleiche macht er mit den Fallen, die er im Wald aufstellt, bloß daß er sie mit Rinde kocht – und welche Art Rinde das ist, da ist er eigen –, und hebt sie bis zur nächsten Saison irgendwo unter einem Gesteinsvorsprung im Wald auf. Dann hat er diese ganzen Düfte und Köder, die er selber macht, davon hab' ich keine Ahnung. Trimmer, wir können jetzt schon einpacken, selbst wenn ich seine Fallen aufstellen wollte, weil ich nicht weiß, wo er sie versteckt hat. Und ich hab' keine Lust, durch den Wald zu rennen und meine Arme in hohle Stämme zu stecken und nach den Fallen von meinem Bruder zu suchen. Er hat die Sache beherrscht, ihm hat sie gefallen, ihm hat die gewissenhafte Art dabei gefallen, die mühevolle Kleinarbeit. Ich würd' lieber

Klaviere stimmen können, meine Arbeit machen und anschließend bezahlt werden.«

»Mensch, verdammt will ich sein«, sagte Trimmer. »Ich glaub' immer noch, ich könnt' genug Felle kriegen, um zu Geld zu kommen. Wie sonst willst du genug zur Seite legen, um zu machen, was ihr machen wollt, du und Myrt?«

Dub schluckte den letzten Rest Bier. Myrtle starrte ihn auf eine Art an, die er genau begriff. Sie stellte die gleiche Frage, ohne ein Wort zu sagen. Dub hatte für beide eine Antwort.

»Ich seh' die Sache so: Wenn ein Mann nichts anderes kann, dann stellt er Fallen.« Er sah Myrtle an. »Bist du bereit, noch mal das Tanzbein zu schwingen?«

Eine Stunde später kam Dana Swett, Myrtles Schwager, herein, spähte durch den Qualm, bis er sie sah, hob dann zweimal die rechte Hand mit ausgestreckten Fingern, zeigte damit zehn Minuten, in denen er ein Bier trinken und Myrtle zum Schluß kommen und sich fertigmachen konnte. Sie tanzte noch einmal mit Dub, ein langsames, trauriges leises Kriegslied, bis der Knabe am Schlagzeug den Rhythmus aufnahm, die alten Musiker zu einem letzten heißen Stück zu drängen versuchte, aber sie waren erkaltet, ausgespielt, bereit, abzutreten, aus ihren Flachmännern zu trinken, Luckies zu rauchen und zu gähnen.

»Bleib nicht zu lang«, sagte sie. »Denk dran, daß du morgen früh melken mußt. Und komm Montag nachmittag in die Praxis. Ich trag' dich ein, damit der Doktor weiß, daß du kommst.«

»Für dich, o Wiesenblüte, tu' ich alles, was dein kleines Herz begehrt.« Er machte eine tiefe Verbeugung, tanzte mit ihr zur Garderobe und drückte sie tief in die nach Wolle muffelnden Mäntel, küßte sie, schmeckte den bitteren Tabak auf ihrer Zunge, den moschusartigen Gin.

Als Dub den Komet verließ, war die Luft klirrend kalt. Der harte Schnee knirschte. Ihm war noch warm, aber er wußte, daß der Lkw fest eingefroren war. Die Tür ächzte in steifen Scharnieren. Frost überzog die Windschutzscheibe, das Lenkrad. Der Sitz war wie ein Stück gebogenes Walzblech. Er trat auf die Kupplung, schob den Schalthebel in den Leerlauf. Es war, als würde er mit einem Löffel in einem Topf Mus rühren. Er drehte den Schlüssel um, und aus dem Anlasser kam ein kurzes, schwaches Ächzen.

»Scheißding, macht keinen Mucks.« Ronnie war schon vor einer Stunde gefahren. Er mußte sich von Trimmer fremdstarten lassen. Er ging wieder zum Komet zurück. Der Gedanke an Qualm und Alkoholgestank, an die Musik aus der klapprigen Musikbox widerte ihn jetzt an, und er merkte, daß das Rot des Neonzeichens sich mit dem Rot des Himmels vermischte. Flöten aus rotem Licht, dem wäßrigen Rot reifer Wassermelonen, pulsierten über seinem Kopf. Durch die Röte konnte er die Sterne sehen. Lange grüne Stäbe breiteten sich fächerförmig am Himmelsgewölbe aus, die hohe, kalte Luft zitterte, stotterte in dem elektromagnetischen Sturm. Mink behauptete immer, er könne hören, wie die Nordlichter knisterten oder ein Geräusch machten wie ferner Wind. Dub öffnete die Tür.

»He, die Nordlichter ziehen 'ne Schau ab.«

»Mach die verdammte Tür zu. Es ist eiskalt«, brüllte Howard. Er hatte gegen elf Uhr zu trinken angefangen. Trimmer lag auf drei Stühlen, Speichel glänzte neben seinem Mund.

Dub schloß die Tür, betrachtete die bebende Luft, den rotgefleckten Schnee auf dem Parkplatz, die Bäume und den Fluß, die in der gespenstischen Nacht schimmerten. Wenn Loyal jetzt auf den Parkplatz käme, dachte er plötzlich, würde er ihn zusammenschlagen, bis ihm blutiges Wasser aus den Ohren laufen und den roten Schnee schwarz färben würde. Eine unterdrückte Wut darüber, daß er festsaß, stieg in ihm hoch, ätzend wie Erbrochenes. Zum Teufel auch. Genausogut konnte er zu Fuß nach Hause gehen, den Alkohol verbrennen, sich abkühlen. In zwei Stunden war es zu schaffen.

8
Die Fledermaus im nassen Gras

Loyal überquerte die Grenze nach Minnesota bei Taylor's Falls in der Absicht, sich durch das Farmland zu den Wäldern vorzuarbeiten. Er hatte gehört, daß im Chippewa National Forest Holz gefällt wurde. Die Bezahlung war vermutlich schlecht, aber er mußte wieder ins Freie. Er brachte es nicht über sich, sich auf einer Farm zu verdingen, aber er mußte an die frische Luft. Über den Kontinent fahren, im Herbst wäre er vielleicht in Alaska, würde in den Fischkonservenfabriken arbeiten, überall, nur nicht wieder in den Maschinenhallen, wo die Männer mehr Geld herausholten, als sie je zuvor verdient hatten, ihre Frauen auch, aber nach den arbeitslosen Jahren der Depression bekamen sie nicht genug davon. Taggy Ledbetter, dieses kleine Wiesel aus North Carolina, knickte beim Gehen mit den Knien so weit ein, daß die Schlüssel an seinem Gürtel gegen seine Lenden schlugen, und hortete Geld im Sparstrumpf. Gerissen trödelte er tagsüber bei der Arbeit, damit er Überstunden machen konnte. Er holte andere Männer mit dem Auto ab und fuhr sie zur Fabrik, nahm von jedem einen Dollar pro Woche und Benzinmarken, stahl Werkzeug und Maschinenteile, Büroklammern, Stifte, Beilagscheiben, Greifzirkel, Bohrer, schob sie sich in die Taschen, in seine grüne Arbeitshose, unter seinen Gürtel, in seinen ausgebeulten Brotzeitbehälter. Er hieß seine Frau und Kinder alles aufheben, was sich zu Geld machen ließ, geflickte Fahrradschläuche, Stanniol, Papiertüten, Nägel, Altöl, Altmetall, zerrissene Umschläge, alte Reifen. Verkaufte ein bißchen Benzin auf dem Schwarzmarkt, Fleisch von den Schweinen in seinem Hinterhof. Und brachte nichts auf die Bank. Er kaufte Grundstücke. Führte nach der Arbeit eine kleine Reparaturwerkstatt in seinem Hinterhof.

»In den Grundstücken steckt Geld. Es müssen 'ne Menge Soldaten zurückkommen, die bauen wollen. Da wechselt viel Geld den Besitzer. Ich krieg' meinen Teil, hundertprozentig.«

Er hatte es satt, im Gestank ungewaschener Kleider aufzustehen und den ganzen Tag lang bis zum Dunkelwerden im Gestank von verbranntem Metall und ranzigem Öl zu arbeiten, ohne daß die Arbeit jemals nachließ, drei Schichten Hochbetrieb wie in einer Bingomaschine, die numerierte Holzkugeln mischt, bis sie stehenbleibt und irgendeine Glückszahl herausfällt. An Silvester ging er in eine Kneipe. Mit Elton und Foote, die neben ihm am Band arbeiteten. Die Kneipe war gerammelt voll, Rüstungsarbeiter mit Geld, das Löcher in die Taschen brannte, Frauen in glatten kunstseidenen Kleidern, das gewellte Haar von unsichtbaren Haarnetzen gehalten, Puder zwischen den Brüsten und schwarzroter Lippenstift, der auf den Biergläsern einen verschwommenen Abdruck ihrer Lippen hinterließ, der Geruch nach Zigarettenrauch und dem billigen Parfüm »Ein Abend in Paris« aus winzigen blauen Flakons. Wenn jemand von der Straße hereinkam, durchtrennte eine Schneide eiskalter Luft den Qualm.

Loyal drängte sich mit Elton und Foote zur Theke, bestellte Bier. Elton, ein schlanker Hinterwäldler mit krummen Armen und einer schwachen Blase, war nach einer halben Stunde sternhagelvoll. Foote hielt sich an einem Whiskey fest und starrte stur geradeaus. Loyal stand zwischen Foote und einer Frau mit einem roten Lackledergürtel, der ihr Kleid zusammenschnürte. Ihr Haar war zu einer Masse schwarzlila Locken aufgetürmt. Das Dekolleté ihres Kleides, geschnitten wie ein Ritterschild, entblößte ihren gepuderten Busen. Sie rauchte Camel, eine nach der anderen, drehte sich allmählich von Loyal weg und einem nicht sichtbaren Mann auf ihrer Linken zu. Ihr Rücken drückte gegen Loyals Arm. Langsam schob sie ihren heißen, festen Hintern nach, bis er gegen Loyals Oberschenkel stieß. Er spürte, wie sein Schwanz hart wurde, die gute Hose ausbeulte. Es war lange her. Langsam brachte er seine Hand in Position, bis sie das stramme Hinterteil der Frau umfaßte, die es gegen seine Handfläche drückte und sich so lange wand, bis sein Zeigefinger in der Furche zwischen ihren Hinterbacken lag. Der schlüpfrigen Kunstseide entströmte Hitze. Er bewegte die Hand auf und ab, und jäh wie ein fallender Balken packte ihn mit fürchterlicher Stärke der Würgekrampf. Er bekam keine Luft mehr. Er ließ sich nach hinten in die Mauer aus Trinkenden fallen, zerrte und riß an seinem Hals, als würde ihm der Henkerstrick die Kehle zusammenschnüren. Er roch, wie eine brennende Zigarette Stoff versengte, die Decke aus Preßblech mit ihrem unerbittlichen Muster schwankte und fiel auf ihn herab.

Als er wieder zu sich kam, lag er auf einem Tisch, und ein Kreis aus Gesichtern starrte auf ihn herab. Ein extrem dünner Mann drückte knochige Finger auf Loyals Handgelenk. Das in der Mitte gescheitelte Haar des Skeletts war nach hinten frisiert wie zu einer metallenen Kappe. Seine Zähne und Augen waren goldumrändert, und an den Fingern trug er goldene Ringe, einen Ehering und einen Siegelring am kleinen Finger der rechten Hand. Loyal spürte, wie er unter einem donnernden Herzschlag bebte und schlotterte.

»Sie haben Glück, daß ich hier bin. Sie hätten Sie zu den anderen Betrunkenen in die Ecke gelegt. Hätte Ihnen endgültig das Licht ausgeblasen.«

Loyal konnte nicht sprechen, weil er mit den Zähnen klapperte. Seine Arme vibrierten, aber er bekam Luft. Er setzte sich auf, und enttäuscht, daß er noch lebte, wandte die Menge sich wieder den Gläsern zu.

»Das Adrenalin bringt Sie zum Zittern. Ich habe Ihnen eine Adrenalinspritze gegeben. In etwa einer halben Stunde werden Sie sich beruhigen. Sie haben solche Anfälle schon öfter gehabt, nehme ich an.«

»So nicht.«

»Allergische Reaktion. Vermutlich etwas, was Sie gegessen oder getrunken haben. Ich sag' Ihnen was: Machen Sie sich eine Liste von allem, was Sie heute gegessen und getrunken haben, und schauen Sie übermorgen bei mir rein.«

Aber Loyal wußte, daß es nichts war, was er zu sich genommen hatte. Es war die Berührung. Die Berührung der Frau. Wenn nicht Billy, dann sollte es auch keine andere sein. Der Preis fürs Davonkommen. Keine Frau, keine Familie, keine Kinder, keine menschliche Wärme im tagtäglichen Fortschreiten seines Lebens; sondern ruheloses Wandern von einer Stadt zur nächsten, die engen Zäune einsamer Gedanken, die erbärmliche Erleichterung der Selbstbefriedigung, schräge Ideen und Selbstgespräche, die sich so leicht in Wahnsinnsgefasel verkehrten. Dort oben neben der Mauer hatte eine Art schmutziger schwarzer Kanal, der von seinen Genitalien zu seiner Seele verlief, einzubrechen begonnen.

Ein milder Tag, warm genug, um das Fenster herunterzukurbeln und die Landluft hereinzulassen. Die schwarzen Felder erstreckten sich kilometerweit, die Furchen hoben und senkten sich wie eine ruhige See. Er überlegte, ob er irgendwo anhalten und fragen sollte, ob jemand gebraucht würde, aber er glaubte nicht, auf der Farm eines Fremden arbeiten zu können, mit dem Hut in der Hand dastehen und darum bitten zu können, daß man ihn einstellte. Er fuhr an einer Sägemühle vorbei, roch den würzigen Geruch frisch gesägten Holzes, vermischt mit dem modrigen Geruch von Haufen alter Sägespäne. Er bemerkte den eigenen Körpergeruch in seinen Kleidern trotz der Waschlauge und dem einen Tag an der Leine, nicht ekelhaft, sondern vertraut, der Geruch verdrehter Bettlaken zu Hause, seiner zusammengefalteten blauen Arbeitshemden.

Mais- und Weizenfarmen erstreckten sich bis zum Horizont, die Felder unterteilt von schnurgeraden weißen Straßen, die von Farmen gesäumt waren, überall rechteckige Winkel, die abgezirkelte Erde hypnotisierend, die perspektivisch zusammenlaufenden Linien, die Weite und der verwinkelte Vogelflug waren die einzige Erleichterung. Zwischen den streng angelegten Farmen wogten Kilometer von Getreidefeldern. In weiter Ferne sah er einen Traktor, der mehrere Pflüge durch schwarze, fest umrissene Furchen zog, als würde der Fahrer sein Muster aus Kurven und Winkeln entgegen dem Bild eines sich schlängelnden Flusses, das er vor seinem geistigen Auge sah, ziehen.

Die Größe der Farmen beunruhigte ihn. Für die Leute hier wäre seine Farm zu Hause ein Witz, sein acht Hektar großes Feld ein Wendeplatz. Beim Fahren malte er sich die Farm aus, wie er sie zu finden halb plante und wo er sich niederlassen wollte, nicht wie die Farm zu Hause mit den steilen, rauhen Wiesen und sauren Böden, dem wuchernden Gestrüpp und den Bäumen, aber auch nicht wie diese aufgerollten Landschaften, über denen sich der Himmel drehte. Er hatte nicht gewußt, daß Minnesota so flach war. Aber es war keine stille Landschaft. Das Auf- und Abflauen des Windes bewirkte, daß das Land sich in langsamen Schaudern zu bewegen schien.

Seine eigene Farm sollte eine kleine Farm sein, mit vielleicht hundert Hektar, sanft anschwellender Boden wie die Rundung einer Hüfte und eines Busens, gutes Weideland. Er sah seine Holsteiner grasen, bis zu den Sprunggelenken in saftigem Gras. Der Boden wäre krumig und nicht steinig. Es gäbe einen Bach mit flachem, fettem Ackerland für Mais und Heu zu beiden Seiten und ein Wäldchen, etwa zwei Hektar gerade und hoch gewachsenes Hartholz, eine Zuckerahornpflanzung, schöne Bäume mit niedrig hängenden Ästen an einem Südhang. Auf dem höchsten Punkt seines Landes stellte er sich ein Nadelgehölz vor, und in dem dunklen Tannenhain eine Quelle, die aus dem reinen Grundwasser der Erde sprudelte. Ein Traktor, gute Maschinen. Er würde etwas daraus machen. Seine Hände umklammerten das Lenkrad, er schaute in den Rückspiegel und sah seine ruhigen Augen, das schwarze, wellige Haar. Kraft schwoll in ihm an, wartete darauf, in Anspruch genommen zu werden.

Ein paar Kilometer nördlich von Rice ging er vom Gas, als er die Umrisse des Anhalters wahrnahm, die flatternde Hose mit Schlag und die kecke Mütze. Die Sonne brannte auf die Motorhaube. Er fühlte sich gut, weil er nach der schmierigen Fabrik wieder auf Achse war, hatte Lust auf Gesellschaft. Er hielt an. Das Echo des gleichmäßigen Motorengeräusches klang ihm süß in den Ohren. Der Matrose war ein kräftiger, gelbblonder Mann mit Kartoffelnase und Augen wie Nadeln, seine Redelaune drang ins Auto, ehe er darin saß.

»Sie sind ein angenehmer Anblick für müde Augen«, sagte der Mann. »Schon seit zwei Tagen stehe ich rum, latsche ein paar Schritte und stehe wieder rum. Ich schwöre bei Jesus Christus, ich muß nach Ärger aussehen, muß den Fahrern die Angst vor dem alten Seebären einjagen. Ist das nicht ein schöner Frühlingstag? Einen Soldaten klaubt jeder auf, bin von Norfolk bis hierher mitgenommen worden, hab' zwei Tage gebraucht, drei Mitfahrten, aber nicht in Minnesota! Nein, nicht hier in meinem verfluchten Heimatstaat, wo jeder mit Namen Mißtrauen heißt. Die verfluchten Skandinavier. Ein Kerl hat fast angehalten, tritt auf die Bremse, daß der Kies hochspritzt, aber in dem Moment, wo ich meine Hand auf den Türgriff lege und er mich richtig sieht, hat er sich aus dem Staub gemacht, als ob's 'nen Riesenpreis dafür gibt, wer's als erster nach Little Falls schafft, und er bildet das Schlußlicht.«

»Sie wollen nach Little Falls?« fragte Loyal.

»So die Richtung, ja. Direkt, nein. Ich will meiner besseren Hälfte 'nen Überraschungsbesuch abstatten, meiner kleinen Frau oben in Leaf River, nördlich von Wadena. Dort leben ungefähr vier Leute, und ich, wenn ich da bin, bin ich einer davon, melke Kühe, mähe Heu, prügle mich mit dem Nachbarn. Wenn ich nicht da bin, will ich wissen, ob einer meinen Platz einnimmt. Wo ich war, da hab' ich zu viele liebe Jungs getroffen, die bedenkenlos einspringen, und da hab' ich mir gedacht, was ist eigentlich mit Kirsten, sehen Sie, ich kenn' mich mit den Skandinaviern aus, weil ich eine geheiratet hab', ich frag' mich also, was ist mit Kirsten und Jugo. Jugo lebt auf der nächsten Farm, wir arbeiten zusammen, beim Heumachen, Zäunebauen, Aushelfen, was grade so anfällt, ist meine Egge kaputt, leiht Jugo mir seine, hat er einen Heurechen, dem die Zähne ausfallen, nimmt er meinen. Sie schreibt mir, daß Jugos Frau so Ende März gestorben ist, nette Frau, gutaussehend, gute, füllige Frau, hätte mir gefallen können. Sie wurde von einem Stinktier gebissen, steht in dem Brief, als sie hinter dem Holzschuppen aufräumen wollte, starb an Tollwut. Der Doktor konnte nichts für sie tun. Also fang' ich an zu denken, was tut Jugo, wenn der Axtgriff bricht? Er kommt rüber und nimmt meine. Was tut Jugo, wenn er Vier-Zoll-Nägel braucht? Er kommt rüber und schaut, ob ich welche habe. Was tut Jugo, wenn seine Frau das Zeitliche segnet? Vielleicht kommt er rüber und behilft sich mit meiner, weil ich nicht da bin. Also hab' ich 'ne Woche Urlaub genommen, und es sind bloß noch drei Tage davon übrig.« Er ließ seinen Wortschwall abbrechen und deutete auf eine schlurfende Gestalt auf dem Seitenstreifen. »He, nehmen Sie den Jungen mit. Der ist in Ordnung. Ich hab' gestern mit ihm geredet, und keiner will ihn mitnehmen, bis die Hölle zu Eis gefriert. Er ist zwar Indianer, aber in Ordnung.«

Loyal dachte, daß die Tramper am ersten warmen Tag aus ihren Löchern kriechen. Er war fast zweitausend Kilometer gefahren, ohne einen Menschen zu sehen, der den Daumen hochhielt, und jetzt gab es auf ein paar Kilometern gleich zwei.

»Sie kennen ihn?«

»Nee. Er lief gestern nachmittag an mir vorbei, blieb stehen und redete 'ne Weile mit mir. Wurde gerade aus der Armee entlassen. Ist irgendwie anders, aber er stammt von hier aus der Gegend, gleich die Straße rauf. Er wird uns aufmuntern. Darum nimmt man Anhalter ja mit, stimmt's? Damit sie einen aufmuntern, ein paar Geschichten erzählen, manchmal zeigen sie einem auch, wo sie tätowiert sind.« Er zwinkerte Loyal zu, daß das kleine linke Auge hinter dem dicken Lid, den klebrigen Wimpern verschwand.

Loyal ging vom Gas, als er den Mann erreichte, betrachtete ihn im Rückspiegel. Er sah schwarzes Haar, zurückgekämmt wie bei Clark Gable, ein breites Gesicht, über den Wangenknochen spannende Haut, Tweedjackett, schmutzige Jeans und Schlangenlederstiefel.

»Die Jacke sieht eher nach Anwalt als nach Indianer aus«, sagte er.

»Danke.« Der Indianer kletterte auf den Rücksitz, nickte zwei-, dreimal. Seine Wangen waren glatt, und er roch nach einem herben Rasierwasser. Aber jetzt war es, als wäre ein Tier im Auto. Die schwarzen Augen des Indianers wandten sich dem Matrosen zu. »So sieht man sich wieder«, sagte er.

»Das beweist wieder mal, daß man nie weiß, wie die Dinge ausgehen, Skies. Der gute Samariter hier ist bisher anonym.«

»Loyal«, sagte er. »Loyal Blood.«

»Dritter Maat Donnie Weener«, sagte der Matrose. »Und das ist Blue Skies, im Ernst, so heißt er.«

»Kurz Skies«, sagte der Indianer. »Singen Sie bitte nicht das Lied.«

Da kam Loyal zum ersten Mal der Gedanke, daß die beiden vielleicht unter einer Decke steckten, so gut miteinander bekannt waren wie zwei Münzen in einer Hosentasche, zwei Korken in einer Flasche, mit nur einer Absicht wie ein Stift, der an beiden Enden gespitzt ist. Es gefiel ihm nicht, daß der Indianer hinter ihm auf der Rückbank saß, es gefiel ihm nicht, wie der Matrose Weener einen Arm über die Rückenlehne gelegt hatte und sich ihm halb zuwandte, als würde er sich bereit machen, das Lenkrad zu packen. Er fuhr auf die Fernstraße, steuerte Richtung Norden, aber die Süße des Tages war zerronnen, nachdem der Indianer eingestiegen war.

Der Indianer sagte, er sei unterwegs zum White-Moon-Reservat, achtzig Kilometer südlich von Cork Lake.

Weener sagte, er würde fahren, wenn Loyal es wolle, aber Loyal lehnte ab, er wollte sein Auto selbst fahren. Er ließ das

Fenster offen wegen der Hitze, die sich flimmernd über die Straße legte.

»Verdammt schönes Farmland«, sagte Loyal, während er seinen Blick über den fruchtbarsten Boden der Welt schweifen ließ, Grasschichten, die seit einer Million Jahren vermoderten, auf beiden Seiten der Straße zu erdigen Teppichen ausgerollt. Die Farmen lagen in großen Vierecken, zu jeder führte eine Phalanx von Bäumen, die das Haus vor dem Wetter schützte.

»Diese Felder sind so flach«, sagte der Indianer, »daß man von einem Ende zum anderen sehen kann, wenn man auf dem Trittbrett steht. Aber Sie sollten's mal erleben, wenn die Überschwemmungen kommen, wenn der Fluß über die Ufer tritt. Es ist wie eine Fata Morgana, alles, Häuser, Traktorschuppen ragen aus dem Wasser heraus, es ist wie das Meer, das Wasser kann nirgends hin, nur sich ausbreiten. Wenn eine kleine Bö es wellt, dann sieht man, wie die Welle sich einen Kilometer weit fortbewegt.«

»Das muß ja ein Schlamm sein«, sagte Loyal.

»Ich kenn' Leute, die sind reingefallen und nie wieder rausgekommen.«

»Das stimmt«, sagte Weener. »Im Schlamm ersoffen, im Schlamm erstickt, im Herbst beim Pflügen finden sie einen dann wie einen alten Stock.« Er erzählte Witze. Der Indianer saß still auf der Rückbank, Kette rauchend.

Am späten Vormittag zogen hinter ihnen im Südosten Gewitterwolken auf. Gegen mittag fuhr Loyal in eine Texaco-Tankstelle in Little Falls.

»Volltanken?« Der Tankwart rieb mit einem triefenden Lumpen über die Windschutzscheibe. Seine Arme waren zu kurz, um bis zur Mitte der Scheibe zu reichen. Sein Hemd rutschte aus der Hose und entblößte einen haarigen Bauch, auf dem sich schmutzige Ringe abzeichneten.

»Ja. Und überprüfen Sie Öl und Wasser.«

Loyal zahlte mit einem Fünf-Dollar-Schein, aber bevor er auf die Fernstraße zurückfahren konnte, bat der Matrose ihn, einen Moment zu warten, öffnete die Tür und stieg aus.

»Ich sag' Ihnen was«, brabbelte Weener rasch, »ich lauf'

nur schnell zu dem Lokal und hol' was zum Futtern. Wir können Zeit sparen, uns ein paar Schinkenbrote und Bier holen und unterwegs essen. Ich hol' das Zeug. Mein Beitrag.« Er rannte über die Straße und in das Lokal. In erhabenen Lettern stand da ZUM EINSAMEN ADLER, und darunter waren ein Adler und ein Flugzeug aufs Glas gemalt, die in einen Sonnenuntergang flogen.

Loyal und der Indianer warteten ein paar Minuten an der Zapfsäule. Als ein Lkw zum Tanken heranfuhr, stellte Loyal das Auto so auf der Straße ab, daß Weener sie sehen konnte, wenn er herauskam. Schweigend saßen sie da. Nach einer Weile öffnete der Indianer seinen Koffer und nahm ein Notizbuch heraus. Mit seinen Fingern blätterte er rasch die Seiten durch. Kritzelte.

»Warum zum Teufel braucht er so lang? Jetzt ist er schon 'ne halbe Stunde beim Essenholen«, schimpfte Loyal.

Der Indianer blätterte um. »Er ist fort. Hab' ihn durch die Seitentür rauskommen sehen, gleich nachdem er vorne rein war. Schlich die Straße rauf.«

»Wollen Sie damit sagen, wir sitzen hier, und er ist verduftet? Herrgott noch mal, warum haben Sie nichts gesagt?«

»Hab' gedacht, Sie hätten ihn auch gesehen. Hab' gedacht, Sie hätten 'nen Grund, hier zu sitzen.«

Loyal stieg aus dem Auto und überquerte die Straße. Er war im Lokal, ehe ihm die Zündschlüssel einfielen. Er rannte wieder hinaus, aber das Auto stand noch da, mit dem Indianer auf dem Rücksitz. Er ging wieder in das Lokal. Hinter der Theke schnitt ein dünner Mann, dessen Mund auf einer Seite verächtlich nach unten gezogen war, Kuchen auf. Sein dichtes Haar war weit links gescheitelt und türmte sich auf seinem Kopf zu einer fülligen Tolle. Seine großen, glasigen Augen waren von so hellem Blau, daß sie farblos wirkten. Er griff nach einem Sägemesser mit abgebrochener Klinge. Unter einer Glasglocke lag eine Pyramide in Zellophan gewickelter belegter Brote, rote Schinkenstreifen, grauer Thunfisch.

»Ist hier vor fünfzehn, zwanzig Minuten ein Matrose reingekommen?« fragte Loyal und wandte rasch den Kopf, um

nach dem Auto und dem Indianer zu sehen.»Kräftiger, schwergewichtiger Kerl. Mit Namen Weener.«
»'n Matrose kam rein, den Namen weiß ich nicht. Ist gleich wieder zur anderen Tür raus. Die Leute nehmen 'ne Abkürzung. Ich hab' ein Schild an die Tür gehängt, KEIN AUSGANG, aber es hat keinen Zweck. Sie tun's trotzdem. Ist wie 'ne Autobahn hier, aber keiner kauft was. Heut abend nagle ich das verfluchte Ding zu.«

Loyal sah aus dem Fenster. Der Indianer saß im Auto. Er beschloß, ihn loszuwerden, so schnell er konnte.

»Da nimmt man einen Tramper mit, und der haut ab. Verdammt, geben Sie mir zwei von den Broten. Eins mit Schinken und eins mit Thunfisch.«

»Hab' kein'n Thunfisch. Hühnchensalat.«

»Na gut. Geben Sie mir von jedem eins. Zwei Stück Kuchen. Haben Sie Dr. Pepper?« Er würde dem Indianer zu essen geben und ihn dann loswerden. So gäbe es keinen Ärger.

Der dünne Mann wischte sich die Hände an der Schürze ab und legte langsam die Brote in eine weiße Tüte. Wickelte die Kuchenstücke in Wachspapier. Tippte alles in eine verzierte alte Registrierkasse, die seit Woodrow Wilsons Zeiten hier stehen mußte, dachte Loyal.

»Macht eins siebzig.«

Loyal wollte aus seiner rechten Hosentasche Geld holen, und da wußte er, warum der gerissene Matrose Weener verschwunden war.

»Der Hund hat mein Geld geklaut. Er hat mich ausgeraubt.«

Der dünne Mann nahm die eingewickelten Kuchenstücke und die Brote aus der Tüte. Er zuckte die Achseln, sah Loyal nicht an.

Der Indianer saß noch immer auf dem Rücksitz, den Kopf gesenkt, konzentriert. Las etwas.

Auf dem Bürgersteig steckte Loyal seine Hände tief in sämtliche Taschen, tastete immer wieder nach dem dicken Geldbündel, der größte Teil der sechshundert Dollar, die er den Winter über gespart hatte, das Startkapital, der Neubeginn, seine Reisekasse. Es war weg. Er stieg ins Auto, warf sich auf dem Sitz zurück. Der Indianer schaute auf.

»Wissen Sie, was er gemacht hat? Der Matrose? Mir das Geld aus der Tasche geklaut. Er ist mit meinem ganzen Geld auf und davon. Er muß es sich geschnappt haben, gleich nachdem ich das Benzin bezahlt hatte. Für das Geld hab' ich den ganzen Winter in einer stinkenden Fabrik geschuftet.«

Nach einer Weile sagte der Indianer: »Lassen Sie nie mehr als einen Fünfer in Ihrer Tasche. Heben Sie nie Ihr ganzes Geld an einer Stelle auf.«

»So blöd bin ich nicht. Er hat nicht alles gekriegt. Hundert hab' ich noch im Schuh, aber er hat den ganzen Rest. Von dem, was er geklaut hat, hätt' ich ein ganzes Jahr leben können.« Er blickte die Straße entlang in die Richtung, die Weener nach Aussage des Indianers eingeschlagen hatte. »Na ja, ich weiß, wo ich ihn finde. Er hat mir gesagt, daß er unterwegs nach Hause ist, eine Kleinstadt hinter Wadena. Leaf Falls. Dort lebt seine Frau.«

»Leaf River, meinen Sie«, sagte der Indianer. »Aber er kommt nicht aus der Gegend. Haben Sie nicht gehört, wie er geredet hat? Ist nicht von hier. Mir hat er erzählt, er ist unterwegs zu seiner Freundin in North Dakota. Hat gesagt, er hat 'nen Brief bekommen, daß sie schwer krank ist, aber er glaubt, daß sie schwanger ist, darum will er nach dem Rechten sehen. Hat er gesagt.«

»Ein Dieb und Lügner«, sagte Loyal. »Ich wette, er ist auch nicht bei der Marine. Hat den Matrosenanzug vermutlich gestohlen. Ein diebischer, verlogener Landstreicher. Wenn ich den finde, wird er keine Lügen mehr erzählen, ich reiß' ihm die Zunge raus. Ich hol' ihm das Hirn durch die Nase raus.« Er ließ den Wagen an und fuhr langsam die Straßen von Little Falls ab, hielt an und lief in Geschäfte, das Wirtshaus Zum Schwarzen Hut, den Lebensmittelladen, fragte, ob jemand den Matrosen gesehen habe. Der Indianer saß auf dem Rücksitz, den Zeigefinger im zugeschlagenen Notizbuch. Es wurde immer heißer. Die Bürgersteige leerten sich langsam, die Leute verzogen sich in den kühlen Schatten, auf ihre Küchenstühle und alten Sofas mit pastellfarbenen Tagesdecken.

Die Straßen endeten in leeren, unbefestigten Wegen. Am Ende einer kurzen Gasse sahen sie ein Schild LINDBERGH PARK. Loyal fuhr unter die Bäume und stellte den Motor ab. Er lehnte den Kopf zurück und schloß die Augen. Seine Hände und Füße waren angeschwollen. Der Schweiß rann ihm vom Haaransatz hinunter, an den Ohren vorbei. Der Wind wehte und wehte. Im Espengehölz schwankten die Bäume, zischten wie schwere Gischt auf Meeresfelsen. Der Indianer fing an zu singen.

»Finden Sie das etwa lustig?« schrie Loyal. »Meinen Sie, das ist ein Grund zum Singen, wenn ein Mann ausgeraubt wird und sein Geld zurückzukriegen versucht?«

»Ich singe das freundliche Lied. Es lautet: ›Der Himmel hört mich gern.‹ Ich will zum Himmel freundlich sein. Schauen Sie da rüber.« Er zeigte nach Südosten, wo der Himmel mit violetten Schwellungen übersät war, wie faule Flecken auf Pfirsichen. Loyal stieg aus dem Auto. Nach einem Augenblick stieg der Indianer, leise vor sich hin singend, ebenfalls aus. Espenlaub, grüne feuchte Seide, riß von den Bäumen. Der Indianer hob ein Büschel auf, rieb das frische Laub, so weich wie feinstes Handschuhleder, zwischen Daumen und Zeigefinger.

Während sie den Himmel betrachteten, nahm der Wind in logarithmischen Sprüngen zu. Die Wolken türmten sich auf, die Unterseiten gespickt mit melonenfleischfarbenen Kugeln. Ein Schauer aus Regen und Ästen prasselte nieder, und im Gras zuckte etwas mit zum Scheitern verurteilter Hartnäckigkeit. Es war eine verletzte Fledermaus, die mit ihren nadelartigen Zähnen knirschte. Hagel klatschte auf die Fledermaus, peitschte ihre Flügel und trommelte auf das Autodach, als würde jemand Kieselsteine schleudern.

»Sehen Sie da«, sagte der Indianer und deutete. Aus der Wolke hing eine riesengroße Schnauze. Ohrenbetäubendes Donnergrollen. Die gelbe Luft war zum Ersticken.

»Tornado«, sagte der Indianer. »Der Himmel hört mich

gern«, grölte er. Die Schnauze schwankte wie ein loses Stück Tau und kam über die Landschaft auf sie zu.

Ein untergehender Mond, so weiß wie ein neues Zehn-Cent-Stück, glänzte in Loyals Augen. Riesengroße Röstgabeln ragten bedrohlich über ihm auf. Er hörte das Gekreisch der nach Norden fliegenden Gänse. Er glaubte, auf der Farm zu sein, unter der Steinmauer eingequetscht, und streckte die Hand nach Billy aus, damit sie ihm half.

Mit dem Morgenlicht kamen Leute. Sie hoben ihn auf eine Decke und legten ihn auf eine Matratze hinten auf einen Transporter. Jemand legte ihm eine Papiertüte auf die Brust. Auf dem Weg ins Krankenhaus, als der Fahrtwind kalt auf seine bloßen Füße einpeitschte, fing er an, unter Schmerzen die rechte Hand zu bewegen. Nach langer Zeit führte er sie an den Kopf und betastete die breiige Masse. Etwas lag in seiner linken Hand. Hart, glatt, wie das stumpfe Horn einer Kuh. Aber er brachte nicht die Kraft auf, es so hoch zu halten, daß er es sehen konnte. Die Bäume flackerten über ihm wie Flammen, und die Okarina fiel ihm aus der Hand.

»Ein Tornado kann verrückte Sachen anstellen«, sagte der Arzt. Er beugte sich zu Loyal hinunter. Das kurze Haar stand in Stoppeln auf einem Kopf, der einem abgerundeten Kegel ähnelte, becherförmige Ohren. Ein häßlicher Kerl, aber die braunen Augen hinter den Kuhwimpern blickten freundlich. »Man erzählt von Strohhalmen, die zehn Zentimeter tief in eine Eiche getrieben werden, und von Häusern, die einen halben Meter verschoben werden, ohne daß eine Tasse zerbricht. In Ihrem Fall scheint er Ihr Auto mitgenommen und Ihnen ordentlich Schuhe und Strümpfe ausgezogen zu haben. Zum Glück waren Sie nicht im Auto. Wir werden vermutlich nie wissen, was genau Ihnen zugestoßen ist, aber Sie wurden sozusagen teilweise skalpiert.«

Von dem Indianer keine Spur.

9
Was ich sehe

Loyal, der die Straße entlangfährt, die Schatten weißer Pappeln wie Seidenbänder im Wind; blasse Pferde auf der Weide, die dahintreiben wie Laub; eine Frau, durch ein Fenster gesehen, die Schürze gleitet über ihren Kopf nach unten, das Haarnetz verfängt sich in den Bändern, die Schürze verblichen blau, die Beine violett Moskitostiche keine Strümpfe abgetragene Schuhe; der Mann im Hof, der ein Schild an einen Pfosten nagelt; KANNINCHENFLEISCH; eine Planke über den Potato Creek; ein Schuppen mit eingesunkenem Dach, die Tür mit einer schweren Kette verschlossen, weiße Kreuze, Windmühlen, Silos, Schweine, weiße Pappeln im Wind, das Laub, das beim Fahren vorbeiflattert. Ein Zaun. Noch mehr Zäune. Kilometer über Kilometer Zäune, Stacheldrahtzäune. Drei Mädchen am Waldrand, die Arme voller roter Wachslilien, an denen die herausgerissenen Zwiebeln baumeln. Sigurds Schlangengrube, ÜBER 100 LEBENDE SCHLANGEN BESICHTIGEN SIE DAS GILA-MONSTER 2 M ANAKONDA WASSERMOKASSINSCHLANGE PEITSCHENSCHLANGE WÜHLNATTERN RATTENSCHLANGE, und der alte Sigurd in einem langen, langen Overall und einem Ledermantel steht da, bettelt, ruft, mit einer Wassermokassinschlange um den Hals, sein Mund signalisiert Versprechungen. Ein Schwertfarn im Fenster. Ein Sofa auf der Veranda. Eine Zeitung auf dem Sofa. Ein Mann, der in einem schwarzen Schattenstreifen unter einem Traktor schläft. U. S. POST OFFICE. Kauft Kerns Brot. Schwarze Eichen, graue Hickorybäume, schwarze Walnußbäume, schwarze Ahornbäume, Schusserbäume, hochwachsende Brombeeren, Appalachenkirschbäume, Chinquapineichen, Moos, wilder Wein, Wacholder, graue Kiefern, ein Grabhügel in Vogelform, Zypressen, Rottannen, Balsamtannen, nordamerikanische Lärchen, Präriehühner, Saatklee. Eine Kuh, die in einem Meer aus Gras liegt wie ein schwarzes Wikingerboot, ein Tisch mit weißem

Tischtuch unter einem Apfelbaum und am Tisch ein Mann ohne Hemd mit einem Gesicht wie aus Mahagoni und weicher weißer Brust.

In einem Gasthaus die gestrichenen Holztische, an jedem Platz eine Papierserviette, die Gabel auf der Serviette, links davon ein Löffel, ein Messer und ein leeres Wasserglas. Die schlichte Speisekarte wird von Salz- und Pfefferstreuern gehalten. Wolken in Form von Ameisenbärenzungen, von Habichtschwanzfedern, von Wischschlieren auf einer Schiefertafel, von erbrochenen Milchklumpen. Der Strahl einer Taschenlampe im Dunkeln. Nasse Felsblöcke an einem Seeufer.

10
Das verschwundene Baby

Mernelle war fast am Heidelbeersumpf angekommen, hatte gerade die ersten Büsche erreicht, roch die Säure des Ortes, die Sonne entlockte dem ledrigen Laub, den blauen Libellen und ihren eigenen Fußabdrücken im Schlamm Gerüche, als sie Jewell rufen hörte, zu leise, als daß sie die Worte hätte verstehen können, die klangen wie »Solo, Solo«, in die Länge gezogen und klagend.

»Was?« schrie sie und lauschte. Nur ein leises »Solo« schwebte als langgezogener, hohler Ton zurück. Ihr Name konnte es nicht sein. Ihr Name klang, aus der Ferne gerufen, wie »Männel, Männel«. Sie stieg zwischen die Heidelbeersträucher und pflückte ein paar Beeren. Sie waren noch violett gefleckt und sauer. Sie blinzelte zum Himmel empor und erinnerte sich an den dämmerigen Bronzeton, den er während der Sonnenfinsternis vor einem Monat angenommen hatte, obwohl die Sonne sichtbar und weiß geblieben war. Sie war enttäuscht gewesen, hatte auf einen schwarzen Himmel mit einer flammenden Korona gehofft, die ein Loch in die Dunkelheit des Vormittags brennen sollte. Kein Glück in dieser Hinsicht. Der klagende Ruf ertönte wieder, und sie streifte ein paar Beeren und Blätter ab und kaute sie, während sie den Hügel zurück zum Haus erklomm. Erst am Zaun spuckte sie sie aus.

Sie sah, daß Jewell unter dem Weichselkirschbaum im Garten stand, die weißen Arme hochgereckt, die Hände um den Mund gelegt, rief sie ein ums andere Mal. Als Mernelle in Sichtweite kam, winkte sie ihr, damit sie sich beeilte.

»Der Krieg ist vorbei, Präsident Truman war im Radio, und ein Baby ist verschwunden. Ronnie Nipple kam gerade vorbei, um uns um Hilfe zu bitten. Es ist der Kleine von seiner Schwester Doris. Und Mink und Dub sind ausgerechnet jetzt unten bei Claunch und reden über den Verkauf von noch ein paar Kühen. Es bringt mich zum Wahnsinn, daß ich nicht fahren kann. Da steht das Auto, und wir müssen einfach dran vorbeigehen. Doris ist für eine Woche zu Besuch. Heute ist der erste Tag, und gleich muß was passieren. Anscheinend haben sie alle so gespannt Radio gehört, daß die Japsen sich ergeben, und die Leute drehen vor Freude schier durch und tanzen und schreien, und keiner paßt auf den kleinen Jungen auf, er nuckelt noch an der Flasche, der kleine Rollo, erinnerst du dich, sie haben ihn letzten Sommer mal rübergebracht, wie er noch nicht gehen konnte, keiner hat ihn verschwinden sehen. Ronnie macht natürlich allen Vorwürfe, brüllt seine Schwester an: ›Warum hast du nicht auf ihn aufgepaßt?‹ Die zwei haben sich nie verstanden. Ich hab' ihm gesagt, wir laufen los, sobald ich dich aus den Heidelbeeren geholt hab', und er hat gesagt, wenn er uns auf dem Rückweg von den Davis' sieht, nimmt er uns mit. Die Davis' haben ein Telefon.«

»Hurra, wir müssen kein Fett mehr sammeln und keine Blechbüchsen und Altkleider zur Kirche bringen. Aber sie brauchen wahrscheinlich auch keine Seidenpflanzensamen mehr.«

»Das nehme ich an. Und die Benzinrationierung soll auch sofort aufhören, heißt es.«

»Es hat nicht so geklungen, als ob du meinen Namen gerufen hast. Es hat ganz anders geklungen.«

»Ich hab' ›Rollo‹ geschrien. Dachte, wenn er so weit gekommen ist, dann steckt er vielleicht hier irgendwo im Gebüsch. Aber vermutlich nicht.«

»Ma, es sind drei Kilometer.« Die Bedeutung der Angelegenheit legte sich über den Nachmittag. Vielleicht mußte ein Baby verschwinden, damit der Krieg endete.

Sie gingen durch den Augustnachmittag. Der Gemeinde-Lkw hatte ein paar Tage zuvor frischen Kies auf die Straße gestreut, und die losen Steine und Splitter drückten schmerzhaft durch ihre dünnen Schuhsohlen. In der Ferne konnten sie das Tuten und Heulen von Sirenen, Hupen, Glocken hören, das Ballern von Gewehren, die auf den Farmen entlang des Hügelkamms in die Luft abgefeuert wurden, es klang, als würden Bretter auf einen Plankenhaufen fallen.

»Und dann haben sie im Radio noch gesagt, daß es in den Läden ziemlich bald wieder Nähmaschinen, Eimer und Scheren geben wird. Mir kann's nicht schnell genug gehen. Ich hab's leid, die Schere mit der kaputten Schneide zu benutzen, verdreht mir alles, was ich schneiden will.« Die Bienen summten in den Goldruten entlang der Zäune. Der Hund raste auf sie zu und holte sie schnell hechelnd ein, schleifte die Leine hinterher.

»Der elende Köter«, sagte Jewell. »Ich hab' gedacht, ich hab' ihn gut festgebunden.« In den staubigen Goldruten hing das Gefühl, zu spät zu kommen. In der Wiese das fortwährende Zirpen der Grillen. Grashalme ragten in die Luft wie Lanzen.

»Er kann uns helfen, das Baby zu suchen. Wie ein Bluthund. Ich halt' ihn an der Leine fest.« Sie dachte an Rollo, der in den Goldruten verschwunden war, mit schwachen Kinderhändchen gegen die Stengel stieß, die Luft um ihn herum mit Bienen gespickt, oder tief im dämmrigen Wald, das Gesichtchen naß von hoffnungslosen Tränen, malte sich aus, wie der Hund am verwelkten Laub schnüffelte, dann vorwärts zerrte, als würde er Kaninchenwitterung aufnehmen, sie hinter sich herzog, heldenhaft das Baby fand. Sie würde es durch den Schneesturm zu seiner Mutter zurücktragen, der Hund würde neben ihr hochspringen, um dem Baby die Füße zu lecken, und sie würde sagen: »Na, da haben Sie Glück gehabt. Noch eine Stunde, und er wäre nicht mehr unter uns. Die Temperatur sinkt unter Null.« Und Doris würde dankbar weinen, und Mrs. Nipple würde in ihrem Eiergeld kramen und Mernelle zehn Dollar reichen und sagen: »Mein Enkel ist mir eine Million wert.«

»Ich kann nicht glauben, daß wir über diese Steine laufen, wenn ein fahrtüchtiges Auto auf unserem Hof steht, und ich kann's nicht fahren. Mein Gott, ist das heiß. Lern du lieber Auto fahren, Mernelle, sobald du kannst, damit du nicht auf einer Farm versauerst. Ich wollt' es vor Jahren schon lernen, aber dein Vater hat nein gesagt, will immer noch nichts davon wissen, nein, die Vorstellung, daß seine Frau mit 'nem Auto rumfährt, paßt ihm nicht. Außerdem hatten wir damals einen Ford, den man mit 'ner Kurbel anlassen mußte, und er hat gesagt, daß man sich schon beim Ankurbeln den Arm bricht.«

Die Abzweigung zu den Nipples war eben und hart, in der Mitte wuchs ein spärlicher Streifen Gras. Die Ahornbäume warfen einen luftlosen Schatten. Der alte Toot Nipple hatte die Bäume jeden März angezapft, aber Ronnie machte keinen Sirup und wollte sie demnächst als Feuerholz fällen. Wenn im Winter die Eisstürme große Äste abbrachen, schwor er, es bei der nächsten Gelegenheit zu tun. Und tat es nie.

»Ma, sag das mit dem Zählen, so wie dein Großvater immer gezählt hat.«

»Ach, die alte Geschichte. So hat er Schafe gezählt, die uralte Zählweise. Er hat die Schafe immer aufgezählt. Mal sehen, ob ich's noch kann. Een. Zwee. Dree. Veer. Fiev. Seß. Söven. Acht. Negen. Teihn. Elm. Twalf. Darteihn. Veerteihn. Fievtaihn. Seßtaihn. Söventeihn. Achteihn. Negenteihn. Twintig. Bitte sehr! Mehr hab' ich nie gekonnt. Bis zwanzig.«

»Söventeihn!« sagte Mernelle. »Söventeihn.« Sie fing wie immer zu lachen an. »Ach, Söventeihn!« Sie schrie vor Lachen.
»Halt«, sagte Jewell und lachte selbst, »halt. Weibliche Schafe nannte er nach der ersten Schur Eikes. Und wenn sie brünstig waren, sagte er, sie wären ›jaggdig‹. Er sagte ...«
»Eikes!«
»Und Oma, seine Frau, hatte einen kerzengeraden Mund, der schenkte jemand mal eine Kiste Grapefruit. Sie wußte nicht, was das war. Hatte noch nie eine Grapefruit gesehen. Weißt du, was sie damit gemacht hat?«
»Hat sie Söventeihn und Eikes gegeben?«
»Also, wenn du neunmalklug sein willst, dann sag' ich's nicht.«
»Ma! Sag's! Was hat sie damit gemacht?«
»Sie hat sie gekocht. Hat sie eine Stunde lang gekocht und dann auf einer Platte zum Tisch getragen, auf jeder ein großer Batzen geschmolzener Butter obendrauf. Und stell dir vor, die haben die Grapefruits gegessen, heiß und buttrig, wie sie waren. Opa hat gesagt: ›Die werden die Kartoffeln nicht vom Markt verdrängen.‹«

Der Obstgarten kam in Sicht und dann der Stall mit der durchhängenden, windschiefen Vorderfront. Jewell keuchte beim Anstieg. Außerhalb des Waldes war der Straßenstaub wie Mehl, wirbelte bei jedem Schritt auf. Sie blieb stehen, um Atem zu schöpfen, blickte zu den Wiesen der Nipples hinauf. Die wilden Kirschen waren weiß vor Staub. Ebenso die Astern. »Schau, wie der Wacholder auf die Weide vorgedrungen ist«, sagte sie. »In so wenigen Jahren. Wenn ich mir überlege, wie schwer Loyal geschuftet hat, um ihn aus unseren Wiesen rauszuhalten, wird mir ganz schlecht. Jetzt wird er wohl wieder mächtig wuchern. Aber jetzt, wo der Krieg vorbei ist, finden wir vielleicht eine Aushilfe. Obwohl's so aussieht, als würden die Jungs, die zurückkommen, nicht für andere arbeiten wollen. Haben wohl genug davon, herumkommandiert zu werden. Wollen ihren eigenen Grund. Und ich glaub' immer noch, daß es Loyal im Westen nicht gefallen

wird. Er kommt bestimmt bald zurück. Und bringt die Farm auf Vordermann.«
»Ich weiß nicht mal mehr, wie er aussieht. Groß. Er hatte ›Wildwurzelöl Charlie‹ im Haar. Lockiges Haar. Als ich klein war, hat er mich huckepack getragen. Weißt du noch, als er mir das blaue Puppengeschirr zum Geburtstag geschenkt hat?«
»Das Puppengeschirr war von ihm und Dub gemeinsam.«
Der Stall der Nipples war an der Westseite von Tausenden von Fliegen gefleckt, und weitere Tausende kreisten in der Luft und stürzten in den Misthaufen. Das Wohnhaus stand südöstlich davon, wo es im Winter morgens Sonne hatte und an Sommernachmittagen im Schatten des Stalles lag. Als sie die Stufen hinaufstiegen, konnten sie durch das Fliegengitter Mrs. Nipple auf der Veranda stehen sehen, auf den Fersen wippend und in ein Geschirrtuch weinend. Ihre Geraniensammlung in leeren Schmalzbüchsen und durchgerosteten Emailkesseln säumte die Umrandung der Veranda. An dem zu Boden gefallenen Radio hing noch das verräterische Kabel.
»Wir kommen, um Ihnen beim Suchen zu helfen«, sagte Jewell, als sie die Fliegentür öffnete. Das gebohnerte Linoleum glänzte wie Wasser. »Mernelle dachte, der Hund kann vielleicht nützlich sein.« Der Hund sah töricht aus, kratzte nach seinen Flöhen.
»Ronnie ist zu den Davis' gefahren, um von ihnen aus nach Hilfe zu telefonieren. Doris schaut wieder im Stall. Da haben wir zuerst gesucht, weil sie sagt, daß er die Kühe so gern hat, daß er dort sein muß. Auf seinen Beinchen kann er nicht weit gekommen sein. Es waren bloß ein paar Minuten vergangen, seit wir ihn zuletzt gesehen hatten. Wir haben gerade die Nachrichten gehört, daß der Krieg vorbei ist und in New York alles tobt, standen ums Radio rum, als Doris plötzlich sagt ›Wo ist Rollo?‹« Mrs. Nipple konnte einfach nicht anders, als eine Geschichte daraus zu machen. »Tja, sie und ich fangen an zu suchen, oben, unten, in der Speisekammer, unten im Keller, Ronnie hört immer noch Radio, da sieht Doris, daß die Verandatür offensteht, und wir suchen draußen, dann im Stall.

Inzwischen ist Doris völlig aus dem Häuschen und schickt Ronnie zu Ihnen und den Davis'. Es ist jetzt schon über 'ne Stunde her, und von dem Kleinen keine Spur! Ich hab' zu Ronnie gesagt: ›Was wir an Zeit verlieren, bloß weil wir kein Telefon haben. Ich will, daß ein Telefon ins Haus kommt.‹«

Mrs. Nipple holte Rollos Pullover, damit der Hund daran schnüffeln konnte. Er nahm ihn ins Maul und schüttelte ihn, als wäre es ein Spiel, bis Mernelle ihm den Pullover wieder wegnahm, den Hund an der Leine nach draußen führte und sagte: »Wo ist er? Such den Kleinen! Wo ist er? Hol den Kleinen!« Der Hund trottete um die Hausecke und hob das Bein, um auf den Steinen um Mrs. Nipples Blumenbeete sein Wasser abzuschlagen.

»Na mach schon«, sagte Mernelle, aber der Hund hockte sich hin und starrte sie mit blödem Blick an. »Such den Kleinen, oder ich mach' Hackfleisch aus dir«, fauchte sie. Der Hund wedelte zögernd mit dem Schwanz und sah ihr ins Gesicht. »Du doofer Köter«, sagte sie und band ihn ans Geländer der Verandatreppe. Der Hund schob die Schnauze unter die Stufen und schnüffelte, als röche er einen seltenen Duft. Mernelle ging zum Stall hinüber.

Doris war oben auf dem Heuboden und sagte: »Rollo, komm zu Mami, Herzchen.« Mernelle begriff nicht, wie ein Baby die glatten, abgenutzten Sprossen der steilen Leiter hätte hinaufklettern können. Sie schaute in sämtliche dunklen Viehverschläge, sah, wo Doris in dem verfilzten Heu gewühlt hatte, suchte unter dem Tisch im Milchraum, im alten Sattelraum und den von Spinnweben bedeckten Pferdeverschlägen. In die Pfosten davor waren die Namen WAXY und PRINCE geschnitzt. Doris' Schritte über ihr wanderten von Ecken zu schmalen Schränken und bis zu dem Schacht, durch den das Heu herunterkam. Ihre düstere Raserei erfüllte den Stall. Mernelle ging aus dem Stall und sah beim Misthaufen nach. Rollo konnte in die Brühe gefallen und im Kuhdung ertrunken sein. Dergleichen hatte sie schon gehört. Jewell kannte jemanden, dem es passiert war. Sie wappnete sich gegen den Anblick des blauen, baumelnden Kopfes, der verschmierten Arme.

Aber dort tummelten sich nur Hühner. Vom Misthaufen aus konnte sie ihre Mutter und Mrs. Nipple zwischen den unbeschnittenen Obstbäumen beobachten, wie sie durchs Gras wateten und »Rollo, Rollo« riefen, mit schwermütigen, traurigen Stimmen.

Als Ronnies Auto, vollgepackt mit Männern in Arbeitskluft, auf den Hof fuhr, rannte Doris weinend hinaus und erzählte, daß das Baby noch immer verschwunden sei. Die Männer beredeten sich leise. Nach einer Weile schwärmten sie aus und gingen durch das gemähte Heufeld zur Quelle im Wald hinauf. Die Quelle, ein offener Teich, drei Meter im Durchmesser, weißer Sand auf dem Grund, eisiges Wasser, das aus dem Boden sprudelte. Doris, der das Wasser plötzlich einfiel, rannte ihnen nach.

Jewell und Mrs. Nipple kehrten aus dem zertrampelten Obstgarten zurück, und Mernelle folgte ihnen in die Sommerküche mit den Fliegengittern vor den Fenstern und dem Kerosinofen am Ende der Veranda. Ihre Arme waren voller Striemen vom scharfkantigen Gras. Mrs. Nipple pumpte jeder von ihnen ein Glas Wasser. Ein paar Tropfen fielen in das eiserne Spülbecken, verschmolzen mit ein paar glänzenden Tropfen Kerosin auf Mrs. Nipples Wischlappen.

»Ich weiß nicht«, sagte sie und sah durchs Fenster Doris nach, die den Männern hinterherrannte, strauchelte, auf die Knie fiel, sich wieder aufrappelte und weiterstolperte. Und Ronnie, der sich wütend nach ihr umdrehte und ihr zurief, sie solle wegbleiben. Als ob Gewißheit schrecklicher wäre. »Wie soll er in den paar Minuten so weit gekommen sein?« Aus der Wasserpumpe kam ein dünner Klagelaut.

»Manchmal überraschen einen die Kleinen«, erwiderte Jewell. »Ich kann mich noch erinnern, wie Dub es zur Straße runter schaffte, während ich beim Eiereinsammeln war, und dabei konnte er noch nicht mal laufen. Kroch die ganze Strecke, anderthalb Kilometer. Dabei ist er auch geblieben.« Die Pumpe greinte in einem unheimlichen Jammerton.

»Was auf der Welt kann das sein«, sagte Mrs. Nipple und ließ das Glas überlaufen.

»Hört sich an, als würde was mit der Pumpe nicht stimmen.«

»So ein Geräusch hat die Pumpe mein Lebtag noch nicht gemacht«, sagte Mrs. Nipple. »Das ist das Baby, es ist unter der Sommerküche. Rollo, ROLLO«, rief sie in die Pumpenöffnung. Und ihr antwortete ein kollerndes Geheul.

Jewell schickte Mernelle zu Doris und den Männern, um ihnen auszurichten, daß sie das Baby unter dem Boden der Sommerküche in der Nähe der Wasserpumpe hören könnten, aber nicht wüßten, wie sie an es herankommen sollten. Den Boden aufreißen? Mrs. Nipple hockte unter dem Spülbecken und rief Aufmunterungen, während sie die Dielen mit einem Küchenmesser lockerte. Sie stand auf und ging um das Spülbecken herum bis zur Pumpe, wo die Wasserleitung von unten heraufkam und wo die Dielen unter dem verzogenen Linoleum so weich wie Käse waren. Auf dem geschwungenen, mattroten Pumpengriff stand KLEINER RIESE.

Jewell, die beobachtete, wie Mernelle mit der unheimlichen Kraft eines Kindes den Hügel hinauf zur Quelle rannte, hörte ein dumpfes Splittern und drehte sich um. Mrs. Nipple war zur Hälfte verschwunden, ein Bein bis zur Hüfte in dem verrotteten Boden versunken, das andere angewinkelt wie bei einem Grashüpfer, die Muskeln angespannt. Sie hing mit einer Hand am Spülbeckenrand, mit der anderen umklammerte sie das Messer. Von unten ertönte ein schreckliches Gekreisch.

»Ziehen Sie mich rauf, ich steh' auf ihm drauf!« rief Mrs. Nipple, aber bevor Jewell sie erreichen konnte, sanken Mrs. Nipple, die Pumpe und das Spülbecken auf Rollo.

»Der kleine Kerl ist grün und blau, aber er kommt durch«, sagte Dub beim Abendessen. »Man sollte glauben, daß er plattgedrückt wurde, als die Ladung auf ihn niederging, aber anscheinend brach sie ganz langsam durch, anstatt runterzukrachen, und die alte Dame ging sozusagen in die Knie, als sie landete. Darum ist er mit einem blauen Auge davongekommen. Die alte Dame hat's schlimmer erwischt als ihn. In ihr stecken verrostete Nägel wie in einem Nadelkissen. Im

Krankenhaus wollten sie sie ein, zwei Tage dabehalten, aber davon wollte sie nichts wissen.«

»Wenn ich mir überlege, daß trotz der stolzen Haushaltsführung alles vermodert war«, sagte Jewell. »Das kann einem eine Lehre sein.« Ihre Brille, deren Gläser fleckig und beschlagen waren, lag auf dem Tisch. Sie rieb sich übers Nasenbein, wo die fleischfarbenen Stege zwei ovale rote Abdrücke hinterlassen hatten.

»Wie ist er da überhaupt runtergekommen?« fragte Mernelle und erinnerte sich an das Heulen und Greinen, an Mrs. Nipple, die hinten in Ronnies Auto lag, die blutigen Knie gegen das Fenster gedrückt, während auf dem Vordersitz das Baby in Doris' Schoß brüllte und Ronnie »Aus dem Weg mit euch« rief, als er die Straße entlangraste.

»Ist runtergekrochen. Sie meinen, daß er unter die Verandastufen gekrabbelt ist bis zu einer Stelle unter der Veranda, wo er nicht mehr umdrehen konnte, und weil ihm nie jemand beigebracht hat, wie man rückwärts krabbelt, mußte er immer weiter, aber weiter als bis zur Wasserleitung unter der Sommerküche ging's nicht. Vergiß das nie, Mernelle, bring deinen Babys immer das Rückwärtskrabbeln bei.«

»Red du nicht so schlau über Babys und Krabbeln. Ich weiß noch, wie du den ganzen Weg bis zur Straße durch den Dreck gekrabbelt bist, anderthalb Kilometer, und dann warst du zu dämlich, um zurückzukommen«, sagte Jewell.

»Nein«, erwiderte Dub. »Zu dämlich, um weiterzukrabbeln.«

11
Zeckenkraut

9.9.1945

Lieber Nachbar,

seit dem Tod meiner Mutter bin ich von der Landwirtschaft zum Immobilienhandel gewechselt. Unsere Jungs kommen aus dem Krieg zurück, und der Markt ist gut. Wenn Sie verkaufen wollen - warum dann nicht über einen Nachbarn, der Ihnen den besten Preis rausholt? Wählen Sie 4989, Nipple-Immobilien, und reden wir Klartext.

Freie Landpost-
zustellung
Cream Hill, Vt.

Mit von der Beerdigung geröteten Augen beugte Ronnie sich vor und stellte den Porzellanhund in die Tischmitte wie auf einen Ehrenplatz. Das dunkle Feuermal auf seinem Kinn war tiefrot, als hätte es auf einem Teller zerdrückter Heidelbeeren gelegen.

»Als sie merkte, daß es zu Ende geht«, nuschelte er Mernelle durch seine verschwollenen Lippen zu, »hat sie gesagt, daß du den bekommen sollst. Sie hat gesagt, dein Hund war auf der richtigen Spur, als er an der Verandatreppe schnüffelte. Es wäre vielleicht alles anders gekommen, wenn jemand auf den Hund geachtet hätte, sagte sie.« Er schob den Hund mit dem Zeigefinger ein Stückchen weiter. Dann drehte er sich um und ging hinaus zu seinem Wagen.

Auf dem Fensterbrett rasselte Loyals Wecker. Alle sahen den Porzellanhund an. Sein lebloses Gesicht und sein unmöglicher rosaroter Glanz klagten an. Mrs. Nipple, die wortlos erklärte: Wenn ihr nur darauf geachtet hättet, was der Hund euch zeigen wollte, wäre ich jetzt noch am Leben und nicht in einem verschlossenen Sarg begraben, weil mir die Blutvergiftung das Gesicht schwarz gefärbt hat.

»Ich bezweifle, daß der Hund was anderes geschnüffelt hat als fremde Hundepisse«, sagte Mink. Er tätschelte Mernelle zweimal die Hand. Es war seine erste zärtliche Geste, seit sie Mumps gehabt hatte und sie so benommen und fiebrig gewesen war, daß er sie die Treppe hinauf ins Bett getragen hatte. Jewell stellte den Hund hinter ein paar leere Einmachgläser in der Speisekammer.

Am Nachmittag ging Mernelle hinüber zu den Nipples. Im unteren Teil der Farm lag eine Wiese, auf der das alte Haus gestanden hatte, ehe es abgebrannt war. Dem Blumengarten waren ein paar Mädchenaugen entkommen und hatten sich dreißig Jahre lang ungehindert ausgebreitet, bis sie ein, zwei Hektar minderwertigen Boden bedeckten. Mrs. Nipple hatte Zeckenkraut dazu gesagt.

Die Blumen blühten jetzt, ein wogendes Meer gelber Rispen, Mernelle watete durch die Wiese, hinterließ eine Spur abgeknickter Stengel. Sie stellte sich ungefähr in die Mitte und sah sich selbst als einen Fleck in der schwankenden gelben Landschaft, dachte an Mrs. Nipple, die nie wieder am Zeckenkraut vorbeifahren würde, nie wieder neben Ronnie auf dem Beifahrersitz sagen würde: »Das ist ja ein herrlicher Anblick.«

Mernelle blickte zum wolkenlos blauen Himmel empor. Sie starrte hinauf, und im Blau zitterten lila Flecken. Sie konnte ein tiefes, langsames Atmen hören. Der Himmel.

»Mrs. Nipple ist ein Engel«, sagte sie. Sie stellte sich einen durchsichtigen, funkelnden Engel vor, der aus Mrs. Nipples schwarzem Leichnam unter der Erde aufstieg, vermochte das Bild aber nicht festzuhalten und dachte statt dessen daran, wie die Leiche sich in der Erde auflöste, dachte an die Erde, in der es vor unsichtbaren, hungrigen Maden wimmelte, die verfaulende Stückchen verschlangen, die die Knochen toter Tiere saubernagten, das Feuer aus den verzehrten Scheiten saugten und den Tau aus dem Gras, den ganzen Ausfluß von Pflanzen und Tieren, Gestein und Regen. Wo fließen sie nur hin, dachte sie, all die Ströme von Monatsblut und dem Blut aus Wunden und Verletzungen von Anbeginn der Welt an, und sie stellte sich einen tiefen, starren See geronnenen Blutes vor. Durch Nagelkratzer umzukommen! Sie rannte durch die Mädchenaugen, riß ihnen die Köpfe ab. Sie trampelte die biegsamen, schwankenden Stengel nieder, brach sie ab und warf sie fort, die Wurzeln verspritzten Erde. Die verstümmelten Pflanzen fielen geräuschlos und verschwanden in der wogenden Masse.

12
Billy

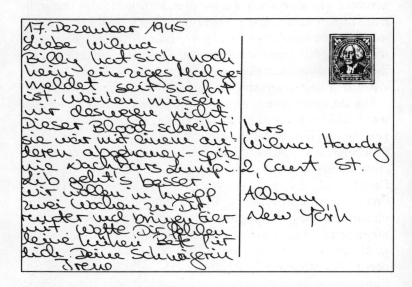

Aus weiter Ferne dachte Loyal an Billy, den schmerzenden Hagelschauer ihrer Küsse, ihre kleinen Schuhe mit den Schleifen, ihre spitzen Fingernägel und Ellbogen, die Knie, die jedesmal hochschnellten, wenn er versuchte, seine Hand ihren Bauch hinunter zu ihrer Spalte gleiten zu lassen, die Art, wie seine rauhen Finger sich an der Kunstseide verhedderten.

»Nein, laß das. Ich lass' mich nicht aufs Kreuz legen. Ich will hier raus und was werden. Ich will nicht auf deiner verfluchten Farm enden, den Schweinen Abfälle hinkippen und aussehen wie hundert, bevor ich vierzig bin, jedes Jahr mit einem dicken Bauch und überall Kinder. Bis hierhin und nicht weiter, und wenn du willst, was ich habe, dann gehst du den Rest des Weges mit mir. Loyal, da draußen gibt's soviel Geld, das kannst du dir gar nicht vorstellen. Das Geld fällt vom Himmel, du mußt bloß an der richtigen Stelle stehen und die

Hände aufhalten. Und das hier ist nicht die richtige Stelle, Junge.«

Aber trotz der harten Knie und Ellbogen strahlte Billy eine Hitze aus wie eine rauchende Bratpfanne. Wenn er ihr orangerotes Haar glattstrich, knisterte es warm und elektrisch; sie hatte immer heiße Hände, sogar im Winter, und wenn sie sich mit ihrer spitzen Zunge die Lippen anfeuchtete, schoß ihm der schlüpfrige Glanz auf der Bahn des Verlangens geradewegs in die Lenden. Sie hätte die beste Frau auf der Welt sein können, wenn sie nicht so erbittert dagegen angekämpft hätte.

Vor Billy war er mit der Lehrerin gegangen, May Sparks, sie war kräftig und hatte ein gewölbtes Becken, fast genauso orangefarbenes Haar wie Billy, das sich jedoch über beiden Ohren büschelartig kräuselte. Diejenigen mit rötlichem Haar hatten etwas, das ihn packte. Alle dachten, er würde May heiraten. Dachten an ihre flachen, hängenden Hinterbacken und die breiten, sommersprossigen Brüste, wie Milchschalen mit Honigtropfen darin. So leicht flachzulegen wie ein zusammenklappbarer Liegestuhl. Immer bereit, nie ein Nein aus diesem großzügigen Mund. Sie hatten mit ihrem Gewippe den Vordersitz des Wagens kaputtgemacht. Sie war geschmeidig wie Butter gegenüber Mink und Jewell, half jedesmal, wenn sie vorbeikam, beim Kochen, stellte unter Beweis, wie gut sie auf der Farm zu gebrauchen war, legte Mernelle den Arm um die Schulter und fragte: »Wie heißt die Hauptstadt von Nebraska?« Und Mernelle, die den Kopf gesenkt hielt – schüchtern gegenüber der Lehrerin, die von der Schultafel in die Küche der Bloods versetzt war, als wäre sie ein Mensch mit echten Gedanken und Gefühlen –, antwortete ganz leise: »Omaha« und roch den süßen Puder auf der Haut der Lehrerin.

Billy lernte er vor Otts Haus kennen. Mink hatte ihm aufgetragen, Jewell nach ihrer Kartenrunde abzuholen. Und würdigte May nie wieder eines Blickes, beantwortete nie die Briefe, die sie ihm schrieb, verdrückte sich, wenn er sie im Dorf sah.

Der Wind hatte die ganze Woche über geweht und durch das kalte Sonnenlicht gefegt. Am gelben und roten Laub gezerrt, aber nur wenige Blätter waren heruntergefallen. Am siebten Tag legte er sich, und gegen Samstag mittag war die Luft reglos, am Himmel hingen verwischte Wolken wie aus zusammengefaltetem Seihtuch, durch die sich ein fahles Licht mühte.

In der Stille der Morgendämmerung begann das Laub zu fallen, und es fiel und fiel, den ganzen Tag über. Laub landete auf den Zweigen junger Schößlinge, glitt und rutschte Äste und Stämme hinunter. Laub streifte Laub und riß es los, die schweren Stiele zogen es nach unten. Es raschelte, als es gegen Zweige fiel, traf mit einem leisen, ledrigen Klatschen auf.

Das erste Mal, daß er sie sah. Das raschelnd, flüsternd fallende Laub. Durch diese träge Laubkaskade fuhr er zum Haus seines Onkels.

»Fahr los und hol deine Mutter drüben bei Ott ab. Diese blöde Kartenrunde. Und mach schnell.« Mink, der aus dem Milchraum rief: »Beeil dich.«

Vier leere Autos unter den Bäumen, die Räder gegen den Hang eingeschlagen. Die Fenster im Erdgeschoß erleuchtet, der Stall noch dunkel, auf einer nahegelegenen Weide läuteten Kuhglocken und johlten Otts Jungen.

Er fuhr an den geparkten Wagen vorbei bis an die Spitze der Reihe und stellte sich vor ein blaues Studebaker-Coupé. An den Kotflügel gelehnt, stand eine Frau, rauchte eine Zigarette, beobachtete ihn beim Heranfahren. Noch unter den Bäumen registrierte er alles, das spitze Fuchsgesicht, das schicke Georgettekleid mit dem weißen runden Kragen, das Jäckchen mit den gebauschten Ärmeln, den vollen Mund, den nahezu schwarzen Lippenstift. Nicht sehen konnte er ihr Haar, das unter einem Goldlaméturban hochgesteckt war. Sie strahlte einen seltsamen Glanz aus, wie Reklame in einer Illustrierten, seltsam und schön, wie sie mordsmäßig aufgedonnert vor Otts Baum stand, an dem ein aufgehängter Reifen baumelte und unter dem das Gras mit Entenkot bespritzt war. Er stieg aus.

»Verflixt will ich sein«, sagte sie. »Verflixt will ich sein, wenn das nicht Mr. Loyal Blood höchstpersönlich ist. Verflixt.«

Er hatte sie noch nie gesehen.

»Wetten, du kennst mich nicht mehr. Wetten, du weißt nicht, wer ich bin.« Die scharfen Zähnchen blitzten ihn an. Sie zwinkerte. »Denk mal zurück an das Picknick in der achten Klasse. Am Vogel-im-Fels-Teich. Die wilden Erdbeeren. Ein paar von uns haben wilde Erdbeeren gepflückt, als wären es die letzten auf der Welt. Neben dir hat Beatrice Handy gepflückt – das war ich. Aus Bonnet Corners. Ich hatte was für dich übrig. Aber jetzt heiße ich Billy. Sag ja nicht Beatrice zu mir, wenn dir deine Gesundheit was wert ist. Dich würd' ich überall wiedererkennen. Hier kann's unmöglich zwei so gutaussehende Burschen geben.«

Er erinnerte sich an die Erdbeeren, Jesus Christus, an die Erdbeeren erinnerte er sich genau, die Erleichterung, von den kichernden Schreihälsen fortzukommen, fremde Kinder von den anderen Schulen des Bezirks, wie er sich davonstahl von den Picknicktischen, den Stapeln von Papptellern, auf denen Senf und Gläser mit Essiggemüse standen. Er schlug sich in die Birken und fand die Wiese mit den roten Sternen. Er erinnerte sich, lange Beeren gepflückt zu haben. Weg von den anderen, dreizehn Jahre alt, allein beim Walderdbeerenpflücken. Hatte er überhaupt eine Bockwurst gegessen? Er schüttelte den Kopf. In Otts Wohnzimmerfenster waren jetzt die ausgestreckten Arme von Frauen zu sehen, die ihre Mäntel anzogen.

Billy zog an ihrer Zigarette, ihre Nägel glänzten.

Er schüttelte eine Zigarette aus seiner Packung, zündete sie an. »Du bist nicht auf die Cream Hill High School gegangen. Dich hätte ich nicht vergessen.«

»Nee. Wir haben zwei Jahre lang in Albany nicht weit von meiner Tante und meinem Onkel gewohnt. Albany, New York. Zivilisation. Aber wir sind wieder hierhergezogen, als ich sechzehn war. Ich bin von der Schule ab und hab' zu arbeiten angefangen. Hab' mich seitdem immer selbst ernährt. Ich hab' bei Horace Pitts in Barre gearbeitet, bei Meecham in Montpelier, bei Capitol Sundries, bei Lacoste's Corsets, meistens als Verkäuferin, aber bei Lacoste war ich Hilfsgehilfin beim Einkauf, dann hab' ich wieder in Barre gearbeitet, als Bedienung im Bobby's Rare Steaks und in La Fourchette. Für Mr.

Stovel, den Rechtsanwalt in Montpelier, hab' ich Sekretärinnenarbeit gemacht, bis Mr. Stovel sich letztes Frühjahr selber an die Sekretärinnenarbeit machen wollte, da hab' ich gekündigt. Letztes Frühjahr hab' ich mit dem angefangen, was ich jetzt mache und schon als Zehnjährige machen wollte. Singen. Ich singe in einem Nachtklub. Und da fahr' ich jetzt hin, wenn ich meine Mutter daheim abgesetzt hab'. Nur für den Fall, daß du glaubst, ich lauf' immer in solchen Klamotten rum. Im Club 52. Du solltest mal reinschauen und mich singen hören. Mir sagen, was du davon hältst. Ich geb' dir 'nen Tip. Ich bin verdammt gut, und ich werd's noch zu was bringen.«

In Otts Stall ging das Licht an.

»Bist du verheiratet, Loyal? Hast wohl 'n halbes Dutzend Gören, eh?«

Er wollte einen Witz machen, sagen: »Nein, bis jetzt hab' ich Glück gehabt«, aber er konnte es nicht.

»Nein. Und du?«

»Nein. Ich wäre es fast, aber es hat nicht sollen sein. Bin gerade noch davongekommen.«

Und Jewell und Mrs. Nipple rauschten auf sie zu, winkten dem Knäuel von Frauen auf der Veranda, von denen einige sich noch immer in die Mäntel mühten, und riefen ade, ade.

Aus irgendeinem Grund hatte sie sich ihn ausgesucht.

Während er im Krankenhausbett lag, mußte er zurückdenken. Zuerst hatte er das Buch des Indianers durchgesehen und die Gedanken an zu Hause verbannt, aber während er döste, beständig in einen schmerzlichen Schlaf fiel und wieder aufschreckte, kamen ihm Bilder von der Farm wie riesige Werbetafeln auf der Straße der Alpträume entgegen, und er konnte nicht vom Weg abbiegen und ihnen entrinnen.

Er war auf Rebhuhnjagd, als ein Schneesturm hereinbrach. Er war einem Vogel gefolgt, hatte ihn immer wieder aufgescheucht und die Orientierung verloren. Die Tannen schluckten das Licht. Der Schnee verwischte Orientierungspunkte, weißte den Habichtsfelsen. Er wußte nicht, wo er war, umklammerte die alte Flinte mit steifen Händen.

Am Rande eines unbekannten Sumpfes stieg er auf höher gelegenes Gelände, schlug sich durch dorniges Gebüsch, vorbei an Ahornbäumen, die einen Durchmesser von drei Metern hatten und abgestorben waren bis auf die beharrlichen Baumkronen. Der Schnee trieb durch das tote Laub. Er stieß auf einen Bachlauf, folgte ihm aufwärts aufs schwindende Licht zu und gelangte zu einem Stacheldrahtzaun, verrostet und an ein paar Stellen von Baumfallen unterbrochen.

Der Zaun war Minks Werk, die vier Stränge, einer mehr als üblich, die vertrauten flachen Krampen stammten aus der Tonne im Stall. Das Gefühl, auf seinem Grund, zu Hause zu sein, durchflutete ihn. Dem Zaun zu folgen war ein Kinderspiel. Er erkannte das Waldstück, sobald er es erreicht hatte, sogar im Halbdunkeln und witterte den Rauch des Apfelholzes aus der einen knappen Kilometer entfernten Küche.

Im Krankenhausbett stellte er sich der unsichtbaren Landschaft entgegen, dem Ozongeruch des frischen Schnees auf seiner Wolljacke – dem letzten Licht und dem Geruch nach Schnee.

Sein Blut, Urin, Kot und Samen, Tränen, Haarsträhnen, Erbrochenes, Hautschuppen, Milch- und Kinderzähne, Finger- und Zehennägelschnipsel, alle Ausdünstungen seines Körpers steckten in diesem Boden, waren Teil dieses Ortes. Mit seiner Hände Arbeit hatte er die Gestalt der Landschaft verändert, die Wehre im steilen Graben neben dem Fahrweg, der Graben selbst, die ebenen Wiesen waren Echos seiner selbst in der Landschaft, denn die visionäre Kraft des Landarbeiters bleibt bestehen, nachdem die Arbeit getan ist. Die Luft war geladen mit seinem Atem. Das Wild, das er geschossen hatte, der Fuchs in der Falle, sie waren gestorben, weil er es beabsichtigt hatte und dazu beauftragt war, und ihre Abwesenheit in der Landschaft war eine Veränderung, die er herbeigeführt hatte.

Und Billy.

Die letzte Begegnung mit Billy lief wieder ab wie ein zerkratzter Film, der in einem defekten Projektor abgespielt wird. Ein Bild vibrierte, die Bäume im Wald oberhalb der Wiese stürzten endlos im zitternden Licht.

13
Was ich sehe

Jewell im Mai, die einen Korb mit nasser Wäsche zur Küche hinaus, über die matschige Einfahrt in den Hof trägt. Die Wäscheleine hängt schlaff, verknotet, dort steht eine nackte Stange, der Wäscheklammerbeutel schaukelt wie ein Wespennest. Sie hängt die Overalls und die Arbeitshemden auf, blickt auf ihre kaputten Hände, dann auf die abgenutzte Szenerie, die immer gleichen abfallenden Wiesen, die Zäune im Osten, die gezackten Berge, das gleiche, was sie stets sieht, seitdem sie vor dreißig Jahren ihre erste Wäsche hier aufgehängt hat. Im Weichselkirschbaum hüpfen Vögel die Zweige entlang, waschen sich mit dem nassen Laub. Der Regen hat den Stall molassefarben nachgedunkelt; an der Wand des Milchraums lehnen ein paar Geräte. Im Fenster hängen Spinnweben und Spreu. Krähen krächzen durch den Wald und schubsen flügge gewordene Junge aus dem Nest. Ihr fällt wieder die ältliche Klavierlehrerin in Bellows Falls ein, die sich in einer Hotelbadewanne ertränkt hat, nachdem sie ihren Körper mit Lexika beschwert und ihre Arme in einen Gürtel um ihre Brust gezwängt hat.

Dub und Mink treiben die Kühe, Dub, dessen zerlumpte Kleider flattern, zieht das Gatter auf, das den Hof von den Weiden trennt, Mink schlägt mit seiner Vorhangstange aus Messing auf die dungverbackenen Flanken ein. Er bückt sich langsam, hebt die Stange auf, die er in den Dreck hat fallen lassen, und kehrt in den Stall zurück. Er zieht ein Bein nach. Müht sich so dahin, denkt sie. Eine Wäscheklammer zerbricht, als sie sie auf schwarzen Köper zwingen will, und die Flecken stechen ab wie frisch gepflügte Felder.

II

14
Unten in der Mary Mugg

Als Loyal mit seinem Automatenschritt den Pfad hinaufging, atmete er die Bergluft durch den Mund ein. Sie schmeckte ein bißchen wie das Ozon nach einem Blitzschlag. Sie brannte Loyal in den Lungen, löste seinen morgendlichen Hustenanfall aus, und er spuckte Gesteinsstaub aus.

Er hörte das Geläut von Bergs Maultier oben am Mineneingang. Im Westen flammte der Gipfelkamm des Copper Peak im roten Licht. Das Holz eines alten Erzlorengerüsts spiegelte Violett- und Rosatöne wider. Der Felsen glühte orange, warf einen schiefen schwarzen Schatten, es sah aus wie ein abgehobener Packen Karten.

Berg hätte in seinem Lkw hinauffahren können, wenn er gewollt hätte, aber er ritt auf dem Maultier, das er nach seiner ältesten Tochter Pearlette benannt hatte. Jedesmal, wenn er Pearlette sagte, fiel Loyal seine kleine Tochter ein, er stellte sie sich dünn und traurig vor, das rötliche Haar in Zöpfen, aus einem Dachfenster auf die Straße hinausblickend, die zur Mary Mugg führte. Störte es die Kleine, ihren Namen mit einem Maultier zu teilen?

Deveaux, der Schichtleiter, war ebenfalls oben am Eingang, kauerte seitlich davon, braute in einer kleinen Metallkanne Kaffee. Er hätte aus der Kantine einen Pappbecher Kaffee holen können, aber er mochte ihn so lieber. Er gab an mit der Zeit, als er nach dem Krieg mit einem Geigerzähler auf dem Rücken über das sandige Colorado-Plateau wanderte, um nach Uran zu suchen. Er wartete, bis der Satz sich gesetzt hatte, und trank den Kaffee dann schwarz aus der Kanne, so daß sein Mund rußverschmiert war. Als er ihn abwischte, verschmierte er den Ruß in die teigige Haut und den gelben Bart. Mit dem kurzen Hals und den hochgezogenen Schultern hatte Deveaux etwas von einer Wühlmaus.

»Ich komme zur Mary Mugg zurück«, erzählte er ihnen mit seiner merkwürdigen Stimme, die süßlich und zugleich körnig war wie das Fleisch einer Birne, »zur Erholung von den roten Lehmgruben oben auf dem Plateau, zur Erholung von den Kopfhörern. Ich hör' das Klick-Klick-Klick im Schlaf.« Er war erdfarben zurückgekehrt, nicht wurmweiß wie ein Bergarbeiter. Er hatte Erfahrung, hatte die dreckigen Dreißiger über in der Mary Mugg gearbeitet. Als Roosevelt während des Krieges die Goldminen schließen ließ, war Deveaux als Sprengstoffexperte zur Armee gegangen. Die Mine wurde 1948 wieder aufgemacht, aber da hatte er schon den Geigerzähler umgeschnallt, schlief unruhig im Freien bei den Kojoten, träumte von der kühlen Stille unter der Erde und der Art, wie das Bett quietschte, wenn seine Frau sich umdrehte.

Er war kompakt wie ein Klappmesser und durch das Bergarbeiterleben abgestumpft. »Ich hab' so viele Jahre unter der Erde verbracht, Jesus Christus, immer wieder, seit ich siebzehn war, daß ich oben auf dem Plateau das Gefühl hatte, bis aufs Fleisch geschält zu werden. Mrs. Dawlwoody glaubt, ich bin wieder hier, um ihr einen Gefallen zu tun, aber ich schwöre bei Jesus Christus, ich arbeit' umsonst, nur damit ich nicht mehr unter freiem Himmel sein muß. Ich hab' den ganzen Tag lang rote Flecken vor den Augen gesehen, geblinzelt, die alten Augen fangen an zu tränen. Zu hell, zu heiß, alles beobachtet einen. Der Wind läßt nie nach, wie ein Kind, das dir den ganzen Tag am Ärmel zupft: ›Papa, kauf mir was Süßes.‹ Das hab' ich an der Landwirtschaft so gehaßt. Damit hab' ich's fünf Jahre lang versucht. Da sitzt du den ganzen Tag auf dem Traktor oder spannst Zäune, und der Wind bläst dir Dreck ins Gesicht, peitscht dir die Haare in die Augen, wirbelt deinen Hut bis in den nächsten Bezirk und lacht, wenn er dich hinterherrennen sieht.« Er senkte den Kopf, flüsterte seinen Knien zu: »Im Bergwerk ist es nicht so schlecht. Und meine bessere Hälfte hat mir gefehlt. Wenigstens kann ich am Wochenende nach Hause, bequem im Bett schlafen statt draußen auf der Erde.«

Mrs. Dawlwoodys Mädchenname war Mary Mugg gewesen. Schwach und ältlich, mit kalten Wogen weißen Haares, die über ihre Ohren fielen, kam sie jeden Freitag zur Mine, um als würdevolle Eigentümerin hinter dem Zahlmeister zu sitzen, wenn er die Lohntüten ausgab. Ihr Gatte DeWitt Dawlwoody war vor dem Krieg bei einem Autounfall in Poughkeepsie, New York, ums Leben gekommen. Er war auf dem Weg zu seinem Cousin gewesen, dem Hersteller der Kronos-Zeituhren, um Geld aufzutreiben. Das Bergwerk brauchte neue Maschinen. Mrs. Dawlwoody glaubte, Gottes Hand werde die Wahrheit über neue Maschinen weisen. Kurz vor einem nachmittäglichen Gewitter ließ sie Deveaux zwei Pumpen auf dem Copper Peak aufstellen, zum einen die alte Handpumpe mit zwei gußeisernen Griffen, zum anderen eine neue elektrische C. J. Brully. Lassen wir Gott entscheiden, ob wir neue Maschinen brauchen, sagte sie. Doch einen Monat lang schlug der Blitz in keine der beiden Pumpen ein. Schließlich nagelte Deveaux die beiden Pumpen an zwei im Fels verankerte Pfosten und sprengte die alte mit etwas Dynamit in die Luft. Und bewies damit den Bedarf an neuen elektrischen Pumpen. Aber inzwischen hatte Mrs. Dawlwoody begriffen, daß die Sache ein dummes Spiel war.

Die Mary Mugg war eine Hartgesteinsmine. Eine alte Stampfmühle brach das minderwertige Erz, und das Fließband zog es in die Unterstände, wo das Gold von den glasartigen Gesteinsbrocken geschieden wurde. Den Stampfmühlen entging viel Gold. Die großen Minen waren alle zu den neuen Schwing- und Stabmühlen übergegangen. Die Mary Mugg war nicht die Art Mine, wo hochbezahlte Leute aus Cornwall arbeiteten; diese auf Stein versessenen Leute waren alle in South Dakota in der Homestake-Mine, schwatzten mit ihren weißen, sonnenlosen Mündern dem Gestein das Gold ab, zwangen anderen Bergarbeitern ihren Willen auf, brachten sie dazu, das Metall aus dem Stein zu dreschen, gleichgültig, ob dabei Blut floß, oder sie waren in Michigan in der Anaconda-Mine und schlugen das Kupfer mit ihrer hartherzigen Geilheit aus dem Fels. Ihre Herzen waren aus Kohle, ihre Fäuste aus Granit, ihre Zungen aus Silber, sie sahen gern Blut. Keiner arbeitete in der Mary Mugg. Sie waren teure Arbeitskräfte.

Die Mugg-Mine war ein kleines Unternehmen, das Gesetzesbrecher und Krüppel anlockte; dreißig Prozent Ausschuß beim Gold *und* den Männern, sagte Deveaux. Aber man konnte nie wissen, worauf sie stoßen würden, wer als Millionär und Gouverneur enden würde. Das sei das Problem, sagte Berg, sobald Deveaux außer Hörweite war; sie wüßten es. Die kleine Mary Mugg war selbst ein Krüppel.

Berg band Pearlette an eine Kiefer und leerte die Wassersäcke in ihren Eimer. Wortlos stierte er an Loyal vorbei. Berg hatte etwas Brutales, obwohl er mit dem Maultier freundlich umging und summte. Er hatte einen blassen Schnurrbart, als würden zwei welke Buchenblätter an seiner Nase hängen. Der Eimer hatte den ganzen Sommer über einen zweifachen Dienst geleistet. Er benutzte ihn, um sich darin zu waschen, bevor er am Abend den Pfad hinunterging. Loyal wollte lieber verdammt sein, als sich in Maultiergeifer zu waschen, aber Berg mußte sich unbedingt abschrubben. Für einen Mann, der Landwirtschaft betrieben hatte, war er mäklig. Er behauptete, seine sommersprossige Haut quäle ihn nach einem Tag im Berg. Einmal, an einem klaren Februarnachmittag, als die

Tage länger wurden, war er nach der Schicht herausgekommen, hatte auf einem Steinhaufen ein Feuer entfacht, und als das Feuer niedergebrannt war, hatte er die Kohlen herausgeharkt, Pfosten darum aufgestellt, die Leinwandplane vom Unterstand des Maultiers darübergezogen. Die Länge seiner nackten Beine und Arme erinnerte an die Getriebewellen einer Lokomotive. Sie hatten ihm dabei zugesehen, wie er aus seiner Behelfssauna in die Dämmerung sprang, um sich herum eine leuchtende Dampfsäule, die Maultiergeruch ausströmte. Er warf sich zu Boden und wälzte sich im trockenen Schnee, bis er aussah wie ein Zuckerkrapfen.

»Da habt ihr den Skandinavier«, sagte Deveaux.

Zwischen dem Copper Peak und der Felswand unterhalb der Mary Mugg hallten knatternde Motorengeräusche wider. Von Lemon aus zuckelten Laster und Pkws die Steigung herauf. Der Wendepunkt und der Parkplatz lagen dreißig Meter unterhalb des Mineneingangs. Auf dem Pfad polterten Stiefel, jemand lachte, Hust- und Spuckgeräusche. Als erstes waren ihre Hüte zu sehen, dann Köpfe und Schultern, die beim Klettern auf und ab wippten. Loyal sah das glänzende Rinnsal Blut, das bereits aus Cucumbers großen Nasenlöchern rann, wie er den steifen, vor Blut starrenden Lumpen hochhob und tupfte. Keiner konnte seinen richtigen ausländischen Namen aussprechen. Cucumber kam ihm ähnlich genug. Deveaux ließ seine Kippe fallen, trat mit seinem kleinen Schuh darauf, aber der Rauch stieg immer noch auf.

»Man sollte meinen, er könnte sich 'ne andere Arbeit suchen, wenn er die Höhe nicht aushält«, sagte Deveaux. »Hab's satt, diesen roten Rotz zu sehen.« Er sagte es an einer Stelle, wo Berg ihn nicht hören konnte, während er den Kaffeesatz auskippte und die Kanne mit einem Büschel Gras auswischte. Er sprach lauter. »Tagelöhner oben in die Red Suspenders. Akkordarbeiter wissen, wo sie arbeiten.«

Berg und Cucumber hatten zwei Jahre gemeinsam Akkord gearbeitet. Loyal war der Neue, der aus der für Stundenlohn schuftenden Mannschaft zu ihnen gestoßen war. Er hatte mit Deveaux geredet.

»Ich muß mehr Geld verdienen. Spar auf 'ne Farm. Steck mich zu den Akkordarbeitern, okay?« Konnte die Unverfrorenheit in seiner Stimme nicht unterdrücken. Ließ Deveaux wissen, daß die Mary Mugg heute zwar noch da war, morgen aber schon verschwunden sein konnte.

»Ich weiß nicht so recht. Die Jungs suchen einander meistens selber aus. Außerdem müßtest du doch mit dem, was du verdienst, gut zurechtkommen – keine Frau, keine Kinder.« Aber er hatte mit ihnen gesprochen, und Berg hatte genickt.

Berg redete normalerweise über seine Zeit auf einer Weizenfarm, Wetter, Boden, Jahreszeiten, erzählte es dem büffelschultrigen Cucumber, und der mürrische Friese murmelte und nuschelte etwas von Booten, Kindern und Heimat. Er hatte einen zweigespaltenen Daumen, ein großes, breites Ding mit zwei schmutzigen Nägeln, die miteinander verwuchsen. Für Loyal Schweigen.

Cucumber bekam von seiner Frau selten genug zu essen, um seinen unablässigen Hunger zu stillen. Er aß Brocken Schweinefleisch, Kekse, Käsekanten und starrte dann hungrig auf ihre belegten Brote in den verbeulten Brotzeitbehältern, schluckte und leckte sich den Mund wie ein Hund beim Picknick. Loyal schenkte ihm einen von den Haferkeksen, die er bei Dave in der Pension kaufte, Old Dave, dem Akkordeon- und Harmonikavertreter, dem es recht gut ergangen war, bis er das Goldfieber bekommen und zu schürfen angefangen hatte. Ein Sturz in betrunkenem Zustand endete mit gebrochenem Becken.

»Was sonst kann man an 'nem Samstagabend machen, außer hinfallen und sich den Arsch brechen?« fragte er. Die Beine waren steif wie Metall wieder zusammengewachsen, so daß er ging wie ein Zirkushund auf den Hinterbeinen. Den Rest seines Lebens würde er in der Pension kochen. Er hatte Pinienkerne in die Kekse getan. »Du bist ein wirklich großer Star, ißt gefüllte Oliven und Kaviar.«

Ein paar Tage später fand Loyal den Keks auf einem Felssims vor der Erzkammer. Er sagte sich, Cucumber habe ihn da hingelegt und dann vergessen, aber dann fiel ihm ein, daß

Cucumber und Berg auf dem Weg nach draußen leise gelacht hatten, und ein bitteres Wort stieg ihm die Kehle hoch. Nicht gut genug für ihn! Der verfluchte Ausländer.

Cucumber hatte eine Menge absonderlicher Angewohnheiten. Nach der Schicht hielten sie auf dem Weg nach Lemon immer bei Ullman's Post an, um den Gesteinsstaub mit Bier hinunterzuspülen.

»Bringt mir ein Red Fox mit«, nuschelte Cucumber beiläufig zu den hinten Sitzenden, die aus dem Auto stiegen, und hielt sein Geld in den Hosentaschen mit den Händen fest. Jemand brachte ihm immer eins mit. Und Cucumber nahm das Bier, legte den Verschluß am Rand des Fensterrahmens an und schlug ihn mit seiner feisten Handkante ab, trank das Bier in zwei Zügen, saß anschließend da, als wäre er noch nicht fertig, die leere Flasche zwischen den Oberschenkeln. Dann wieder stürmte er aus dem Wagen und rannte hinein, griff tief in beide Taschen und schleppte eine Kiste Flaschen an.

»Nehmt! Nehmt nur! Beleidigt mich nicht, traut euch, nein zu sagen!«

Und Loyal hatte ihn mit einem Mann raufen sehen, der nicht hatte trinken wollen.

Der Minenboden unten in der Erzkammer war feucht, der zerfurchte Grund voller Fußspuren. Die Felswände glänzten. Ihre Kleider, abgetragener Baumwollköper, hingen in schlaffen Falten. Sie horchten auf das leise Knarzen der Holzgerüste. Die Lüftung brummte. Berg fing an, mit der Brechstange lockeres Deckengestein loszuklopfen, das sich nach der Sprengung vom Vortag womöglich abgelöst hatte. Die Kumpel von der zweiten Schicht hatten das Erz herausgeholt. Während er arbeitete, regneten kleine Gesteinsklumpen auf den Schutt, dann krachte ein großer Brocken, zweihundert Pfund Gestein, herunter, wirbelte Dreck auf.

»Herrgott, von dem würde man mächtig Kopfweh kriegen.« Berg lachte und klopfte weiter. Das Gestein ächzte.

»Dieses verfluchte Gestein da ist der Hauptgrund dafür, daß man mit 'nem Kerl aus Cornwall arbeiten will«, sagte Berg zum hundertsten Mal zu Cucumber. »Die Leute verstehen das Erz, das Gestein, als würde es mit ihnen reden. Und wenn sie sagen, da stimmt was nicht, hört man besser auf sie, weil sie Bescheid wissen. Ich hab' mit so 'nem Kerl gearbeitet, Powys, in der Two Birds in Michigan. Kupfermine. Meine erste Arbeit, nachdem ich die Farm verloren hatte. 1936. Nasse Drecksarbeit für 'nen Hungerlohn und höllisch gefährlich. Powys war schlau. Keine Ahnung, was er in den Minen getrieben hat. Der hätte alles machen können. Kam aus Cornwall. Hat den alten Shakespeare zitiert, Gedichte. Hat behauptet, im Bergwerk zu arbeiten, seit er sich selber die Hose anziehen konnte. Das Komische an den Jungs ist, wie gescheit manche sind, lesen Latein, reden über Philosophie und fahren trotzdem ihr Lebtag in die Bergwerke runter. Wir waren da unten, beim Bohren, weißt du, und plötzlich dieses leise Knirschen, als würd' jemand Pappe zerreißen, nichts, worauf man achtet. Aber Powys brüllt, er brüllt –«

»Berg, das hab' ich schon zwei-, dreihundertmal gehört. Ist das die, wo er laut gefurzt hat? Oder die, wo er mit einer Hand die Decke stützt und mit der anderen in der Nase bohrt?«

»Na gut«, sagte Berg. »Verdienen wir ein bißchen Geld. Wir müssen heute was wegschaffen.« Das Licht der gelben Stirnlampe schweifte über den Felsen. Loyal setzte eine Weile seine Gasmaske auf, aber das einer Gummischnauze gleichende, klobige Ding war ihm im Weg, und er ließ es um den Hals baumeln. Wozu auch, da arbeiteten zwei Jungs zusammen, der eine trug jeden Tag seine Maske und bekam trotzdem eine Staublunge, der andere trug nie eine und blieb gesund. Er hatte es selbst erlebt.

Der vertraute Geruch nach feuchtem Gestein, der metallische Geschmack der geladenen Luft, das Rattern des Bohrers, die Reihen tiefer Löcher im Gestein verschwammen zu trüben, eiskalten Stunden. Loyal sah zu Berg hinüber. Sogar im pilzfarbenen Kegel der Stirnlampen konnte er erkennen, daß Berg wieder Selbstgespräche führte. Berg hatte verquere Vorstellungen. Er glaubte, tote Bergleute kehrten aus der Hölle zurück in die Bergwerke, in denen sie umgekommen waren, und lungerten in ihren verblichenen, verunstalteten Körpern gerade außer Sichtweite herum, und manchmal, wenn er sich rasch umwandte, erhaschte er einen Blick auf eine alte Felsratte, die einen Ausflug machte und hinter seinem Rücken posierte und spöttisch in Richtung der Schätze zeigte. Ab und zu tat er es: Er sprang auf und wirbelte herum.

»Geht's gut voran?« fragte Loyal. Sie antworteten, wenn er zuerst etwas sagte.

»Na ja, jedenfalls 'ne Menge Löcher. Morgen sehen wir weiter, wenn das Zeug runter ist. Sie müßten das Gestein hier ziemlich bald neu einstufen, nächste Woche vielleicht. Nach dem Material, das wir hier gesehen haben, würd' ich sagen, sie müßten uns nach B-plus hochstufen.«

»Ich hab' mir überlegt, hier in ein paar Monaten aufzuhören«, sagte Loyal. »Vielleicht probier' ich, was Deveaux gemacht hat, Uran. Ich muß so dringend wieder raus, wie er in die Mine zurückwollte. Ich krieg' hier unten das Gefühl, in der verdammten ewigen Finsternis zu stecken.«

»Da ist was dran. Jungs, die es gewohnt waren, viel Zeit im Freien zu verbringen, beim Fallenstellen oder im Wald, die fühlen sich in den Minen nie wohl. Du hast Glück, daß du keine Familie hast. Die Kinder halten dich in der Mine. Ich hab' immer gedacht, ich lande ein Ding, stoße auf 'ne schnuckelige Ader, aber mir ist alles danebengegangen, und jetzt sitz' ich auf Lebenszeit in den Minen fest. He, Cucumber, hat Deveaux dir jemals erzählt, warum er mit dem Uranschürfen aufgehört hat?«

Berg gab zu leicht auf, dachte Loyal.

Cucumber kollerte mit seinem schwerfälligen Akzent. »Hab' zwei Versionen gehört. Hab' gehört, daß die Gegend ihm nicht gefallen hat. New-Mexico, Colorado, Monument Valley, Arizona, Utah. Der Sandstein.«

»Carnotit. Herrgott, damit haben manche Typen Millionen gescheffelt.« Loyal liebte es, davon zu träumen, von der Suche, dem Glückstreffer, davon, daß er den Rest des Lebens tun konnte, was er wollte. »Was war zum Beispiel vor ein paar Jahren mit Vernon Pick? Neun Millionen.«

Berg wußte etwas. »Deveaux fand ein versteinertes Stück Holz. War fast reiner Carnotit. Mit dem allein hat er über dreizehntausend verdient.«

»Auch wenn du keinen großen Treffer landest. Die Regierung behauptet, sie garantiert einen Festpreis bis 1962. Überall in der Gegend gibt's Stellen, die das Erz kaufen. Herrgott, da gibt's Bonusse, sie investieren praktisch in dich, unterstützen dich, wo sie nur können.«

»Wenn ich auf die Art Geld machen wollte, würd' ich an die Nordwestküste gehen, mir ein Boot kaufen und fischen. Großen Seelachs.« Ein Anflug von Sehnsucht, eine Saite, die er häufig anschlug.

Cucumber lachte schnaubend. »Du in 'nem Boot? Für dich gibt's nur eine Art Boot, Berg. Ein Ruderboot. Ein Ruderboot im Hafen.«

»Was zum Teufel weißt du davon?«

»Kenn' mich aus mit Booten. Bin auf 'nem Boot geboren. Bin geboren auf Spiekeroog. Die Gegend kennst du nicht. Fischerboote. Ich hab' auf Passagierschiffen gearbeitet. Vor dem Krieg.«

»Wette, du hast auf der *Titanic* gearbeitet, was? Mein Gott, eher würde ich auf 'ner Kiste Dynamit den Yellowstone runterfahren als in 'nem Boot, das du steuerst, Cucumber.«

»Was hat Deveaux mit dem Geld gemacht? Der Kerl war reich«, sagte Loyal. Wütend. Der Bohrer bockte, fraß sich nur mühsam in den Stein, spie Staub.

»Da gibt's verschiedene Geschichten. Einmal hab' ich gehört, er hat's Mrs. Dawlwoody gegeben, sich in die Mary Mugg eingekauft. Ich hab' auch gehört, daß er alles in einer Stunde beim Siebzehnundvier in Las Vegas verloren hat. Cucumber, warst du jemals in den Kasinos?«

»Verdammt, nein. Mir fällt's schwer, Geld zu verdienen, aber Möglichkeiten, wie ich's zum Fenster rausschmeißen kann, kenn' ich genug.« Er bekam einen langen Hustenanfall. Irgendwo hinter ihm blätterten leise Gesteinssplitter ab.

»Nicht gut«, sagte Cucumber. »Ist nicht gut abgeschlagen.

Es blättert nicht ab, wenn es gut abgeschlagen ist.« Er stieß vorsichtig mit einer Stange an die Decke.

»Und ob es gut abgeschlagen ist«, sagte Berg. »He, warum zum Teufel bist du überhaupt fort vom Squeaky-Gut, oder wie zum Teufel heißt es?«

»Insel. 'ne Insel in der Nordsee. Ich hab' auf Booten gearbeitet, okay? Jahrelang. War glücklich. Eines Tages geh' ich zu 'ner Wahrsagerin in Oslo, 'ner sogenannten Dukker. Die sagt: ›Du sterbst durch Wasser.‹ Die weiß so Sachen. Deswegen komm' ich nach Amerika, arbeite in den Minen.«

»An die Scheiße glaubst du?«

»Ja, Berg, glaub' ich. Die Dukker da sagt zu 'nem Kerl, der arbeitet auf dem Schiff: ›Hüte dich vor Wein.‹ Er lacht. Er trinkt nicht bloß Wasser, Tee, Kaffee. In Palermo beladen sie, Jesus Christus, eine Kiste fällt auf ihn. 'ne Kiste voll Wein. Da kannst du dran glauben.« Tiefere Gründe erklärte er nicht.

»Pausenläuten«, sagte Berg und ahmte das Heulen einer Fabriksirene nach. Sie setzten sich zusammen unter Bergs Wand. Er konnte ein Maultier, ein Pferd, jedes Automodell bei jeder Geschwindigkeit nachahmen, wenn er Laune dazu hatte.

»He, was zahlt die Regierung eigentlich für Uran?«

»Hab' gehört, das garantierte Minimum ist sieben Dollar fünfundzwanzig das Pfund. Wie viele Pfund pro Tonne hängt vom Fund ab. Im Schnitt stecken in 'ner Tonne vier Pfund. 'n guter Fund in Kanada hat achtzig Pfund ergeben. Ich hab' 'nen Artikel in 'ner Zeitschrift, *Argosy*, wenn du 'n dir ansehen willst.« Loyal ließ das Licht über die Reihen von Löchern schweifen, die vier Meter tief in den Felsen gebohrt waren.

»Geht gut voran. Schätze, daß Berg sein Ruderboot kriegt.«

»Ja, und du deine Farm. Wenn du immer noch so verrückt bist und eine willst.«

»Ich will bloß 'n Stückchen Land, auf dem ich arbeiten kann.«

»So 'n Tier bin ich nicht«, sagte Berg und öffnete seinen Brotzeitbehälter und nahm die Thermoskanne heraus. Als er den Deckel abschraubte, spürten sie, wie der Boden unter ihnen sich hob, gefolgt von einem Donnern, als der Tunnel in sich zusammenstürzte. Der Boden bebte. Dann kam der erstickende Staub, Bergs Thermoskannendeckel klapperte, als er auf den Felsen aufschlug.

Cucumbers Stirnlampe krachte gegen die Wand und erlosch. Loyal lag auf dem Rücken, Staub und Gesteinssplitter regneten auf ihn. Berg fluchte, sein Licht streifte hin und her, als er sich umsah. Eine eisige Kälte ergriff Loyal, und er fragte sich, ob sein Rückgrat gebrochen war; er hatte gehört, daß ein gebrochenes Rückgrat keine großen Schmerzen verursachte, man wurde kalt und fühllos. Und konnte sich nicht mehr bewegen. Er wollte nicht versuchen, sich zu rühren. Berg fuchtelte herum, fluchte, leuchtete mit seiner Lampe über das eingebrochene Geröll. Es ertönte ein schreckliches Stöhnen. Loyal dachte, es sei Cucumber, dann wußte er, daß es von der Lüftung kam, weil Tausende Tonnen Gestein auf den Schacht drückten.

»Cucumber. Bist du in Ordnung? Blood?«

»Hab' mein Schweineschnitzel fallen lassen«, erwiderte Cucumber. »Mein Schweineschnitzel liegt im Wasser.«

Da begriff Loyal, daß die kalte Fühllosigkeit von ein paar Zentimetern eisigen Wassers herrührte, in denen er lag.

»Jesus Christus, wo kommt das verfluchte Wasser her?« In seiner Stimme schwang Panik mit. Er stand auf, schlotterte. Gebrochen war nichts. Das Wasser reichte ihm bis zu den Knöcheln, sein Rücken war triefnaß. Seine Knie schmerzten.

Das Wasser kam von überall her. Es troff und tröpfelte von Decke und Wänden in Tausenden kleiner Tropfen wie Schweiß, rann in Bächen; es quoll aus dem Boden.

»Herr Jesus, Herr Jesus«, stöhnte Cucumber. »Ach, Herr Jesus, im Dunkeln ertrinken. Wasser.«

»Wir wissen nicht, wie schlimm es ist. Da oben könnte alles in Ordnung sein. Vielleicht versuchen sie schon uns rauszuholen.« Bergs Stimme war angespannt, aber beherrscht. Sie hielten den keuchenden Atem an, horchten nach dem klimpernden Geräusch von Hämmern. Der Felsen knirschte. Die schweren Tropfen fielen und fielen, hallten in der vollaufenden Erzkammer wider. Loyal fühlte sich ruhig. Würde er ertrinken oder erschlagen werden? Von dem Felsen.

Berg hatte schon Einstürze mitgemacht. Wußte, was zu tun war. »Wir sparen unsere Batterien. Macht eure Lampen nicht an. Sie halten ein paar Tage.«

»Tage!« würgte Cucumber heraus.

»Ach, du alter Idiot, du kannst einen Einsturz wochenlang überleben, solang du Wasser hast. Und wir haben Wasser. Wir müssen ans höhere Ende der Erzkammer. Damit wir hier aus dem Schlamm rauskommen.«

Sie wateten im Dunkeln durch die Erzkammer, bis sie an dem Ende, wo sie am Morgen gebohrt hatten, einen Streifen trockenes Gestein erreichten. Mit den Händen ertasteten sie, daß der Fleck trockenen Bodens ungefähr einen Meter breit war, kaum genug zum Hinsetzen. Loyal kramte Schnur aus seiner Tasche und markierte die Breite mit einem Knoten. Berg tastete nach dem Werkzeug. Das Wasser stieg allmählich an. Überall um sie herum das Plätschern tropfenden Wassers, ein tödliches Plitsch-Platsch. Das Wasser kroch an den trockenen Streifen heran.

»Diese Kammer ist zehn Meter hoch. Es braucht verteufelt viel Wasser, bis die voll ist«, sagte Berg.

»Ja, und was sollen wir dann tun, an den Wänden hochkriechen wie eine Fliege und oben bleiben? Herumschwimmen? Wettschwimmen veranstalten? Ich sag' dir, was wir tun, wir spielen Wasserleiche. Keiner wird uns hier rausholen. Das ist unser Grab, Berg. Ich hab' dir gesagt, ein dritter Mann bringt Unglück. Jetzt hast du's!« Cucumbers Stimme war rauh. Er spuckte und kollerte im Dunkeln, als hätte Berg ihn in dieses tödliche Loch gelockt.

Sie standen mit dem Rücken zur Wand, das Gesicht dem Wasser zugewandt. Loyal versuchte, sich nicht anzulehnen. Das Gestein sog einem die Wärme aus dem Leib. Sobald seine Beine sich verkrampften, ging er in die Hocke. Wenn er die Hand ausstreckte, konnte er den Wasserrand ertasten. Die Stunden verstrichen. Cucumber sog und kaute an etwas. Er mußte das Schweineschnitzel gefunden haben.

»Heb dir dein Essen lieber auf. Wir wissen nicht, wie lang wir hier unten bleiben«, sagte Berg. Cucumber schwieg schmollend.

Loyal wachte in ohnmächtigem Schrecken auf, die Beine bis zur Taubheit eingeschlafen, die Knie Holzklötze mit tief hineingetriebenen Keilen. Cucumber grölte etwas – ein Lied – in einer anderen Sprache. Loyal streckte die Hand aus, um das Gleichgewicht zu finden, und langte in drei Zentimeter tiefes Wasser. Es stand bis zur Wand.

»Berg. Ich mach' mein Licht an. Schau', ob's 'ne trockene Stelle gibt.« Er wußte, daß es keine trockene Stelle gab. Das schwankende Licht der Stirnlampe spiegelte sich in einem Meer, das sich vor ihnen bis dorthin erstreckte, wo der Steinschlag den Durchgang versperrte. Bevor er das Licht wieder ausknipste, drehte er sich zu Cucumber um, der die Unterarme an die Wand gelegt hatte und den Kopf an die nassen Hände drückte. Das Wasser sickerte ihm in die Stiefel. Das Leder war schwarz vor Nässe, glänzte wie Lackleder.

»Spar das Scheißlicht«, fuhr Berg ihn an. »In ein paar Tagen wirst du für ein Licht jemand umbringen. Hat keinen Sinn, es jetzt zu verschwenden.«

Es ließ sich nicht sagen, wie viele Stunden seit dem Einsturz vergangen waren, ohne das Licht einzuschalten. Der einzige mit einer Uhr war Berg. Das Wasser stieg bis über ihre Schuhe. Loyal spürte, wie seine Füße in dem glitschigen Leder anschwollen, die Stiefel eng mit schmerzendem Fleisch ausfüllten. Die Unterschenkel verkrampften sich, die Muskeln zuckten vor Kälte. Er hörte ein Klappern und dachte, es seien fallende Gesteinssplitter, ehe ihm aufging, daß Gesteinssplitter lautlos wie Messer ins Wasser gleiten würden. Ein wenig später wurde ihm klar, was da klapperte; Bergs und Cucumbers Zähne, und es wurde ihm klar, weil auch ihn Kälteschauer durchfuhren, bis er am ganzen Leib schlotterte.

»Die Kälte des Wassers zieht uns die Wärme aus dem Leib. Die Kälte bringt dich um, ehe du ersäufst«, sagte Berg. »Wenn wir das Werkzeug finden, einen Hammer und einen Meißel, dann haben wir eine Chance, ein Stück Stein rauszuschlagen und uns draufzustellen, ein paar Stufen zu hauen, damit wir aus dem Wasser rauskommen.« Sie tasteten unter dem Wasser die Wand ab, an der sie gearbeitet hatten. Die nutzlosen Bohrer waren da. Dann Loyals Brotzeitbehälter voll breiigem Wachspapier und Brotpampe, aber die Schinkenscheiben waren noch gut, und er aß eine, steckte die andere in die Jackentasche. Die Steinhämmer, Meißel und Bohreisen befanden sich in einer Werkzeugkiste aus Holz mit einem Eschenpflock als Griff. Sie kannten sie alle in- und auswendig, aber sie fanden sie nicht, nicht einmal, als sie bis zu den Knien ins Wasser wateten und vorsichtig mit den Füßen den Boden abtasteten.

»Selbst wenn ich auf sie trete, würde ich sie nicht spüren«, sagte Loyal. »Meine Füße tun mir so verdammt weh, daß ich nicht sagen kann, ob ich geh' oder steh'.«

»Hab' sie reingetragen«, sagte Cucumber. »Hab' sie am Arm gespürt. Weiß nicht mehr, wo ich sie hingestellt hab'. Neben die Schienen vielleicht. Bin fast darüber gestolpert.«

Loyal spürte das Gewicht sich setzenden Gesteins über sich, fast ein Kilometer Stein.

Cucumber nuschelte: »Könnte dort sein. Vielleicht, ich glaube, wir brauchen's heute nicht.«

Im Dunkeln blickten ihre Augen angestrengt, ohne zu sehen, in Richtung der Schienen und des Werkzeugkastens, die jetzt unter dem Gestein begraben lagen. Die roten Flecken und Blitze, die durch vollkommene Finsternis ziehen, flimmerten vor ihnen. Das Wasser stieg langsam.

Nach langer Zeit, bestimmt acht oder zehn Stunden, dachte Loyal, fiel ihm auf, daß die Schmerzen in seinen Füßen und Beinen einer kalten Taubheit gewichen waren, die zu den Lenden hochkroch. Er lehnte sich halb ohnmächtig an die Wand, weil er kaum mehr stehen konnte. Berg übergab sich im Dunkeln und schlotterte zwischen Krämpfen so heftig, daß seine Stimme, »äh-äh-äh-äh«, unwillkürlich aus ihm herausbrach. Auf der anderen Seite von Berg atmete Cucumber schwer und langsam in der nassen Schwärze. Neben ihm tropfte es ununterbrochen.

»Berg. Schalt deine Lampe an und sag uns, wie spät es ist. Damit wir das Gefühl für die Zeit nicht völlig verlieren.«

Berg fummelte mit seinen verrückt spielenden Händen herum und knipste die Lampe an, konnte die Zeit auf seiner tanzenden, hüpfenden Uhr aber nicht ablesen.

»Herrgott«, sagte Loyal, der den zuckenden Arm festhielt und zehn nach zwei ablas. Zwei Uhr? Zwei am Morgen nach dem Einsturz oder vierundzwanzig Stunden später am folgenden Nachmittag?

»Cucumber, meinst du, es ist Nachmittag oder zwei Uhr früh?« Und er blickte zu Cucumber, der breitbeinig dastand, die Arme an den Fels gepreßt, um das Gewicht von den Füßen zu nehmen, das Gesicht nach unten. Cucumber wandte den Kopf zum Licht, und Loyal sah das Blut aus schwarzen Nasenlöchern rinnen, das nasse Hemd vor Blut glänzen, das Wasser um Cucumbers Knie mit Blut vermischt. Cucumber öffnete den Mund, und die fahle Zunge kroch zwischen den blutigen Zähnen hervor.

»Für dich ist es leichter. Du hast keine Kleinen.«

Loyal schaltete das Licht ab, und es gab nichts zu tun, als dazustehen und halb ohnmächtig zu warten, zuzuhören, wie Cucumber Tropfen um Tropfen verblutete.

Und jetzt weiß er es: In ihren letzten flackernden Sekunden bei Bewußtsein, als sich ihr Rücken durchbog, was er für die Zügellosigkeit der Leidenschaft gehalten hatte, was aber ihr krampfhafter Versuch gewesen war, seinen sie tötenden Körper abzuwerfen, in jenen langen, langen Sekunden hatte Billy jedes einzelne ihrer sterbenden Atome darauf konzentriert, ihn zu verfluchen. Sie würde ihn aufreiben, Entbehrung um Entbehrung, würde ihn durch das mieseste Leben hetzen. Sie hatte ihn bereits von zu Hause fortgejagt, hatte ihn unter fremde Menschen in eine fremde Lage gebracht, seine Chance auf Frau und Kinder ausgelöscht, in Armut gestürzt, das Messer des Indianers auf ihn gerichtet und ließ jetzt seine Beine im Dunkeln verfaulen. Sie würde ihn verbiegen und verrenken, bis an die Grenzen der Anatomie. »Billy, wenn du zurückkommen könntest, es würde nicht wieder passieren«, flüsterte er.

Mit einem Schrei wachte er auf, rutschte ins Wasser. Er konnte nicht stehen. Seine Klumpfüße fühlten den Boden nicht. Er wußte, daß er die platzenden Schuhe ausziehen mußte, das Leder, das das Fleisch einzwängte, die straff gespannten Schnürsenkel, und wenn er sie herunterschneiden mußte. Er kauerte sich keuchend ins Wasser und tastete nach seinem rechten Schuh. Das aufgedunsene Bein quoll über den Schuhrand. Er zog unter Wasser an den Schnürbändern, zerrte an den nassen Knoten, wurde von Schauern gemartert. Nach langer Zeit, Stunden, dachte er, zog er das Schnürband aus den Ösen und begann den Schuh loszuhebeln. Die Schmerzen waren heftig. Sein Fuß füllte den Schuh so eng aus wie ein in die Erde gerammter Pfeiler. Herrgott, wenn er nur etwas sehen könnte!

»Berg. Berg, ich muß mein Licht anmachen. Ich muß meine Schuhe ausziehen, Berg. Meine Füße sind grauenvoll angeschwollen.«

Berg sagte nichts. Loyal schaltete seine Stirnlampe an und sah Berg an der Wand lehnen, halb auf einem winzigen Vorsprung zusammengesackt, auf dem seine Knie ruhten, einen Teil seines Gewichts trugen.

In dem trüben Wasser konnte er seine Schuhe kaum sehen, einen halben Meter hoch stand es jetzt, und den Schuh würde er abschneiden müssen. Er richtete sich auf und schaltete die Lampe aus, während er in seiner Tasche nach dem Messer kramte. Es war schwer, es aufzuklappen, und noch schwerer, sich wieder ins Wasser zu setzen – fallen zu lassen – und das harte Leder aufzuschneiden. Er benutzte die Lampe sowenig wie möglich, während er sägte, keuchte und stöhnte. Endlich waren die Dinger herunter, und er schleuderte sie in die Schwärze hinaus, ein zweimaliges leises Aufklatschen, Berg stöhnte zu seiner Linken. Seine Füße waren taub. Er spürte nichts.

»Berg. Cucumber. Zieht die Schuhe aus. Mußte meine wegschneiden.«

»Äh-äh-äh-äh-zu-äh-äh-äh kalt«, sagte Berg. »Scheiße, äh-äh-äh-äh eiskalt. Kann nicht.«

»Cucumber. Schuhe runter.« Cucumber antwortete nicht, aber sie hörten sein Blut ins Wasser tropfen.

Blut Blutblut Blut Blut Blutblut.

Es wurde schwierig zu reden, zu denken. Loyal hatte lange, zehrende Träume, aus denen aufzuwachen er sich mühte. Mehrmals glaubte er, er sitze in einem Schaukelstuhl neben dem Küchenherd und ein Kind lehne ihm schlafend am Herzen, so daß das helle Haar sich im leise pfeifenden Luftzug seines Atems regte. Das Gewicht des Kindes erfüllte ihn mit süßer Sehnsucht, bis seine Mutter das Feuer schürte und beiläufig sagte, das Kind gehöre nicht ihm, es sei Bergs Tochter, dergleichen Dinge seien aus seinem Leben gerissen wie Kalenderblätter und auf immer für ihn verloren.

Dann weckte er Berg wegen der Uhrzeit, aber die Stirnlampen waren schwach, und es schien immer zehn nach zwei zu sein.

»Steht«, sagte Berg. »Uhr äh-äh-äh steht.«

»Wie lang sind wir deiner Meinung nach hier drin?« Er redete jetzt nur noch mit Berg. Stand dicht neben Berg.

»Tage. Fünf oder äh-äh-äh vier Tage. Wenn du sie hörst, müssen wir klopfen, den Jungs zeigen, daß wir hier unten noch leben. Pearlette. Hoffe, sie-äh-äh-äh-äh-äh kümmern sich.«

»Pearlette«, sagte Loyal. »Ist sie dein einziges Kind?«

»Drei. Pearlette. James. Abernethy. Äh-äh kurz Bernie genannt. Baby. Jeden Winter krank.« Berg richtete sein schwaches Licht auf die Wand. Das Wasser war um fünf Zentimeter gestiegen. »Wir haben 'ne Chance«, sagte Berg. »Jedenfalls haben wir 'ne Chance.«

Sie richteten die verlöschenden Stirnlampen in Cucumbers Richtung, aber es war nichts zu sehen. Sie riefen mit klappernden Kiefern, aber er antwortete nicht. Cucumber war jenseits des Lichtkegels, schwieg.

Als endlich das Geräusch weit entfernten Klopfens ertönte, schlugen sie mit nassen Steinen gegen die Wand und weinten. Ein Stück entfernt, im Dunkeln, rollte Cucumber in zwanzig Zentimeter Minenwasser hin und her! Sein Mund küßte immer wieder den Steinboden, als wäre er dankbar, zu Hause zu sein.

15
Das Buch des Indianers

> 3.12.51
>
> Hallo Leute!
> Hier draußen tiefer Schnee
> schneit schon seit sechs Tagen!
> Muste ins Krankenhaus, bin
> aber wieder in Ohnung u. huck
> nach Arbeit. Harte Gegend hier,
> Ziehe weiter.
>   Loyal
>
> Mr. u. Mrs. Mink Blood
> Freie Landpostenstellung
> Cream Hill
>
> Vermont

Er trug das Buch des Indianers jahrelang mit sich herum, bevor er anfing, hineinzuschreiben. Es hatte einen geschmeidigen Einband, schmale Streifen Schlangenleder, die mit langen Hexenstichen zusammengenäht waren. Die Seiten hatten abgerundete Ecken. Die Handschrift des Indianers war unmöglich; steile Buchstaben mit offenen Oberlängen und lange, geschnörkelte Unterlängen, Wörter gingen ineinander über, über die Sätze getürmte Auslassungen. Es gab sonderbare Listen. Auf einer Seite las Loyal:

Opfer
Wehklagen
Hungern
Gefängnis
Traum & Vision
Reisen

An einer anderen Stelle lauteten die krummen Sätze: »Die Toten leben. Aus Opfern erwächst Macht. Geben mir gute Gedanken, beruhigen mein wildes Verlangen, stärken meinen Körper, lassen mich nicht das Falsche essen. Die Sonne und der Mond werden meine Augen sein. Lassen mich weißes Metall, gelbe Halme, rotes Feuer, den schwarzen Norden sehen. Lassen meine Arme 36mal rotieren.«
Ob mit Opfer wohl Skalps gemeint waren? fragte Loyal sich unter seinem Cowboyhut.

Die Stelle mit den Toten, die weiterlebten, ließ ihn an Berg und seine Vorstellung über die Geister von Minenarbeitern denken, an Bergs Tochter, wie er sie sich ausgemalt hatte, realer als alles, was Berg erzählt hatte. Bergs Kinder, dachte er, mit dem Schneegeschmack im Mund. Und Berg selbst, der irgendwo auf Aluminiumfüßen herumhoppelte. Er hatte gehört, daß in dem kleinen Krankenhaus in Uphrates, wohin Berg gebracht worden war, eine Krankenschwester die Schnürsenkel an seinen Schuhen aufgeschnitten hatte. Dann fing sie an, den linken Schuh herunterzuziehen. Mit einem nassen Schmatzen löste sich der Schuh und mit ihm, an der Innensohle klebend, die aufgedunsene, schwammige Sohle seines Fußes, so daß der Knochen bloßlag. Loyal wußte nicht mehr, ob sie ihn in das gleiche Hospital gebracht hatten. Zumindest konnte er noch ganz gut laufen, hatte weder Füße noch Zehen eingebüßt, aber die Schmerzen schienen auf Dauer in seinen Beinknochen eingeschlossen.

Es fanden sich Zeichnungen von Vögeln in verblaßter Tinte, eine ganz und gar zerknitterte und verschmutzte Seite, als wäre das Buch offen auf den Boden gefallen, als wären tagelang Leute darauf getreten, bis jemand es aufhob. Aber das Buch war größtenteils noch leer, als hätte der Indianer erst vor kurzem damit begonnen, um eine Reihe bereits vollgeschriebener Bände fortzusetzen. Einige der Seitenüberschriften schienen recht nützlich.

       Einnahmen
       Ausgaben
    Orte, wo ich war
    Sehenswürdigkeiten
         Träume
 Geburtstage und Todestage
         Tricks
 Medizinische Überlegungen
      Schwierigkeiten

Auf die Seite für **Geburtstage** hatte der Indianer geschrieben: »Mein Sohn Ralph, geb. am 12.8.1938, gest. an Diarrhö am 11.8.1939.« Unter **Sehenswürdigkeiten** hatte er nur eingetragen: »Freudenfeuer an der Straße« und »Kleine Leuchtende«. Loyal strich die Eintragungen des Indianers aus. Auf die Geburtstagsseite schrieb er seinen eigenen Namen mit Geburtsdatum, dann die seiner Familie. Er war sechsunddreißig Jahre alt. Zögernd, fast ohne den Stift aufs Papier zu drücken, schrieb er »Billy«, radierte es eine Weile später wieder aus. In Unterwäsche auf der Bettkante sitzend, wollte er etwas über die Uhr schreiben, aber auf der leeren Seite brachte er nur einen steifen, unvollständigen Satz zustande: »Die Uhr, die ich ihr schenkte.«

Sie hatte eine billige, kleine Uhr, die nie richtig ging. Er hatte ihr ein Prachtstück gekauft – die Hälfte der Pelze, die im Winter in die Falle gegangen waren, für eine Lady Longines mit einem winzigen Zifferblatt, nicht größer als ein Zehn-Cent-Stück, und Diamantsplittern, die die Stunden markierten. Aus sechs Fuchspelzen hatte Mrs. Claunch als Weihnachtsüberraschung eine Pelzjacke genäht – »Molli«, sagte Billy dazu. Wenn sie irgendwohin kam, trug sie die Jacke, ließ die Uhr übers Handgelenk herabgleiten, um damit anzugeben. Sie sah großartig aus. War so bedacht auf ihre Sachen, hegte und pflegte sie.

Dann half er Toot mit dem Heu. Der alte Gockel hielt immer noch an seinen Pferden fest, Rainy und Cloudy. Die Pferde zogen den Wagen an den Heugarben vorbei, und er und Ronnie gabelten das Heu zu Toot hinauf, der die Ladung aufbaute, Schweiß floß in Strömen, das Feld knisterte vor Hitze. Mernelle trottete hinter ihnen her, schwenkte ihre Heugabel, um verlorenes Heu aufzulesen. Toot hatte ihr für ein Tagwerk fünfzig Cent versprochen. Toot und Ronnie schirrten die Pferde aus, während er mit der Gabel die letzte Ladung den Heuboden hinaufschwang und sich mit den Heuballen abmühte, die Toot auf verwirrende Weise aufgeschichtet hatte. Nur der Mann, der Heu aufschichtet, weiß, wo jeder Ballen liegt. Der erstickende Grasduft, die Luft so von Spreu und Staub geschwängert, daß seine Haut juckte und brannte. Mernelle kam hereingerannt, um zu sagen, daß Billy mit ihrem Auto da sei und sie alle zum Schwimmen an den Luchsteich führen.

Er sieht Billy, die straffen, haarlosen Beine, sieht das Blitzen ihrer Nägel, als sie ihre Uhr in einen Strumpf rollt und ihn in ihre Schuhspitze stopft, die Schuhe nebeneinanderstellt und darauf das zusammengefaltete Kleid aus Kunstseide und das dünne Handtuch aus der Seifenflockenpackung legt. Und Mernelle, die aus dem Wasser schießt: »Bitte, Billy, darf ich deine Uhr tragen, solange du schwimmst? Bitte, Billy!« Die Art, wie sie zögerte. Aber ja sagte. Mernelle, die ihren Arm schräg zum Himmel hielt, während sie zu dem versunkenen Felsen hinausschwammen. Das herrliche Wasser. Er hatte ihr erzählt, daß unter dem Felsen ein eineinhalb Meter langer Hecht lauere. Ihr Fleisch grünlich im Wasser.

Später kraulte Mernelle zu ihnen, und Billys leise, klare Stimme: »Hast du die Uhr wieder in meinen Schuh zurückgesteckt?« Mernelle, als wäre sie angestochen worden. Ihr Arm, der aus dem Wasser schoß, das Uhrglas schon so diesig, daß sie die Diamantsplitter nicht mehr sehen konnten.

Billy, die die Uhr ein paar Sekunden lang locker in der Hand hielt, während Loyal sagte, macht nichts, können sie zu einem guten Juwelier bringen, dann Billy, die Mernelle gerade ins Gesicht blickte und die Uhr in den Teich warf. Ohne ein Wort zu sagen.

Viele Nächte lang schrieb er in jenem Winter, manchmal nur ein paar Zeilen, manchmal bis der Wind, der am Fenster rüttelte, seine Hände kalt und steif werden ließ. Dinge, die er vorhatte, Liedertexte, zurückgelegte Entfernungen, was er aß und was er trank. Wenn er das Licht ausschaltete, sah er die blaue Nacht, eingepaßt in das Viereck des Fensterglases, die krumpelige Erde, in der phosphoreszierende Metalle glühten, den Wind, der alles verwischte, und die Sterne.

Das Buch des Indianers. Sein Buch.

16
Je größer sie sind,
um so höher schlagen die Flammen

1951 Bericht des Feuerschutzbeauftragten
Leitung der Untersuchungen: Earl L. Frank, stellvertretender Feuerschutzbeauftragter
Fall 935 Minkton Blood, Cream Hill, Vt. Feuer am 11. Dezember 1951. Besitz zerstört – Stall und neun Kühe. Nach ausführlichen Untersuchungen wurde Marvin E. Blood, der Sohn des Eigners, wegen Verdachts auf Brandstiftung verhaftet. Er legte ein Geständnis ab und wurde zu einem bis drei Jahren Haft im Staatsgefängnis Windsor verurteilt. In seinem Geständnis deutete er an, sein Vater, Minkton Blood, habe ihn angestiftet, den Stall anzuzünden, als Gegenleistung für einen Teil der Versicherungssumme. Minkton Blood wurde verhaftet, legte ein Geständnis ab und wurde zu mindestens zwei und höchstens vier Jahren Gefängnis verurteilt. Nach dem Brand wurde für den Besitz eine Versicherungssumme von $ 2000 ausgezahlt. Es wird versucht, das Geld zurückzufordern.

Im Stall war es nie dunkler gewesen. Sie hatten nur noch einen Rest Kerosin, und die Lampe warf in der düsteren Morgenkälte nur einen trüben Schein. Kuhpisse schäumte. Die Kühe stampften nervös, die Stimmung im Stall war schlimmer als am Abend zuvor. Mink tastete sich zum Milchraum, bückte sich nach den Eimern, goß heißes Wasser aus dem Kessel in den Wascheimer für Dub. Eine Dampfsäule stieg auf. Er suchte nach dem Lumpen. Der Stall stank nach Ammoniak, saurer Milch, widerlichem Heu und nassem Eisen. Er hörte, wie die Tür aufging. Dub. Das Licht der zweiten Lampe ergoß sich plötzlich aus seiner Hand.

»Eine Hundekälte. Herrje, warum ist schon so früh so kalt? Kommt einem vor wie Januar. Noch fünf solche Monate, und

ich baumle an meinem Schwanz und lache wie ein Affe. Wahuhahhuhuh!« Dub lachte wie ein Affe.
»Wenn du diesen Scheißschrei noch einmal machst, brat' ich dir eins mit 'nem Scheit Feuerholz über. Heut morgen hat man mich schon bis an die Grenze des Erträglichen getriezt.« Es herrschte tödliche Stille, beider Wut siedete und vermischte sich dann mit der des anderen.
»*Du* und getriezt? Hab' ich richtig gehört? Du und *getriezt*? Du alter Hu-, du bist es doch, der die anderen triezt. Schlag zu, und ich zieh' dir den Skalp ab.« Die Lampe in Dubs Hand wackelte. Er hängte sie an einen Nagel neben dem toten Radio. Die Batterie war seit langem leer. Er nahm die Borstenbürste und den Eimer Wasser, das jetzt nur noch warm war, und fing an, sich durch die Reihe der ungeduldigen Kühe zu arbeiten; er rieb mit der Bürste über die von Dung verkrusteten Flanken, wusch die mit Streu- und Mistklumpen verklebten Euter. Das Licht verlieh seinem kahl werdenden Kopf einen matten Glanz, seine Lippen bewegten sich. Er packte den Schwanz der Kuh. Nichts mochte sie lieber, als ihm ihren stinkigen Schwanz gegen den Hals zu klatschen. An diesem Morgen trat sie aus, als er sich neben sie zwängte, dann verlagerte sie das Gewicht und drückte ihn gegen die nächste Kuh. Sie hatte sich, so weit sie nach hinten reichen konnte, die Seiten geleckt, so daß die Haare bis auf die blutende Haut weggescheuert waren.
»Was zum Teufel ist heute früh nur mit dir los?« schimpfte er. Er holte die Salbe für das Euter und schmierte sie auf die wunde Stelle. Wie jeden Morgen und Abend dachte er über die Elektrizität nach, was sie deswegen hätten unternehmen können. Die Kuh am Ende der Reihe muhte. Mink scherte sich nicht mehr um Namen, aber Dub benannte sie nach Filmstars, und die hier, ein Koloß mit einem Rücken wie ein Tisch und rollenden Augen, hieß Joan Bennett.
»Du kriegst dein verfluchtes Wasser ja gleich.« Jetzt fand er zu dem heiklen Rhythmus: Minks Eimer mit der schäumenden Milch in den Milchraum schleifen, sie durch das Sieb in die Milchkanne schütten, den mit Wasser gefüllten Eimer unter

dem tropfenden Hahn aus dem Ausguß heben und mit seinem Haken nach dem leeren Milcheimer greifen. Zurück im Stall, stellte er den mit Wasser gefüllten Eimer vor eine Kuh, hakte den leeren Eimer vor der nächsten Kuh auf und tauschte auf dem Weg zurück in den Milchraum den leeren Milcheimer gegen Minks vollen aus. Es klappte fast nie. Das Wasser lief zu langsam aus dem Hahn, und Dub mußte vor dem Ausguß warten, während Mink ihm zurief, er solle sich beeilen; oder manchmal hielt die Kuh ihre Milch zurück, vermutlich weil sie Minks ledrige alte Hände spürte, und Dub lehnte sich an die Wand, wartete, lauschte auf das leise ziepende Geräusch der im Eimer ansteigenden Milch.

Er dachte dann an ein Radio, das mit Stecker und Steckdose in der Wand funktionierte, ein Radio, das gute Musik spielen würde, und an eine Glühbirne, die den verfluchten alten braunen Drecksstall aufhellen würde, an die Annehmlichkeit einer Melkmaschine und einer Wasserpumpe, deren Rohr unmittelbar an der Wand mit den Futterraufen verlaufen würde, wie bei Phelps auf der anderen Seite des Sees. Überall um sie herum gab es Strom. Wenn es für ihn und Myrtle nur ein wenig unbekümmerte Fröhlichkeit gegeben hätte. Er machte ihr keinen Vorwurf, daß sie gegangen war. Nichts, aber auch gar nichts, hatte geklappt. Die Stromleitungen reichten bis dreißig Kilometer südlich von ihnen, im Osten über den Fluß bis zur Grenze hinauf und im Westen so etwa fünfzig, sechzig Kilometer heran. Er hatte an den Quatsch geglaubt, den Loyal dem Alten immer erzählt hatte, den Unsinn, daß der Strom gleich nach dem Krieg kommen würde. »Die Farmen haben absoluten Vorrang.« Das las er aus der Zeitung vor. Es war zum Lachen. Absoluter Vorrang für Städte, und wenn sie noch so unbedeutend waren, für Autowerkstätten, Geschäfte, Schnickschnackläden. Sechs Jahre seit Kriegsende, und sie hatten es noch immer nicht bis hierher geschafft. Jetzt war ein neuer Krieg im Anzug. Korea, was immer das war. Und wenn sich dieser Stänker MacArthur durchsetzte, würden sie gegen China kämpfen. Es konnte noch einmal hundert Jahre dauern. Die Herde ging zugrunde, weil Mink den Mann, der die künstlichen Besamungen vornahm, nicht auf den Hof ließ. Hätte es genauso machen sollen wie Onkel Ott, gleich nach dem Krieg die Farm loswerden, eine neue kaufen, eine gute drüben in Wallings, eine Farm mit Stromanschluß. Er hatte Strom, er hatte seine Herde vergrößert, war genauso schlimm geworden wie früher Loyal, wenn er über Stammbäume und Produktion redete. Aber jetzt molk er vierzehn Kühe, die pro Monat durchschnittlich über tausend Pfund vierprozentiger Milch erbrachten, und er machte Geld. Sprühte DDT, hatte keine Fliegen im Stall. Hatte einen neuen dunkelbraunen Henry J., neben dem Transporter, einem Ford Baujahr 47 mit nicht einmal fünfundzwanzigtausend Kilometern drauf. Dub hätte sich den Henry J. nicht gekauft. Hätte er Otts Geld gehabt, hätte er sich einen Buick Roadmaster angeschafft, mit dem großen 152-PS-Fireball-Motor und Dynaflow-Antrieb. Der Mann, der die künstlichen Besamungen vornahm, und ein wenig Strom hätten ihn und Myrt retten können.

Ach, Myrt, ich hab's versucht, dachte er. Er hörte sich, wie er auf sie einredete, auf sich selbst einredete, nachdem der Leiter der Klavierstimmerschule ihn abgelehnt hatte. »Mr. Blood, Sie verstehen sicher, daß Sie bei diesem Gewerbe ein absolutes Gehör brauchen und daß es, daß es eine Berufung ist, die auf seiten des Stimmers beträchtliche Kraft erfordert. Er muß im Vollbesitz seiner Kräfte sein.« Er hatte ihr erzählt, daß es nur ein paar Monate dauern würde, bis der Alte einsehen würde, daß sie sich etwas Eigenes aufbauen mußten, ein paar Monate, um sich umzusehen, etwas zu finden, was er machen konnte. Verdammt, er war stark wie ein Ochse, konnte Klaviere mit einer Hand hochheben, hatte es dem Idioten bewiesen, als er das eine Ende des Flügels fünfzehn Zentimeter anhob und es fallen ließ, daß es schepperte und der Deckel wackelte.

Es hatte nicht einmal ein Jahr gedauert. Er hatte es bei jeder Stelle versucht, von der er hörte, aber die Kriegsveteranen drängten herein und schnappten sich die besten Sachen. Die Personalleute sahen sich einen einarmigen Farmer nicht einmal an. Die Anzeige aus dem Staat New York hörte sich gut an, auch wenn es sich um eine bessere Stelle als Knecht handelte:

Gesucht: Verheirateter Mann, kleine Familie, Arbeit mit reinrassigen Holsteinern. Fähigkeit zum Umgang mit De-Laval-Melkmaschine unbedingt erforderlich. Überdurchschnittliche Arbeits- und Lebensbedingungen. Zehn-Stunden-Tag, Sechs-Tage-Woche. Sonderpreis für Kartoffeln, Milch, Kohle sowie Gartenanteil. $ 150 pro Monat. Charakter und Fähigkeiten werden auf Herz und Nieren geprüft. Myrtle schrieb den Brief, in dem beide so taten, als könnte er, was verlangt wurde, ohne die Prothese zu erwähnen, und nachdem der Brief mit einem Termin für das Vorstellungsgespräch eingetroffen war, begleitete sie ihn. Es war ihr einziger Ausflug gewesen; sie fuhren mit der Fähre über den Lake Champlain, der frische Wind wehte durch Myrtles Haar und blies das leere Wachspapier ihrer belegten Brote ins dunkle Wasser, wo es in der Heckwelle der Fähre hin und her geworfen wurde. Donald Phelps. Schwarze Lettern auf einem roten Briefkasten. Die makellose Einfahrt mit dem Splittbelag. Die Zäune so gerade wie die Linien auf Notenpapier. Phelps in seinem Musterstall, wo er ihm die Anlage zeigte, die fluoreszierende Beleuchtung, den Melkraum für vier Kühe, den Milchraum aus rostfreiem Stahl. Er hatte einen Moment gestutzt, als er den Haken sah, aber nichts gesagt. Sehr höflich. Donald Phelps war die Art Mensch, die einem das Aufhängen selbst überließ.

»Also, Mr. Blood, bei allen Bewerbern für diese Stelle – und wir haben nicht wenige davon – tun wir immer eins: Wir bitten sie einmal mit der De Laval ganz durchzumelken, damit ich sehe, wie sie damit zurechtkommen. Und an diesem Punkt sind wir jetzt wohl angelangt.« Sah auf seine Armbanduhr, der erste Farmer mit Armbanduhr, den Dub je gesehen hatte. Die glänzenden Teile der Melkmaschine lagen im Sterilisator aus rostfreiem Stahl. Dub starrte die sich ringelnden Schläuche und Luftdruckteile an.

»Ich kann es schaffen.« Er lachte gräßlich. »Es ist nur so, daß wir auf unserer Farm keinen Strom haben, darum hatte ich keine Gelegenheit, die ganzen Tricks dafür zu lernen. Aber ich bin schnell, oh, ich bin nicht von gestern und komme mit einer Hand besser zu Rande als die meisten mit zwei. Ich will die Stelle, und ich werde mein Bestes tun, um sie zu kriegen.« Er schluckte, mit den Worten flog Speichel. Aber es hatte keinen Zweck. Phelps schüttelte bloß bedächtig den Kopf und öffnete die Tür hinaus in den sonnigen Nachmittag. Myrtle und Mrs. Phelps standen im Hof, die Arme vor dem Wind verschränkt. Myrtle hatte das Reden übernommen, erzählte ihr etwas, vielleicht über ihre Arbeit in der Arztpraxis oder die Fahrt über den See, vielleicht über das Kind. Sie wirkte glücklich, bis sie ihn über den Hof kommen sah. Die Art, wie er gegangen sei, sagte sie.

Zwei Wochen später nahm er den Bus nach Groton, Connecticut, die Fahrt dauerte einen ganzen Tag. *Die Elektroboot-Firma bietet ab sofort Stellen für erfahrene Werkstattmechaniker, Montagemechaniker, Werkstattelektriker, Montageelektriker, Blechschneider, Zeichner, Sechs-Tage-Woche.* Zwanzig Minuten zum Ausfüllen des Bewerbungsformulars. Das Gespräch dauerte nicht einmal zwanzig Sekunden. »Nee. Unversehrt *und* Berufserfahrung. *Vorzugsweise* Veteranen. Sie sind für die Arbeit nicht geeignet. Wie zum Teufel sind Sie bloß auf die Idee gekommen?«

Aber er gab nicht auf. Die Firma Elmore-Getreide suchte einen Getreidevertreter, und er dachte, das könne er, das Geld nehmen und die Zentnersäcke hinten auf den Lkw hieven. Er fing am Tag nach dem großen Wintersturm im November an, als die Leute umgestürzte Bäume zersägten und auf ausgewaschenen Straßen arbeiteten, Dub aber kämpfte in Elmore den ganzen Tag gegen Kornsäcke. Rechtzeitig zum Melken war er wieder da. Nach zwei Tagen ließen sie ihn wieder ziehen. Der Haken riß drei Viertel der Säcke auf, und das gelbe Getreide rieselte vom Lkw auf die Straße, zog Schwärme von Vögeln und sogar ein paar Stallratten an.

Mink kam sich schwerfällig vor, wie ein angenageltes Brett. Die Milch pulsierte, zwischen den Strahlen hingen leere Sekunden. Die Kühe schwankten hin und her und muhten. Es war schlimmer an diesem Morgen, was immer sie nervös machte, daß sie so herumzappelten. Er erinnerte sich vage an etwas lange Zurückliegendes, er und Ott, die auf ein Gatter kletterten, mit einem frettchengesichtigen Jungen, Gordon oder Ormond, sein Vater und ein paar von den Nachbarn standen über den Zaun gebeugt. Viele Männer, ein großes Stimmengewirr. Auf einem Strohbett lag ein Schwein. Daneben eine 5,6 mm. Oder war es eine 7,62 mm? Die Angelegenheit war ernst, aber da war das Gefühl, daß sie es, was immer es war, heil überstehen würden, es war ein schlimmer, aber schicksalsbedingter Teil des Lebens. Aber er konnte sich nicht erinnern, worum es gegangen war. In der Nacht zuvor war er bis spät wach gelegen und hatte sich zu erinnern versucht, was mit dem Schwein losgewesen war, und an diesem Morgen war er todmüde. Das automatenhafte Anziehen der Kleider, das Ächzen der winterlichen Stufen, das Kratzen der Kalkablagerungen im Kessel, alles schien kaum mehr zu ertragen. Die Küche wirkte wie ein Kaninchenkäfig, er selbst wie das in ergebenem Schweigen dahockende Kaninchen.

Jetzt Dubs Geklapper, das Scharren des Eimergriffs an seinem selbstgebastelten Holzarm, in den der alte, grobe, schwere Fleischhaken geschraubt war, nachdem Dub den leichten Haken aus rostfreiem Stahl, für den sie soviel gezahlt hatten, nach dem letzten Streit mit Myrt in den Fluß geworfen hatte. Er hatte die Wildheit in Dubs Stimme gehört, wie vor Jahren beim Dorftrottel, Brucie, Brucie Beezey, grauhaarig und nach Bratäpfeln kreischend wie ein Säugling nach der Brust. Ab und zu hörte er diesen Tonfall in Dubs Stimme. Was wollte er – jemanden, der ihm sagte, daß alles gut werden würde? Inzwischen hätte er es besser wissen müssen, verkrüppelt, geschieden, ein Vater, der seinen Sohn nie gesehen hatte. Ein Narr war er schon immer gewesen. Und ein verfluchter Quartalssäufer.

Er legte den Kopf an die Kuh, melkte und melkte. Und er dachte, daß diese Kuh ihn auf eine Weise, die er noch nicht begriff, erledigen würde. Und war müde, weil er den größten Teil der Nacht wach gelegen und versucht hatte, das Problem mit dem Schwein zu lösen und eine Möglichkeit zu finden, den Abstieg aufzuhalten. Jedes Jahr ärmer, die Arbeit schwerer, die

Preise höher, die Chancen herauszukommen geringer. Es war jetzt so anders. Er hatte die Orientierung verloren. Als er ein Kind gewesen war, hatte es arme Leute gegeben. Zum Teufel, alle waren arm gewesen. Aber es war immer irgendwie weitergegangen, wie ein Wasserrad, das sich unter dem Gewicht fließenden Wassers dreht. Verwandte und Nachbarn sprangen ungefragt ein. Wo zum Teufel waren sie nun, da er im schwarzen Wasser versank? Ott umgezogen, Ronnie hatte mit der Landwirtschaft nichts mehr am Hut, Clyde Darter ausverkauft und nach Maine verschwunden. Die Bank hatte den Besitzer gewechselt und war von irgendeinem großen Laden in Burlington aufgekauft worden, üble Burschen. Die Dovers lagerten Heu im alten Haus der Batchelders, die Ballen füllten die Küche und das vordere Zimmer, lagen dicht an dicht auf der Treppe, drückten die Geländersprossen heraus. Er erinnerte sich an Jim Batchelder, als hätte er ihn gestern noch gesehen, das rissige Gesicht und die Rübennase, konnte ihn mit seiner dünnen Stimme mit den Pferden reden hören. Und die Vergangenheit drang auf ihn ein mit ihrem Geruch nach Pferden, Hafer und heißen Leinsamenumschlägen. Mit den Pferden verschwanden auch die Menschen.

Aber wie sollte er da herauskommen? Dub und seine versoffene Stimme eine Last, Mernelle mit ihrem fortwährenden Geleier von einer idiotischen »Victoria-Dauerwelle« und daß sie ins Kino wollte, und Jewell, die nicht viel sagte, aber zeigte, was sie dachte, indem sie wegsah, wenn er ihr etwas zu sagen versuchte, den Kopf abrupt abwandte, als säße irgendwo eine Fliege darauf.

Und jetzt das. Er konnte es nicht glauben, daß seine Kräfte nachließen. Seine Arme, seine knotigen Schenkel, die breiten Schultern waren unverändert, aber jedes Gelenk brannte. Die Arthritis. Sie hatte seine Mutter gekrümmt wie einen Reifen. Jahrelang hatte sie sich auf ihrem Stuhl gewunden, nach heißen Wärmflaschen gerufen, brühend heißen, so heiß wie möglich, um das innere Zerren zu lindern, das ihr das Rückgrat immer weiter krümmte wie Finger eine Weidenrute. Und mit dem Bild seiner Mutter, die der Schmerz zu einem Reifen krümmte, kam ihm endlich die Erinnerung an das Schwein auf dem Stroh, das krampfhaft an seinem Bauch zerrte, bis die Darmschlingen herausfielen und im Dreck lagen, das auf seinen eigenen Eingeweiden herumtrat, ehe es aufs Stroh sank und immer noch die irren Augen rollte und sich abmühte, sich selbst zu beißen. Und diese Kuh, die schwankte und das Hinterbein hob, um an ihrer wunden Flanke zu kratzen und zu scharren: Mink hörte auf zu melken, stand auf und musterte das starre Auge, bemerkte den strähnigen Geifer.

Jetzt hatte er nur noch einen oder zwei Tricks im Sack. Die gerissenen Tricks.

»Du weißt, was wir tun müssen«, sagte er zu Dub.

»Wir müssen mit dem verdammten Melken fertig werden, ich muß diese verdammten Kühe füttern«, erwiderte Dub mit gedämpfter Stimme aus dem Milchraum.

»Nein. Ich meine wegen der Farm.«

Der Wassereimer schwappte über, als Dub ihn aus dem Ausguß hob.

»Verkaufen, meinst du? Wäre das Klügste, was du machen könntest. Ich an deiner Stelle hätt' sie schon vor Jahren verkauft. So wie Ott, eine Farm mit Stromanschluß anschaffen. Bis hierher werden sie die Leitungen nie legen.«

»Nein, nicht verkaufen. Kapierst du denn gar nichts? Weißt du denn nicht, was wir für eine Hypothek auf dem Ding haben, selbst wenn wir sie zum Höchstpreis verkaufen würden, den man für diese Größe kriegt, selbst wenn wir Strom hätten, könnten wir grade mal die Hypothek bezahlen und hätten nicht mehr genug, um uns ein Paar Ohrenschützer zu kaufen. Und Strom haben wir nicht. Selbst wenn die Farm perfekt wär', hätt's keinen Zweck. Das ist die nackte Wahrheit, bei Gott, und jetzt weißt du Bescheid. Wir holen nichts raus, wenn wir sie verkaufen. So ist kein Gewinn zu holen. Das ist kein Ausweg. Glaubst du, ich hab' nicht daran gedacht, als der Mistkerl abgehauen ist? Wir würden nichts kriegen. Wie sollen denn deine Mutter und ich leben? Wir haben verdammt noch mal gar nichts.«

»Die Kühe.«

»Die Kühe. Die Kühe. Deswegen müssen wir uns was anderes einfallen lassen. Und zwar schnell. Komm her, und ich zeig' dir was. Dann wirst du verstehen, warum die Kühe keine Goldgrube sind. Vielleicht kriegst du's dann in deinen dicken Schädel, daß wir soweit sind, daß wir uns was einfallen lassen müssen.«

Er zeigte auf die Kuh, den vorgestreckten Kopf, den gereckten Hals, die Zunge, die an der wunden Flanke scheuerte. Ihr Auge hatte einen weißen Ring. Mink deutete auf die Kühe vor ihren Raufen. Dub stand mit dem Rücken zur Tür da und glotzte. Die Kuh brüllte und mühte sich ab, den Kopf durch die Raufe zu stecken.

»Was zum Teufel ist mit ihnen?«

»Ich glaube, es ist das Tolle Jucken. Sie haben das Tolle Jucken.«

»Soll ich den Tierarzt holen?«

»Du bist der blödeste Hund, der mir je untergekommen ist. Nein, du sollst den Tierarzt nicht holen. Du sollst die Flinte und fünf Kanister Kerosin holen.«

17
Das Büro der Landwirtschaftlichen Versicherungsgesellschaft Weeping Water

> 11.12.51
> Sehr geehrte Herren,
> hab 20 Jahre lang Vers. bezahlt. Heute Nachmittag Stall abgebrannt. Laterne aus Versehen ins Heu gefallen. Bitte schicken sie Scheck. Wir brauchen ihn.
> Hochachtungsvoll
> Minkton M. Blood
>
> Weeping Water
> Landwirtschaftl.
> Vers. Ges.
> Hauptstr.
> Weeping Water
> Vt.

Die Büros der Landwirtschaftlichen Versicherungsgesellschaft Weeping Water befanden sich in drei Räumen über der Enigma-Eisenwarenhandlung. Die Holzdielen knarrten auf unverkennbare Weise. Dampfheizkörper unter den Fenstern gaben eine fürchterliche Hitze ab, die die Angestellten schläfrig machte und ihnen an stürmischen Tagen Sicherheit verlieh.

Inmitten von zweihundert Topfpflanzen saß im ersten Zimmer auf einem Kunstlederstuhl Mrs. Edna Carter Cutter, Sekretärin, Empfangsdame, Auskunft, Wachhund, Hausgärtnerin, Kaffeekocherin und Essensholerin, Buchhalterin, Wettervorhersage, Materialausgabe, Geldbotin, Postverteilung und Rechnungsprüfung. Die Pflanzen wucherten über alle

Flächen, samtige Pflanzen, Kriechpflanzen, eine südpazifische Agave mit roten Blättern, Dutzende Usambaraveilchen, eine große schiefe Zimmertanne in einem Schmalzfaß, eine über einem Aktenschrank baumelnde Schamblume, eine Känguruhklimme über einem anderen, eine Zimmeralie in einem Krug hinter der Tür, ein Bambusdickicht neben dem Schirmständer, ein Schwertfarn, der Riese der Sammlung, der seine Blätter über das Gestetner-Kopiergerät breitete. Die meisten Pflanzen hatte sie als Beileidsbezeigungen zum Tode ihres Sohnes Vernon erhalten, der in New York von einem betrunkenen Marinesoldaten mit einem gestohlenen Taxi überfahren worden war.

Das Büro von Mr. Plute, dem Direktor, ging nach hinten hinaus und blickte auf einen alten Rinderpferch. Es war eingerichtet mit einem eichenen Schreibtisch, drei Stühlen, zwei eichenen Aktenschränken und einem eichenen Garderobenständer mit Messinghaken. In die obere Hälfte der Tür war eine Milchglasscheibe eingesetzt, durch die lediglich Plutes länglicher Schatten zu sehen war, wenn er vor dem Fenster auf und ab ging. Mrs. Cutters Schwertfarn stammte von ihm.

Der andere Raum wurde von niedrigen Trennwänden in drei Kabinen unterteilt, wo die Außendienstler und Sachverständigen saßen, wenn sie im Büro waren. Zu jeder Kabine gehörten ein Schreibtisch, ein Stuhl, ein Aktenschrank, ein Telefon. Wenn ihre Benutzer aufstanden, konnten sie einander in die Augen blicken, aber wenn sie sich setzten, verschwanden sie bis auf die sich kringelnden Rauchfahnen oder das Aufblitzen weggeworfener Büroklammern.

Perce Paypumps war der dienstälteste Mitarbeiter des Büros und länger dabei als Mr. Plute. Durch seine Angewohnheit, den Stuhl auf den hinteren Beinen zu balancieren, hatte er seit 1925 drei Eichenstühle verbraucht, er hatte die große Überschwemmung von 1927 erlebt, die epidemischen Farmbrände in den Dreißigern, war nach dem Hurrikan von 1938 kilometerweit durch verwüstete Landstriche marschiert und hatte Ansprüche wegen Verheerung und Zerstörung untersucht. War Plute nicht da, übernahm Perce die Verantwortung. Als der Erfahrenste verfügte er über das Urteilsvermögen, um Ansprüche regeln zu können.

John Magool war lebenslustig und dick, ein ehemaliger Fallschirmjäger, der innerhalb weniger Wochen, nachdem er die Uniform ausgezogen hatte, aufgedunsen war, ein guter Redner, ein guter Zuhörer und ein guter Verkäufer. Drei Viertel der Zeit war er unterwegs. Wenn er ins Büro kam, um die Schreibtischarbeiten zu erledigen, fand er auf seinem Schreibtisch und auf seiner Hälfte des abgeteilten Fensterbretts für gewöhnlich Zimmerpflanzen vor. Er trug sie in Mrs. Cutters Büro und stand schweigend da, während ihm die Ranken über die Arme hingen.

»Ach ja, die Pflanzen! Ich hoffe, Sie haben nichts dagegen. Ich hab' ihnen da drin bloß ein bißchen Sonne verschafft und dann vergessen, daß Sie diese Woche da sind. Sie haben morgens herrlichen Sonnenschein, John.«

Der dritte Schreibtisch gehörte dem Sachverständigen Vic Bake, zweiundzwanzig, eifrig und aufgeweckt. Es war seine erste Stelle. Er hatte ein Gesicht wie eine Kelle voll Kartoffelbrei, einen schlaffen Körper und ein Talent, Verbindungen zu knüpfen. Ein angeboren schiefer Hals zwang ihn dazu, das Gesicht vorzustrecken und ein wenig zur Seite zu legen. Abgesehen von seiner Mißbildung vom Leben unbeleckt, unterteilte er alle menschlichen Taten in Beihilfe und Nächstenliebe. Unbestechlich, als Jugendlicher ein Klatschmaul, Musterschüler, Sammler von Fleißsternchen, strebte er jetzt nach einer größeren Rolle. Plute, der seinen Ehrgeiz witterte, hielt ihn für ein bißchen grob und gab ihm die »Brände mit verdächtiger Ursache« zum Herumschnüffeln, schickte ihn los, um den staatlichen Brandschutzbeauftragten auf die Finger zu schauen und sie auszuhorchen, den Staatsanwalt mit seinen Verdächtigungen und Beweisen zu piesacken.

Hundertfünfzig Kilometer weiter nördlich, zu Hause, drängte sich Vics mitgliederstarke Familie in einem Haus, das nach schmutziger Wäsche roch. Der Vater verließ das Haus in aller Frühe und fuhr Post aus. Fünf der Brüder gingen zur Arbeit in die Textilfabrik. In Weeping Water hatte Vic ein eigenes Zimmer mit Bad in einer kleinen Pension am Fluß. Für ihn war es Luxus.

An einem milden Februarmorgen ging er durch den Bodennebel zum Büro. Unter seinen Füßen knirschte brüchiges Eis. In den Nebel hinein erstreckte sich eine Schneewehe. Unterwegs sah er einen blauen Faden, eine Briefmarke, zwei zermatschte Zigarettenkippen, einen Nagel, eingeschlossen in einem Eissarg.

Er stellte seine schwarzen Galoschen ordentlich hin, so daß die Spitzen die Bürowand berührten, hängte seinen Popelinregenmantel an den Garderobenständer. Dann wühlte er – nicht in Mr. Plutes Büro, das mit zwei Schlössern gesichert war, sondern in Mrs. Cutters Schreibtisch, nahm die Schlüssel zu den Aktenschränken an sich sowie zwei von ihren Smith Brothers' Hustenbonbons, die er lutschte, während er die Briefe las und das Rechnungshauptbuch des Büros studierte. Dann begab er sich in Perce' Kabine, um den Ordner mit ausstehenden Forderungen durchzugehen. Zwei Fälle versah er im Geist mit einem roten Sternchen. Die Sache mit dem alten Hakey, der dem Freund seiner Tochter gesagt hatte, er solle Leine ziehen, und dann, siehe da!, ging Hakeys Futtermittel- und Saatguthandlung um Mitternacht in Flammen auf. Die freiwillige Feuerwehr brachte das Feuerwehrauto nicht in Gang. Die Sache stank nach Brandstiftung. Und was war mit dem Viehhändler Ruben Quilliam? Haus abgebrannt. Eigentlich nichts Auffälliges, aber Quilliams Frau hatte sich gerade von ihm scheiden lassen, und vielleicht war er betrunken gewesen und hatte das Haus in Brand gesteckt, um es ihr zu zeigen. Er würde sich umsehen, mit Quilliams Nachbarn reden. Perce war zu sanftmütig; er hatte diese Forderungen zur Zahlung abgezeichnet.

Vic zog den Ordner BEGLICHENE FORDERUNGEN für Januar heraus, um noch einmal einen Blick hineinzuwerfen. Manchmal hatte man erst im nachhinein ein Gefühl dafür, daß etwas nicht stimmte. Sie wirkten in Ordnung. Aber er erinnerte sich nicht daran, diesen Fall gesehen zu haben: »Lampe versehentlich ins Heu gefallen. Kein Telefon. Der nächste Nachbar über anderthalb Kilometer entfernt. Zufahrt durch Schnee versperrt.« Perce mußte den Fall überprüft haben, ohne ihn davon zu unterrichten. Zu unwichtig. Diese miesen alten Farmen ohne Strom und Telefon, es passierte was, und es war aus und vorbei. Komisch, daß sie nicht eine Kuh aus dem Stall retten konnten. Er betrachtete die Kritzelzeichnung, die der Brandschutzbeauftragte vom Stall gemacht hatte. Darauf war die Stelle, wo das Feuer ausgebrochen war, außerhalb des Milchraums markiert. Ungefähr sieben Meter von der Tür entfernt. Ungefähr zwei Meter von der Wasserpumpe. Sah so aus, als hätten sie ein paar Kühe retten können. Oder einen Eimer Wasser aufs Feuer kippen. Und sie hatten keine Zeit verloren, ihre Forderung anzumelden. Die Postkarte des Bauern war auf den Nachmittag des Brandtages datiert. Eine ziemlich hohe Forderung: $ 2000. Er schrieb den Namen in sein Notizbuch. Minkton Blood. Konnte sich lohnen, dort rauszufahren und sich umzusehen. Zu spät war es nie.

18
Was ich sehe

Die breite Straße, an beiden Enden der Stadt offen, wehender Staub, Telefonmasten vors Blau genagelt. »Willkommen in MOAB, Utah, Welthauptstadt des Urans.« Er blickt in Schaufenster, reckt sich nach dem Neonschild: »URAN EINKAUF HANDEL LIZENZEN.« In Buck's Sundries liegen Ausgaben von *Uranium Digest, Uranium Prospector, Uranium Mining Directory Digest*. Ein an die Glastür geklebtes Plakat verheißt: »Miss-Atomenergie-Wahl, erster Preis: 10 Tonnen Uranerz.« Er schätzt den Wert auf ungefähr 280 Dollar. Wenn sie Glück hat. Noch ein Schild: »Thatcher Saw, Makler, Uranhändler« und daneben ein kleineres Schild: »Ranches zu verkaufen.«

In Grand Junction folgt er einem schwarzen Geländer hinunter in einen Keller, in dem es nach verschwitzten Männern und zusammengerollten Karten riecht. Entlang der khakifarbenen Straße parken Kleintransporter. Die meisten haben Anhänger, auf denen Gasflaschen festgekettet sind. Und überall stecken Männer in staubiger, zerknitterter Kleidung Münzen in die roten Coca-Cola-Automaten. Sie tragen feste Hüte zum Schutz vor dem Wind, legen die Hände zu einem Trichter zusammen, die Streichholzflamme und ein kurzes Band aus Rauch. Er sieht hundert Regierungsleute mit Namensschildern, Fahrzeuge der Atomenergiebehörde, Schürfausrüstung. Schwarzes Gestein, in einem Schaufenster ausgebreitet. CAMPINGBEDARF & URAN – PREISE – KAUF.

Schürfer, die von den weißen Felsen kommen, um sich auf den Karten die neuesten landschaftlichen Unregelmäßigkeiten anzusehen, die davon reden, daß sie ihr Glück anderswo versuchen wollen. So viele staubige, verbeulte Jeeps mit abgerissenen Auspuffen fahren durch die Städte, daß sie erbeben, Bulldozer und Bagger rollen auf offenen Transportwagen durch. Mit Rupfensäcken voll Erz beladene Pritschenwagen. An den Straßen und in der Landschaft liegen haufenweise die weggeworfenen Bodenproben herum. Zigarettenkippen, Draht, Staub, Staub. Nicht eine gottverdammte Frau. Staubige Landepisten, kleine weiße Flugzeuge, gesteuert von Luftwaffenveteranen mit hochgekrempelten Ärmeln, die froh sind, wieder fliegen zu können. Luftaufnahmen, Rapid City, Cheyenne, Laramie, Burdock, Dewey, Pringle, Wind River, Grants, Slickrock, Green River, Chuska District, Austin, Black Hills, Big Horns, Big Indian Wash, Big Beaver.

Großer Reinfall, vielleicht.

19
Das einsame Herz

Beeman Zick hatte das untere Bett und die Oberhand. Er war immer obenauf, aber mit seinem Zellengenossen hatte er Pech gehabt, ein verdammter, trübsinniger alter Farmer, der nichts tat, als auf seinem Bett zu sitzen, die Knöchel knacken zu lassen und auf den Boden zu starren. Der alte Hund wollte über nichts reden. Wer wollte den zähen alten Gaul? Nicht Beeman Zick, der sich nach Dillgeschmack, Hechtangeln und Liebe sehnte.

Der Sohn, ja, der war anders. Er wünschte, sie hätten ihn zu dem Sohn gesteckt. Der Bursche hatte bloß einen Arm (ein Vorteil) und bekam einen Kahlkopf (zu schade, aber wer sieht das im Dunkeln), doch was für ein Arsch, so schwer und süß wie ein Weihnachtskuchen. Und da saß der Sohn in einer Zelle mit Frenchy, und Frenchy war trotz seiner Jahre in den Holzfällerlagern, wo sie nichts anderes taten als Bäume schlagen und ihn sich gegenseitig reinstecken, ein Katholik, der auf den Knien daherrutschte und sich beinahe die Lippen abscheuerte, weil er erstens das goldene Kreuz um seinen Hals und zweitens die Fotos seiner dicken Ehefrau und Töchter küßte. Ehefrauen. Jemandem fiel auf, daß er zwei Sätze Bilder hatte, die nicht zusammenpaßten. So kam es heraus. Eine saß unten in Littleton, New Hampshire. Die andere oben in Roberval, Quebec. Insgesamt dreizehn Töchter und nicht einen verdammten Jungen. Und klaute einem der kleinen Unternehmen oben in Kanada einen Kanthaken, ging, nachdem er einen halben Eimer voll Kartoffelschnaps getrunken hatte, zum Randalieren und benutzte den Kanthaken, um die rückwärtige Wand des Hauses aufzustemmen, das dem abwesenden Holzbaron Jean-Jean Poutre gehörte. Sie fanden Frenchy nackt zwischen seidenen Laken liegend, umgeben von Fotos in Silberrahmen, Pfeffermühlen, bestickten Schals, Haarbürsten mit Mahagonirücken, Bienenwachskerzen, gravierten Brieföffnern, leeren Champagnerflaschen, in Leder gebundenen Büchern, Klingelzugtroddeln, Kristallvasen, ausgestopften Vögeln, einer Nagelfeile mit perlenbesetztem Griff, Gehstöcken, Parfümflakons, Puderquasten, Lackschuhen, Lagen cremefarbenem Briefpapier, importierten Füllfederhaltern, Notenblättern und einem Telefonbuch von Oyster Bay, Long Island. »Ruft mich mal an«, war alles, was er sagte.

Konnte dem alten Farmer nichts davon erzählen. Ach, erzählen konnte man es und noch viel mehr, aber das war's auch schon. Er hörte rein gar nichts außer dem Teufel, der ihm ins Ohr brüllte, falls das hektische Gemurmel ein Beweis dafür war. Beeman konnte kein einziges Wort verstehen. Der Farmer mußte allein Gymnastik machen, allein, abgesehen vom Wachmann. Sie sagten, er wolle den Sohn umbringen oder der Sohn ihn. Sie mußten sie voneinander fernhalten. Das sagten sie, und das glaubte er, und er war ebenso überrascht wie alle anderen, als der alte Farmer sich erhängte.

Beeman Zick wurde aus der allersüßesten letzten Stunde Schlaf geweckt. Er döste auf dem warmen Kissen, nicht willens, ganz wach zu werden, und versuchte das Geräusch durch

den Traumschleier zu bestimmen. Es war, als würde jemand schnarchen oder im Schlaf reden, Laute einer erstickten Stimme, ein unaufhaltbares Fallen des Fleisches, dann das Plätschern von Flüssigkeit, begleitet von dumpfem Pochen und dem hohlen Geklapper der Wasserrohre. Beeman Zick hatte das Wasserrohrlied schon einmal gehört. Er sprang aus dem Bett und starrte den alten Farmer an, der sich in der Schlinge aus seinem Hemdsärmel wand, das an die Wasserrohre gebundene Hemd, die an den Wänden scharrenden bloßen Füße, die von Urin nassen Beine.
»Wachmann!« brüllte Beeman Zick. »Hier tanzt einer.« Aber bis sie den alten Knaben abschnitten, war der Tanz vorbei.

Mit einer Aktentasche aus Kunstleder, die an sein Bein schlug, den Oberkörper in ein enges kariertes Jackett gezwängt, den Kopf nach links, rechts, links wiegend, kam Ronnie Nipple den Maiweg herauf. Auf der Einfahrt kühlte sein staubiger blauer Fleetline Aerosedan ab. Die Baumfrösche plärrten unten im Sumpf, und noch in der geschlossenen Küche trommelten ihre erbarmungslosen Triller auf jedes Wort ein.

»Jewell, Mernelle. Es ist eine traurige Zeit, aber das Leben geht weiter«, sagte er in einem schrecklich sanftmütigen Tonfall. Der Fleck auf seinem Kinn leuchtete.

»Red nicht wie ein Bestattungsunternehmer, Ronnie. Ich hab' genug davon. Das Leben geht nicht weiter, nicht wie es früher war. Wir brauchen einfach Hilfe, um diesen Saustall in Ordnung zu bringen. Die Leute von der Versicherung und von der Bank kommen jeden Tag. Er hat uns eine schöne Suppe eingebrockt. Kein Geld, kein Zuhause, die Jungen fort. Früher war's so, daß die Jungen irgendwo in der Nähe eine Farm aufgebaut haben. Wenn die Jungen damit angefangen haben, haben die Alten sie unterstützt. Aber jetzt. Wenn du uns nicht hilfst, einen Ausweg zu finden, weiß ich nicht, was ich tun soll.« Sie schniefte und weinte ein wenig gegen das lästige Sumpfgetriller an. Die Hände gefaltet. Der Ehering war abgenutzt und so dünn wie ein Draht. »Ach, ich weiß nicht. Als ich noch klein war, da gab's so viele Tanten und Onkel, Vettern, Schwiegerleute, Vettern zweiten Grades. Alle lebten sie gleich in der Umgebung. Sie wär'n jetzt hier, die große Familie, wenn's noch wie damals wär'. Die Männer bauten Tische aus Brettern. Jede Frau brachte was mit, was, war egal, Kekse, Brathähnchen, Pasteten, Kartoffelsalat, Obstkuchen, sie brachten die Sachen mit, ob es ein Familientreffen, ein Kirchenpicknick oder unglückliche Zeiten waren. Die Kinder rannten rum, lachten, ich weiß noch, wie die Mütter beim Begräbnis von meinem Bruder Marvin versucht haben, sie zum Stillsein zu bringen, aber sie war'n nur für 'nen Augenblick ruhig und haben gleich wieder angefangen. Und jetzt sitzen wir drei hier. Und das ist alles.«

Mernelle saß da und schaukelte verträumt, schaute aus dem Fenster auf die verkohlten Stallfundamente. Sie nahm an dem Gespräch nicht teil. Aus dem Loch war bereits Feuerkraut gesprossen. Das Getriller war zum Verrücktwerden. Das Unkraut schoß in die Höhe, Malven, Kresse, Hundsranken und Stinkkrampe. Der Berberitzenbusch neben dem Grab des alten Hundes in grämlicher Blüte, die Insekten kneifwütig und zappelig.

»Jewell, du warst immer eine gute Freundin für meine Mutter, wenn sie dich gebraucht hat. Und du weißt, was ich meine. Ich kenn' nicht die ganze Geschichte von der Sache, als Dad das Zeitliche segnete, aber sie hat 'ne ganze Menge erzählt. Und ich werd' dir und Mernelle ein Freund sein.« Seine Stimme schleppte sich dahin. Er saß am Tisch, die Papiere auf dem abgenutzten Wachstuch ausgebreitet wie auf dem Meer treibende Boote, das braune Küchenlicht rieselte auf seine Hände.

»Ich hab' mir in all den Stunden, die sie und ich hier am Tisch geplaudert haben, nie träumen lassen, daß wir in der gleichen Patsche sitzen würden. Deine Mutter war eine anständige Frau und eine gute Seele. Wenn jemand krank war, ist sie sofort gekommen und hat geholfen. Hat's Essen gekocht, die Wäsche erledigt. Ich hab' mir in den vergangenen Wochen oft gedacht, wenn sie da wär', sie wüßte, was ich durchmache.« Dachte, daß Toot wie auch Mink in Schande gestorben waren. Auch wenn die Schande jeweils einen anderen Ursprung hatte. Sie spürte wieder diesen Anflug von Neugier auf ihren eigenen Tod, der sie frühmorgens befiel, eine nahezu begierige Bereitschaft, darüber nachzudenken, welche Gestalt er wohl annehmen würde, ein Anflug, der kam und ging wie ein Muskelzucken.

»Also, ich hab' mir Gedanken gemacht, und ich hab', glaub' ich, eine Möglichkeit, dich aus dem Sumpf zu ziehen. Das Problem wird freilich sein, nicht wieder reinzufallen.«

»Ronnie, du bist wirklich ein anständiger Nachbar.«

Mernelle schnitt zum Fenster hin eine Grimasse, blinzelte, zog ihren Mund in spöttischer Demut breit, so daß die oberen Schneidezähne über die Unterlippe ragten. Die Baumfrösche schrillten. Blitzende blaue Binsenlilien, betäubender Fliederduft.

»Es ist kompliziert, und es wird nicht leicht für dich werden. Die Farm muß in drei Parzellen aufgeteilt werden. Ich habe zwei Käufer, und es ist mir gelungen, für dich das Haus und ein paar Quadratmeter für einen Garten zu retten.« Er zeichnete auf die Rückseite eines Umschlags. Die Farm nahm die Gestalt einer Hose an, bei der jedes Bein ein Teil des Grundstücks war. Sein Kugelschreiber stach die Demarkationslinien ins Papier. »Ein Stück des Obstgartens, damit du weiterhin deine Kuchen und deine Apfelsoße machen kannst. Ott bietet für die Felder und die Weide einen wirklich guten Preis, das Feld von Loyal, wahrscheinlich mehr, als es gerade wert ist. Und ich hab' 'nen Arzt aus Boston, der das Waldstück und den Zuckerahornhain kaufen will. Will oben im Wald eine Jagdhütte bauen. Mit Ott und dem Arzt bist du schuldenfrei. Ich sag' dir ganz klar, wie es ist, Jewell. Du mußt den Anblick anderer Leute auf deinem Grund und Boden schlucken, und dir wird nicht viel übrigbleiben. Ein Dach über dem Kopf. Ein Stück Garten. Vielleicht achthundert Dollar in bar. Eine von euch muß sich nach 'ner Stelle umsehen, vielleicht sogar beide, wo Dub doch ist, wo er ist. Aber so geht's eben. Ich brauch's dir ja nicht zu sagen, Jewell, wenn schwere Zeiten kommen, müssen wir einfach das Beste draus machen.«

»Es ist schrecklich freundlich von Ott, daß er einspringt, so bleibt wenigstens 'n Teil von der Farm in der Familie«, sagte Jewell, die Worte hinterließen einen bitteren Geschmack. Ihre Stimme zitterte, wurde leiser. »Diese Farm gehört seit den Tagen des Unabhängigkeitskriegs den Bloods. Ich werd' nie erfahren, warum Mink sich nicht an Ott gewandt hat, warum er gedacht hat, die Farm würd' nichts einbringen«, flüsterte sie und dachte dabei, daß Ott Mink hätte helfen können, er hätte die Probleme sehen und einspringen können. Brüder kehrten Brüdern den Rücken zu.

»Also, Jewell, man muß den Markt kennen. Mink wußte nicht mal, daß es einen Markt gibt, einen Immobilienmarkt. Ihr Leute seid unter euch geblieben. Habt einiges verpaßt. Veränderungen. Heute geht's nicht bloß darum, was eine Farm als Farm wert ist. Es gibt Leute mit gutem Geld, die wollen ein Plätzchen fürn Sommer haben. Die Aussicht. Das ist wichtig. Die Berge sehen, ein Gewässer. Die Farmen gleich über der Straße gehen nicht gut, aber wenn 'ne schöne Aussicht vorhanden ist, dann...« Aus seinem Mund klang das Wort »schön« täppisch.

Er meinte, daß er, Ronnie, Schliff bekommen, etwas gelernt hatte. Jewell erinnerte sich daran, wie er vor Jahren gewesen war, ein schmutziger Junge, der mit Loyal im Wald herumgesprungen war, ein Mitläufer mit keinem für sie erkennbaren Ehrgeiz. Und wenn man ihn sich nun ansah: Jackett und Aktentasche, Schuhe mit Kreppsohlen. Sie dachte an Loyal, der draußen in der Welt verlorengegangen war, an den eingesperrten Dub.

Er mußte das gleiche gedacht haben. Seine Finger bewegten sich schlaff zwischen den Papieren, bogen die Ecken um.

»Hast du Kontakt mit Loyal?«

»Vor ungefähr 'nem Jahr schrieb er, daß er in 'nem Bergwerk arbeitet. Ich hab' versucht, ihm wegen Mink zu schreiben, aber er hat nicht dran gedacht, uns seine Adresse zu schicken, vielleicht ist er auch weitergezogen.« Loyal hatte immer gesagt, der Grund, warum er gern mit Ronnie zur Jagd gehe, sei, daß er immer wisse, was man denke, daß man nie

anzuhalten und sich zu bereden oder dämliche Handzeichen zu geben brauche. Er wußte Bescheid.
»Jetzt zu dem Arzt aus Boston. Ist er halbwegs anständig?«
»Dr. Franklin Saul Witkin. Scheint recht nett zu sein. Um die Vierzig, Fünfundvierzig. Macht 'nen ordentlichen Eindruck. Nicht sehr redselig. Trägt eine Brille. Ein bißchen beleibt, rotes Gesicht. Hautarzt, ist auf Hautkrankheiten spezialisiert.«
»Was kann das schon bringen, hätte nicht gedacht, daß man davon leben kann.«
»Bringt so viel ein, daß Dr. Witkin 'nen dicken Buick fahren und 'ne goldene Armbanduhr tragen kann. Und vierzig Hektar von deinem Land kaufen. Natürlich muß er 'n Wegerecht zum Hügel rauf kriegen.«
»Was ist das für ein Name, Witkin?«
»Ist, glaub' ich, ein deutscher oder jüdischer Name.«
»Verstehe«, sagte Jewell. Sie holte langsam Luft. Er hätte auch »ein chinesischer« sagen können.

Die Küche hatte sich nicht verändert, dachte Ronnie. Minks schmutzige Stallmütze hing noch immer am Haken neben der Tür. Das Linoleum, der über die Wände kriechende Efeu sahen aus, wie sie immer ausgesehen hatten. Auf einem verschrammten Brett lag ein halber Laib Brot, daneben das Messer mit der abgebrochenen Spitze; der Spülstein stand voll angeschlagenem Geschirr. Bei sich zu Hause hatte er sämtliche alten Küchenarmaturen herausgerissen, als er geheiratet hatte, über die Kiefernbohlen Fliesen verlegt, ein sauberer Boden, auf dem der kleine Buddy herumkrabbeln konnte, eine Eßecke aus Chrom und Resopal, ein kombinierter Öl-Gas-Herd. Die alte Sommerküche hatte er zu seinem Immobilienbüro umfunktioniert. Ein Schreibtisch, drei Stühle, Telefon an der Wand, eine große teure Fototapete von herbstlichen Bergen. Er wußte nicht, wie Loyal reagieren würde, wenn er zurückkäme und entdeckte, daß die Farm verkauft war. Die Schuld würde er nicht sich selbst, Mink oder Dub geben, auch nicht Jewell oder Mernelle; er würde Ronnie Nipple die Schuld in die Schuhe schieben. Aber soweit war es noch nicht.

Zwei Tage später war Ronnie wieder da, kam mit den Papieren aus dem Nieselregen, damit sie sie unterschrieb, die Dokumente, die harten Verträge und Pfandrechtsurkunden. Am Rand seines Schuhs krümmte sich ein Regenwurm, steckte in der gerippten Sohle fest. Aber sein Kugelschreiber wollte nicht funktionieren, wie sehr sie auch versuchten, damit auf eine Umschlagrückseite zu kritzeln. Jewell mußte Minks alten Federhalter mit dem gefleckten grünen Griff und das fast leere Tintenfaß holen und ihren Namen hinkratzen. Die Farm war fort. Nur das Haus auf einem achttausend Quadratmeter großen Eiland gehörte noch ihr.

»Ich will Auto fahren lernen, Ronnie«, sagte Jewell. »Wie mach' ich das? Da draußen steht der Wagen, er müßte eigentlich in Ordnung sein. Ich bin entschlossen, es zu lernen.«

»Das kann ich dir beibringen, Jewell. Unsinnig, jemand zu bezahlen, wenn du Nachbarn hast. Ist 'ne gute Idee. Auf die Weise kommst du raus. Ich nehm' heut die Batterie mit und lad' sie auf. Es heißt, in der Konservenfabrik werden Leute eingestellt. Hab' gehört, sie nehmen auch ältere Frauen. Ich weiß nicht, ob dir an so 'ner Arbeit was liegen würde, aber du könntest hin- und herfahren. Denk mal drüber nach.« Seine Erleichterung erwärmte den Raum. Eine alte Nachbarin konnte eine schreckliche Last sein. Aber wenn sie ein eigenes Einkommen hatte ...

»Du wirst ein Telefon brauchen, Jewell. Ich ruf' an, lass' dir jemand kommen.«

»Wenn du wüßtest, wie oft ich mir gewünscht hab', fahren zu können. Bestimmt wär' alles anders gelaufen, wenn ich schon vor Jahren rausgekommen wär' und mir 'ne Arbeit gesucht hätte, aber Mink wollte nichts davon wissen. Hat jedesmal 'nen Anfall gekriegt, wenn ich irgendwohin wollte.« Erinnerte sich an die Kartenrunde bei Otts Frau und wie sie deswegen jedesmal tagelang gestritten hatten. Mink hatte seine Wut wie ein Nachthemd ins Bett mitgenommen, aber einmal hatte sie den Mund aufgemacht.

»Also, mir ist egal, wie du dein' Mund zusammenkneifst und auf den Worten rumkaust, ich geh' zu der Kartenrunde.

Dachte, du freust dich, daß die Frau von deinem eigenen Bruder zu 'ner Kartenrunde einlädt.« Flüsterte verärgert im Dunkeln. Sie hatten sich angewöhnt, im Bett zu flüstern, seit Loyal ein Säugling gewesen war.

Mink drehte den Kopf auf dem flachen Kissen herum, flüsterte zurück: »Warum zum Teufel soll ich mich denn freuen? Und was zum Teufel hat es mit den Bohnenpreisen zu tun, wer einlädt? Muß nett sein, am Samstagnachmittag zu 'ner Party davonzustelzen, die Arbeit liegenzulassen, nur um sich zu amüsieren. Du weißt ja nicht mal, wie man Karten spielt. Und ich soll auch alles stehen- und liegenlassen und dich rüberfahren, rumsitzen, dich zurückbringen. Wär' froh, wenn *ich* alles hinschmeißen könnte und verschwinden und mich amüsieren –«, er suchte nach einem Beispiel für liederliches Amüsement, »– einfach abhauen könnte und zum Kegeln gehen.«

Sie hatte ihr Lachen unterdrückt, das sie bei der Vorstellung ankam, Mink könnte in seinen mit Dung verklebten Stallstiefeln grimmig auf einer Kegelbahn stehen, die Kugel wie eine Bombe in seinen knorrigen Händen. Sie wäre an der Vorstellung fast erstickt. Ihre Schultern bebten, sie vergrub das Gesicht im Kissen.

»Verdammt noch mal, wenn's so wichtig ist, dann geh halt, geh nur! Um Himmels willen, du brauchst deswegen nicht zu heulen. Geh nur! Wer hält dich?«

Aber sie konnte nicht aufhören. Daß er ihr Lachen für Schluchzen hielt, machte die Sache noch komischer. Mink beim Kegeln. Sie am Flennen, weil sie nicht zu einer blöden Kartenrunde gehen durfte.

»O je, o je, o je«, stöhnte sie. »So hab' ich noch nie gelacht.«

Er seufzte, das bittere Schnauben eines Mannes, der mit seiner Geduld am Ende ist. »Ich weiß, wo Dub seine Blödeleien herhat.«

Sie war schon fast eingeschlafen, als er erneut flüsterte: »Wie willst du rüber- und wieder zurückkommen? Ich muß melken.«

»Ich fahr' mit Mrs. Nipple rüber. Ronnie bringt sie hin.

Loyal könnte uns abholen, Ronnie die zweite Fahrt ersparen. Er hat auch Kühe, weißt du. Um fünf. Es geht von eins bis fünf. Ich fang' mit dem Abendessen am Vormittag an, 'nen guten Hühnereintopf oder so was, der wird schnell heiß, wenn ich heimkomme.«

»Dann müssen wir wohl.«

Sie schlief schon und schnarchte, war sich kaum seiner Wärme bewußt, seines harten Arms um ihre Taille, als er sie eng an sich zog, seine Klappmesserknie von hinten in ihre Knie schob...

»Was ist mit Mernelle? Wär' gut, wenn Mernelle es auch lernen würde.« Ronnie, der immer noch vom Fahrenlernen redete, holte sie wieder zurück.

»Glaube kaum, daß es sie interessiert. Mernelle führt was im Schilde. Sagt mir kein Wort. Ich weiß nicht, was los ist, aber sie verbringt die eine Hälfte der Zeit oben in ihrem Zimmer, die andere Hälfte drüben bei Darlene und den Rest am Briefkasten, um auf die Landpostzustellung zu warten. Es hat sie schwer getroffen. Ist von der Schule weg, als sie Mink geholt haben. Seit er gestorben ist, sagt sie kaum mehr was. Sie teilt ihre Geheimnisse nicht mit mir.«

Acht Tage, seitdem sie den Brief abgeschickt hatte, zu früh für eine Antwort, das wußte sie, aber sie konnte sich des Gedankens nicht erwehren, daß er an ihrem Brief etwas Besonderes finden würde, noch während der Bogen im Umschlag steckte. Vermutlich würden ihm Hunderte von Mädchen schreiben, und es würde dauern, die ganze Post durchzugehen, selbst wenn er Hilfe hatte. Sie wußte, daß er es allein tun würde. Er war daran gewöhnt, die Dinge allein zu tun.

Zwei Zeitungen, vielleicht auch mehr, hatten die Geschichte auf der Titelseite gebracht. Sie war auf witzige Weise geschrieben, damit er wie ein Narr wirkte. Aber sie ließ sich nicht ins Bockshorn jagen.

»Einsames Herz« wirbt um Frau

Der 19jährige Ray MacWay, ein Holzarbeiter bei Fredette-Bauholzbedarf in Burlington, kam in die Redaktion des Trumpet und wollte eine Heiratsanzeige aufgeben. »Ich suche eine Frau, die genauso einsam ist wie ich. Ich wurde als kleiner Junge zum Waisenkind und lebe allein in einem möblierten Zimmer. Wegen meiner Arbeitszeiten ist es für mich schwierig, Mädchen kennenzulernen. Ich nenne mich Gefangener des einsamen Herzens. Im Alter von ungefähr sechs Jahren begann ich zu arbeiten und schälte im Wald Rinde. Als ich sechzehn war, lief ich davon, war schon überall, in Maine, in Kanada, in Mexiko und Texas. Aber hier ist mein Heimatstaat. Ich bin ein guter Arbeiter. Ich spüre, daß es dort draußen eine junge Dame gibt, die genauso einsam ist wie ich, daß wir zusammen glücklich werden könnten. Ich hoffe, sie schreibt mir über den Trumpet.«

Das Foto neben der Meldung zeigte einen jungen Mann mit zerzaustem Haar, der neben einem Bretterstapel stand. Im Hintergrund erstreckte sich der See. Seine Hosenknie waren löchrig. Er trug eine karierte Jacke, und Mernelle konnte die abgenutzten Armbünde erkennen. Sein Gesicht wirkte unauffällig, aber ruhig. Sogar in den dichtgedrängten Druckerschwärzepunkten des Zeitungsfotos sah er einsam aus. Sie hatte so etwas oft genug im Spiegel gesehen, um Bescheid zu wissen.

Die Antwort kam an einem Donnerstagmorgen. Es regnete, ein steter Guß, der die Auffahrt mit Wasserrinnen durchzog. Sie ging hinunter, ihr schwarzer Wachstuchregenmantel stand vom Busen bis zum Schienbein offen wie die Flügel eines Käfers, der zum Fliegen ansetzt. Ihre Stiefelabsätze schleuderten schlammige Kieselsteine gegen ihre Waden. Die Postkarte zeigte die in den Lake Champlain hineinragende Red-Rocks-Landzunge. Der Raum zum Schreiben war mit einer kleinen, trotz der Schreibfehler sehr leserlichen Druckschrift ausgefüllt. Die Antwort war so ernst, wie ihr eigener Brief gewesen

> Liebe Miss Blood,
> Ihre Andwort auf meine Anzeige sagt mir, das Sie wissen, wie schwirig es ist eine Eksistens zu gründen. Ich weis, das Sie wissen, was kämpfen heist nach allem, was Sie durchgemacht haben. Es wird für uns beide schwer, bis ich auf eigenen Füsen stehe. Aber ich will Sie glücklich machen. Wollen Sie zu der Show gehen, ich kann es einrichten? Ich und die Frau von der Zeitung, die ein Auto hat, holen Sie Samstag Nachmittag ab. Wir können über alles reden und sehen, ob wir glücklich werden können. Ich wette, wir können es.
> Ihr ergebener Robert "Ray" Mackby
>
> Miss Mernelle Blood
> Freie Landpostzu=
> stellung
> Cream Hills, Vt.

war. Die Erlen hinter dem Briefkasten waren schwarz vor Nässe, zerrissen den Himmel.

Am Samstag morgen um neun trocknete Mernelle die Haferflockenschüsseln ab und überlegte, was sie Jewell sagen sollte. Der Spülstein strömte den gewohnten Geruch aus. Sie hätte sagen können: »Ich verschwinde von diesem Spülstein.« Oder: »Soll ich hier vielleicht versauern?« Ihre Kleider lagen bereit. Der blaue Rock, ein dunkles Lilablau, das vom Hängen an der Leine kaum verblichen war, und die weiße Bluse mit den Perlenknöpfen in Form von winzigen Herzen. Sie hatte eine Zitrone beiseite gelegt; wenn sie ihr Haar wüsche, würde ihm der Zitronensaft im Spülwasser einen Rotton verleihen. »Feuerschöpfchen«, flüsterte sie und dachte an einen Film. Sie könnte sagen: »Du und Dad, ihr habt gelebt wie die Schweine. Ich möchte ein hübsches Zuhause wie Mrs. Weedmeyers, die die Dreckbude der Batchelders auf Vordermann gebracht hat. Eine Dusche mit Glastür. Teppiche. Silberbesteck mit Rosen an den Griffen und dazu passendes Geschirr mit blauem Rand und goldenem Streifen.«

Es war bereits zu kompliziert, als daß man es Jewell noch hätte erklären können, es so hätte formulieren können, daß Jewell einsehen würde, daß sie fortmußte, um jeden Preis. Schließlich blieben nur zwei dumme Sätze übrig: Daß sie mit einem Unbekannten fortging, und der Unbekannte war jemand, der über die Zeitung eine Frau gesucht hatte. Sie konnte Jewells Mop auf der Treppe hören und einen Transporter, der sich den Hügel heraufquälte. Onkel Ott, der noch mehr Geräte oder Ausrüstung für seinen neuen Besitz brachte. Vor zwei Tagen hatte er einen Bulldozer hergefahren, ein ungeschlachtes, schlammverschmiertes Ding, das wie Truthähne kollerte, wenn man ihn anließ. Er rollte von der Ladefläche des Lasters ins ungemähte frische Gras und stand schnaubend mitten unter dem Löwenzahn, der ebenso gelb war wie er.

»Ich möchte bloß wissen, was er damit vorhat«, sagte Jewell. »Er behauptet, er will Mais anbauen. Ich hab' noch nie erlebt, daß ein Bauer einen Bulldozer benutzt, um zu pflügen oder zu säen. Loyal würde 'nen Anfall kriegen, wenn er das Ding auf der Wiese sähe.«

Vom Tor her drang das laute Echo des leerlaufenden Motors, Schritte auf der Veranda und ein Klopfen. Also doch nicht Ott, der sein Leben lang die Tür aufgemacht hatte.

»Hallo. Ich suche Mernelle Blood.« Eine feste Stimme, ein hartnäckiger Unterton.

Sie hörte Jewells Mop auf der Treppe innehalten. Die Hitze des Maimorgens sickerte durch die Fliegentür, der Geruch nach Gras und weißen Blüten drängte an der Gestalt auf der anderen Seite des Gitters vorbei herein. Sie erkannte seine Haltung vom Foto in der Zeitung wieder. Ein Luftstrom wehte in die Küche, erfüllte sie mit dem Geruch von falschem Jasmin und den stinkenden Abgasen des im Hof stotternden Autos. Durch die Fliegentür sah sie Fliegenschwärme über den Zweigspitzen der Weichselkirsche schwirren, geschwungenes blaues Metall.

»O herrje, ich bin nicht fertig. Ich hab' mir die Haare noch nicht gewaschen.«

»Ich hab's nicht bis zum Nachmittag ausgehalten«, sagte er. »Ich hab's nicht ausgehalten.« Die Fliegentür schepperte leise unter seiner zitternden Hand.

Jewell, die von der Treppe her lauschte, konnte sich das meiste zusammenreimen.

20
Der flaschenförmige Grabstein

> Lieber Joe, Alrina tötet
> Mann sagt Dir sie sagen
> gefunden was du suchs
> Elchmedsin die Wirbel-
> Windmedsin gegen Alp-
> traum kleine Büfelmedsin
> sie sagt mehr aber nix
> plaz sie sagt jemand
> gefunden Stelle wo wächst
> medsin sie sagt bist du
> bereit ausgraben sie
> sagt schnell
> Dein Freund Elmar
> in the grass
>
> Joe Blue
> Skies
> Reservat
> White Moon
> South Dakota

Er hielt ihr die Wagentür auf, und sie glitt auf den Sitz hinter der Fahrerin, einer korpulenten Frau mit teefarbenen, feuchten Augen und grauem Haar, das sich in Lockenkaskaden über ihren Rücken ergoß.

»Das ist Mrs. Greenslit. Sie ist die Reporterin vom *Trumpet*, die die Geschichte geschrieben hat.«

»Sagen Sie einfach Arlene zu mir. Jawoll, ist meine Geschichte, und ich bleib' dran. Ihr zwei Küken seid Gäste vom *Trumpet* – aber in Maßen. Dazu gehört das Essen heute abend und ein Kinobesuch, und Miss Blood, es stört Sie doch nicht, wenn ich Mernelle zu Ihnen sage, oder, Sie können umsonst bei mir wohnen, bis ihr zwei Küken seht, wie die Sache läuft. In meiner Wohnung sind bloß ich und mein Mann Pearl und Pearls Bruder Ruby. Die stört's nicht mal, wenn ich 'nen glatzköpfigen Schwertschlucker mit nach Haus bringe. Gehört alles zum Geschäft von einer Reporterin. Ach, worüber ich schon berichtet habe, Sie würden's nicht glauben, Mernelle. Ich habe Ray schon erzählt, wie letztes Jahr der unglaubliche Lkw-Fahrer ohne Arme, lenkte mit den Füßen, in die Stadt kam und ich den ganzen Weg bis nach Montreal mit ihm fuhr. Zurück bin ich mit dem Zug gefahren. Es war einfach wunderbar, wie er zurechtkam, mit dem Lenken und allem. Der blieb auch bei uns. Schlief im selben Bett, in dem Sie schlafen werden. Habe eine große Geschichte für die Kolumne ›Menschliche Schicksale‹ über ihn gebracht. Sind meine Spezialität, menschliche Schicksale. Darum ist die Geschichte hier, die Geschichte über euch zwei Küken, wie für mich geschaffen. Ach ja, ich habe schon alles erlebt. Das hier ist gar nichts. In meinem eigenen Leben und auch sonst. Ich stolpere einfach über solche Geschichten. Ich bin im Staat New York geboren, kam aber im Alter von drei Jahren mit meinen Eltern über den See hierher. Bin in Rouses Point aufgewachsen. Mein Vater trank stark. Wissen Sie, als er starb, ließ meine Mutter drüben in Barre einen Grabstein in Form einer Whiskeyflasche für ihn machen. Zwei Meter hoch. Vor ein paar Jahren bin ich wieder hin, um ihn ein paar Leuten zu zeigen, aber jemand hatte ihn gestohlen. Also habe ich eine große Geschichte drüber geschrieben, ›Der gestohlene Grabstein‹, und die Zeitung bekam einen Tip, daß ein gewisser Herr in Amherst, Massachusetts, ein Hochschulprofessor, ihn als Couchtisch benutzen würde. Die Polizei holte ihn zurück. Die Polizei in Massachusetts. Natürlich mußten wir mit einem Pritschenwagen runterfahren und ihn abholen. Mein Mann hatte für den Hochschulprofessor ein paar ausgewählte Worte übrig. Die wiederhole ich lieber nicht. Mit Pearl ist nicht gut Schlitten fahren. Was mich überraschte, war, daß das Ding ein paar Jahre lang verschwunden war, ohne daß meine Mutter es überhaupt merkte. Und wie hat er ihn weggeschafft? Damit wollte er nicht rausrücken, sagte aber, nicht mit einem Lkw. Ich habe eine Geschichte über ein Fledermausschießen geschrieben. Wissen Sie, was das ist? Na ja, Sie lesen den *Trumpet* wohl nicht, es war nämlich eine der erfolgreichsten Geschichten, die sie je brachten. Ich weiß nicht, wie viele Leserbriefe sie deswegen gekriegt haben. Es ging um diesen Jagd- und Angelverein, der am Wochenende ein Tontaubenschießen veranstalten wollte, aber keine Tontauben auftreiben konnte, hier gab's einfach keine Tontauben. Einer von ihnen hat Fledermäuse auf dem Dachboden, sehen Sie, und er geht rauf und schnappt sie sich tagsüber, wenn sie schlafen, steckt sie in eine Schachtel, bohrt Löcher rein, damit sie Luft kriegen, und bringt sie dann mit in den Verein. Sie ließen die Fledermäuse frei und schossen auf sie, weil sie keine Tontauben kriegen konnten. Als ein Mann verletzt wurde, hörten sie auf. Die Fledermäuse flogen niedrig. Wißt ihr, Mr. File, Fred File, das ist der Herausgeber von *Trumpet*, war der Meinung, daß ihr Küken nach dem Kino vielleicht tanzen gehen wollt – Abendessen bei Bove, italienisch, soviel ihr essen könnt, die Lasagne ist hervorragend, dann Kino, ich weiß nicht mehr, was läuft, ach nein, jetzt weiß ich's wieder, es läuft *I can get it for you wholesale* mit Irene Dunne oder so. Eine Komödie, soll lustig sein. Aber mit Tanzen ist heute abend nichts, darum müßt ihr vielleicht einfach spazierengehen. Bummeln. Das Wichtigste ist, daß ihr euch kennenlernt. Auf dem Weg hierher habe ich zu Ray gesagt, daß das Wichtigste auf der Welt ist, einen anderen Menschen kennenzulernen, und wahrscheinlich auch das Schwerste. Eine der besten Geschichten, die ich je gemacht habe, war dieser Kerl, der sich in eine Freundin seiner Mutter verliebte, sie war, ich weiß nicht, vielleicht fünfundzwanzig Jahre älter als er, hatte weiße Haare und so, aber er war verrückt nach ihr. Natürlich wußte er nicht mehr über sie als das, was er sah, wenn sie seine Mutter besuchen kam. Sie war immer sehr freundlich, und das hat ihm, vermute ich, gefallen. Seine Mutter trank, glaube ich, und war nicht allzu nett zu ihm. Also, eines Tages kommt diese Freundin seiner Mutter rein, und er geht vor ihr auf die Knie und sagt: ›Ich liebe dich‹, und sie denkt, der hat sie nicht mehr alle, und sie will in die Küche, um seine Mutter zu holen, und er packt sie, und sie schubst ihn weg, und er geht in sein Schlafzimmer, holt einen Revolver, kommt raus und sagt: ›Wenn ich dich nicht haben kann, dann auch kein anderer‹, und erschießt sie. Schießt sie tot. Und die Mutter ist die ganze Zeit über in der Küche und rührt im Eistee. Darum ist es so wichtig, einen anderen Menschen richtig kennenzulernen, bevor man ihn abschleppt. Stimmt's, Ray?«

Mernelle und Ray MacWay saßen zu Salzsäulen erstarrt auf dem Rücksitz, waren sich der Körperhitze des jeweils anderen bewußt und horchten nicht auf Mrs. Greenslits Redeschwall, sondern auf das Geräusch des Atmens. Außer dem stockigen Polster roch Mernelle Seife, Shampoo, Kiefernholz, warme Haut, Pfefferminzkaugummi. Ihr Magen knurrte, und sie haßte ihn dafür, zwang ihn, zu kuschen.

In der Küche flog eine Hummel, die den Spalt zwischen dem Fliegengitter und dem Türrahmen irrtümlich fürs Nirwana gehalten hatte, gegen die Fenster und versuchte, wieder in ihre vertraute Welt zu entfliehen, die sichtbar und nah war, von der sie jedoch eine böswillige Kraft fernhielt.

Nach einer Woche war Mernelle wieder da, donnerte die Fliegentür gegen die Wand, als sie rückwärts in die Küche stürmte. Sie trug einen Pappteller mit einem Schichtkuchen, der mit Kokosflocken dick wie ein Pelz bedeckt war. Das Auspuffgeknatter im Hof verstummte, Autotüren knallten.

»Alles Gute zum Muttertag, Ma. Wir sind's, ich und Ray. Mrs. Greenslit ist auch da.« Sie faßte Jewell um die Hüfte.

»Also, laß hören, was es Neues gibt«, sagte Jewell, erstaunt darüber, wie Mernelle sich verändert hatte; sie fühlte sich schuldig, weil sie sich so wenig um sie gesorgt hatte. Mernelle hatte ein blaues Kostüm mit langem Rock und eine kunstseidene rosa Bluse an. Sie trug Stöckelschuhe, und ihr Gesicht war geschminkt. Das schwarze Haar war geschnitten und dauergewellt, sah aus wie ein Helm aus Schafwolle. Sie wirkte größer, noch staksiger als früher, aber sie legte eine Selbstsicherheit an den Tag, die nichts mehr mit ihrem alten Kinderleben zu tun hatte.

»Ich erzähl's dir schnell, bevor Ray und Mrs. Greenslit reinkommen, Mr. Trueblood wollte uns nicht trauen.« Murmelnd, halb flüsternd. »Er hat gesagt, das Ganze wäre nur ein

Werbetrick, und er will uns nicht trauen, ehe wir uns nicht ein Jahr kennen. ›Schnell gefreit‹, hat er gesagt, ›schnell gereut.‹ Ray hat ihm eine verpaßt, und er hat den Sheriff geholt. Wir mußten alle ins Büro des Sheriffs in Billytown, und Mrs. Greenslit hat eifrig alles aufgeschrieben. Na ja, dann kam wieder 'ne Geschichte im *Trumpet*, und wir haben unheimlich viele Briefe von Pfarrern gekriegt, die uns trauen wollen, auch von dem Pfarrer aus Rouses Point, der Mrs. Greenslits Vater beerdigt hat, als der starb. Deswegen fahren wir dahin. Ray will sowieso den Grabstein von ihrem Vater sehen. Wir fahren heute und wollen, daß du mitkommst. Mrs. Greenslit bringt dich dann wieder her. Ray und ich fahren in die Flitterwochen nach Montreal. Der *Trumpet* zahlt uns einen Teil. Ray will nicht, daß sie alles bezahlen. Er hat ein bißchen Geld gespart.«

Jewell stellte den Kessel fürs Kaffeewasser auf. Die Aufregung in der Küche schien ungeheuer. Mrs. Greenslit, die Papierteller austeilte, Plastikgabeln und -messer auflegte. »Hallo, hallo, hallo! Da sind wir«, rief sie. Mernelle ging die angeschlagenen Teller durch, suchte die vier schönsten aus. »Eiscreme ist auch da. Erdbeer. Pekannuß. Das ist die neue Sorte. Die werden Sie mögen!«

Ray kam mit einem Wachspapierknäuel herein und hielt es Jewell hin. »Die hat der *Trumpet* nicht gekauft«, sagte er und lächelte. Sein steifes Gesicht brach entzwei, legte schlechte Zähne bloß. Es war ein Dutzend Teerosen von der Farbe gekochter Krabben. Sie wickelte sie aus dem Papier, das so grün war wie frisches Pappellaub, füllte Wasser in einen Milchkrug. »Ist schon einige Jahre her, daß mir jemand Blumen geschenkt hat. Das heißt Blumen aus einem Laden«, und sie erinnerte sich an Mernelles aufgeregte Sträuße aus Gänseblümchen und Wicken, Veilchen mit einem Zentimeter langen Stengeln, welkendem Flieder.

»Freut mich, sie Ihnen schenken zu können«, sagte Ray und setzte sich neben Mernelle. Mernelle reichte Jewell ein in geblümtes Papier gewickeltes Päckchen. Sie machte viel Aufhebens, wie schön das Papier sei, glättete es und legte es beiseite. Es waren zwei Paar Nylonstrümpfe, 60 Gauge, 15 Denier,

»Flott Beige« stand auf dem Etikett. Während sie Kuchen aß, betrachtete Jewell verstohlen Ray, betrachtete sein nichtssagendes Gesicht, seine dünnen Arme, seine hungrigen Augen. Wehmütig dachte sie an den durchtriebenen Dub, den gutaussehenden Loyal, die im Leben gestrandet oder verstümmelt worden waren, während der hier vorankam. Ray schnitt mehr Kuchen auf, während Mernelle vernarrt die Sägebewegung seiner Hand verfolgte. An ihren Gabeln hing die Kokosglasur. Mrs. Greenslit plapperte. Jewell spürte, wie grimmig sie in ihrer Einsamkeit geworden war. Aber sie lächelte und sagte, so freundlich sie konnte, der Kuchen sei köstlich und sie würde mit ihnen zur Hochzeit nach Rouses Point fahren. Und ging mit Mernelle auf den Dachboden, um ein bestimmtes Seidentaschentuch zu suchen, das mit handgeklöppelter Spitze umrandet war.

»Es gehörte der Mutter deines Vaters, als sie heiratete, und sie hat es wiederum von jemand anders bekommen. Ich glaube, es stammt aus Irland. Es ist sehr alt.« Auf staubigen Stühlen saßen sie vor einem Koffer voll alter Schulbücher, unhandlicher Kleidungsstücke, einem zerschlissenen Büffelfell, Familiendokumenten und -fotografien, einem zerrissenen Sonnenschirm.

»Es wird wohl nichts geben, was ich dir sagen könnte, das du nicht schon weißt«, sagte sie. »Du wirst Dinge lernen, über die man nicht sprechen kann.«

»Na ja«, meinte Mernelle. »Soviel weiß ich gar nicht, aber ich vertraue Ray. Ich weiß, daß er mir niemals weh tun wird. Ich hab' nie erlebt, daß er die Beherrschung verliert.« Ihre Stimme bebte. Sie klang tiefer, als hätte sie jeden Tag stundenlang gesungen. »Tja, also, ich bin wahrscheinlich nicht umsonst auf 'ner Farm groß geworden. Aber eins möcht' ich schon lang wissen.« Ihre Stimme schmeichelte. »Wegen Mrs. Nipple. Was war das mit Mrs. Nipple und Toot, das du mir nie erzählt hast?«

»Mein Gott, das ist kein Gesprächsstoff für jetzt. Es ist doch ein glücklicher Anlaß, und diese grausige Geschichte deprimiert sogar einen Engel. Sie würde dir den Tag verderben, und die arme Mrs. Nipple würde sich im Grab umdrehen. Und mir würd's auch den Tag verderben, die Sache auszugraben. Gehen wir nach unten und machen uns einen schönen Tag.«

»Muß ja was ziemlich Gräßliches gewesen sein«, sagte Mernelle, halb schmollend. Sie hat viel mitgemacht, dachte Jewell.

»Das kann man wohl sagen. Jetzt ziehe ich die neuen Nylonstrümpfe an, mal sehen, ob ich nicht die Braut ausstechen kann. Und noch was möchte ich dir geben. Das Geld für die Farm, das übriggeblieben ist, nachdem die Bank und alles bezahlt war. Das habe ich in gleiche Teile geteilt, so daß ich, du, Dub und Loyal, wir alle einen Anteil kriegen. Ist nicht besonders viel, macht für jeden zweihundert, aber ein bißchen was ist es. Wenn ich du wäre, würde ich es einfach auf die Bank bringen, Ray nichts davon sagen, nicht, daß er kein netter Kerl wäre, aber ich würd' mir einfach was als Notgroschen beiseite legen. Du weißt nie, vielleicht kannst du's eines Tages brauchen.«

»Ma, das ist dein Geld. Ray und ich kommen schon zurecht.«

»Mach dir keine Sorgen um mich. Ich hab' ja vielleicht graue Haare, aber in dem alten Mädel steckt noch Leben. Ronnie hat mir das Fahren beigebracht, damit ich mir eine Arbeit suchen kann. Du solltest Auto fahren lernen, sobald du kannst, Mernelle. Das macht einen Riesenunterschied im Leben.«

»Ma, wir haben nicht mal ein Auto. Wir sind mit dieser Reporterin rumgefahren, Mrs. Greenslit, und wenn wir die je wieder loskriegen, dann bin ich so dankbar, daß es mir nichts ausmachen wird, auf Händen und Knien zu kriechen. Aber Ray spart. Und ich muß auch eine Stelle finden. Mit was willst du's probieren?«

»Eigentlich hab' ich schon zwei Stellen. Es ist komisch. Ronnie hat mich hingefahren und abgeholt, war Teil der Fahrstunden. Wenn du gestern gekommen wärst, wär' ich nicht dagewesen. Ich arbeite in der Konservenfabrik. Muß bloß das Gemüse schneiden, das die Lkws anliefern, die ganze Woche Karotten. Sie behaupten, daß sie alles kriegen, Brokkoli,

Sellerie, Bohnen. Am Abend strick' ich für den Ski-Laden Socken, Abfahrt oder wie das Ding heißt. Lange Socken mit einem schicken Muster im Bein und Bündchen in Kontrastfarben. Ich hab' ein Paar mit roten Valentinsherzen drauf gestrickt, wie bei dem Hut, den ich dir gemacht hab', als du in der achten Klasse warst, und sie waren ganz aus dem Häuschen. Die zwei Frauen, die den Laden führen, also Jo-Jo, die Jüngere, sagt, sie bringt die Valentinssocken nach New York. Glaubt, daß sie sich gut verkaufen werden. Es ist komisch, im Sommer Wollsocken zu stricken, aber so kriegen sie einen Vorrat zusammen, sagen sie. Jedenfalls komm' ich dabei sehr gut weg. Wo wollt ihr leben?«

»Wir haben eine Wohnung gefunden. Werden uns noch lange kein eigenes Haus leisten können. Ein großer alter Kasten unten am See, das alte Haus, das in acht Wohnungen aufgeteilt ist. Hat richtig große Fenster. Wird 'ne Unmenge Stoff nötig sein, um Vorhänge zu nähen. Ich will sie nicht nackt lassen.«

»Färb einfach ein paar Laken ein, wie du sie haben willst, und säum sie ein. Decken die größten Fenster zu. Paß auf, Mernelle, du behältst das Geld für dich. Falls du in Not gerätst. Oder als Grundstock für eine Ausbildung. Deiner Kinder.«

Aber Mernelle erzählte Ray davon auf dem Weg nach Rouses Point, flüsterte es ihm ins Ohr, während vorne Mrs. Greenslit vom Grabstein ihres Vaters und dem armlosen Lastwagenfahrer redete. Jewell bemerkte, daß die Frau eine erbärmliche Fahrerin war, die bei jeder Kurve auf die Bremse trat, vergaß, bei der Steigung herunterzuschalten, bis das Auto bockte.

21
Autofahren

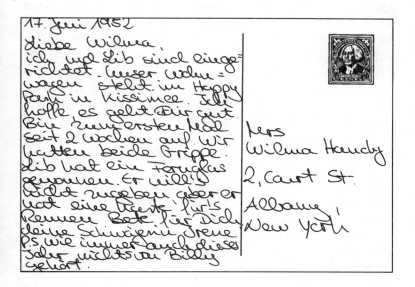

Sobald Ronnie ihr die Tricks mit der Kupplung und dem Schalten beigebracht hatte, schien es, als würde sie schon seit Jahren fahren. Sie hatte ein Gespür dafür, und im August hatte sie den Führerschein in ihrer neuen braunen Handtasche und wagte sich auf Straßen, auf denen sie nie gefahren war. Ihre Angst war, das Auto an einer Steigung abzuwürgen und den Verkehr aufzuhalten, während sie zu starten versuchte, den Motor absaufen zu lassen, die Bremse zu vergessen und rückwärts in einen Krankenwagen hineinzurollen.

Anfangs blieb sie auf den Hauptstraßen im Tal, aber nach ein paar Wochen begann sie, sich Gebirgsstraßen auszusuchen, wo sie sich in die Kurven legen oder die alte Karre die Steigung bis zu einem Aussichtspunkt hinauftreiben und von dort aus das Panorama durch ihre neue Brille betrachten konnte. Das Einerlei brach auf: Beim Fahren entfaltete sich ihre unterdrückte Jugend wie ein Band, das von einer Spule gewickelt wurde.

Da war der Gedanke an das, was Fremde sahen – wenn man irgendwohin fuhr, wollte man etwas sehen, wenn man stundenlang mit auf die Straße gerichteten Augen gefahren war, wollte man sie bis an die Grenzen der Erde schweifen lassen, je weiter, desto besser. Ihr ganzes Leben hatte sie die mit Büschen bewachsene Hügellinie vor dem Himmel als etwas Unwandelbares betrachtet, erlebte jetzt jedoch, daß die Landschaft wechselte, sich so weit hinzog, wie die Straßen reichten, sich die Anordnung von Felsen, Gewässern und Bäumen niemals wiederholte. Ausblick war mehr als nur Hügelketten und sich öffnende Täler, mehr als einander überlagernde Lichtschichten.

Wenn sie den Zündschlüssel umdrehte und das Auto aus der Einfahrt hinaussteuerte, der Kies verführerisch unter den Reifen knirschte, schwindelte ihr zum ersten Mal in ihrem Erwachsenenleben vor Macht. Im Radio lief »Cherry Pink and Apple Blossom White«, und sie war glücklich. Wenn sie Auto fuhr, fühlte sie sich jung und wie in einem Film. Von dem Vergnügen, das die Entscheidung bereitete, welche Abzweigung und welche Straße man nahm, wo man anhielt, hatte sie nie etwas geahnt. Genausowenig von dem Fahrtwind, der ihr ins Gesicht blies und ihr drahtiges Haar zerzauste, als wäre es Kinderhaar. Als hätte man ihr das ganze Land zu eigen gegeben. Hatten Männer, fragte sie sich, dieses Gefühl von Leichtigkeit, das Gefühl, alle Sorgen wegzuwischen, wenn sie in ihre Autos oder Lastwagen stiegen? Ihren Gesichtern war beim Fahren keine besondere Freude abzulesen. Männer verstanden nichts von der unermeßlichen Eintönigkeit, Woche um Woche, Monat um Monat dieselben engen Zimmer zu bewohnen, denselben ausgetretenen Trampelpfad zur Wäscheleine zu gehen, der immer gleiche Garten. Bald kannte man alles in- und auswendig. Der Verstand eingesperrt von Problemen wie kaputtes Glas, der Suche nach Groschen in fusseligen Jackentaschen, saurer Milch. Es gab kein Entkommen vor den Sorgen. Sie schleppten sich mit einen an den Spiegel, schwärmten über den Schnee, füllten das schmutzige Spülbecken. Männer konnten sich das Leben der Frauen nicht vorstellen; als handelte es sich um eine Religion, schienen sie zu glauben, Frauen seien von einem instinktiven Drang besessen, die feuchten Münder von Säuglingen zu stopfen, dazu vorbestimmt, stets den Kleinlichkeiten des Lebens ihre Aufmerksamkeit zu widmen, bis schließlich alles bei den Körperöffnungen endete und anfing. Das hatte sie selbst auch geglaubt. Und sie fragte sich in den schwermütigen Nächten, ob das, was sie in Wahrheit fühlte, nicht weniger die Freude am Fahren war als vielmehr an der Tatsache, von Minks ingrimmigem Zorn befreit zu sein. Er hatte sie gewaltsam in eine Ecke des Lebens gedrängt.

Wenn sie von ihren Ausflügen zurückkam, Häuser in hundert Lagen gesehen hatte, manche an der Straße, manche zurückgesetzt zwischen Bäumen wie eine Brosche am Busen eines Hügels, wirkte ihr eigenes Haus wie ein schlampiger Verschlag aus farblosen Schindeln, dessen Veranda abbröckelte wie schmelzendes Karamelbonbon.

Sie sah, wie die Landschaft sich veränderte. Ronnie hatte recht. Alles veränderte sich. Gestrüpp schoß in die Höhe. Sie störte sich daran, wenn die Straßenarbeiter überhängende Äste von den Ahornbäumen absägten. Tränen flossen, wenn sie die ganzen Bäume fällten, um die Straße zu verbreitern, die jetzt bis zur Poststraße einen festen Belag hatte. Das Dorf wuchs unberechenbar, Männer fällten die gelb werdenden Ulmen und rissen Stümpfe mit großen Korkenziehermaschinen heraus. Die Straße breitete sich ungehindert wie Wasser bis an den Rand der Gebäude aus. Metalldächer funkelten. Auf der Müllhalde luden Haufen kaputter Schieferplatten Rattenjäger zum Übungsschießen ein, die Kugeln schwirrten als Querschläger zurück. Die Stadt verkaufte das Holz an der Wasserscheide oberhalb des Tals und ertrug zwei Jahre lang das nasale Kreischen der Kettensägen. Der Kahlschlag hinterließ die Hügel so nackt wie die abgeschabte Flanke eines Schweins. Der alte Dorfanger wurde zu einem Park mit Spazierwegen und Betonbänken, die im zweiten Frühling bereits abbröckelten. Ein Kriegerdenkmal – ein in Beton verankertes, plumpes

Artilleriegeschütz – zielte auf die Methodistenkirche. Innerhalb eines Jahres war es verrostet. Sie haßte es, wie die Jungen ihre Fahrräder auf dem Weg schleudern ließen, an dem der alte Orchesterpavillon so schief stand, daß sein Gitterwerk lächerlich anzusehen war.

Neue Leute. Neuen Leuten gehörte der Krämerladen, neue Leute eröffneten neue Läden, machten aus Ställen Wirtshäuser und Geschäfte für Holzarbeiten. Sie zogen in Farmhäuser in der Hoffnung, ihr Leben den Zimmern, ihre Schuhe den Treppenstufen anzupassen. Sie ähnelten Insekten, dachte sie, die ihre engen Hüllen abwarfen, eine Weile verletzlich waren, bis der neue Chitinpanzer hart geworden war.

Die Menschen aus dem Ort, die etwas beherrschten, arbeiteten jetzt gewöhnlich außerhalb. Der bärenstarke Robby Gordon, der einen einfachen, aber zufriedenstellend aussehenden Stuhl aus Ahornholz schreinern konnte, arbeitete jetzt in einer Tennisballfabrik. Dann zog dieser junge Bursche, Hubbardkindle, von Rhode Island her und fing glatt an, klobige Kiefernstühle zusammenzuzimmern. Verlangte ein Vermögen dafür und bekam es. Er hatte schlau ein Schild in Form eines Stuhls vor seinem Laden aufgehängt, Anzeigen in die Zeitung gesetzt. Robby Gordon mußte man kennen, um herauszubekommen, daß er irgend etwas herstellte.

Zum ersten Mal in ihrem Erwachsenenleben war sie allein, allein in einer Einsamkeit, die wie eine seltsame, aber süße tropische Frucht schmeckte. Als erstes gab sie die großen Mahlzeiten dreimal am Tag, das Backen zweimal in der Woche auf. Sie kratzte sich zum Essen etwas zusammen, kalte Kartoffeln, Suppenreste, belegte Brote, die Mink als »Stadtessen« verabscheut hatte. Montags schwappten die riesigen Ladungen Wäsche nicht länger in der Wäscheschleuder herum. Sie schlief bis sechs Uhr morgens.

Auch die stillen Zimmer störten sie nicht. Sie schloß die Türen eine nach der anderen, benutzte nur die Küche und die Gästekammer zum Schlafen. Am Abend des Tages, an dem sie ihr die Sache mit Mink beibrachten, hatte sie ihr Kissen aus dem gemeinsamen Bett geholt und es in die Gästekammer mit dem weiß gestrichenen Eisenbett, der geblümten Bettdecke, dem bunten Flickenteppich getragen. Das Bett war hart, aber seine Fremdheit schien richtig zu sein. Stille, so schwarz wie Kohle. Als sie am nächsten Morgen aufwachte und das Lichtmuster an der verblaßten Wand sah, den Duft aus dem bestickten kleinen Säckchen unter dem Kopfkissen roch, befand sie sich bereits in einem anderen Leben.

22
Der Dermatologe in der Wildnis

13. Juli 1953
Sehr geehrter L. L. Bean!
Die Jagdstiefel sind heute per
Post eingetroffen, aber die Filz-
einlagen waren nicht dabei. Muß
ich sie getrennt bestellen? Ich
dachte, sie würden zu den Stiefeln
gehören. Was ist das beste, sie
wasserfest zu machen, Wachs oder
Nerzöl? Ich freue mich, die Stiefel im Herbst zu tragen. Sie
passen, sobald man sie anbekommen
hat! (Ich hoffe, sie dehnen sich
noch ein wenig.)
Dr. F. S. Witkin
Camp Woodcroft
Cream Hill, Vermont

L. L. Bean
Freeport, Maine

Dr. Franklin Saul Witkin, siebenundvierzig, hängende Schultern, äußerlich ein Städter, aber seit seiner Kindheit von Phantasien der Wildnis heimgesucht, saß auf der Steinmauer und blickte auf das Chaos der von ihm erworbenen Landschaft. Es gab zuviel zu betrachten. Knorrige Äste. Das drängende, aber sinnlos verwinkelte Deuten der Hauptäste. Waffelfarbenes Gras. Bäume, die lautlos chrom- und safranfarbene Explosionen gen Himmel sandten. Braun skizzierte Berge, zerklüftet von mit Glimmer durchsetzten Felsen. Das schreiende Licht. Er blickte auf, und der Himmel war von schwirrenden Punkten erfüllt. Wenn er in den Wald ging, kippte das Land, Bäume drängten sich wie Kriebelmücken, die Luft wurde fahl, und er hatte sich verirrt. Er kehrte stets zur Mauer zurück, um sich zu orientieren, fand in ihrer geradlinigen Standhaftigkeit, ihren von Flechten überwachsenen Steinen ein Halteseil in der Wildnis.

Kurz nachdem er das Grundstück gekauft hatte, fuhr er hin, um die Jagdhütte zu planen. Der Gedanke an eine Jagdhütte war ihm gekommen, als er vierzehn gewesen war und Fotografien von Teddy Roosevelt in einem mit Tierköpfen und -fellen dekorierten Blockhaus betrachtet hatte. Er nannte seine Traumhütte »Waldkate«, im Glauben, eine Kate sei eine Art Wildlager.

»Es soll nicht einfach eine Jagdhütte werden. Es ist ein Wochenendhäuschen für uns alle«, sagte er zu Matitia. Sie kam zwei-, dreimal mit den Zwillingen. Aber sein Halbbruder Larry J., ein New Yorker Galerist, ein Mann mit hundert Interessen und tausend Freunden, war wirklich aufgeregt. Larry war sieben Jahre älter als er, der Sohn aus der ersten Ehe seines Vaters mit Jolana. Sie kannten einander nicht gut, hatten sich erst auf der Beerdigung ihres Vaters kennengelernt. Wer hatte Larry von dem Grundstück erzählt? Seine New Yorker Stimme redete am Telefon von Jagdwochenenden im Herbst, der Jagdsaison, von schönen Hunden, die ausschwärmen und das Wild aufspüren würden. Keiner von beiden hatte jemals gejagt.

»Es ist doch eigentlich komisch. Wir haben keine Ahnung vom Wald. Wir kennen uns nicht. Und doch lieben wir beide diese Gegend. Beide haben wir als Kinder von Hütten im Wald geträumt.« Larry stand zwischen den Bäumen, knöcheltief in abgefallenem Laub, ohne Witkin anzusehen. »Es ist etwas anderes, als zum Skilaufen zu kommen oder in einem Gasthaus in Woodstock zu übernachten oder auch Freunde zu besuchen oder ein Haus für den Sommer zu mieten. Daß jemandem aus der Familie dieses Land gehört...« Es war ihnen ein bißchen peinlich, ihre Gefühle zu beschreiben. Der Besitz war wie ein Hörrohr, durch das sie einander verstehen konnten.

Als Witkin zum ersten Mal hinfuhr, um sein Grundstück in Besitz zu nehmen, kam er mit Frau und Kindern, fuhr vorbei an dem windschiefen Bauernhaus auf halber Höhe des Hügels, dem unordentlichen Haufen aus Balken und Steinen, der einmal der alte Stall gewesen war, an den Wiesen und unter die dicht belaubten Ahornbäume.

Er hatte gehofft, die alte Zuckersiederei auf dem Grundstück wieder herrichten zu können, aber sie war zu zerfallen. Lichtflecken sprenkelten die nachgebenden Mauern. Die Tür war im Boden versunken. Die Fenstersimse morsch, von Stachelschweinen angenagt, und auf dem Boden lagen Dachschindeln wie Spielkarten. Einzig die fünf auf fünfzehn großen hölzernen Bolzen waren noch zu gebrauchen.

Sie stellten das neue Zelt auf ebenem Grund unter den Ahornbäumen auf und legten einen Kreis aus Steinen darum. Langsam verblaßte das Licht unter den Bäumen, Dunkelheit senkte sich auf sie. Das Zelt glühte. Kevin und Kim ließen den Strahl ihrer Taschenlampe durch den Wald blitzen, der Lichtkegel hüpfte wie etwas Lebendiges zwischen den Bäumen herum.

»Ihr zwei, laßt das, oder ihr verbraucht die Batterien und müßt im Dunkeln schlafen.« Sie saßen bis spät ums Feuer. Als die Zweige im Wald knackten, meinte Witkin, sie sollten sich nicht ängstigen, es gebe keine gefährlichen Tiere, dachte aber voll Angst an Bären. Keiner von ihnen hatte zuvor im Freien geschlafen. Kim pinkelte in ihren Schlafsack, weil sie in der Nacht Angst bekam.

»Ich hab' draußen etwas Großes schnaufen hören.«

»Das waren bloß wir, unser Atem.«

»Nein, nein. Ihr atmet ruhig. Es war ein großes, schreckliches Schnaufen. So.«

Witkin konnte es nicht ertragen, aus der unschuldigen Kehle seiner Tochter die Nachahmung seines triebhaften Schnaubens zu hören. Denn nachdem die Zwillinge eingeschlafen waren, hatte Witkin mühsam und erregt mit Matitia geschlafen, während ihnen der Reißverschluß des Schlafsacks in die Arme zwickte. Der neue Geruch des Zelts, seine im Traum wimmernden Kinder brachten sein Blut in Wallung. Er stemmte sich auf den harten Boden. Der Wind bewegte die Bäume, er packte das lebendige Haar seiner Frau und keuchte auf seinen phosphoreszierenden Schein.

Geräusche vor dem Zelt weckten ihn nachts mehrmals auf, aber wenn er sich in Unterwäsche vor die mit einem Reißverschluß versehene Fliegentür kniete und mit der Lampe ins Dunkle leuchtete, konnte er nichts entdecken. Wenn er die Taschenlampe ausknipste, wirkte das Dunkel ungeheuerlich und zeitlos.

Am Morgen wollte Matitia zurückfahren.

»Wegen Kims Schlafsack. Weil ich ein Bad brauche. Weil ich kaum geschlafen habe. Ich bin gerädert. Später mal«, sagte sie. »Später mal, wenn das Häuschen fertig ist und wir drinnen schlafen können. Das Zelt ist unheimlich, und die Kinder sind noch zu klein. Und ich rieche wie ein Räucherhering.«

»Ich bin groß genug«, rief Kevin.

»Noch nicht, Liebling«, entgegnete Matitia.

»Wir kommen wieder«, sagte Witkin. »Keine Sorge, Babybabylein.«

»Sag nicht so zu mir! Den Babynamen kann ich nicht leiden!«

Aber sie kamen nicht wieder, und darum nahm er seinen Halbbruder mit. Im Nieselregen rissen sie die Zuckersiederei ab und verbrannten die verfaulten Bretter. Larry machte den Sekt auf, und sie wankten um das stinkende Feuer.

»Hu-hu-hu«, sagte Larry. Seine steifen Jeans waren schlammverschmiert. Seine Jagdmokassins rutschten auf dem nassen Laub. Witkin erkannte in Larrys schwarzem Haar mit dem roten Schimmer, in den kleinen, wulstigen Lippen, die zwei rosa Kapseln ähnelten, etwas von seinem Vater. Aber nichts von sich selbst. Sie hätten Bekannte sein können.

Die ganze Woche über redete Witkin mit Patienten über sich schuppende Haut, Muttermale, die aus Fleischfalten blinzelten, gerötete, krebsige Ohren von Straßenarbeitern, Ausschläge und Jucken, Nesselfieber und Gürtelrose, Feuermale, und beim Reden zeichnete er auf seinem Schreibtisch, geschützt von den Fotos von Matitia, Kevin und Kim in dem dreiteiligen, zusammenklappbaren Bilderrahmen. Er skizzierte eine rustikale Blockhütte mit kleinen Fensterscheiben. Er wollte eine Veranda, so lang wie das ganze Gebäude, an der

Ostseite, der Hitze der Sonnenuntergänge an Sommernachmittagen abgewandt, heiter am Morgen, ein Platz zum Kaffeetrinken. Dort ein Stiefelabkratzer. Er hatte den Stiefelabkratzer seit Jahren unbenutzt in der Garage stehen, wartete nur auf eine hölzerne Veranda. Sorgfältig zeichnete er die Enden der Holzstämme mit Schwalbenschwanzkämmen. Zwei Stufen führten die Veranda hinauf. Eine Bohlentür mit einem schmiedeeisernen Riegel. Er zeichnete zwei Tannen, eine auf jeder Seite der Hütte, obwohl sich das Terrain in einem Ahornwald befand. Die Tannen standen auf der anderen Seite des Hügelkamms, wo es keine Straße gab.

Die Inneneinrichtung zu zeichnen war herrlich. Er skizzierte Balken, einen Kamin, in dem Flammen auflooderten, einen Couchtisch aus dicken Holzstämmen. Über den Kamin hängte er ein Zehnendergeweih, ein Gewehr, und daneben setzte er ein Gemälde mit zwei Jägern in einem Kanu, die auf einen Elch zielten.

Larry lächelte, als er ihm die Skizzen zeigte. Aber seine Miene war nicht unfreundlich.

»Wo ist die Küche? Kein Spülbecken, kein Kühlschrank, keine Schränke. Das ist ein bißchen unpraktisch, Frank. Der Kamin gefällt mir, aber in einem Kamin kannst du nicht kochen, es sei denn, du steckst alles auf einen Spieß. Hast du schon mal Pfannkuchen auf einem Spieß gemacht? Was wir brauchen, ist ein Herd. Du wirst es nicht glauben, aber ich habe einen Herd. Ein schönes Stück, quadratisch, ein dunkelgrüner Emailwürfel. Ein Kunstwerk. Kommt aus Darmstadt. Ein Händler in Darmstadt hat es mir geschickt. Ich habe ihn um eine Arbeit von diesem komischen Kerl gebeten, Joseph Beuys. Ich habe, besser gesagt, ich hatte eine Kundin, sammelt deutsche Nachkriegskunst, hatte von Beuys gehört, wollte ein Stück von Beuys, irgend etwas, wollte es sofort herübergeschifft haben. Hatte aber überhaupt keine Ahnung vom Werk des Mannes. Der Händler hat den Herd geschickt. Er ist mit riesigen Talgklumpen überzogen. Der Mann arbeitet mit Talg, Fett. Ich habe das Ding der Kundin liefern lassen. Sie wohnt in Boca Raton. In der Woche drauf läutet das Telefon. Sie ist zu Hause und sauer. Was soll das übelriechende Ding in ihrer Diele? Ich erkläre ihr, daß es ein Kunstwerk ist. Sie findet es widerlich. Hat ihre Putzfrau den Talg wegkratzen und wegwerfen lassen, und ich soll den Herd wieder abholen. Das habe ich getan. Und jetzt steht der verdammte Herd in meiner Galerie, ein ruiniertes Kunstwerk. Es ist ein ziemlich teurer Herd, wir können ihn genausogut benutzen.«

Freitag morgens stand Witkin in Boston vor Tagesanbruch auf, dachte an die Fahrt nach Norden, an das Gefühl, eine große Steigung zu erklimmen, als wäre der Norden höher gelegen. Er lag höher, das wußte er. Er belud den Kombi, ehe Matitia aufwachte, und war um acht in seiner Praxis. Der letzte Patient kam gegen Mittag, danach brach er auf. Aber sobald er in seiner Hütte war, fühlte er sich unsicher. Es war, als wäre die Straße zwischen seinen beiden Leben das eigentlich Wahre, als wäre die Fahrt wichtiger als das Ankommen.

23
Otts Parzellen

> 10.10.1953
>
> Liebe Ma,
> ich komme in zwei Wochen raus.
> Ich will nicht auf die Farm zurück.
> Mit einem Freund suche ich besondere
> Arbeit. Schicke euch Geld, falls
> ich welches schaufle. Hab von
> Manelle aus der Zeitung gehört,
> gratuliere. Sehen durften wir die
> Zeitung nicht. Schreibe, sobald
> ich kann. Viel Glück. Herzlich
>
> Dub
>
> Mrs. Jewell Blood
> Cream Hill, VT

Als Jewell am Nachmittag eines Zahltags im November, auf dem Boden eine Pappschachtel mit Chop-suey, im Radio das Getriller von Orgelspiel, auf den Weg zum Haus abbog, blickte sie zu Loyals – nun Otts – Wiese hinauf, und es verschlug ihr den Atem.

Der Abendschatten kroch die Wiese hinauf, fiel in flache morastige Löcher und verlängerte die Dunkelheit der Felsen über ihre tatsächliche Gestalt hinaus, nahm die Landschaft vom Fuß des Hügels und oben vom Wald her in die Zange, bis nur noch ein Fächer Sonnenlicht offen dalag. Das kalte Licht strömte über die schrundigen, mit Bulldozern gebahnten Wege, die am Morgen noch nicht dagewesen waren. Horizontal und vertikal unterteilten Wege das Feld in vierzig zweihundert Quadratmeter große Parzellen, die für alles zu klein waren außer als Grabstellen, dachte Jewell.

Als sie, vor Wut zitternd, an der Wiese vorbei zum Haus fuhr, wurde der Lichtfächer schwarz und zerfiel wie verbranntes Papier, ausgenommen die an den Rändern der neuen Wege aufgeworfenen Erdwälle. Das eiserne Gatter zu der Wiese war verschwunden, und an seiner Stelle befanden sich ein provisorischer, offener Eingang und eine Sperrholzplatte als Schild: OTTS PARZELLEN & WOHNWAGENSIEDLUNG. Eine in dicken roten Zahlen gemalte Telefonnummer. Nicht die von Ott. Die von Ronnie Nipple.

24
Noch einmal das Buch des Indianers

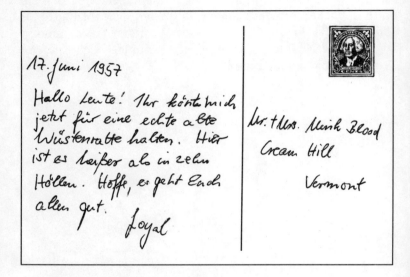

Er hatte in das Heft des Indianers, ein verzogenes Spiralheft mit getüpfeltem orangefarbenem Einband, eine Frage geschrieben. War vor Billy mit ihm alles in Ordnung gewesen? Er kannte die schmutzige Antwort.

III

25
Der Garten Eden

Yarra war ganz aufgeregt. »Er hat es geschickt. Ich weiß, daß er's geschickt hat. Verdammt, da steckt ein Scheck drin. Ich hätt' nicht gedacht, daß er's schickt. Aber er hat's getan. Das war eine gute Adressenliste. War das nicht die Liste, wo die Frau hundert geschickt hat? Klar war sie das. Eine gute Liste.« Sein dunkler flacher Hut war aggressiv über die Nase gezogen, so daß er das Kinn hochrecken mußte, wenn er Dub ansehen wollte. Die Kiefer arbeiteten an dem ewigen unsichtbaren Stück Knorpel.

»Hast du ihn aufgemacht?«

»Natürlich hab' ich das nicht. Steht dein Name drauf, denkst du, ich mach' die Briefe von andren auf?« Er wedelte unschuldig mit dem Umschlag vor Dubs Gesicht.

»Woher weißt du dann, daß Geld drin ist?« Dub hatte das Gefühl, unter Wasser zu sein. Die Wände des Motels waren schwimmbadblau. Auf dem wackligen Tisch seine Whiskeyflasche, die Briefmarkenrolle, der Kugelschreiber, die Packung Briefumschläge, die Schachtel zerknittertes Briefpapier, Adressenlisten und Antwortbriefe. Er konnte diese Briefe blind herunterschreiben.

Sehr geehrter Mr. Randall!
Sie wurden mir als ein Mann genannt, dem man vertrauen kann und der sich möglicherweise für eine hervorragende Gelegenheit, Geld zu verdienen, interessiert. Da ich weiß, daß Sie ein vielbeschäftigter Mensch sind, will ich gleich zur Sache kommen und Ihnen mitteilen, daß ich ohne eigenes Verschulden zur Zeit als politischer Gefangener in Mexiko einsitze. Die Dinge werden hier auf völlig andere Weise geregelt als in den USA. So wurde mir bedeutet, daß man mich aus dem Gefängnis entläßt, sobald ich $ 300 aufbringen kann! Freiheit! Das süßeste Wort auf Erden! Natürlich will ich Sie nicht darum bitten, mir auf eigenes Risiko $ 300 zukommen zu lassen, aber ich darf Ihnen ganz im Vertrauen sagen, daß ich an einem nur mir bekannten Ort in den USA eine hohe Summe, fast $ 350 000, vergraben habe. Und wenn ich entlassen werde, will ich diese Summe mit dem Menschen teilen, der mir seine Freundschaft schenkt, und zwar halbe-halbe. Hier, in diesem schrecklichen Gefängnis, ist mir das Geld zu nichts nütze. Die Ratten sind furchtbar. Wenn ich an das Geld könnte, wäre ich im Nu frei. Doch ich weiß, daß Sie ein Landsmann sind, dem man vertrauen kann, und wenn Sie mir die $ 300 schicken, werde ich mich nach meiner Freilassung umgehend mit Ihnen in Verbindung setzen, und wir fahren gemeinsam zu der Stelle, wo ich die hohe Summe versteckt habe. Sie, der gute Samariter, bekommen fünfhundertmal soviel zurück, wie Sie investiert haben.
Da es riskant ist, einen Brief über die Grenze zu schicken, habe ich eigens eine persönliche Übergabe arrangiert. Schicken Sie das Geld in einem einfachen braunen Umschlag oder eine Geldanweisung an Mr. Marvin E. Blood 1408 Lily Garden Ave., Miami, Florida. Er wird es an einen zuverlässi-

gen Freund weitergeben, der bald geschäftlich in Mexiko zu tun hat.
Hochachtungsvoll
Joseph W. MacArthur (entfernt verwandt mit Gen. Douglas MacArthur)

Das war 'ne Arbeit. Aber das hier war die richtige Gegend für ihn, Florida, die pralle Helligkeit, das Pikante und die Leute mit dem raschen Verstand. Hier fühlte er sich lebendig. Er würde nie wieder nach Norden zurückkehren.
»Ich hab' ihn ans Fenster gehalten. Ich hab' eine Geldanweisung gesehen.«
Dub schlitzte den Umschlag mit seinem Klappmesser auf. Aus einem zusammengefalteten Brief glitt eine Anweisung über fünfhundert Dollar.
»Menschenskind! Wir haben das große Los gezogen. Der Kerl hat zweihundert mehr geschickt, als ich wollte. Hör dir das an. Hör dir das nur an.
*Sehr geehrter Mr. MacArthur! Vielleicht bin ich verrückt, mich auf Sie einzulassen, aber ich will es riskieren. Ich glaube, daß Sie es mir lohnen werden. Ich war selbst schon einmal am Ende. Anbei finden Sie $ 300, damit Sie aus dem ›mexikanischen Gefängnis‹ kommen, und weitere $ 200, damit Sie einer rechtmäßigen Berufung nachgehen können. Ich habe gehört, in Florida kann man ein Vermögen mit Immobilien und in Berufen machen, die mit der Tourismusindustrie zu tun haben. Vielleicht hilft Ihnen das auf die Beine.
Hochachtungsvoll
J. J. Randall.*«
»Mensch, er weiß, daß es ein Dreh ist.«
»Ja. Und schickt trotzdem Geld. Der Bursche ist ja verdammt nett.« Dub schwamm in einem Meer von Glück.
»Hat wahrscheinlich auch gesessen, weiß, wie es ist. Hat wahrscheinlich grade 'nen Supermarkt überfallen oder so. Hat vielleicht 'ner alten Dame eins übergebraten, ihr das Geld fürs Katzenfutter geklaut.«

»Ja. Aber vielleicht will er auch nur jemandem helfen. Oder ist 'n reicher Kerl, der fünfhundert gar nicht spürt. Solche Leute gibt's. In Palm Beach sind sie so. Da wohnt auch Randall, in Palm Beach. Nachts kannst du ohne Genehmigung nicht mal auf die Straße. Das sind steinreiche Leute.«

»Und sie klammern sich dran. Palm Beach. Dort stecken die reichen Familien ihre Deppen hin. Suchen 'n warmes Klima aus, damit die Trottel sich nicht zu Tode frieren, weil sie nicht wissen, wie man Feuer macht.«

»He, sei nicht so verbittert. Gehen wir. Laß uns das Ding hier einlösen.«

»Ich will das beste Essen in der Stadt, Steaks mit Zwiebeln und Pilzen, aus dem Loch hier raus. Wie wär's mit Los Angeles? Ich will aus dem Loch hier raus.« In Yarras feiste Züge kam ein bißchen Leben, sein Gesicht hatte die Farbe von einem Fuß, der lange verbunden war.

»Ich bin am Nachdenken.«

»Denk unterwegs nach. Na los.«

»Ich möcht' lieber so ein kubanisches Sandwich. Die schmecken mir.«

Dub las den Brief beim Essen noch einmal, während er scharfgewürztes Schweinefleisch in sich hineinstopfte. Die Kruste riß ihm den Gaumen wund. Der Brief. Zum Teufel noch mal, Immobilien. Seit der Klavierstimmerei hatte er nicht mehr daran gedacht, etwas zu arbeiten. Bloß Schwindelbriefe. Wie dumm von ihm.

»Yarra, hast du gewußt, daß ich mal als Klavierstimmer angefangen hab!?«

»Wirklich? Und dann?«

»Nichts. Nichts.« Er dachte nach. Immobilien brauchten es nicht zu sein. Er konnte alles machen. Er versuchte sich Tätigkeiten zu überlegen, aber alles, was ihm einfiel, waren Kellner, Geschäftsführer in einem Lokal, Postangestellter, Motelangestellter, Dinge, die ihm in den Sinn kamen, wenn er den Tag durchging. Nichts davon sagte ihm zu. Wo zum Teufel fand man zu seinem »Beruf«?

Spät in der Nacht schoß ihm eine Idee durch den Kopf: Im

Telefonbuch nachsehen. Schauen, was die Leute so machten. Er stand auf, ohne auf Yarras herausgewürgte Frage aus dem anderen Bett zu achten, und nahm das Telefonbuch mit auf die Toilette, wo er sich zwischen den Kakerlaken auf den kalten Thron setzte und rasch die Gelben Seiten durchblätterte, um in Betracht zu ziehen, wie weit er es bringen konnte: als Adoptionsvermittler, Privatdetektiv, Klärbeckenreiniger, Diamantenhändler, Schildermaler, Jachthafenleiter, Kindergärtner, Handtuchauswechsler, Tennisplatzwärter, Rauchgeruchentferner, Seiler, Buchhändler, Verkehrsplaner oder Tätowierer. Er sah unter Immobilien nach. Zum Donnerwetter, da gab es Seiten über Seiten mit Schätzern, Planern, Immobilienverwaltern. Er war völlig aufgedreht. Es gab eine Reihe von Maklerschulen. In Miami. Am nächsten Morgen würde er eine anrufen. Einfach, um es zu probieren. Aber mein Gott, was war er aufgedreht und konnte nicht schlafen.

Yarra machte ihn wahnsinnig. Der Kerl wollte stracks nach L. A. abzischen. Er wollte Corn-flakes, Schinken und Pfannkuchen zum Frühstück. Miami gefiel ihm nicht. Er hasse den Klang des Spanischen, sagte er, es gebe zu viele Nigger, es sei zu heiß, er habe einen Sonnenbrand allein vom Herumspazieren, das Auto sei mit einer Insektenschicht überzogen, die Windschutzscheibe völlig verklebt, er hasse Obst, in den Kirchen stünden die falschen Heiligen, nichts wie fort von hier.

Dub ließ Yarra in einem Lokal zurück, wo dieser Zuckerrohrsirup über Maisbrot goß, und ging die Straße entlang, um einen kubanischen Kaffee zu trinken und ein paar zuckrige Churros zu essen. Hinter dem Jachthafen, einen Block von dem Lokal entfernt, gab es eine stille Telefonzelle. Er redete mit Leuten von zwei Maklerschulen. Bei der dritten ging niemand ans Telefon. Das Mädchen vom Immobilienmaklerinstitut Südflorida gefiel ihm, und er rief es nochmals an.

»Klar weiß ich noch, daß ich vor zehn Minuten mit Ihnen gesprochen habe. Und was bin ich froh, daß Sie wieder anrufen?« Sie machte aus jeder Aussage eine Frage. »Weil mir noch was eingefallen ist. Wir bieten Halbjahreskurse an, nach denen Sie eine Immobilienmaklerlizenz beantragen können, allerdings nur zum Verkauf von Immobilien, wissen Sie. Aber. Es gibt die Immobilienmaklerhochschule, das Miami Realty Junior College. Die bietet wirklich gute Kurse zu allen Bereichen des Gewerbes, wenn Sie ernsthaft daran interessiert sind, in diesen Beruf einzusteigen? Nicht nur verkaufen. Sondern. Investitionen, Planung, Aktien? Sie können tagsüber arbeiten und abends zum Unterricht gehen? Ich sollte Ihnen das eigentlich nicht erzählen, aber Sie haben sich so angehört, als wollten Sie alles genau wissen?«

»Ich will alles genau wissen. Das habe ich mir gerade vorgenommen. Und ich will Ihren Namen wissen und wann Sie mit der Arbeit fertig sind. Ich möchte Sie auf einen Drink einladen, weil Sie mir geholfen haben. Und Sie kennenlernen.«

»Mr. Blood, ich habe eine Überraschung für Sie? Sie haben sich von einer Frauenstimme betören lassen. Ich bin zweiundsechzig und Großmutter, und mein Mann hätte was dagegen, wenn ich mich mit einem Fremden in Kneipen rumtriebe? Aber. Ich weiß von der Hochschule, weil meine Tochter dort vor sieben Jahren einen Abschluß gemacht hat. Sie ist dann nach Houston? Sie arbeitet bei einer Spitzenfirma? Also läßt es sich schaffen. Aber danke für die Einladung. Auf Wiederhören und viel Glück?«

Yarra war mürrisch. Er stand vor dem Lokal auf dem Gehsteig und sah die Straße hinauf und hinunter. Er schlug sich mit der Faust auf die Handfläche der anderen Hand, stellte die muskulösen Unterarme zur Schau. Arme wie Taue, die Levis mit Kniffen wie Metall. Hatte den Anglerhut zurückgeschoben. Sah auf die Uhr. Denkt wohl, ich bin ihm davongelaufen, dachte Dub. Einen Moment lang war er in Versuchung, er hatte das Geld, aber er trat hinter Yarra und tippte ihm auf die Schulter.

»Wo zum Teufel warst du?«

»Beim Telefonieren. Pläneschmieden.«

»Ach ja? Also, mein einziger Plan ist, von hier fortzukommen. In dem Maisbrot war eine Scheißkakerlake. Ich hätt' fast auf den Tisch gekotzt. Ich will weg hier.«

»Reden wir drüber. Mir gefällt's hier.«

»Es gefällt dir! Was bist du denn für einer, magst die Latinos oder was?«

»Keine Ahnung, ich fühl' mich wohl hier. Hier ist was los, hier hat man das Gefühl, daß man 'ne Chance hat. Als würde man jeden Tag zum Pferderennen gehen.«

»Miami stinkt. In L. A. ist es besser. Das Klima ist gut und gleichbleibend, nicht so schweißtreibend wie hier. In L. A. hab' ich Beziehungen. Wir räumen ab. Kaufen uns 'n tolles Papier für die Briefe. Führen 'n gutes Leben. He, Hollywood! Noch ein paar so hübsche Briefchen wie gestern, und wir sind fein raus.«

»Ich will nicht nach L. A. Ich will keine Briefe mehr schreiben. Ich teil' die fünfhundert mit dir, aber ich bleib' hier. Will auf die Immobilienmaklerschule. Ich hab' am Nachmittag einen Termin bei der Zulassungsstelle.«

Yarra hörte auf, auf seinem Stück Knorpel herumzukauen.

»Ach, ach, ach, ich bin mit einem Prinzen unterwegs.« Er legte die rechte Hand auf die Hüfte und schob mit der anderen sein drahtiges Haar zurück. »Ach, verzeihen Sie mein schlechtes Benehmen, mein Herr, ich dachte, wir hätten verdammt noch mal das gleiche vor, aber jetzt sehe ich klar. Ich wußte nicht, daß ich mit einem Prinzen rumgezogen bin. Zum Teufel. Mit dir macht's sowieso kein' großen Spaß. Bist eh bloß ein verfluchter Farmer, den die hellen Lichter blenden. Gib mir zweihundertfuffzig, und du bist mich los.«

»Zweihundertfünfundzwanzig – ich hab' dir gestern nach dem Einlösen fünfundzwanzig gegeben.«

»Ach ja. Das wollen wir doch bloß nicht vergessen, wie? Aber eins möcht' ich dich fragen: Wer hat dich auf die Idee mit den Briefen gebracht? Ich. Wer hat dir den Schwindel beigebracht? Ich. Wer hat dir die Adressenliste besorgt? Ich. Wer hat die Briefe abgeholt? Ich. Und wer kriegt jetzt ein' Tritt in den Hintern und kann schauen, wo er bleibt? Ich. Aber eins sag' ich dir: Du schaffst es nie. Du bist nicht der Typ, der's schafft.«

»Leck mich. Aber wenn's dich glücklich macht, geb' ich dir zweihundertfuffzig.« Er wollte Yarra einfach loswerden. Von

Minute zu Minute begeisterte Florida ihn mehr, spürte er den elektrisierenden Rhythmus.

»Und was ist mit dem VW? Wer kriegt den VW?« Ein Strom von Leuten lief an ihnen vorbei, eine Frau, deren rote Zehennägel aus Schuhen mit Lochmuster herausragten, eine Schwarze in einem mit lila Orchideen bedruckten Kleid, eine Schwarze in Uniform mit einer Woolworth-Tüte. Zwei kleingewachsene Kubaner, deren Bäuche die Guayabera-Hemden ausfüllten, mit Brusthaaren, die den Hals hinaufwuchsen, gehaltvollen Zigarettenrauch hinter sich herziehend, rannten in sie hinein, als sie zwei Blondinen in knielangen Hosen und Ballerinaschuhen hinterherstarrten. Ein Tourist zerrte ein Kind vorbei, das einen Hasenballon an den Ohren hielt. Ein Zwerg mit roter Weste, drei Bauarbeiter ohne Hemden, bei denen das Bauchhaar aus den Blue jeans ragte, ein Mann mit roten Glasringen an jedem Finger, ein streng blickender Mikasuki-Indianer in zweifarbigen Halbschuhen und einem gelben Hemd kamen vorbei, der Verkehr, Busse übertönten ihre Stimmen, daß sie sich gegenseitig ins Gesicht spucken mußten.

»Na schön, fahren wir damit zu ein paar Gebrauchtwagenhändlern und schauen, was sie bieten. Verkaufen die Kiste für das höchste Gebot. Du willst das Auto? Dann zahl' mir meine Hälfte. Wir haben bei dem Auto halbe-halbe gemacht. Wir können's verkaufen, die Knete aufteilen. Stehen dann beide besser da, glaub' ich. Du kannst mit dem Bus nach L. A. fahren.«

Sie bekamen zweihundert für den schwarzen VW, und Yarra fuhr am Mittag Richtung Mobile, New Orleans und Westen los.

»Gott sei Dank, Fleischklops!« rief er, aus dem Busfenster gelehnt, und zeigte Dub den ausgestreckten Mittelfinger.

Wie ein Tiger stürmte Mr. Bent durch die Klassenzimmertür. Er stellte sich vor die Klasse, starrte sie einen Moment lang an. Sein Gesicht war rotorange gebräunt. Ein Muskelring um seinen Mund entzog dem Rand seiner Oberlippe die Farbe und verlieh ihm das Aussehen eines verschlagenen Affen. Die Tränensäcke unter seinen Augen waren dunkelblau. Sein links gescheiteltes Haar war über dem linken Auge zu einer großen Tolle geformt. Er trug einen weißen Leinenanzug, dazu ein blaßgelbes Nylonstrickhemd. Der spitze Kragen ragte über die Anzugrevers, und wenn Mr. Bent sich vorbeugte, konnte Dub, der in der ersten Reihe saß, die auf die linke Brustseite gestickte Krone sehen. Er beugte sich vor und sagte mit schmeichlerischer Stimme: »Ich bin Millionär. Wie viele von Ihnen wollen Millionär werden?«

Die kubanisch aussehende Frau neben Dub ließ die Hand hochschnellen und behielt sie oben. Weitere Hände gingen hoch. Dub zögerte und dachte, warum zum Teufel sollte er nicht Millionär werden wollen, und hob die Hand. Nur ein fülliger Mann mit trauriger Miene ließ die Hände auf der Tischplatte liegen.

»Wie heißen Sie, Sir?«

»John Corcoris.«

»Also, John, wenn Sie kein Millionär werden wollen, warum sind Sie dann hier?« Im Gelächter sanken die Hände wieder.

»Na ja, ich war Schwammtaucher, hat meine Familie seit Generationen gemacht, Key West, Tarpon Springs, aber die Schwämme gehen nicht gut, es gibt synthetische. Da hab' ich gedacht, wär' vielleicht nicht schlecht, Immobilienmakler zu werden. Hab' nie dran gedacht, Millionär zu werden. Ich will bloß genug, um meine Familie durchzubringen und bequem zu leben.«

»Mr. Corcoris. Ich bitte Sie, auf den Flur hinauszugehen und einen Augenblick lang nachzudenken. Wenn Sie nach fünf Minuten noch immer nicht Millionär werden wollen, dann wenden Sie sich freundlicherweise etwas anderem zu. Diese Klasse wird davon motiviert werden, daß jeder Student eine Million Dollar machen will. Und ich werde mich persönlich gekränkt fühlen, wenn nicht alle hier mit allen ihren Fähigkeiten dieses Ziel verfolgen. Sie KÖNNEN ES SCHAFFEN. Sie haben alle unterschiedliche Schicksale hinter sich, jeder einen anderen Hintergrund, jeder ein anderes Alter – wie alt sind

Sie?« Er zeigte auf einen verpickelten Jungen, dann auf eine ältere Frau mit gelbweißen Strähnen im Haar. »Da haben Sie's, zweiundzwanzig und dreiundsechzig. Manche von Ihnen haben vielleicht eine bedauerliche Vergangenheit hinter sich, andere sind vielleicht von den Höhen früheren Ruhms oder Reichtums gestürzt. In diesem Raum vereint Sie alle ein einziges Motiv – das Motiv, erfolgreich zu sein, ein Vermögen zu machen, eine Million Dollar zu machen. Und ich bin hier, um Ihnen zu zeigen, wie. Der Wahlspruch dieser Klasse lautet: ›Ich weigere mich, das Schicksal anzunehmen, das das Leben mir zugeteilt hat. Ich SCHAFFE MIR MEIN SCHICKSAL SELBST.‹ In anderen Fächern lernen Sie etwas über Verträge und Vereinbarungen, Abmachungen, Rechtstitel, Provisionen und Hypotheken, aber bei Maurice Sheridan Bent lernen Sie, wie man Millionär wird.«
Corcoris hatte die Hand oben.

26
Bullet Wulff

> März '63. Lieber Prof. Horsley, hab einen Helfer mit Nase für Fossilien. Schlechter Markt für Abdrücke, ich weiß. Oder sieht es jetzt anders aus? Bis Juni in Medicine Bow.
>
> Bullet Wulff
>
> Prof. Fautee N. Horsley
> Anthropologische Fakultät
> Brown University
> Providence, Rhode Island

Er streifte über das staubige Colorado Plateau, folgte der Morrison Formation bis zu den Uinta Mountains in Utah, nach Wyoming ins Great Divide Basin und hinauf zu den Gas Hills, über die Rattlesnake Range und hinunter ins Tal des Powder River, ins Becken des Shirley River, des Crook's Gap, suchte die Erhebungen ab, die Salzaushöhlungen unter den glatt geschliffenen Felsen, ging die Ränder der Shinarump-Hochebene ab, hielt Ausschau nach dem glänzenden Gelb und Orange. Er war den Feinheiten des endlosen Tickens des Geigerzählers auf die Schliche gekommen, hatte sich in schmutzigen Bars und Saloons herumgetrieben. Überall herrschte die knisternde Spannung schnellen Geldes. Herrgott. Sie erregte ihn.

Hockte zwischen stinkenden Wüstenratten, um die neuesten amtlichen Karten mit landschaftlichen Anomalien zu studieren. Aber wie hätte es auch anders sein können, als er einstieg, kürzte die Bundesregierung ihren Etat. Die Ankäufer machten dicht, die Preisgarantien lösten sich in Luft auf. Die gewitzten Burschen benutzten Hubschrauber und Flugzeuge, schwebten mit Fünfzehnhundert-Dollar-Szintillometern über den Hochebenen. Dem Schürfer, der im Dreck scharrte, ging es schlecht. Zum Teufel damit, er machte weiter.

Die Preise stiegen wieder, so hoch, daß diesmal sich auch die gut Ausgerüsteten um das minderwertige Erz kümmerten. Uranspekulation. Es wurde von Produktionsniveaus geredet. Die Einzelgänger verschwanden. Alles drehte sich jetzt ums große Geschäft, um Abbau unter Tage, Auslaugen mit Säure, chemische Extraktion, Schürfer, die für große Firmen arbeiteten, Giftmüll und -rückstände, Sandschlamm, der Flüsse verstopfte, um das große Fischsterben und Berge ausgebeuteter und stinkender Erzabfälle.

Er fand eine riesengroße Menge von Knochen und wußte, daß man fand, wonach man suchte.

Knochen und Muschelschalen, versteinerte Bäume beschäftigten ihn mehr als der Gedanke an den großen Erzfund. Einmal fand er auf dem Grund einer Schlucht drei ungeheuer große verwitterte Wirbelsäulen. Zuerst hatte er geglaubt, Steine gefunden zu haben. Der Geigerzähler schlug mit einem Sturm von Klickgeräuschen aus. Als er die erste ausgrub, erkannte er, worum es sich handelte. Sie war schwer, uranreich. Die in Zeitungspapier gewickelten Knochen in einer Kiste auf dem Rücksitz, fuhr er wochenlang herum, überlegte es sich, bevor er nach South Dakota zu Donald, dem Knochenaufkäufer, und dessen Ranch fuhr, die zugleich Kneipe, Ausrüstungs- und Lebensmittelladen war.

Donald der Knochenmann, ein Kauz mit einem verwilderten Schnauzbart, der über seinen dicken Mund hing, einem fliehenden Kinn und von Haaren bedeckten Ohren, geleitete Loyal mit einer schwungvollen Bewegung seiner Manschette mit den Perlknöpfen ins Hinterzimmer. Auf der rechten Wange hatte er eine Narbe in Form einer Steckdose, er trug einen Cowboyhut mit breiter, aufgebogener Krempe und angemessener Delle, der lange Torso steckte in einem Westernhemd, das in einer ausgebleichten Jeans verschwand. Sie wurde von einem geprägten Ledergürtel zusammengehalten, auf dessen Schnalle die Sonne hinter einem gezackten Hügelkamm unterging. Er zahlte gewöhnlich gutes Geld für Knochen und noch besseres, wenn man ihm eine Karte des Fundorts zeichnete. Was Donald verdiente, wußte niemand so genau, aber er fuhr einen mintfarbenen Transporter, den er jedes halbe Jahr für einen neuen in Zahlung gab. Donald wollte kein Öl wechseln. Seine Westernhemden waren maßgeschneidert. In Donalds Hinterzimmer stapelten sich Kisten mit Knochen, durch die sich im Sommer die Archäologen und Paläontolgen von Museen und Universitäten im Osten wühlten. Mit schmeichelnder Stimme baten sie Donald um einen Führer zu den Fundstellen ausgewählter Stücke. Donald war ein Treffpunkt, ein Ausgangspunkt für Anfänger.

Loyal sah, wie Donald eine ganz bestimmte Miene aufsetzte; er wußte, was er vorhatte. Er wollte die Knochen wegen des Urans verkaufen.

»Ich will, daß ein Experte in irgendeinem Fossilienmuseum sie bekommt. Wenn ich sie wegen dem Uran verkaufen wollte, hätte ich das selber tun können.«

»Für das Uran würdest du mehr kriegen.«

»Ich will, daß sie einer von den Burschen sieht, die Fossilien untersuchen – damit er feststellt, was sie mal waren.«

»Mensch, das kann ich dir auch sagen. Die hier stammen von einem Entenschnabelsaurier, und ich wette, du hast sie am Lance Creek gefunden. Dort gibt's 'ne Menge Skelette von Entenschnäblern. Dort und in Kanada im Rotwildgebiet, in Alberta oben. Willst du sehen, wie sie ausgeschaut haben?« Donald kramte in einem Bücherregal und fand ein abgegriffenes *Life*-Magazin mit rosa verblaßten Farbtafeln.

»Schau hier. Da hast du deine verfluchten Entenschnäbler.« Auf der Abbildung waren schlammbraune, bis zur Brust untergetauchte Tiere zu sehen. Aus ihren Mäulern hingen triefende Pflanzen. »So was hast du gefunden. Sind in den Sümpfen rumgekrochen. Waren zu schwer, um auf trockenem

Boden herumzuspazieren, darum mußten sie im Wasser treiben. Die Dinger waren über zehn Meter lang. Gar nicht so selten. Für das Uran in deinen Proben kriegst du mehr. Da kannst du sicher sein.«

»Mister, ich bin da draußen auf 'ne Menge Knochen gestoßen. Ich will nicht, daß die für das Scheißuran draufgehen. Wenn ich das wollte, dann würde ich's tun. Für die Knochen interessiere ich mich. Für diese Entenschnabelviecher.«

Der Splitter war eine merkwürdige Sache. Hinten in seinem Jeep hatte jahrelang eine alte Holzkiste gestanden. In die hatte er Erzproben und Gesteinshämmer geworfen, bis eines Tages die Seitenteile kaputtgingen und der Boden herausfiel. Auf der Ladefläche liegend, war sie nur noch der Schatten ihrer selbst. Die im Jeep herumpolternden Gesteinsbrocken, Knochen, Werkzeuge und Rohre waren auf dem Plateau kilometerweit zu hören.

»Der verfluchte Lärm macht einen ja wahnsinnig.« Er bog auf einen von Pappeln beschatteten Rastplatz. Wollte früh ein Lager aufschlagen, die Ladefläche des Jeeps ausmisten. Er schlug mit dem stumpfen Ende der Axt auf die kaputte Kiste.

»Zu nichts mehr zu gebrauchen, außer als Feuerholz zum Kaffeekochen.« Wie von der Tarantel gestochen, feuerte die Kiste einen fünf Zentimeter langen Splitter ab, der am äußeren Augenwinkel sein rechtes Lid durchbohrte und das Lid an das Auge heftete. Der Schmerz war ungeheuerlich, eine Höllenqual. Er stolperte zum Fahrersitz und blickte mit seinem unversehrten Auge in den Rückspiegel. Er glaubte nicht, daß der Splitter tief steckte. Auf dem Armaturenbrett lagen zwei Schraubzwingen. Er würde ihn herausziehen müssen. Würde die knapp hundert Kilometer nach Tongue Bolt fahren müssen, wo es so etwas wie ein Krankenhaus gab.

Er verbot sich, darüber nachzudenken, und setzte die Zwinge an, hielt das Lid mit den zitternden Fingern der linken Hand fest und schraubte den herausragenden Splitter unter schrecklichen Schmerzen fest. Er roch das Metall der Zwinge, spürte das rasende Klopfen seines Blutes. Er schätzte den Einschlagwinkel des Splitters ab, dann zog er daran. Heiße Tränen strömten ihm übers Gesicht. Er hoffte, daß es Tränen waren. Einmal hatte er einen ins Auge getroffenen Hund gesehen und die Flüssigkeit, die aus seinem geplatzten Augapfel rann. Der Schmerz war schlimm, aber erträglich. Er lehnte den Kopf zurück und wartete. Mit dem Auge konnte er rein gar nichts sehen. Vielleicht nie wieder. Nach einer Weile öffnete er das Handschuhfach und holte die Schachtel mit dem Mull heraus. Die Schachtel war an den Ecken eingedellt und schmutzig, weil sie jahrelang zwischen Zündkerzen und Streichholzschachteln herumgelegen hatte, aber der Verband darin war noch immer in blaues Papier gewickelt. Er deckte sein Auge ab, wickelte sich den Verband um den Kopf und befestigte ihn hinter dem rechten Ohr mit einer Schlaufe. Er ließ den Wagen an und fuhr auf die Überlandstraße hinaus. Trotz seiner verschwommenen, einäugigen Sicht war ihm bewußt, daß er durch rötlichen Dunst fuhr. Der vom Jeep beim Herfahren aufgewirbelte Staub hatte sich noch nicht wieder gelegt.

In der Klinik Glastüren, aufgeklebte Buchstaben. Das Wartezimmer voller alter Männer, die Hände über Gehstöcken verschränkt. Sie blickten ihn erwartungsvoll an. Hinter einer Glaswand mit Schiebefenster saß ein Mädchen. Sie öffnete das Fenster. Lockiges Haar, Augen in Form von Kürbiskernen.

»Ihr Problem?«

»Hatte 'nen Splitter im Auge. Hab' ihn rausgezogen. Tut höllisch weh.«

»Setzen Sie sich mal hin. Dr. Goleman wird sich gleich um Sie kümmern. Haben grade noch 'nen Notfall. In der Ambulanz geht's immer rund. Sie sind heute schon unser dritter Notfall. Erst hatten wir eine Frau, die hat die Tür zu ihrem Transporter aufgemacht und sich dabei die Schneidezähne abgeschlagen und die Nase gebrochen, eine junge Frau, wir mußten den Kieferchirurgen holen. Jetzt haben wir 'nen Mann, dem hat einer von seinen Arbeitern mit der Schaufel die Finger abgeschnitten, beim Graben nach Dinosaurierknochen. Und nun Sie, und dann haben wir immer noch den Nachmit-

tag. Heute ist die Hölle los. Und ein paar von unseren Stammpatienten sitzen schon seit zwei Stunden hier. Können Sie das Formular hier ausfüllen, oder soll ich's Ihnen vorlesen, und Sie diktieren mir die Antworten?«
»Ich schaff's schon.« Aber er schrieb bloß seinen Namen hin, setzte sich dann mit zurückgelegtem Kopf und zählte die harten, schmerzhaften Schläge seines Herzens hinter den geschlossenen Augenlidern, bis ihn der alte Mann neben ihm am Handgelenk zupfte.
»Ich bin in der Gegend hier aufgewachsen«, flüsterte er. »Mein alter Pa war Landvermesser. War schon in den alten Zeiten hier. Zwölf Kinder, ich war das dritte. Ich bin als einziger noch übrig. Wollen Sie was Komisches hören? Ich erzähl' Ihnen was ganz Komisches, und zwar wie mein alter Pa gestorben ist. Wir sind im Dunkeln zur Hütte heimgelaufen, ich, mein alter Pa und meine Schwester Rosalee. Ich weiß nicht, wo die übrigen waren. Rosalee sagt zu ihm: ›Wieso sehen wir in der Gegend eigentlich keine Tiger und Löwen?‹ Darauf Pa: ›Hier gibt's keine. Löwen und Tiger, die leben in Afrika.‹ Und wir gehen in die Hütte. Am nächsten Tag zieht mein alter Pa los, um irgendwo in den Bergen was zu vermessen, und kommt nicht wieder zurück. Nach ein paar Tagen sagt seine Frau, das heißt seine zweite Frau, ich hab' sie nie leiden können: ›Er müßte längst wieder dasein. Ich hab' das Gefühl, ihm ist was passiert.‹ Na ja, sie wußte nicht, wie recht sie damit hatte. Er wurde da oben gefunden, und sein Richtkreis und seine Markierungsfähnchen lagen um ihn rum am Boden. Auf seiner Brust waren Krallenspuren und überall die Abdrücke von 'ner großen Katze. Und Rosalee hat gesagt: ›Das waren Tiger‹ und ließ sich nie vom Gegenteil überzeugen. Was sagen Sie dazu?«
Aber Loyal sagte nichts, bis der alte Mann ihn wieder am Arm zupfte.
»Sie sollen jetzt reingehen, Junge. Schaffen Sie's?«
»Und ob.« Aber der Boden schwankte wie ein Schiffsdeck.
Und im nächsten Raum sah er ein Ungeheuer, die linke Hand in einem Kokon aus Bandagen, die Füße in offenen Bas-

ketballschuhen, der verfilzte Bart naß vom Speichel der Tobsucht.

»Was zum Teufel ist denn mit dir passiert?« Die Frage brüllte der Patient, nicht der Arzt, der den breitesten Ehering trug, den Loyal jemals gesehen hatte. Er erzählte die Geschichte mit dem Splitter in einem Satz.

»Was für eine Scheiße«, sagte Bullet Wulff, »was für eine verdammte Scheiße«, während Goleman das verletzte Auge mit einer Salzlösung ausspülte.

»Sie können abziehen, Bullet«, sagte Goleman, »statt meinen Patienten Scherereien zu machen. Aber es wär' mir recht, wenn Sie noch ein paar Tage in der Stadt bleiben würden, damit ich Sie mir noch mal ansehen kann. Das King Kong Hotel ist recht komfortabel.«

»Und ob es das ist«, sagte Wulff und fummelte mit seiner unversehrten Hand an der blutbefleckten Brusttasche. Er zog eine verbogene Zigarette heraus und zündete sie an. Der Tabak war größtenteils herausgefallen, und das Papier loderte auf wie eine Fackel. Er blieb auf dem Tisch sitzen und beobachtete, wie Goleman das Auge wusch.

»Sie haben Glück, Mr. ...« Loyal spürte die Hitze der Lampe, roch den schalen Atem des Arztes.

»Blood. Loyal Blood.«

»Sie haben, glaube ich, Glück gehabt.«

»Das ist ja großartig. So viel Glück hab' ich noch nie gehabt, renn' mir 'nen Splitter ins Auge.«

Wulff lachte. »Jetzt hast du's ihm gegeben. He, magst du Krabbenbeine?«

»Keine Ahnung. Hab' noch nie welche gegessen.«

»Donnerwetter! Noch nie Krabbenbeine gegessen?«

»Bitte reden Sie nicht«, murmelte Goleman, der sich nah zu Loyal beugte und schaute. Schließlich legte er einen fleischfarbenen Plastikflecken auf das Auge, befestigte ihn mit einem Gummiband, das schmerzhaft an Loyals Haar zerrte.

»Krabbenbeine sind das Geschenk Alaskas an die Menschheit. Das King Hotel hat Königskrabbenbeine – deswegen heißt es, glaube ich, King Hotel –, die werden zweimal die

Woche gefroren eingeflogen, und die bereiten die Dinger zu, da würde deine Oma einen Dixie pfeifen. Du glaubst, du bist tot und im Himmel. Ich lade dich hiermit ein, mich zum Essen ins King zu begleiten. Zu den Krabbenbeinen. Croix de Guerre. Wir reden über unsere Kriegswunden. Vergleichen unsere Gewerbe. Du erzählst mir vom Uran, und ich rede über Dinosaurierknochen. Ich würd' Sie ja auch einladen, Doktor, aber Sie wollen immer über Eingeweide und Fisteln reden.«

»Du kennst dich aus mit Dinosauriern?«

»Ob ich mich mit Dinosauriern auskenne? Ich verrate dir ein kleines Geheimnis – keiner kennt sich mit Dinosauriern aus. Sie haben verrückte Ideen, wilde Theorien, die Schlaumeier sollten besser Filme drehen. Ich hab' sie erlebt, wie sie vor 'nem Sandsteinbruch stehen, sich den Finger in den Arsch stecken und jaulen. Sie stellen Vermutungen an, sie streiten, sie werden von Schlangen gebissen, sie schleppen schwere Steine kilometerweit zu Fuß. Sie machen andere schlecht.« Er bewegte seine Augenbrauen auf und ab wie Groucho Marx. »Ich mach' folgendes: Ich arbeite für die Jungs von den Universitäten und Museen. Ich finde Fossilien, grab' sie aus, schick' sie zu den Paläontologen im Osten und lass' die sich ausdenken, wer wen gefressen hat und wie viele Zähne dazu nötig waren und was für 'n lateinisches Etikett sie den Viechern umhängen sollen. Sie schreiben mir den ganzen Winter über Briefe, sind ganz groß im Briefeschreiben. Im Sommer kommen sie dann mit ihren Assistenten und Doktoranden raus. Ich bin derjenige, der Kaffee für sie kocht. Der die Steinblöcke vergipst und sie auf den Laster lädt. Der in die Höhlen kriecht. Wollen Sie 'nen Job? Wär' 'ne nette Abwechslung für Sie. Der Kerl, der mit mir gegraben hat, ist besser schon in Kalifornien, oder er ist morgen ein toter Mann. Hat ungefähr soviel Ahnung vom Graben wie ein Zahnradbahnschaffner vom Ballett. Wir müßten ein gutes Gespann abgeben, Einauge und Einhand. Kriegen vielleicht so was wie 'ne Zirkusnummer zustande und brauchen nicht mehr zu arbeiten.«

Während er das süße Fleisch der Krabbenbeine kaute,

erzählte Loyal von der Uransuche, von Geologen und Pechblende, von den überall anzutreffenden Mineninvestoren. »Wie Gestank an Scheiße«, sagte Loyal. »Als ich auf dem Plateau anfing, hieß es die Felsränder abgehen. Man fand die richtigen Schichten, kannte sich aus mit der Zähleranzeige, fuhr raus und lief rum, und der Geigerzähler hat vor sich hin getickt. Noch 'ne gute Methode war, unter die Felsüberhänge zu gehen und die Brocken zu überprüfen, die abgebrochen waren. So hat Vernon Pick das Hidden-Splendor-Lager entdeckt. Hatte keine Ahnung vom Schürfen, war krank, pleite, erledigt. Wollte sich unter 'nem Felshang ausruhen und sieht, wie sein Zähler über die Skala rausschnellt. Stellt ihn niedriger ein, und er schnellt immer noch über die Skala raus. Dreht ihn bis in den Keller runter, und er schlägt immer noch aus bis zum Maximum. 'nen Moment lang hat er gedacht, der Zähler ist kaputt. Dann kam er drauf, daß der Brocken vermutlich von dem Felshang abgebrochen war. Also klettert er mit seinem Zähler rauf und findet die Ader. Heute ist Vernon Pick Uranionär. Hat sie für neun Millionen Dollar verkauft.

Was ich noch gemacht hab', war, ganz genau auf die Karten zu schauen, nach Namen wie Poison Spring und Badwater Canyon. Wissen Sie, warum? Weil man Uran oft dort findet, wo Selen oder Arsen auftritt.« Er tat es Bullet gleich und drückte den Zitronensaft auf das Krabbenfleisch.

»Und Charlie Steen, der fand die Mi Vida bei Moab im Gebiet des Big Indian Wash. Es heißt, er hat sechzig Millionen dafür gekriegt. Dann gab's noch diesen alten Lastwagenfahrer, der ging mit seinem Schwager in 'ner aufgelassenen, alten Kupfermine, der Happy Jack, auf die Suche, und verdammt noch mal, sie fanden Uranerz im Wert von Millionen. Ein anderer Bursche war unterwegs, um 'nen Reservetank zu flicken, und hatte 'nen Platten. Während er den Reifen wechselt, stellt er seinen Geigerzähler an. Du hast's erraten. Es gibt 'ne Menge solcher Geschichten. Es liegt da draußen. Manche werden reich. Ich hab' einmal was gefunden, was ziemlich gut aussah. Steckte meinen Claim ab, hab's aber nicht richtig ausgemessen, es müssen zweihundert auf fünfhundert Meter sein, und das hab' ich irgendwie nicht richtig hingekriegt. So ein Kerl hat mir die ganze Zeit zugesehen. Ich fahr' in die Stadt mit Säcken voll Erz, lass' das Claim eintragen, und er geht hin, steckt sein Claim über meinem Claim ab und kriegt recht, weil ich falsch gemessen hab'. Ich hatte im Kopf gehabt, es wären hundertfuffzig auf hundertfuffzig. Durch Erfahrung wird man klug. Ein anderes Mal fand ich 'ne Stelle, wo's nach minderwertigem Erz aussah, verkaufte es für zehntausend an Uratex. Da hab' ich mal was verdient. Hab' mich gut ausstaffiert, 'nen hübschen neuen Willys Jeep gekauft, neuen Schlafsack, Vorräte und 'nen Tausend-Dollar-Szintillometer, hab' ihn auf den Jeep montiert und bin losgefahren. Auf der Suche nach mehr. Ich war überzeugt, daß ich endlich den richtigen Riecher hatte. Herrgott, in dem Jeep bin ich achtzigtausend Kilometer auf dem Plateau gefahren. Nach 'ner Weile wurd's ermüdend. Warum, weiß ich nicht. Hab' das Interesse verloren. Da draußen laufen noch immer Tausende herum, picklige Kinder und Busfahrer mit schlangensicheren Stiefeln.« Er stocherte in seinem Salat.

»Mir gefallen die Knochen. Ich stoß' auf so 'nen alten versteinerten Baumstumpf oder finde Knochen. Da steckt zwar Uran drin, aber es ist mir zuwider, die Sachen zu den Erzkäufern der Atomenergiebehörde zu bringen. Ich hab' die Knochen immer zu Donald nach Spotted Dick gebracht.«

»Donald! Erstens hat er dich hundertprozentig bis aufs Hemd ausgezogen, zweitens war er bloß 'ne Touristenfalle, egal, was er gesagt hat, und drittens wird Mr. Donald B. Plenty Hoops 'ne Weile keine Knochen mehr kaufen. Donald sitzt im Knast.« Wulff sog am Ende eines langen Beins, bis ihm das Fleisch in den Mund schoß. Er nahm einen Schluck aus dem Kännchen mit geschmolzener Butter. Sein Mund und sein Kinn glänzten davon.

»Wie das?«

»Totschlag durch Überfahren in einem besonders schweren Fall. Vor 'n paar Wochen. Er ließ sich in seiner eigenen Kneipe so richtig vollaufen und fuhr dann aus irgend'nem Grund nach Hause – werden wohl so zweihundert Meter sein –, aber

auf der falschen Straßenseite. Am hellichten Tag. Hat 'n Gaul voll von der Seite erwischt und dem Mädchen, das draufsaß, das Bein halb abgerissen. Fuhr weiter. Sagte später, er hätt's für 'n Dorngestrüpp gehalten. Ist verblutet. Donald hatte keinen Kratzer. Die Kleine war die Tochter von dem neuen Besitzer vom Kramladen. Hab' gehört, es gibt 'n paar Leute, die würden am liebsten den Knast anzünden, wo Donald auf seinen Prozeß wartet, um die Gerichtskosten zu sparen. Wie wär's mit 'nem Steak? Fisch und Fleisch. Könnte 'n Steak gut vertragen, anschließend trink' ich 'ne halbe Pulle Whiskey und hau' mich hin. Die Hand tut allmählich höllisch weh. Was macht dein Auge?«
»Tut höllisch weh.«
»He! Zwei doppelte Whiskey und zwei Steaks, medium.«

Er grub drei Sommer lang immer wieder mit Wulff. Wulff zeigte ihm die Tricks des Gewerbes. Behauptete er zumindest.
»Zwei Regeln, Blood. Hol das Fossil aus dem Boden, wie es ist, und bring's genauso nach Hause. Und schreib dir jede Scheißangabe über Fundstelle, Gestein und Lage auf, die dir einfällt, und steck die ganzen Angaben zu dem Fundstück. Und das ist in etwa das ganze Geheimnis.«
Bei Bullet lernte er so etwas wie Geduld, das langsame Suchen mit dem Auge und das Gespür für die Obelisken aus cremefarbenem und ochsenblutrotem Stein, für die bröckelnden pfirsichfarbenen Steilfelsen, die weißen Schluchten, die ausschwemmenden Flüsse voll milchigem Wasser, die lila Hügel und Kuppen in der sengenden Hitze, die zum Ersticken war und ihn wünschen ließ, er hätte etwas anderes zu trinken als das nach Gummi schmeckende Wasser aus der Feldflasche.
»Verdammt, Blood, wenn du einen Kaninchenkiefer nicht aus fünf Meter Entfernung erkennen kannst, dann bist du im falschen Geschäft.«
Der Kalkstaub und der feine Sand rauhten ihre Haut auf, entzündeten ihre gereizten Augen. Die Hitze der weißen Erde sprang ihnen wie ein Stromstoß entgegen. Oft zogen sie nach einem Regenguß los in der Hoffnung, die Sturzbäche, die dann

die vorher ausgetrockneten Bachbetten hinabschossen, hätten frische Sandsteinschichten losgerissen, neue Fossilien freigelegt. Er lernte, gebückt zu gehen, seine Augen nach Erhebungen und Erdbuckeln Ausschau halten zu lassen, die sich nach oben arbeitende Knochen gebildet hatten. Er nahm Ameisenhaufen auseinander auf der Suche nach winzigen Nagezähnen und Knochen, siebte kleine Muscheln aus dem Sand, überzog bröselige Knochenstückchen, die aus verwitterten Hängen hervorragten, mit Schellack und saß später im Lager mit Bullet, kratzte an verkrusteten Knochen herum, säuberte sie mit einer Zahnbürste oder packte die eingegipsten Fundstücke zum Versand nach Osten ein.

Vorne im Jeep herrschte ein Durcheinander aus Bündeln in Rosa und Türkis gedruckter geologischer Karten. Auf dem Boden rollten Bierflaschen herum. Seine Hüte waren hinter den Sitz geklemmt, unter die Sonnenblenden. Überall auf dem Armaturenbrett kaputte Sonnenbrillen, Brezeltüten. Der rückwärtige Wagenteil war ebenso vollgestopft, mit der Ausrüstung des Fossilienjägers: Gips, Rupfensäcke, Meißel, Klopapierrollen, Zeitungen, große Kannen Leim, Schellack und Alkohol, Kleiderbürsten und Malerpinsel, Klebeband, Zahnstocher und Zahnarztinstrumente und eine Schachtel mit Notizbüchern. In dem Haufen lag das Buch des Indianers begraben, ein billiger Spiralblock, die linierten Seiten fettverschmiert. Er schrieb hin und wieder hinein.

Jeden September packten sie ein paar Tage vor Beginn der Elchsaison ihre Fossilienausrüstung weg und fuhren nach Norden. Bullet besaß eine Hütte in den Black Hills, und sie gingen in den Kiefernwäldern zum Jagen, bis das Elchfieber gestillt war oder die ersten schweren Schneefälle sie wieder forttrieben. Bullet, der einen Kompaß eingebaut hatte, wenn er nach Fossilien suchte, verirrte sich in waldigem Gelände.

»Ich weiß nicht, woran's liegt, die Bäume verwirren mich, ich gerate in so 'ne verfluchte Senke und kenn' mich nicht mehr aus. Durch die Bäume sieht alles gleich aus. Man sieht nicht weit. Man kann sich nicht irgendwo an 'ner Kuppe orientieren und feststellen, wo man ist, einfach dadurch, daß man raufklettert.« Seine Orientierungslosigkeit, dachte Loyal, rührte teilweise daher, daß der alte Fossilienspürhund in höheren Lagen schlief wie ein Toter. Morgens kroch er heraus und nickte eine Stunde lang über einer Tasse schwarzem Kaffee ein, bis allmählich Leben in ihn kam. Er tröpfelte Kondensmilch in den kalten Kaffee.

»›Nelkenmilch, die beste im ganzen Land‹, kommt in 'nem kleinen roten Döschen. Brauchst an keinen Zitzen zu ziehen, kein Heu zu gabeln, stichst einfach ein Loch in das verdammte Ding.«

Am späten Vormittag machte er sich auf in die Berge und hatte sich bis Mittag verlaufen. Nachdem er einmal einen ganzen Tag und die folgende Nacht fort gewesen war, fand Loyal ihn durch den Knall eines Schusses aus Bullets verschrammter alter Flinte. Er schoß ebenfalls und marschierte, bis er ihn traf, während er sich mit klatschenden Schuhsohlen ein trockenes Flußbett hinaufmühte und dabei ein gebrochenes Handgelenk in einer provisorischen Schlinge hielt.

»Na ja, ich hab' was gelernt«, sagte Bullet. Sein Mund war so geschwollen und trocken, daß die Worte verschwammen. »Ich hab' gelernt, eine Scheißflinte nie so abzufeuern wie 'ne Pistole. Herrgott, ich war ganz locker, hab' das Ding einfach in die Luft gehalten und auf den Abzug gedrückt. Verdammt, genauso machen's die Indianer auf den Bildern von Custers letzter Schlacht. Hab's auch schon im Kino gesehen. Hat mir wahrscheinlich die Hand glatt am Gelenk abgebrochen.«

In einer Saison fiel, am Tag nachdem sie mit dem Jeep das Flußbett zur Hütte hinaufgeknattert waren, fünf bis sechs Zentimeter guter Fährtenschnee. Loyal war früh draußen, schloß vorsichtig die Brettertür, hinter der Bullet atmete. Die graue Luft roch harzig, brannte ihm nach dem Gestank in der geschlossenen Hütte in der Nase. Er fühlte sich voll ungestümem Leben und brach Richtung Norden auf. Gut einen Kilometer von der Hütte entfernt nahm er Elchspuren auf, fünf oder sechs Tiere, die sich in einer langen Reihe hintereinander fortbewegten. Er folgte der geraden Linie ein paar hundert

Meter, bis er auf Kothaufen stieß. Sie waren noch warm, als er sie berührte, und er stellte sich auf einen langen Fährtengang ein. Am späten Vormittag stieß er auf einen jungen Bullen, der zwischen den Bäumen stand und entlang seiner Spur zurückblickte, als würde er auf den Tod warten. Loyal legte das Gewehr an, und der Elch fiel anmutig um, als würde er eine kurze, aber häufig geprobte Rolle in einem Stück spielen. So einfach war das.

Der verhangene Himmel war so grau wie alter Draht, als er zur Hütte zurückkehrte. Drinnen brannte Licht. Seine Schultern fühlten sich an wie durchgeschnitten von den Schleppriemen, dem Gewicht des Hinterteils. Er hoffte, Bullet wäre in Form, um den Rest des Elchs herzuschleppen, dann sah er die schwarze Gestalt eines kleineren Elchs an einem Ast hängen. Wulff saß über den Tisch gebeugt und schaufelte Dosenspaghetti in sich hinein. Auf seinem Bart glänzten Soßenspritzer. Es roch nach Rotwein.

»Hast du einen erwischt?«

»Ja. Wie hast du den hierhergekriegt, Bullet? Den Elch?«

»Es war ein Wunder. Ich bin einfach durch die Bäume hinter der Hütte rauf, so zehn Minuten später springt ein riesengroßer Elch auf. Das war 'ne verdammte Überraschung, ich hatte nicht mal das Gewehr geladen. Er steht einfach da, mit der Flanke zu mir. Sieht mich nicht. Ich greif' in meine Tasche, hol' 'ne Patrone raus, schieb' sie ins Gewehr, leg' an, und das Miststück geht nicht los. Macht einfach Klick. Der Elch schnaubt und zieht Leine. Ich mach' das Ding auf, und weißt du, was ich getan hab'? Ich hab' 'ne Scheißtube Vaseline in das Scheißgewehr gesteckt.« Er lachte, es klang wie das heisere Gurgeln eines geschächteten Schweins, dachte Loyal, der die Geschichte mit der Vaseline schon zwanzigmal gehört hatte, nicht nur von Bullet.

»Aber wie ich sehe, hast du ja trotzdem einen. Möchte bloß wissen, wie du den allein hierhergekriegt hast.«

»Ach, das. Ja, na ja, das war komisch. Ich war so verflucht entmutigt, daß ich umkehrte, und auf dem Weg bin ich über deine Spur gestolpert, aber ich war nicht der einzige. Ein verdammter Elch hatte die Abdrücke von deinen Mokassins gesehen und war mit einem Herzschlag umgekippt, als ihm klar wurde, daß du da draußen bist. Gleich vor der Tür. Ich brauchte ihn bloß aufzuhängen. Warum machst du nicht eine Büchse Spaghetti auf und rückst dir einen Stuhl ran?« Er war ein gutmütiger alter Hund.

Nach der Elchjagd gingen sie den Winter über getrennte Wege. Loyal übernahm kurzfristig Jobs bei Rinder- oder Schafhirten; die waren gut genug, bis der Schnee von den Hügeln schmolz. Wulff machte sich auf nach Las Vegas.

»Und dann komm' ich im Frühjahr mit 'nem ganzen Batzen mehr Geld zurück, wie ich im Herbst davor gehabt hab'«, sagte er etwas selbstgefällig. »Ich führe ein wunderbares, sauberes Leben. Ich hab' in Las Vegas 'ne Wäscherei. Mein Partner in der Stadt, George Washut – ist das nicht 'n Name für jemand, der in 'ner Wäscherei arbeitet –, führt sie den Sommer über, wenn ich draußen zwischen den Felsen rumstochere, dann komm' ich im Herbst mit 'nem großen Elch oben auf meinem Wagen an, nicht daß er mir so gut schmeckt, aber es sieht gut aus, und dann verschwindet George nach Palm Springs, wo er irgendwas laufen hat, und ich führ' die Wäscherei, hab' regelmäßige Arbeitszeiten, ja, Ma'am, nein, Ma'am, vergeude mein gutes Geld nicht beim Spielen, kümmere mich um meine zwei Mietshäuser, bring' meine Buchhaltung auf den neuesten Stand, seh' meine Kinder, Barbara und Josie, treff' meine Exfrau, treff' meine Freundinnen. Die beiden Mädels sind jetzt fünfzehn und dreizehn, aber ich hab' genug auf die hohe Kante gelegt, daß sie auf die besten Schulen im Land gehen können. Die Mädels haben was auf dem Kasten. Die bringen's mal zu was. Josie will Wissenschaftlerin werden, aber was für eine, weiß sie noch nicht. Biologin, meint sie. Sie kommt nächsten Sommer raus und gräbt mit mir nach Knochen. Barbara spielt so gut Klavier wie Liberace. Ohne Quatsch, sie ist echt gut.«

Jedes Frühjahr brauchten sie einen Monat, um sich wieder aneinander zu gewöhnen. Erst arbeiteten sie nebeneinander, aber keiner konnte lang so nah neben Wulff arbeiten, ohne sich mißhandelt zu fühlen. Wulff meinte, Loyals Schweigen mache ihn krank.

»Menschenskind, ist ja erholsam, 'nen schwer arbeitenden, ruhigen Partner zu haben, aber ich hab' das Gefühl, als müßt' ich für uns beide reden. Ich frag' dich was, und du knurrst bloß. Die Antwort muß ich mir dann selber ausdenken.«

Loyal hatte es bald satt, daß Wulff immer die zwei gleichen Dinge sagte, wenn sie in ein anderes Gebiet kamen. Entweder: »Ich hab' das Gefühl, in den Steinen stecken Fossilien.« Oder: »Mein allwissender Hosenbodendinosaurieraufspürer sagt mir, hier ist nichts zu holen.«

Nach und nach arbeiteten sie immer weiter voneinander entfernt, so daß sie schreien mußten, um festzustellen, wo der andere war.

Sein eigenes Gespür dafür, wo er suchen mußte, konnte er nicht erklären. Es war wie beim Fallenstellen, teils Instinkt für die Art, wie Tiere sich durch einen Landstrich bewegten, teils Gespür für die jahrtausendealte Landschaft, das ihm sagte, wo in der untergegangenen Welt Seen und Sümpfe, wo Senken und Risse gewesen waren.

»Verflucht, du kannst Fossilien riechen«, sagte Bullet.

»Stimmt genau«, sagte Loyal. »Sie riechen wie verbranntes Mehl.«

Aber was er eigentlich mochte, waren die Spuren. Wie oft war er abrupt stehengeblieben und hatte Wulff von der Arbeit weggezerrt?

»Was soll's, sind doch bloß Spuren.« Wulffs mit Gips überzogene Hände wurden zu steifen Klauen, als er dastand und die Spuren betrachtete. »Wir können doch, Herrgott noch mal, keine Spuren ausgraben. Das ist eine ganze Folge, verstehst du mich? Was willst du machen, zweihundert Fußabdrücke ausgraben? Jeder ist so groß wie 'ne Waschmaschine.«

»Ich will wissen, wo sie hinführen. Das ist was anderes wie Knochen. Die Knochen sind tot, Überreste, aber die Spuren – die sind was Lebendiges, ein lebendes Tier hat die Spuren gemacht. Es ist wie Jagen. Wir sind dem Tier auf der Spur, und ich hab' immer das Gefühl, daß es seinen eigenen Angelegenheiten nachgegangen ist, bevor die ersten Menschen aus dem Morast gestiegen sind.« Er erschrak über seine eigene Heftigkeit. »Schau hier, wie tief die Zehen eingegraben sind, die Ferse aber nicht zu sehen ist? Was immer die Spuren gemacht hat, es ist gerannt. Schau dir an, wie groß der Abdruck ist. Dreißig Zentimeter lang. Irgendein riesiges rotäugiges Untier mit großen Klauen. Wie würd's dir gefallen, wenn das Ding über dich herfallen würde, dort vorne aus den Büschen raus? Oder vielleicht war was noch Größeres hinter ihm her, und es war auf Teufel komm raus auf der Flucht vor ihm. Stell dir das mal vor, Bullet, stell dir das vor.«

»Was immer dich auf Touren bringt.« Aber Wulff erzählte Fantee Horsley vom Beinecke American Geological Museum, daß er mit einem Sonderling grabe, der sich für Spuren interessiere, und ob jemand eine, sagen wir, einen Kilometer lange Fußabdruckserie wolle.

Sie schlugen ihr Lager auf, nachdem sie wieder einmal ausgiebig über ihr Lieblingsthema gestritten und sich über die mangelhaften Beweise des jeweils anderen gefreut hatten. Letztlich handelte es sich um einen Schreiwettstreit mit Bullet, der in South Dakota aufgewachsen war und sich für eine Autorität in Sachen Präriegräser hielt, der auf die Bremse trat, zum Straßenrand rannte und ein Grasbüschel ausriß, um seinen Standpunkt zu untermauern.

»Schau her, Blood, *das* ist Nadelgras, ein in der kalten Jahreszeit wachsendes Büschelgras, und ich kenne es schon mein Leben lang, und *das* ist Spart- oder Stachelschweingras. Siehst du die langen Grannen, die wie Stachelschweinborsten aussehen?«

»Ich weiß nicht, Bullet, das hier sieht mir wie Nadeln mit einem kleinen Faden in der Öse aus. Und das hier sieht aus wie eine Stachelschweinborste.«

»Ich mag dich, Blood, aber du hast keine Ahnung. Und bist stur. Und so schnell vergess' ich auch nicht, was du übers Präriehuhn gesagt hast. Es ist hier praktisch der Nationalvogel, und du stellst dich hin und bestreitest, wie es klingt. Ich kann dir Hunderte von Leuten nennen, die dir sagen werden, daß es genauso klingt, als würde man über einen Flaschenhals blasen, aber du kommst von weiß der Teufel woher und hörst auf kein vernünftiges Wort. ›Klingt wie 'ne Okarina.‹ Wer zum Teufel weiß überhaupt, was 'ne Okarina ist?«

»Jeder, der nicht in 'nem Hühnerstall in South Dakota aufgewachsen und in irgendeinem Provinznest zur Schule gegangen ist, weiß, daß die Okarina als Ruf des Präriehuhns angefangen hat. Roy Orbinson hat sie erfunden und dabei ans Präriehuhn gedacht. Warum fragst du nicht dein schlaues Mädel, das Klavier spielt, die kleine Barbara, was sie dazu meint? Dann ist die Sache ein für alle Male geklärt.«

»Bei Gott, das werd' ich, glaub' bloß nicht, daß ich's nicht tu'.«

Aber Barbara hatte die Präriehühner nie schreien hören, hatte niemals gesehen, wie der Hahn auf seinem Revier vorwärts rannte, seine orangeroten Kehlsäcke aufblähte und einen Schrei ausstieß, als würde jemand fest über einen Luftballon streichen. Als Bullet sie unter Protest im März in die Prärie zerrte, um nach schreienden Hühnern zu suchen, war sie froh, daß sie nicht das ganze Jahr über bei ihm lebte. Er spürte ihre Ablehnung, und fünf oder sechs Minuten lang saßen sie schweigend in dem kalten Jeep, während der Wind über die leuchtenden Gräser wehte, die aus dem Schnee hervorspitzten. Bullet räusperte sich.

»Weißt du, ich bin nicht dafür geschaffen, mit den meisten Menschen gut auszukommen.« Er kratzte sich im Nacken. »Ich scheine ihr Haar immer gegen den Strich zu bürsten.«

Barbara erwiderte nichts, und sie fuhren in die Stadt zurück. Als sie vor dem blauen Ranchgebäude ankamen, sagte Bullet traurig: »Trotzdem, in den nächsten Tagen solltest du unbedingt ein Präriehuhn hören.«

»Klar, Daddy. Tschüs.«

27
Irrer Blick

(Eine nicht abgeschickte Postkarte)

> 25.12.1964
>
> Liebe Pearlette! Sie kennen mich nicht aber ich kannte Ihren Dad, war beim Grubenunglück bei ihm, er hat viel von Ihnen erzählt. Pearlette ist der schöne Name von einem kleinen Revolver mit Perlmutgriff. Mehr fällt mir jetzt nicht zu schreiben ein außer Frohe Weihnachten,
>
> Ihr Loyal Blood

Miss Pearlette Berg
Invincible
Colorado

Horsley und seine Frau Emma stießen in Medicine Bow zu ihnen. Emma steuerte den Landrover. Auf dem Rücksitz lümmelten drei Studenten wie junge Hunde. Horsley lag auf dem Beifahrersitz, einen Fuß in einem staubigen Stiefel aus dem Fenster gestreckt. Als der Landrover bremste, daß der Kies wegspritzte, setzte er sich gerade hin und schlug seine pfefferkornfarbenen Augen auf. Emma, die von zwei Grabungsmonaten in Arizona fast schwarz gebrannt war, steckte bis zu den knorrigen Ellbogen in Silber- und Türkisschmuck. Die Fingerringe blitzten, die Augen glitzerten in dem kokafarbenen Gesicht. Horsley und die Studenten waren akademisch bleich wie nasser Reis.

»Du altes Miststück!« Horsley sprang aus dem Auto, kam nah genug, um Bullet am Arm zu nehmen. Die Gläser seiner Plastikbrille spiegelten wie papierene Scheiben. »Also Leute,

der Kerl hat die Antworten auf alles, was ihr wissen wollt. Und er kocht guten Kaffee.« Horsley wieherte, sprang herum wie ein blöder Idiot, dachte Loyal. Wie er schon aussah. Von seinen Hemdsärmeln flog Staub auf. Bullet schien sich zu freuen, aber Loyal konnte sie alle miteinander nicht ausstehen.
Im Corner Cookhouse aßen sie Chili. Loyal biß auf ein rotes Steinchen. Ein Zahn pochte. Bullet wollte mit Horsley, Emma und zwei der Studenten zum Lance Creek. Loyal bekam den dritten Studenten, den, der sich für die fossilen Fußabdrücke interessierte. Emma lächelte, als Bullet über die Fußabdrücke redete. Ihre Finger glitten über das rot emaillierte Feuerzeug. Ein Druckbleistift zog die Tasche auf ihrer Seidenbluse über ihrer linken Brust nach unten.
Loyal wußte, welchen er bekommen würde, den fetten jungen mit Löckchen und dem kalten, irren Blick hinter der Nickelbrille. Durchs Fenster fiel ihm ein Lichtstrahl wie ein Verband quer über den Nacken. Die Augen waren wie Knöpfe aus Bein.
Er brauchte diese Babysitterscheiße nicht.

Irrer Blick schaute von der Landschaft weg, während sie die weißen Straßen entlangholperten. Über dem Bachbett kreiste ein Adler. Unter dem violetten Himmel fuhren sie in das Land der Baskenschafe hinauf. Loyal deutete auf die flimmernde Schafherde in weiter Ferne, den rasenden Fleck, den der Hund bildete. Hoch oben zwischen den Felsblöcken konnten sie den Wagen sehen, mit dem der Hirte die Schafe transportierte. Der Student sagte nichts, sondern blätterte geschäftig in seinen Notizen. Zwischen den von der Hitze gewellten Seiten knirschte Sand.
Der Jeep schlitterte um furchige Ecken. Irrer Blick klammerte sich mit der Hand ans Armaturenbrett. Innerhalb einer Umzäunung rasten Gabelantilopen, ohne über den Zaun hinüber oder darunter hindurch zu können.
»Die verdammten Schafzüchter«, rief Loyal über den Motorenlärm hinweg. Die ausdörrende Luft zog ihm die Feuchtigkeit aus dem Mund.

Am Nachmittag hielten sie an der Mündung eines Bachbetts. Die Stelle wurde von Bullets Bierdosenhaufen markiert. Die farblosen Felsen gaben Hitze ab. Nichts regte sich. Der Himmel brütete über ihnen, die Erde unter ihnen. Der Zahn war ein Wolf in Loyals Kiefer. Er ging das Bachbett hinauf, deutete auf die Spuren. Fünfzehn Meter Spuren verschwanden plötzlich im Gestein, als wäre das urzeitliche Tier in die hohle Erde gedonnert.

Irrer Blick kam mit. Er bückte sich. Schweiß rann ihm die gelben Wangen hinab. Der Zollstock klapperte auf den Steinen, als er die Fußabdrücke ausmaß, die Abstände zwischen den einzelnen Abdrücken, die Breite der Spur. Er mischte Gips, machte Abgüsse, seine Kamera surrte und spulte weiter. Er kniete sich hin, legte die Hand in die Spuren, als wollte er ihre Frische abschätzen. Aber er blickte Loyal nicht an und redete nicht mit ihm.

»Okay, was jetzt?«

Sie zogen von Stelle zu Stelle, Irrer Blick rückte an seiner Nickelbrille herum, Loyals Zahn war jetzt eine Trommel, die im Gleichklang mit seinem pulsierenden Blut schlug.

»Okay, was jetzt?« Der Student balancierte das Notizbuch auf den fleckigen Knien, wischte sich mit einem Stück Toilettenpapier über den Nacken.

»Die nächste Stelle ist für heute zu weit weg. Fahren wir lieber ein paar Stunden, schlagen ein Lager auf, brechen morgen früh auf. Sind ungefähr acht Kilometer zu laufen. Spuren von Entenschnabelsauriern.«

»Woher wissen Sie, was für welche es sind?« Irrer Blick hatte den Arm ins Fenster gestützt, seine Finger klammerten sich an den glühenden Regenablauf über der Tür. Der Jeep rumpelte südwestwärts über die mehligen Straßen.

»Ich versteh' was von dem, was ich die letzten drei Jahre gemacht hab'.« Er hatte die Nase voll. »Bullet sagt, es sind Spuren von Entenschnablern. Noch ein paar Leute sagen, es sind Spuren von Entenschnablern. Ich hab' mir inzwischen ein paar Bücher zu dem Thema angeschaut, einschließlich Howell, Swinnerton und Clemens. Clemens war vor zwei Jahren bei uns hier in der Lance-Formation. Die meisten von euren sogenannten Experten waren bei uns. Bullet kennen sie alle.«

»Was heißt hier ›sogenannte‹? Das sind die wichtigsten Leute auf dem Gebiet.«

»Es gibt ein paar Widersprüche zwischen Experten, Büchern und den Spuren. Und die Experten sehen das Problem nicht.« Jetzt hatte er die Aufmerksamkeit des Grünschnabels. Irrer Blick fuhr auf seinem Sitz herum, während das Licht sein staubbedecktes Gesicht zu einer grotesken Fratze verzerrte.

»Was zum Beispiel? Was ist das Problem? Ihrer Meinung nach.«

»Zum Beispiel der Entenschnabler. Auf allen Abbildungen stehen die Beine von dem Vieh an der Seite raus wie bei 'ner Eidechse. Alle Experten sagen, daß das Tier einfach so gewatschelt ist, sich von einem Schlammloch zum nächsten geschleppt hat. Aber ich schau' mir die Spuren an, und ich seh', daß der Abstand in der Breite zwischen den Abdrücken nicht zu dieser Vorstellung paßt. Für mich sieht es so aus, als hätt' das Gewicht des Tiers auf den Beinen gelegen, als hätten die Beine überhaupt nicht so weit an der Seite rausgestanden. Mensch, miß mal den Abstand in der Breite zwischen den Abdrücken. Wenn das Vieh Beine wie 'ne Eidechse gehabt hätte, wären die Abdrücke auf jeder Seite einen halben Meter weiter außen. Und es gibt keine Schwanzspuren. Und man kriegt so 'n Gefühl von Schnelligkeit, wenn man sich den Verlauf der Spuren anschaut, und das paßt nicht zu 'nem Schlammkriecher mit Hängebauch.«

Irrer Blick blätterte rasch seine Notizen durch. Papiere wirbelten herum, fielen zu Boden.

»Halt! Um Himmels willen, halten Sie den Wagen an.« Irrer Blick klopfte Loyal auf die Schulter. »Das ist meine Theorie. Das versuche ich zu beweisen.« Er klopfte auf den Sitz. »Deswegen bin ich hier rausgekommen. Ich bin genau Ihrer Meinung. Deswegen mach' ich diese Messungen. Okay, wenn Sie was sehen wollen, dann schauen Sie her!«

Er tippte aufgeregt auf eine Kugelschreiberzeichnung auf liniertem Papier. Das mit fahrigen Strichen gezeichnete Tier

wirkte kräftig. Ein Entenschnabler, der über eine trockene Ebene sprintete. Die mächtigen Beine arbeiteten unter ihm wie die eines Pferdes. Sein muskulöser Schwanz war waagrecht ausgestreckt.
»Was halten Sie davon?« Durchs Fenster blies der heiße Wind. Das Pulsieren von Loyals Zahn erschütterte den Jeep. Bestimmt wieder ein Abszeß. Er zerrte zwei Bier hinten aus der Kühlbox, gab eines Irrer Blick. Würde den Whiskey rausholen müssen, um die Nacht durchzustehen.
»Das sieht vernünftiger aus als der alte Schlammloch-Charlie. Ich glaube, das trifft's ganz genau. Ich sag' dir was: Wie ich dich dort in Medicine Bow gesehen hab', hab' ich dich für 'n bißchen lahmarschig gehalten, aber das nehm' ich zurück. Du mußt mal gejagt oder Fallen aufgestellt haben.«
»Entenjagd. Gänse. Bin in Iowa aufgewachsen, und mein Daddy hat im Sumpf gejagt.«
»Das ist es. Die meisten von den Kerlen, diese Experten, die hier rauskommen, sind Experten, die Knochen identifizieren können, sie kennen die Literatur, sie haben Köpfchen wie Einstein, aber sie haben nie gejagt oder Fallen gestellt, und sie haben kein Gefühl dafür, wie Tiere denken oder sich bewegen. Das ist was, damit muß man aufgewachsen sein.«
»He«, sagte Irrer Blick. Zwischen seinen Zähnen spritzte ein bißchen Spucke hervor. »Ich hab' noch mehr weitergeholte Ideen.«
»Ich fahre. Du redest. Müssen ein Stück Weg hinter uns kriegen, solange es noch hell ist.« Es wäre in Ordnung gewesen, wäre der Zahn nicht gewesen. Irrer Blick hatte zwar Ideen. Aber konnte er mit einer Beißzange umgehen?
»Hast du schon mal 'n Zahn gezogen?«
Der Student drehte sich auf seinem Sitz um und glotzte.
»Horsley hat's Ihnen gesagt, was. Der Mistkerl.«
»Was gesagt?«
»Das mit dem Zahnmedizinstudium. Ich hab' Zahnmedizin studiert, bevor ich zur Paläontologie gewechselt hab'. Die Zähne haben mich darauf gebracht.«
»Er hat's mir nicht gesagt, aber das ist die beste Neuigkeit,

die ich heute höre. Ich hab' so 'n verdammten Zahn, der mir im Kiefer pocht.«
»Wie zäh sind Sie?«
»Ach, ich hab' mir schon Zähne mit 'ner Beißzange ziehen lassen. Hast du das gemeint?«
»Nee. Im Studium haben sie uns 'nen Film gezeigt. Über irgendeinen Stamm, bei dem den Jungen mit einem großen Stock die Zähne ausgeschlagen werden, wenn sie in die Pubertät kommen. Ist der Höhepunkt von einem Ritus. Das wollt' ich schon immer mal probieren.«

28
Das Herz des Lebens

18. November 1965
Liebe Mrs. Scomps,
Dr. Witkins Sprechstunden im
Sommer sind am Dienstag,
Mittwoch und Donnerstag von
8 bis 14 Uhr.
Bitte rufen Sie an unter
606/3883, um Ihre Termine
neu zu vereinbaren.

Mrs. Vergil Scomps
12 Badger Lane
Newton, Mass. 02158

»Ohne das Revier hier könnte ich nicht leben.« Larry, der Halbbruder, Larry saß im Dämmerlicht auf einem Baumstumpf und trank ein Glas voll dunklem Wein, wie ein Italiener. Das Revier konnte Larry unmöglich soviel bedeuten. Er übertrieb. Er war gefühlsduselig. Alle in der Welt der Kunst waren gefühlsduselig. Im Westen verblaßte das Zodiakallicht. Der Hund lag vor ihnen und wartete auf eine Schüssel Wasser. Zu dumm, dachte Witkin, um zur Quelle zu laufen und dort Wasser zu schlabbern. In seinen Barthaaren hing eine Feder.

Witkin, der auf den Verandadielen saß, rupfte die Vögel. Er schnitt beim Arbeiten Grimassen, bleckte die krummen Zähne, beugte das Gesicht über den halbnackten Vogel, konnte sich nie von dem Bewußtsein frei machen, daß er mit Fleisch hantierte. Es war, als würde ein Teil von ihm die Vögel konfuserweise für winzige Patienten halten. Die Federn klumpten in seinen stinkenden Fingern zusammen. Heute gab es auch Waldschnepfen. Die im Herbst durchziehenden Schwärme. Sie hatten nicht damit gerechnet, kleine Vögel mit langen Schnäbeln und großen Augen, die durchs Laub flatterten, bald da, bald dort, einer, noch einer, zwei, die übrigen. Drei hatten sie erlegt. Larry hatte drei erlegt. Die erste Waldschnepfe, die sie je geschossen hatten. Er hielt die zerbrechlichen Körper, schaute in die erkalteten Augen. Auch Wanderdrosseln waren dagewesen, durchgezogen, Tausende Vögel in der Luft wie Mücken, wie Pfefferspuren in einer Schüssel Milch.

»Früher hat man Wanderdrosseln gegessen«, hatte Larry gesagt, nachdem der Hund einen zwitschernden Schwarm von ihnen ins Nadelgehölz getrieben hatte. »Um die Jahrhundertwende hat man sie in den besten Restaurants gegessen. Im Delmonico. Auf Toast. Drosseln. Alle Arten von Drosseln sollen köstlich schmecken. Ganz köstliche Leckerbissen.«

Der Mond stieg empor, hatte einen versengten Rand wie eine Münze in Kaminasche. Mit seinem Licht überzog er Larrys Hand, seine Brille, die Emailaugen des Hundes.

»Macht es dir Spaß, sie zu schießen? Vögel, die Jagd auf Vögel, macht sie dir Spaß?« Witkin hatte keine Ahnung, warum er die Frage gestellt hatte. Er mochte es nicht, wenn die Leute von ihren Gefühlen sprachen. Das war langweilig.

Der Halbbruder antwortete zweideutig. »Das ist ein Jagdrevier. Wir haben die Jagdflinten und die Ausrüstung für die Federwildjagd gekauft. Wir wollten Federwildjäger sein. Der Hund. Teuer abgerichtet. Du gehst durch den Wald, der Hund rennt voraus. Er steht vor, er bellt, du machst dich bereit. Dann bist du soweit, du machst einen Schritt. Bist aufgeregt. Sie erschrecken dich, wenn sie auffliegen.«

»Aber wenn du schießt und sie triffst, wenn sie mit ihren blutigen Flügeln schlagen und aufzufliegen versuchen. Was dann?« So vertraut waren sie geworden. Dennoch langweilte ihn die Antwort, noch bevor er sie hörte.

»Dann passieren mehrere Dinge nahezu gleichzeitig. Ich jubiliere, juble, weil ich einen Vogel getroffen habe, weil ich dieses flüchtige – Ding – getötet habe, das ich gejagt habe. Ich freue mich, verstehst du, triumphiere – im kleinen. Und natürlich empfinde ich auch Trauer, daß dieses wunderbare lebendige Wesen mit seinen Freuden tot ist. Ich fühle mich schuldig, weil ich es war, der ihm Angst eingejagt, der es getötet hat. Und ich empfinde Zorn, Zorn auf jemanden, der womöglich zu mir sagt: ›Das war etwas Verabscheuungswürdiges. Hätten Sie den Vogel nicht am Leben lassen können? Konnten Sie Ihren Blutdurst nicht mit einer Kamera oder einem Zeichenblock sublimieren?‹ Das hat noch nie jemand zu mir gesagt, aber ich habe eine Antwort parat, verstehst du. Und dann freue ich mich auf das Abendessen und das Lob der Gäste: ›Oh, diesen durchtriebenen Vogel haben Sie ganz allein geschossen? Ist ja stark!‹ Jetzt laß mich dich fragen, was du dabei empfindest, Vögel zu schießen.«

»Nichts. Ich empfinde nichts.« Er fühlte etwas für den Ort, die Vögel bedeuteten ihm nicht mehr als Pilze, bedeuteten ihm nichts in ihrer Einzigartigkeit, alles war ein Teil des Ganzen. Wider seinen Willen überkam ihn eine kalte Verwirrung. Eine Kälte seinem Leben gegenüber.

Seine Familie kümmerte ihn nicht länger. Hier, hier in diesem Jagdrevier lag das Herz der Dinge. Hier war Larry, der ebensogut wie er Bescheid wußte über die vergewaltigten Städte, die überfüllten Züge, diese anderen Jagdreviere. Die Orte zum Töten. Larry war derjenige, der den Weg kilometerweit durchs Unterholz fand, der die Orientierung behielt, während er über die mit Steinen übersäten Hügel Abkürzungen nahm. Witkin verlor bei jedem Schritt das Gleichgewicht. Er hielt den Atem an angesichts der nackten braunen Pilze, der glänzenden Rinde, des zerborstenen Quarzes, des ledrigen Raschelns von Laub, aufgeplatzter Hülsen. Verschwunden, dachte er, verschwunden die enge Welt von Metalltisch, Schreibtisch und menschlicher Haut, der vor Angst schlechte Mundgeruch, die mit Krebs anschwellende Nase, Mrs. MacReadys verkrümmte Zehen in den weißen Schuhen, die über den Teppich liefen. Er erschrak über sich selbst, über sein kaltes Selbst, seinen gedämpften Tonfall, seine Hände im Waschbecken, die zwei haarlosen, übereinander kriechenden

Tieren glichen, die glitschige antiseptische Seife, die glatten Seiten medizinischer Bücher, die Fotografien zerfallenden Fleisches, den Eßzimmertisch, die Hohlheit Matitias und der Kinder, als wären sie die Kinder eines anderen, ihre Züge und Gewohnheiten, die nicht ihm entstammten.

Nur der Halbbruder begriff die atavistische Sehnsucht, die ihn durchflutete, wenn er unter den Bäumen stand, wenn ein Ast im Wind wie eine Oboe klang. Er brauchte nur weit genug in den Wald zu gehen, um die Hütte aus den Augen zu verlieren, und er befand sich in einer verlockenden Urzeit, die er nicht verstand. Es gab keine Erklärung für sein Gefühl, hierherzugehören. Er starrte, benommen vor Orientierungslosigkeit, in die Ritzen der Rinden, scharrte in dem welken Laub nach einem Zeichen, drehte und drehte sich im Kreis, bis die jungen Bäume die Äste hochrissen und die Stämme sich von ihm wegbogen. Er konnte eine kleine Trommel hören, einen Gesang. Aber was konnte das bedeuten? In diesem raschelnden Wald war das Herz des Lebens verborgen, winzig, schwer und dunkelrot.

29
Benommen und verwirrt

Bullet erzählte, daß der Student mit der Nickelbrille an seinem Erbrochenen erstickt sei. Horsley hatte ihm einen Brief geschrieben.

»Jawoll. Der Wind hat ihm's Licht ausgeblasen, das steht fest. War mit 'ner Rock-and-Roll-und-Drogen-Clique unterwegs, hat sich in dreckige Tischtücher gehüllt und die ganze Nacht aufs Tamburin geschlagen. Hat zuviel von dem Zeug genommen, lag auf dem Rücken, hat sich übergeben und ist erstickt, sagt Horsley. Dreckige Hippies, sollte man alle erschießen, jeden einzelnen. Aber weißt du was, Professor Alton Cruller will diesen Sommer rauskommen und in den Sümpfen nach Entenschnäblern graben. Cruller ist berühmt. Er ist sehr berühmt. Hat so 'ne Idee über 'nen Todesstern, der sie am Ende der Kreidezeit ausgelöscht haben könnte.«

Zum Teufel aber auch, dachte Loyal, mußte denn immer alles danebengehen? Seine Zunge fuhr an die Stelle, wo der entzündete Zahn gesessen hatte. Er hatte Irrer Blick gemocht, seine Begeisterung und seinen sonderbaren Humor. Der Plan, gemeinsam an großen Projekten zu arbeiten, alle bekannten Spurenfolgen zu kartographieren, Abgüsse und Fotos zu machen, die die Behendigkeit und Schnelligkeit der Dinosaurier beweisen würden – zum Teufel, das war jetzt alles den Bach runter. So nahe war er noch nie an einer sinnvollen Tätigkeit dran gewesen. Cruller interessierte ihn einen Scheißdreck. Und nachdem er zwei Wochen mit Bullet unterwegs gewesen war, schien er genug von den Knochen zu haben. Bullet wollte Schädel und Schenkelknochen. Aber Loyal fand die Spuren aufregend, und ohne Irrer Blick hatte die Suche kein Ziel. Er war rastlos, als hätte die Nachricht vom Tod des Studenten in ihm eine Art Wandertrieb ausgelöst.

»Ich denke, es ist Zeit, Bullet. Ich hab' schon letztes Jahr daran gedacht. Ich zieh' weiter, mach' 'ne Zeitlang was anderes.«

»Wozu denn, zum Teufel? Wir sind gut im Geschäft. Gibt's was Besseres? Kannst dir die Arbeit selber einteilen, verdienst gutes Geld, die interessanteste Arbeit, die's gibt. Du liebst die Arbeit, ich hab' immer gewußt, daß du sie liebst. Wir sind ein gutes Gespann, Mann.«

»Das weiß ich.« Aber Bullet würde er nicht so vermissen, wie er Irrer Blick vermißte. Er hatte ihn zwar kaum gekannt, aber er besaß immer noch die Zeichnung des Entenschnablers, der über das zerknitterte Papier rannte. Kein Sumpf in Sicht.

30
Die Probleme von Himmelskörpern

Das Blockhaus, knapp dreißig Kilometer nördlich der Ranch, die sie in den fünfziger Jahren gekauft hatten, das sei der Ort, sagte Ben, wo er zum Trinken hingehe. Um Vernita den Anblick des herumkriechenden Säufers zu ersparen, den sie geheiratet hatte.

Der Säufer war untersetzt, hatte breite Schultern und einen Brustkorb wie eine Kesselpauke. Auf seinem Kopf eine widerborstige Masse weißes Haar. Die glanzlosen Augen in ihren schweren Hängematten aus Fleisch blickten so unbeteiligt wie die eines Straßenmusikanten, trotzdem hatte Bens Gesicht noch etwas von der Frische eines jungen Mannes, vielleicht wegen des roten, lächelnden Mundes. Die Oberlippe war geschwungen, die Nasenflügel von faserigen Adern durchzogen. Alle sahen es ihm an. Seine Stimme klang hypnotisch, russisch dunkel.

»An das Blockhaus kam ich zu der Zeit, als ich einen passenden Ort für ein kleines Observatorium gesucht hab'. Ich hab' schon davon erzählt, Loyal. Ich hab' nach richtiger Dunkelheit gesucht, milder Luft. Vernita wollte Platz – für ein Labor, ein Arbeitszimmer zum Schreiben, eine große Küche. Mußte natürlich 'ne gute Aussicht haben.« Er sprach in einem amüsierten Baß, seine Finger drehten einen nicht vorhandenen Korken. »Wir fanden die Ranch, und anfangs ging's ganz gut. Vernita war den ganzen Sommer fort und untersuchte Quallen im Golf von Kalifornien. Kam im Herbst zum Schreiben zurück, und ich war heilfroh, daß sie wieder da war. Während sie weg war, hab' ich ins Dach vom Geräteschuppen ein Loch für ein provisorisches Observatorium gemacht und mir ein paar Stellen überlegt, wo das richtige Observatorium hinpassen könnte. Aber Loyal, mein Freund, dann hab' ich zu saufen angefangen. Nach einer Woche oder so wurde ich wieder nüchtern und hab' einen Monat lang gearbeitet, und dann brach wieder alles zusammen. Ich hatte ein Muster. Ich weiß nicht, ob du was von Astronomie verstehst, aber eins will ich dir sagen, wenn du besoffen bist, kannst du keine genauen Beobachtungen und keine präzisen Aufzeichnungen machen. Die Aufzeichnungen sind das Herz und die Seele der Astronomie. Wenn die Aufzeichnungen nicht stimmen, was nützen sie dann?« Der Finger wackelte, zählte die einleuchtenden Argumente ab. Loyal mußte ihm recht geben.

»Aber ich hab' mir mit meinem schlauen, triefenden Gehirn überlegt, daß die Aufzeichnungen immer noch einen Wert hätten, auch wenn ich dauernd von der Rolle wäre, aber in den nüchternen Abschnitten sorgfältig arbeiten würde, weil sie dann eine gewisse Regelmäßigkeit hätten. So rationalisiere ich mein Vorgehen. Und so arbeite ich. Meine Arbeit hat ihre Mängel, aber die Mängel sind konsistent.« Er lächelte listig. »Wenn Vernita jetzt da ist, dann mach' ich's anders. Ich gehe ins Blockhaus. Wie du weißt. Oder ich geh' nach New Mexico, wie du weißt.« Die Stimme wurde leiser, zu einem Flüstern, vertraulich. »Hab' das Blockhaus vorm Krieg gekauft. Bin seitdem immer hierhergekommen, wenn die Matrosin zu

Hause ist. Turnusmäßig. Regelmäßig. Nach einem Muster.«
Er lächelte breit.

Er fing an, sobald das Blockhaus in Sichtweite war, als hätte er die Grenze zu einem freizügigeren Land überschritten. Holte die Flasche aus seiner Brusttasche, der Tasche über seinem Herzen, sein Herzenswunsch. Er hielt sie schräg und ließ sich den Whiskey in die Kehle laufen. Das lange Aufatmen war größtenteils Erleichterung, ein wenig Lust.

»Laß die Tür offen«, sagte er zu Loyal. Vom Innern des dunklen Blockhauses aus war der Türrahmen von einer goldenen Landschaft erfüllt. Der Wind wehte feuerfarben.

»Trink was. Du bist so weit mit mir gegangen, daß du jetzt genausogut die ganze Strecke mitkommen kannst. Eine Art Meilenstein. Ich hab' bis zu diesem Jahr nie jemanden gebraucht, der mich aufliest. Die Uhr läuft ab.« Beim Eingießen war die knorrige Hand ruhiger, als Loyal sie seit Wochen gesehen hatte, der blaue Fleck vom Hammerschlag auf die Finger war jetzt lila. Trinkt, um sich im Gleichgewicht zu halten, dachte Loyal. Der Wind zerrte an der Brettertür.

Holzboden, Holzwände, ein Tisch, eine Bank, ein Stuhl, ein paar angeschlagene Marmeladengläser und Teetassen. Keine Betten. Einfach im Schlafsack auf dem Boden zusammenrollen oder umfallen und wegtreten, wo man lag.

Ben starrte durch die offene Tür auf das wogende Gras, die Felsen und Staubgespenster; vielleicht prägte er sich den Horizont ein, die zerklüfteten Berge oder die Wolken, die weißen Flammen aus einem himmlischen Brenner glichen. Ein Hochdruckkeil bewegte sich auf sie zu. Er saß auf der Bank, lehnte sich auf den Tisch. Beim Hinausschauen schenkte er sich immer wieder ein, er trank, ins Glas lächelnd, sagte, daß der Wind stärker werde, redete mit Loyal, dann mit sich selbst und trank immer noch, inzwischen langsam, schlürfte wohlerwogene Schlucke in einer Menge, die er als die richtige kannte. Die lästigen Bande lösten sich. Der Wind ächzte.

»Weißt du«, sagte er, »man kann sich so an die Stille gewöhnen, daß es weh tut, wenn man wieder Musik hört.« Durch den Wind hindurch konnte Loyal sich an keine Musik erinnern, die er jemals gehört hatte. Der Wind wurde zu aller Musik seit Anbeginn der Welt. Er ließ keine musikalischen Erinnerungen zu. Loyal versuchte sich an die Melodie von »Home on the Range« zu erinnern, aber der Wind nahm alles fort. Er heulte mit drei verschiedenen Stimmen zugleich, pfiff an den Ecken des Blockhauses durch die Zähne, um den Holzstapel herum und in die Nacht davon und wieder zurück in einem großen, stöhnenden Kreis.

Ben schüttete Whiskey in ein gesprungenes Glas.

»And the skies are not cloudy all day«, summte Loyal vor sich hin, der trostlosen Melodie des Windes folgend.

»Ich bin ein Relikt einer aussterbenden Spezies, der Amateurastronomen.« Eine Stimme wie ein Donnerschlag. »Ich gehöre keiner Universität. Ich bin nicht darauf angewiesen, Artikel voll unverständlicher mathematischer Formeln zu veröffentlichen, um im Leben weiterzukommen. Ich gehe nicht zu den Versammlungen des Nationalen Astrologenverbands. Aber ich zahle! Ich zahle einen Preis dafür, daß ich frei denken darf! Man läßt mich an kein großes Teleskop! Mein Amateurstatus schließt mich von den großen aus! Selbst die Akademiker stehen jahrelang Schlange, um sie benutzen zu dürfen. Ich gebe mich mit dem zufrieden, was ich kriegen kann, und sie nicht. Und ich habe immerhin bescheidenen Erfolg gehabt. Aber der Tag wird kommen, wenn er nicht schon da ist, an dem es keinen Platz mehr für den Amateurastronomen geben wird, außer auf Hinterhofgrillpartys, wenn er auf den Mond zeigt oder neidisch den Erfolgen der technisch gut Ausgestatteten applaudiert. Das klingt nach sauren Trauben? Nein. Nichts hat mich von einer akademischen Laufbahn abgehalten. Außer vielleicht die Depression, der Krieg und mein kleines Hobby. Aber das ist schon 'ne Weile her. Diesem kleinen Hobby frön' ich jetzt schon lange. Ich war sogar an der Uni, aber die Vereinskungelei war ätzend wie Säure. Weißt du, was ich meine? Diejenigen, die Golf spielen. Und natürlich hab' ich damals schon gesoffen. Das Schulterklopfen war mir verhaßt, die Gefälligkeiten für Freunde, die mörderischen Fehden und die Hinterfotzigkeit unter dunklen Eichenholzdecken. Dann war ich fünf Jahre bei der Marine, wo es natürlich nichts dergleichen gibt. Die heilige Marine! Als ich rauskam, war ich bereit für was Neues und hab' Vernita geheiratet, war durchaus bereit, den Ehemann und Vater zu spielen. Beides keine Starrollen für mich. Was mich gerettet oder ruiniert hat, das war eine Erbschaft. Die erlaubt mir, so zu sein, wie ich eigentlich bin, ein grantiger Alkoholiker, der ab und zu lichte Momente hat, in denen er tiefe Einblicke in die Funktionsweise der Dinge gewinnt, die Himmelsuhren, das kleinliche Gezeter von Männern und Frauen.« Der rote Mund bewegte sich um die Wörter herum, das Gehirn schauderte im Schädel.

»Loyal, mein Freund. Wir kommen miteinander aus, wir beide. Wir geben ein verdammt gutes Observatorium ab.« Die Hand goß ein, das Gesicht rissig im eigelben Licht. Der Schatten der Tür zeigte ins Zimmer, das Zimmer fiel in ein dunkles Loch.

»Wir verlieren den Himmel, haben ihn schon verloren. Der größte Teil der Welt sieht da oben nichts außer der Sonne, die bequemerweise so steht, daß sie für Krebsbräune und gutes Wetter zum Golfspielen sorgt. Die blöden Holzköpfe wissen nichts von der Magellan-Wolke. Sie haben keine Ahnung vom Pferdekopfnebel, den Saturnringen, die aussehen wie Metallreifen um den Hals einer Prinzessin aus Benin, den riesigen schwarzen Löchern aus implodierter Materie, wie Abflußlöcher im fernen Weltraum, vom pochenden Licht von Pulsaren, den zu Atomen zerfallenden Sonnen, von unglaublich schweren Sternenzwergen, roten Riesen, sich entfaltenden Galaxien. Ich rede nicht von den chauvinistischen Busfahrten zum Mond oder den Hündchen, die zwischen Planetenresten in schwerelosen Kapseln wau-wau machen, den kleinlichen und kostspieligen Ohrfeigen der Puddingmächte. Denk mal drüber nach, Loyal, Nationen als Puddings. Nein, das Studium des Weltraums entfaltet die seltsamsten und exotischsten Wirklichkeiten, die sich der menschliche Geist überhaupt nur vorstellen kann. Im Weltraum scheint nichts unmöglich. Nichts ist unmöglich. In dieser nichtmenschlichen Leere ist

alles seltsam und wunderbar. Darum suchen Astronomen ausschließlich die Gesellschaft von ihresgleichen, denn keiner sieht die Geheimnisse so, wie sie sie sehen. Grausig ist ihre Freude über explodierende Sterne, den galaktischen Tod. Sie wissen, daß das schwache Licht eines Sterns, das gefiltert durch unseren dreckigen, verschmutzten Himmel kommt, bis zu diesem Augenblick tausend Jahre unterwegs war.«
»Often at night, when the heavens are bright«, dachte Loyal, aber er hörte zu.

»Schau zum Himmel hinauf, und du schaust in die Zeit, und nichts, was du siehst, ist jetzt – es ist alles so weit weg und alt, daß der menschliche Geist jammert und schaudert, wenn es näher kommt. Hör zu, Aussterben ist das Los aller Arten, einschließlich unserer. Aber bevor wir verschwinden, erwischen wir vielleicht einen kurzen Blick auf ein blendendes Licht. Ich hab' gespürt – ich hab' gespürt...« Und er brach ab. Die elektrisierende Stimme zog sich in sich selbst zurück, wurde zu einem Flüstern.

»Und ich will dir noch was sagen. Du hast was Kaputtes. Du hast was echt Fertiges. Ich weiß nicht, was es ist, aber ich kann's riechen. Du neigst zu Unfällen. Du erleidest Verluste. Du bist weit aus der Bahn geworfen. Du strampelst dich ab, kommst aber nicht vom Fleck. Ich glaube, du hast's nicht leicht.« Er sah Loyal an. Die alten schwarzen Augen sahen Loyal an. Winzige gelbe Vierecke, Spiegelungen der offenen Tür, luden ihn ein, einzutreten. Loyal holte tief Luft, atmete aus. Fing an zu reden, hielt inne. Fing an.

»Ich halt's aus«, murmelte er. »So schlecht geht's mir gar nicht. Ich hab' 'n bißchen Geld auf der hohen Kante. Was zum Teufel erwartest du?«

Sie saßen im Dunkeln, während das dichte aprikosenfarbene Licht in der Ferne verstreute Felsen entflammte.

»Ein anderes Mal«, sagte Ben. »Hier, trink noch 'nen Schluck vom Elendswasser.«

Der Wind blies sich aus. Der Morgenhimmel war blaues Glas, die Giebel der Blockhütte berührten die harte Fläche.

Wenn er einen Stein würfe, würde sie zerspringen, wenn er mit seinem vom Whiskey rauchigen Atem dagegen bliese, würde sie schmelzen. Unter der Kuppel drehte ein Adler einen weiten Kreis. Feldlerchengesang. Er urinierte auf einen stacheligen Feigenkaktus. Der Himmel geriet ins Wanken. Er sah die hellen Spritzer seines Wassers, das Funkeln von Flaschenglas, Ben, der neben ihn taumelte, das Gesicht wie von einem Hieb eingeschlagen. Sein künstliches Gebiß lag auf dem Tisch.

»Keine Frauen«, sagte Loyal. »Ich kann keine Frauen um mich haben.«

Ben sagte nichts, zertrat mit einem Fuß ein Büschel Flohkraut. Das giftige Wasser schoß aus seiner vernarbten Blase. Seine blinden, versoffenen Augen sahen durch den gläsernen Himmel, sahen das schwarze Chaos hinter der spöttischen Helligkeit.

»Da ist irgendwas. Ich ersticke – wie bei 'ner Art schwerem Asthma –, wenn ich ihnen zu nah komme. Wenn ich anfange, mich für sie zu interessieren. Verstehst du. Weil vor langer Zeit mal was passiert ist. Weil ich was getan hab'.« Überall war zerbrochenes Glas. Er sah Halme und Blätter aus Glas, runde, zerbrechliche Stiele aus rotem Glas, Insekten wie fliegende Tropfen geschmolzenen Glases, das in der Luft hart wurde, der Kies unter seinen Füßen wie Scherben. Er war barfuß. Er sah den Schorf zwischen seinen Zehen, die schlaff werdende Haut an seinen Unterarmen, die von billigen Stiefeln verbogenen Zehennägel.

»Ich seh', wie du dich in Schwierigkeiten stürzt. Dich mit Arbeit strafst. Wie du nicht weiterkommst, sondern nur woandershin. Ich erkenne ein Mitglied des Vereins. Ich nehme nicht an, daß du's mal bei 'nem Hirndoktor probiert hast.«

Dummes Geschwätz. Er hätte wissen müssen, daß Bens Kehlkopf zerschnitten war von dem Glas, das er am Abend zuvor gegessen hatte. Er konnte es auch in seinem Hals und in seiner Lunge spüren. Herrgott, sein Hals fühlte sich an, als wäre er voll Blut. »Nein. An so was glaub' ich nicht. Das Leben verkrüppelt uns auf verschiedene Weisen, aber es erwischt uns

alle. So seh' ich das, daß es uns alle erwischt. Es erwischt dich immer wieder, und eines Tages hat es gewonnen.«
»Ach ja? Und so wie du's siehst, mußt du immer wieder aufstehen, bis du nicht mehr kannst? Und die Frage ist bloß, wie lang man durchhält?«
»So ähnlich.«
Ben lachte, bis er kotzte.

31
Toot Nipple

Aus dem Aussichtsfenster vor dem Tisch in ihrem Wohnwagen blickte Jewell auf die weiter unten gelegene Wohnwagensiedlung. Wenn sie den blaugeblümten Vorhang des Badezimmerfensters aufzog, blickte sie auf das alte Haus, das jetzt auf den Knien lag. Im letzten Winter war das Dach unter einer Schneeladung zusammengebrochen. Ott wollte es abbrennen, nannte es einen Schandfleck, der die Wohnwagensiedlung verunstalte, weil es wie eine hölzerne Klippe über den pastellfarbenen Röhren hing, aber sie konnte es nicht loslassen, humpelte im Sommer jeden Tag hinauf, um die alten Gartenbeete hinter dem Haus in Schuß zu halten, obwohl mit dem Unkraut Waldmurmeltiere und Wild eindrangen und großen Schaden anrichteten. Ihre Knöchel schwollen so an. Der Garten will wieder verwildern, dachte sie.

»Den größten Teil meines Erwachsenenlebens hab' ich in

diesem Garten geschuftet, um ihn so hinzukriegen, wie's mir gepaßt hat, und jetzt überlass' ich ihn nicht der Wildnis. Was fehlt, ist ein Junge, der um den Zaun rum ein paar Fallen aufstellt. Ich hab' die große dicke Frau gefragt, Marla Swett, von der Wohnwagensiedlung unten, ob sie nicht ein paar Jungen kennt, die Fallen stellen, aber sie hat nein gesagt. Die stellen heutzutage wohl keine Fallen mehr. Loyal und Ronnie haben früher immer Fallen gestellt, sogar wie sie noch klein waren. Loyal hat mit den Pelzen gar nicht schlecht verdient. Und was ich da oben noch brauchen könnte, das wären ein paar Ladungen guter Hühner- oder Kuhmist. Ein Garten braucht Mist, aber krieg' einer Ott erst mal so weit, daß er dran denkt, welchen herzubringen. Hier in der Gegend hält niemand mehr Kühe oder Hühner.«

Ihre Beete waren kleiner. Sie baute noch immer Tomaten, rote Bete und anderes Gemüse an, aber keine Kartoffeln und keinen Mais.

»Ist so einfach, das Zeug zu kaufen. Wenn ich einen Scheffel voll kaufe, hab' ich soviel Mais, wie ich brauche, um einen Mais-Bohnen-Eintopf zu machen oder pürierte Maissuppe mit Sahne. Wenn Ray und Mernelle kommen, bringen sie ein Dutzend frische Kolben von 'nem Stand an der Straße mit. Drüben auf der ehemaligen Perish-Farm sind ein paar junge Leute aus New Jersey eingezogen. Die haben die letzten Jahre Silver Queen angebaut. Wenn sie sich nicht trennen, wie ich gerüchteweise gehört hab', und wenn wir keinen kalten Sommer kriegen, kann ich weiterhin bei ihnen kaufen.«

Sie karrte etwas Gemüse hinunter in die Konservenfabrik, wo man ihr gestattete, es wie die gewerblichen Ladungen einzudosen. Ray und einer der Männer vom Holzplatz brachten ihr eine Gefriertruhe und stellten sie in das leere Zimmer, das zweite Schlafzimmer, das sie nie benützte, sondern freihielt für den Fall, daß Loyal heimkäme. Sie versuchte es zwei Jahre lang, mochte jedoch den Geschmack des Gemüses nicht, wenn es im März dick mit Eiskristallen überzogen war. Daraufhin doste sie es wieder ein, und da es weder Keller- noch Speisekammer gab, verstaute sie die Gläser in der ausgesteckten Gefriertruhe. Kaufte Rindfleisch und Geflügel im Supermarkt und jammerte, daß es nach nichts schmeckte.

»Mernelle, weißt du noch, die Hühner, die wir hatten, die waren so gut. Ich stell' mir grade vor, wie so einer von den großen Hähnen geschmeckt hat, sechs, sieben Pfund schwer, wie er ganz knusprig gebraten mit einer guten Brotfüllung auf der Platte liegt. Da ist einem schon vom Geruch das Wasser im Mund zusammengelaufen. Ich hab' mein Essen immer gemocht, und ich vermisse vermutlich alles, was wir auf der Farm gezogen haben. Zum Beispiel das Rindfleisch. Dein Dad hat Jahr für Jahr zwei Ochsen zum Schlachten gehalten. Wir hatten zwei große Schlachttage, einen im Oktober und einen Anfang Dezember, sogar während der Depression, als 'ne Menge Leute hungerten, hab' ich Rindfleisch auf den Tisch gebracht. Hab's eingemacht. Hab' Rindfleisch gekocht und eingemacht. Nichts ist so zart und gut wie selbsteingemachtes Rindfleisch. Das kriegst du weder für Geld noch für gute Worte. Nichts hat so einen Geschmack. Und auch Wild. Wild haben wir auch immer so gemacht. Loyal, Dub und Dad haben uns immer mit Wild versorgt. Heutzutage kriegen die Leute ein Stück Wild, und was machen sie damit? Sie schneiden es zu ›Wildbret‹ auf und jammern, weil es zäh ist oder talgig. Sie stecken es in die Gefriertruhe. Davon wird's zäh. So, wie wir's früher gemacht haben, so war's immer butterweich, und der Talg ließ sich einfach abschöpfen, wenn man ihn sich nach dem Kochen eine Zeitlang absetzen ließ.«

Der Wohnwagen mit seinen geschickt angelegten Stauräumen und Schränken freute sie. Aber manchmal dachte sie an ihre alte Küche, sieben Schritte vom Spülstein zum Tisch, hin und her den ganzen Tag. Es war Rays Idee gewesen, daß sie einen Wohnwagen mit einem kleinen Ölofen, sanitären Installationen und Strom haben sollte, anstatt zu versuchen, das alte Haus zu heizen, durch das der Wind blies, und sich damit abzumühen, Holz heranzuschaffen. Es war, wie auf Besuch zu sein, morgens in dem schmalen Bett mit den geblümten Laken aufzuwachen und den Sonnenschein wie eine Handvoll gelber Lineale durch die Jalousien fallen zu sehen statt des zerschlissenen Rollos mit den schiefen Flicken und den winzigen Sternen. Die Armlehnen des karierten Sofas waren sauber, und der dazu passende Drehstuhl war bequem zum Zurücklehnen. Der Stuhl stand gegenüber dem Fernsehapparat, den Ray und Mernelle ihr geschenkt hatten, und sie schaltete ihn beim Stricken oder beim Kochen ein, einfach zur Unterhaltung, obwohl die blechernen Stimmen sie immer daran erinnerten, daß keine richtigen Menschen da waren. Sie erfreute sich an dem kleinen Spülbecken aus rostfreiem Stahl in der Küche, dem modernen Kühlschrank mit den Eiswürfelschalen, die sie nie herauszog, außer wenn Mernelle und Ray zu Besuch kamen. »Weil ich nicht an Eis gewöhnt bin«, sagte sie. Loyals Bärenpostkarten lagen in einer Zigarrenkiste im Küchenschrank. Ab und zu erhielt sie noch eine. Der einzige Nachteil des Wohnwagens war der Geruch. Im alten Haus waren ihr nie Gerüche aufgefallen, es sei denn, es brannte etwas an, oder Mernelle hatte einen großen Strauß Flieder hereingeholt, aber hier herrschte ein Kopfwehgeruch, es roch wie das Zeug, mit dem man Bodenfliesen festklebte. Ray sagte, seiner Meinung nach sei es die Isolierung.

»Was es auch ist, irgendwann in nächster Zeit ist es verflogen. Was man nicht ändern kann, nehme man geduldig an.« Sie konnte ja nach draußen gehen und frische Luft schnappen.

Drei Tage in der Woche fuhr sie zur Konservenfabrik und arbeitete im Schnetzelraum. Machte Überstunden, wenn es eine eilige Bestellung gab. Sie waren zu automatischen Schnetzlern mit verstellbaren Einsätzen und Messern übergegangen, und sie hatte die neuen Maschinen schneller beherrschen gelernt als alle anderen. Janet Cumple, die Vorarbeiterin, hatte gestaunt.

»Schaut nur, wie gut Jewell die Sache packt«, sagte sie vor versammelter Mannschaft. Jewell konnte sich nicht erinnern, wann sie zuletzt gelobt worden war. Sie war rot und zittrig geworden, als alle sie ansahen, hatte an Marvin gedacht, den toten Bruder, der zu ihr gesagt hatte, sie sei ein kluges kleines Mädchen, weil sie, nachdem er die Suche längst aufgegeben hatte, im hohen Gras seinen selbstgebastelten Baseball – über einen Knubbel Gummibänder genähtes Leder – gefunden hatte. Sie konnte höchstens vier gewesen sein.

Die übrige Zeit steckte sie in den Garten, in das Stricken von Mützen und Pullovern für den Skiladen, ins Herumfahren.

»Das Dumme ist nur, daß ich diese langweilige alte Wolle verwenden soll, die ist nicht mal glatt gesponnen, da sind Knoten und Grassamen drin, und nicht die hübschen Farben, die man bei Ben Franklin kriegt. Ich nehm' ja schon Wolle statt Acryl, das Acryl hat nicht soviel Halt und leiert aus, aber ich weiß nicht, was an ein bißchen Farbe verkehrt sein soll. Das viele Grau, Braun und Schwarz, das wird einem schnell langweilig. Darum lass' ich bei den Pullovern für Ray Dampf ab.« Dub in Miami hatte nichts mit Wolle am Hut. Er schickte Fotos von sich, wie er in Shorts und geblümtem Hemd Golf spielte. Sein künstlicher Arm wirkte sehr echt, nur daß die Farbe rosiger war als die seines gebräunten rechten Arms. Aber jedes Jahr zu Weihnachten schenkte sie Ray einen wildgemusterten Pullover in schwindelerregenden Farben. Gezackte gelbe Blitze umschlossen seinen Oberkörper, rote Flugzeuge düsten über eine kobaltblaue Brust, endlose, grüne Rentiere zogen über braune und orangefarbene Ärmel. Er probierte sie an, lobte sie und brach über die schönen Details in Begeisterung aus, während Mernelle sich die Augen zuhielt und stöhnte: »Nein, o nein, ich halt's nicht aus.«

Der Entenpullover. Sie war am See entlanggefahren, auf einem ihrer Ausflüge hundertdreißig Kilometer von zu Haus entfernt, und geriet an einem windigen Oktobertag zufällig auf einen Kirchenbasar in einem häßlichen, heruntergekommenen Dorf. Zwei Frauen kämpften mit einer Schultafel, eine band mit einer Schnur Plakate daran, die andere schichtete um die Beine des Gestells Steine auf, damit es im Wind nicht umfiel. »BACKWAREN – WÜHLTISCHE – FLOHMARKT zugunsten der Kongregierten Gemeinde Mottford.« Gleich hinter dem Schild war ein guter Platz zum Parken.

Die Backwaren waren nicht mehr, was sie einmal gewesen waren. Statt Schokoladekeksen, Schokoladekuchenecken direkt vom Blech, Apfelkuchen, Haferplätzchen und selbstgebackenem Brot gab es Sachen aus Backmischungen mit dreimal soviel Glasur wie nötig und Cocktail-Snacks aus Haferflocken und Nüssen. Auf den Wühltischen lagen die immer gleichen abgenutzten Küchengeräte, Statuen von Sklavenmädchen mit Flitter darauf, Holzschachteln und Handtuchhalter. Die Handarbeiten schienen ausschließlich aus mit Windmühlen bestickten Tischdecken zu bestehen, nie benutzt, seit den zwanziger Jahren weggepackt in einer Kiste mit Mottenkugeln, hellgelben Häkelbettdecken mit Stacheldrahtmuster und Babylätzchen mit alten Apfelsoßenflecken. Die Babys mußten inzwischen erwachsen sein.

Ein großer, viereckiger Weidenkorb mit Deckel. Der erregte ihre Aufmerksamkeit. Der Korb reichte ihr bis zur Hüfte, und sie hob den Deckel hoch und schaute hinein. Er war vollgestopft mit Garnen, in Hunderten von Farben und Stärken, feines handgesponnenes Leinengarn, handgefärbte Wollknäuel, spitzklettengrün, färberwurzelrot, indigoblau, wolkengrau wie Walnüsse, golden wie Wasserknöterich. Intensivere, feinere Farben, als sie sie je benutzt hatte. Je tiefer sie wühlte, desto mehr Schätze fand sie, eine zarte Farbe, die sie an Krickentenflügel erinnerte, und in diesem Augenblick sah sie den Pullover vor sich, als Ganzes, schwimmende bunte Enten vor einem dunklen Hintergrund, und alle paar Maschen würde sie hinter den Enten Rohrkolben einstricken.

»Das war das Garn von der alten Mrs. Twiss, ist im Juli gestorben, und die Familie will ihr ganzes Zeug aus dem Haus haben«, platzte die Frau heraus. Sie hatte ein ausladendes Kinn und sprach mit besorgter Stimme, als würde sie beten. »Zur Hälfte machen wir den Basar bloß, um ihr Zeug loszuwerden. Bis Mr. Twiss starb, hatten sie Schafe, aber auch danach hatte sie noch 'ne Menge Wolle. Sie hat Teppiche gewebt. Aus denen hab' ich mir persönlich nie was gemacht – mir ist ein Nylonteppich in einer anständigen Farbe lieber –, aber 'ne Menge Leute, die Sommerfrischler, haben sie wohl gekauft. Sie hat auch gestrickt. In dem Korb hier, das ist ihr Strickgarn.«

»Was verlangen Sie dafür?« Jewell wollte den Korb so dringend, wie sie nur jemals etwas gewollt hatte.

»Sind fünf Dollar in Ordnung? Sind größtenteils Reste. Für Socken wird's wahrscheinlich noch reichen.«

Vier Leute waren nötig, um den Korb zu ihrem Auto zu tragen, und dann wollte der Kofferraumdeckel nicht schließen, und sie mußte ihn mit Schnur festbinden, die sie sich von der Frau borgte, die die Plakate angebracht hatte. Sie schrieb sich Namen und Adresse auf und schickte die Schnur am nächsten Tag mit Dank zurück.

Eines frühen Junimorgens ging Jewell zu dem Erdbeerbeet hinter dem einstürzenden Haus und zog die Netze von den dunklen Reihen. Sie würde Mernelle ein Stück voraus sein. Quecken erstickten die Reihen, und irgend etwas war unter das Netz gekrochen und hatte die Beeren an den äußersten Pflanzen gefressen. Sie erinnerte sich an Schlimmeres: den Hagelsturm, der in fünf Minuten die Erdbeeren zu Marmelade machte, die frei herumlaufenden Kühe, die die Pflanzen zertrampelten. Sie breitete ein Stück Teppichboden auf den kühlen Boden, fing zu pflücken an und stellte die vollen Körbe unter die schattigen Rhabarberblätter. Die Sonne heizte schnell auf, über dem heißen Boden flimmerte Hitzedunst. Als Ray Mernelle ablieferte, hatte sie alle reifen Beeren gepflückt und die Netze wieder darauf gelegt. In ein paar Tagen würde sie erneut pflücken. An ihren rissigen Fingern klebte die schwarze Erde.

Sie setzte sich auf einem Gartenstuhl aus Aluminium in das schattige Viereck hinter dem Wohnwagen, Mernelle setzte sich ein Stück weg in die Sonne. Die Ringelblumen glühten. Mernelles Arme und Beine waren braun wie Nußschalen. Das lange, schwarze Haar war hochgekämmt und zu einem Knoten zusammengesteckt. Sie trug orangefarbene Shorts und ein ebenfalls orangefarbenes Hemd. Ihre Stimme klang scharf, aber sie war gut gelaunt.

»Ich mach' Ray einen Erdbeer-Rhabarber-Kuchen, wenn du mir was von deinem Rhabarber gibst. Ray kann auf einen Sitz 'nen ganzen Kuchen verdrücken.«

»Das kann ich ihm nicht verdenken. Du machst wunderbare Kuchen. Klar, nimm soviel Rhabarber, wie du willst. Es ist genug da. Und Erdbeeren. Werd' nächste Woche noch mal pflücken. Es gibt dieses Jahr so viele, daß ich gar nicht anfangen mag. Und anscheinend find' ich keinen Geschmack mehr an Erdbeeren. Es gab mal 'ne Zeit, da konnte ich bei Erdbeerkuchen jeden unter den Tisch essen. Marmelade. Einfach Erdbeeren mit Sahne.« Jewells Finger waren vom Putzen der dicken Beeren rot bis zu den Knöcheln.

»Hast du sie gewaschen, Ma?«

»Ich hab' sie hinten unter der Leitung abgespült. Du siehst ja, daß sie naß sind.«

»Ich sehe, daß sie naß sind, aber sie fühlen sich sandig an.«

»Dann mußt du bei denen ganz unten im Korb sein. Dub. Dub war der einzige von euch Kindern, der keine Erdbeeren essen konnte. Er hat sofort einen Ausschlag bekommen – Erdbeerkrätze hat eure Großmutter dazu gesagt. Die alte Ida. Jede Art von Ausschlag hat sie als 'ne andere Art Krätze bezeichnet. Mückenstiche? Das war ›Schnakenkrätze‹. Geriet man in die Nesseln, hatte man 'nen Anfall von ›Nesselkrätze‹. Dein Vater kam rein vom Heuboden, mit der ganzen Spreu hinten im Nacken, und es hat ihn fürchterlich gejuckt, und weißt du, was das war: das war ›Heukrätze‹. Wie ich das zum ersten Mal gehört hab', da hab' ich lauthals gelacht. ›Mensch, Mink hat die Heukrätze!‹ Darauf hat sie 'ne Zeitlang nicht mehr mit mir geredet. Das war, bevor wir geheiratet haben. Ganz die alte Glucke, hab' ich gedacht. Sie sagte immer ganz hochtrabend: ›Ich glaub' ja nich', daß man mit ei'm Menschen sein Spaß dreiben sollde, wie's so schön heißd.‹ Aber sie mußte 'ne Menge wegstecken. Der alte Matthew, der war ein jämmerlicher alter Kauz. Launisch! Da hat euer Vater seine Launen hergehabt, und Loyal auch, möcht' ich sagen. Ich seh' ihn noch, den alten Matthew, wie er mal deine Großmutter nach was fragt, war nicht wichtig, nur wo irgendwas war, ob sie's gesehen hätte. Sie hat grade mit ein paar Topfdeckeln geklappert und ihn nicht gehört. Ist im Alter 'n bißchen schwerhörig geworden. Hat auch fast keine Haare mehr gehabt. Hatte vorn 'n Büschel hochstehen, das 'ne andere Farbe hatte als der

Rest. So 'n Rostbraun. Na ja, er hat's in 'n falschen Hals gekriegt, daß sie ihm nicht geantwortet hat, und ist in die Luft gegangen. Hat sich 'n Glas Tomaten gegriffen, das auf 'nem Regalbrett stand, und hat's übern Boden gehalten und losgelassen. Daß was nicht stimmte, hat sie erst gemerkt, als sie diesen fürchterlichen Knall hinter sich gehört hat, ihre Beine waren naß, und sie hat sich umgedreht und auf dem sauberen Boden die Tomaten und Scherben gesehen und den alten Matthew rot im Gesicht wie ein Puter. Ja, die Mädels damals, die haben 'ne Menge weggesteckt. Es war damals ziemlich schlimm angesehen, sich scheiden zu lassen, darum haben sie viel weggesteckt, Sachen, die heute keine Frau mehr wegstecken würde.«

»Was ist mit der alten Mrs. Nipple? Du hast mir nie erzählen wollen, was mit ihr war. Du weißt schon.«

»Aber eins muß ich sagen: Die alte Ida hat wunderbare Nachspeisen gemacht. Am Sonntagabend gab's immer Königinpudding mit Himbeeren – da ist dir die Luft weggeblieben, so gut war der. Apfelpuffer, Blechkuchen. Und das Eis, wenn sie die Jungen dazu gekriegt hat, die Kurbel zu drehen. Sie hat Rhabarbereis gemacht. Ich weiß, das klingt nicht grade gut, aber es war gut. Ebenso das Weintraubeneis. Wenn die Trauben es schafften. Wenn wir sie nicht an einen späten Frühlingsfrost verloren.«

»Hör auf um den heißen Brei rumzureden, Ma. Das kenn' ich alles schon. Was war mit Mrs. Nipple?«

»Sie hatte ein schweres Leben, blieb aber bei Laune, wie, das weiß ich nicht.« Der dunkle Kegel Erdbeeren in der Schüssel wuchs höher. Die auf der Unterseite weißgefleckten Kelche lagen im Gras verstreut, wo sie sie hingeworfen hatten. »Mit ihr hätt' ich nicht tauschen wollen. Ich hab' mir immer gesagt: ›Gott sei gedankt, daß ich nicht so schlecht dran bin wie Mrs. Nipple.‹ Aber am Ende war ich womöglich nicht besser dran. Ist schon komisch, wie die Dinge so gehen. Das Leben verrenkt sich wie ein Hund, der an 'ner wunden Stelle am Hintern rumbeißt, damit sie aufhört, ihn zu plagen.«

»Das ist ein hübsches Bild, Ma.« Mernelle juckte es, die

Hände in die Beeren zu tauchen, Händevoll davon hochzuheben und zu drücken, bis ihr der Saft die Arme hinunterlief. Ein unerklärlicher, merkwürdiger Wunsch, wie ihre Sehnsucht nach Kindern. Sie hatten ja den Hund, dachte sie höhnisch.

»Tja.«

»Mrs. Nipple.«

»Du kannst dich wahrscheinlich nicht an ihren Mann Toot erinnern, er ist gestorben, wie du höchstens fünf oder sechs warst, aber als junger Mann war er kräftig und gutaussehend. Braune, glatte Haare, die ihm auf 'ne bestimmte Weise in die Augen fielen, wirklich hübsche Augen mit dunklen Wimpern, irgendwie aquamarinblau.«

»Komisch, aber an seine Augen erinnere ich mich. Er war ein fetter alter Sack, und ich war bloß ein kleines Kind, aber an die Augen erinnere ich mich. Die haben mich beeindruckt. Eine seltsame Farbe.« Und sie erinnerte sich an den alten Mann, der ihr mit der Hand über den Po rieb, wenn sie in der Scheune auf der Leiter stand. Ich helf' dir hoch, sagte er immer, und dann die heißen Finger.

»Als junger Mann war er ein kräftiger Kerl, schnell und schlau, gefürchtet auf dem Tanzboden. Damals war er kein fetter Sack. Sah gut aus. Er hat Witze gerissen, gern gelacht und ist mit jedem gut ausgekommen. Die Mädels waren verrückt nach ihm. Er hat Mrs. Nipple geheiratet, natürlich hieß sie damals noch Opaline Hatch. Wurde aber bald Mrs. Nipple, und da konnte sich keiner einen Reim drauf machen, weil er genauso weitergemacht hat, als ob er nicht verheiratet wär', traf sich mit Mädels, ging jeden Abend aus. Mrs. Hatch, das heißt Opalines Mutter, hat bei der Hochzeit jeden groß angelächelt. Aber drei Monate später kam Ronnie auf die Welt, und da wußten wir, worin die Attraktion bestanden hatte. Es war schon komisch, sie ist nie böse geworden wegen seiner Rumtreiberei. Er hat sich besoffen heimgeschleppt und gerochen, als wär' er in Erbrochenes und Parfüm getaucht worden, ja nach beidem, und sie hat ihm was für den Magen zurechtgemixt und hat ihn am nächsten Tag entschuldigt, wo immer er grade gearbeitet hat. Das war, bevor sie auf die Farm gezo-

gen sind. Die Farm hat sie von ihrer Familie geerbt. Die Nipples hatten nicht mal 'nen Pißpott. In vielem war er von ihr abhängig. Sie hat allmählich gedacht, daß sie ihn gezähmt hat, daß das Leben für sie im Lot ist. Vielleicht hat er das auch gedacht. Und da ist es auf sie losgegangen und hat zu beißen angefangen.«
Die nackten, blutenden Erdbeeren lagen in der verschmierten Schüssel. Jewell griff nach dem nächsten Korb und stellte ihn sich auf den Schoß. Ihre Finger schnappten sich die Erdbeeren, zupften grausam ihre Kronen ab.
»Also, als er so um die Fünfundvierzig, Sechsundvierzig war, hat er Prostatakrebs gekriegt. Der Arzt sagte zu ihm: ›Wir können den Krebs entfernen, und Sie werden *im*potent. Oder wir können ihn in Ruhe lassen, und Sie haben noch ein halbes oder ganzes Jahr zu leben. Das müssen Sie entscheiden.‹ Na ja, er entschied sich für die Operation. Und er wurde tatsächlich *im*potent. Er gehörte zu den Männern, weißt du, wo das das Wichtigste im Leben ist. Er wurde eiskalt. Wollte nicht mal mehr den Arm um Mrs. Nipple legen, wollte nicht mehr mit den Damen scherzen, wie er's immer getan hatte. Wollte keine mehr zärtlich oder liebevoll berühren. Es war, als wär' er durch und durch *im*potent geworden. Verstehst du, Berührungen hatten für ihn immer was mit Sex zu tun. Dann fing er vom Selbstmord an. Redete darüber mit ihr beim Abendessen. Er wollte erst sie umbringen, dann sich selber. Wollte sie mitnehmen. ›Heut nacht‹, sagte er immer, wenn sie die Buschbohnen und Fleischklopse aßen. ›Heut nacht machen wir's.‹ Immer beim Abendessen. Sechs Jahre lang. Sie hat zu ihm gehalten, das muß ich ihr lassen. War kurz davor, nachzugeben und sich von ihm erschießen zu lassen, hat zu ihm gehalten. Schließlich hat er sich aufgehängt. Nachdem Ronnie wieder auf die Farm gezogen war. Der kam mit Toot nie zurecht und hat drüben bei seiner Tante gewohnt, seit er so um die vierzehn war. Und sie hat mir so leid getan, daß ihr Leben so 'ne schreckliche Wendung genommen hat. Und als es auf mich genauso losgegangen ist, da hab' ich mich gefühlt wie... Ich kann immer noch nicht sagen, wie ich mich gefühlt hab'. Aber eins

weiß ich. Du bist nie drauf vorbereitet, wenn's auf dich losgeht und dich an der Gurgel packt.«

Mernelle hielt eine Erdbeere in der Hand. Ihre Finger schlossen sich, sie drückte zu. Sie warf den Klumpen ins Gras und blickte auf ihre rote Handfläche.

32
Pala

Sie wußte genau, was sie wollte. Wenn er ihr Elfenbeingesicht, ihre schwarzen, ovalen Augen ansah, kam er sich wieder wie ein Narr vor. Sie hatte die kurzen, dicken Arme der Kubaner und eine krumme Nase, aber auch eine kühle Geschmeidigkeit, die er liebte. Ihre flinken Hände bewegten sich beim Sprechen, die hektische Stimme zog ihn an.

»Ich möchte diese Sekretärinnenstelle, um mehr über Immobilien zu lernen. Ich will die Feinheiten verstehen, mich mit den Namen und den Ideen der großen Investoren aus New York vertraut machen. Ich will wissen, wie Sie die Dinge in Gang bringen.« Er nickte. Sie wollte seine Geheimnisse.

»Aber in einem Jahr bin ich dann bereit für eine höhere Position. Ich bin sehr ehrgeizig.«

»Das sehe ich, Miss Suarez. Für welche Art von Immobilien interessieren Sie sich – Wohnhäuser?« Die Frauen im Immobiliengeschäft hatten alle mit Wohnhäusern zu tun.

»Ich interessiere mich mehr für spezielle gewerbliche Immobilien – von einer Hand geplante, landschaftlich gestaltete Projekte, die auf schöne, durchdachte Weise Hotels, Einkaufszentren, Jachthäfen und Dienstleistungsbetriebe unter einem Dach vereinen. Für eine Raumgestaltung, die Wasser, Pflanzen, Esplanaden, Restaurants im Freien integriert. Darum habe ich mich hier beworben. Ich habe Stadtplanung studiert und bewundere viele Ihrer Vorhaben. Spice Islands Park. Bezaubernd, diese Zikkuratanlage mit Büros und Läden, angelegt um winzige Parks mit duftenden Bäumen. Die herrlichen Dachgärten, die Blumenbalkone. Die sanften Farben. Und alle wollten auf der Stelle dort arbeiten. Den Architekten, mit dem Sie arbeiten, kenne ich gut. Er ist mein Cousin. Keinem anderen ›amerikanischen‹ Grundstücksplaner wäre es eingefallen, einen kubanischen Architekten zu nehmen.«

Sie meinte es ernst, dachte er, wie sie sich in ihrem grauen Seidenkostüm vorbeugte, die kleinen dicken Hände auf den Knien gefaltet. Das Haar war zu Zöpfen geflochten, die sich ordentlich um ihren Kopf wanden. Ihre Elfenbeinhaut war durch alte Aknenarben ein wenig entstellt – das verlieh ihr ein hartes, interessantes Flair, das er aus irgendeinem Grund mit dem Namen »Mercedes« verband.

»Ich kann Ihnen ebenfalls nützen.« Das wußte er.

»In dieser Stadt gibt es viele unsichtbare kubanische Millionäre. Es gibt Banken und Bankiers, eine ganze Gesellschaft, die vom amerikanischen Establishment in Miami nicht wahrgenommen wird. In dieser Welt haben wir unsere eigenen Ideale und Vorstellungen, unser eigenes Fernsehen und Radio, einen eigenen Stil, eine bestimmte Art, zu denken, zu gehen und zu sprechen, Ferien, Feste und Bälle, Wohltätigkeitsveranstaltungen und Lehrpläne, die Ihrer Welt vollkommen unbekannt sind. Ich kann Ihre Brücke zu dieser Gesellschaft werden. Natürlich nur, wenn Sie daran Interesse haben.« Sie meinte es todernst.

»Nein«, sagte er. »Die Sekretärinnenstelle können Sie nicht

haben. Aber mir wird gerade klar, daß ich eine Leiterin für die Abteilung interkulturelles Marketing und Entwicklung suche. Vielleicht würden Sie sich gern bewerben?«

Als sie lächelte, erkannte er – im weißen Funkeln spitzer Zähne, im goldenen Glitzern eines Backenzahns –, daß er eine Piratin an Land gezogen hatte.

33
Obregóns Arm

> Liebe Mrs. Rainwater, wissen Sie
> was ihr Mann treibt wenn er
> mit den Kumpel wechfert, der vas
> um ihn rum'hengt? Leute mit
> Jhrem Geld sollten in der Gemein-
> de Vorbild sein und sich Schwei-
> nereien vor alle Augen treiben.
> Eine Schande is souas, das
> findet jeder hier. Seinse schlau
> und reumen se auf.
>   Ein Freunt.

Mrs. Vernita
   Rainwater
Last Stand Ranch
Vengeance, New Mexico

In seinem Zimmer hing ein Spiegel über dem Waschbecken. Er schaute nur zum Rasieren hinein, und im Lauf der Monate trübten Seifenspritzer, Staub und Fliegendreck sein Bild – bis er von der Reise mit Ben nach Mexico City zurückkehrte, einer Reise, die er nicht um seiner selbst willen unternommen hatte, sondern um Ben aus dem Straßendreck zu ziehen, wenn er hinfiel. So schlimm war es noch nie gewesen.

Nach zwei Wochen kamen sie zurück. Er half Ben, der zitterte und nicht reden konnte, durch die Küchentür in das große Haus, führte ihn an der Spülmaschine vorbei, am Hackbrett, an den baumelnden Schnüren mit Chili und Knoblauch, den an den Stengeln aufgehängten Kräutersträußchen, dem grüngrau schimmelnden spanischen Schinken, der wie ein Sandsack an einem schweren schmiedeeisernen Haken hing.

Vor dem Kühlschrank stand die Köchin. Sie hielt die Tür

weit auf; Fleisch, Gläser mit karibischer Pfeffersoße, französischem Senf, eingelegten Oliven, Kapern, Pinienkernen, Walnußöl, Milch- und Sahneflaschen, halbvolle Weißweinflaschen, wächserne Käse, Endivien- und Chicoréesalat, braune Chilischoten, große blaue Trauben, Hühnerbrüste waren zu sehen. »Piano«, schien Ben zu sagen. Seine tiefe, kaputte Stimme zitterte. »Piano.« Loyal blickte an ihm vorbei ins Wohnzimmer zu dem Gemälde an der Wand, das wie ein Blutfleck aussah. »Er sagt, daß Sie jetzt gehen sollen«, sagte die Köchin zu Loyal. »Die Hausfrau will, daß Sie gehen. Sie will, daß Sie verschwinden. Sie wollen beide, daß Sie gehen.«
»Piano.«

In seinem Zimmer sah Loyal, daß Vernita, die Quallenforscherin, gewaltige Veränderungen angeordnet hatte. Alles war von Gezeitenfluten durchnäßt, weggeschwemmt. Die Wände waren in einem bitteren Weiß frisch gekalkt, die Bodenkacheln geschrubbt, gewischt, gebohnert und spiegelten wie rotes Wasser. Er las die Botschaft im Funkeln des Aluminiumkessels, dessen Tülle wie der Mund eines Cherubs war. Bücher und Zeitschriften lagen ordentlich auf staubfreien Regalen, das Bett war abgezogen, die Fensterscheibe so klar, daß sie Entfernung auslöschte. Langsam drehte er sich um. Die Vorhänge blähten sich, das leere Waschbecken gierte nach einem süßen Wasserstrahl, auf den Hähnen loderte Licht.

Der Spiegel zog seine Augen wie eine Tunnelöffnung in eine andere Welt. Er hatte so lange nicht hineingesehen, hielt sich immer noch für einen jungen Mann mit starken Armen, feinem schwarzem Haar und feurigen blauen Augen. Sein Gesicht, sah er, war hager geworden. Der blaue Spiegelrahmen umschloß seine erstarrten Züge. Die frische Lebendigkeit, die rasche Wut in seinen Augen waren verschwunden. Er sah die Haut des Asketen, dessen Hals niemals geküßt worden ist, die steifen Gesichtsflächen von jemandem, der viel Zeit allein verbringt, nicht gezeichnet von den augenzwinkernden Verstellungen des gesellschaftlichen Lebens. Sein Blick änderte sich nicht, wenn Frauen vorbeigingen. Vielleicht, dachte er, war dieser Funke endlich erloschen. Aber er glaubte es nicht.

Eine Stunde später hatte er gepackt und fuhr mit dem Jeep Richtung Norden. Das Alter schien ihn an der Gurgel zu packen. Aber der alte Wunsch nach einer Farm war wie die Hitze eines eingedämmten Feuers, die Zeit lief ihm davon. Einundfünfzig Jahre alt. Das Schürfen, die Nächte in den Kneipen, die Sommer mit Bullet, das Erklimmen von Gebirgspässen durch Asterngebüsch, das ihm bis zur Brust reichte, sein Weg war lange der eines Verbannten gewesen. Er hatte versucht, sein Leben in einem wackligen Gleichgewicht zu halten, es war eine Gratwanderung zwischen kurzen Freundschaften und abrupten Aufbrüchen gewesen. Er dachte an die Nächte im Sand, das Geheul von Wüstenfüchsen, die blinkenden Lichtpunkte der Sterne, deren Wege und Umlaufbahnen sich kreuzten, das klaffende Innerste. Und an die bitterkalten Stunden mit Ben im Observatorium, wenn er mit der Einzelbildkamera die Sternenbahnen nachzeichnete und versuchte, Bens sprunghaftem Gerede von ferner Energie und kollabierender Materie zu folgen. Doch konnte er beim Wirbeln durch Korridore aus galaktischem Eis, durch fernes, kaltes Sternenlicht nicht ganz die Wärme des Stalls, der Küche, der elektrisch geladenen Haufen von Pelzwerk vergessen. Nie stand ihm der Sinn mehr nach Landarbeit, als wenn Ben sich kaputtgesoffen hatte und in den schwarzen Besäufnissen geiferte.

In Mexico City, als er vor der Statue von General Álvaro Obregón hin und her schwankte, weil Ben gegen ihn taumelte, wurde Loyal von der alten Sehnsucht überflutet. Auf einem Granitsockel unterhalb der Statue schwamm der Arm des Generals in einem beleuchteten Glas mit Formaldehyd. Der gelbe Knochen ragte aus dem Fleisch, und in dem angewinkelten Knochen sah Loyal sich selbst auf dem Rücken im Bett liegen, die Hände unter dem Kopf verschränkt, die Ellbogen spitz abstehend.

Eines nicht fernen Tages würde er tot aufwachen. Er hatte

mit der Farm noch nicht einmal angefangen, mit dem Auskurieren seines Leidens an der Erde, gackernden Hühnern und einem mit schlammverkrusteten Füßen hochspringenden Hund. Er stellte sich eine Familie silberheller Kinder und ein warmes Bett vor, eine Stimme im Dunkeln anstelle der imposanten Sterne und des stummen Buches des Indianers. Der Arm schwamm in blutwäßriger Flüssigkeit, und als er die nackte Elle betrachtete, wußte er, daß es reichlich spät war, um auszusteigen, reichlich spät, um eine Farm zu kaufen, von allem anderen ganz zu schweigen, aber er wußte, daß er etwas unternehmen mußte oder sein Geld im Ofen verbrennen konnte. Vielleicht würde es doch noch klappen. Vielleicht tat Vernita ihm den Gefallen. Warum war er so lange geblieben? Abschiedskuß für das kleine Adobezimmer, Abschiedskuß für die eiskalten Nächte. Und die dämlichen Stunden, in denen er an Criddles verzinktem Tresen gelehnt hatte, bis Ben soweit war, sich fortzerren zu lassen.

34
Dornengestrüpp

> 11. März 1968
>
> Alles Gute, Ben. Wills mit einer Farm versuchen. Hoffe, Du kommst zurecht. Es war nicht in Ordnung von Deiner Frau, daß sie mir die Schuld gibt. Wenn ich wollte könnte ich sagen, was sie ist, aber ich sags nicht.
>
> Loyal

Ben Rainwater
Vengeance
New Mex.

Da war er also, einundfünfzig Jahre alt und in North Dakota. Die Farm ein kurvenreiches Stück Land, ein windschiefes Holzhaus, ausgehungerte Felder zwischen Ranches und Zuckerrübenfarmen. Warum zum Teufel kaufe ich das, fragte er sich, als er dem geiergesichtigen Mann im Schaffellmantel den Scheck hinüberschob. In seiner Vorstellungswelt eingeschlossen wie ein schillernder Käfer in einer Streichholzschachtel war das Bild seiner sanft ansteigenden, von skizzenhaften Ahornbäumen gekrönten Wiese, nicht dieses beinharte Stück Erde. Er wußte noch nicht einmal, was er damit anfangen wollte.

Eine halbe Stunde später sah er auf der Straße den Mann in seinem Wagen, er hatte den Kopf aufs Steuer gelegt, als wollte er noch ein bißchen ausruhen, bevor er wegfuhr.

Es war ihm unmöglich, sich das Land als seine Farm vorzustellen, darum nannte er es »das Stück Land«. Genau das war es, ein Stück Land. Er wußte nicht, was er machen sollte, Zuckerrüben anbauen, Sojabohnen, Weizen – der Landwirtschaftsberater hatte neue Sorten – Durum, Carleton und Steward – erwähnt, gute Qualität und Widerstandsfähigkeit gegenüber Ährenrost. Die Maschinen waren teuer. Er könnte auch Rinder oder Schweine züchten. In Rindern steckte Geld, doch dazu mußte man geboren sein, dachte er. Er kannte sich nur mit Milchwirtschaft, Weiden, Heu, Holz aus, ein bißchen mit Getreide. Das war nicht das richtige Stück Land dafür. Die Dinge hatten sich auch in der Landwirtschaft verändert. Er kaufte fünfzig Plymouth-Rock-Hühner, während er darüber nachdachte. Er konnte sich auf Geflügel verlegen. Oder auf Dörrbohnen oder -erbsen.

Nachts schlief er nicht gut in diesem Metallbett, Eisen, von dem die Farbe abgeblättert war, die Laken hingen auf den Boden. Ein ungemütliches Haus. Auf dem Linoleum lag immer eine feine Schicht Sand, aus der ganzen Welt herbeigewehte Erde, braune Wirbel, die in den Steppen Zentralasiens aufstiegen und auf seinen Fenstersimsen landeten. Der Teller kratzte auf dem Tisch. Loyal hatte sich einen Dauerhusten eingefangen; der Staub reizte seine Kehle.

In seinem tiefsten Innern hatte er geglaubt und nicht geglaubt, daß die Arbeit auf einer Farm ihn wieder ins Lot bringen würde. Seine Schwierigkeiten schienen sich jedoch zu verlagern, statt zu bessern. Eines Nachts wachte er nach einem Traum auf. Er hatte von Ben geträumt, einem allerdings viel jüngeren Ben, der unter seinen Händen dahinschmolz, sich zu einer Frau rundete, mit klaffenden Nähten, wo sein Geschlecht gewesen war, mit dem Gesicht der Hure bei Criddle's, ihren verschmierten Augen und Kojotenzähnen. Als er um sich schlagend aufwachte, spürte er glühende Schwielen, groß wie Pfannkuchen, an Hals, Hintern, Unterarmen. Im Spiegel sah er, wie das feine, schwarze Haar mit den weißen Strähnen aus der Stirn zurückwich. Er hatte noch immer seine Wut, heiß wie frisches Blut. Und haßte sie in sich.

Fünf Kilometer Richtung Westen waren es bis zur nächsten

Farm, der Schweinezucht von Shears, einer Ansammlung von Gebäuden, die achtlos mit einem Besen zusammengekratzt wirkte. Am Futtersilo traf er den alten Shears an, dessen Mütze zu seinem weißen Haar und den Schnurrbartfransen um seinen üppigen Mund paßte. In der Ferne deutete jemand auf Orson und Pego, die beiden weizenblonden ältesten Söhne, Farmer, deren Land im Westen an das ihres Vaters grenzte. Oyvind Ruscha, die Hilfskraft, und seine Familie, lauter Jungen, gingen in einem an der Straße abgestellten Wohnmobil ein und aus.

Der alte Shears hatte ein volles Gesicht, kaute Tabak, war vehement fortschrittlich eingestellt, was neue landwirtschaftliche Maschinen anbelangte. Er drängte Orson und Pego, sich einen Mähdrescher mit automatischer Lüftung und Steuerung zuzulegen.

»Kauft einen mit einem Sechs-Meter-Messerbalken. Mit Sicherheitsglasfenstern und automatischer Lüftung. Sagt ihm, daß ihr die Schmierlager, den neuen V-Riemen- und Riemenscheibenantrieb wollt. Kauft ihn so groß und stark, wie ihr könnt. So läuft es, große, schnelle Maschinen. Die muß man haben, sonst hat man nicht die klitzekleinste Chance, es mit der Landwirtschaft zu was zu bringen.« Sie kauften auch einen Schwadlegerzusatz. Als der Mähdrescher geliefert wurde, probierte ihn als erster der Alte aus, lobte die reibungslose Schaltung und die vielen Gänge.

»Das Teufelsding da kann alles ernten, was du anbaust, Weizen, Hafer, Gerste, Flachs, Erbsen, Reis, Klee, Luzerne, Sojabohnen, Heu, Lupinen, Sonnenblumen, Sorghum oder Unkraut, und die zwei können alles anbauen, was es ernten kann.«

»Ja, vor allem das Unkraut«, sagte Orson, der Witzbold der Familie. Loyal mochte ihn. Erinnerte ihn an Dub. In den nächsten Tagen wollte er seinen Leuten zu Hause schreiben, ihnen mitteilen, daß er eine Farm hatte.

Die Frau in dem Laden, wo er sein Hustenmittel kaufte, erzählte ihm Geschichten über den anderen Shears-Sohn, den jüngsten, der aus dem Vietnamkrieg als Menschenfeind zurückgekommen war, in einem Schuppen wohnte und seine Mahlzeiten auf Rindentellern zu sich nahm, mit einem zugespitzten Stöckchen oder einem alten Bajonett aß, an dem, wie sie sagte, noch Blut klebte.

Ihr Laden war eine knarrende Hütte aus Blech, die sich neben die Landwirtschaftliche Genossenschaftsbank duckte. Die Frau hatte eine Figur, so formlos wie ausgeschütteter Zucker. Zwei merkwürdige Schneidezähne, die Stricknadelspitzen ähnelten, stachen in ihre Lippe. »Er hilft nicht mit auf der Farm. Hat sich dahinten eingegraben. Shears hat gesagt, er will ihn aushungern. Eine Woche lang haben sie ihm kein Essen hingestellt. Aber Mrs. Shears hat's nicht ausgehalten und hat ihm jeden Abend heimlich einen Teller gebracht, wenn sie die Hühner füttern ging. Jetzt haben sie ihn so weit, daß er regelmäßig in die Veteranenklinik nach Fountain fährt. Angeblich kann es zig Jahre dauern, bis sie ihn wieder hinkriegen.«

Jedesmal, wenn Loyal an der Shears-Farm vorbeifuhr, schaute er zu dem Schuppen und hoffte, einen Blick auf diese Rarität zu erhaschen.

Er dachte daran, Zuckerrüben anzubauen. Auf Zuckerrüben schwor der Landwirtschaftsberater Stein und Bein. Es gab jetzt gute, ertragreiche Kreuzungen, die widerstandsfähig gegenüber dem falschen Mehltau und der Kräuselkrankheit waren. Als der alte Shears hörte, daß er an Zuckerrüben dachte, taute er auf.

»Okay, also da haben Sie wirklich die Wahl, wie Ihre Erntemaschine aussehen soll. Sie haben zwei Möglichkeiten. Erstens die Erntemaschine, die an Ort und Stelle das Kraut abschneidet. Sie fährt vorbei, verstehen Sie, und schneidet das Kraut ab, während die Rüben im Boden steckenbleiben. Sie hat zwei Räder, die gegeneinandergerichtet sind, sich in den Boden graben und in einem Aufwasch die Rüben lockern und herausreißen. Die Stoßscheiben putzen sie, und die Förderkette befördert sie nach hinten zum Rübenwagen. Das ist eine Art, wie man's machen kann. Die andere Art ist die, für die ich mich entscheiden würde, wenn ich Sie wäre: die Erntemaschine mit einem Rad, einem Rad mit eisernen Dornen, das holt die Rüben aus dem Boden – das Kraut bleibt dran. Ein Paar Leitschienen zieht die Rüben von den Dornen, und zwei rotierende Scheiben schneiden das Kraut ab, wenn die Rüben den höchsten Punkt erreicht haben. Danach fallen sie auf den Anhänger. Das ist einfacher. Mann, ich hab' in den alten Zeiten Zuckerrüben angebaut, da haben die verfluchten Schädlinge das meiste aufgefressen, und was übrig war, mußte man in Handarbeit ernten. Würde ich nie wieder machen. Um nichts in der Welt.«

Loyal sah das Schild HUNDEJUNGE ABZUGEBEN an Shears' Briefkasten. In all den Jahren, seit er von zu Hause fort war, hatte er keinen Hund gehabt. Wollte er jetzt damit anfangen? Anscheinend ja.

Er fuhr auf den Hof, sah zu, wie er sich mit Hunden füllte, der gemischtrassigen Hündin mit buschigem Schwanz, halb altenglischer Schäferhund, halb deutscher Schäferhund mit einem Schuß Collie, die die Zähne bleckte und knurrte, und vier halb ausgewachsenen Jungen, die vom Nebeneingang zu seinem Jeep rasten. Shears' Wagen war nicht da.

Er blieb sitzen und musterte die Hunde. Da ging die Tür des Schuppens auf, und Jase, der von seiner Reise durch die Berge Vietnams absonderlich geworden war, kam heraus. Er sprach mit sich selbst. Schaute weder Loyal noch die Hunde an, die blauumränderten Augen blickten über die Giebel der Gebäude an den Wolkenrändern entlang und zurück zum Boden, zu einem Vogel, einem Auto auf der Straße. Er war großgewachsen. Klapprig und steif wie ein Notenständer, kaum einundzwanzig, das Haar so hell, daß es silbern wirkte. Jetzt schoß sein flackernder Blick von einem Hundejungen zum anderen, von der Anstrengung, sie alle im Blick zu behalten, stand ihm der Mund offen. Er drückte das Kinn auf die Brust, verzog den Mund nach einer Seite. Loyal hielt sich an der Wagentür fest und merkte sich das Junge, das ihm am besten gefiel. Letztlich kam nur eines in Frage, ein gewitztes Weibchen, das an den Finten seiner Wurfgenossen vorbeiwischte, sich zum Pinkeln neben den Jeep hockte und hinter

Jase rannte, aus seinem Gesichtsfeld, so daß er sich schnell umdrehen mußte.

»Die ist mir, glaub' ich, am liebsten«, sagte Loyal. »Kann ich dir was für sie anbieten?«

Jase warf den Kopf zurück, bis sein Adamsapfel vor Anspannung weiß wurde, versuchte zu sprechen, schaffte es aber nicht; die Worte zuckten um seinen Mund, strafften die Sehnen seines gedehnten Halses.

»All-all-alle-andren«, ein Schwall ineinandergeschobener Silben, »drübenamBauplatzfürdenMcDonald's. Aaaaander Kreuzung. Wird gebaut. McDonald's.«

Loyal ging in die Hocke und machte Kußgeräusche. Die Hundejungen rannten zu ihm, lachten ihm ins Gesicht, trommelten mit heißen Pfötchen und scharfen Krallen auf seine Knie. Er hob das gewitzte Mädchen auf und setzte es ins Auto auf den Boden.

»Steh' in deiner Schuld«, sagte er zu Jase. »Schau gelegentlich mal vorbei. Auf ein Bier.«

»Ja-a-a.«

Das Hundemädchen war auf dem Sitz, kratzte an der Scheibe. »Runter. Runter, Little Girl, runter, Girly.« Er wußte, daß Hundenamen kurz sein sollten und im Mund knacken wie Flip, Zack und Nick, aber der hier war besser. Little Girl. Sie fuhren los. Das Hundemädchen sprang das Lenkrad an, während Loyal steuerte, biß hinein und gab leise Knurrlaute von sich, bis es vom Geholper überwältigt einschlief, zusammengerollt auf einem Flecken Sonnenschein.

Nachts auf der gepflügten Prärie war die Dunkelheit dunkler als in der Mary Mugg, die zumindest von den blauen und gelben Lichtspuren hinter den geschlossenen Augenlidern erhellt worden war. Diese Dunkelheit erhielt eine noch tiefere Färbung durch den Sprühregen von Sternen, Asteroiden, Kometen und Planeten, die über ihm zitterten, als wehte ein Sternenwind. So weit er über die Felder blicken konnte, war kein gelb erleuchtetes Fenster zu sehen, noch durchbrachen dahinkriechende Autoscheinwerfer die Ödnis. Die Sterne durchfluteten ihn mit einer Sehnsucht nach Ben, dem großen Liebhaber kalter Punkte. War inzwischen vermutlich tot. Die Sterne standen nicht still; sie bebten, als lägen sie in schwarzem Gelee. Das war der Wind, die Luftschichten, die über der Erde trieben wie Flüssigkeiten, die die Sicht verzerren, der sandgesprenkelte Wind, der die ferne Sternenwelt zerknitterte. Der Wind blies hin und her wie eine endlos ratschende Säge. Wenn er auf dem Rücken lag und die Ohren nicht im Kissen vergraben hatte, konnte er die Sandkörnchen an die Fenster prasseln hören. In Vollmondnächten toste der Wind gegen das Haus, röhrte und ratterte im Dunkeln, trieb einen Eimer über den Hof und Dornengestrüpp über die Schindeln, bis das Quietschen und Klappern ihn aus den grauen Laken jagte und er die Zimmerdecke anbrüllte. Wenn man allein lebte, konnte man die Zimmerdecke anbrüllen. Aber das schreckte die Hündin auf; sie trapste in der Küche über das Linoleum, scharrte mit den Krallen und überlegte besorgt, ob die bedrohlichen Wolken, die am Tag über den Himmel rasten, im Schutz der Dunkelheit endlich angegriffen hätten.

Er entschied sich für weiße Bohnen. Zum Teufel mit den Zuckerrüben. Von Bohnen verstand er was. Er rüstete sich mit einem gebrauchten Traktor, Kultivations- und Sägeräten aus und traf die Abmachung, zur Bohnenernte die berühmte Mähmaschine der Shears-Jungen zu mieten, nachdem ihr Korn eingebracht wäre.

»Wenn es gut läuft, dann sollten Sie sich in ein, zwei Jahren vielleicht eine spezielle Bohnenerntemaschine zulegen«, riet der alte Shears. »Die hat einen Rankenwender, Furchenzieher und Schwadleger. Aber mit der Mähmaschine von den Jungs kommen Sie bestimmt gut zurecht, wenn Sie sie im unteren Geschwindigkeitsbereich laufen lassen. Trotzdem werden Sie noch 'ne ganze Menge Verlust haben. Wenn Sie soweit sind, komm' ich gern mal rüber und schau', wie's läuft.«

Im zweiten Jahr standen die Bohnen gut. Vor der Ernte wollte Loyal den Hof einzäunen und drei Reihen Kiefern als neuen Windschutz anpflanzen. Die alten Pappeln waren zerzaust und morsch. Eines Mittags kam Jase ungebeten angeschlurft, um ihm dabei zu helfen, den Zaun aufzustellen. Loyal war überrascht, ihn zu sehen, und dachte, daß der arme Kerl sich nach monatelanger Therapie in der Veteranenklinik schließlich zusammengerissen haben mußte. Schweigend arbeiteten sie den ganzen Tag, während der Erdbohrer knirschte und scharrte, Little Girl herumjagte und dabei Käfer aufscheuchte. Loyal sah immer wieder zu Jase. Er wußte, wie man Pfosten setzte. Die Bewegung seiner Muskeln hatte etwas Flüssiges, das seinen Blick anzog. Er mußte in letzter Zeit für den alten Shears gearbeitet haben. Gesicht und Oberkörper waren arg gerötet. Das silbrige Haar war unter dem Rancherhut zu einem Knoten hochgebunden. In der Hitze des Spätnachmittags machte Loyal Feierabend.

»Halb sechs. Das reicht«, sagte Loyal. »Trinken wir auf der Veranda zum Abkühlen ein Bier.«

Das Bier floß wohltuend durch ihre heißen Kehlen. Sie tranken schweigend. Loyal holte ein Pfund billigen Käse und Brot heraus. Die Sonne verkochte am Rande der Ebene, und am ungetrübten Himmel tauchten die ersten Sterne auf. Jase schlug sich in den Nacken.

»Hab' ihn!« Die Flasche tutete, als Loyal über die Öffnung blies. Jase stand auf. Etwas an der Art, wie er sich bewegte, erinnerte an eine Forelle, die erst still in der Strömung liegt und plötzlich fort ist.

»Also, ich muß los. Komm' wieder vorbei, wenn du mich brauchen kannst.«

»Nichts dagegen«, sagte Loyal und begriff, daß er jemanden einstellte. Er empfand einen absurden Ausbruch von Freude und ließ bis spät in die Nacht das Radio laufen.

Die vollkommene Dunkelheit der Nächte wurde von den Lichtern des McDonald's an der Kreuzung beendet. Farmerfamilien kamen von weit her, als würde ein Sohn Hochzeit feiern, um Fleisch in Brötchen zu essen, an der glitschigen Soße zu lecken, an gewachsten Pappbechern zu nuckeln. Die Parkplatzlichter in der zugigen Nacht schwollen an.

Am Ende des Tages setzten Loyal und Jase sich in ihrer starren Kleidung auf die Veranda, in der Hand eine kalte Flasche, Jase, nackt bis zum Gürtel, den Stuhl gekippt, die Lehne an der Wand, das Haar aus dem Nacken nach oben geknotet, die nassen Haarbüschel in seiner Achselhöhle waren jedesmal zu sehen, wenn er die Flasche hob. Little Girl lag auf dem Rücken und hielt ihren Bauch in den Luftzug, während sie im Schlaf lächelte.

»Willst du was davon?« Jase schüttete seinen selbstangebauten Stoff auf ein Blättchen und zwirbelte es zusammen, sog den nach Heu riechenden Rauch ein und reichte die Zigarette an Loyal weiter.

Das Gespräch setzte langsam ein, vorsichtig ließ Jase ein paar abgerissene Worte heraus, vorsichtig, Loyal suchte seinen Verstand nach Themen ab. Sie konnten den ganzen Tag in angenehmem Schweigen arbeiten, nur ein paar Worte, damit sie sich die Drahtzange reichten. Auf der Veranda war es anders. Loyal sah Jase jetzt nur aus den Augenwinkeln an. Er spürte die eigene verwelkende Haut wie eine modernde Tapete an sich hängen. Sie sprachen über das Wetter, die Dürre, die Gewitter, den verdammten Wind und die Tornados. Wieviel Fleisch noch im Gefrierschrank war. Ob die Gärten verbrennen würden oder nicht. Kranke Tiere. Wasser und Brunnen. Was die Hunde so getrieben hatten. Über einen Wagen, dessen Motor nur so schnurrte, der aber Bremsen zum Vergessen hatte. Über Elvis.

»Duuuuu-uu, willst du Elvis? Dann schau!« Jase, der so vollkommen anzusehen war wie ein Stein in einem Bach, fuchtelte mit den Armen und begann zu heulen, sein Becken in Richtung Hof zu schleudern – »Ah-uuuu, ah-uuuu!« –, bis die Hündin sich aufsetzte, die Schnauze hob und laut jaulte. Draußen in der Dunkelheit antwortete spöttisch ein Kojote, und Loyal schlug das Herz, seine Stiefelabsätze klopften auf der Treppe den Takt.

Kojoten also und Weizen, weiße Bohnen, Sojabohnen, Mais, Schweinemist und Gewichtszunahme, Mormonen, Giftköder und wieder Kojoten. Fallenstellen, nein, Fallenstellen nicht, beim Wort »Falle« schauderte Jase, seine Gedanken schweiften gefährlich ab zu Sprengfallen, zu roten Bergen, auf die er sich hinaufschleppte, wo er den Boden mit einer Stange auf eine sichere Stelle zum Hinsetzen prüfte, sich eingrub, wo der Pickel kaum an dem von Wurzeln durchzogenen Boden kratzte. Sein in Panik geratenes Gedächtnis schreckte zurück vor Seifenkraut, Punji-Stock, den durch eine Sprungfeder ausgelösten Bomben in alten Verpflegungsdosen, den Kindern, die explodierten, wenn man sie packte. Metallteile, Füße, Gewebefetzen und Knochensplitter, die aufs Geratewohl auf einen niederregneten. Wie wenige die erschreckende und abartige Intelligenz jagender Menschen begriffen. Er würgte das Gespräch ab, starrte auf das im Traum verdrehte Hinterbein der Hündin und lief davon, blieb tagelang fort, ließ die Arbeit um Loyal herum zusammenbrechen.

»Du hast keine Aaaahnung. Wie schlaaaau. Ein Meeeenschist.«

Also behutsamere Themen: ob kleine Farmen zum Scheitern verurteilt waren, ob dieser Dreckskerl Butz überhaupt etwas Nützliches zuwege brachte oder sie an die großen Genossenschaften verkaufte, Bienenstiche, Leute mit großen Füßen, Mormonen, das beste Holz für Zaunpfosten, was die Hunde so trieben, ob Bier eiskalt oder leicht gekühlt besser schmeckte, Frank Zappa, Frauen, Miniröcke. Nein, Frauen nicht. Da zerdrückte Loyal die Bierdose mit den schorfigen Händen, spuckte auf den Boden.

Gemeinsam bauten sie Schweinekoben, einen neuen Geräteschuppen, zäunten ums Haus herum ein Viereck ein, pflanzten die Waldkiefern, errichteten eine Garage für Loyals Wagen. Warum nicht, dachte Jase, er bekam gutes Geld, und nicht jeder hätte so einen verrückten Kerl eingestellt, der Gras rauchte und heulte. Warum nicht, dachte Loyal, reden tat keinem weh.

Nach den schwülen Augusttagen des dritten Sommers dauerte das trockene Wetter an, der Wind legte sich nie. Loyal konnte sich nicht daran gewöhnen, wie der Wind über ihn fuhr, wenn er sich bückte, um ein Rad abzuschrauben, wie er ihn um den Hühnerstall herum in die Enge trieb. Die Hündin, die Hühner, Jase. Er stand so isoliert im Leben wie ein Ausstellungsstück. Das Haus war kärglich möbliert. Die mit einem Schmutzfilm überzogenen Fenster spiegelten sein eigenes Gesicht, das graue Kinn, die in die Seite gestemmten Arme oder Hände, die er halb geöffnet hatte, als würde er auf eine Tanzpartnerin zugehen.

Morgens drehte er das Radio in der Küche laut auf und stellte es erst ab, wenn er zu Bett ging. Der alte Schwarzweißfernseher auf der Kommode dröhnte vor blechernem Gelächter, und das andere Radio auf dem Stuhl, der ihm als Nachttisch diente, sendete tröstlich drauflos, Lieder, die sich gebetsmühlenartig wiederholten, und immer wieder die aufgeregte Stimme, die schrie: »National shoes ring the bell!«, bis er einschlief, und im Schlaf hörte er mit halbem Ohr unter dem Wind Stimmen, die zwischen der Musik lachten, wie eine ferne Familie, das Knistern von Galaxien im Ätherrauschen.

Auch im Herbst ließ die Dürre nicht nach. Jase erlitt einen Rückfall und ging wieder jeden Tag in die Veteranenklinik. Es brachen die trockenen Stürme der Herbst-Tagundnachtgleiche herein: Wind, Erde und geballte Bündel von Dornengestrüpp wehten über die Felder, sammelten beim Dahinrollen Artgenossen auf, übersäten die Erde mit Samen. Er hörte sie nachts mit gedämpftem Kratzen gegen das Haus angehen.

In der letzten Oktoberwoche, als die Bohnen noch standen, war der Wind eine Flutwelle, die vom Westen über die Erde brauste. Das Haus bebte. Loyal saß auf der Bettkante und schrieb in das Buch des Indianers, das jetzt ein Rechnungsbuch mit grünen Seiten und senkrechten Spalten für Einnahmen und Ausgaben war. Die Farm wurde davongeweht. Der Himmel erstickte am Staub, die Sterne schwelten. Das Haus wurde mitsamt den Fundamenten nahezu hochgehoben, die Fenster barsten fast. Der Wind im Kamin folterte die Hündin. Nur Loyals Füller, der sich schwarz, flüssig bewegte, war ruhig.

»Von einer Hornisse in den Daumen gestochen. Bohnen fast soweit. Noch ein paar Tage. Den ganzen Tag starker Wind. Wie's Jase wohl geht.«

Am Morgen war es düster im Schlafzimmer. Er setzte sich auf, schaute auf den Wecker auf dem Nachttischstuhl und sah, daß es halb acht war, heller Tag, und doch war es im Zimmer dunkel. Er konnte den Wind kaum hören, aber das Beben im Bett spüren. Das Fenster war von etwas verdeckt, wie ein Quellabfluß, der von Weidenzweigen verstopft war. Er ging ans Fenster und schaute, während das langgezogene Gesicht sich in der Scheibe spiegelte, sah Dornengestrüpp, Dornengestrüpp, das sich bis zum Fenster im ersten Stock staute. Übers offene Land hatte der Wind die Gestrüppballen gejagt, sie zusammengetrieben, bis sie an Stacheldraht hängenblieben oder sich an Gebäude und Pferche drückten und sich zu Wällen auftürmten. Er ging nach unten. Stockdunkel. Er brachte die Küchentür nicht auf. Er warf sich mit seinem ganzen Gewicht dagegen. Sie gab ein paar Zentimeter nach und schnellte wieder zurück, als wäre sie aus Gummi. Er schaltete das Radio an, aber der Strom war weg.

Im oberen Stockwerk drang unter der Tür des Gästezimmers helles Licht durch. Dieses Fenster, im Windschatten des Hauses gelegen, war frei. Er schaute hinaus. Der Wind brauste noch immer über die Prärie, Dornengestrüpp wirbelte durch den Staub. Unter ihm türmte sich das Dornengestrüpp über drei Meter hoch, aus dem damit überfluteten Hof auf der Vorderseite des Hauses um die Ecke gedrängt. Er wollte nicht an einem Seil aus Laken in das Gestrüpp hinunterklettern, sich dann bis dahin durchschlagen, wo am Abend zuvor die Haustür gewesen war und mit autogroßen Gestrüppballen ringen, aber eine andere Möglichkeit fiel ihm nicht ein. Vielleicht einen Teil des Zauns umlegen, damit das Gestrüpp durchziehen konnte.

Als er sich an den Laken hinabließ, hörte er im Westen die Sirenen. Wenn jemand in so ein Ding auf der Straße raste, würde er sich überschlagen, dachte er. Das Laken zerrte an den Knoten. Die Knoten werd' ich nie wieder aufbringen, murmelte er leise und spürte das Gestrüpp unter seinen Füßen nachgeben.

Der Hof war voll Gestrüppkugeln, groß wie Stühle, groß wie Autos. Der Zaun lag am Boden. Der Zaun war das Problem. Er hatte das Gestrüpp Richtung Haus gelenkt. Sein Wagen steckte im Gestrüpp. Er konnte das Glas funkeln sehen, aber es gelang ihm nicht, sich durch die drahtigen, turbangleichen Knoten aus ineinander verschlungenen Stengeln zu kämpfen. Der Wind trieb sie noch immer voran. Er sah die großen Bälle über die Hauptstraße rollen. Er zerrte an einem Bündel am Rand des Hofs, aber das Gestrüpp war unentwirrbar verknotet, elastisch und schnellte zurück. Und es war knochentrocken. Die braunen Stiele knackten in seiner Hand, aus dem Mark schwebte Puder.

»Um da rauszukommen, brauch' ich 'nen verdammten Bagger.« Im Haus bellte der Hund. »Wenn du nicht schlau genug bist, an verknoteten Laken runterzuklettern, dann bleibst du noch 'ne Zeitlang da drin«, rief er. Die Sirenen heulten wieder, und er blickte nach Westen in Richtung des Geräusches. Da stand eine Rauchsäule. Brannte es bei Shears'? Hatte Jase durchgedreht? Er begann, die Straße entlangzurennen; als er jemanden heranfahren hörte, schaute er über die Schulter zurück, um ihn aufzuhalten.

Es war ein Pritschenwagen von Wallace Doffins Ferienranch, Walldorff Astoria genannt. Der siebzigjährige Wally saß selbst am Steuer und blickte unter seinem zerschlissenen Stetson zu Loyal.

»Na, wo ist Ihr Jeep, Mr. Blood? Hat er Sie im Stich gelassen?« Seine Stimme dröhnte übermütig.

»Das verdammte Dornengestrüpp blockiert ihn von allen Seiten, blockiert die Haustür, blockiert den Hof bis zum Zaun.«

»Ich hab' immer Türen den Vorzug gegeben, die nach innen aufgehen, Mr. Blood. Scheint mir das beste in einer schneereichen Gegend oder wenn man von Gestrüpp attackiert wird. Ich nehme an, Sie wollen Hilfe leisten?«

»Ich will rauskriegen, ob der Rauch von den Shears' kommt.« Der fahle Rauch wand sich im Wind.

»Ach, das ist nicht Shears' Farm, Mr. Blood. Jedenfalls noch

nicht. In 'ner halben Stunde ist sie's vielleicht. Das ist der McDonald's.« Die milchigen Augen blickten geradeaus auf den wogenden Dunst. »Ich an Ihrer Stelle wäre besorgt, Mr. Blood. Ihre Farm liegt östlich von den Shears'. Aber Sie haben ja kein Vieh.«
»Fünf Kilometer östlich. Ich hoffe, daß es nicht soweit kommt. Und ich hab' fünfzig Leghorns.«
»Aha, Leghorns. Erste Wahl, vermute ich. Hoffen und beten Sie, Mr. Blood. Das Feuer könnte Sie in einer Stunde erreichen.« Vor der Einfahrt zu den Shears' ging er vom Gas. Die Schweine quiekten lautstark. Der alte Shears und seine zwei Söhne, die Weizenfarmer, trieben die Tiere, so schnell sie konnten, auf einen Lkw. Orson kam angerannt.
»Herrgott, bin ich froh, dich zu sehen, Wally, dich auch, Blood. Wir müssen sie wegbringen, so schnell wir können. Das verdammte Feuer ist schon überall.«
Jase und der alte Shears trieben die kopflosen Schweine die Rampe hinauf. Loyal warf Jase einen Blick zu. Dieser blickte auf, nickte.
»Los, los, macht schon!«
»Dad, die übrigen müssen wir vielleicht ihrem Schicksal überlassen. Vielleicht haben sie Glück.« Der schielende Pego. Sein Gesicht war vom Ernst der Lage in eine rote Maske verwandelt und glänzte vor Schweiß.
»Glück? Wenn die Schweine hier nicht hundert Stundenkilometer laufen können, dann besteht ihr Scheißglück darin, im Laufen geröstet zu werden. Ich schaff' sie lieber zum Teich runter. Hab' schon erlebt, daß Schweine ein Feuer überstanden haben, weil sie in 'nen Teich gelaufen sind. Geh du und mach das Tor zum Teich auf, mal sehen, ob wir sie mit dem Laster runterfahren können. Wenn, dann können sie's nur im Teich schaffen.«
»Mr. Shears, ich habe fernmündlich Bescheid gegeben, daß Sie hier Laster brauchen. Wir kriegen bald Verstärkung.« Doffins höfliche Stimme.
Loyal war verwirrt von der Wahnsinnshetze der Shears' und von den Schweinen, die gegen die Wände der Koben anrann-

ten. Er schaute wieder nach Westen zum Feuer hin, sah eine braune Wand und an ihrem unteren Rand flackernde Feuerflecken.

»Da ist einer!« rief Shears und deutete. Einer der Flecken rollte schräg über die Straße und traf den Zaun. Eine Rauchfahne stieg von ihm auf. Loyal sah, daß die Gestrüppballen in Flammen standen, Brandkugeln, die vor dem Wind hertrieben.

Durch das Heulen des Windes und das Prasseln des Feuers hätten sie die beiden aus Osten kommenden Viehtransporter fast nicht gehört. Den größeren fuhr Pearly-Lee, die zigarrerauchende Frau von Dirty David.

»He, ich hab' gehört, ihr wollt 'n paar Schweine transportieren?« kreischte sie dem alten Shears zu, lachte. Sobald Jase mit dem beladenen Lkw wegfuhr, begann sie, den ihren einzurangieren. Dirty David schob sich noch während des Manövrierens aus dem Fahrerhaus.

»Die Schweine können wir größtenteils wegschaffen. Bei euren Gebäuden weiß ich nich'. Die Feuerwehr ist heut morgen 'n bißchen dünn besetzt. Das Arschloch von Manager von dem McDonald's drüben sieht, daß sein ganzer Parkplatz mit Gestrüpp zu ist, kippt Benzin drüber, will die Dinger abfackeln. Hat ihm die Klamotten weggebrannt. Sie haben ihn ins Krankenhaus geschafft, mehr tot als lebendig, verdammter Ostler.«

Ein dritter Wagen kam angefahren, ein Transporter, dessen Seiten so verschrammt waren wie die eines uralten Bisons; die Windschutzscheibe war von sternförmigen Kugellöchern durchsiebt, Flinte und Gewehr steckten in der Türablage. Er verlor Öl, zog eine blaue Rauchfahne hinter sich her über den Hof. Die Ladefläche rappelte wie das Tor zur Hölle, zwei leere Eimer stießen gegen eine verkantete Kette, ein Brecheisen, eine Werkzeugkiste, ein vollkommen abgefahrener Ersatzreifen, Radnaben, kaputte Flaschen, ein Wagenheber, ein Erdbohrer, Ölkanister, ein verbeulter Benzintank, loses Heu, Bündel Futtersäcke, Seile – all das lag auf einem Bett aus getrocknetem Dung. Loyal erkannte zwei von Jases verrückten Kumpel aus der Veteranenklinik, Wee Willy, der so groß und so geformt war wie ein Kühlschrank und einen Bart hatte, verfilzt wie ein Bohnermop, und Albert Cugg, der aus gebleichtem Schlamm zu bestehen schien. Sie waren trunken, begeistert und erregt von der Gefahr, die ihrem Leben zu lange gefehlt hatte. Wee Willy lenkte den Transporter durch das Tor der Shears' hinaus auf die Prärie, Richtung Nordwesten auf die Spitze der Feuerfront zu. Die Feuerwand verlief schräg wie die Schneide einer Guillotine vom McDonald's-Grundstück hinaus auf das offene Land im Nordosten.

»Seht ihr, was die Idioten machen?« rief Dirty Dave und bewegte dabei weiter das Handgelenk, um die Schweine mit dem Stecken die Rampe hinaufzutreiben. Einen Kilometer weiter draußen holperte der Transporter über die Furchen, schlingerte, wendete und fuhr Richtung Südwesten, wendete und rumpelte Richtung Norden, kam dem Feuer mit jeder Fahrt ein Stück näher.

»Die Geisteskranken veranstalten 'ne Treibjagd!« brüllte Dirty Dave und schob das Gatter hinter den letzten Schweinen zu. »Die können sie haben!«

In der Ferne rollte brennendes Dornengestrüpp dem Feuer voraus. Der Transporter drehte eine Kurve und fuhr neben dem Feuerball her. Albert Cugg lehnte sich aus dem Fenster, hielt etwas in Händen. Eine Dampfwolke sprengte den Feuerball. Aus dem Gestrüpp wallte träge Rauch, aber es flammte wieder auf, als der Wind es erneut anfachte. Der Transporter wendete und startete einen neuen Angriff. Sie konnten Wee Willy »Olé!« grölen und mit seiner ledrigen Handkante auf die Tür klopfen hören. Cugg stimmte Siegesgeheul an.

Aus den Flammen sprangen weitere Feuerkugeln. Der Transporter machte kehrt. Sie sahen Cugg den Feuerlöscher wegwerfen und mit einem neuen aus dem Kabineninneren auftauchen. Wee Willy fuhr halsbrecherisch, schlüpfte zwischen den Gestrüppballen hindurch, schob sie auseinander und trieb sie so zusammen, daß Cugg das Feuer ersticken konnte.

»Das wird was nützen«, sagte der alte Shears, kehrte dem Transporter den Rücken und machte Dirty Dave ein Zeichen, daß er die Schweine wegschaffen solle. Er verpaßte Wee Willys zu enge Kurve, so daß er es nicht schaffte, einen Feuerball, so groß wie ein Kinderlaufstall, vom linken Kotflügel abzuschütteln. Statt dessen steuerte er den Wagen über das brennende Knäuel. Es hakte sich fest, und ein paar Sekunden lang sahen sie, wie die Unterseite des Wagens von spitzen Flammen in das Rückgrat eines Stegosaurus verwandelt wurde, sahen, wie auf Albert Cuggs Seite die Tür aufging und sein Bein herauskam, ehe der Treibstofftank explodierte.

»O Herrgott!« Dirty Dave sah die schwarzgelbe Chrysantheme in seinem Rückspiegel. Loyal warf sich in Wally Doffins Pritschenwagen und wendete ihn. Der alte Mann schob sich auf den Sitz neben ihn. Jase sprang auf Loyals Seite aufs Trittbrett, griff mit dem rechten Arm hinter Loyals Schulter und hielt sich am Metallrahmen des Sitzes fest, seine Brust füllte das Türfenster aus. Wenn Loyal gewollt hätte, hätte er die Knöpfe an Jases Hemd abbeißen können.

»Jetzt mal mit der Ruhe, Mr. Blood. Wenn sie tot sind, sind sie tot, und wenn sie leben, dann kriegen wir sie schon. Der Laster ist alt, also immer mit der Ru-he.«

Cugg war nicht tot. Die Kleider auf seiner linken Seite schwelten und stanken, seine Haare waren verkohlt, und er behauptete, taub zu sein, aber nach ein paar Minuten konnte er wieder aufstehen und sich in die Hose machen.

»Irgendwie hab' ich gewußt, daß das so ein Tag wird«, sagte er. Er starrte sie mit Tränen in den Augen an und fummelte nach einer Zigarette, wo vorher seine Brusttasche gewesen war.

Wee Willy hatte auf der anderen Seite des Wagens die Tür aufgedrückt, war herausgesprungen und hatte sich abgerollt, sobald ihm klar war, daß er die Kurve zu eng genommen hatte. Durch die Explosion gerieten seine Stiefelsohlen in Brand, und Metallsplitter regneten auf ihn herab. Eine heiße Ventilfeder brannte sich ihm in die Wange und brandmarkte ihn derart mit einer Narbe, daß er den neuen Spitznamen »Feder« erhielt.

»Ich hab' sowieso 'nen neuen Laster gebraucht«, sagte er heiser. Jase fing zu lachen an, dann lachte Loyal und schließlich Wally Doffin, ein irres, unbeherrschtes Lachen. Sie luden Cugg und Willy hinten auf den Pritschenwagen und polterten zu den Shears' zurück. Jase fuhr hinten mit Cugg und Willy, hielt den Kopf zum Schutz vor dem Wind gesenkt und reichte den beiden Verletzten einen Joint. Das Feuer machte mit dem drehenden Wind kehrt und zog wie ein langer Pfeil fast genau nach Norden, wo Traktoren eine Feuerbresche pflügten.

»Bin fast versucht, die Schweine wieder abzuladen«, sagte der alte Shears. »Das Feuer kommt nicht mehr zu uns, es sei denn, der Wind dreht sich noch mal um hundertachtzig Grad. Jedenfalls weiß ich nicht, warum wir's so brandeilig hatten. Andererseits kann man nie sicher sein, drum sollte ich sie vielleicht doch lieber wegbringen. Das wollte ich in ein paar Wochen sowieso. Aber ich bin mir sicher, daß ich ein paar von den Schweinen verliere. Die sind nicht so gefüttert und getränkt worden, wie's sein sollte, und natürlich wiegen sie nicht genug.«

»Mr. Blood.« Der alte Doffin tippte sich an seinen ausgefransten Hut mit dem Schlangenlederband und sah zu, wie die Schweine in den Abteilen des Viehtransporters die Schnauzen reckten. »Ich denke, wenn wir die Jungs hier wegbringen, können wir unterwegs Ihren Jeep aus dem Gestrüpp ziehen und die Leghorns retten.«

»Da wär' ich Ihnen dankbar«, erwiderte Loyal. »Und meine Hündin auch. Steckt noch im Haus, wenn sie nicht das Fliegen gelernt hat.«

»Davon träumen viele, nur wenige schaffen es«, sagte Doffin.

Zwanzig Minuten lang zerrten sie das Gestrüpp von Loyals Jeep, bis die hintere Stoßstange in Reichweite war. Im Haus bellte hysterisch der Hund. Als Loyal die Kette an der Stoßstange einhakte und dem alten Wally zurief, er solle langsam anziehen, nahm er Rauchgeruch wahr, der stärker wurde. Beim Wegräumen des Gestrüpps hatte der Wind ihn schräg von links getroffen, aber jetzt blies er ihm wieder ins Gesicht; er hatte nicht gemerkt, wie er sich gedreht hatte.

Loyal blickte nach Norden. Die Traktoren, die eine Feuerbresche pflügten, machten kehrt. Das Feuer hatte die Linie übersprungen und schickte brennendes Gestrüpp als Kundschafter voraus, die sich an den Traktoren vorbei Richtung Südwesten schlängelten, einen weiten Bogen um Shears' Hof machten, aber wie große Killerbienen auf Loyals Bohnenfelder zusteuerten. Die ersten waren keinen Kilometer mehr entfernt.

»Wally! Es kommt zurück.«

Der alte Mann stieg aus und schaute.

»Sie sind hoffentlich versichert, Mr. Blood. Ich glaube, es erwischt Ihre Bohnen. Ziehen wir den Wagen raus. Dann machen Sie sich lieber aus dem Staub und beten. Sie können bei uns bleiben, wenn Sie wollen. Platz gibt's genug.« Er zog den Jeep aus seinem Gestrüppnest.

»Die Schlüssel sind im Haus. Ich muß den Hund rausholen.« Die ersten Flammen erreichten die Bohnenfelder, prasselnde Feuerbänder, die die Reihen entlangzulaufen begannen, Reihen von weißem Rauch stiegen hinter den Flammen auf. Gestrüpp blockierte immer noch die Tür. Der alte Mann war ungeduldig.

»Wir haben keine Zeit. Legen Sie den Leerlauf ein und steigen Sie bei mir ein. Ich ziehe den Wagen.« Das Prasseln des Bohnenfelds war jetzt ein Brausen. Loyal konnte die vierhundert Meter entfernte Hitze spüren. Er legte den Leerlauf ein.

»Ich muß meine Hündin rausholen. Wenn Sie fahren müssen, dann fahren Sie, aber ich muß es probieren.«

Der alte Mann fuhr auf die Straße hinaus, bereit, aufs Gas zu treten. Loyal stand hinter dem Haus und starrte zu dem offenen Fenster mit den baumelnden Bettlaken empor. Das Haus war von einem Rauchschleier eingehüllt.

»Little Girl! Komm schon! Little Girl!« Sie bellte wie verrückt, aber das Bellen klang gedämpft. Er glaubte, daß sie unten in der Küche an der Vordertür stand.

Er hob Steine auf und warf sie durch das offene Fenster im ersten Stock. Wenn sie die Steine hörte, käme sie vielleicht die Treppe herauf und ans Fenster.

»Komm schon! Komm!« Er pfiff. Sie hörte zu bellen auf. Wally lag auf der Hupe und ließ den Motor des Lasters aufheulen. Er rief etwas, das Loyal nicht hören konnte. Die Hündin war am Fenster.

»Komm, Little Girl. Spring! Spring. Komm schon!« Sie wollte nicht. Er sah ihre schwarzen Vorderpfoten auf dem Fenstersims, hörte sie jaulen, dann ließ sie sich wieder auf den Boden zurückfallen und verschwand. Der Laster kroch jetzt die Straße entlang, verschwand im Rauch und tauchte wieder auf, während Wally mit der Faust auf die Hupe hämmerte. Ein brennender Bohnenstengel mit Blatt flog vorbei und fiel auf der anderen Seite des Hauses zu Boden. Loyal rannte zum Pritschenwagen und rief dabei nach Little Girl.

Er hatte die Beifahrertür geöffnet und stand auf dem Trittbrett, als Wally scharf bremste.

»Ja, Donnerwetter! Das wäre ja eine Schande, wenn ich sie jetzt noch überfahren würde, was.«

Die Hündin war in der Fahrerkabine, zitterte und wedelte mit dem Schwanz wie ein Scheibenwischer.

»Die ist aus dem Rauch geflogen, als wäre sie mit einer Schleuder abgeschossen worden.« Der alte Mann trat das Gaspedal durch, und der Wagen kam in Fahrt. Loyal wandte den Kopf und blickte zum Rückfenster hinaus, aber sie waren schon drei Kilometer weiter östlich, bevor er das Haus in Feuer und Rauch aufgehen sah. Seine Hand lag beruhigend auf dem Nacken der zitternden Hündin. Abgebrannt bis auf einen Jeep und einen Hund. Nicht einmal Kleider zum Wechseln.

»Ja, ein Mann lebt von der Hand in den Mund, und dann so was«, stimmte Wally an. »Ich nehme doch an, Sie waren irgendwie versichert, Mr. Blood, oder?«

Da gab's nicht viel zu sagen.

35
Was ich sehe

Eine zischelnde Gopherschildkröte„ die schrillen Pfiffe, die Nadeln, Blut, Blut, der unbesiegte Häuptling Billy Bowlegs, die Seminolen tanzen, in karmesinrote Westen und glitzernde Umhänge gewandet, noch immer den Green-Corn-Tanz. Spielen auch ein bißchen Cowboy, tuckern mit propellerbetriebenen Flachbooten durchs Riedgras, ködern Touristen mit bunten Perlen aus Taiwan und Alligatorkämpfen. Glanzlose schwarze Augen schauen zurück.

Während Dub bei einem Tagesausflug durch den Grünen Sumpf stakt, Palas offenes Haar schimmernd vor sich, ihren Bruder Guillermo – Bill –, den Mann der Tat, hinter sich, spürt er das Kanu durchs teefarbene Wasser gleiten, sieht das von schillernden Gasblasen durchbrochene Wasser, das Muster der schachbrettartigen Rücken und Holzknorrenaugen von Alligatoren, Schwärme von Silberreihern, die zwischen den toten Bäumen auffliegen. Er atmet den fauligen Modergeruch und das grüne Licht ein, das hängende Moos, die über die Fahrrinnen gespannten Spinnweben. Orchideen. Er schaudert noch immer beim Anblick der fleischigen Blüten in seinem Fernglas. Die klagenden Rufe der Krähen unter langgezogenen Wolkenschichten, die geplättetem schwarzem Leinen gleichen. Bill schlägt nach den Moskitos.

»Pala, gefällt es dir?« Er muß es hören.

»Ja. Es ist wunderschön und sehr seltsam.« Sie dreht sich um und lächelt, in ihrem Haar haben sich Moskitos verfangen. »Ich muß schon hundertmal hier gewesen sein.«

In der roten Wildnis der Landerschließung ist dieser Sumpf noch er selbst. Einmal hat Dub einen Panther fauchen hören. Hier gibt es keine Männer in mangofarbenen Strandhosen, keine Frauen mit weit aufgesperrtem Mund, keine Bulldozer, Schaufelbagger oder Phantasien in Plastik. Er hat die jahrelangen geheimen Verhandlungen mitgemacht, die Treffen in Motels, bei denen die Investoren als Handelsvertreter oder Umwelt- und Landschaftsplanungsstudenten auftraten. Das Reedy-Creek-Erschließungsgebiet. Disney World soll es heißen, wenn es fertig ist. Teure Plastikscheiße, denkt er. Augenzwinkernd sagt er sich jedoch: Tausend Dank.

Später kehren sie in die gefährliche Stadt zurück, schieben sich die Fernstraßen entlang, zurück zum Geruch nach Kaffee und süßlichen Zigarren, zu dem gelben Zeichen »BARRA ABIERTA«, den bunten Lichtern, dem kräftigen Geruch von Steaks mit geröstetem Mais. Auf den Straßen sieht Dub die Parade farbenfroher Kleider, goldener Ketten mit Anhängern aus Münzen. Über der Stadt ein Wolkenfächer wie karmesinrote Messerschneiden, auf dem Boden Gehsteige aus Marmor. Er kommt an einem Schaufenster vorbei, darin ein alter Grammophontrichter, in dessen Kehle künstliche Purpurwinden stecken. Das mag ich, denkt er, das Gekreisch von Düsenjets, die mit Blumengirlanden geschmückten Statuen, die in Raten bezahlten, mit rosa Neonlichtern beleuchteten Heiligen in den Vorgärten und die Blitzlichter der Touristen, Schaufenster voll Tritonshörner, die primitiven Tresen und Schrumpfkopfimitate, die Fischkörbe, die bemalten Stoffe und die flippige Musik, die wilden Kerle, die Deals und den Dreck, die wegbrechenden Strände, das Gefühl, an einem fremden, tödlichen Ort zu sein. Zu Hause.

Dieser finstere Stadtteil, die hitzigen Slums von Liberty City, Overtown und Black Crove. Ja, er mag sogar die teuflischen Unruhen, die ausbrechen, als würde ein Geschwür aufplatzen, schreckt nicht vor den Fotos blutüberströmter Leichen zurück. Das in Körperöffnungen gestopfte stinkende Geld, die Straßenmusik und das Straßenessen verblassen, eingeblendet werden cremefarbene Frauen mit dunklem Haar und Händen, die in mit Opalen besetzten Handschuhen stecken, und Männer, die handgefertigte Schuhe tragen und in deren braungebrannten Gesichtern Freude oder Wut zuckt; auch wenn er schaute, bis er schielte, konnte er nicht alles aufnehmen, was es zu sehen gab.

36
Schrotflinten

> Oktober 1969 Liebe Ma, Pa,
> Dub u. Mernelle. Die Land-
> wirtschaft ist hier draußen
> ein hartes Geschäft. Vielleicht
> gehe ich ein bißchen Fallen-
> stellen. Werde wohl alt.
> Reuma in rechter Schulter.
> Hoffentlich gehts Euch allen
> gut u. die Farm läuft.
>
> Loyal

Mr. u. Mrs. Mink Flood
Cream Hill
Vermont

»Sie haben's jetzt genau zurückgelenkt«, sagte Doffin. »Das ist der Wind. Der Wind springt herum wie ein angestochenes Schwein.« Die Hündin ließ Loyal nicht aus den Augen. Sie lag unter dem Tisch und schmiegte sich an sein Bein. Nach dem Abendessen führte sie Doffin, der gekrümmt wie ein alter Reiter ging, ins Wohnzimmer, damit sie sich das Feuer im Fernsehen anschauen konnten. Loyal sah, wie klein der Brand aus der Luft wirkte, ein paar hundert Hektar in der riesigen Ebene. Die Telefonleitungen schwangen sich durch die Landschaft. Auf dem Boden hatte es gewirkt, als würde die Welt in Flammen stehen, flutende Flammen, die der Wind bis Kanada oder Mexiko treiben konnte. Der Sprecher sagte, sechzehn Höfe seien zerstört worden. Ein Maisfarmer, der in einer Stunde ein Jahreseinkommen verloren hatte, tauchte mit einer Schrotflinte vor dem Krankenhaus auf und rief nach dem verbrannten McDonald's-Manager. Es wurde eine verschwommene Aufnahme des Farmers gezeigt, der in Handschellen in den Wagen des Sheriffs stieg.

Doffin goß Loyal und sich selbst zitternd etwas zu trinken ein. Sein ausgedörrtes Gesicht war schwarzrot verbrannt, die Augen glühten. »Sie können gern hierbleiben, Mr. Blood, bis Sie wieder auf die Füße kommen.« Das gedrungene Glas in der Hand des alten Mannes. »Schrotflinten. Von den Schrotflinten hier in der Gegend kann ich Ihnen Geschichten erzählen, bis der Uhr die Zeiger abfallen.« Der Rahmen der großen Couch bestand aus geschälten Zedernstämmen, die Sitzkissen waren mit Kuhfell überzogen. Der Lampenschirm warf ein Licht wie ums Lagerfeuer, wenn alle bereit sind, Geschichten zu hören. Mrs. Doffin saß ein Stück entfernt. Ihre dürren Beine ragten unter dem Rock hervor, waren an den Knöcheln gekreuzt wie die Knochen auf einer Piratenflagge, die Hände waren ruhig, nachdem das Ritual des Kaffee-Einschenkens beendet war; sie nickte zu allem, was gesagt wurde.

Auch Loyal nickte. Er hatte immerhin das Land. Er konnte den Grund verkaufen und fortgehen. Einen neuen Wagen kaufen. Vielleicht einen VW-Bus, den er ausbauen konnte, wäre wie ein Häuschen auf Rädern. Verflucht, er konnte überallhin. Alaska. Kalifornien.

»Ich könnte Ihnen was von Schrotflinten erzählen, schlimme Sachen, Ihnen den Kummer beschreiben, den sie angerichtet haben, aber ich seh's inzwischen mehr als eine Art Angewohnheit, wissen Sie, als wär's eine ganz gute Art, mit einem verpfuschten Leben aufzuräumen. Früher nannte man es zeitweilige Unzurechnungsfähigkeit, aber ich war immer der Meinung, daß so ein Verhalten angesichts der Umstände von beträchtlicher Klarsicht zeugt. Natürlich nicht immer, aber meistens. Die Familie meiner Frau hat diesen Weg nicht selten beschritten.« Mrs. Doffin nickte. Ihre knochigen Hände lagen still auf den mit blauem Stoff überzogenen Armlehnen des Sessels.

»Ihr Vater. Großvater. Ein Onkel. Und es fallen mir noch mehr ein. Alle Farmer oder zumindest die meisten.«

»Das stimmt.« Sie klopfte ein paarmal mit dem Zeigefinger ihrer rechten Hand auf den Stoff. »Ich hab' meinen Vater gefunden. Ich war erst siebzehn. Durch den Schock war ich eine Woche blind, hat meine Mutter erzählt. Ich kann mich nicht daran erinnern.«

»Ein Rancher oder Farmer, Mr. Blood, wählt fast immer die Schrotflinte. Sie nehmen sich einen gegabelten Stock, verstehen Sie, mit dem sie an den Abzug herankommen. Hier in der Gegend machen sie's nicht gern mit der großen Zehe. Ziehen nicht gern ihre Stiefel aus. Sie sterben lieber in ihren Stiefeln, wissen Sie. Sie legen die Mündung an der Stirn an. So macht man's auch, wenn man eine Kuh erschießt. Der nachgiebigste Teil des Kopfes. Sie kennen sich aus. Allein hier in der Gegend könnte ich Ihnen ein Dutzend nennen. Alvin Compass, ein gutaussehender junger Kerl, fuhr immer nach Wolfwing. Hat dort einem Mädel den Hof gemacht, wir haben nie erfahren, wem. Er war ein netter Junge, stammte aus einer anständigen Rancherfamilie. Sein Vater hat eine schöne Ranch im Whitewater-Tal. Ich hab' oft dort gehalten und mir die Herde angesehen. Hab' mal einen seiner Bullen im Frühling beobachtet. Scharrt am Boden, daß die rote Erde unter seinem Huf hochstiebt, läßt sich dann nieder und reibt seine Schulter, als wäre was an ihr.

Alvin fuhr über achtzig Kilometer, um das Mädel zu sehen. Einmal fuhr er ziemlich schnell und schnitt ein Auto an einer Kreuzung. Sind in den Graben gefahren. Das Auto ist auf die Seite gekippt. Alvin hielt an und rannte zu dem Auto rüber. Schaute rein, sah fünf oder sechs Personen, ein paar Kinder darunter, keiner rührte sich, überall Blut auf dem Gesicht des Fahrers. Er ging zu seinem Wagen zurück, nahm seine Schrotflinte aus der Halterung und blies sich das Hirn raus. Gleich dort am Straßenrand. Aber die Leute in dem Auto waren gar nicht tot. Sie waren nicht mal verletzt außer dem Fahrer, der bewußtlos war und eine leichte Schnittwunde an der Stirn hatte. Sie wissen ja, wie Schnitte am Kopf bluten. Nach ein paar Minuten kam er wieder zu sich. Er hat Alvin gefunden. Davon kann einem doch schlecht werden, oder?«

Ein anderer war C. C. Pope. Wohnte mit seinen Schwestern Dorothy und Brittania in einem großen Haus mitten in der Prärie. Keiner von denen hat je geheiratet. Komisches Volk, das kann ich Ihnen sagen. Sie hatten vier, fünf Jahre hintereinander fürchterliches Pech. Hat überall geregnet, nur bei ihnen nicht, oder ihr Land überschwemmt, während es überall sonst nur gut naß war, oder ein Tornado fiel eine Woche vor der Ernte über ihre Farm her und zerstörte alles, oder die Maschinen brachen alle auf einmal zusammen, und sie mußten feststellen, daß die Ersatzteile nicht mehr lieferbar waren. Veraltet. Am Himmel über ihrem Grund hatte die Sonne einen Hof, nirgendwo sonst. Die Indianer setzten keinen Fuß auf ihr Land. Nannten den alten C. C. ›den Mann, der rückwärts spricht‹. Wer weiß, was das heißen sollte. Er redete genauso wie Sie oder ich.

Dann hat sich der alte C. C. die Schulter verrenkt, und der Doktor riet ihm, sich zwei- bis dreimal die Woche massieren zu lassen. Der Doktor schickte ihn zur Frau von Earl Doffin, kein Verwandter von mir, soweit ich weiß, die konnte gut massieren und verlangte nicht viel, also geht er zu ihr und scharrt eine Viertelstunde lang mit dem Fuß, bis er genug Mumm aufbringt, um sie um eine Massage zu bitten. ›Ja, ja, wird gemacht.‹ Sie war Schwedin. Einmal jede Woche ließ er sich von ihr massieren. Ich nehme an, es ging lediglich um die Schulter, aber wer weiß? Der arme alte Trottel, vierundsiebzig war er und kannte keine Frau außer seinen zwei alten vertrockneten Schwestern, verliebte sich in Earl Doffins Frau. Eine starke, dicke Frau, sechsfache Großmutter und ungefähr so romantisch wie ein Kuhfladen. Natürlich wußte er, daß es hoffnungslos war. Er sagte kein Sterbenswörtchen. Nahm seine Schrotflinte mit ins Schlafzimmer und erschoß sich, während er in den Spiegel schaute. Danach fanden sie seine Schreibtischschublade vollgestopft mit Liebesbriefen, die er ihr nie geschickt hat.

Charles V. Sunday. Er war Tierpräparator. Meine Güte, der konnte eine große Katze so ausstopfen, daß sie echt aussah. Bei ihrem Anblick wurde einem ganz anders, stimmt's, Molly?«

Die Hündin döste mit dem Kopf auf Loyals Fuß, der ihm mit der Zeit einschlief. Er versuchte ihn vorsichtig unter ihrem Kinn hervorzuziehen, aber bei der geringsten Bewegung kroch sie näher. Sie mußte erst noch drüber hinwegkommen.

»Er konnte alles ausstopfen, Hirsch- oder Elchhäute gerben, daß sie butterweich wurden. Als Junge machte er so einen Fernkurs, *Lernen Sie in Ihrer Freizeit Tiere präparieren*, aber meine Herren, er hat's weit damit gebracht. Er hat für ein paar von den großen Museen Schaustücke gemacht, hat zwei Jahre an einem Rudel Kojoten gearbeitet, das in New Paltz im Staat New York im städtischen Museum steht. In irgendeiner Zeitschrift erschien ein Artikel über die Ausstellungsstücke. Wo haben wir den gelesen?«

»In der *Western World*«, sagte Molly Doffin. »Die Nummer ist in einer Kiste drüben beim Sattelzeug. Außerdem hat eine Lokalzeitung einen großen Bericht gebracht. Mit Fotos und allem.«

»Zeig' ich Ihnen morgen. Da ist also dieser Mr. Sunday, hat ein gutes Auskommen, wird für sein Können geschätzt, Berichte in Zeitschriften und Zeitungen über ihn, eine nette Familie, ein paar Kinder, und er erschießt sich. Als der Winter zu Ende ging. Schloß seine Arbeiten ab, nagelte Zeitungspapier an die Decke, breitete es auf dem Boden aus, um zu schonen, wer immer saubermachen mußte, und peng! Sie haben nie herausgefunden, warum er's getan hat. Geschäftlich war alles in Ordnung. Er machte keine Andeutungen und hinterließ keine Nachricht. Nach der ganzen Mühe, die er sich gemacht hat, um das Zeitungspapier an die Decke zu heften, war's gewissermaßen ironisch, daß das ganze Zeug, Hirn und Blut, auf einem Haufen Dominosteine hinter ihm landete. Er hatte, ungefähr eine Stunde bevor er sich erschoß, mit seinem Jüngsten Domino gespielt. Das ist schon einige Jahre her, aber noch merkwürdiger ist, daß der Sohn, der mit ihm Domino spielte, sich an seinem achtzehnten Geburtstag erschoß. Das ist erst zwei Jahre her. Ich erinnere mich nicht, wo er's getan hat, du vielleicht, Molly?«

»Draußen auf dem Feld.«

»Stimmt. Jetzt fällt's mir wieder ein. Das Komische dabei ist, daß er ein Gewehr mit Kaliber acht benutzte. Sein Vater hat Waffen gesammelt, verstehen Sie, und es war eine davon.«
»Mein Gott«, sagte Loyal. »Da kann nicht viel von ihm übrig gewesen sein.«
»Stimmt. Der Kopf wurde komplett weggeblasen. Aber wenigstens wissen sie, warum er's getan hat. Er hinterließ einen dreihundertzwölf Seiten dicken Abschiedsbrief. Fing damit sieben Monate vor der schmutzigen Tat an. Hat monatelang dran geschrieben. Er glaubte, keine Zukunft vor sich zu haben – meinte, er sei hausbacken, die Mädchen würden ihn auslachen, er habe schlechte Angewohnheiten, ich denke, wir wissen, wovon die Rede ist, er sei faul, habe ein schwaches Gedächtnis, komme in der Schule nicht gut mit und leide an einer Vielzahl von Allergien, ein Bein sei kürzer als das andere und so weiter. Jedes Übel, das die Menschheit kennt.«
»Ich hab' ihn nie für unansehnlich gehalten«, sagte Mrs. Doffin. »Er wirkte auf mich immer völlig normal. Aber man kann nie wissen.«
»Es gibt 'ne ganze Menge solcher Geschichten, vernichtete Ernten, Rückstand bei den Hypotheken, finanzielle Probleme. Natürlich haben wir auch unsere Schwierigkeiten gehabt, aber irgendwie haben wir's immer geschafft, ohne daß wir zum Äußersten greifen mußten. Stimmt's, Mutter?«
»Bis jetzt«, sagte Mrs. Doffin und lachte.
»Also, Mr. Blood, Sie haben heute schlimme Verluste erlitten, Ihre Bohnenernte, Ihre Leghorns, Ihr Haus und die Nebengebäude, aber ich hoffe, Sie können die Sache auch von der heiteren Seite sehen. Sie sind verschont geblieben, ebenso Ihr Jeep und Ihr Hund. Ich hoffe, Sie denken nicht daran, zum Äußersten zu greifen wie diejenigen, von denen wir geredet haben. Es gibt immer noch viel, wofür es sich zu leben lohnt.«
»Nein, nein«, sagte Loyal. »Der Gedanke ist mir nie in den Sinn gekommen. Ich hab' im Leben schon tiefer im Dreck gesteckt und hab' nie dran gedacht. Nicht einmal, wenn Sie mich dafür bezahlen würden, würde ich mir den Kopf mit einer Schrotflinte wegblasen.« Aber sein Leben schien einer schwa-

chen Kette zu gleichen, bei der ein Glied nach dem anderen brach.

»Ha, ha. Wissen Sie, wenn Sie einen Job wollen, solange Sie sich den nächsten Schritt überlegen, dann finden wir hier schon was für Sie. Auf einer Ferienranch gibt's immer was zu tun, selbst auf einer so kleinen wie der unseren. Ja, und zwei Vorfälle mit Schrotflinten haben sich hier bei uns ereignet, stimmt's, Mutter?«

»Zwei? Da war nur die Sache mit Miss Bridal, und die halte ich nach wie vor für einen Unfall.«

»Was ist mit Parger? Hast du den vergessen?«

»Den habe ich nicht vergessen, aber es war keine Schrotflinte, und vielleicht war es Mord. Die Jagdflinte mit dem Strick, der den Abzug auslöste, als Parger die Tür öffnete. Ich werde es immer für Mord halten, und an das Motiv mag ich gar nicht denken. Mr. Blood, damals wohnten draußen in der Baracke ein paar unappetitliche Kerle, wenn Sie wissen, was ich meine, und einer von ihnen, ein Freund von diesem Parger, war so eifersüchtig wie eine Frau. Der Sheriff verhörte ihn stundenlang. Er wurde nie verhaftet, aber ich habe immer gedacht, daß mehr hinter der Sache steckt. Er ging fort, bevor wir ihn darum baten. Wahrscheinlich strolcht er immer noch frei herum.«

Die Hündin hatte sich zwischen Loyals rechte Ferse und die Couch gezwängt; wie ein lebendiges Tau wand sie sich durch seine Beine und über einen Fuß.

»Ihre Hündin ist eine leidenschaftliche Liebhaberin, Mr. Blood.«

»Hmm«, machte Mrs. Doffin zustimmend, als wollte sie bekräftigen, daß die Erwähnung der Liebe die Berichte über verspritzte Gehirne ausglich.

37
Das Buch des Indianers

> Lieber Dub,
> die Kiste Grapefruit war eine furchtbar nette Überraschung. Ich hab noch nie so süße gegessen, und die schöne rosa Farbe! Als ich Memelle und Ray welche gebracht hab, haben sie mir Orangen von Dir mitgegeben. Es war sehr nett von Dir und Pala, daß Ihr an uns gedacht habt.
> Herzlich, Ma (Jewell Blood)
>
> Marvin A. Blood
> Sungate
> 4444 Collin Ave.
> Miami, Fla. 33114

Er wollte die Sache, die in Criddles Bar geschehen war, im Buch des Indianers notieren. Aber auf dem Papier zerschmolz sie zu nichts.

Er hatte an einem Tisch gesessen, hatte mit der feuchten Bierflasche Muschelmuster auf die Tischplatte gemacht und halb einem Streit zugehört, der sich am Ende der Bar abspielte. Marta, eine stämmige Frau mit turmhohem, gespraytem Haar, stritt mit einem Mann. Sie war angezogen wie ein Cowgirl in einer Eisrevue, Veloursederweste mit Nieten, ein Minirock aus Wildleder, der Fußballerbeine entblößte; wo sie aufgehört hatte zu rasieren, waren Haarränder zu sehen. Der Mann hockte über seinem Bier, seine ölgetränkte Kleidung gab einen schmierigen Dunst ab.

»Er läuft keinen Deut besser, so sieht's aus. Du mußt ihn richten. Ich hab' mich um dich gekümmert, aber soweit ich sehe, hast du mit meinem Chevy nichts gemacht, außer dich vielleicht auf den Vordersitz gehockt. Oder vielleicht bloß an die Kühlerhaube gelehnt. Hast du irgendwas damit gemacht? Schon recht, brauchst gar nichts zu sagen, ich weiß, daß du nichts gemacht hast.«

Der Mann kratzte sich an der Brust und wandte sich halb von ihr ab. Sie nahm ihren Stuhl und stellte ihn auf die andere Seite des Tisches, so daß sie dem Mann wieder ins Gesicht sah. Ihre Stimme wurde lauter.

»Du glaubst wohl, ich nehm' das einfach so hin, hä? Das glaubst du doch? Daß ich deswegen nicht zu den Bullen, mich bei niemand beschweren kann? Na, da täuschst du dich. Da hast du dich mit der Falschen eingelassen.«

Der Mann seufzte übertrieben laut und zwinkerte Loyal verstohlen zu. Er gab Mrs. Criddle ein Zeichen, daß er noch ein Bier wollte.

»Wenn Sie noch ein Bier wollen, dann kommen Sie her und holen es sich«, sagte Mrs. Criddle durch weiße Lippen und wischte den Tresen. Ihre harten Augen nahmen nichts an, was nicht schon Vergangenheit war. Sie machte keine Anstalten, ein Bier zu zapfen. Der Mann drehte sein leeres Glas auf dem verschrammten Tisch.

»Hast du die Dame nicht gehört? Sie hat dich gebeten, zum Tresen zu gehen und dir dein Bier zu holen.« Martas Stimme klang süßlich mit einem würgenden Unterton. Sie stand auf. »Ich wette, du glaubst, daß *ich* dir dein Bier holen sollte, was? Jawoll, du bist genau der Mann, der sich gern bedienen läßt, von vorne bis hinten, was, du schielender, betrügerischer, neidischer, nichtsnutziger TROTTEL!« Beim letzten Wort riß sie ihm den Stuhl unter dem Hintern weg. Der Mann fiel rücklings auf den Boden, und als er nach ihrem Bein griff, stand sie breitbeinig da und trat ihm gegen den Kopf, immer wieder.

»Wie gefallen dir die Tanzschritte, gefällt dir das, du schmieriger, alter Affe? Willst du noch mehr?« Ihre Stimme klang höhnisch wie ein Kamm, der über eine Tischkante gezogen wird. Jedesmal, wenn der Mann aufzustehen versuchte, trat sie ihn mit ihren abgewetzten Stiefeln.

»He, hören Sie auf damit!« rief Mrs. Criddle und ging um den Tresen herum. Criddle kam aus dem Hinterzimmer und wischte sich die von Essig nassen Hände an einem Handtuch ab. Der Mann kroch unter den Tisch einer Sitzecke, wo Marta ihn mit dem Fuß nicht erreichen konnte. Sie warf den Kopf herum wie ein Stier. Der Haarturm schwankte.
»Gebt mir 'nen Besen! Einen Stock, Baseballschläger, irgendwas.« Ihr Blick schweifte durch den Raum, über Loyal hinweg zu den Criddles. Kehrte zu Loyal zurück.
»Was glotzt du so, du dreckiger Puter? Männer! Schau dich bloß an, du dreckiger Puter, sitzt da wie bei 'ner Show. Na, wie wär's damit, bei der Show mitzumachen?« Sie griff sich das leere Bierglas des Mannes und schleuderte es auf Loyal. Es traf ihn an der Schulter, fiel auf den Tisch und zerbrach. Sie rannte durch den Raum auf ihn zu, stieß seinen Stuhl um, daß sie beide zu Boden gingen. Sie grub ihre Knie in den Boden, ihre steifen Haarspitzen sprangen in die Höhe wie Flammen auf der Oberfläche der Sonne, und sie prügelte auf ihn ein.

Im Augenblick, als er fiel, wollte er ihr die Kehle durchschneiden, den Berg schwarzer Haare bis zum Gehirn spalten. Er schnellte vom Boden hoch wie ein Hammer. Er glaubte, er hätte sie umgebracht, wären nicht Criddle und Ben Rainwater gewesen, der endlich hereinkam, den Filzhut tief in die Augen gezogen. Die drei Männer stolperten in einem wogenden Tanz herum. Mrs. Criddle schob Marta durch die Küche hinaus auf die Straße.

»Mir egal, ob Sie Ihre Jacke haben oder nicht. Sie gehen jetzt nach Hause, wenn es so was für Sie gibt.«

Und in seiner Wut spürte Loyal eine böse Zufriedenheit, daß das Adrenalin einen Erstickungsanfall verhindert hatte. Das Geheimnis war nicht gelüftet worden. Und in jener Nacht schrieb er oben auf eine Seite im Buch des Indianers: *Nur auf eine Weise,* strich die Worte wieder aus, bis der Stift das Papier zerriß, sperrte diese Gedanken aus. Wer wußte schon, wie viele Arten zu lieben es gab? Diejenigen, die keine Art finden konnten, wußten um die Schwierigkeiten.

38
Es sieht nach Regen aus

Lieber ehemaliger Kunde, auch
wenn es gerade Herbst und nicht
der Wonnemonat Mai ist, haben
wir ein wonniges Auto für Sie!
Beste Bedingungen für gute
Kunden. Wollen Sie nicht bei
RUDIS AUTOSTADT vorbeischauen?
Sie werden es nicht bereuen!

Jewell Blood
Freie Landpost-
zustellung
Cream Hill
05099

Jewell wachte mit dem Gefühl auf, sich beeilen zu müssen. Es gab einiges zu erledigen, in Ordnung zu bringen. Sie trank eine Tasse Kaffee im Stehen, sah in den dunklen Morgen hinaus. Die Tasse in ihren Händen zitterte. Noch wackelig auf den Beinen, dachte sie, aber sie war ruhelos. Es stand wohl ein Wetterumschwung bevor.

Sie spülte Tasse und Untertasse ab und aß ein paar Apfelschnitze. Hatte zur Zeit keinen Appetit. Stämmig seit Dubs Geburt, war sie im vergangenen Jahr vom Fleisch gefallen. Ihr Spiegelbild erschreckte sie – die alte Großmutter Sevins mit spitzer Nase und Runzeln starrte sie an. Sie war zweiundsiebzig und sah auch so aus, fühlte sich aber vom Zittern abgesehen wie eine junge Frau.

Zu schade, dachte sie. Wieder hatte sie den Farbwechsel des Laubs verpaßt. Im Oktober, als die Bremsen des neuen Wagens ausgewechselt wurden, war er auf dem Höhepunkt gewesen, und dann hatte sie ihn völlig vergessen, und der Altweibersommer war vorbeigegangen. Sie hatte schon immer zum Farbwechsel nach New Hampshire in die Berge fahren wollen, nachdem sie mit der Arbeit in der Konservenfabrik fertig wäre. Die Leute sagten, es sei großartig, die Farben und die Ausblicke. Sie sehnte sich danach, auf der Mautstraße den Mount Washington hinaufzufahren. Und als sie endlich Zeit dafür hatte, hatte sie es vergessen. Sie glaubte, der Käfer würde es schaffen; die Leute sagten, die Straße sei schwierig und nicht wenige müßten umkehren. Die Autos, die zu kochen anfingen. Aber auf dem Gipfel könne man bis ans Ende der Welt sehen und einen Aufkleber für die Stoßstange kaufen, auf dem stand: DIESES AUTO WAR AUF DEM MOUNT WASHINGTON. Dämlich, daß sie so etwas wollte, einen Autoaufkleber, aber sie wollte ihn. Der Mount Washington. Das war eine Unternehmung für ein altes Mädel!

Ray hatte sie überredet, Minks alte Vorkriegskarre für einen 1966er VW-Käfer in Zahlung zu geben. »Der hat erst fünfunddreißigtausend Kilometer drauf und hält so lang wie der alte Ford, der macht's viele Kilometer, und du kannst damit an Orte fahren, die die meisten Wagen nicht schaffen. Rudi hat einen in ziemlich gutem Zustand. Die Farbe ist 'n bißchen komisch, aber er will dir 'nen guten Preis machen.«
»Die Farbe ist mir egal!« sagte sie. Und dann: »Welche Farbe hat er denn?«
»Er ist orange, Jewell. Mit limonengrünen Polstern. Eine Sonderanfertigung, aber die Leute sind mit den Ratenzahlungen im Rückstand. Er läuft prima und hat 'ne gute Heizung. Kein bißchen Rost an der Karosserie. Rudi will dir die Bremsen kostenlos auswechseln, wenn du an dem Wagen Interesse hast. Er kriegt ihn wegen der Farbe schlecht los, soviel steht fest.«

Sobald sie über das Aussehen des kleinen Autos hinweggekommen war, gefiel es ihr. Die Buckelform und der Eifer des Fahrzeugs wirkten vertraut; es erinnerte sie an Mernelles alten Hund.

Sie räumte den Wohnwagen auf, fuhr mit dem Staubsauger über den geflochtenen Teppich, breitete ein sauberes Tischtuch aus und legte die Bretter in den Küchenschränken mit frischem Papier aus. Das war richtige Arbeit. In den alten Zeiten hätte sie das schmutzige Papier in den Ofen gestopft und verbrannt. Der Elektroofen war zwar sauber, konnte aber keine Socken trocknen, kein Papier verbrennen, keinen Brotteig zum Aufgehen bringen und keine Gemütlichkeit verbreiten. Und er war teuer im Verbrauch. Das nannte man Fortschritt.

Ab neun hatte sie nichts weiter zu tun, als zu stricken. Sie war ruhelos. Die Wolle blieb an ihren rauhen Fingern hängen. Der Wohnwagen engte sie ein. Sie hatte Lust auf eine schöne Autofahrt, wollte auf die Straße hinaus und etwas sehen. In Wahrheit vermißte sie die Arbeit in der Konservenfabrik.

Sie musterte den trüben Morgen. Der Himmel glich einer alten Pferdedecke. Die öden Wochen vor dem ersten Schnee. Also, sie würde einfach Richtung Osten fahren, auch wenn es nach Regen aussah. Sehen, wie weit sie kam. Den Käfer tun lassen, was er konnte.

Am Mittag war sie in Littleton, müde und durstig. Sie brachte eine Viertelstunde damit zu, einen Imbiß zu suchen. Sie hatte leichte Kopfschmerzen. Der Ausflug war länger, als er auf der Karte ausgesehen hatte. Der schwere Himmel wirkte bedrohlich. Ein Glas Ginger-ale würde ihr guttun. Vielleicht ein Hühnchensandwich, während sie die Landkarte studierte. Sie genoß es nach wie vor, irgendwo hineinzugehen und zu bestellen, wonach ihr der Sinn stand, und dann mit ihrem eigenen Geld zu bezahlen.

Sie parkte vor dem Cowbell Diner. Drinnen nahm sie in einer lackierten Sitzecke Platz und zog die Speisekarte hinter dem Serviettenspender hervor. Auf dem Tisch Krümel und Ketchupschlieren. Eine Kellnerin lehnte an der Theke, die andere saß vor ihr auf einem Hocker, rauchte und trank Kaffee. Es waren noch ein paar Gäste da. Ein Mann in einer zerschlissenen Jacke schien sich zu Hause zu fühlen, er schenkte sich aus der schmuddeligen Kanne, die hinter der Theke stand, Kaffee nach.

»Lassen sich ganz schön Zeit«, schimpfte Jewell vor sich hin. Das Mädchen kam her und wischte mit einem Lappen über den Tisch.

»Womit kann ich dienen?«

»Ich möchte ein Glas Ginger-ale ohne Eis und ein einfaches Hühnchensandwich, bloß Hühnchen und Salat mit ein bißchen Mayonnaise.«

»Weiß oder Voll?«

»Was?«

»Wollen Sie das Hühnchen auf Weißbrot oder auf Vollkornbrot?« Das Mädchen wackelte mit dem Oberschenkel, warf der anderen Kellnerin einen Blick zu. Jewell erkannte den Typ. Es gab eine Art Verkäufer, Bedienung, Kassierer beiderlei Geschlechts, die mit älteren Menschen nahezu unhöflich umgingen. Sie ließen sich Zeit, redeten herablassend, knallten einem die Sachen hin. Jewell wettete darauf, daß das Mädchen hier das Ginger-ale überall verschütten würde. Hundertprozentig.

Das Brot war gewellt wie eine Pagode, so daß der verwelkte Salat und ein Klumpen graues Hühnchen zu sehen waren. Das Ginger-ale bestand größtenteils aus Eis und Schaum. Sie tupfte die verschüttete Flüssigkeit mit Papierservietten auf und beugte sich über ihre Straßenkarte. Sie war bestürzt, als sie sah, daß die Autostraße auf der anderen Seite des Berges hinaufführte. Sie mußte erst nach Norden und um den Berg herumfahren, das waren noch einmal neunzig Kilometer. Als ihr die Kellnerin die Rechnung brachte – einen Dollar fünfundsiebzig –, fragte sie sie, ob es einen schnelleren Weg zur Autostraße gebe.

»Zur Autostraße? Ich weiß nicht einmal, wo die ist. Melanie, weißt du, wo die Autostraße ist?«

»Auf den Mount Washington hinauf«, sagte Jewell. »Die Autostraße, die den Mount Washington hinaufführt.«

»Ich war oben«, sagte Melanie. »Es war bewölkt.«

»Was ist die beste Strecke?«

»Sie nehmen einfach die Hundertsechzehn, dann biegen Sie auf die Zwei, dann auf die Sechzehn, weiter weiß ich nicht. Von hier sind's ungefähr zwei Stunden.«

»Gibt's denn keine Abkürzungen – Nebenstraßen?«
Die erste Kellnerin antwortete: »Nicht, daß ich wüßte. Also wohin bist du gestern abend ausgegangen, Melanie?«
Der Mann in der karierten Jacke schwenkte auf seinem Hocker herum. »Haben Sie ein gutes Auto?« Unrasiertes Kinn, Augen wie eingelegte Zwiebeln. Alter Trottel.
»Ja, hab' ich«, sagte Jewell und dachte an den ernsten Käfer. »Ich fahre damit überallhin.«
»Also, wenn Sie ein gutes Auto haben und es Ihnen nichts ausmacht, von der Hauptstraße abzufahren, dann gibt's eine Abkürzung. Da sparen Sie zwölf, sechzehn Kilometer.« Er humpelte zu ihr und beugte sich über die Karte. »Ist eine Holzfällerstraße. Vergessen Sie die Hundertsechzehn. Schauen Sie, Sie fahren hier runter, sehen Sie, nehmen die Hundertfünfzehn, fahren an Carrol vorbei, so fünf Kilometer bis hinter Carrol, dann halten Sie rechter Hand Ausschau. Nach einer Reihe Lagerschuppen, so sechs, acht Schuppen, weiß nich' genau, und nach den Schuppen gibt's 'ne Abzweigung nach rechts. Die nehmen Sie nicht, aber ungefähr 'n Kilometer weiter gibt's noch 'ne Abzweigung nach rechts, und die nehmen Sie. Die verläuft hier quer rüber und kommt irgendwo da raus.« Sein Finger glitt über die Landkarte. »Spart Ihnen ungefähr fuffzehn Kilometer. Wenn Ihnen 'ne Schotterstraße nichts ausmacht.«

»Auf anderen fahr' ich kaum«, sagte sie. »Danke für die Auskunft.«

»An seinen Rat würd' ich mich nicht halten, und wenn Sie mir was dafür zahlen täten«, sagte Melanie.

Es war Viertel vor zwei, als sie die klapprigen Holzschuppen erreichte. Sie fuhr an der Abzweigung nach rechts vorbei und beobachtete den Kilometerzähler. Nach zwei Kilometern zweigte eine ausgefranste Kiesstraße nach Südosten ab. Sie bog ab. Kein Lufthauch. Der düstere Himmel, die abgenagten Tannen auf dem Seitenstreifen und dahinter die ruppige Böschung, die in Gestrüpp und Pappellaub erstickte, deprimierten sie. Sie war müde. In den Käfer sickerte Kälte. Es würde vermutlich fast vier sein und allmählich dunkel werden, bis sie oben auf dem Gipfel des Mount Washington ankäme. Um welche Uhrzeit schloß der Laden, wo man die Autoaufkleber kaufen konnte? Aber sie war so nah, daß es eine Schande gewesen wäre, es nicht zu versuchen. Es war ein Abenteuer, in der Dämmerung den Mount Washington hinaufzufahren. Und wieder herunterzukommen. Laß es nicht regnen, dachte sie, und war froh, daß sie neue Bremsen hatte.

Die Straße wurde holpriger, schmaler – ein fahler Kiesweg durch den dunklen Forst. Nach zwei, drei Kilometern gabelte sich die Straße. Es gab keine Schilder, keinen Anhaltspunkt, welche Abzweigung wohin führte. Die rechte schien die bessere Wahl, und sie nahm sie. Die namenlose Straße führte über eine Brücke und schlängelte sich dann in Windungen und Schleifen hügelan; nach links und rechts gingen unzählige Wege ab. Kilometer um Kilometer führte die Straße tiefer in den Wald. Sie fuhr an Holzsammelstellen und an einem uralten grünen Wohnwagen vorbei, dessen Dach eingefallen war; über der sperrangelweit offenstehenden Tür baumelte ein Geweih. Die Straße wurde schwarz und in den Vertiefungen schlammig. Dreck spritzte auf die Windschutzscheibe. Der Kies hatte aufgehört. Sie kämpfte sich einen Felsvorsprung hinauf und auf einem Pfad aus nebeneinandergelegten, verrottenden Baumstämmen durch einen Sumpf. Zum Wenden war kein Platz. Sie hatte jetzt Angst und wollte umkehren, konnte aber nur weiterfahren. Die ersten Tropfen eiskalten Regens. Ein Elch patschte durch eine Gruppe Tannenstümpfe. Das kleine Auto schlingerte durch Löcher, und dann blieb der Auspufftopf an einem der Baumstämme hängen, ehe sie aus dem Sumpf war. Der Pfad – es war keine Straße mehr – wurde steiler, ein ausgewaschener Alptraum aus Steinen. Sie konnte nicht umkehren, konnte kaum weiterfahren.

Der feine Eisregen blieb auf der Windschutzscheibe liegen. Die Scheibenwischer schabten wirkungslos über Schlamm und Eis. Schließlich rutschte sie seitlich ab, dann ein Knirschen. Der Volkswagen hing fest. Sie stellte den Motor ab, stieg aus und schaute unter den Wagen, sah den Felsen, der gegen den

Unterboden drückte. Der Eisregen trommelte auf das kleine Auto, zischelte durch die Tannen. Man bräuchte einen Hubschrauber, um den Käfer von dem Felsen zu heben, dachte sie. Im Kofferraum des alten Wagens war ein Wagenheber gewesen, aber der war verschwunden, als sie den Volkswagen bekam. Aber wenn sie eine oder zwei dicke Stangen fände und sie unter den Käfer schieben könnte, dann hätte sie vielleicht eine Chance. Falls sie die Kraft dazu hätte. Sie mußte es versuchen. Wünschte, Mink wäre bei ihr. Begriff, wie er seine Wut genutzt hatte, um sich durch schwierige Arbeiten zu kämpfen, durch ein schwieriges Leben. Ihr Herz klopfte. Sie stolperte ins Unterholz auf der Suche nach einem soliden, festen Strunk. Dafür war sie nicht richtig angezogen, dachte sie, als der Saum der Strickhose an Aststümpfen hängenblieb.

Ein Verhau aus Ästen, verrottende Stämme, grüne Schößlinge – nichts, was geeignet gewesen wäre. Sich durch das Gewirr aus abgestorbenem Holz zu schlagen war Schwerstarbeit. Keuchend gelangte sie an eine Wasserrinne, über der kreuz und quer abgestorbene Bäume lagen und die von dornigem Gestrüpp überwuchert war. Da lag ein Strunk, der so fest und groß aussah, daß sie mit ihm zurechtkommen konnte. Sie stellte sich in Position, um ihn loszuzerren. Das vordere Ende konnte sie anheben, aber das hintere schien durch einen anderen Stumpf beschwert. Sie zitterte. Würde auf die andere Seite der Rinne gehen und ihn irgendwie loskriegen müssen. Wußte, daß sie nicht wie ein Seiltänzer über die herumliegenden Stämme balancieren konnte, wie Mink es getan hätte. Sie mühte sich ab, klammerte sich fest, tastete sich in die Rinne hinunter und fing an, sich einen Weg durch verfilztes Gestrüpp und Moder zu bahnen. Der Eisregen prasselte. In dem dichten Geäst war es dunkel und stank. Sie stieß sich an Aststümpfen. Kämpfte sich voran, zwei, drei Meter, ihr Herz hämmerte, sie war so sehr darauf aus, die andere Seite zu erreichen, daß sie nichts als Staunen verspürte, als das tödliche Aneurysma ihrer Reise ein Ende setzte. Ihre Hand krampfte sich um wilde Himbeerzweige, entspannte sich.

39
Die Holzfällerstraße

17. November 1969
Lieber Mr. Blood!
Wegen der sanitären Anlagen auf
Ihrem Wohnwagenabstellplatz sind
bei unserer Behörde zwei
Beschwerden eingegangen. Kommen
Sie bitte zu unserer Versammlung
am nächsten Donnerstagabend.
Joanne Buddle,
Cream-Hill-Verwaltung

Mr. Otter Blood
Freie Landpost-
zustellung
Wallings, Vt. 05030

Über die Windschutzscheibe strömte trommelnder Novemberregen. Böen schaukelten das Auto, klatschten nasses Laub auf die Straße. Rays milchiger Atem kondensierte auf den Türfenstern und milderte das grelle Licht der Ampeln und das Neonschild CHIN GARDEN – das A in CHINA hatte noch nie funktioniert – zu bunten Rauten ab. Die Heizung blies ihm surrend Wärme an die Beine. Er bog in die Henry Street. Die Scheinwerfer funkelten die nassen Bäume an, den fleckigen Gehsteig. Durch die Rinnsteine schoß Wasser und Laub, nasse Stiefel blitzten auf wie Flintstein. In der Dunkelheit schimmerten die Fenster seines Hauses wie Vierecke aus schmelzender Butter.

Er fuhr auf die Einfahrt und stellte den Wagen neben dem erhöhten, mit Grasbüscheln bewachsenen Mittelstreifen ab. Das Gras streifte die Unterseite des Autos. Durchs Fenster sah er das Rot des Küchenvorhangs, sah, wie Mernelle sich um den Tisch bewegte, vermutlich die Sets glattstrich oder das Besteck auflegte, so daß es aussah wie Kinder, die sich der Größe nach zu einem Foto aufgestellt hatten.

Die Tür hatte sich durch die Feuchtigkeit verzogen, und er mußte zweimal dagegen drücken, bevor sie aufging. Mernelle, die ihm in ihrer engen schwarzen Hose den Hintern entgegenstreckte, während sie sich bückte und aus dem Schränkchen unter der Spüle einen frischen Schwamm holte, sagte: »Scheußlich draußen?«

»Ziemlich. Und es wird kälter. Noch vor Morgen soll's schneien.«

»Da werden sich die Rotwildjäger freuen.« Der Wind trieb Regen gegen die Hintertür. Die Schutzhülle des Gastanks knatterte gegen das Haus.

»Ja, das wird ihnen gefallen. Wie lange dauert's noch bis zum Abendessen? Riecht unglaublich gut. Was gibt's denn?«

»Schweinebraten mit gebackenem Kürbis. Schien mir bei dem schlechten Wetter eine gute Idee. Und Apfelkuchen hab' ich auch gebacken. Danach riecht's, nach dem Zimt.«

»Willst du was trinken?« Er hängte seine feuchte Jacke an den Haken in der Wand, wo sie trocknen konnte. Er strömte den bitteren Duft nach rohem Holz aus. Seine Hausschuhe standen im Flur.

»Einen vielleicht. Mach ihn nicht so stark.« Sie lugte in den heißen Ofen, stach mit der Fleischgabel in den Braten. Ray schaltete das kleine Radio über der Spüle ein. Trompetenmusik, etwas Lateinamerikanisches mit vielen Schnalzern. Er nahm die Flasche Bourbon aus dem Vorratsschrank, der nach trockenen Kiefern und Gewürzen roch, die grüne Flasche Ginger-ale aus dem Kühlschrank. Mernelle holte die Eiswürfelschale aus dem Gefrierfach.

»Hab' ich heute morgen erst aufgefüllt«, sagte sie, »damit die Eiswürfel nicht so alt schmecken.« Sie hielt die Schale unters fließende Wasser, bis sich die Würfel mit einem kurzen eisigen Knacken gelockert hatten. Ray stellte sich hinter sie, lehnte sich gegen sie, drückte ihren Bauch an den Rand der

Spüle. Er atmete in ihr Haar. Sie spürte die Hitze seines Atems auf der Kopfhaut, im Ohr, spürte seinen Mund im Nacken, seine Zunge zwischen den vereinzelten Haaren. »Ach. Ach«, sagte er. »Zu Hause. Das mag ich.« Ihre vereitelte Sehnsucht nach Kindern flackerte auf. »Der Braten braucht noch eine Viertelstunde. Er ist fast fünf Pfund schwer, es bleiben genug Reste, um morgen Fleischpastete mit Kartoffeln zu machen.« Sie nahm den Drink entgegen. Er fühlte sich kalt an. Das Eis klapperte gläsern.

Im Wohnzimmer setzte Ray sich in seinen ledernen Fernsehsessel, Mernelle auf das mit goldfarbenem Tweed bezogene Sofa, dessen spitz zulaufende Beine sich in den zottigen Teppich bohrten. Auf dem Couchtisch aus glattem karamelfarbenem Holz befanden sich ein glänzender Teller mit Minzkonfekt, ein Stapel Ausgaben von *Lumberyard Review*, *Motorboat* und *Reader's Digest*. Das Furnier der Vertäfelung war mit Zitronenöl poliert. Überall im Zimmer hingen geprägte Messingrahmen mit Fotos von herbstlichen Szenen. Ihnen gegenüber stand am Ende des Zimmers auf einem Tisch der Fernsehapparat.

Neben dem Sofa eine Vitrine mit Mernelles Bärensammlung: Bären aus Glas, Keramik, Holz, Bakelit, Plastik, Pappmaché, ein glasierter Teigbär aus Italien, ein Strohbär aus Polen, ausgestopfte Stoffbären, Bären aus Steinen und Zweigen und ein metallener Spieldosenbär mit einer Kurbel im Rücken, der »Home on the Range« spielte. Sie wußte nicht, warum sie sie sammelte. »Ach, da hab' ich was zu tun, 'ne Art Hobby. Ich weiß nicht, mir gefallen sie einfach.« Ray brachte ihr von überall her Bären mit, von den Holzkonferenzen in Spokane, Denver, Boise, aus anderen Ländern, aus Schweden, ja sogar Puerto Rico und Brasilien. Gewissermaßen sammelte er sie; sie stellte sie in den gläsernen Fächern auf. Sie mußten ihr gefallen. Sie gefielen ihr.

Ray schaltete den Fernseher ein. Das blaue Viereck blähte sich ihnen entgegen, und gebeugte Gestalten tanzten durch heftigen Schneefall. Die Bilder bannten ihre Aufmerksamkeit wie Flammen in einem Kamin. Um halb neun ging Mernelle in die Küche, um Ovomaltine zu machen und den Kuchen anzuschneiden, der noch warm war wie schlafendes Fleisch. Sie stellte die Dessertteller, weiß mit blauen Rändern und goldenen Blättern, auf das Tablett, goß die rosa getönte Ovomaltine in die dazu passenden Tassen. Gegen das Geräusch des Sturmes ließ sie das Porzellan hell scheppern, die silbernen Löffel klingen. Im Wohnzimmer räumte Ray das Tischchen leer, breitete das gelbe Tischtuch darüber. Behutsam stellte sie das Tablett ab. Sie sahen sich die flimmernde Geschichte an, das Klappern der Gabeln gedämpft von Streuseln und Sahne. Der Anblick seiner leeren Knie gab ihr einen Stich. Wenn sie Kinder gehabt hätten, hätten sie sie jetzt zu Bett gebracht. Ray hätte ihnen Gutenachtgeschichten erzählt. »Es war einmal ein kleines Mädchen, das lebte auf einer Farm oben auf einem hohen, hohen Hügel. Es hieß Ivy Sunbeam MacWay, allen und jedem besser bekannt als Sunny. Sogar am Sonntag.«

Gegen Ende der Sendung klingelte das Telefon. Ray streckte sich. Seine spitzen Ellbogen spannten die karierten Hemdsärmel.

»Wenn das einer von der Mühle ist...«

»Ich geh' schon, Ray. Du solltest in so einer Nacht nicht raus.« Die schwarze, strömende Nacht. Sie ging zwar ans Telefon, aber er stand auf, stellte sich in die Tür und horchte. Die blechernen Stimmen im Fernseher versanken in düsterer Musik. Eine rauhe Stimme: »...Ich bin Polizist... hab' tagsüber Dienst...«

»Ja, ja.« Mit der nervösen, fragenden Stimme, die Behörden vorbehalten war. Jemand nannte ihr eine Adresse. Sie hörte zu, machte ein Zeichen, daß sie Stift und Papier brauchte. Er stellte sich neben sie und sah zu, wie sie eine Nummer aufschrieb, die Wegbeschreibung zu einer Stadt, die hundertfünfzig Kilometer entfernt in den Bergen lag. »Sie ist zweiundsiebzig, war früher stämmig, ist aber jetzt dünner, vielleicht eins fünfundsechzig groß, da bin ich mir nicht sicher. Sie ist kleiner als ich. Sie trägt eine Brille.« Sie horchte auf die junge Stimme. »Ich hab' gestern nachmittag ein paarmal versucht sie anzurufen, aber sie nicht erreicht. Um wieviel Uhr? Tja, da bin ich mir nicht sicher, aber es hatte gerade angefangen zu regnen. Vielleicht so um drei. Hab's heute morgen wieder probiert. Sie ist ziemlich viel unterwegs, darum hab' ich mir nichts dabei gedacht. Ja. Ja, ich kann ein Foto von ihr mitbringen, das letzten Herbst aufgenommen wurde. Ray und ich fahren gleich los.« Nachdem sie aufgelegt hatte, wunderte sie sich, daß ihre Hände nicht zitterten, sie preßte sie auf die Augen, ließ die Arme dann kraftlos sinken, sog durch die Zähne Luft ein.

»Das war die Polizei von New Hampshire. Jäger haben hoch oben an einer Holzfällerstraße Mas Auto gefunden. Scheint ein, zwei Tage dort gestanden zu haben, denken sie – es liegt Schnee drauf, und es sind keine Spuren drum herum. Bei ihr geht keiner ans Telefon, sagt die Polizei. Es klingelt und klingelt. Sie haben Mr. Colerain zu ihrem Wohnwagen geschickt, um nachzuschauen, Sheriff Colerain, und sie ist nicht da. Sie haben uns über Ott ausfindig gemacht.« Sie wählte – ihre Finger kannten die vertraute Nummer – und stand da und horchte auf das Klingeln, stellte sich das Läuten im leeren Wohnwagen vor.

»Sie sagen, daß sie nicht begreifen, wie das Auto es hinaufgeschafft hat. Es hängt an einem Felsen fest. Sie sagen, daß dort alles aus Felsen, Baumstümpfen und Sumpf besteht, daß es ein Bulldozer nur mit Mühe hinaufschaffen würde.«

»Ist sie verletzt?«

»Das wissen sie nicht, Ray. Im Auto war niemand. Ihr Notizbuch lag auf dem Sitz. Es steckte Geld drin. Dreizehn Dollar. Sie haben eine Beschreibung gebraucht, damit sie die Motels und Krankenhäuser anrufen können. Sie sagen, daß es da oben auf Teufel komm raus schneit. Ray, was um Himmels willen hat sie auf einer Holzfällerstraße hinter Riddle Gap in New Hampshire getan? Vielleicht ist irgendein Einbrecher oder Schlimmeres bei ihr eingestiegen, hat sie entführt, ihr Auto gestohlen.«

»Zieh dir was Warmes an. Die Fahrt durch die verdammten Berge in New Hampshire wird furchtbar.«

Östlich des Connecticut River stieg das Land an. Mernelle saß auf dem Rand ihres Sitzes, stützte sich mit einer Hand aufs Armaturenbrett. Die Straße glänzte schwarz im Scheinwerferlicht, die Scheibenwischer arbeiteten langsam.

»Sie war die vergangenen Monate über komisch, Ray. Weißt du noch, als sie im August heimkam und ein Briefkasten hinten an ihrer Stoßstange hing? Er muß einen Höllenlärm gemacht haben, als er auf der Straße schleifte, aber sie hat behauptet, daß sie nichts gehört hat. Und Ray, das eine Mal, als sie versucht hat, den Bach zu überqueren, als die Brücke weg war, und den Wagen in ein Loch gefahren hat? Sie war eine Plage in dem verdammten Auto. Sie ist zum Fahren zu alt, Ray. Und das werd' ich ihr auch sagen, mitten ins Gesicht.«

Der Regen trommelte, in jedem Tropfen ein Eiskörnchen. Mit sinkender Temperatur bildeten sich an den Rändern der Reichweite der Scheibenwischer vereiste Kanten, so daß ein Fächer aus sauberem Glas in einem Rahmen aus Eis entstand. Die Scheibenwischer kratzten und blieben schließlich hängen. Ray fuhr vorsichtig an den Straßenrand und brach mit der Hand das Eis von den Wischern. Während er an den Wischern hantierte, überzog schwarzes Eis die Windschutzscheibe. Er kratzte die Windschutzscheibe sauber, mußte aber nach gut einem Kilometer erneut anhalten und das Eis entfernen. Das Gebläse arbeitete auf Hochtouren, brachte aber nur einen untertellergroßen aufgehenden Mond saubere Scheibe zustande und zwang Ray dazu, mit dem Kopf knapp über dem Lenkrad zu fahren.

Die steilen Straßen waren nicht gestreut, und der DeSoto schlingerte, das Heck scherte sogar in den harmlosesten Kurven aus. Bergauf rutschten und schlitterten sie zur Seite. Aus der Gegenrichtung kamen keine Autos, aber im Rückspiegel sah Ray, daß weit hinter ihnen langsam ein weiteres Fahrzeug kroch.

»Ich wette, das hinter uns ist der Streuwagen«, sagte Ray. Sie zuckelten mit dreißig Stundenkilometern weiter, während der Schneeregen wie Salz auf sie niederging. In Jarvis wurde er zu Schnee.

»Glück gehabt«, sagte Ray. Die Reifen griffen im Schnee, die Scheibenwischer schoben die Flocken weg. Er beschleunigte, bis er stetig fünfzig fuhr.

Sie wachte zwischen den heißen Laken des Motels auf und erkannte an der Art, wie er atmete, daß Ray die Augen offen hatte. Der vollgestopfte Raum – ein Plastikstuhl, der sich gegen das Doppelbett drängte, der Fernsehapparat – war zum Ersticken. Sie hatte Kopfweh. Die Heizung war voll aufgedreht, und an der heftig blasenden Luft erkannte sie, daß es draußen bitterkalt war.

»Wie lang bist du schon wach?« flüsterte sie.

»Hab' noch gar nicht geschlafen. Ich muß ständig daran denken, daß sie vielleicht da draußen ist. Es ist schrecklich kalt.« Er stand auf und zog an der Jalousie; sein Ehering funkelte. Die Jalousieleisten hoben sich schräg. Ein kristallener Dunst ließ das Licht im Hof des Motels verschwimmen. Es fiel der ganz feine Schnee, der nur bei bitterer Kälte fällt. Es weht Wind, dachte er. Selbst wenn jemand warm angezogen war und sich in einen hohlen Baum hockte, in eine geschützte Ecke, wie lang konnte er überleben? Brannte in alten Farmersfrauen das Feuer des Durchhaltens, oder ließen ihre Kräfte rasch und widerstandslos nach?

»Was meinst du, Ray?«

»Ich weiß es nicht. Ich weiß es nicht. Es sieht nicht besonders gut aus, Liebling. Aber wir müssen weiterhin die Daumen drücken. Vielleicht sitzt sie bei irgend jemandem im Gästezimmer. Mach dir keine unnötigen Sorgen.«

»Ray. Sie sitzt bei niemandem im Gästezimmer.« Er sagte nichts, sondern schlang seine langen, festen Arme um sie, zog sie an sich, so daß ihr Ohr gegen seine bloße Brust drückte. Sein Herzschlag pochte, seine Brust hob und senkte sich mit seinem warmen Atem, ein schläfriger Vanillegeruch ging von ihm aus.

»Ach, Ray, ich weiß nicht, was ich machen würde ...« Und in der süßen Umarmung stellte sie sich Jewell im Schneegestöber vor, einen Arm steif nach vorn ausgestreckt, den anderen auf die Brust gelegt, als wollte sie sich einen Pfeil aus dem Hals ziehen. In ihrem Haar knisterte Schnee und wehte in ihre kalte Ohrmuschel.

»Ray, die arme Ma«, schluchzte sie. Und er streichelte und streichelte das feine Haar, bis es in der Dunkelheit aufflog, seiner sich senkenden Hand entgegen.

Am Vormittag lag die Temperatur bei minus fünfundzwanzig Grad. Der Schnee trieb dahin wie zischende Messerschneiden. Um sieben Uhr war mit dem ersten Licht ein Suchtrupp aufgebrochen. Mernelle rief Dub in seinem Büro in Florida an. Die Verbindung war schlecht, als würde sich Eis in den Leitungen bilden.

Sie saßen auf Plastikstühlen im Büro des Einsatzleiters, zu einer Untätigkeit verurteilt, die zum Verrücktwerden war. Bemühten sich, die verschlüsselten, knisternden Nachrichten zu verstehen. Männer gingen ein und aus. Der Raum dampfte vor Kälte. Die Luft stank nach Rauch. Ray dachte an zu Hause, an die Rohre unter der Spüle, die langsam ersterbende Wärme im Haus.

»Es hat keinen Zweck, daß wir beide hier warten. Sie könnten einfrieren. Wie wär's, wenn ich zurückfahre und mich um die Rohre kümmere, und du bleibst hier. Ich komm' wieder, sobald ich kann. Und wenn sie eine Spur finden, rufst du mich an, dann komme ich sofort.«

Am nächsten Tag bei glitzernder Kälte kam Ray zurück, aber sie hatten sie nicht gefunden, und am dritten Tag schneite es erneut. Die Suche war zu Ende. Mernelle und Ray saßen in der erhitzten Luft des Autos und starrten zu der Tankstelle, wo Jewells orangefarbener Käfer abgestellt war – am Boden eingebeult, ohne Auspufftopf, mit angetrocknetem Schlamm und voller Ölspritzer. Während der frische Schnee das schmutzige Blech überzog, sagte Mernelle, sie werde den Wagen nie wieder fahren sehen.

»Diese Familie«, sagte sie. »In dieser Familie haben alle die Angewohnheit zu verschwinden. Alle sind verschwunden außer mir. Und mit mir geht sie zu Ende.«

»Sag das nicht, Liebling. Vielleicht haben wir ja noch Glück.«

»Das Glück ist schon lang aufgebraucht, Ray. Die Bloods haben kein Glück mehr, seitdem Loyal sich aus dem Staub gemacht hat. Verflucht sei er, schickt ungefähr einmal im Jahr eine verdammte Postkarte, läßt uns aber nie wissen, wohin wir ihm schreiben können. Ist dir klar, daß er nicht mal weiß, daß Pa tot ist? Er weiß nichts vom Stall oder was mit Pa passiert ist. Er weiß nicht, daß Ma in den Wohnwagen gezogen ist oder daß wir zwei seit fast zehn Jahren verheiratet sind oder daß Dub reich in Miami sitzt. Er weiß nicht, daß Ma verschwunden ist. Schickt seine blöden Bärenpostkarten. Wie viele solche Bären müssen wir uns noch ansehen? Wie kommt er darauf, daß ich was von ihm hören will? Seine blöden Postkarten sind mir egal. Was jetzt? Sollen wir in jede Zeitung im Land eine Meldung setzen: ›An alle. Jewell Blood auf dem Riddle Mountain in New Hampshire im Schnee vermißt. Kann ihr ältester Sohn, der seit zwanzig Jahren fort ist, zu Hause anrufen?‹ Soll ich das tun? Wenigstens weiß ich, wo ich Dub erreichen kann. Wenigstens kann ich ihn anrufen. Ich hab' eine Adresse. Ich muß nicht auf eine Postkarte warten.«

IV

40
Die Gallenblasen von Schwarzbären

*Lieber Bruder Jensen, ein Erlebnis hat mich zum wahren Glauben bekert. Wir waren hier schrecklich knap. Letzten Mittw. hat Mrs. Cains von nebenan mich zum Frauenbetgreis eingeladen, und ich bin auch aus Neugier hin. Beim Beten hab ich mir gedacht, ich bete am besten um finanzielle Hilfe. Bruder Jensen, glauben Sie mir, 3 Tage speter will Trav einen Streifen vor dem Windschutz für ein Spargelbeet umpflügen. Er holt einen Männerschuh raus mit einem Hundertdollarschein, ganz checkig aber gültig. Wir beten jeder beide. Jeden Abend schauen wir ihre Sendung Komm zu Jesus.
Ihre Dienerin im Herrn,
Mrs. Travis Butts*

*Bruder Jens Jensen
Gospelstunde
WCKY-TV
Spineweed, Arkansas
72666*

Jetzt hatte er es heraus; es gab bestimmte Straßen und Wege durchs Land, auf denen er unterwegs sein konnte, aber wesentlich mehr Straßen waren ihm verschlossen. Auf Dauer verschlossen. Er war mittlerweile darin geübt, wenig zu brauchen und zu wollen. Das ungesicherte Gerüst seines Lebens beruhte auf Vergessen. Er war sparsam mit dem Essen, dünn, allein, rastlos. Sein Haar war größtenteils weiß geworden. Und er ging verdammt schnell auf die Sechzig zu.

Cowboybars waren seine Wohnzimmer, und davon gab es tausend zwischen Arizona und Montana; sie hießen Two Silver Bullets, The Red Spur, Cal's Corral, Little Wrangler, Spotted Horse Café, The Moose Rack, Rustlers' Roost, White Pony & His Friends, Sundance, Bronco Billy's Hangout, The Yellow Steer, Boot Hill, The Sage Brush Inn. In jeder Bar fand er schnell seinen Platz, den schiefen Tisch neben der

Schwingtür zur Küche, die Sitzecke mit der zerschlissenen Rückenlehne, den Barhocker, der sich nicht hochkurbeln ließ, weil das Gewinde überdreht war. Sie waren alle gleich und alle verschieden, der Geruch eine Mischung aus billigem Kaffee, brutzelndem Fleisch, Bier, Zigarettenrauch, stinkenden Körpern, verschüttetem Whiskey, Moschus, Schokoladeriegeln, Dung, undichten Rohren, frischgebackenem Brot. Überall das gleiche fade Licht, ob trüb oder grell, Neon oder gelbes Kerosin wie im Walrus Club, der einsam oben auf dem Ounce Pass stand und mit nur zwei Tischen eingerichtet war. Diese Geräusche waren ihm vertraute Geräusche: die Jukebox, das Klacken von Queues, die zuknallende Kühlschranktür, das Kratzen von Stuhlbeinen, Gerede, Münzgeklimper, quietschende Barhocker, zischendes Bier, das Schwingen der schief in den Angeln hängenden Tür. Und um ihn herum – gleich Gesichtern von Verwandten – Männergesichter: hager, frühzeitig gealtert. Ein paar Mädchen mit Pockennarben im Gesicht und hautfarbenem Haar, aber überwiegend dürre Männer, die aus allen Richtungen zu diesem Sammelpunkt strebten wie Wild zu einer Salzlecke. Einige waren schmutzig. Man mußte aufpassen, neben wen man sich setzte, oder man lief Gefahr, sich Filzläuse oder Flöhe einzufangen.

Er baute sich einen Fallenstellerwagen, den er an seinen Transporter anhängte; er ähnelte den doppelachsigen, dickbäuchigen, mit Leinwand überdachten Fuhrwerken der baskischen Schafhirten. Im Inneren ein eingebautes Bett, ein Brettertisch, der sich an die Wand klappen ließ, wenn er ihn nicht brauchte, ein schmales Öfchen. Zum Sitzen hatte er eine aufklappbare Bank, in der Ausrüstungsgegenstände verstaut waren.

Er stand morgens gern auf und öffnete die Tür auf abgelegene Gegenden. Bad Route Road. Whoopup Creek Road. Cracker Box Road. Er konnte den Wagen in fast jedes Gelände ziehen, ihn vom Transporter abhängen und festpflocken. Wo immer er haltmachte, war alles übrige weit weg. Dort, in der disziplinierten Zurückgezogenheit, konnte er Monate allein verbringen, immun dagegen, »basatia« oder »schafig« zu werden wie die verrückten Basken, die er ab und zu wahnsinnig vor Einsamkeit durch die Straßen stolpern sah.

Er zog langsam durchs Land. Im Frühjahr nach den Pelzversteigerungen blickte er über das Land. Bienenstöcke auf jeder Ranch, Honig für die Kekse am Morgen. Nachts kamen die Stinktiere und kratzten vorsichtig an den Stöcken, bis die schläfrigen Bienen herauskrochen, dann fraßen sie sie.

Loyal fuhr durch Städtchen in Montana oder Wyoming oder auf seinem Weg nach Südwesten in die Wüste, brachte ein paar Leute an der Bar dazu, über Pelze und Wild zu reden, fing eine Unterhaltung mit einem freundlichen Schäfer an. Die Rancharbeiter waren ihm lieber, aber die Schäfer mit ihren das Land zerstörenden dummen Wolltieren waren diejenigen, die gegen die Kojoten wetterten. Manchmal traf er auf einen jungen Kerl mit Familie, beobachtete die Kinder auf ihren Pferden oder beim Herumlaufen, so strahlend und schön wie Schmuckstücke. Herrgott, wie gern er kleine Kinder sah. Er fuhr durch die Gegend, hörte sich um, bevor er bei jemandem anklopfte. Es gab eine Menge Schäfer hier, zu viele ausgebrannte Alkoholiker, aber was er über Jack Sagine hörte, gefiel ihm; eines Abends fuhr er zu ihm und klopfte.

Starr bat ihn herein, bot ihm eine Tasse Kaffee und einen Teller Toast mit Zimt an. Er hatte keinen Toast mit Zimt mehr gegessen, seit er die Farm verlassen hatte. Als er versuchte, manierlich zu essen, verschluckte er sich an einem Mundvoll Toast und Kaffee.

»Sie wollen sich hoffentlich nicht beschweren, daß der Kaffee zu stark ist«, sagte sie. »Er kocht erst seit letzter Woche.«

Er brauchte einen Augenblick, bis er es kapierte. An scherzende Frauen war er nicht gewöhnt. Er lachte zu laut und zu lang. Sagte ihnen, daß er nach einem Ort suche, wo er eine Saison lang Fallen stellen konnte.

»Kojoten. Füchse. Rotluchse.«

Mit dem Daumen schob Jack seinen perlgrauen Stetson ein Stück zurück. Schwarze Haare an den Armen, an den Manschetten zugeknöpfte Hemdsärmel, Zeige- und Mittelfinger

der linken Hand verstümmelt, in der Kindheit von einer Axt abgeschlagen und als Stummel verheilt.
»Fallensteller von der Regierung?«
»Um Himmels willen nein. Ich rotte nicht aus, gehe nur saisonweise zum Fallenstellen, ziehe weiter, damit ich in die Population der Pelztiere keine große Lücke reiße. Ich nehme mir meinen Teil und ziehe weiter. Verdiene meinen Lebensunterhalt damit. Hinterlasse die Gegend sauber, baue die Fallen ab, sammle alle meine Geräte ein, gehe die Strecke mit dem Landbesitzer ab, wenn ich fertig bin, damit er sich selber davon überzeugen kann, daß alles in Ordnung ist. Hab' bisher noch keine Klagen gehört.«
»Ich hab' selber mal ein bißchen Fallen gestellt. Ist ein hartes Brot.«
»Wenn man die Sache mal raushat, kann man ganz anständig davon leben. Man gewöhnt sich daran.«
»Ja. Also, ich will nicht behaupten, daß ich noch nie Fallensteller auf mein Land gelassen hab', aber vor ein paar Jahren hatte ich mit sogenannten Fallenstellern Schwierigkeiten. Die Dreckskerle haben den ganzen Winter über frisches Fleisch gegessen, und mir haben im Frühjahr ein paar Kühe gefehlt. Die Kojoten waren das nicht. Die Kerle haben Köder ausgelegt. Würde mich interessieren, wie Sie's machen.«
»Normalerweise stelle ich den Wagen an 'ner guten Lagerstelle ab, richte mich ein, gehe das Land im Frühherbst ab, sobald die Kojoten in ihre Winterreviere gezogen sind. Merke mir die Spuren, bis ich das Gefühl habe, ich weiß, was da ist und wieviel, lege in Gedanken die Strecken an, bereite die Fallen vor. Kaum wird es kalt, bin ich draußen – von November bis Januar, die beste Zeit für Fallen und Pelze. Als Köder benutzt hab' ich Kaninchen, Stinktier, Luderköder, totes Vieh, alles hab' ich brauchen können, aber ich hab' keine Kühe dafür erschossen. Allerdings sind die Kojoten hier in der Gegend jetzt anders. Sie sind gerissener als früher. Tote Tiere kann ich nicht mehr brauchen. Die kennen sich mit Ködern aus, darum benutze ich leere Fallen, das ist alles. Ich gehe meine Strecke jeden Tag ab. Im Februar bin ich fertig damit – da

fangen die Kojoten an, sich zu reiben und das Fell zu wechseln, Ende Januar werden die ersten Haare dunkel. Im Februar bin ich fort. Bringe die Felle zur Versteigerung nach Winnipeg oder verkaufe sie durch die Pelzgenossenschaft.«

»Also, ich sag' Ihnen was. Bei Buckelrindern hat man nicht oft Ärger mit Kojoten. Ich züchte jetzt seit siebzehn Jahren Buckelrinder – die Leute hier in dieser Bleichgesichtergegend halten mich für verrückt –, und ich hab' noch nie ein Tier an die Kojoten verloren. Ich hasse Gift, und ich hasse die Regierungstrottel, die auf dem von den Schafen abgeweideten Regierungsland alles vergiften – das Gift hat uns einen schönen Hund gekostet, einen kleinen Border-Collie. Der beste Hund, den wir je hatten, klug, gutmütig. Aber ich hab' nichts gegens Jagen oder Fallenstellen. Es ist schwer, was zu tun, was die Nachbarn nicht tun. Wenn Sie hier Fallen stellen wollen, dann nur zu. Ich weiß nicht, wie viele Kojoten es hier gibt, aber eins sag' ich Ihnen, ich gehöre nicht zu denen, die meinen, daß man die Gegend ganz von wilden Tieren säubern soll. Das sind die Schafzüchter, weil die sich nicht mehr darum scheren, die Tiere zu hüten. Lassen einfach zweihunderttausend Schafe raus und schreien Zeter und Mordio, wenn nicht alle wieder zurückkommen. Die meisten von den Rinderzüchtern wissen verdammt genau, daß die Kojoten die Nager im Zaum halten, die das Gras fressen – ein paar Kojoten fressen in einer Woche Hunderte von Mäusen und Präriehunden. Wir haben fast hundert Quadratkilometer Land. Da ist Platz für alles. Aber angeblich gibt es zu viele Kojoten und nicht genug Land.«

Manchmal ging ein Viehzüchter mit gutem Land wie ein Dreckskerl um. Frank Cloves.

Aber Jack und Starr Sagine waren gute Menschen, und ihr mager wirkendes Stück Land grenzte an den Black Cloud National Forest. Denk an den Eissturm, dachte Loyal, als er und Little Girl – da hatte er sie noch – in Jacks und Starrs Küche schliefen. Konnte sich nicht mehr erinnern, warum – war das die Zeit, als er den Motor des Wagens hatte austauschen lassen? Jacks Großvater hatte sich nicht mit einem flachen Ranchhaus begnügt, sondern ein dreigeschossiges Gebäude gebaut, mit Türmchen, Dachfenstern und Holzverzierungen an den Giebeln, wie im viktorianischen Ohio. Der Wind fiel heftig über ein Haus her, das so hoch aufragte. Nach dem Sturm rutschten große, sechs Meter lange Eisplatten das Blechdach hinunter und krachten beim Fallen gegen das Haus. Glas splitterte. Der Wind bog die Bäume um, zerrte an den verzweigten Ästen, bis sie Eisrinden abwarfen. Die mit Eis behangenen Kiefern duckten sich wie Hunde. Die Fallen waren vereist. Er sah einen Kojoten auf dem glänzenden Eis rutschen, die stumpfen Klauen nutzlos, und das Tier spürte seine Belustigung, war gedemütigt.

Er mochte die hellen, silbrig gefleckten Kojoten der Hochebenen und trockenen Gebirgszüge und die rötlichbraunen Kojoten der Wüste. Das klügste Tier auf der ganzen Welt, sagte er immer in den Kneipen. Keiner stritt es ab.

»Einmal kannst du ihn drankriegen, aber zweimal kriegst du ihn nicht dran.«

»Mensch, ein Kojote kann die Abgase von deinem Wagen hundert Meter gegen den Wind riechen, noch drei Tage nachdem du vorbeigefahren bist. Verflucht, die haben Adleraugen und sind schlau genug, dir eine sarkastische Nachricht auf dem Boden zu hinterlassen.« Der Barmann wußte alles über Kojoten. Am Ende der Theke hörte ein kleiner Cowboy mit kojotenfarbenen Koteletten zu.

»Sie fressen alles. Wirklich alles: Wassermelonen, Gras, Weizen auf dem Halm, Schoßhündchen, Grashüpfer, Regenwürmer, Stinktiere. Sie fressen Stinktiere, wußtet ihr das?« Der Barmann legte sich ins Zeug, sein Mund schnappte nach den Worten. »So ein Kojote, der frißt eine Klapperschlange. Und er frißt sie auch noch, wenn sie ihn schon gebissen hat. Das Gift schert ihn nicht. Er frißt Rinde und Laub, Kaktusfeigen, die Stacheln und alles, Wacholderbeeren, wenn's sonst nichts gibt. Er frißt Vögel, Eier, Mäuse, Ratten, Eichhörnchen, Präriehunde, Gabelantilopenkitze, Elche, Rotwild, alte Sandwiches, Wassermelonen, Abfall. Er holt sich Kaninchen. Er frißt Frösche, und er frißt Enten, er frißt große Reiher und kleine Käfer. Er holt sich Kälber und Lämmer, und wenn du

wissen willst, wo die Fasane und Wachteln geblieben sind, dann darfst du dreimal raten, wer sie gefressen hat. Und der alte Kojote, der frißt seine eigenen Jungen, wenn er Gelegenheit dazu hat. Der Kojote hat die Jagd ruiniert.«
Der kleine Cowboy sprach aus dem Mundwinkel. »Ja, ich hab' gehört, es gab überhaupt kein Wild, als das Land noch den Indianern gehört hat und der Kojote sein Unwesen treiben konnte.«
»Ja, das stimmt«, erwiderte der Barmann, ohne hinzuhören. »Du fängst an, in einer Kojotenpopulation kräftig Fallen zu stellen, und sie fangen an, sich kräftig zu vermehren. Du fängst an, in den sandigen Trockenbetten Fallen zu stellen, und sie ziehen auf den harten Ortstein, wo du nie eine Spur siehst. Du beschießt sie aus der Luft, und sie graben überall Löcher, und sobald sie ein Flugzeug hören, sind sie verschwunden, oder sie jagen zu Zeiten, wenn kein Flugzeug fliegt. Mister, das ist eine zähe Brut, die Mörderbande des Westens.«
Kojote, kleiner Wolf der Ebenen, dachte Loyal.
Er sah jenseits des gefräßigen Appetits und des schlauen Verstandes die in Bewegung befindliche Welt der Kojoten, die ihre Reviere absteckten, die verliebt waren, buhlten, Familien aufzogen, Wettkämpfe austrugen, einander besuchten. Kojotenreviere wie Nationen. Fast dreißig Jahre lang hatte er ihren jaulenden Reden gelauscht und meinte, etwas von ihrer Sprache zu verstehen. Er wußte, warum ein Kojote nachts zu den Heulplätzen rannte.
Auf neuem Gelände zog er mit Landkarten und dem Buch des Indianers los, trug die Duftmarken ein, schrieb die Wege auf, verfolgte die Spuren in Trockenbetten, im dünnen Gestrüpp. Es gab Seiten voller Notizen über die Sommer- und Winterreviere bestimmter Kojotenklans, denen er seit Jahren nachstellte. Das Buch des Indianers drehte sich inzwischen größtenteils um Kojoten: Spuren, Stellen, an denen sie scharrten, Exkremente. Er klaubte Kojotenlosung auf, schaute, was darin war, die sämige rote Kaktusfeige, die von Haaren steifen Fäkalien, den dunklen Fleischkot, die Panzer von Käfern. Das Töten bedeutete ihm nichts; es war im Nu geschehen.

Auf Jack Sagines Land hatte er durchs Fernglas Kojoten auf sandigem Boden beim Herumtollen wie auf einem großen Spielplatz beobachtet. Die jungen Kojoten sprangen jaulend und bellend über das niedrige Gestrüpp und kugelten sich. Sie galoppierten mit hängenden Zungen, Augen, die gelb und heiß vor Aufregung waren, schlitterten durch Sandfontänen. Ein blasser Kojote grub sich wie ein Dachs in den Sand, und drei rannten im Kreis herum, machten plötzlich kehrt oder schossen quer und liefen davon, um sich immer wieder zu kugeln. Aber als er Jack und Starr hinausführte, damit sie die Kojoten beim Spielen sehen konnten, zeigten sich die Kojoten nicht, und ein schwerer Regen hatte ihre Spuren geglättet. Jack schaute zum Himmel hinauf und schätzte die Zeitverschwendung ab.

»Wirklich lehrreich, Loyal«, sagte Starr mit ihrer sarkastischen, witzelnden Stimme.

Starr konnte er ertragen. Er konnte bei ihr in der Küche sitzen, Kaffee trinken, sich mit ihr unterhalten und scherzen, als wäre sie ein Mann. Er konnte sie mögen. Nichts passierte. Es wurde ihm nicht eng in der Brust, sein Atem kam so locker, als würde er sich mit Jack gegen den Zaun lehnen. Vielleicht war es vorbei. Vielleicht war dieser Teil des Problems vorbei. Vielleicht, weil er jetzt so verdammt alt war, und auch Starr war alt, hatte lockiges weißes Haar und ein breites Gestell; aber ihr Kropftaubenblick aus tiefster Seele und ihre blauen Augen mit den dunklen Wimpern waren hübsch und weiblich. Sie war weder vertrocknet, noch sah sie aus wie ein Mann. Er konnte sogar daran denken, sich mit ihr ins Büffelgras zu legen, während er plaudernd in der Küche saß, aber in seinen Lenden stieg keine Hitze auf, und er atmete weiter. Also war es vielleicht wirklich vorbei. Wenn das keine traurige Erleichterung war.

Sechs Winter lang stellte er auf Jacks Land Fallen, wobei der größte Teil gar nicht Jacks Eigentum, sondern von der Regierung gepachtet war. Er kannte dieses Land so gut, daß er sogar mit verbundenen Augen zu den Duftmarken und Scharrlöchern fand, am Rand der roten Hochebene, auf dem Grat eines Bergrückens, in dem Gebiet, wo der Weg anzusteigen begann, dort, wo die Kojoten Jacks Jeepspur kreuzten, am Rand des Canyons, sogar an alten Stellen, wo sie gute Beute gemacht hatten und die Rinder- oder Elchgerippe zu Gestank und Knochen verwest waren und zwei Jahre später nichts mehr übrig war außer Erinnerungen und weißen Bruchstücken.

Ein Wintersturm auf Jacks Land hätte ihm beinahe den Rest gegeben. Er trat in die trockene Kälte hinaus, der Dezembermorgen war unheilvoll still, der Himmel schmutzig. Loser Schnee lag wie Federn zu seinen Füßen, reichte ihm in hinterhältigen Senken bis zu den Knöcheln, lappte in Wogen über den Boden, als ob die Ebene erschauderte wie ein von Träumen gepeinigtes, schlafendes Tier. Er zauderte, beobachtete den sich türmenden Schnee. Elbows jaulte, verdrehte ihre traurigen Augen sehnsüchtig zum Wagen hin. Er hatte vor, die Strecke abzugehen, um drei Uhr im frühen Dämmerlicht des Winters zurück zu sein, mit Jack und Starr im Ranchhaus zu Abend zu essen. Das tat er einmal in der Woche, um zur Abwechslung eine andere Küche zu schmecken. Starr machte manchmal ein Käsesoufflé. Davon schien er nicht genug kriegen zu können.

Er zog die Schneeschuhe an, schnallte sein Bündel um und zog los. Die Hündin trottete widerstrebend neben ihm her, schaute oft zurück, machte jedesmal halb kehrt, wenn Loyal langsamer ging oder stehenblieb. Der unheimliche, pulsierende Schnee reichte ihm bis halb über die Schienbeine. In dem knirschenden Gewirbel konnte er zwar seine Schneeschuhe nicht sehen, aber einen knappen Kilometer vor ihm zeichnete sich klar der Howling Rock ab, eine braune Felsplatte, die aus der Wand des Tafellandes herausragte wie eine Zigarette aus dem Mund eines Rauchers.

Die Luft, die er an seinem Gesicht spürte, war reglos, doch der Schnee wirbelte bis zu seinen Knien hoch, ein Wirbeln, das ihn schwindelig machte. Am Himmel brummte etwas, die Hündin versank im Pulverschnee. Er spürte, wie der Schnee ihm in die Beine stach, und wußte plötzlich, was passieren würde. Seit Jahren hatte er davon gehört, war aber noch nie in einen dieser schrecklichen Blizzards geraten. Ein wenig erschrocken machte er kehrt. Elbows rannte immer wieder auf die Enden seiner Schneeschuhe, brachte ihn zum Stolpern. Er lief, den Blick auf den Wagen geheftet, ein grauer Buckel vor dem sich auflösenden Himmel.

Nicht einmal hundertfünfzig Meter vom Wagen entfernt entlud sich der Blizzard über seinem Kopf, ließ alles in einem Geheul aus Wind untergehen. Der Wind verstopfte ihm Mund und Nase mit von Schneekristallen erfüllter Luft. Er konnte nichts sehen. Schnee verklebte ihm die Lider, füllte ihm die Nase, beutelte ihn von allen Seiten. Die ausgelöschte Welt war am Umkippen. Er schlurfte voran, fragte sich, wie schnell seine Schritte vom Weg abweichen würden, um wieviel er den Wagen verfehlen würde, Zentimeter oder Meter. Er spürte, wie die Hündin auf die Schneeschuhe trat, wußte, daß sie ihm blind folgte.

Unerklärlicherweise kam ihm der Gedanke, daß Jack nicht Starrs erster Ehemann war. Sie war mit einem Milchfarmer in Wisconsin verheiratet gewesen, hatte erwachsene Kinder im Seengebiet, die sie nie besuchten. Soviel wußte Loyal. Warum dachte er jetzt daran? Schließlich war es Jack, an dem ihm lag.

Wie lange brauchte man, um hundertfünfzig Meter bei einem Gegenwind von hundert Stundenkilometern zurückzulegen? Der Wagen war so klein. Es war, als wollte man eine Nadel im Heuhaufen finden. Die Hündin hing an seinen Schneeschuhen. Er wagte nicht, sich umzudrehen und sie anzuschreien, weil er Angst hatte, vom Weg abzukommen. Mit gesenktem Kopf, eine Hand vor dem Mund, um atmen zu können, ging er vorwärts. Sein Gesicht war taub. Er wischte sich über die schneeverklebten Augen. Der Wind hielt kurz inne, als würde das Untier Atem schöpfen, und durch den nachlassenden Schnee sah Loyal den Wagen fünfzehn Meter weiter vorne zu seiner Linken. Er hatte sich bereits auf verhängnisvolle Weise davon wegbewegt.

Er wandte sich wieder darauf zu, aber bevor er drei Schritte gemacht hatte, hüllte ihn die weiße Leere erneut ein, schleuderte und schüttelte ihn. Zehn Schritte. Elbows torkelte. Er hätte dasein müssen, war es aber nicht. Noch einer. Noch einer. Die Arme ausgestreckt. Und streifte die Seite des Wagens. Herrgott, wie überstanden die Prärieindianer diese Blizzards in ihren Zelten aus Fell? Der Wagen schaukelte im kreischenden Wind. Er hängte die Schneeschuhe innen an die Tür und ließ sie abtropfen, warf einen Holzklotz in den Ofen. Goß Wasser in die Kaffeekanne und fing an, die Bohnen zu mahlen, stieg über die Hündin. Sie zog sich mit den Zähnen Eiskugeln von den Vorderbeinen und wedelte mit dem Schwanz, als er sich bückte, um ihren schmalen Kopf zu streicheln.

»Das war knapp, Mädel. Beinahe wären wir an dem verdammten Wagen vorbei- und bis nach Santa Fe gelaufen. Hätt' der Wind nicht die kleine Pause eingelegt, wir wären immer noch da draußen. Würden wahrscheinlich versuchen, aus zwei Schneeschuhen und einem Gebet ein Tipi zu bauen.«

In diesem Frühjahr erzielten seine Pelze bei der Versteigerung einen Durchschnittspreis von siebzig Dollar – ein Spitzengeld. Die schneeweißen, weichen Häute waren erstklassig, das Fell lang, flauschig und glänzend. Pierre Faure, der Hudson-Bay-Käufer, lud Loyal auf ein Glas ein.

»Spitzenware, Loyal. Ich weiß nicht, was ihr alten Knaben macht, aber eure Pelze sind verdammt schön. Auch Peyo hat ein paar wunderbare Füchse und Rotluchse gebracht. Hast du seine Pelze gesehen? Kirschroter Fuchs, gute, saubere Pelze. Einfach erstklassig. Na ja, Adler machen keine Jagd auf Fliegen. Ich hab' hier Pelze gesehen von jungen Kerlen, da war's nicht der Mühe wert, die Tiere zu erlegen. Völlig aus der Form. Ich hab' einen Luchs gesehen, der aussah wie eine Kanadagans, so hatte der Kerl den Hals langgezogen und den Kopf zusammengedrückt. Eine Verschwendung. Diese Trottel machen's den Fallenstellern schwer. Und eins steht fest, auf die Fallensteller kommen schwere Zeiten zu.«

»Was willst du damit sagen? Gehen die Preise wieder runter?«

»Nicht nur das, mein Freund. Du hörst das Grollen da draußen vielleicht nicht so, mit deinem Korb voll Fallen und dem Wind, aber wir Händler kriegen ganz schön was ab. Und das hört nicht so schnell auf. Ich rede von Tierschützern, die gegen Fallenstellen und Pelzmäntel sind. Nur ein Beispiel: Vor ein paar Wochen hat sich in Chicago eine Gruppe von diesen Leuten vor einem der teuren Läden aufgestellt und jede Frau, die in einem Pelzmantel rauskam, mit weißer Farbe besprüht. In New York marschieren sie vor den Kürschnerläden auf und ab und tragen Schilder mit der Aufschrift ›Mörder‹ oder ›Pelze stehen nur den Lebewesen gut, denen die Natur sie verliehen hat‹. Dann gibt's noch die anderen, die gegen das Fallenstellen überhaupt sind. Diese Leute werden stärker.«

Loyal lachte. »Das sind doch bloß ein paar Leute, die Krach schlagen. Ich hab' gehört, daß die Fallenstellervereinigung eine Pressemeldung herausgegeben hat, die ihre Motive entlarvt.«

»Das gibt doch zu denken, Loyal. Wenn man beweisen muß, daß man im Recht ist, ist man wahrscheinlich im Unrecht. Meiner Ansicht nach wird's Ärger geben. Ich würde mich nach was anderem umsehen, wenn ich könnte.«

Anfangs fing er sie auf ein halbes Dutzend verschiedene Weisen. Manchmal, wenn er die Strecke abging, stieß er auf einer Knochenpfeife den Ruf eines verletzten Kaninchens aus und erschoß einen jungen Kojoten, der herbeigetrottet kam, um zu sehen, was los war, doch sein wichtigstes Gerät war eine Falle mit Doppelfeder. Im November war alles bereit – die Fallen waren gesäubert, gefärbt und im Gelände aufgestellt. Die vorbehandelten Wachshandschuhe, der Seitenschneider, die Plane zum Daraufknien, die Stiefel, die Flaschen mit den Düften, Draht, Strick, Stöcke, gesiebter Dung, Erde, Sand, Gras und Zweige, alles war verstaut in der an seinem Wagen angebrachten großen Kiste.

Im vierten Jahr bei den Sagines wollte Starr mitfahren und zusehen, wie er seine Fallen aufstellte. Er brauchte lange zu einer Antwort.

»Also, was ist, Loyal, du willst doch auch in Zukunft Käsesoufflés essen, oder?« Sie und Jack lachten, auch Loyal lachte, aber etwas spät und säuerlich.

»Nein, nein, es ist nur so: Je weniger Geruch da ist, um so besser. Wenn ich wüßte, wie ich die Fallen aufstellen kann, ohne an sie ranzugehen, dann würd' ich's so machen.« Er nahm sie jedoch mit, nachdem sie versprochen hatte, im Transporter zu bleiben und durchs Fernglas zuzusehen. Er ließ sich nicht anmerken, daß sie die erste Frau nach zweiunddreißig Jahren war, die neben ihm im Auto saß.

»Also, das hier wird eine Falle für Stellen, wo sie Duftmarken hinterlassen. Dort bei den Büschen ist ein Fels, der in 'nem komischen Winkel rausragt – du kannst ihn von hier aus sehen, durchs Fernglas jedes Löchlein erkennen –, und jeder Kojote im Umkreis von zwei Kilometern scheint dagegen zu pissen, wenn er vorbeikommt. Dort stelle ich zwei Fallen auf.«

Sie sah ihm zu, wie er ein Paar gewachste Handschuhe anzog, sich das vorbereitete Bündel umschnallte und, nachdem er dreißig Meter vom Laster entfernt war, aus seinen Stiefeln stieg und in ein anderes Paar schlüpfte, das zusammen mit ein bißchen Erde, Goldaster und Beifuß in einem Beutel gesteckt hatte. Er band sich eine Gazemaske über den Mund.

Neben dem Felsen setzte er vorsichtig den Eschenkorb ab und zog die Plane für seine Knie heraus, breitete sie mit der blauen, geruchlosen Seite nach unten aus. Mit einer Kelle grub er zwei Löcher am Fuß des Felsens, jedes groß genug für eine Falle, häufte dabei sorgfältig die Erde auf einer Seite auf. In den Grund jedes Loches trieb er einen eingekerbten hölzernen Pflock, brachte die Falle über dem Pflock in Stellung und spannte sie. Die Muldenabdeckung kam über die aufgestellte Falle, und er siebte ein bißchen Erde auf die Abdeckung, damit sie nicht verrutschte. Behutsam, aber behende richtete er die Abdeckung mit einem dürren Zweig aus, siebte noch mehr Erde über die Falle, so daß zuerst die Sprungfedern und dann die Muldenabdeckung darunter verschwanden.

Als die gesiebte Erde mit dem umgebenden Boden eben abschloß, fegte er vorsichtig mit einem Beifußbüschel über die

Stellen. Er tauschte seine Wachshandschuhe gegen ein anderes Paar aus, das sich außen an seinem Korb in einem Leinenbeutel befand, nahm die Duftflasche und tauchte den dürren Zweig hinein. Er steckte den Zweig nah am Boden in eine Spalte im vorspringenden Felsen und spritzte dann oberhalb des Zweigs Kojotenurin auf den Felsen. Daraufhin zog er wieder die anderen Handschuhe an. Schließlich klaubte er alles zusammen, stieg von der Plane herunter, faltete sie zusammen und trat einen Schritt zurück. Mit dem Beifußbüschel glättete er die flachen Abdrücke, die seine Knie hinterlassen hatten, und entfernte sich. Als er an die Stelle kam, wo seine Stiefel standen, zog er die geruchlosen Stiefel aus und verstaute sie wieder in dem Beutel mit der Erde und den Pflanzen.

»Mein Gott, wenn das nicht eine Riesenmühe ist.«

»Ist bloß 'ne einfache Falle, aber tauglich für Kojoten. So was mußt du machen, wenn du sie reinlegen willst. Ich hab' schon erlebt, daß sie meine Fallen ausgegraben, sie mit der Nase aus dem Loch geschoben und umgeworfen haben, dann haben sie draufgepißt und sie mir dagelassen. Aber normalerweise stelle ich eine Blindfalle auf.«

»Wofür ist die Maske? Hat ausgesehen, als wärst du auf dem Weg zu 'nem Raubüberfall.«

»Für den Atem. Menschlicher Atem stinkt. Hinterläßt einen Geruch, vor allem, wenn du wie ich Schinken und Zwiebeln zum Frühstück gegessen hast. Die besten Fallensteller essen nichts, bis sie ihre Arbeit getan haben.« Er erzählte ihr gern darüber. Sie schien zu begreifen, worauf er hinauswollte.

»Es gab ein Dutzend Arten, sie zu jagen, manche davon besser als die anderen. Die Grubenfalle ist eine verdammt gute Art und eine Blindfalle auch. Bei der Grubenfalle benutzt du ein altes Dachsloch, oder du gräbst ein Loch, das so aussieht, als hätt's ein Tier gegraben – legst als Köder ein frisches Kaninchen hinein oder einen verwesten Luderköder. Blindfallen sind mir am liebsten, denn wenn sie funktionieren sollen, dann muß man die Kojoten genau kennen. Es gibt keinen Köder, kein Lockmittel, keinen Duft, bloß eine Falle an der Stelle, wo, wie du weißt, der Kojote vorbeikommt. Am Fuß des Tafellands, wo das viele Geröll runtergerutscht ist, ist eine kleine Vertiefung unter eurem Zaun, und ich seh' ein Haarbüschel am untersten Strang vom Stacheldraht. Der Boden scheint ein winziges bißchen abgetragen. Wenigstens ein Kojote hat die Gewohnheit, dort unter dem Zaun durchzuschlüpfen. Gute Stelle für eine Blindfalle. Köderfallen, besonders um ein Stück Aas, an dem die Kojoten fressen, funktionieren gut, zu gut. Erfordern am wenigsten Geschick. Aber so, wie die Fallensteller von der Regierung und die Schäfer mit vollen Händen Giftköder benutzt haben, rühren die Kojoten jetzt keinen Köder mehr an. Ich hab' Kojoten auch schon mit Knüppelfallen erlegt; sie zu bauen kostet Zeit, und das Problem ist, daß Knüppelfallen alles umbringen, was darunter vorbeigeht, nicht nur Kojoten, sondern auch Hunde oder kleine Kinder. Ich hab' mal einen Hund in einer Knüppelfalle verloren, die ich selber vor ein paar Jahren gebaut hab'. Little Girl. Erinnerst du dich noch an Little Girl? Sie war dabei, als ich zum ersten Mal auf eurem Grund Fallen aufgestellt hab'.« Sie nickte. »Darum verwende ich keine Knüppelfallen mehr. Und keine Schlingen – sobald ein Tier da reingerät, ist es ein langsamer Todeskampf.«

»Die Vorstellung ist mir zuwider, daß ein Tier in einer Falle steckt und wartet, bis du kommst und es umbringst. 'ne schreckliche Art, sich sein Auskommen zu verdienen, Loyal.«

»Ich bin's gewohnt. Hab's fast mein ganzes Leben lang gemacht. Denk' nicht mehr drüber nach. Jedenfalls sind Fallensteller Engel, verglichen mit den meisten Schafzüchtern. Die Dreckskerle erschießen oder fangen alles, was sich regt. Ich hab' Kojoten erlebt, denen waren die Kiefer mit Draht zusammengebunden, die Augen von Schäfern ausgestochen, und dann wurden sie losgelassen, um langsam zu sterben. Du meinst, es ist besser, wenn die Kojoten von so 'nem Kerl von der Regierung vergiftet werden? Gift ist ein dreckiges, kostspieliges Ende. Das stinkende 1080 – die Tiere sind für nichts und niemanden mehr zu gebrauchen – bringt andere Tiere um, weil es in die Nahrungskette gelangt, der Pelz taugt nichts. Ist 'ne verkommene Art. Sogar Mäuse solltest du nicht vergiften.

Stell Fallen auf, aber benutz bloß keine verdammten Giftköder.«
»Wir verwenden Fallen. Wir hatten mal einen Kater, den großen, gestreiften Buster, lief immer 'ne Fallenstrecke ab. Wir stellten die Fallen auf und gingen zu Bett. Buster lag rum, döste, ein Ohr immer gespitzt. Sobald er 'ne Falle zuschnappen hörte, war er dort. Er packte die Falle mit dem Maul und kam ins Schlafzimmer, sprang auf Jack und miaute ihn mit gedämpfter Stimme an – er hatte ja die Falle im Maul –, wischte mit dem Mäuseschwanz ein paarmal über Jacks Gesicht, damit der auch ja aufwachte.« Bei der Vorstellung mußte Loyal laut lachen.
»Er bat Jack damit nur, den Fang aus der Falle zu nehmen und sie wieder aufzustellen.«
»Und hat er's gemacht?«
»Und ob. Jack ist niemand, der sich in die Fallen von anderen einmischt, und er ist hilfsbereit, steht einem Freund immer gern zur Seite.« Sie lachte ein wenig. »Ja, der alte gestreifte Buster, wenn der eine Streckvorrichtung gehabt hätte, hätte er auf einer Pelzversteigerung ein Vermögen machen können.«
»Na, ich weiß nicht. Wie ich höre, gehen die Preise für Mauspelze in letzter Zeit in den Keller.«
Die Sagines waren das erste Paar, mit dem er jemals befreundet war, und Starr die erste Frau, mit der ihn eine Freundschaft verband wie sonst nur mit Männern. Es ging ihm hundertmal durch den Kopf, ob Starr Enkelkinder hatte. Im Haus sah er keine Fotos, aber er war bisher in keinen anderen Räumen als Küche und Wohnzimmer gewesen. Immerhin gab es im Wohnzimmer ein Klavier und einen Kaminsims, und das waren doch die Stellen, an denen Bilder hätten stehen sollen, dachte er. Er hätte gern etwas über die Enkel erfahren, hätte so tun können, als wäre er eine Art adoptierter Onkel, wenn sie zu Besuch gekommen wären.
»Und das ist Onkel Loyal, Elly, sag ihm guten Tag.« Und das kleine Mädchen, mager, mit krausen roten Haaren, wäre verschämt zu ihm geschlichen und hätte hallo geflüstert, und

er hätte ihr die winzige, fünf Zentimeter große Fellpuppe geschenkt, die er einem Fallensteller vom Stamm der Lakota abgekauft hatte, dessen Frau sie herstellte. Es war ein niedliches kleines Ding aus feinem Kaninchenfell in einem weißen Lederkleid, auf das winzige Perlchen genäht waren. Um den Hals der Puppe hing ein Band aus Maulwurfskrallen. Er bewahrte sie in einem kleinen Lederbeutel in seiner Hemdtasche auf, und wenn er sie manchmal herausnahm und betrachtete, lag sie so warm in seiner Hand, als wäre sie lebendig. Alte Tagträume. Er wußte nicht, warum zum Teufel er das Ding mit sich herumschleppte.

Das Fallenstellen auf Frank Cloves' Grund war anders.

Cloves hatte die Hi-Lo-Ranch geerbt, fünfundsiebzig Quadratkilometer in einem gut bewässerten Tal mitten in den Bergen. Sein Großvater war als Eisenbahnarbeiter ins Land gekommen, der jüngste Sohn wurde Cowboy auf der Hiawatha Lodge Ranch und heiratete die Tochter eines Fleischfabrikanten aus dem Osten. In seiner Kindheit und Jugend hatte Cloves nur das Beste und machte das Schlechteste daraus. Er hielt sich für einen Viehzüchter. Was sonst hätte er sein sollen?

Die schneeweißen Big Horns, wo Cloves zusätzliche Weiderechte hatte, verschwammen im Westen mit dem Himmel. Sweetheart Creek und Snowpool flossen im lieblichen Talgrund zusammen. Auf dem höher gelegenen Land wuchs Holz. Cloves hatte ein krankhaftes Bedürfnis, seine Macht zu zeigen. Er heiratete fünfmal, und das Geschrei und die Streitereien in dem Haus mit fünfundzwanzig Zimmern trug der Ranch bei den Einheimischen den Namen »Krachbude« ein. In seinem Leben lief nichts richtig, und er zog sonderbare und gefährliche Leute an.

Wütend, weil eine Kiesablagerung eines Frühlings eine Biegung des Snowpool verstopfte, so daß ein Heufeld auf der gegenüberliegenden Seite überschwemmt wurde, hatte er den Einfall, die Kurve abzuschneiden, damit der Bach gerader verliefe. Nachdem der Bulldozer einen Vormittag lang am Werk war, nahm die Fließgeschwindigkeit zu, und der Bach riß sich innerhalb einer Woche ein neues, gerades Bett, das fünf alte Biegungen abschnitt, Tonnen von Kies auf Cloves' Heufelder im Talgrund ablagerte, zwei große Weidenhaine unterspülte. Der Fluß weiter unten im Tal wurde aufgestaut und überflutete die Stadt Queasy. Nachdem ihm die Behörden einen Besuch abgestattet hatten, leitete er gezwungenermaßen Wiederherstellungsarbeiten ein, die Jahre dauerten und ein paar hunderttausend Dollar kosteten.

Seine Rinder litten an Bremsenlarven, Trommelsucht, Rauschbrand, Aktinomykose, Räude und Klapperschlangenbissen. Als er einen Veterinär einstellte, der sich ausschließlich um die erkrankte Herde kümmern sollte, arbeitete der Mann zwei Monate, erklärte sich dann zum Cowboy-Dichter und zog zum Reimen nach Montana.

Von seiner dritten Frau ging das Gerücht, sie sei ein Transvestit.

Auf dem Grundstück wurde eine bescheidene Kohleader entdeckt, aber die Anstrengungen, sie auszubeuten, schlugen fehl, als die Kohle von Öl überschwemmt wurde und die Schächte sich mit Gas füllten. Ein unglücklicher Blitzschlag löste einen Brand aus, der das Gas zur Explosion und das Öl zum Verbrennen brachte und anschließend zehn Jahre lang unterirdisch in der Kohle weiter schwelte.

Als es mit den Rindern schiefging, wechselte er zu Schafen. Weil sich weder gegen Liebe noch Geld ein Hirte anwerben ließ, überließ er die Schafe sich selbst. Mit den Schafen legte er sich zugleich einen Haß auf Kojoten zu und glaubte, sein Land werde von ihnen in nie gekannter Zahl heimgesucht, sie kämen bis von Dakota und Montana her, um seine Tiere zu quälen.

Doch Loyal hielt Cloves nie für die komische Figur, die er seinem Ruf nach war.

Sah ihn zum ersten Mal in einer Bar. Cloves kam ins Bite the Dust. Er trank ein dunkles Bier, bestellte ein zweites. Loyal musterte ihn aus dem Augenwinkel. Betrachtete den breiten, zu groß geratenen Kopf, stellte eine gewisse Ähnlichkeit mit Mussolini fest. Krauses, braunes Haar, das von einer kahl werdenden Stirn zurückwich. Eine fleischige Nase. Das Kinn ein Stoppelkissen. Der Kopf saß auf einem muskulösen Oberkörper, alles war dick und kurz, als würden auf dem Mann des Nachts Gewichte liegen. Er schaute immer nach oben, als wäre sein Hals auf Dauer in diese Richtung gebogen.

»Wenn sich jemand dafür interessiert, Kojoten zu jagen, bei mir gibt's die schönsten, die je das Bein gehoben haben.« Schlangenlederstiefel. Die Stimme leise und hart. Er wartete keine Antwort ab, sondern drehte sich um und ging hinaus.

»Wer war der Maskierte?« fragte Loyal den mit dem Kinn wackelnden Barmann.

»Ach, das ist der alte Krachbuden-Cloves, war am Anfang zehnfacher Millionär, ist aber jetzt auf zwei oder drei Millionen runter. Verbreitet Freude, wo er geht und steht. Hat gerade zu Schafen gewechselt, und wenn man ihm glauben will, haust auf seinem Grund die größte Anzahl an Kojoten in den Staaten.«

Bei Cloves waren den ganzen Sommer über die Fallensteller der Regierung gewesen – mit Fangeisen, Schlingen, Flugzeugen, Zyanidgewehren und Giftködern. Die Kadaver – meist Jungtiere – waren zum Verwesen in eine alte Kiesgrube am Bach geworfen worden. Die Überlebenden, dachte Loyal, mußten jeden Trick aus dem Effeff kennen – sie waren älter, schlauer, ködererfahren, fallenerfahren. Zum Teufel, er wollte es versuchen. Einfach, um's probiert zu haben. Er wollte sich bei Cloves melden.

»Okay«, sagte Cloves. »Sie sind dabei. Nur eines – halten Sie sich fern von der Nordwestecke, wo's in die Berge raufgeht. Ich hab' da ein Projekt am Laufen, wo ich keine Fallen haben will.« Er zwinkerte Loyal zu, der meinte, da oben wären irgendwo Marihuanapflanzungen. Zum Teufel, auch das würden die Kojoten fressen.

Aber er hatte das Land noch nicht zu Ende erkundet, da wußte er, daß etwas im Gange war. Transporter, die sich nachts die steilen Bergstraßen hinaufmühten. Flintenschüsse in der Ferne. Hunde, die anschlugen.

Samstagabend im Bite the Dust war Samstagabend. Gegen vier Uhr nachmittags füllte der Parkplatz sich allmählich mit Transportern ohne Auspufftöpfe. Hunde auf den Beifahrersitzen, den Ladeflächen. Als der aquamarinblaue Transporter, der mit übriggebliebener Schwimmbadfarbe gestrichen war, eintraf, fingen sämtliche Hunde auf dem Parkplatz an zu bellen und an den Leinen zu zerren. Er hatte das Auto auf Cloves' Ranch die Straße in die Berge hinauf- und hinuntertuckern sehen.

»Was zum Teufel transportierst du auf der Karre, daß sie immer so loslegen, wenn du kommst?« fragte Bubby, der neben dem kleinen Cowboy saß. Mit geübter Anmut hockten sie rittlings auf den Barhockern am Ende des Tresens. Der Mann, der durch die Tür trat, war eine Pyramide mit funkelnden gelben Augen und einem braunen Bart, der in der Mitte geteilt und mit einem Stück gehärtetem Draht nach links und rechts gebogen war. Auf seiner Brust ein Halsband aus Dachskrallen. Loyal roch Moschus, verwesten Köder, frische Häute und etwas anderes und wußte, daß er Fallensteller war. Auf der Jagd nach etwas nicht Jagdbarem. Weder Kojoten noch Füchse oder Rotluchse.

»Miau«, machte der Brocken.

»Löwen? Bei Gott, das kann ich mir vorstellen. Das hat sie aufgebracht.«

»Das hab' ich nicht gesagt«, sagte der Fallensteller und bestellte Whiskey und Bier. Als er die Getränke hatte, ging er zu Loyal und setzte sich ihm gegenüber. Der kleine Cowboy war still.

»Ich hab' dich auf Erkundung gesehen. Cloves sagt, daß du Kojoten nachstellst, hä?«

»Der Preis hält sich. Erstklassige Ware hat am Ende der Saison siebzig pro Stück gebracht.« Zum Teufel, er wollte nicht bei diesem Banditen sitzen.

»Kriegst hundert, wenn's toll läuft. Fällt der Preis, sitzt du in der Scheiße, arbeitest für zwanzig Cent die Stunde.«

»Stimmt genau.«

»Die Fallensteller von der Regierung haben den ganzen Sommer hier gearbeitet.«

»Ich weiß. Es war so was wie 'ne Herausforderung, wollte wissen, wie gut ich in 'ner schwierigen Lage bin.«
»Schwierig stimmt genau. Weißt du, warum die Typen von der Regierung weg sind?«
»Nein. Vermutlich waren sie mit ihrer Arbeit fertig.«
»Zum Teufel, nein. Cloves fährt eines Tages raus, war wegen irgendwas total durchgedreht, und fängt an, auf sie zu schießen. Schreit: ›Euch bring' ich bei, meine Schafe zu reißen. Ich lösch' alle Scheißkojoten dieser Erde aus.‹ Hat sie für die Kojoten gehalten. Sie sahen irgendwie krätzig aus, aber ich war mir immer sicher, daß sie zwei Beine hatten. Also, sei auf der Hut. Hat was Wahnsinniges an sich. Normalerweise ist er im Winter nicht da, so hab' ich wenigstens gehört. Ich bin selber erst seit drei Monaten hier, darum kenn' ich seine Gepflogenheiten im Winter noch nicht. Es heißt, er geht nach Mexiko, um's warm zu haben. Verdammt, hätt' selber gern 'n hübsches Geldpolster, um mir so was leisten zu können, was?« Er zwinkerte. Vom Tresen aus beobachtete der kleine Cowboy sie im Spiegel. Loyal ging ein absurder Gedanke über ihn durch den Kopf. Die Hunde bellten sich den Verstand aus dem Leib.

»Willst du deinen Laster nicht im Abwind parken, damit wir hier drin 'n bißchen Ruhe kriegen?« Der Barmann war höflich, aber seine Stimme klang durchdringend. Der Fallensteller ging hinaus und fuhr den Laster auf die andere Seite des Gebäudes. Aber er war gereizt, als er wieder hereinkam, und Loyal dachte, daß es später Ärger geben würde. Er trank seinen Whiskey aus und ging.

An der Tür schaute er zurück und fing den Blick des kleinen Cowboys auf, der gerade von ihm wegglitt. Bevor er einschlief, versuchte er, den Gestank des Fallenstellers zu identifizieren. Baummarder? Löwe?

Löwe war es nicht.

Eine Woche später saß er am Tisch und las eine drei Tage alte Zeitung. Die Kneipe war leer. Der Barmann machte sich an einem Glas eingelegter Eier zu schaffen, holte sie mit einer Zange aus rostfreiem Stahl heraus und arrangierte sie pedantisch in einer Schüssel. Der Wind sang ums Haus. Er raschelte mit der Zeitung. Der Barmann öffnete den Mund nur zum Gähnen.

»Da kommt dein Freund«, sagte er nach einer Stunde, als er etwas hörte, was Loyal nicht hörte. Er nahm das lautstarke Geknatter des Auspuffs erst wahr, als der schwimmbadfarbene Transporter in Sicht war.

»Ich kenn' ihn nicht. Hab' ihn letzten Samstag das erste Mal gesehen. Seine Gesellschaft macht mir soviel Spaß wie die von 'nem nassen Hund.«

»Na ja, seit September schaut er immer wieder mal vorbei. Behauptet, daß er von Maine rüberkommt oder von der *Mayflower* oder so was.« Der Wagen parkte. Die Tür knallte zu.

»Na, sieh einer an, wer da ist. Ist mir beim letzten Mal davongelaufen und hat den ganzen Spaß verpaßt, was? Für mich das Übliche, Robert.«

»Hier. Willst du ein eingelegtes Ei?«

»Von den stinkigen Dingern würd' ich keins essen, auch wenn's in Mösenhonig getaucht wär' und in Zucker gerollt.«

»Manche Leute mögen sie. Ja, ich weiß noch, daß du fast die ganze Scheißschüssel gegessen hast an dem Abend, wo wir dich rausgeschmissen haben. Da hab' ich mir gedacht, du hast was für die Dinger übrig. Wenn du keins ißt, bleibst du ja vielleicht nett, und wir brauchen mit dir keinen Zauber mehr zu veranstalten.«

»He, vorbei ist vorbei, ja? Ich war noch nie nachtragend.« Er schaute Loyal an wie einen Bruder. Loyal fühlte sich nicht wohl in seiner Haut. Er hob die Zeitung hoch und raschelte ein bißchen damit, obwohl er alles außer den Mietangeboten gelesen hatte. Der Fallensteller blieb am Tresen, aus der Entfernung stank er nicht so schlimm. Er muß sich gewaschen haben, dachte Loyal.

Eine Stunde später wimmelte der Laden von den immer gleichen Typen mit den großen Hüten, der kleine Cowboy saß auf seinem angestammten Hocker und beobachtete die Welt im Spiegel. Ein anderer Mann, der aussah wie der Kompagnon des Banditen, nannte ihn Sylvester und klopfte ihm auf den

Rücken. Er war kleiner und schmutziger, hatte einen Schnurrbart wie ein Suppensieb, trug einen Orlonpullover und darüber einen Overall, der ihm einen komischen Hippielook verlieh. Etwas an dem hängenden Kopf und den verkniffenen Zügen erinnerte ihn an den alten Roseboy, wie er in der altmodischen Kühle des Apfellagers seines Großvaters stand. Der Geruch nach kalten, frischen Äpfeln stieg in ihm auf, verblaßte. Der Kompagnon trug eine Waldarbeiterzipfelmütze, die nicht so recht zu den Stetsons mit hochgerollter Krempe und hochhackigen Stiefeln um ihn herum paßte. Sogar Robert hinter der Bar hatte seinen Cowboyhut auf. Ein paar Außenseiter wie Loyal trugen Traktormützen mit der Aufschrift: NICHTS LÄUFT WIE EIN DEERE CATERPILLAR. Keine Zipfelmützen. Der Kompagnon hatte einen Südstaatenakzent. Die Pokertischplatte lehnte an der rückwärtigen Wand. Ein paar Jungen spielten Poolbillard. Loyal bestellte ein Steak mit eingelegten Zwiebeln und Bratkartoffeln.

Er erschrak, als der Fallensteller sich ihm gegenüber an den Tisch setzte und diesen anstieß, daß der Steaksaft über den Tellerrand schwappte. Der Idiot wußte nicht, wann er sich dünnzumachen hatte.

»He, alter Knabe, ich muß was Wichtiges mit dir bereden.«
»Wichtig für wen, für dich oder für mich?« erwiderte Loyal mit dem Mund voll zähem Fleisch.
»Nein, im Ernst, wie läuft's mit den Kojoten? Schon einen erwischt?«
»Hmm«, machte Loyal.
»Ja? Wie viele? Drei oder vier?« Der Kompagnon kam mit einem Holzstuhl herüber. Er setzte sich. Der Stuhl ragte in den Raum.
»Zwölf. Geht dich nichts an.«
»Tja, vielleicht doch. Wir haben uns gedacht, daß du vielleicht großes Geld verdienen willst. Wir haben uns gedacht, daß du vielleicht was Großes erlegen willst, statt mit Kojoten rumzufurzen. Wir können 'nen Helfer mit 'n bißchen Erfahrung brauchen. 'n Helfer beim Fallenstellen. Das Geld ist spitze.« Er lachte, und Loyal merkte, daß er geflüstert hatte.

»Was jagt ihr?« fragte Loyal.
»Ah-ah-ah! Damit wär' die Sache verraten. Sag du's ihm, Sam.«
»Das wird 'n bißchen abartig klingen, Mann, aber es gibt in Japan und Korea und China 'nen Markt für bestimmte Substanzen. Aphrodisiaka.«
»Was zum Teufel ist das denn?« Sie flüsterten alle.
»Zeug, von dem die Japanertypen glauben, daß ihr Schwanz doppelt so groß wird und sie drei Tage 'nen Steifen haben. Sexzeug. Hast bestimmt schon davon gehört. Wie Spanische Fliege, nur daß sie keine Spanische Fliege wollen. Sie wollen Rhinozeroshorn. Sie wollen pulverisierte Elchzähne. Sie wollen Paste aus Säbelzahntigerfossilien. Sie wollen die Gallenblasen von Schwarzbären.« Bären. Das war der Geruch. Der Kompagnon redete, während Sylvester, der Bärenfänger, nickte.
»Sie zahlen die ganz, ganz dicke Knete dafür. Außerdem haben wir 'nen Markt für die Felle. Wir machen Geld, das glaubst du gar nicht. Haben in Maine und Florida gearbeitet, oben in Kanada. Ist echt hart nur zu zweit. Wir hatten noch einen, aber der hat aufgehört und sich nach Hawaii zurückgezogen. Könnten jemand brauchen, der mit uns arbeitet. Zu dritt läuft's besser. Cloves sagt, du bist ein guter Fallensteller.«
Loyal wollte zum Spiegel schauen und sehen, ob der kleine Cowboy das Getuschel mitbekam.
»Verdammt, Jungs, das hört sich lukrativ an, aber ich hab' 'ne schwache Pumpe. Kann keine schwere Arbeit machen. Bären hören sich für mich nach schwerer Arbeit an.«
»Du bräuchtest die schweren Sachen nicht zu machen, nur die Fallen aufstellen. Wir würden uns um die Bären kümmern, Mann. So schwer ist die Arbeit gar nicht, brauchst sie nur aufzuschneiden, die Gallenblase rauszunehmen und die Klauen rauszuschneiden. Mensch, die meiste Zeit scheren wir uns um die Felle gar nicht. Dafür haben wir keine Zeit. Die Felle, das Abziehen. Das wär' dein Anteil.«
»Ich hab' zu meiner Zeit die eine oder andere Bärenfalle gehoben. Die wiegen fast fuffzig Pfund, und das ist 'ne ganze

Menge. Außerdem gefällt mir die Gegend hier nicht. Zieh' nächste Woche weiter.« Bislang hatte er nicht gewußt, daß er zur Ranch der Sagines zurückwollte. Er würde noch diese Nacht fahren müssen. Das waren nicht die Typen, die man stehenließ, wenn sie einem ihre dreckigen Geheimnisse enthüllt hatten. Er sah sich mit zwanzig schäbigen klauenlosen Bärenfellen zur Pelzversteigerung fahren. Das würde ein Gerede geben.
»Danke der Nachfrage. Ich verabschiede mich einfach.« Er reichte dem Barmann den Teller mit dem Steak.
»Ob du mir das wohl in 'ne Plastiktüte packen könntest. Wir zahnlosen alten Köter müssen vorsichtig kauen.« Als er die Tüte nahm, blickte er im Spiegel zum kleinen Cowboy. Aber von ihm wollte er auch nichts wissen.

41
Der tropische Garten

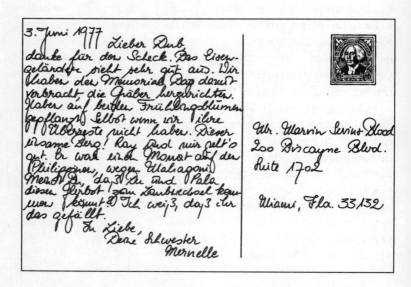

Dick, in weißes Leinen gekleidet, saß Dub in einem ausladenden Korbsessel und frühstückte vor Sonnenaufgang neben dem Pool. Einen eisgekühlten Champagner-Orangen-Cocktail, eine Melone mit opalgrünem Fruchtfleisch und einem Schuß Saft von grünen Mandarinen, dann Landschinken und aus Japan eingeflogene Wachteleier, pechschwarzen Kaffee, der für den ganzen Tag aufputschte. Er trank normalerweise zwanzig Tassen davon, bis ihm die Hände zitterten.

Seine Hände waren ruhig, als Mernelle anrief und ihn mit ihrer Nordstaaten-Stimme fragte, was er davon hielt, Mas Ehering neben Pa zu begraben. Weil sie mehr nicht hatten. Das würde es ihnen etwas leichter machen. Sie habe den Ring ein paar Wochen zuvor gefunden, als sie Kisten und Schubladen aufräumte. Sie glaube, Ma habe ihn abgenommen, als Pa...

»Klar, warum nicht?« sagte er.
Sie las ihm die Gravur vor.»›JSB für immer Dein MMB Juni 1915.‹ Das ist wenigstens etwas, das ihr gehört hat, etwas, was sie verbindet«, sagte sie.
»Das stimmt«, sagte er.
Er liebte den modrigen Tropengeruch, die Hitze, stellte die Klimaanlage auf lauwarm. »Das Ding runterzudrehen erinnert mich an ›Winter auf dem Bauernhof‹, ein berühmtes Gemälde von Frosty dem Schneemann. Was zum Teufel glaubt ihr, warum ich in Florida lebe?« Er lachte.
Ein gutaussehender Mann trotz der breiten Brust, der Hängebacken und des glänzenden Glatzkopfs. Die Kunden fielen auf seine lächelnden Augen herein. Im Spiegel sah er, daß er immer noch den schönen Mund hatte, und natürlich hatte er das Geld. Manikürte Nägel (an der echten Hand) und maßgeschneiderte Anzüge gibt es nicht ohne. Er hatte Pala oder vielmehr sie ihn. Die Piratin war jetzt ein wenig schwerer, trug beige- und naturfarbene Leinenkostüme, um ihren Hals hingen Goldketten, Medaillons und Amulette. Sie war schlauer als alle, die er kannte. Geheimniskrämerisch. Er vermutete, daß sie abgetrieben hatte, konnte aber nicht danach fragen. Die Grundstücke waren jetzt ihre Kinder.
Man mußte sich mit Immobilien nur auskennen, mit den besten Grundstücken, es ging nicht um das ungehobelte Verhökern von Eigentumswohnungen und Altenheimsterbezimmern für die Greise aus dem Norden, sondern um Expertengutachten, Wertanalysen, ein gewitztes Auge für die einzigartigen Grundstücke, die im nächsten Jahr gefragt sein würden. Sie wußten, wie wichtig diskrete Verabredungen und Angebote waren. Sie konnten mit Scheichs umgehen, mit Leuten, die politisches Asyl suchten, mit Männern, die Geschäfte im Süden tätigten. Ästhetik. Was Pala etwa aus dem Opal Key Reef gemacht hatte. Jede große Zeitschrift im Land hatte Fotos von den auf alt getrimmten Häusern aus Muschelkalk und den von Burle Marx entworfenen Gärten gebracht, Phantasien aus merkwürdigen Pflanzen.
Der erste dünne Sonnenstrahl fiel durch ein Loch in der

Markise und bohrte sich in Dubs leinenes Knie. Viele Grundstücke, um die sich die Firma Eden kümmerte, kamen gar nicht auf den Markt, wenn der Besitzer verkaufen wollte; die Verkäufe wurden von Eden ohne Aufsehen arrangiert. Niemand konnte es mit Eden aufnehmen. Er und Pala hatten ein Gespür für in Naturschutzgebieten gelegene Grundstücke, Inseln, die mit dem Festland nur über einen einzigen Damm oder eine Brücke verbunden waren. Halbinseln mit einer einzigen Zufahrt. Sie verstanden die Kunden, die gewisse Grundstücke brauchten. Er wünschte, die Leute vom Finanzamt würden ihn verstehen.

Er kippte die Kaffeekanne, die schwarze Flüssigkeit ergoß sich in hohem Bogen in die Tasse. Auf der anderen Seite des Pools gähnten schattige Höhlen, die Morgenhitze prallte vom Laub ab, Farne streckten sich, Blüten öffneten sich. Pala würde vielleicht bis zehn schlafen. Er konnte die Angewohnheit, früh aufzustehen, nicht abschütteln. Er erhob sich, spazierte in den Garten, hielt dabei die weiße Tasse in seiner künstlichen Hand mit den vollkommenen Nägeln aus Plastik.

Das hier war Eden. Sie fuhren jetzt nicht mehr in den Grünen Sumpf. Der Duft des Gartens, schwer und süß wie der einer aufgeschnittenen Frucht, füllte ihm Mund und Kehle. Die feuchte Luft war drückend, das Moos ein Kissen unter seinen Füßen. Der Mittelpunkt des Gartens war der Banyanbaum. Er hatte das Grundstück wegen dieses Baums mit seinen buckligen Wurzelknien, seinen verzweigten Armen und Wurzeln schlagenden Daumen, dem Rankengeflecht und den üppigen Blüten, der gefleckten, brüchigen Rinde und den immer wieder abfallenden Teilchen gekauft. Er mochte den Geruch nach Verfall.

42
Was ich sehe

Hinauf zu den spitzen Hügeln, Schlammstraßen, so glatt wie Rotz, wenn sie feucht sind, seine Landschaft aus krummen Felsen. Das Schnauben der wachsamen Antilope, das die Herde augenblicklich warnt, die Herde rennt über einen Blumenteppich, der Erde so nah wie Regenbogengras. Die Antilopen steigen über fossilisierte Baumstümpfe, abgebrochene Stümpfe aus Stein, die Jahresringe noch sichtbar, mit orangegelbem Moos bewachsene Rinde aus Stein.

Die erodierten Sandsteinschichten, ausgehöhlt und gerillt von einstigem Wasser in diesem jetzt wasserlosen Land, der zu gelben Kegeln aufgehäufte Seeboden hallt noch wider von den Hufschlägen der Pferde von Red Horse, Red Cloud und Low Dog, des großen und geheimnisumwitterten Crazy Horse, von Crow King und Rain in the Face, Bruchstücke von fossilisierten Zähnen wirbeln auf. Sie brechen aus Schluchten hervor, ihr mörderisches Lächeln spiegelt sich in den erstaunten Gesichtern von Fetterman, Crook, Custer, Benteen, Reno wider. Er hört die beiden Stimmen, die sich mit Quinten ineinander verkanteten, den stampfenden Tanz der Oglala, die Stimmen steigen empor, fallen, gemeinsam, getrennt, eingeschlossen in bebenden Kehlen. Der schnelle Kriegstanz, hypnotisch und zum Verrücktwerden, hat den Sandstein aufgeheizt. Er braucht nur in jeder Hand einen Stein zu halten und sie immer wieder gegeneinanderzuschlagen, immer schneller, doppelt so schnell wie der Herzschlag.

Zum Verrücktwerden. Auf der Theke eines Gemischtwarenladens in Streaky Bacon, Montana, steht eine Schachtel mit ausrangierten Patientenkarten aus der Irrenanstalt von Fargo. Er sieht sie durch. Alle sehen sie durch. Die Ecken sind abgeknickt und fettig. Fotos: eine Beschreibung der Manie des Betreffenden, Erweckungseifer, Schwermut, Selbstbefriedigung,

Wahnsinn. Er hält das Gesicht des Indianers in Händen. Das glatte, gekämmte Haar, die Jacke schief sitzend und fleckig. Das stille Gesicht, die schwarzen Augen und die spitz zulaufenden Finger, die sich um ein Rechnungsbuch schließen. Obwohl es der Indianer zu sein scheint, lautet die lakonische Beschriftung: »Walter Hairy Chin«. Nichts von wegen Blue Skies und Hundert-Dollar-Scheinen.

43
Das Skelett mit dem hochgezogenen Rock

Jahr für Jahr hatte Witkin an der Jagdhütte gearbeitet, Skizzen für eine Veranda zum Schlafen entworfen, für eine Doppelgarage, ein zweites Bad eingebaut. Es gab jetzt mehr Zimmer. Er plante einen Kamin aus Stein, so groß wie der Ofen in einem Stahlwerk. Er fällte und stapelte sein Feuerholz selbst. Baute einen Schuppen für das Holz. Er dachte an eine Sauna und einen Swimmingpool, plante, den Steinpatio um einen Streifen Feldsteinpflaster zu vergrößern. Er war schlau, rief überall wegen der Holzpreise an. Jedes Frühjahr fuhr er einen neuen Transporter, mit Einbauten aus gebeiztem Eichenholz, auf den Türen in Gotikschrift das Wort *Woodcroft.*

Seine Hände und Arme entwickelten eine Kraft, die sie in seiner Jugend nie gehabt hatten. Unter seiner alten Haut bildeten sich Muskeln. Gelbe Schwielen verdickten seine

Handflächen, seine Finger waren rauh. Er hätte Zimmermann oder Bauarbeiter sein können.

Er erzählte Larry, er denke daran, die Jagdhütte zu einem Alterssitz auszubauen, vielleicht für zwei, wenn er wieder heiratete.

»Du und wieder heiraten? Du warst von Anfang an nicht der Typ zum Heiraten. Du bist mit der Arbeit verheiratet, Frank. Wenn du dich entspannen könntest, würde ich dich vielleicht ernst nehmen. Wen hast du im Sinn? Mintora?«

Larry brachte die Rede manchmal auf Frauen, Frieda, eine Bildhauerin mit dickem Haar in der Farbe von Bisonwolle; Dawn, die Dokumentarfilmerin, die sich auf eine Reise in die Antarktis vorbereitete; und Mintora, eine vollbusige Frau in Witkins Alter, die Holzschnitte machte – ihr Thema waren Gorillas in Heißluftballons. Ja, Mintora hätte es sein können, an die er dachte, die unrasierten, schlanken Beine, die unter ihren Armen hervorlugenden Haare, die Kommentare zu seinen Holzarbeiten.

»Möchtest du nicht etwas Reispudding?« sagte sie einmal und öffnete einen Korb, der vollgepackt war mit Behältern aus einem Imbißladen in der Stadt. Sie brachte ihm einen Messingtürknauf mit geperltem Rand, eine kupferne Reklametafel mit der Rückenansicht einer Frau, die in einem Waschbecken ein Korsett wusch.

Das Dach des verlassenen Bauernhofes weiter unten war eingestürzt. Niemand ahnte mehr, daß hier einmal eine Farm gewesen war. Die Wohnwagensiedlung dehnte sich weit aus, staubige Wege schlängelten sich über den Hang. Wenn der Wind aus Süden wehte, konnte Witkin Motoren und Geschrei hören. Doch auf seinen hochgelegenen vierzig Hektar rückte der urwüchsige Wald immer näher, die Bäume vermehrten sich.

Larry, der schwer und langsam geworden war, behauptete, es sei schwieriger, sich durch den Wald zu schlagen. Er keuchte und hustete, erklomm die Steigungen auf langen Umwegen, die die Kilometerzahl pro Tag erhöhten. Sie nahmen die Gewehre mit, feuerten sie jedoch nur selten ab.

»Frank, ich schaffe das nicht mehr. Ich habe nie gedacht, daß ich das einmal sagen würde, aber ich schaffe diese Kletterei nicht mehr. Habe ein zu bequemes Leben geführt. Das Bilderverkaufen ist kein gutes Training.« Sie standen sich nicht mehr nah. Aber beide taten so.

Wenn Witkin allein auf seinem Grund war, sprühten die Eichen Funken, die Büsche und jungen Bäume schienen vom braungelben Boden emporzuschnellen. Der Himmel vibrierte, im gespannten Trommelfell knackte es. Wenn er der kilometerlangen Steinmauer folgte, die sich in den Wald erstreckte, schlurfte er durch brotkrustenfarbenes Gras, Laub wie brauner Zucker, wie verkohlte Briefe, herabrieselnde Nadeln, sein Kopf bekam Kratzer von Wurzeln, die in die Luft ragten, wo die Erdkrume abgebrochen war, in seinen Stiefeln rutschte er auf dem Holzstamm aus, der über den Bach führte. Er brauchte Larry noch immer, um den Weg zu finden. Er konnte die Bäume nicht auseinanderhalten, konnte die Windrichtung und das Durcheinander der Äste nicht einschätzen. Der Wirrwarr der Bäume drängte gegen die Jagdhütte. Unter der Treppe wand sich Himbeergestrüpp.

Er fing an, das Chaos der Natur zu ordnen. Die einst so betörende, wellenartige Musik des Waldes klang jetzt mißtönend wie ein kaputter Lautsprecher, wie das endlose Brummen der Hochspannungsleitungen, unter denen er darauf gewartet hatte, daß Larry den Hirsch zu ihm trieb, und das ihn so verwirrt hatte, daß er den Hirsch nicht hatte kommen hören, sondern nur die gelbbraune Bewegung wahrgenommen hatte. Er hatte nie jagen wollen; er hatte es nur Larry, dem unbekannten Bruder, zu Gefallen getan.

Frieda war überrascht, als Larry auf Jack Kazins Boot im Liegestuhl den fetten Rücken durchbog, den Kopf zurückwarf, als würde er eine Arie singen, und dann über die Armlehne zu Boden purzelte. Herzstillstand.

In der Woche nach Larrys Bestattung heuerte Witkin Alvin Vinyl und seinen Cousin an, damit sie die sirrenden Ahornbäume um die Jagdhütte fällten und wegbrachten. Die Zeit drängte ihn. Er trieb sie mit Geldversprechungen an. Sie rodeten ein großes, offenes Viereck. In dem gleißenden Licht schrumpelte das Laub, das verborgene Moos welkte. In staubenden schwarzen Fontänen riß eine Maschine die Wurzeln aus der zweihundertjährigen Umklammerung des Bodens. Die Planiermaschine zähmte den aufgewühlten Boden, und Witkin säte Grassamen für einen Rasen in der Wildnis. Weitere Projekte schwirrten ihm durch den Kopf; er mußte sich beeilen. Die Geräte für den neuen Rasen – Rasenmähmaschine, Vertikutierer und Kultivator, Walzen und Sensen – wurden in der Garage gelagert. Er plante einen Geräteschuppen, den offenen Kamin und den Anbau, zwei Zimmer und ein Studio. Sein Sohn Kevin wollte den Sommer über kommen. Er war das zweite Jahr an der Universität und hatte keinen Sommerjob. Witkin bot ihm angemessenen Lohn für entsprechende Arbeit und wußte, als er die steifen Sätze über das Sichbesserkennenlernen aussprach, daß es für beide kein gutes Geschäft würde. Kevins malvenfarbene Hände schienen zu nichts zu gebrauchen außer zum Kratzen und Pfuschen.

Am ersten Tag arbeitete Kevin mit nacktem Oberkörper und tat so, als würde er Witkins Warnungen vor Sonnenbrand und Krebs nicht hören. Er verschlief den herrlichen Morgen des zweiten Tages und kroch erst aus seinem Schlafsack, als Generator, Motorsäge und Hammer einen Höllenkrach produzierten. Latschte herum und redete einsilbig. Witkin haßte ihn wieder. Er erkannte in Kevin nicht sein Fleisch und Blut. Und das andere Kind, die Zwillingsschwester, was war mit diesem schüchternen, humorlosen Mädchen in der rosa Bluse, das zielsicher die falschen Entscheidungen traf und jetzt beim Peace Corps in Sambia war? Das Band der instinktiven Liebe, das sich durch die Generationen schlingt, war abgerissen.

Sie deckten das Dach des Geräteschuppens mit Platten aus verzinktem Blech. In der sengenden Höhe flimmerte die Luft. Kevin trank literweise Bier, schlug die Nägel in unregelmäßigen Abständen ein, urinierte vom Dach, anstatt die Leiter hinunterzusteigen. Hitze wallte gegen ihre Arme und Oberkörper. Schweiß floß in Strömen. Kevin, der Witkins Bedürfnis spürte, den Märtyrer zu spielen, warf am vierten Tag das Handtuch.

»Ich schaff' das nicht. Ich steig' aus. Lieber schaufle ich Kohlen in der Hölle als das. Für was zum Teufel baust du dieses Riesentrumm?« Beide hatten es erwartet. Ihr Streit war ohne Feuer. Zeugte nur von der zähen Zufriedenheit, die von gegenseitiger Abneigung rührt.

Als Kevin fort war, kam der ältliche Steinmetz, selbst steinfarben, um den Kamin zu bauen. Witkin stellte Leute um Leute ein. Er hatte nicht genug Zeit, alles allein zu machen. Eine Gruppe von Zimmerleuten hämmerte das Gerippe des Anbaus zusammen, füllte es mit Holz und Glas, die Lastwagen mühten sich langsam den Hügel herauf, mit Kies- und Sandladungen, mit Torf und Bohlen, Blech, Nägeln, Isoliermaterial, Beschlägen und Riegeln, Draht, Lampen, Gipsplatten, Klebstoff, Spachtelkitt und Farbe. Beeilt euch.

Als sie fertig waren, fing Witkin mit dem Steinpatio an. Die gußeisernen Bänke waren bereits eingetroffen, aus South Carolina in Kiefernkisten hergeschifft, die nach Harz und Lack rochen. Er würde den Rasentraktor benützen, um die Steine von der alten Mauer am Waldrand zu dem Sandbett zu transportieren.

Früh am Tag fing er an der Mauer an. Der Himmel verströmte blaues Licht, die Baggerschaufel legte los. Steine, gefleckt mit wunderschönen Landkarten aus Flechten und Moos, lösten sich knarrend und knirschend, Zweige und verfaulte Äste fielen zu Boden. Die Zähne der Schaufel zerkratzten die zarte grüngraue Patina. Zerzauste Ränder von Kontinenten und Inseln brachen ab, die schwappenden Moosmeere schoben sich übereinander, die Bodenschicht darunter kam zum Vorschein. Der Geruch nach vermodertem Laub ließ ihn niesen. Gab es denn keine Befreiung vom Gestank des dunklen Urwalds?

Die kleinen flachen Steine lagen auf einem Haufen. Die würde er in die Zwischenräume einpassen, sobald die großen Brocken lagen. Die runden und unregelmäßig geformten kamen auf den Schutthaufen.

Er legte einen großen Stein frei, der schwarze Rand zehn Zentimeter dick, die Ecken schön kantig. Er schlang die Kette darum, schleppte ihn zum Patio. Hinter ihm eine Spur der

Zerstörung. Er drehte den Stein um, um sich die andere Seite anzusehen. Eine Blume aus weißem Schimmel wucherte über den dunklen Schiefer, die spinnenhaften Strahlen glichen einer explodierten Galaxie. Zerquetschte Spinnenkokons. Er drehte den Stein wieder um, damit die saubere Seite oben lag, und manövrierte ihn mit der Brechstange an Ort und Stelle.

Er arbeitete den Vormittag über und scharrte im Sand, wo eine Seite tiefer lag als die andere, zog und zerrte, brachte den Stein in die optimale Position. Wenn er nur ein Dutzend solcher Steine hätte, dachte er. Er hoffte auf wenigstens noch einen und fuhr wieder zur Mauer.

Der Stein hatte über einer Höhlung gelegen, die voll Laub und leergefressenen Samenhülsen eines alten Mäusenestes war. Er bückte sich, wischte mit der Hand über die welligen Blätter. Und zog sie erschrocken von der weißen Wölbung eines Schädels zurück.

Larry, dachte er einen Augenblick lang, irgendwie war Larry vom Friedhof in der Bronx unter die Mauer gekommen.

Aber es war nicht Larry.

Vorsichtig holte er das Laub in kleinen Mengen heraus, bis sich die gebogenen Knochen seinem Blick darboten. Die makellosen Zähne lächelten zu ihm empor, aber die kleinen Hand- und Fußknochen fehlten. Der rechte Arm war verschwunden. Die übrigen Arm- und Beinknochen, vom meißelnden Nagen der Mäuse gezeichnet und eingekerbt, waren braun von Laubflecken. Von der Ferse abgerissen und eingerollt wie ein Embryo, lag im Becken eine Schuhsohle. In seinem Rücken hörte er den Rasentraktor im Leerlauf tuckern.

Ein Pioniergrab. Die Frau eines frühen Siedlers, erschöpft vom Kinderkriegen oder vielleicht von Indianern skalpiert und erschlagen oder an Typhus, Lungenentzündung oder Milchfieber gestorben. Er war in die kühle Intimität ihres Grabes eingedrungen.

»Arme Frau, wer du wohl gewesen bist?« sagte er. Aus Respekt ließ er die Arbeit für den Tag ruhen, schleppte den Stein zur Mauer zurück und paßte ihn wieder an seinem ursprünglichen Platz ein. Ein Grab wollte er nicht entweihen.

44
Der kleine Cowboy verflucht Richter

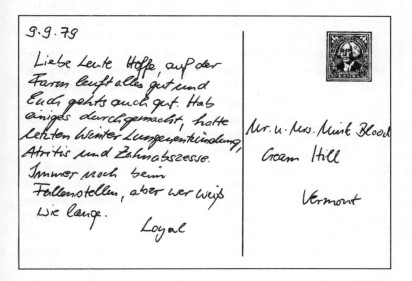

Sieben Monate später sah er im Nordwesten von New Mexico den kleinen Cowboy in The White Pony, er saß am Ende des Tresens, die Augen auf den Spiegel geheftet, er trug noch immer die gleichen Kleider, sein Schildkrötenmund hing am Rand der Bierdose. Loyal setzte sich neben ihn, blickte in den Spiegel.
»Hast du die Typen jemals erwischt?«
Der kleine Cowboy sah kaputt aus; seine Augen waren blutunterlaufen, der Dreck an seinem Hals steckte tief in der ledrigen Haut. Seine Hände zitterten. Na ja, er selbst sah auch nicht gerade gut aus. Der Zwerg starrte Loyal an, zog eine Grimasse.
»Mensch, verdammt noch mal, der Kojotenfänger, oder? Was zum Teufel treibst du hier unten?«
»Die Wüstenkojoten haben 'nen andersfarbigen Pelz – mehr rot, so 'n hübsches Rotbraun. Ich zieh' gern rum, jage mal was anderes. Solang's keine Bären sind, die man nicht jagen darf.«

Der kleine Cowboy knurrte. »Die verdammte Scheiße.«
»Muß zugeben, daß ich neugierig bin, wie die Sache ausging.«
»Vierzig Leute haben sich bei dem Unternehmen fast drei Jahre lang den Arsch aufgerissen. Florida, Wyoming, Maine, Montana, North Carolina, New York. Wir hatten alles – Dias, Videobänder, Fotos, Zeugen, Geständnisse, Beweise – zweihundert Gallenblasen von Schwarzbären, zum Transport verpackt, ein Lager voller Häute, ein paar Kisten mit Krallen, wir hatten Fotos von ihnen mit ihren Hunden, die Funkhalsbänder trugen. Bilder von einem Haufen verwester Bärenkadaver, wir hatten Aussagen von einem japanischen Endabnehmer und einem Versicherungsvertreter aus Connecticut, der als Mittelsmann fungierte. Wir hatten sechshundert Seiten Aussagen. Wir hatten ihre Duftrezepte – Rizinusöl, Bibergeil, Bisamratte, Asafötidaöl und Honig – weißt du, was die Gallenblase eines Schwarzbären auf dem Markt in Fernost wert ist? Fünf Mille – fünftausend Dollar. Die Krallen sind noch mal 'ne Mille wert. Die Japaner haben Geld wie Heu – denen ist es egal, wie teuer das Zeug ist, sie müssen's haben. Nimm zweihundert Gallenblasen mal fünf Mille, und dann weißt du, daß hier große Summen im Spiel waren. Ist mehr wert als Kokain. Bärengallenblasen bringen mehr Geld als Kokain! Wir reden von einer Million Dollar. Und dazu eine Viertelmillion für die Krallen. Das hatten wir alles. Wir hatten Scheißgeständnisse! Es war die größte Untersuchung, die es in punkto Tierschutz je gegeben hat. Die ganzen verfluchten Bundesstaaten zogen an einem Strang. Das war als solches schon ein Wunder.« Am Kinn des kleinen Cowboys zuckte ein Muskel.
»Und was ist passiert? Sind sie entwischt?«
»Entwischt! Nein, sie sind nicht entwischt! Na ja, ein paar von ihnen sind vielleicht entwischt, aber nicht viele. Wir haben in drei Bundesstaaten gleichzeitig an 'nem Sonntag um fünf Uhr morgens Razzien durchgeführt und elf von den Jungs geschnappt, Fallensteller, einen Mittelsmann und drei Käufer. Die zwei stinkenden Subjekte, die mit dir am Tisch gesessen haben, waren noch so besoffen, daß sie noch nicht mal 'nen

Kater hatten. Sie dachten, wir wollten los auf Bärenjagd. Sie haben dauernd nach ihren Taschenlampen gebrüllt, und was die Handschellen sollten, haben sie überhaupt nicht kapiert.« Er schluckte glucksend sein Bier. »Ja, wir haben sie erwischt.« Die Stimme klang ironisch, bitter.
»Du wirkst nicht gerade glücklich. Ich hätte gedacht, eine gelungene Operation bringt einen Mann des Gesetzes in Hochstimmung.«
»Ja, das sollte man meinen. Der Erfolg bemißt sich am Endergebnis. Weißt du, wo dieser Abschaum jetzt ist? Jeder einzelne von ihnen?«
»Ich geb's auf.«
»Genau dort, wo sie vor einem Jahr waren. Treiben das gleiche Spiel. Jagen illegal Bären, schneiden die Krallen ab und die Gallenblasen raus, verkaufen sie an die Japaner und machen ein Vermögen. Und weißt du, warum? Weißt du, warum die ganze Arbeit für die Katz war? Wegen der Richter. Wegen der verdammten, miesen, blasierten, blöden, egozentrischen, arroganten, dämlichen, doofen Richter, die ihren Arsch nicht von einem Marmeladekrapfen unterscheiden können. Es interessiert dich vielleicht, zu erfahren, daß die beiden stinkigen Brocken, die bei dir saßen, jeweils eine Strafe von hundert Dollar bekamen, weil sie ›ohne Genehmigung als Präparatoren gearbeitet haben‹. Die Knete haben sie von einer Rolle, so groß wie ein Schinken, abgeschält und mit 'nem Lächeln hingelegt. Die schwerste Strafe wurde einem Kerl in North Carolina aufgebrummt. Fünfhundert Dollar und dreißig Tage Gefängnis auf Bewährung ›wegen Jagens außerhalb der Saison‹.« Er trank schweigend. Sah Loyal im Spiegel an.
»Die Richter finden das komisch. Sie nehmen nichts davon ernst. Das ist das Problem. Sie haben keine Ahnung. Und. Es. Schert. Sie. Nicht. Bären werden noch zu unseren Lebzeiten ausgerottet sein.«
»Und was tust du hier?«
»Hier?« Der kleine Cowboy lachte. »Wieder das gleiche, nur geht es diesmal nicht um Bären. Weiß nicht, warum ich das alles einem berufsmäßigen Fallensteller erzähle. Ich muß

übergeschnappt sein. Ich weiß nicht, vielleicht sollte ich mir selber einen Packen Fallen besorgen und einsteigen. Es steckt soviel Geld in illegalen Geschäften, daß es einen wundert, wenn es überhaupt noch anständige Leute in dieser Sparte gibt. Zum Teufel, es wundert mich, daß ich zu den Anständigen gehöre. 'ne ganze Menge Gesetzeshüter haben die Seite gewechselt. Sie kennen sämtliche Tricks, sämtliche Schlupflöcher, sämtliche Auswege, und sie machen Geld. In ein paar Monaten könnte ich reich sein. Ich könnte daheim bei Frau und Kindern sein, mit einem Schwimmbad im Garten, einen Mercedes fahren, anstatt verdeckt auf einer Scheißranch zu arbeiten und das Mädchen für alles zu spielen.«
»Du hast Kinder?«
»Ja, ich habe Kinder. Zwei Stück. Ich seh' sie nicht gerade oft, aber ich telefoniere drei-, viermal die Woche mit ihnen. Eine Nervensäge, der Junge, will Rockstar werden, schreit und stöhnt den ganzen Tag draußen in der Garage, das Mädchen, Aggie, ist sechzehn und steht auf Feminismus, Frauenrechte, die ganze Scheiße.«
»Hast du Fotos?«
»Nein.« Jetzt war er argwöhnisch. War das eine Art Verschwörung hinterhältiger Fallensteller, um Namen und Aussehen seiner Kinder herauszubekommen? Es waren schon Kinder entführt worden. Wer zum Teufel war dieser alte Kojotenjäger überhaupt?

45
Einsam

4. Oktober 1979
Hiermit bestätigen wir Ihren
Termin mit Steuerprüfer
Reynolds am 11. Oktober 1979,
8 Uhr, zimmer 409, West Central
Federal Building. Anzuhörende
haben sämtliche finanzielle
Aufstellungen und Unterlagen
für den betreffenden Zeitraum
mitzubringen. AZ 8-15-79.

Mr. Marvin S. Blood
Fa. Eden
200 Biscayne Blvd.
Miami, Fl. 33132

Die Ranch wirkte anders, sobald er von der Fernstraße abbog und an Jacks Zaun entlangfuhr. Es war der Zaun, achthundert Meter Gitterzaun. Seit wann züchtete Jack Schafe? Er ließ den Blick über das büschelige Gras schweifen. Keine Buckelrinder in Sicht, aber auch keine verdammten Schafe. So war es, wenn man ein, zwei Jahre wegblieb. Die Dinge änderten sich.

Die Eingangstür ging auf, noch ehe er den Motor abgestellt hatte. Starr trat auf die Veranda. Ihre Arme hingen herunter, die Handflächen zeigten nach außen. Ihr Gesicht war verzerrt, und er sah von dort, wo er saß, die Tränenspuren. Er wußte Bescheid.

Während er vorne um den Lastwagen ging, stürzte sie die Treppe herunter und warf sich ihm entgegen. Seine Hände sprangen zu ihren Schultern, und er drückte sie weg. Sie war so nah, daß er den scharfen Tabak riechen, das vergilbte Gewebe ihrer Augen, die vergrößerten Poren ihrer Wangen sehen konnte. Sie war zu nah, als daß er sie ansehen konnte, und er wollte sie zurück auf die Veranda schieben. Aber er stand da, die Finger in ihre fleischigen Arme gegraben, auf sein Gleichgewicht konzentriert. Etwas anderes gab es nicht. Er konnte nicht denken, seine Gedanken stoben auseinander. Sie spürte seinen Schock und trat zurück, ging zur Treppe und blieb dort stehen.

»Ich bin jetzt ganz allein, Loyal. Jack ist tot.« Sie schneuzte sich in ihr Taschentuch. Salzige Tränen hingen in ihren Mundwinkeln. »Ich hätte dir Bescheid gegeben, aber ich wußte nicht, wie ich dich erreichen kann. Wir wußten nicht, wo du warst.« Ein Vorwurf. Sie zündete sich eine Zigarette an, warf das Streichholz zu Boden. Er hustete.

»Was ist passiert? Mit Jack.« Noch immer konnte er ihre Hitze auf seinen Handflächen spüren. Aber Jacks Namen auszusprechen stellte sein Gleichgewicht wieder her. Er sagte ihn noch einmal.

»Im Mai. Eine blöde Sache. Es ging ihm gut, Loyal, es ging ihm richtig gut.« Die Tränen trockneten. »Ihm fehlte überhaupt nichts. Er war immer kerngesund gewesen, hatte nur manchmal nachts ein bißchen Schwierigkeiten mit dem Schlafen. Er fuhr früh raus, um mit Rudy über einen Zaun für die Herde und eine Viehsperre zu reden, sie wollten das Material in Cheyenne holen. Als er zurückkam, war der Kaffee fertig. Er hatte einen Schluckauf. Ich lachte und sagte, er sollte Wasser trinken, um ihn loszuwerden, bevor er seinen Kaffee trank. Er trank das Wasser, Loyal, und ein paar Minuten lang hörte der Schluckauf auf, dann schenkte ich ihm den Kaffee ein, und er fing wieder an. Hat das ganze Frühstück über angehalten.« Zwischen den Stufen steckte ein leerer Kornsack. Sie redete, als hätte sie es eingeübt. Die Worte purzelten tonlos heraus.

»Erst machten wir Witze, aber ziemlich bald wurde es so schlimm, daß es nicht mehr lustig war, er konnte kaum essen. Wir probierten alle Hausmittel, die wir kannten, in eine Papiertüte atmen und wieder daraus Luft holen, Wassertrinken, während man sich bückt, ein in Brandy getauchtes Stück

Zucker essen, er trank ein Glas Whiskey, noch mehr Wasser, ich versuchte, ihn zu erschrecken, indem ich mich von hinten an ihn heranschlich und in die Hände klatschte. Schließlich ging er raus, meinte, die Fahrt nach Cheyenne würde ihn von dem verfluchten Schluckauf ablenken, und wenn er nicht bald aufhörte, würde er dort zum Doktor gehen.« Wie anders sie ist, dachte er. Der Glanz war von ihr abgefallen, die lebhaften, schlagfertigen Antworten und die flinken Bewegungen. Sie war schwerfällig wie eine Kuh.

»So um drei kamen sie wieder zurück. Der Laster ist voller Zaunmaterial, und ich schaue hinaus und sehe, daß Rudy fährt. Ich weiß, daß was nicht stimmt, weil ich sehe, wie Jacks Profil alle paar Sekunden hochhüpft.« Sie machte es jetzt nach, führte vor, wie Jack im Lastwagen gesessen hatte, vom verrückt gewordenen Willen seines Körpers gebeutelt. »Er hatte noch immer Schluckauf. Er kam mit einer Medizin rein, die ihn ruhigstellen sollte, so was wie Schlaftabletten, glaube ich. Loyal, er hat diese Dinger genommen, und es ist kaum zu glauben, aber er hatte die ganze Nacht lang einen Schluckauf, auch noch als er von den Tabletten halb weggetreten war. Ich mußte aufstehen und im Wohnzimmer auf der Couch schlafen, weil das Bett jedesmal, wenn er sich verkrampfte, so stark gewackelt hat, aber dann hab' ich mir echte Sorgen um ihn gemacht, daß er vielleicht seine Zunge verschluckt oder so, weil er wirklich eingedöst war, also bin ich die ganze Nacht aufgeblieben und hab' Kaffee getrunken, bin auf und ab gegangen und hab' das verfluchte ›Hicks, hicks, hicks‹ gehört!« Als würde sie das Unkraut neben der Veranda erst jetzt bemerken, fing sie an, es auszureißen, und ließ es fallen, wo sie stand.

»Am Morgen war er nur noch ein Wrack, er konnte kaum reden, sein Gesicht war grau, und er konnte nichts zu sich nehmen oder bei sich behalten. Er litt wirklich, Loyal. Ich rief den Doktor an, und der sagte: ›Bringen Sie ihn her.‹ Ich fuhr ihn hin, und sie steckten ihn ins Krankenhaus, versuchten es mit hunderterlei Sachen, versuchten, ihn zu sedieren, aber nichts half. Nichts half! Ich konnte es nicht glauben. Die Wunder der modernen Medizin, sie können Herz und Lungen transplantieren, neue Arme und plastische Chirurgie, aber einen Schluckauf können sie nicht zum Stillstand bringen. Ich hab' die Ärzte angebrüllt.

Jack wußte, glaube ich, daß nichts helfen würde. Er sagte: ›Starr, der Wagen ist aus dem Gleis gesprungen.‹ Das waren mehr oder weniger seine letzten Worte. Er lebte noch bis zum nächsten Morgen, und dann gab sein Herz einfach auf. Man konnte sehen, daß er sterben wollte, nur damit der Schluckauf aufhört.«

Er wollte in seinen Wagen zurück und abhauen, aber Starr führte ihn in die Küche, machte sich an Küchenschränken und Kühlschrank zu schaffen, holte Eier und Mehl heraus, mischte Zutaten. Sie wechselte die Richtung wie eine Kompaßnadel, sprach über das, was sie kochte, natürlich würde er zum Abendessen bleiben, es war kein Käsesoufflé, sondern etwas noch Besseres, eine »Kiesch«, und der Regen ließ auf sich warten, was sollte sie jetzt tun. Über Jack schienen sie genug geredet zu haben.

»Ich hab' mir überlegt, daß ich vielleicht wieder mit dem Singen anfange. Du hast bestimmt nicht gewußt, daß ich früher gesungen hab', Loyal.«

»Nein, nicht die Spur.« Sein Bild in der Stahlschüssel auf dem Tisch, sein Gesicht verzerrt und zerdrückt, der Mund ein an den Kopf gebundenes Gummiband, die Hutkrempe wie eine Kuchenplatte.

»Und ob! Hab' früher beim Rodeo in Cheyenne in den Pausen gesungen. Ist natürlich lange her, fünfzehn, achtzehn Jahre. Aber ich war mal in Übung. Ach, das war immer ein Spaß – die vielen Leute, gutaussehende Männer. So hab' ich Jack kennengelernt, beim Rodeo.« Sie verrührte mit einem Gerät aus gebogenem Draht Mehl und Butter. »Herrje, ich muß was unternehmen.«

Er wußte nicht, wie er mit ihr reden sollte. Sie war Jacks Frau gewesen, auf diese Rolle festgelegt. Jetzt war sie ein Mensch, den er nie erlebt hatte, der weinte, davon sprach, etwas unternehmen zu müssen, zu singen. Eine Frau, eine alleinstehende Frau – was zum Teufel sollte er zu ihr sagen?

»Was bedeutet der Schafszaun draußen an der Abzweigung?« Er versuchte so zu klingen, als wollte er es wissen. Zum Teufel, er wollte es wissen.

»Ach, der. Weißt du, Jack hat mir nicht besonders viel Bares hinterlassen. Wie die meisten Viehzüchter, viel Land, wenig Bares. Natürlich hat er nicht damit gerechnet, daß er so schnell sterben würde. Ich mußte was unternehmen. Ich hab' versucht, einen Käufer für die Buckelrinder zu finden. Keiner hier in der Gegend wollte sie haben. Plötzlich findest du raus, wer deine Freunde sind, Loyal. Die ganzen Viehzüchterkumpel von Jack. Schließlich kam ein Mann aus Texas und kaufte sie. Ich hatte dem Mann geschrieben, von dem Jack sie gekauft hatte, und er sagte es dem Kerl. Sie sind jetzt wieder da, von wo sie herkamen. In Texas.« Sie walzte den gelben Teig mit einer leeren Weinflasche. Unter dem Tisch kam eine Katze hervor und fraß einen Krümel, der auf den Boden gefallen war.

»Ich hab' an dem Verkauf nichts verdient. Eigentlich haben wir Verlust gemacht. Dann hat Bob Emswiller gefragt, ob er einen Teil der Ranch als Weide für seine Schafe pachten kann. Als Sommerweide. Versprach, aufzupassen, daß sie das Land nicht zu stark abgrasen. Das ist sein Zaun.«

»Hab' keine Schafe gesehen.«

»Tja.« Ihr Hals war gerötet, vielleicht von der Hitze des Ofens. Der Herd war hoch eingestellt, verströmte einen Geruch nach Verbranntem. »Er hat nicht gezahlt, was er versprochen hatte, darum hab' ich zu ihm gesagt, er soll seine Schafe packen und verduften. Keine Schafe heuer. Er hat gesagt, er würd' auch nicht zahlen, der Zaun wär' genug, um den sollte ich froh sein. Nachdem ich ihm gesagt hab', keine Schafe mehr, wurden eines Nachts ein paar Schüsse aufs Haus abgefeuert. Das Fenster im Gästezimmer ging zu Bruch. Wenn eine Frau wissen will, was für Nachbarn sie hat, braucht bloß ihr Mann zu sterben. Die haben mich hier immer für eine Außenseiterin gehalten.«

»Also hast du mit dem Vieh Verlust gemacht und bist bei der Weidepacht reingelegt worden.«

»Das ist erst der Anfang. Ich muß die Ranch verkaufen. Ich weiß, Jack hing an ihr und ich auch, aber jetzt nicht mehr. So weit haben sie mich gebracht.« Sie machte eine Bewegung mit dem Kinn, dem Kinn einer alten Frau, das flaumig und weich vor Fett war. »Ich will aus dem Rest meines Lebens was machen. Wenn ich die Ranch verkaufe, kann ich hier weg.« Sie goß die Eiermischung über den Käse und den Schinken in der Form, schob sie in den Herd. Drehte sich zu ihm um. Gott weiß, was sie sah. Sie spielte in ihrem eigenen Film.

»Hättest du Lust, mich singen zu hören, Loyal?« Ihre Stimme klang plötzlich hell und albern.

Sie legte eine Schallplatte auf. Der Plattenspieler stand noch immer auf der Anrichte, auf der er seit Jahren stand. Loyal betrachtete die Albumhülle; fünf Männer saßen auf Stühlen, aus ihren Händen ergoß sich ein Strom gelber Farbe bis oben an den Rand der Hülle, wo grellrote Buchstaben explodierten. »Musik zum Mitsingen · Teil 7 · Country-Balladen«.

Die Platte drehte sich, doppelt gegriffene Fiedelharmonien eines sentimentalen Country-Songs erfüllten den Raum. Starr stellte sich vor den Herd, die Füße nebeneinander, die Finger zu einem Knäuel verschränkt, das sie sich vor den Unterleib hielt. Mittleren Alters, in einer verkrumpelten Whipcordhose und einem Sweatshirt, aber ein Rest der alten, verletzlichen Schönheit war noch zu erkennen. Vielleicht wußte sie das.

Sie zählte lautlos und sang dann: »He was just passing through, I was all alone and blue.« Die Worte zwängten sich in ihre Nase empor, sie beabsichtigte billige Traurigkeit. Loyal konnte es nicht verhindern, er spürte die Kneipentränen aus seinen Augen schießen. Dieses Lied packte ihn jedesmal, aber jetzt saß er auf einem verdammten Küchenstuhl, konnte nicht mal über einem Bier kauern. Darum schloß er die Augen und wünschte, Jack wäre am Leben.

Die Quiche war gut, und sie aßen sie ganz auf. Es war jetzt einfacher, sie sprachen nicht, das Essen lag auf den Tellern, die Gabeln spießten auf und hoben hoch. Sie legte eine Papierserviette neben seine Hand. Jacks Stuhl war leer. Eingelegtes

Gemüse. Der Kaffee lief durch den Filter. Wie oft hatte er hier gesessen?

»Also, was hältst du von meiner Singerei, Loyal?«

Das war die Art Frage, auf die er nicht antworten konnte.

»Ich find' sie gut. Mir gefällt sie gut.«

Saures Gesicht. Sie schenkte Kaffee ein, während seine Finger von der Quicheform Krümel aufklaubten. Jacks Sachen waren überall verstreut, als wäre er gerade eben hinausgegangen. Tja, genau das hatte er getan, er war gerade eben hinausgegangen. An einem Haken neben der Tür das Seil, das er knüpfte, während sie fernsahen, ein Paar Stiefel, jetzt steif vom Herumstehen. Rechnungen auf der viktorianischen Spindel. Der graue Rancherhut, das Band fleckig von Jacks Schweiß, oben auf der Anrichte, wo er ihn immer hingeworfen hatte, wenn er zum Essen hereingekommen war.

»Hast du daran gedacht, nach Wisconsin zurückzugehen, deine Kinder zu besuchen? Müssen jetzt erwachsen sein.«

»Die Bande sind schon zu lange durchgeschnitten. Mit einer stumpfen Schere.« Die Milch sei am Umkippen, sagte sie. Er roch es und trank seinen Kaffee ohne.

»Ich weiß, daß ich auf keinem Rodeo mehr singen werde, Loyal. Meine Stimme ist schwach, ich bin zu alt. Alte Damen singen nicht auf Rodeos. Aber weißt du, ich komme mir nicht alt vor, ich komme mir vor, als hätte ich den lebendigsten Teil meines Lebens noch vor mir. Ich könnte auf der Ranch bleiben, Loyal, aber nicht allein. Hier wird ein Mann gebraucht.« Deutlicher konnte sie es nicht sagen.

Der Kaffee, schwarz in den vertrauten blauen Tassen. Er verrührte Zucker. Ihr Löffel klirrte.

Dann war mit einemmal die Peinlichkeit vorüber. Geschichten von Dingen, die er erlebt hatte, sprudelten heraus, die Worte schossen zwischen seinen locker sitzenden, lückenhaften Zähnen hervor. Er erzählte, wie Cucumber in einem Bergwerk ertrunken war, wie er um Mitternacht mit Bullet über gefährliche Pässe gefahren war und die Scheinwerfer ausfielen, von dem Berglöwen. Er, der so wenig geredet hatte, redete viel, wurde zu einem eifernden Hausierer, der die

Geschichte seines Lebens verkaufte. Um zwei Uhr morgens, als Starr wegdöste, Schlaf und Stille herbeiwünschte, hörte er auf. Sie hatten einander satt, beide sehnten sie sich nach dem Trost der Einsamkeit. Er sagte, er würde auf der Couch neben dem Ofen schlafen. Die Küche stank nach Zigaretten.

Am Morgen schenkte sie ihm Jacks perlgrauen Cowboyhut.

46
Was ich sehe

Eine Sitzecke in Dot's Place. Der Kopf der Plastikeule glüht an der Wand. Er liest die Lokalzeitung, die Arme auf dem furnierten Tisch aufgestützt. Es riecht nach Fettlöser. Dot hockt da und wischt an dem schmutzigen Herd herum. Der Kaffee hat die Farbe von Schlamm in einem Flußbett. Wapiti-, Dickhornschaf, Hirsch- und Elchköpfe an den Wänden, mit Fett von Dots Kocherei überzogen. Pommes frites. Spiegeleier. Die Trophäen hat Harry S. Furman, Dots alter Herr, geschossen. Beim richtigen Licht kann jeder die trübe Fettschicht auf den Glasaugen sehen.

Er blättert die Zeitungsseiten um, wirft einen Blick auf das Foto einer baskischen Familie, die mit Verwandten aus Südamerika posiert. Die Männer in der ersten Reihe sind in die Hocke gegangen, so daß ihre Knie den Stoff der Polyesterhosen spannen, ihre Mäntel Buckel bilden. Da ist die große Matriarchin der Gruppe, Celestina Falxa, aus dem Haus der kleinen Kinder, Ttipinonia, ernst, stämmig und O-beinig starrt sie mit ihren kleinen Augen direkt in die Kamera. Sie trägt ein mit Rauten bedrucktes Kleid aus Kunstseide, umklammert eine Handtasche. Vierundachtzig und steuert ein einmotoriges Flugzeug über unglaubliche Entfernungen, behauptet die Bildunterschrift. Sie hat nie gelernt, Auto zu fahren.

Er betrachtet das Bild, die Blickrichtung aller Augen. Außer ihr schaut keiner in die Kamera. Eine ältliche Frau mit einer bunten Brille lächelt verhalten und sieht zu Celestina. Die drei Cousinen aus Südamerika haben die gleiche Haarfarbe und lächeln anmutig. Auch sie blicken zu Celestina. Die Männer in der hintersten Reihe stehen auf Stühlen. Ihre Stirnen schimmern weiß, ihre Gesichter sind sonnenverbrannt. Drei Männern fehlen die Vorderzähne. An der Seite steht eine Frau in einem karierten Hosenanzug. Die Hosenbeine umhüllen ihre

Beine wie Abzugsrohre, die Jacke ist so geschnitten, daß die Karos purzeln. Im Hintergrund ist nahe der Decke ein Fernsehgerät angebracht, die Plastikwände des Holiday Inn, ein Chromstuhl, ein verschmutzter Nylonteppich.

»Was zum Teufel haben Sie da, Mr. Blood, den Schlüssel zum Geheimnis aller Zeiten?« Dot kichert. Sie packt eine Schüssel mit gefrorenen Fleischpasteten. »Sie schauen so konzentriert hin, daß ich schon gedacht habe, Sie hätten Ihren lang verlorenen Bruder wiedergefunden.«

Mehr bleibt am Ende nicht: das Betrachten fremder Menschen auf Fotografien.

47
Die rothaarige Kojotin

Lieber Pete,
Was ist mit den verd. Pelzpreisen los? Soll ich verhungern? 1 a Kojote war vor ein paar Jahren 3x der Preis von jetzt. Wenn es so weitergeht, kann ich die Fallen an den Nagel hängen.
L. Blood

Pete Faure
Crowdy Lake, B.C.
Canada

Er glaubte nicht, daß unter dem Goldasterstrauch etwas sein würde. Aber als er hinkam, um die Falle und den Pflock herauszuziehen, sah er sie, eine für die Saison späte Kojotin von kräftig roter Farbe, besonders kräftig im Gesicht, an der Brust und den Läufen. Die heiße Frühlingssonne, die vom letzten Schnee reflektiert wurde, hatte ihren Pelz gekräuselt und verbrannt wie eine billige Dauerwelle. Sie wich vor ihm zurück, mit aufgerissenem Mund, die Zähne gefletscht, sie krümmte und wand sich in unterwürfiger Haltung, die gelben Augen fixierten die seinen. Sie sah ihn an. Die gekräuselten roten Haare, der außergewöhnliche Ausdruck im Gesicht des Tiers, ihre Körpersprache, in der sich Beschwichtigung, Angst, Wut, Bedrohlichkeit, Resignation, Schmerz, Schrecken und darüber hinaus das schreckliche und erregende Wissen um das kurz bevorstehende Ende ihres Lebens mischten.

Billy.
Der Pelz taugte nichts. Rot, das ja, aber versengt und abgewetzt. Der Fuß sah nicht allzu schlimm aus. Sie hatte nicht daran herumgebissen. Rasch warf er ihr die Plane, auf die er sich normalerweise kniete, über den Kopf, zog sie so fest zusammen, daß die Kojotin ihn nicht anspringen konnte, und stemmte die Falle auf. Der Fuß war geschwollen, aber noch warm. Das Blut floß noch. Er stand auf und zog nahezu gleichzeitig die Plane weg. Sie war fort.

V

48
Der Mann mit dem Hut

Oktober, 1982
Lieber Mr. Blood,

Dr. Pinetsky würde Sie gern
wegen Ihrem Röntgenbild sprechen.
Bitte rufen Sie uns an und
vereinbaren Sie einen Termin.

Mr. Loyal Blood
Postlagernd
Hammerlock,
Colorado 89910

Im Garten warfen Kosti und Paula Laken über die Tomatenpflanzen, um sie vor dem Nachtfrost zu schützen, alte Laken, die Paula vor Jahren von ihrer Mutter geschenkt bekommen hatte und die in sämtlichen Weißtönen ausgebessert waren – Marmor, Elfenbein, Milchsilber, Schnee, Kreide, Perle, Birkenrinde, Gespenster, Gänseblümchen, Wolken, Asche, Quarz. Die Zähne des Herbstes nagten am Licht. Sie stapften auf den versilberten Schollen herum, arbeiteten gemeinsam, die einzigen, die sich jetzt noch auf der Farm hoch oben in den Bergen aufhielten. Die Leopardenlady, Inks, die drei Schwestern mit der Truhe uralter Kleider, der Grasmann und seine zahllosen Freunde, alle auf und davon. Einige ihrer verrückten Klamotten lagen noch in den leeren Zimmern, zudem magentarot verblichene Poster von Bob Dylan, Stapel von Taschenbüchern – Brautigan, Hoffman, Kesey, Wolfe, Fariña, McLuhan –, die

Umschlagdeckel von der Sommerhitze gewellt, die Gefühle aus der Mode, die Ideen verraten.

Die Tomatenpflanzen standen wie cremefarbene Säulen vor den schwarzen Bäumen jenseits der Lichtung. Ihre tauben Hände packten neue Laken, schlugen sie auf. Sie spürten, wie der Boden vor Kälte hart wurde. Der Geruch nach brennendem Gras verdrängte den Sommerduft nach feuchtem Gras. Die Luft schien intensiv wie Jaspis in ein Band aus Kälte gesperrt.

»Heute nacht wird's schweren Frost geben. In solchen Nächten werden die alten Tomaten nicht reifer, als sie schon sind«, sagte Kosti. »Besser wir pflücken sie grün und legen sie in den Holzschuppen.«

»Wenn's morgen wieder nach Frost aussieht, pflücken wir sie. Ich mache vierhundert Gläser Essiggemüse. Was soll's, mir ist es egal. Ich brate grüne Tomaten bis in den Frühling. ›Die Johnson-Jungs essen grüne Tomaten, sie essen sie schon ihr ganzes Leben‹«, sang sie. An den Schläfen war ihr Haar grau gesträhnt. Kosti versetzte ihr mit einem vertrockneten Rhabarberstengel einen leichten Schlag auf den Hintern. Als sie in die warme Küche gingen, hörte sie den Streifenkauz rufen, die Krähen kauerten sich auf ihre Äste, als hätte sie ein Leim aus Angst dort festgeklebt.

»Willst du nach dem Abendessen runterfahren und den alten Mann mit dem Hut besuchen? Wir könnten ihm ein paar grüne Tomaten bringen.«

»Bringen wir ihm ein paar Ingwerplätzchen. Das letzte Mal, als er hier war, hat er fast die ganze Dose aufgegessen.« Sie nannten den alten Mr. Blood den Mann mit dem Hut, weil er immer eine Kopfbedeckung trug, manchmal einen Cowboyhut, meistens eine Mütze, bei der seine weißen Haare hinten aus dem halbkreisförmigen Loch hingen.

Im letzten Frühjahr war er in seinem rostzerfressenen Wagen mit einer uralten Hündin gekommen, die niemanden in ihre Nähe ließ, ohne die Zähne zu fletschen. Er handelte mit ihnen die Pacht für ein paar Quadratmeter eines brachliegenden Kartoffelackers aus und stellte seinen verbeulten Wagen auf dem ebenen Grund ab.

Es wuchs dort nichts als Unkraut und Gestrüpp, aber eine Woche später hatte es sich der Mann mit dem Hut eingerichtet, hatte zwischen wackligen Pfosten einen Zaun aus feinmaschigem Draht gezogen, mit dem er vielleicht seinem Leben eine Grenze setzen oder die Hündin zurückhalten wollte. Mit einer gemieteten Ackerfräse grub er den Garten um, und sobald die Saat ausgebracht war, suchte er sich einen Job in der Sägemühle. Etwas, was ein alter Mann machen konnte. Vielleicht habe Bricker sich seiner erbarmt, sagte Kosti.

Nach einem Monat sah es so aus, als wäre er schon immer dagewesen. Er kaufte oder fand einen alten Dodge und stellte ihn im Unkraut ab, schlachtete ihn aus, um den Wagen, den er fuhr, am Laufen zu halten.

Bereits in der ersten Woche gewöhnte Kosti sich an, gegen Abend vorbeizuschauen, sich an den Kotflügel des Wagens zu lehnen und im langen Sommerlicht Bier zu trinken, während der Mann mit dem Hut sich an der schmierigen Mechanik zu schaffen machte und, von seinem chronischen Husten unterbrochen, redete und redete. Der Husten war wie Satzzeichen, ein paar Worte, ein bißchen Husten, ein, zwei Sätze, wieder Husten. Oder sie setzten sich wie eine menschliche Pyramide auf die Stufen des Wagens, als würden sie auf den Beginn eines Ballspieles warten. Dabei genossen sie nur den Abend. Sie hörten zu. Beim Mann mit dem Hut kam man nie zu Wort. Er hatte das Reden für sich gepachtet, saß auf der obersten Stufe, hustete und spuckte in den Pausen seines weitschweifigen Geredes in die Dunkelheit. Er war ein alter Mann, der nach Schmiere, Dreck und Hund stank, ein hartes Gesicht unter der vernarbten Stirn, die Hutkrempe über die Augen gezogen. Man könne jedoch noch erkennen, daß er einmal gut ausgesehen habe, sagte Paula. Einer von den zähen Alten, sagte Kosti, egal, wie er aussehe. Er wünschte, er könnte durchs Land ziehen wie der alte Mann mit dem Hut.

Er arbeitete zu sonderbaren Zeiten. Jätete seine Kartoffeln manchmal um zehn Uhr abends, die Funzel, mit der er normalerweise die öligen Innereien seines Motors beleuchtete, hing an einem Pfosten im Garten, warf riesige Schatten des

Kartoffelkrauts auf den ausgebleichten Boden und zeichnete seine gebeugten Schultern und den Cowboyhut als groteske Wasserspeier nach. Während er arbeitete, beobachtete die Hündin ihn wie ein neuer Lehrling, schnappte mit ihrer feuchten Schnauze nach den Motten in der Luft.

Einmal bei Regen quetschten die drei sich in das rollende Haus des Mannes mit dem Hut. Kosti und Paula setzten sich auf die Bank, der Mann mit dem Hut auf seine Schlafstelle. Überall hingen und baumelten Gegenstände, Bratpfannen, Taue, Drahtrollen, eine Kaffeebüchse mit Drahthenkel, die mit Nägeln gefüllt war. Die einzige freie Stelle war innen an der Tür, wo Mr. Blood das zerknitterte Filmplakat eines Westerns hingeklebt hatte, das Kosti gern gehabt hätte.

Carl Laemmle
präsentiert
Hoot Gibson
in
»Chip of the Flying U«

Darauf war im Bogen eines lächelnden Amors ein pfirsichgesichtiger Mann mit blauen Idiotenaugen, auseinanderstehenden Zähnen und knallroten Lippen abgebildet.

In der Ecke stand der Fernseher des Mannes mit dem Hut. Sah aus, als hätte die Hündin den Bildschirm abgeschleckt. Schränkchen, Regale und Haken, Zeitschriften, Hirschgeweihe. Hüte. Er hatte ein paar Hüte, die er nie trug.

»Der hier«, sagte er zu Kosti und drehte eine schlappe schwarze Krempe wie eine Gebetsmühle in seinen rissigen Händen. »Der hier könnte was wert sein. Das könnte der Hut sein, den Paul Revere in der Nacht trug, als er von Boston nach Lexington geritten ist. Er könnte tausend Dollar wert sein.« Paula bemerkte den Geruch nach schimmelnder Wolle, Pelz und alten Schweißbändern, der den Anhänger wie unsichtbares Gas ausfüllte.

»Seht ihr den?« Er hielt eine braune Kappe hoch, deren vermoderndes Kopfteil so schlaff war, daß es flach auf dem Mützenschirm lag. »Hat Dillinger gehört. Wißt ihr, ich kann diese Hutsammlung nicht versichern lassen. So vor drei Jahren hab' ich damit angefangen. Den ersten hat mir die Witwe von 'nem Freund geschenkt, aber ich hab' fast mein ganzes Leben lang was auf dem Kopf getragen, weil ich ein paar Narben hab'. Wollt ihr wissen, warum?« sagte er. Zwischen den Hustenanfällen raste die Stimme. Er nahm einen weißen Cowboyhut mit einem Band aus Schlangenleder. »Den hab' ich jemand in Kalifornien abgekauft. Der hatte einen Zettel an einen Telefonmast genagelt: ›Guter Cowboyhut, war in Filmen dabei, mir zu groß, $ 20.‹ Ich hab' einen Blick darauf geworfen und gezahlt, was er verlangt hat, hab' nicht mal versucht, ihn runterzuhandeln. Wißt ihr, wer den Hut getragen hat? Hoot Gibson, der auf dem Plakat, Hoot Gibson in *The Bearcat*. 1922. Sie haben aus Hoot Gibson so was wie 'nen Helden gemacht, vorher war er bloß ein Rumtreiber, jemand, der von einem Rodeo zum nächsten zog, Kunststückchen machte, sich durchs Herumblödeln ein bißchen Geld verdiente. Dann kam er zum Film. Wurde als Stuntman eingestellt, nachdem ihn jemand für 'nen Tag angeheuert hatte, um 'n bockiges Pferd zur Räson zu bringen. Von der Schauspielerei hatte er nicht die geringste Ahnung. Filmstars waren damals kleiner, dafür hatten sie größere Köpfe. Das ist mein Hobby, die alten Filmcowboys. Vor zwei Jahren hab' ich mir fast alle im Fernsehen angeschaut. Ich war an 'n gutes Stromnetz angeschlossen. Hab' mir den Fernseher da gekauft.« Er deutete in die Ecke. »Hab' mich vorher nie für Filme interessiert. Aber ich will euch was sagen, ich könnt' jetzt bei so 'ner Quizsendung mitmachen. J. Warren Kerrigan in *Covered Wagon*, Antonio Moreno in *The Trail of the Lonesome Pine* und *The Border Legion*, Mensch, ich kenne viele von ihnen. Tom Mix in allen Filmen, die er je gedreht hat. Wißt ihr, wer immer so steif und aufgeblasen dastand wie die alten Jungs? Mussolini. Zweiter Weltkrieg. Wie die alten Filmcowboys. Wißt ihr, was an ihnen noch komisch ist?« Sie warteten, bis sich der Hustensturm gelegt hatte, bis er wieder Atem geschöpft und sich die feuchten Augen gewischt hatte. »Wo ihre Taille ist. Sie haben alle ihre Taille hier oben, haben die Hosen raufgezogen, rauf bis zur Brust, deswegen wirken ihre Körper kürzer. Ich rede von Stummfilmen. Die kriegt man in Kinos nicht zu sehen. Ich schau' mir *The Bearcat* jedesmal an, wenn ich die Gelegenheit dazu hab'. Les' die Fernsehprogramme. Manchmal gibt's Filmfestivals, darum les' ich die Zeitungen. Ich hab' den Hut hier, den ich in der Hand halte, in dem Film auf dem Kopf von Hoot Gibson gesehen. Ist ein komisches Gefühl, im Fernsehen einen Hut zu sehen, der einem gehört. Es ist, als wäre der Kerl tot, der Hut aber noch am Leben.

Der Grund, warum ich meine Sammlung nicht versichern lassen kann, ist der, daß ich nirgends bleibe. Ein paar Monate hier, dann zieh' ich weiter. Ich muß immer weiterziehen. Hab' meinen Anhänger, meinen Wagen, meine Hündin, ich find' überall Arbeit, weil ich nicht zuviel Stolz hab'. Ich fahr' 'nen Müllwagen. Ich zimmere. Ich baue euch eine Mauer oder eine Hundehütte oder ein Observatorium. Ich bin aber nicht in der Sozialversicherung. Hab' nie einen Pfennig eingezahlt, nie einen Pfennig rausbekommen. Hab' mich auf meine Art durch dick und dünn geschlagen.« Paula wirkte halb eingeschlafen, lehnte an der Wand. Auf ihren Knien funkelten silbrig Fischschuppen.

»Auf die Weise hab' ich gute Hüte gekriegt, nicht aus dem Müll, sondern weil ich Leute gefragt hab': ›Habt ihr alte Hüte, von denen ihr euch trennen wollt?‹ Auf die Weise hab' ich die Skimütze gekriegt. Der Mann von 'ner Dame ging die Straße in Dog Boil, Manitoba, entlang, wo ich mal zur Weizenernte war. Der Mann war auf dem Weg zur Eisenwarenhandlung, um sich Fensterkitt zu holen. Da rollte im Hotelzimmer von einem Geologen, der nach Öl suchte, Vulkangestein vom Fensterbrett und traf den Mann am Kopf. Die Mütze hier hat ihm das Leben gerettet. Wenn ihr mich anschaut, würdet ihr nicht glauben, daß ich ein Observatorium bauen kann, was?« Aber Kosti und Paula waren müde. Sie hatten den ganzen Tag Holz gehackt, und jetzt senkte sich der Schlaf über sie wie ein betäubender Zauber.

An einem Samstagabend waren sie wieder mit einem Kuchen aus grünen Tomaten da. Er schmeckte ein bißchen wie

Apfelkuchen, aber das liege an den Gewürzen, sagte Paula. Er enthalte die gleichen Gewürze, Zimt und Nelken. Grüne Tomaten hätten keinen Eigengeschmack. Der Mann mit dem Hut stellte Kaffeewasser auf, Paula holte ihre Flasche mit Tee aus Ananaskraut und getrockneten Erdbeerblättern heraus. Ein Gesundheitstrunk.

»Das größte Problem beim Bau eines Observatoriums ist«, sagte der alte Blood, »wo man es hinstellen soll. Es gibt Dinge, an die würdet ihr nicht im Traum denken. Es soll nicht in die Nähe einer großen Stadt oder auch bloß eines Einkaufszentrums. Lichtverschmutzung, dreckige Luft. Man muß eine Stelle finden, wo's nachts wirklich dunkel ist. Wie hier. Gibt nicht mehr viele Stellen, wo's stockdunkel ist. Ich hab' früher draußen in der Prärie geschlafen, hab' die Sterne gesehen. Straßenlampen, Gartenlichter, Hofbeleuchtung, alle werfen sie ihr Licht nach oben gegen die Flugzeugbäuche. Machen den Himmel kaputt.« Er hustete. »Das wär' eine gute Stelle für ein Observatorium.« Paula blickte auf das schwarze Fenster, das von innen durch einen feuchten Film getrübt war.

»Aber mit einem dunklen Flecken fängt's erst an. Da könnte jeder Idiot draufkommen.« Er rutschte mit seinem Stuhl näher, schaute ihnen ins Gesicht, als wollte er sehen, ob sie es kapierten. Zählte die Punkte an rissigen Fingern ab.

»Eine wolkenreiche Gegend geht nicht. Also zweitens, der Himmel muß die meisten Nächte klar sein. Hier gibt's zwar Dunkelheit, aber auch wolkige Nächte. Und wenn es keine Wolken gibt, versteht ihr, dann muß auch noch die Atmosphäre konstant sein. Die Luft ist wie ein Fluß, wie Tausende von Flüssen übereinander, und wie die Strömungen dieser Luftflüsse verlaufen, ob ruhig oder unstet, hängt davon ab, wie der Boden unten geformt ist.« Er konnte Ben hören, wie er ihm eines Nachts in den Bergen davon erzählt hatte. »Versteht ihr, es ist wie mit Steinen in einem Fluß. Hügel und Canyons, Täler und Berge machen die Luft über uns unstet. Wie Steine in einem Fluß das Wasser unstet machen. Je mehr Steine in einem Fluß, um so unruhiger wird das Wasser. Und ihr geht in euer Observatorium, das in den Bergen steht, sagen wir hier, und wollt euch die Sterne ansehen, und alles blinkt und verschwimmt, und ihr könnt nicht einmal Hundescheiße auf einem Teller sehen. Ein Observatorium auf dem Gipfel eines alleinstehenden Berges ist besser. Noch besser ist es, wenn der Berg auf einer Insel oder an der Küste steht. Die Luft wird ruhiger, wenn sie über Wasser fließt. Ach, man muß viel wissen«, sagte er und blickte Kosti in die Augen. »Hab' mit dem Erzählen noch nicht mal angefangen. Ich hab's erlebt, wie's noch schön war. Wir kommen ein andermal darauf zurück. Ich muß meiner Hündin den Verband am Rücken wechseln.«

Paula sprach mit der traurigen Stimme, die sie für weinende Babys und Gespräche mit ihren nervigen Schwestern benutzte. Sie zog die Vokale der Wörter in die Länge, als würde sie trauern. »Armes altes Ding, was hat sie denn?«

»Ich glaube, sie hat sich mit einem von denen angelegt, die früher mein Winterverdienst waren. Hört ihr das?« Draußen unter dem flackernden Sternenlicht rief ein Rudel Kojoten mit hohen, kurzen Schreien, wie die Schreie von Hühnern, die nach Salatblättern rennen. Paula lehnte sich an Kosti. Vom Hügel jenseits der Straße stieg ein selten gehörter dünner Ton auf.

»Das war früher das Geld, mit dem ich wegkonnte«, sagte der Mann mit dem Hut. »Ach, die Pelzpreise waren mal gut. Sie gehen vermutlich wieder rauf. Vielleicht diese Saison. Vielleicht probier' ich's hier in der Gegend. Vielleicht gehe ich diesen Winter ein bißchen Fallen stellen, vielleicht mach' ich genug Geld, um weiterziehen zu können. Fallenstellen hat früher gutes Geld gebracht. Aber es ist schwer. Ein schweres Leben.«

Paulas Miene war abweisend. Sie dachte an unschuldige Tiere, die grausam aufgespießt waren, die Mäuler trocken vor Angst, während dieser alte Mann mit den harten blauen Augen auf sie zukroch, redete, redete, aber einen blutverschmierten Stock dabeihatte.

Aber er war schon wieder bei neuen Geschichten, einer Schürfergeschichte. Im Dunkeln trat er mit bloßen Füßen auf eine Klapperschlange, sprang in die Luft und landete wieder auf der Schlange. Sie wollte nicht, daß er die Geschichte von den Wildenten erzählte, die über eine Schnur in ihren Gedärmen miteinander verknotet waren, so daß sie aneinander rissen und die Schnur an wundem Gewebe scheuerte, oder die von dem Rudel Ratten, die lebendig ins Lagerfeuer geworfen wurden.

Kosti und Paula rollten sich im gelben Kerosinlicht auf ihrem Futon zusammen, spielten Handspinne. »Krabbel, krabbel, krabbel«, flüsterte Kosti und dachte, daß Paula ziemlich reif roch, nach verbranntem Käse und Stinktier, aber sobald sie seinen Harkenstiel in die Hand nahm, stellte seine Nase den Dienst ein.

»Ich hoffe, du wirst nicht so redselig, wenn du alt wirst.« Sie pustete ihm ins Ohr.

»In meiner Familie sterben die Männer jung. Du wirst nie erfahren, was für Geschichten ich mir womöglich ausgedacht habe. Große Elchjagden! Bergwerksunglücke!« Sie lachten, aber der Gedanke an das quasselige, geschwätzige Alter des Mannes mit dem Hut trieb sie in eine Raserei aus Küssen und Aneinanderschlagen federnder Beckenknochen.

49
Was ich sehe

Er ist nicht sicher, wo er ist. So viele Straßen gleichen einander, die immer gleichen Schilder, der gelbe Streifen bis zum Horizont. Die gleichen Autos und Lastwagen wiederholen sich immer wieder. Aber am frühen Morgen, wenn er nicht vom Verkehr bedrängt wird, findet er einen Weg zu den Seitenstraßen, wo er Eschenahorn sieht, Sumachknospen mit grünen Spitzen.

Er trifft auf ein paar Landschaftsmerkmale, die unverändert geblieben sind, seitdem er vor langer Zeit auf dieser Straße gefahren ist. Durch die rosafarbenen Felsen, durch die verkrüppelten Eichen braust der Wind, Kraniche erheben sich kreischend aus dem Sumpf. Im Morgenlicht wird der Himmel lebendig vor Vögeln. Er erinnert sich an den Geruch von Höhlen durchlöcherten Gesteins. Ein Fuchs läuft über das Grasgeflecht.

Er nimmt die Abzweigung, die am Fuß der Felswand entlangführt. Die alte Karre rumpelt voran. Der schmierige Stein ist von winzigen stockendengroßen Löchern durchbohrt. Reisende haben ihre Namen in Großbuchstaben und mit schnörkelreichen Et-Zeichen in den Stein gekratzt. Die Daten fluten an ihm vorbei: 4. Juli 1938, 1862, 1932, 1876, 1901, 1869, 1937.

Die Felswand wird dunkler. In grellen Farben springen Wörter aus dem Gestein: »Drei-Königs-Schule 67«, »Bobby liebt Nita«, »Jesus wird kommen«, »Fedora«, »Schreibe Belerophon«. Fasane fliegen über den Wagen, ziehen lange Schwanzfedern nach. Am Feldrand verfallene Farmhäuser, schiefergraue Gebäude, schwach und zum Sterben bereit. Das Land wogt, kriecht in großen Wellen dahin. Dornengestrüpp staut sich an den Zäunen. FEDORA-SEE. BEQUEME BETTEN. WENN SIE EINE NACHT GUT SCHLAFEN WOLLEN, KOMMEN SIE

ins Cuckleburr-Motel. Schicken Sie $ 60 für das komplette Angebot. Jetzt sieht er Pferde, die verdammt schönen Pferde, die er nie reiten konnte. Indianergesang aus dem Rosebud-Reservat, Gesang wie das Heulen des Windes. Die Stimme der Ansagerin, heiser, schnell. »Und das für Johnny White-Eyes, der 1980 starb, er wäre heute zweiunddreißig geworden, seine Mutter und alle übrigen wünschen sich ›Ich bin stolz, ein Amerikaner zu sein‹.«
Und als er anhält und aussteigt, tost die Stille.
Er hat vor, nach Osten zu fahren, überquert den Missouri aber nicht. Statt dessen wendet er sich nach Westnordwest, folgt dem rücksichtslosen Instinkt alter Männer. Was spielt es schon für eine Rolle?

Kommt nach Marcelito, Kalifornien, stellt sich im Stars & Moon an die Bar und erzählt ihnen von den wahren Uranzeiten, von Bullet Wulff, dem die Gegenwart fremd wäre, während im Dunkeln jemand seine Anhängerkupplung löst und sich mit dem alten Anhänger aus dem Staub macht. Da gehen sie dahin, die Fallen, das Buch des Indianers, die Hutsammlung, die Bratpfanne und das Blechgeschirr, das ewig lächelnde Gesicht von Hoot Gibson.

Aber er hat immer noch den Wagen, durch dessen Farbe der Rost starrt. Abgebrannt, kaputt, treibt er zu den Obstgärten und Feldern, in den Strom.

Der Strom der Wanderarbeiter fließt nach Norden und Osten, zurück nach Süden, dann nach Westen, teilt sich und macht erneut kehrt, in ausgeleierten Bussen und klopfenden Cadillacs – zu Avocados, Orangen, Pfirsichen und krausen Salatköpfen, Bohnen wie Finger fremder Wesen, Kartoffeln, Rüben, haarigen, schmutzigen Rüben, Äpfeln, Pflaumen, Nektarinen, Trauben, Brokkoli, Kiwis, Mandarinen, Walnüssen, Mandeln, Stachelbeeren, Boysenbeeren, Erdbeeren. Sandige Erdbeeren, sauer und rauh im Mund, aber so rot wie frisches Blut. Es ist leichter, in den Strom zu geraten, als wieder herauszukommen.

50
Die Allereinzige

```
4.8.1984
    Lieber Dr. Fitts, habe mich
(endlich!) zu Doktorarbeit über
die Allereinzigen entschlossen -
eine Sioux-Gemeinschaft älterer
Frauen, die im Leben "nur einen
Mann" hatten. Über ihre wicht.
soz. Rolle wurde nicht viel
publ. Aber vorher fahre ich in
den Osten. Mein Zwillingsbruder
hat eine Identitätskrise. Muß
mich um ihn kümmern, bevor ich
anfange. Weiß, was er durch-
macht. Bin aus dem Häuschen
wegen Doktorarbeit! Melde mich,
sobald ich zurück bin.
MfG, Kim Witkin
```

```
Prof. Roman Fittshew
Institut für
Soziologie
Universität Utah
14 E. 2nd S.
Salt Lake, UT 84105
```

Ray brauchte so lange zum Sterben, wollte das Leben so ungern aufgeben, daß Mernelle an Plastiktüten und Schlaftabletten dachte, daran, ihm den Sauerstoff abzustellen oder den Schlauch zusammenzudrücken, bis er loslassen mußte. Er zuckte in der zupackenden Hand des Todes wie eine ersaufende Katze in den um ihr Genick geklammerten Fingern eines Farmers, doch der Griff lockerte sich nicht. Der Krebs nagte in seinem Inneren, manchmal friedlich genug, um ihn lächeln, ein paar Sätze sagen zu lassen, während seine arglosen Augen auf sie geheftet waren, sein magerer Körper sich unter dem Laken ausstreckte. Sie stellte sich den Krebs in ihm vor, eine feuchte braune Masse wie die Nachgeburt einer Kuh, die sein Leben in ihres zog.

Rays Arzt riet ihr, sich einer speziellen Gruppe anzuschließen. »Wie man mit dem Tod zurechtkommt.« Sie trafen sich in der Ärztekantine. Ein Raum mit dünnem Teppichboden, Stühle aus Ahornholz um einen langen Tisch aus Ahornholz. Eine Krankenschwester reichte ihr eine blaue Plastikmappe. Darin fand sie ein fotokopiertes Gedicht – »Das schwindende Licht« –, eine Liste von sieben Arten sterbender Menschen, einen Stapel Blätter mit praktischen Hinweisen zu Testamenten, Organspenden, Bestattungsunternehmern, Beerdigungskosten, Grabsteinmetzen, Krematorien, Listen mit Sanatorien und Pflegeheimen, Telefonnummern von Haushaltshilfen, ein Pamphlet »Zu Hause sterben«, ein Verzeichnis von Geistlichen, Rabbinern und Pfarrern, Ratschläge zur Auswahl des Friedhofs. Sie las die sieben Typen durch, suchte nach Ray. Der den Tod leugnet, der sich dem Tod unterwirft, der dem Tod trotzt, der den Tod überwindet. Das war Ray, der dem Tod trotzt.

Fünf andere am Tisch. Sieben leere Stühle. Eine mollige irische Krankenschwester, schwarz umrandete taubenblaue Augen. Die Schwester sagte, sie sei in Sterbetechniken ausgebildet. Ihre Stimme war sanft, langsam, die Stimme, die Mernelle mit Krebs assoziierte. Auf dem Namensschild stand »Moira Magoon staatl. gepr. KS«. Sie war rosig vor Vitalität. Die sechs um den Tisch trugen keine Namensschilder. Sie waren müde und schlaff, ihre Finger wiederholten sinnlose kleine Bewegungen. Das sei normal, sagte Moira; wenn man neben jemandem sitze, den man liebe, ihm beim Sterben zusehe, sei das selbst ein Tod. Es würde ein Jahr dauern, darüber hinwegzukommen, einen vollen Kreislauf der dreizehn Monde, ehe... Ein erledigter Vater, dessen einzige Tochter in der folgenden Nacht sterben sollte, schrie: »Niemals!« und weinte dann vor ihnen unter geräuschvollem Schlucken und Räuspern.

Sie gingen die blaue Mappe durch. Moira Magoon erklärte wie jemand, der ein Rezept weitergibt, auf welche Weise man einem sterbenden Menschen half, Ray zum Beispiel, der nicht aufgeben wollte. Die dem Tod trotzten, seien am schwierigsten. Mernelle hörte zu, nickte. Bei Moira Magoon hörte der Tod sich so vernünftig an, wie eine logische Entscheidung, die man treffen konnte. Die Entscheidung falle leichter, sobald die

Lebenden ihre Zustimmung gäben. Sie sagte damit, daß Mernelle es sei, die Ray nicht sterben lassen wolle. Einfach ja sagen.

An jenem Abend setzte Mernelle sich zu Ray ans Bett. Er war schweißgebadet, halb bewußtlos von den Medikamenten und Opiaten. Sein Mund war weiß verkrustet, ausgedörrt. Das trockene Krankenhauszimmer. Sie nahm die dürre Hand, die zerstört war von blauen Flecken um Nadelstiche und entfärbten Fingernägeln, aufgezehrt zu einem Zelt aus Haut über Knochen wie Reisig.

»Ray, Ray«, sagte sie sanft. »Ray, es ist in Ordnung, wenn du losläßt. Ray, du kannst jetzt aufhören. Du kannst loslassen. Du brauchst nicht zu kämpfen, Ray. Laß einfach los. Es ist schon in Ordnung.« Sie sagte es oft, ihre Stimme sanft. Er atmete. Er kämpfte. Sie wollte das Fenster öffnen, aber es gab Motten. Sie konnte die sanfte Krebsstimme nicht länger durchhalten. Ihre eigene Stimme klang wie knirschendes Eisen, leise und rasch.

»Ray, laß jetzt das Kämpfen. Laß los, Ray. Ich meine es ernst! Es ist Zeit zum Aufhören, Ray.«

Er richtete sich auf. Seine Augen schwammen in dem durchscheinenden Gesicht. Er sah sie an, durch sie hindurch auf eine brodelnde Kindheitsszene, die Maschinerie des Geistes arbeitete hektisch, öffnete vergessene Schranktüren auf die Farbe eines glasierten Apfels, die Wut eines betrunkenen Vaters, den Hals eines Huhns, aus dem Blut spritzte, stürzende Holzstapel, den einsamen Geruch nahenden Regens. Er sah durch das Drahtgeflecht der Fliegentür auf das Mädchen, das ihm den schlanken Rücken zukehrte, die bloßen Arme, in dem Viereck aus Sonnenlicht auf dem Boden sein eigener Schatten.

»Zu schade, daß wir das nie getan haben«, sagte er und starb.

51
Der Kojote mit dem roten Hemd

> Schauen Sie sich mal auf Kortneggers Kartoffelfeldern um. Da arbeiten Mexikaner ohne Bezahlung. Sie sagen nix, weil sie sonst im Pappelwald erschlagen u. verscharrt werden. Fragen Sie Mr. Kortnegger, wie die Schädel und Knochen in seinen Pappelwald kommen.
> Hochachtungsvoll
> einer der Bescheid weiß
>
> Polizei
> Erpf, Idaho

Die Pappeln regten sich nicht, das Laub hing so schlaff, als wären die Wurzeln gekappt. In dem zum Windschutz angelegten Wäldchen hinter dem Haus stürzten sich die Krähen auf etwas, kurze, harte Krächzer zerrissen die Luft.

»Irgendwelche Essensreste«, sagte die Frau und spuckte die Worte aus wie eine Handvoll Korn, kratzte und kratzte mit der abgebrochenen Klinge eines Klappmessers am Dreck hinter dem Wasserrohr.

»Wie lang willst du denn noch da rumkratzen?«

»Rumkratzen? Ich bräuchte nicht rumzukratzen, wenn du was gegen das verrottete Linoleum unternehmen würdest. Es stinkt und ist so verklebt, daß ich's nicht sauber kriege. Ich geb's auf«, sagte sie, warf das Messer hin und ging auf die Veranda. Er hörte sie draußen schniefen und schnauben. Sie forderte es heraus. Seine Hände zitterten.

Er hätte hinausgehen und ihr ein, zwei Tritte versetzen können, aber nach ein paar Minuten kam sie zurück.
»Da kommt grade jemand durchs Tor, so 'n alter Penner. Sucht Arbeit, da wett' ich. Schau dir den Wagen an. 'n alter Rumtreiber.«
»Ja, die vom Arbeitsamt haben gesagt, sie schicken jemand vorbei. Was meinst du, warum ich hier den ganzen Tag sitze und warte, wegen deinen schönen blauen Augen? Er sollte schon vor 'ner Stunde hiersein.«
»Du wirst ihn doch nicht nehmen, oder?«
»Warum nicht? Er kann den Vormann spielen, sie holen. Warum denn nicht, zum Teufel? Dann brauch' ich sie nicht länger herzuschleppen.«
»Sieht ziemlich fertig aus. Ist 'n alter Rumtreiber. Alt und klapprig.«
»Wir werden sehen.«
Loyal hatte noch vierzehn Dollar von den Orangen übrig. Der größte Teil des Geldes für die Orangen war für die Krankenhausrechnung draufgegangen. Er war beim Absteigen mit einem vollen Sack ausgerutscht, und das Gewicht hatte ihn gegen die Leiter geschleudert und ihm eine Rippe gebrochen. Pech gehabt. Und sie heilte langsam. Seine Verletzungen waren früher schnell geheilt, aber jetzt war er immer noch nicht in Ordnung. Die Stelle war empfindlich, und er hatte Schmerzen, wenn er tief Luft holte. Jedesmal, wenn er hustete, war es, als würde er von Speeren durchbohrt. Darum hörte sich ein Aufseherposten gut an. Er brauchte das Geld. Sollten die Mexikaner die Kartoffeln ausgraben. Er hatte seinen Teil an Kartoffeln und Zitronen und allem, was es dazwischen gab, getan. In Kalifornien und Idaho und wieder zurück.
Aber Kortnegger schien einer von der üblen Sorte zu sein, hatte die Mütze tief über die unsichtbaren Augen gezogen. Kartoffelfarmer waren rauhe Burschen. Weite Hosen, die unten hochgerollt waren, eine Schachtel Zigaretten in der Hemdtasche, ein Bleistiftstummel, der herausschaute. Arbeitsschuhe. Das Gesicht lange, schmutzige Falten wie ein

Blasebalg aus Fleisch. Die Frau war nicht viel besser. Verlotterte Bluse, die über grünen Stretchshorts hing, deren vordere Nähte gerippt waren, damit sie wie Falten aussahen, auf die Knöchel gerutschte Socken. Aber sie war diejenige, die die Fragen stellte, während Kortnegger sich zurückhielt und unter seinem Mützenschild hervorschaute. Sie sagten ihm, er solle auf der Veranda warten. Er konnte sie hören. Ihre Stimme klang wie eine Fliege in einer Cola-Flasche.

»Ich glaub' nicht, daß er was taugt. Der ist halb verkrüppelt. Hör dir nur an, wie er hustet. Der liegt die meiste Zeit flach. Wenn der dableibt, macht er nur Ärger.«

»Der müßte schon ein Rasierer mit Doppelklinge sein, um mir was anhaben zu wollen. Und wieso steckst du deine Nase überhaupt in meine Angelegenheiten?«

»Na, du hast mich doch gefragt«, rief sie. »Da versucht man, dir 'ne höfliche Antwort zu geben, und das ist der Dank dafür!«

Kortneggers Gesicht tauchte hinter der Fliegentür auf.

»Okay. Sie sind eingestellt. Bringen Sie Ihr Zeug in die zweite Baracke, auf der Zimmertür steht VORMANN. Dann kommen Sie wieder hierher, und ich erkläre Ihnen, was Sie zu tun haben. Morgen oder übermorgen sollen Sie 'n Haufen Arbeiter übernehmen, kommen mit Gerry im Bus. Gerry ist mein Zusammentreiber. Ich geb' Ihnen Geld, Sie zahlen ihm fünf Dollar pro Kopf. Das ist Ihre Aufgabe, die Malocher in Empfang nehmen, sie auf Vordermann bringen. Verfallen Sie ja nicht auf dumme Gedanken. Ich weiß, wie viele kommen. Sie glauben vielleicht, die Nummer zwei zu sein heißt, der zweite beim Anschaffen zu sein, aber hier heißt das einen Scheißdreck.«

Sie waren der übelste Haufen Fuselbrüder, die Loyal je gesehen hatte. Alte Schnapsdrosseln, von denen die Hälfte sich die Lunge aus dem Leib hustete und blau vor Emphysemen war, die Jüngeren eingefallen vor Unterernährung, Alkohol und Verwirrtheit. Zwei von ihnen waren Mexikaner, sprachen kein Englisch außer »Hallo, will arbeiten«, waren vermutlich neu im Geschäft, oder sie wären nicht auf Kortneggers Farm gelandet, der eine trug ein rotes Hemd und ein geckenhaftes Tuch um den Hals. Sie mußten der Landarbeiterroute gefolgt und unter den Haufen am Ende der Straße geraten sein. Er hätte wetten können, daß der im roten Hemd schon früher als Erntehelfer dabeigewesen war. Er hatte den anderen mitgebracht. Geld hatte die Hände gewechselt. Der im roten Hemd, das war der Kojote, derjenige, der die Schliche kannte. Das Geld würden sie nicht ablehnen, ihnen gefiel der Klang von zwanzig Dollar Bargeld am Tag. Und sie würden es auch bekommen, für einen Zehnstundentag, an dem sie mehr arbeiten mußten als in den Jahren zuvor. So sah es jedenfalls aus.

»Sind sie das? Sie sehen aus, als wären sie ausgegraben worden.«

»Es gab wohl keine große Auswahl. Ihr Zusammentreiber hat gesagt, daß weniger über die Grenze kommen. Und es gibt nicht viele Mexikaner ohne familiäre Bindungen. Viele Farmer kriegen außerdem jedes Jahr die gleichen Typen. Ihr Mann hat gesagt, das ist alles, was er für Sie kriegen kann. Ihre Farm liegt ab von der Route. Ich weiß nicht, woran's liegt, aber das hier sind Ihre Leute.«

Eigentlich hatte der Mann gesagt, daß er niemanden anheuern könne, der schon einmal von Kortnegger gehört habe. Sagte, er wolle selbst aussteigen. Riet Loyal, sich vorzusehen.

»Eine Bande Nichtsnutze und Schwachköpfe. Ich kann sie von hier aus riechen. Sollte mich überraschen, wenn die Hälfte von ihnen bis Sonnenuntergang durchhält.«

Die beiden Mexikaner arbeiteten schwer und stetig. Die alten Fuselbrüder stolperten die Reihen entlang, übersahen die Hälfte der Kartoffeln. Kortnegger stand eine halbe Stunde da und beobachtete ein unaufmerksames Paar. Als es am Ende der Reihe ankam, machte er den Mund auf und schloß ihn wieder, ohne etwas zu sagen. Er ging ins Haus zurück und rief Loyal zu: »Sie müssen sie auf Trab bringen. Wissen Sie, was ich meine? Sie müssen sie auf Trab bringen.«

Loyal griff den ganzen Nachmittag hart durch, ging auf und ab. »Na los, na los, auflesen, auflesen«, schlug sich dabei mit einer Holzlatte seitlich auf den Schuh. In der Nacht haute einer der alten Männer ab. In der folgenden Nacht schloß Kortnegger sie in die Baracke ein und sagte, keiner würde seinen Lohn auch nur riechen, ehe nicht alle Kartoffeln geerntet wären.

Das trockene und heiße Wetter backte die Reihen. Die Männer schufteten weiter, Kartoffelgabeln hoben und senkten sich, Hände schaufelten Kartoffeln in die Säcke. Die Erde riß die Haut der Männer auf, die keine Handschuhe hatten. Baumwollhandschuhe – »frankokanadische Rennfahrerhandschuhe« nannte sie einer der alten Erntearbeiter verächtlich – nutzten sich in wenigen Tagen ab. Die Hitze nahm zu, bis die Männer sich auf dem Acker die Hemden auszogen, bis sie von der Sonne verbrannt und ausgedörrt waren und von Loyal mehr Wasser verlangten.

Der Himmel verdunkelte sich, Loyals Atem brannte wie Feuer, während er die schwappenden Eimer schleppte. Er fing zu husten an und mußte stehenbleiben, krümmte sich zusammen. Im Westen türmten sich Gewitterwolken auf. Vielleicht würde ein Sturm die Hitze brechen. Es war zu heiß für Feldarbeit. Blitze flackerten so grazil und rasant, als wären sie Risse, die sich im Eis ausbreiteten.

Kortnegger kam aus dem Holzschuppen.

»Es zieht vielleicht nördlich an uns vorbei. Hier ist es trocken. Zwei Jahre Dürre. Ich erinnere mich noch an das verfluchte Jahr, wo jedes Gewitter vorbeigezogen ist. Man konnte den verfluchten Regen in Gackle fallen sehen. Drei Kilometer weiter nördlich, und wir haben nicht einen Tropfen abgekriegt. Verfluchtes Scheißland. Sollten es den verfluchten Indianern zurückgeben.«

In den Bäumen fing es an zu rascheln. Wind aus Nordwesten, der am Laub zerrte, an den zum Trocknen aufgehängten Geschirrtüchern der Frau riß. Die Männer auf dem Acker schlurften langsam zu den Gebäuden zurück. Sie sahen aus wie Kartoffelkäfer.

»Wohin zum Teufel glauben die, daß sie gehen?« schnauzte Kortnegger.

»Es kommt ein Gewitter. Das sehen die genausogut wie Sie.«

»Sagen Sie den Dreckskerlen, wenn sie ihren Lohn wollen, dann sollen sie weiterarbeiten. Ein bißchen Regen wird ihnen nicht schaden.«

»Sie können verdammt leicht vom Blitz getroffen werden. Bei einem Gewitter bleibt nie jemand auf dem Feld.«

»Die schon.« Kortnegger rief in den Wind. »Wieder an die Arbeit mit euch, ihr elenden Hunde. Wer das Feld verläßt, kriegt keinen Lohn!«

»Sie können Sie nicht hören.«

Die weißen Unterseiten des Laubs schäumten auf wie Gischt auf Wellenkronen. Krähen krächzten in den Ästen. Merkwürdig, daß sie nicht Schutz gesucht hatten. Raben, ja Raben waren anders als Krähen, Raben segelten auf den Windströmungen, erklommen die Türme aufsteigender Luft, flogen sogar im prasselnden Regen, aber das waren keine Raben. Im flackernden platinfarbenen Licht stolperten die alten Männer über das Feld.

Im Obergeschoß schloß die Frau die Fenster, Farbe blätterte ab. Der Blitz zuckte durch das Wolkengewebe. Kortnegger ließ den Transporter an, der Motor brummte im Donnergrollen. Die Frau rannte schwerfällig zur Wäscheleine, um die Geschirrtücher abzunehmen. Sie drehten und wanden sich wie angeschossene Katzen. Ein harter Tropfen traf Loyal, dann noch einer. Der Transporter war halbwegs bei den Männern. Sie zögerten; ein paar blieben stehen.

Sie glauben, er will sie im Wagen mitnehmen, dachte Loyal. Kortneggers Stimme verfluchte und schmähte sie. Durch den strömenden Regen sah er die meisten alten Männer wieder aufs Feld zurückkehren. Drei oder vier hörten nicht auf ihn, stemmten sich gegen den Regen und verließen das Feld. Er erkannte das durchweichte Hemd des aufgeweckten Mexikaners. Wo er war, war auch der andere. Die beiden besten Arbeiter.

Kortneggers Transporter fuhr einen schlammspritzenden Bogen. Er hielt vor den Männern an, Kortnegger sagte etwas, und dann stiegen ein paar von ihnen hinten auf, kauerten sich gegen den Regenguß zusammen. Blitze bohrten sich in die nassen Felder. Kortnegger hielt nicht bei den Gebäuden an, sondern fuhr weiter, auf die befestigte Straße, wo er nach links, Richtung Stadt, abbog. Er wird sie auf der Fernstraße rausschmeißen, dachte Loyal. Gute Art, die Kartoffeln umsonst einzubringen. Ohne Lohn gefeuert. Bei wem hätten sie sich beschweren sollen?

Eine Woche, zehn Tage später war eine neue Arbeitsmannschaft da, seine Rippe wurde schlimmer, im Wäldchen saßen wieder die Krähen, ein gellender Krächzer nach dem anderen wie sich überlagernde Schichten greller Farbe. Sie weckten ihn beim ersten Tageslicht. Er mußte hier weg, egal wie pleite er war. Das war schlechte Medizin. Er wälzte sich zwischen den Decken und versuchte das Krächzen und Kreischen zu verdrängen, wunderte sich aber über die Beharrlichkeit der Krähen. Während der letzten Wochen hatten sie in dem Wäldchen unablässig gelärmt. Er hatte solche Hartnäckigkeit bei Krähen noch nie erlebt, es sei denn, sie kämpften um ein totes Vieh, dann stritten sie, bis es vertilgt war.

Im Halbschlaf zog er sich an, seine Bewegungen wurden schneller, bis er, als er sich bückte, um die Schuhe zuzubinden, bereit war, ein, zwei Krähen umzubringen. Die Dielen des Verandabodens waren naß. In der Ferne heulte leidenschaftlich ein Fuchs. Ein schimmerndes Licht überzog alles wie mit durchscheinendem Wachs. Er ging zu Kortneggers Transporter, um die Flinte aus der Fensterablage zu holen, war jedoch nicht überrascht, als er die Türen des Wagens verschlossen fand. Der saure Vogel war genauso mißtrauisch, wie sie zu ihm kamen. Hatte Angst, daß einer der Penner sich davonmachen und seinen Wagen mitnehmen würde. Er klaubte ein halbes Dutzend Steine von der Einfahrt auf.

Als er sich dem Wäldchen näherte, lugte der perlgraue Himmel durch die Lücken zwischen den Ästen, phosphoreszierende Formen, die auseinander- und zusammentrieben, während die Vögel auf ihnen herumsprangen. Die aufgehende Venus wippte im Laub. Die Wächterkrähe schlug Alarm, und der Schwarm stob in einer kreischenden Wolke davon. Es mußten sechzig bis siebzig sein, dachte er. Der Fuchs schwieg. Er ging durch die kühlen Bäume. Hunderte von Zweigen und kleinen Ästen lagen auf dem Boden verstreut, knackten unter seinen Schritten. Ein Baum, eine große Pappel, war umgefallen. Der Stamm war gesplittert, aber nicht abgebrochen; der Wipfel ruhte hoch oben in zwei, drei angeschlagenen Jungbäumen. Witwenmacher. Das Gewicht würde die Jungbäume beugen und niederdrücken, bis ihre Äste nachgaben und die Pappel die restlichen sieben Meter fallen würde. Ein vom Stamm abgebrochener Ast war derart auf seinen Zweigen gelandet, daß er einem alptraumhaften Tier auf dünnen, huschenden Beinen glich. Das aufgerissene Holz war so weiß wie ein bleiches Gesicht.

Der Boden war aufgewühlt, eine Erdnarbe schlängelte sich wie eine krumme Furche durch die Baumwurzeln. Es blitzte. Er trat gegen die versehrte Erde. Aus der Furche ragte ein schwerer weißer Knochen hervor. Ein Dinosaurierknochen. Der größte, den er jemals gesehen hatte. Sonderbar geformt. Nach so langer Zeit hatte er wieder einen gefunden.

Er zog daran, und der Knochen bewegte sich in der Erde. Mit einem Stock legte er ihn frei. In seinem Hinterkopf rumorte eine schlimme Erinnerung an einen Stock im modernden Laub, den Geruch faulender Blätter. Die Form des Knochens war abgeflacht, wurde immer dünner wie ein Schulterblatt, aber anders. Er betrachtete den großen Knochen, der auf dem Boden grünlich-weiß schimmerte. Er konnte ihn kaum hochheben, das alte Ding. Wie zum Teufel hatte der Kerl noch mal geheißen, mit dem er früher nach Knochen gegraben hatte? Cartridge oder so ähnlich. Großer, verschwitzter Kerl, was zum Teufel war aus dem wohl geworden?

Der sonderbare Knochen mußte Geld wert sein, und wenn es nach ihm ging, würde Kortnegger nichts davon abbekommen. Komisch, das war nicht der Ort, wo er erwartet hätte, Fossilien zu finden, dieses schwere Ackerland. Aber er war jetzt aufgeregt und grub tiefer in der aufgewühlten Erde, in der Hoffnung auf weitere Knochen, fand jedoch nichts.

Er ging durch das Wäldchen und trat dabei gegen den Boden, hob abgefallene Äste auf. Weil er nach Knochen Ausschau hielt, entdeckte er sofort den Schienbeinknochen und dann den Schädel, und da wußte er, was die Krähen in das Wäldchen lockte, denn an diesen Knochen hingen noch Fleischstückchen. Verrottete Stoffetzen, das rote Hemd des aufgeweckten Mexikaners.

Vierzig Minuten später stand der Transporter im Leerlauf vor dem Postamt, und er schrieb eine Postkarte und warf sie in den verbeulten blauen Kasten. Noch bevor die Sonne aufgegangen war, hatte er die Stadt verlassen.

52
La violencia

»La tristeza de Miami«, sagte Pala, habe in dem Jahr des Mariel-Exodus angefangen, als die Flut durchgedrehter Leute sich in die Stadt ergoß. Eine alte und mörderisch gespannte Stimmung hielt an. Es waren zu viele Fremde da, zuviel fremdes Geld in zu wenigen Händen.

Eines heißen Nachmittags hörte sie im Autoradio, daß die vier weißen Polizisten, die angeklagt waren, Arthur McDuffie zu Tode geprügelt zu haben, in Tampa freigesprochen worden waren. Innerhalb von Minuten spuckte die Stadt Blut.

Sie fuhr immer selbst nach Hause. Sie fuhr gern Auto, mochte das neue Geschäft, das Reisebüro, die Leute, die es eilig hatten. Dub hatte es satt, aber in ihr war noch immer die kubanische Energie, der Antrieb, Dinge zum Laufen zu bringen. Sie mußte arbeiten. Konnte sich nicht zur Ruhe setzen. Wollte sich nicht zur Ruhe setzen. Dub und seine Orchideen.

Sie steuerte durch den aufgeheizten frühen Abend, horchte auf den aufgeregten Sprecher. Die Sonne schien ihr in die Augen, und sie zögerte auf der Auffahrt, die zur Autobahn führte. Ein Schwarm Baseballschläger schwingender Männer sprang auf das Auto, schwere kleine Glassplitter von der Windschutzscheibe regneten auf ihren Rock, ein Stein zerquetschte die Finger ihrer rechten Hand, die das Lenkrad umklammerte, und während sie verbeulten und zerschlugen, fuhr die Stimme des Sprechers aufgeregt fort, als würde er zuschauen, sich ins Auto beugen, um zu sehen, wieviel Blut floß oder ob vielleicht die Zunge herausgeschnitten und eine rote Rose in die blutende Öffnung gestopft war.

Aber die Piratin trat aufs Gas und fuhr die lärmende Auffahrt entlang, beschleunigte, so daß der Wind ihr Glasstaub auf die Brust wehte. Sie ruckelte mit dem Auto, warf die Männer ab, bis auf einen, der sich am gezackten Rand der ehemaligen Windschutzscheibe festhielt, den Körper auf der Kühlerhaube ausgestreckt.

Sie lenkte das zerschundene Auto durch den Pendlerverkehr, hämmerte auf die Hupe. Was hätte sie sonst tun können? Aber gelähmt von der Stimme desselben Sprechers, wurden die anderen Fahrer im flutenden Rot der Bremslichter langsamer, schoben sich in die benachbarten Spuren, um ein paar Meter voranzukommen, schossen vorwärts, und keiner schien das Schmuckstück auf ihrer Kühlerhaube zu bemerken. Ein Schwarzer. Sie sah seine schwarzen Finger und die vor Anspannung weißen Nägel. Er hielt sich immer noch fest. Auf der mittleren Fahrbahn beschleunigte sie, die Augen gegen den Fahrtwind zu Schlitzen zusammengekniffen. Sobald hinter ihr etwas Platz war, trat sie auf die Bremse, sah den Mann vorne auf die Straße purzeln. Sie beschleunigte erneut, holperte über seine Beine. Dann hielt sie an, schaltete den Motor ab und wartete in dem stillstehenden Verkehr und in dem Radau von Hupen, Kassettenrecordern und dem heiseren Heulen des Schwarzen, bis die Polizei kam.

Sie wollte in Miami nicht mehr allein fahren. Wollte nicht in Miami bleiben. Tausende von Menschen wollten nicht in

Miami bleiben. Die glitzernde Stadt leerte sich, die Leute mit Geld und die Investoren flohen, ohne Eigentumswohnungen zu verkaufen, Bürotürme zu vermieten, nicht erschlossene Grundstücke zu erschließen. Pala entschied sich für Houston. Das Reisebüro passe ausgezeichnet nach Houston, sagte sie zu Dub.
»Ich möchte aus dem Immobiliengeschäft aussteigen. Endgültig. Wir brauchen das Geld nicht. Du spielst mit den Orchideen herum. Ich habe mein eigenes Hobby. Das Reisegeschäft macht mir Spaß.«
Sie gingen in dem Monat fort, in dem Christo anfing, die Inseln der Bucht in rosafarbenes Plastik zu verpacken. Pala hatte einen Bademantel im gleichen Rosaton, dachte Dub. Flamingorosa. Dergleichen würde es in Houston nicht geben.

53
Der Fulguritknochen

Willkommen in CICERO, gefördert
von der Berufs- und Genossen-
schaftsvereinigung Cicero. In
der Saison mittwochs kostenloses
Eselreiten. Mitten in South
Dakota gelegen, an den Fernstraßen 18 und 42 A. Klinik mit
32 Betten, praktischer Arzt und
Zahnarzt. Schulmuseum! Sehens-
wert das nach dem Tornado von
1945 in einem Baum gefundene
Auto. Tennisplätze mit Flut-
licht - Kostenloser Camping-
platz mit Mülldhalde - 9-Loch-
Golfparcours - 2 Tankstellen -
Motel - 5 Speiselokale.
Kommen Sie hierher, wo was los
ist!

Sie hätten anrufen sollen, sagte die Sekretärin. Glattes indianisches Gesicht, blaugetönte Linsen, Dauerwelle und Strähnen. Dr. Garch führt sein Terminbuch selber. Wer weiß, ob er überhaupt kommt? Er ist zwar nicht auf der Abwesenheitsliste, aber wer weiß? Sie sagte ihm, er könne im Flur vor Garchs Büro warten. Wenn er wolle.

Loyal saß den ganzen Morgen da, der mit Zeitungspapier und Zwirn eingewickelte Dinosaurierknochen lehnte hinter dem Holzstuhl an der Wand. Es war mühsam gewesen, hierherzukommen. Er war wieder eine Woche lang mit der verdammten Bronchitis im Wagen gelegen. Seine Lungen waren löchrig. Er hatte auf dem Vordersitz geschlafen. War immer noch krank, brachte die Jahreszeiten durcheinander. Der Wagen war auch in keiner guten Verfassung. Lief nicht mehr im Takt, der Motor fast kaputt, der Auspuff am

Ende. Hörte sich an, als würde ein Bomber durch die Stadt düsen.

Am Mittag ging die Sekretärin zum Essen, ihre chinesischen Stoffschuhe klafften bei jedem Schritt auf.

Als Garch kam, die klimpernden Schlüssel in der Hand, schlief Loyal mit offenem Mund, den Kopf an die Wand gelehnt. Er wachte auf und erblickte einen kleinen Mann in einem Anzug von der Stange, das braune Haar oben gewellt und an den Seiten kurz geschnitten, bleistiftgerader Schnurrbart wie bei einem mexikanischen Radiosprecher, weiches Kinn. Die Augen glänzten, als er Loyal an dem Knochen zerren sah.

»Sie haben was?« Er winkte ihn zu dem grünen Resopaltisch in seinem Büro. Darunter standen Kisten voll von Knochen, staubigen Konkretionen, ockerfarbenen Sandsteinblöcken, roten Klumpen. Loyal hustete, beim Aufwachen raubte ihm der Husten jedesmal den Atem.

»Hab' früher nach Dinosaurierknochen gegraben, hab' nach Spuren gesucht, in South und North Dakota, Colorado, Wyoming, Utah. Ist etwa zwanzig Jahre her. War überall. Aber so einen hab' ich noch nie gesehen.« Er hievte das Ding auf den Tisch, trat zurück, um es Garch auswickeln zu lassen. Verdammt, er spürte, wie er zitterte und wie kaputt er war. Garch hatte eine sichere Hand, ein fitter und gesunder Mann. Der Knochen lag da, glänzte wie ein polierter Stein. Garch beugte sich darüber, fuhr ihn mit dem Finger ab.

»Ich bin aus zwei Gründen hier«, sagte Loyal. »Ich möchte wissen, von wem zum Teufel das Ding stammt, aber mir geht's auch um den Wert davon. Ich meine ja nur.«

Garch richtete sich auf. Blickten die hellen Augen ein wenig mißtrauisch? »Ja. Sie wollen es verkaufen.«

»Na ja.«

»Es ist kein Knochen –«

»Ach nein, gar nicht. Es kann nichts anderes sein. Es ist ein sonderbarer Knochen, hat 'ne sonderbare Anatomie, aber es kann nichts anderes sein. Sie wollen doch wohl nicht behaupten, daß das ein Stein ist. Es ist kein Stein.«

»Nein. Da gebe ich Ihnen recht. Es ist kein Stein. Es ist,

glaube ich, ein Fulgurit. Ich bin mir ziemlich sicher.« Er grinste.

»Was zum Teufel ist ein Fulgurit?« Er mochte Garch nicht. Der Schlaumeier sah nicht so aus, als wäre er je draußen gewesen, als hätte er jemals geschwitzt und zerbrechliche Fossilien aus bröckelnder Erde gelöst.

»Das stammt von einem Blitz. Ein Blitzschlag kann einen Stein, Sand oder Erde treffen und sie verdampfen. Zehntausend Grad Kelvin, wissen Sie, das ist fast die Temperatur der Sonnenoberfläche. Das hier ist wie ein Brocken geschmolzenes Glas. Es könnten seltene Metalle darin stecken. Es ist ein großes Trumm, ein sehr großes. Ich würde es mir gern ein paar Tage lang ansehen. Es kaufen? Ich glaube, das Institut oder das Museum für Geologie sind bestimmt daran interessiert. Ich weiß nicht, was sie bieten würden, aber wenn Sie wollen, rede ich mit ihnen. Geben Sie mir Ihre Telefonnummer. Ich rufe Sie in ein paar Wochen an.«

»Ich will es eigentlich heute verkaufen. Sehen Sie, ich bin unterwegs und will weiter. Ich will los, sobald ich kann. Ich war krank, und ich will wieder zurück.« Es gab keinen Ort, wohin er hätte zurückgehen können.

»Sie werden ein paar Tage warten müssen. Ich muß mit ein paar Leuten reden, die werden ein paar Untersuchungen machen wollen. Et cetera. Und Geld für Neuerwerbungen trage ich nicht mit mir herum.«

Gott, er haßte den kleinen Scheißer. »Dann bring' ich das Teil eben woandershin.« Er dachte an Irrer Blick, und plötzlich fiel ihm Horsley ein, der Paläontologe mit der sonnenverbrannten Frau. Die Tage mit dem alten wie hieß er noch.

»Ich bring's zu Horsley.«

»Horsley? Fantee Horsley?« Garch lächelte säuerlich. »Horsley ist tot. Starb beim Ausbruch des St. Helena. Im Urlaub. Ironie des Schicksals. Außerdem arbeitete er auf einem anderen Gebiet, hatte nichts mit Fulgurit zu tun.«

»Dann nehme ich es einfach mit.«

»Passen Sie auf, Mr. – ich weiß Ihren Namen nicht.« Er wartete, aber Loyal sagte nichts. »Passen Sie auf, so läuft die

Sache einfach nicht, alter Knabe.« Er zwang sich zu Geduld. »Sie können nicht einfach von der Straße in eine Uni reinlaufen und etwas verkaufen, egal, wie interessant es wissenschaftlich ist. Es gibt Institute, Etats und Ankaufformalitäten. Kanäle. Das hier fällt nicht in mein Gebiet. Ich bin auf kraniale Osteologie von Hadrosauriern spezialisiert. Ich müßte erst einmal herausfinden, wer sich für so ein Ding interessiert – vielleicht einer von den Petrologen. Vielleicht ein Geologe.«

Loyal fing an, das Ding wieder in Zeitungspapier zu wickeln. Der komische Kauz mit dem Cowboyhut in Utah, der immer Knochen kaufte. Er würde es kaufen. Er würde es kaufen, sobald er es sähe. Loyal erinnerte sich genau, wo der Ort war, konnte ihn deutlich vor sich sehen, die Art, wie die staubige Straße am Fuß der Berge scharf nach links bog, durch die mit Gestrüpp bewachsenen Hügel und die Flußtäler führte, und nach einer Weile kam die Kneipe des Knochenmannes mit dem Hinterzimmer voll Kisten, in denen solche Dinge lagen, Fulguritknochen.

»Wenn Ihnen danach ist«, sagte Garch, »aber Sie machen meiner Meinung nach einen Fehler.«

»Kein Fehler«, sagte Loyal und ging. Hoffentlich hatte er genug Sprit, um es bis zum Knochenmann zu schaffen. Wenn der Ort nicht in Utah lag, dann lag er in Montana. Er würde die Straße erkennen, sobald er sie sah. Das war klar, sonnenklar.

Die Sekretärin blickte von ihrem Computer auf, einem leuchtenden Bildschirm, in dem ein bunter geometrischer Film lief.

»Haben Sie ihn gefunden?«

»Das hab' ich jetzt vor. Jemanden finden, der nicht ein Jahr lang mit der Hand am Arsch rumsteht. Welche Stadt ist das hier?«

»Welche Stadt? Das ist immer noch Rapid City, genauso wie heute morgen.«

54
Was ich sehe

Er ist auf der falschen Straße, steckt im zähflüssigen Verkehr fest. Er kann die Straßenschilder nicht lesen, bis er gleichauf mit ihnen ist, zu spät, um auf die richtige Spur zu wechseln und die Ausfahrt anzusteuern. Wo zum Teufel ist er? Es ist neblig. Naß. Tausende von Gänsen fliegen über ihn, überqueren mit sicheren Flügelschlägen schräg die Straße. Sie schwimmen auf Gräben und Seen, überfliegen den sich schlängelnden Fluß, stoßen immer wieder die gleichen nasalen Schreie aus, als würden Scharen wütender Bittsteller durch das Schilf marschieren. Er fährt langsam. ACHTUNG BAUSTELLE 75 KM. Die Straße verengt sich zu einer Spur, verschmiert mit Erdklumpen, Sperren auf Metallbeinen zwingen ihn, halb auf der Bankette zu fahren. Stromleitungen senken sich, steigen an, senken sich. Weißer Draht.

Vor ihm, Richtung Norden, Transporter, Anhänger mit schlammverspritzten Geländefahrzeugen, Autos, die Motorboote ziehen, die Reifen über die Entfernung glattfahren. Überall im Land schwärende Wunden, Bulldozer reißen daran.

Die warnende Stimme im Radio spricht von Untersuchungen, die ergeben haben, daß das Trinkwasser in Fan Hill verunreinigt ist, die Bewohner sollen sich mit jemandem in Verbindung setzen. Über eine baufällige Brücke, auf der bloßliegende Kabel zerfranste Rostblumen bilden, vorbei an verbogenen Auspuffrohren und schwarzen Halbmonden aus Reifen. Die Gänse verschwinden in der qualmenden Ferne. Der Verkehr kriecht dahin, weil Zubringerstraßen noch mehr Autos und zischende Lastwagen mit hohen Ladeflächen einspeisen. In der schmutzigen Luft kann er nicht sagen, wohin er fährt.

Oberhalb der Straße steht ein Lokal. Der Verkehr strömt auf die Zufahrt, angelockt von einem bemalten Dach, Versprechungen von Steaks und frisch zubereitetem Frühstück. Er schafft es, hinzufahren. Der Nebel wird sich auflösen, während er Kaffee trinkt. Kaffee, um einen klaren Kopf zu bekommen.

Die Gäste lehnen an einer goldfarbenen Theke. Männer lesen die Sportmeldungen. Ein Paar lümmelt da, Kaffeebecher aus Melamin in den Händen. Die Männer tragen Kappen, das Haar der Frauen ist gelockt. An die Wand geschraubt sind in Plastikfolie eingeschweißte Szenen von Jagdhunden, Packpferden in fernen, schneebedeckten Bergen. Die Wand täuscht knorriges Kiefernholz vor. Loyal bestellt Kaffee. Er kann nichts essen. Aber er hat noch ein wenig Geld für Kaffee und Benzin. Wenn er auf dem Vordersitz schläft. Er müsse warten, sagt die Frau. Die Köchin sei nicht erschienen, und sie seien knapp mit dem Personal. Er will sie fragen, wo er ist, aber sie dreht sich um.

Motorräder brummen wie kranke Bienen. Die Fahrer kommen herein, reiben sich die Hände, schütteln die Arme aus. Die Frau ist ungeheuer dick. Ihre Füße verschwinden in abgewetzten Stiefeln. Die anderen tragen Cowboystiefel. Der dürre Mann führt sie zu dem Tisch in der Mitte des Raums. Er schiebt seine Harley-Davidson-Mütze zurück und zündet sich eine Zigarette an.

»Scheiße, wißt ihr noch, der Typ? Wo zum Teufel war das? Mann, ich geh' da rein, sage: ›Mann, was zum Teufel treibt der alte Larry in 'nem Laden wie diesem?‹« Die Männer unterhalten sich mit harten Stimmen, die Frauen beugen sich vor und lachen.

»Tja, nach 'ner Weile hab' ich mir gedacht, die Sache wird heiß.«

Die Frau bringt ihnen Speisekarten. In der rechten Hand hält sie eine Kaffeekanne. Loyals Kaffee ist lauwarm und die Tasse fast leer. Er winkt der Frau.

»Schenken Sie mir ein bißchen Kaffee nach, bitte?« Er bekommt ein winziges, geriffeltes Schälchen mit Kaffeeweißer aus ihrer Kitteltasche. Loyal spürt ihre Körperhitze in dem weißen Zeug.

»Warst du gestern da, als Tom die verdammte Kaffeesahne aus Weizen hatte?«
»Nein, wie war die denn, klumpig?«
»Herrgott. Ja, die war wie Kies.«
Jetzt holpern die abgenutzten Reifen über Risse in der Straße, ein burgförmiger Felsen ragt aus dem Nebel. Das Radio meldet, daß ein wegen Vergewaltigung verhafteter Mann geflüchtet ist.

Er befindet sich auf einer Nebenstraße. Der Verkehr ist dünner. Aber irgend etwas stimmt nicht. Irgendwie hat er die Richtung gewechselt. Er sollte jetzt durch trockenes Gelände fahren, aber er sieht Friedhöfe, Plastikblumen in Plastiktöpfen. Von weißen Steinen springen ihn Namen an: Heydt, Hansen, Hitzeman, Schwebke, Grundwaldt, Pick. Auf einem Grab liegt ein Maiskolben. Diese Straßen sind falsch. Er biegt auf einen Kiesweg, der durch die schwarzen Felder von Schwebke, Grundwaldt und Hitzeman verläuft.

Amseln mit roten Flügeln fliegen auf, Wolkenschatten treiben über das sanft geschwungene Land, Ladenfronten, Wellblechwände von Reparaturwerkstätten, Kornspeicher, landwirtschaftliche Chemikalien. Traktoren wühlen die Erde auf. Gott, das muß Minnesota sein. Er fährt nach Osten, muß quer durch ganz South Dakota Richtung Nordosten gefahren sein. Verkehrt. Total verkehrt.

Die Farbe des Bodens wird tiefblau. Aus den riesigen Traktorentanks sprühen Strahlen von Unkrautvernichtungsmitteln. Ein alter Bauer trägt einen Stuhl aus der Küche in die Wiese. Auf Zaunpfählen und Baumstümpfen liegen bemalte Steine. Die Pappelreihen hinter den Farmhäusern gleichen Windharfen.

Und neben einem leeren Feld, auf einer leeren Straße, die so gerade ist wie straff gespannter Draht, ein letztes Stottern der ausgeleierten Kolben, und der Wagen bricht zusammen. Ausgeleiert, ausgeleiert, verbraucht. Das ist alles, Leute.

55
Die weiße Spinne

> '88 Coffeepot Michigan
> Liebe Ma Pa Mirnelle Dub.
> Letzte Postkarte. Muß wol neue
> besorgen. Seit ein zwei J.
> Ärger mit Bronchitis. Schleppe
> nur das Nötigste mit – trample
> zu Fuß Fuß. Hoffe, daß alle
> gesund u. Farm in Ordnung.
>
> L. B.
>
> Mr. u. Mrs. Mink Blood
> Green Hill
>
> Vermont

Als Loyal die Augen aufschlug, erblickte er eine weiße Spinne, die auf den Blütenblättern eines Gänseblümchens hockte. Der runde cremefarbene Unterleib drückte die buttrigen Staubfäden nieder. Es war windstill. Im Gras schwammen Gänseblümchen wie Puppenteller. Ihm fiel nicht ein, woran sie ihn erinnerten – vielleicht an Waffeln. Oder eine andere, nicht weiße Spinne.

Er hatte schlecht geschlafen; der Husten quälte ihn jetzt auch im Schlaf. Mit der Zunge ertastete er am Mundwinkel eine eitrige Stelle, die von einem dünnen Grashalm stammen konnte, der so tief ins Fleisch eingedrungen war, daß er unsichtbar war, oder davon, daß er Händevoll aus dem Gras geklaubter Walderdbeeren mitsamt den Stielen gegessen hatte. Es war keine Jahreszeit für Erdbeeren. Er drückte die Zeigefingerspitze gegen den Daumen und katapultierte die weiße Spinne jäh in die Luft. Sie fiel, ein kleiner blasser Fleck.

Er ging eine schmale Straße entlang, die von Bäumen überwölbt wurde, abgesehen von den Reifenspuren im Staub war es eigentlich ein Feldweg. Auf dem Rücken sein Bündel, ein paar Utensilien, zerlumpte Kleider zum Wechseln, ein Packen Papier, Bleistiftstummel, eine Dose Instantkaffee, ein Plastikrasierer mit stumpfer Klinge. Kilometer hinter ihm lag der Fulgurit in einem geheimen Grab versteckt. Nur er kannte die Stelle.

Die Flecken Himmel zwischen den Bäumen waren fahl. Er hatte kein Gefühl für den Tag, spürte nur, daß es trocken und kalt war. Als er durch die Bäume eine hoch gelegene Wiese sah, hielt er instinktiv darauf zu, angezogen von der Möglichkeit einer guten Aussicht.

Während er sich durch Pappeln und Birken mühte, wurde die Luft milder von flutendem Licht. Atemlos, hustend erreichte er die Wiese, war enttäuscht, daß es sich nur um eine Schneise im Wald handelte, eine von Flechten und rötlichen Erdbeerblättern überzogene Lichtung, aber er konnte nicht sagen, was er erwartet hatte. Er war um so viele Ecken gekommen, daß sie alle gleich aussahen.

Die Wiese war so, wie er sich den Sommer in Rußland vorstellte, zerbrechlich und leer. Jetzt sah er mehr vom Himmel. Federwolken und Schäfchenwolken, Eiskristallstreifen. Es war ein hoher Himmel, in der Stratosphäre windgepeitschte Zirruswolken wie Striche mit dem Malerpinsel. Am Ende der Striche schimmernde Kritzeleien wie arabische Schriftzeichen. Die Wolken breiteten sich in rauschenden Wellen nach Norden aus, ein breiter, mit Federn besetzter Fächer. Er drehte sich um und blickte nach Süden, wo die Zirrokumuluswolken den Himmel mit dichten, perlgrauen Rippen bedeckten. Schönes, klares Wetter.

»Wenn der Vogelflug vorüber ist,
Wenn die müden Schwingen ruhen«, murmelte er.
Am Rand der Lichtung hob er einen halb verfaulten Ast auf.
»Darf ich bitten, Liebling? ›Wenn der Vogelflug vorüüüber

ist‹«, plärrte er, stolperte dabei auf den Mooskissen herum, hielt sich den Ast an die Taille, schwenkte ihn hin und her, neigte ihn so tief, daß das Haar einer Frau den Boden berührt hätte, kurze Hüpfer und Dreher, ein alter Mann mit Hummeln in der Hose. Er fiel fast hin. »Bringst mich zum Stolpern, du Ziege. Fort mit dir.« Keuchend, spuckend vor Husten. Er schleuderte den Ast fort, freute sich, als dieser in einem Regen aus roten Spänen zerbrach. Seine Einsamkeit war nicht unschuldig. Unter dem Ansturm des Hustens vibrierte er, als wäre sein Körper geschlagen worden, wie ein gespanntes Ankerseil, auf das Eisen prallt, Tränen krochen durch die Rinnen seines verzerrten Gesichtes, er stand auf der stillen Wiese und hatte nicht einmal einen verfaulten Ast.

Er dachte: Ich bin fast hin.

Und sah den blauen Fetzen Holzrauch aus einem Loch zwischen den Bäumen aufsteigen.

Er stellte sich vor: Einen Mann und eine Frau, die an einem Tisch sitzen. Ein Tischtuch mit Fransen hängt auf den Boden, ihre Füße sind zwischen den Falten versteckt. Die Frau nimmt eine herzförmige Erdbeere, keine Walderdbeere, aus einer Obstschale. Ihre Hand, ihr Arm, ihr Gesicht sind verschwommen, aber die Erdbeere funkelt hell, sie hält den Stiel zwischen Zeigefinger und Daumen, die Daumenspitze berührt den abstehenden Kelch. Die schwarzen Samen stecken wie Kommas in den roten Poren. Der Mann ist er selbst.

56
Das Gesicht im Moos

LIEBER MR. GIAGO, SETZEN SIE
DAS BITTE IN DIE NACHRUFE.
NACH LANGER KRANKHEIT VERSCHIED
AM FREITAGABEND JOE BLUE SKIES.
OBWOHL ALS JUNGER MANN DURCH
EINEN TORNADO ERBLINDET, WIDMETE
ER SICH DEM SAMMELN UND VER-
STÄNDNIS DER TRADITIONELLEN HEIL-
PFLANZEN SEINES VOLKES. ER SPRACH
VOR HUNDERTEN VON SCHULKINDERN.
DIE SMITHSONIAN INSTITUTION BE-
ZEICHNETE IHN ALS NATIONALERBE.
DENNOCH LEBTE ER BESCHEIDEN.
ER HINTERLÄSST SEINE FRAU
WANDA CUT HAND. SEIN SOHN
RALPH BLUE SKIES STARB AM
11. AUGUST 1939, SEINE TOCHTER
WANDALETTE STARB 1972.

HALTEN WIR SEIN ANDENKEN
IN EHREN.

MR. TIM GIAGO, EDITOR
LAKOTA TIMES
RAPID CITY, S.D.

Die Frau auf der Terrasse des Silver-Salmon-Restaurants in Minneapolis beugte sich vor. Sie trug ein knöchellanges, magentarotes Baumwollkleid. Die Schultern des Kleides waren gepolstert. Ihr rotes Haar war zu Wellen gekräuselt, die chinesischen Nudeln ähnelten, und reichte bis auf ihre Brüste. In ihrem Haar, sah ihr erster Ehemann, steckte ein Stück gebrauchte Zahnseide. Vielleicht war das eine neue Mode. Er hörte ihr zu, betrachtete ihre bloßen Füße, die gelben Schwielen auf ihren Zehen. Die stammten von zu engen Schuhen. Sie hatte ihre Schuhe unter den schmiedeeisernen Stuhl geschoben. Sie zündete sich noch eine Zigarette an.

»Weißt du, was er zu mir gesagt hat?« fragte sie. »Er hat gesagt: ›Wir fahren dort hinauf, Liebling. Ich habe in der wunderschönen wilden Gegend für einen Monat eine kleine Hütte gemietet. Der stille Himmel und die Rottannen. Ein kleines

Kanu, Seetaucher und ein Feuer im Kamin, wenn es nachts kalt ist. Wir werfen Steine ins Wasser, Liebling, und schauen, wie weit sie springen. Wir leben von dem, was die Natur uns gibt. Es wird herrlich.‹« Sie sprach mit der tonlosen Stimme, die wie ein Schieferdach die Traufen des Vergnügens bedeckte, erwähnte nur die Ereignisspitzen, die sie bereuen wollte.

»Wir sind also gefahren. Trau nie, nie, niemals einem verdammten, boshaften, verlogenen Iren.« Sie waren allein auf der Terrasse, die Glastische, die Stühle aus Metall um sie herum glichen einem Wald. Die Terrasse befand sich auf der Rückseite des Restaurants und ging auf eine breite Straße hinaus. Er mußte in die Bar gehen, um einen Kellner auf sich aufmerksam zu machen. Es roch leicht nach Abfall, und er vermutete, daß sich hinter dem ausgefransten Lattenzaun der Müllhaufen befand. Gegenüber an der Straße die Rückseite eines Gebäudes, davor eine leere Laderampe. Das Licht über ihnen wie schlaffe Leinwand. Ihre Fingernägel und die hervorstehenden Adern auf ihren Handrücken reflektierten das farblose Licht. Sie nippte an ihrem Wein. Er trank aus seinem Glas. Es schmeckte wie warmes Wasser.

»Der Wind, der über das Schilfrohr bläst, ist wie der Wind über dem Präriegras. Wie zu Hause, wie in der Prärie von Saskatchewan, zu Hause, wo wir herkommen. Nichts als beschissene Prärie, nur ein bißchen aufgebuddelt, nur ein bißchen von Pflügen und Straßen, Weizen und Maschinen kaputtgemacht, genauso wie ich ein bißchen kaputt war, bevor ich mich auf dich eingelassen habe und dann auf den verdammten gemeinen Iren.«

»O nein«, sagte er, »laß mich aus dem Spiel.« Sollte sie über den Iren herziehen, soviel sie wollte, über den großen Krach und wie der Ire sie nach drei Tagen mit dem Gesicht im Dreck liegenließ, aber ihn sollte sie aus dem Spiel lassen. Seine Sünde war eine der Unterlassung gewesen.

Die leuchtenden Fenster des Gebäudes auf der anderen Straßenseite waren schwarz vergittert; der Halbkreis seines Ringes fing das Licht ein wie ein Auge unter einem gesenkten Lid. Seine Exfrau rutschte auf dem Stuhl nach vorne, streckte die Beine aus; ihre Schienbeine wie wohlgeformte Stangen aus Metall. »Du kannst dir nicht vorstellen, wie das ist, wenn dein Gesicht ins stinkende Moos gedrückt wird, das dir den Atem nimmt, mitten hinein in den stinkenden Dreck. Ich hab' geglaubt, ich sterbe, ich hab' keine Luft mehr gekriegt. Die Kraft war ungeheuerlich. Er hat versucht, mich umzubringen. Mich im Moos zu ersticken.«

Die Laderampe versank im Schatten. Ein altes Wrack kam angewackelt, schlurfte auf klapprigen Beinen, hielt sich mit einer Hand an der Plattform fest. Zerknittertes Papier, das sich an seinem linken Fuß verfangen hatte, machte ein schabendes Geräusch. Das Feuerzeug schnalzte, seine Exfrau zündete sich eine weitere Zigarette an, stieß zwei Federn aus ihrer zierlichen Nase hervor. Sie leerte ihr Glas.

»Der einzige Grund, warum er aufhörte, war, daß das Brandaufklärungsflugzeug vorbeiflog. Direkt über uns. Ich spürte den Motor in meinen Knochen. So niedrig flog es. Der Pilot muß uns gesehen haben, weil er einen Kreis drehte und zurückkam. Und da lief der Ire weg. Ich hörte ihn durch die Bäume rennen, brach einfach durchs Unterholz, dann hörte ich den Motor des Jeeps starten. Und ich war dankbar, in der Wildnis zurückgelassen zu werden. Können wir noch Wein kriegen?« Er stand auf, ging in die erleuchtete Bar.

Als er zurückkam, gegen die dunklen Stuhlbeine stolperte und Wein verschüttete, zeigte sie auf die Laderampe. Der alte Penner wackelte wieder davon.

»Er war im Müll«, sagte sie. »Ich wünschte, die Stadt würde die Säufer und Penner zusammenkratzen und im Sumpf versenken. Dann wäre das Obdachlosenproblem endgültig gelöst. Statt über Obdachlosenheime in Wehklagen auszubrechen.« Ihr Weinglas klirrte an ihren Zähnen. »Also, hältst du das für möglich, sein Gewicht auf mir war so stark gewesen, daß mein Gesicht im Moos abgedrückt war, als ich aufgestanden bin? Mein Profil. Füllte sich mit schlammigem Wasser.«

»Gehen wir rein. Bestellen wir was zu essen. Ich nehme die Limonensuppe Yucatán.«

»Ich will die Karte sehen. Ich bestelle nie etwas zweimal.«

57
Der Kondensstreifen vor der Windschutzscheibe

Herr Witkin, HERZLICHEN GLÜCK-
WUNSCH! Sie haben eine herrliche
Reise inklusive Spesen nach
HOUSTON, TEXAS, gewonnen. ALLES
KOSTENLOS! Jawohl, alles KOSTEN-
LOS, wenn Sie ab HEUTE innerhalb
von 72 Stunden (3 Tagen) Blood's
Texas Travel anrufen:
990/311-1131!
Warten Sie nicht! Sehen Sie sich
Texas an! RUFEN SIE UNS AN!

Mr. Kevin Witkin
Woodcroft
Trailer Park Rd.
Cream Hill,
VT 05099

Es war nicht bloß die Scheidung, die Scheidung trug lediglich zum Scherbenhaufen seines verpfuschten Lebens bei, alles, das Telefon, das ständig klingelte, weil betrügerische Topfbürstenvertreter und Schuldeneintreiber anriefen. Vielleicht würde er das Telefon abstellen lassen. Wenn er woanders hingehen könnte, würde er es tun. Die stinkende Hütte. Sein Vater hatte jeden Dollar, den er verdiente, da hineingesteckt. Hatte nicht in Aktien oder so investiert, o nein. Jetzt saßen sie alle in der Tinte. Er tigerte auf und ab. Er lief herum. Er warf die schmutzigen Pfannen auf den Boden und trat gegen die Schranktür unter der Spüle. Niemand würde sie kaufen. Mach dir das klar, schrie er.

Er machte lange Waldläufe. Er wußte nicht, was er tun sollte. Wenn er nicht mehr für Bobby arbeitete, würde er kein

Geld mehr haben. Wenn er kein Geld mehr hätte, würde er kein Koks mehr haben. Kein Geld, keine Drogen. Alles war beim Teufel. Alles bis auf die verfluchte Hütte. Da war er. Er wußte nicht, was er tun sollte. Warum war er hierhergekommen? Er haßte die Hütte. Und unten in der Wohnwagensiedlung das Gekreisch der Motorradreifen im Dreck. Die Autos mit kaputten Auspuffrohren. Die beschissene Wohnwagenkirche mit ihrem Blechturm. Morgens, mittags und abends Lautsprecher, die Glockenläuten vom Band übertrugen. Lärm machte ihn verrückt. Sehen wir mal, zählen wir die Arten, auf die Lärm mich aufregt.

Beginnen wir drinnen. Der Kühlschranklärm. Wie ein Düsenjet, der am Tag fünfzigmal in der Küche abhob. Das Radio, der Fernseher. Musik, die Kassetten und Schallplatten. Der verdammte Videorecorder. Der elektrische Rasierapparat. Das rauschende Gurgeln der Toilette. Das aus den Hähnen laufende Wasser. Die Pumpe. Die Pumpe war schlimm. Der Gefrierschrank. Der Ventilator. Das ekelhafte Summen des Computers und sein zwitschernder Warnton. Der Wecker neben dem Bett. Tick. Tick. Der automatische Energiesparschalter, der auf 17:00 Uhr stand. Die an die Zimmerdecke stoßenden Fliegen. Die Vögel, die in ihre eigenen Spiegelbilder im Fenster krachten. Der Wind. Nein, der Wind war Außenlärm. Mäuse in den Wänden. Hörte sich an wie eine Westernstadt Mäuse-in-den-Wänden, Montana. Okay, soweit drinnen.

Jetzt die großen Probleme. Draußen. Die Wohnwagensiedlung. Mißtönende Sinfonie zuknallender Türen. Schreiende Frauen, weinende und rufende Kinder. Das Übungszielschießen an Samstagnachmittagen. Diverse Lkws, Pkws, Motorräder, Motorschlitten, Dreiradfahrzeuge, Geländefahrzeuge. Fünfzig, hundert bellende Hunde. Lachende Männer, was zum Teufel sie auch zum Lachen finden mochten. Die Glocken. Radios. Und auf der Straße unterhalb der Wohnwagensiedlung der Wagen der Postbotin, der UPS-Mann. Sattelschlepper für Baumstämme und Schnittholz, Öltransporter, Benzintransporter, Milchtransporter. Federal Express, der Sheriff, der dicke Buddy Nipple, der mit seinem Pritschenwagen voll jaulender Hunde zu einem Hundewettbewerb fuhr. Der Verkehr.

Buddy Nipple lehnte sich über den Tresen, nahm das Geld für den Sechserpack entgegen. »Jo! Ja! Jaha! Ja! Okay! Sie haben's raus! Aber sicher! Sie sind ein guter Kerl! Wollen Sie 'ne Tüte. Okay! Aber sicher!«

Die Flugzeuge über ihm. Jeden Tag Tausende. Jets und Kampfflugzeuge, neue Piloten, die über ihm dahinflatterten, die Geschäftsflüge, die auf das hundertsechzig Kilometer weiter nördlich gelegene Montreal zuhielten. Und die Hubschrauber. Die Polizei, die nach Marihuanafeldern Ausschau hielt. Wildhüter, die nach toten Tieren Ausschau hielten. Brandaufklärer, die nach Rauch und Bränden Ausschau hielten. Herrgott! Jo! Jo! Aber sicher!

Und die Vögel. Vergiß die Vögel nicht, sagte er sich. Die lauten, sich stets wiederholenden Kreisch- und Trillerlaute der Vögel. Das ewige Gezwitscher. Die Grillen, Zikaden, Zikaden, die so schrecklich zirpen. Das Kreischen des Reihers. Im März das Katzengeschrei. Das jahreszeitlich bedingte Krakeelen der Gänse über seinem Kopf Richtung Norden, Richtung Süden. Das Geräusch der Luft im Laub, das fallende Laub, das seinen Atem übertönte, als würden schwere Windfinger ohrenbetäubend auf den Tisch trommeln. Was ist daaaas denn? Eeeecht? Jo! Jo!

Zu diesem Lärm, der ihn in den Wahnsinn trieb, der es ihm unmöglich machte, sich auf etwas, auf irgend etwas zu konzentrieren, wehte ständig Wind. Der Wind hier hörte nie auf, rüttelte am Haus. Und der Regen. Der Regen, der gegen die Fenster, auf das Dach trommelte. Dann Hagel, Schnee und Donner. Nachts das Geheul von Wildkatzen und Kojoten.

Er war fertig. Er war sich ziemlich sicher, daß er fertig war. Aber sicher! Um ihn herum spülte Unrat hoch. Jo! Er ging eine ausgewaschene Straße entlang, die nirgendwohin führte, roch Unrat, fand einen verwesenden Schweinekadaver. Krähen hatten die Augen ausgepickt. Die Haut zerpickt, daß sie aussah wie Kieselsteine. Rötliche Haare ausgerissen, die schichtweise auf dem Boden lagen. Die Krähen waren am Ab-

zugsgraben gewesen. Er sah den Brustkorb, der fest in das Metallgitter verklemmt war. Die Eingeweide rausgerissen. Will auf die Straße! Die Stoßstangenaufkleber lesen! Jo! Genauuu! Ein Habicht schrie.
Er machte das Bier auf, setzte sich vor den Fernsehapparat. Der Bildschirm war blau. Füllte sich dann mit rothäutigen, gepuderten jungen Männern, die auf Stühlen saßen. Um ihre Hälse hingen goldene Kreuze. Ein wahnsinniger, aber berechnender Mann saß vor ihnen auf einem hölzernen Thron. Er trug eine Lederjacke und las laut einen Artikel über Ameisen vor. Alle paar Minuten ließ er die Zeitschrift sinken, schnalzte mit der Zunge und sagte, die Blattschneiderameisen seien genauso wie einige Kirchenleute, die er kenne; würden immer das beste Stück für sich reservieren. Jo! Kevin machte sämtliche Bierdosen auf und reihte sie vor sich auf. Wie lange war er schon hier? Sechs Wochen? Sechs Jahre? Er war fertig. Jo! Ja! Er schaltete auf den Pornokanal um und sah sich den vorgetäuschten Geschlechtsverkehr an, sah einer blonden Hure zu, die mit einer großen, losen blauen Zunge, ähnlich der eines Hirsches, an einem Mann zugange war. Oder etwas Ähnlichem wie einem Mann.

Fuhr zum Laden, um Bier zu holen. Buddy lehnte sich über den Tresen, um das Geld entgegenzunehmen. Eine geschwollene Hand, die den Tresen entlangglitt. Ein Unterarm, so dick wie ein Oberschenkel. Vorhaut wie eine Bananenschale. Schwarze Zähne. »Jo! Ja! Jaha! Ja! Okay! Sie haben's raus! Aber sicher! Sie sind ein guter Kerl! Wollen Sie 'ne Tüte? Okay! Aber sicher!«

Auf dem Rückweg nahm er eine falsche Abzweigung und rumpelte durch die Schlaglöcher der Wohnwagensiedlung. Er fuhr die matschigen Wege auf und ab, unfähig, einen Weg heraus zu finden. Er fuhr immer wieder an ausgebrannten Wohnwagen vorbei, an Drahtrollen, einem torkelnden Mann mit Haaren wie Zementbrocken, die Hose urindurchnäßt. Die Bäume waren wie Röhren. Der Himmel war ein Röntgenbild. Ein rotes Plastikpferd auf Sprungfedern in den Brennesseln. Eine Nadel. Kristall. Rotes Wasser. Die Wohnwagen standen immer dichter zusammen. Über ihm fauchte ein Kampfflugzeug. Gelbäugige Hunde an Ketten. In den Türen Frauen mit Bierdosen, Zigaretten oder Babys in der Hand. Sie beobachteten ihn. Er fuhr schneller. Das Auto rutschte in den schmierigen Furchen. Plötzlich lag der Ausgang vor ihm, als hätten ihn Hände ihm zuliebe aus dem Boden gehoben. Männer lehnten an Kotflügeln, oberhalb ihrer schmierigen Hosen waren die Spalte in ihren Hintern zu sehen. Das Flugzeug erschütterte die Bierdosen.

Er fuhr den Hügel hinauf. Der Kondensstreifen füllte die Windschutzscheibe aus. Der Lärm war unerträglich. Er rannte in die Hütte, um die Flinte zu holen. Eine silberne Kapsel am Ende der Kotzspur. Er drückte ab. Wieder. Und wieder! Aber sicher! Aber sicher!

58
Was ich sehe

Loyal, in etwas eingerollt, sieht durch geschlossene Augenlider. Die steif werdenden Lungen festgefressen, das Herz am Ertrinken.

Das Buch des Indianers klappt auf. Mit Erstaunen sieht er, daß die Seiten die große, ansteigende Wiese sind. Oben am Rand der Wiese ein schwarzes Gekritzel aus Bäumen, eine Mauer. Und durch die Wellen des Dunkelwerdens sieht er, wie der Wind das abfallende Land hinabströmt, das Gras hinabrollt; die roten Grannen, die das Sonnenlicht streicheln, die funkelnden Nadelhalme, die dicht bewachsene Erde, die Wurzel, den Stein.

Dank

Ich danke dem Vermont Council on the Arts und der Ucross Foundation of Ucross, Wyoming, für die finanzielle Unterstützung beim Schreiben dieses Buches.

Die Hilfe, die mir die Bibliothekare der Dartmouth College Libraries in Hanover und der Sheridan County Fulmer Public Library in Sheridan, Wyoming, angedeihen ließen, weiß ich zu schätzen.

Viele Menschen erleichterten mir die Arbeit an diesem Werk durch Zeit, Ratschläge, Geld, gemeinsame Mittagessen, Hilfe im Garten, Aufmunterung, Schweigen, Grillfeste, Musik. Ich danke euch, Roberta Roberts, Tom Watkin, Elizabeth Guheen, Laurent Gaudin, Lois Gill, Abigail Thomas, Bob Jones, Gordon Farr, John Glusman, Ernie Herbert. Mein besonderer Dank gilt meiner Lektorin Barbara Grossman und meinen Söhnen Jonathan, Gillis und Morgan Lang.